Denkwürdigkeiten des Herrn von H.,
eines deutschen Edelmannes

Die reizenden Verkäuferinnen oder
Julchens und Jettchens Liebesabenteuer
auf der Leipziger Messe

Gustav Schilling

Denkwürdigkeiten des Herrn von H., eines deutschen Edelmannes

Herausgegeben und mit einer Vorbemerkung versehen von Wolfgang Schneider

Anonymus

Die reizenden Verkäuferinnen oder Julchens und Jettchens Liebesabenteuer auf der Leipziger Messe

area

Gustav Schilling: Denkwürdigkeiten des Herrn von H.,
eines deutschen Edelmannes

Lizenzausgabe für area verlag gmbh, Erftstadt
Herausgegeben und mit einer Vorbemerkung versehen
von Wolfgang Schneider

Anonymus: Die reizenden Verkäuferinnen oder Julchens
und Jettchens Liebesabenteuer auf der Leipziger Messe

Einbandgestaltung: rheinConcept, Wesseling
Einbandabbildungen:
Sammlung Hans-Jürgen Döpp, Frankfurt/Main
Bildmotive:
Henri Monnier, o.T., 1830
Deveria et. al., »Lithographies Romantiques«, 1835
Anonymus, 1780
Mihaly Zichy, »Liebe«, 1895
Satz und Layout: Andreas Paqué, Gleichen
Druck und Bindung: Oldenbourg Taschenbuch GmbH,
Hürderstraße 4, 85551 Kirchheim

Printed in Czech Republic 2005
3-89996-432-2

www.area-verlag.de

Inhalt

Gustav Schilling
Denkwürdigkeiten des Herrn von H., eines deutschen Edelmannes 7

Anonymus
Die reizenden Verkäuferinnen oder Julchens und Jettchens Liebesabenteuer auf der Leipziger Messe 349

Gustav Schilling

Denkwürdigkeiten des Herrn von H., eines deutschen Edelmannes

Mit einer Vorbemerkung
von Wolfgang Schneider

Vorbemerkung

Zu allen Zeiten hat es Freunde und Gegner der literarischen Gestaltung intimer Beziehungen gegeben, wobei die Polarität der Meinungen von eroto-bibliophiler Begeisterung bis zu puritanischer Verteufelung reichte. Meist erwuchs die Ablehnung aus der Doppelbödigkeit gerade herrschender Moralauffassungen; ein besonders bezeichnendes Beispiel aus dem Frankreich des 18. Jahrhunderts schildern die »Memoiren des Herzogs von Choiseul«:

»Nicht um die Welt hätten die Schloßherrschaften von Hautefontain und ihre Gäste am Sonntag die Messe versäumt. Andächtig ging alles in die Kirche. Aber man wundere sich nicht, wenn man hier und da ein Lächeln die Lippen der Betenden umspielen sieht. Jeder hat ein Buch in der Hand, aus dem er eifrig liest. Dem Einband nach ist das Buch ein Gebetbuch, sein Inhalt aber besteht aus einer Sammlung skandalöser Geschichten. Daraus macht kein Mensch ein Geheimnis. Alle diese Bücher blieben die Woche hindurch in der Kapelle zur Verfügung der Bedienten und der Wächter, die sich nach Belieben daran ergötzen konnten.«

Die Verpönung aller Fleischlichkeit durch wirklichkeitsfremde Frömmelei und gesellschaftliche Prüderie führte zu geradezu lächerlichen Auswüchsen. So mußte noch Mitte des vergangenen Jahrhunderts Karl Gutzkow als Dramaturg am Dresdner Hoftheater bei einer Aufführung von Goethes »Faust II« im 1. Akt die Worte des Ritters zur Dame bei Erscheinen des Paris: »Auf seinem Schoße war Euch wohl bequem?« in: »An seiner Seite war Euch wohl bequem?« abändern; diese »Entschärfung« erfolgte auf ausdrückliches Verlangen des sächsischen Königshauses, das sich sonst so gern auf seinen Ahnherrn August den Starken berief, der ja nun wahrlich nicht klösterlicher Askese anhing!

Vorurteile gegen das erotische Genre haben sich bis heute erhalten, und die moderne Literaturwissenschaft ignoriert zumindest dessen thematische Komplexität völlig. Jeder weiß um die Existenz, aber man spricht nicht darüber, und wenn, dann nur hinter vorgehaltener Hand. Das ist um so unverständlicher, als sich solche weltberühmten Namen wie Aretino, Aristophanes, Bandello, Boccaccio, Gautier, E. T. A. Hoffmann, Lukian, Mirabeau, Musset, Ovid, Sacchetti, Arthur Schnitzler, Straparola, Swinburne, Verlaine und Oscar Wilde – um nur einige zu nennen – mit kräftigen Erotika verbinden. Paul Englisch als der wohl beste Kenner dieser Materie ergänzt die Aufstellung durch seinen schon 1927 erhobenen Vorwurf an die damals neueren Literaturgeschichten, »die aus lauter Schamhaftigkeit so ganz allgemein bekannte literarische Seitensprünge unserer Dichter unterschlagen wie zum Beispiel Schillers ›Venuswagen‹, Goethes ›Tagebuch‹, die ›Priapischen Oden‹ von Bürger, Voß und Stolberg, Holteis ›Don Juan‹ und ähnliches«. – Schopenhauer äußerte einmal in bezug auf Goethe, es habe eben vieles Platz nebeneinander im Menschen!

In diesem Sinne wird die nunmehr eröffnete Bibliotheca Erotica Meisterwerke der erotischen Weltliteratur vorstellen, künstlerische Darstellungen sinnlicher Liebe, die Jahrhunderte überdauert und bis heute weder etwas von ihrem sensuellen Reiz noch von der kulturgeschichtlichen Aussage zur jeweiligen Zeit verloren haben.

Als erster Band dieser Reihe werden die 1787 erschienenen »Denkwürdigkeiten des Herrn v. H.« vorgelegt. Sie entstammen einer Zeit, da der spielerisch-anmutige Reiz der erotischen Schriften des Rokoko-Zeitalters mehr und mehr der geist- wie geschmacklosen Zotigkeit gewichen war, mit der spekulative Verleger ein breites Publikum suchten und fanden. Zu den wenigen andersgearteten Werken, die dieser Niederung entwuchsen und als einzige überlebten, zählt der vorliegende Roman.

Wie bei vielen der auf eine literarische Außenseiterbahn gedrängten Erotika liegt auch bei diesem Titel die Entstehung in editorischem Dunkel. Zwar konnten für den bei der Erstveröffentlichung genannten fiktiven Verlagsort Rom berichtigend Berlin und Hamburg nachgewiesen werden, doch wird die Autorenschaft in endgültiger Schlüssigkeit wohl weiterhin ungeklärt bleiben.

Schon bald nach Erscheinen des anonymen, damals bis auf zwei Vignetten unillustrierten Buches wurde dieses dem in Dresden am 25. März 1766 geborenen und am 30. Juli 1839 verstorbenen Friedrich Gustav Schilling zugeschrieben. Er war ein außerordentlich produktiver und zu seiner Zeit nicht nur in Deutschland vielgelesener Literat, dessen Gedichte in Schillers »Thalia« ebenso Aufnahme fanden wie in Wielands »Neuen Teutschen Merkur«; sein »Gesamtwerk in rechtmäßiger Ausgabe letzter Hand« (1828 bis 1839) umfaßt immerhin achtzig Bände mit hundertsechsundneunzig Erzählungen, Romanen und Possen – allerdings ohne die »Denkwürdigkeiten des Herrn v. H.«, deren umstrittener Urheberschaft er bezeichnenderweise das eigentliche Überdauern seines Namens verdankt.

Vieles spricht für die Annahme, daß Schilling der Verfasser dieses Erotikons ist, so seine 1781 im kurfürstlichsächsischen Artilleriekorps begonnene Militärlaufbahn, die ihn 1788 Leutnant werden, 1806 an der Doppelschlacht bei Jena und Auerstedt teilnehmen und nach der vernichtenden Niederlage gegen die napoleonischen Truppen als Hauptmann 1807 den Abschied nehmen ließ, vor allem aber seine zum Teil recht ›freien‹, offiziell verlegten Schriften, die sich allein schon durch Titel wie »Röschens

Geheimnisse« (1798/99), »Clärchens Geständnisse« (1799), »Julchens Schwachheiten« (1801) oder »Felixens Abenteuer und Liebschaften« (1802) kennzeichnen. Auch die kritische Einschätzung des zeitgenössischen Literaturhistorikers Karl Goedeke, Schilling sei zwar »in der Wahl der Stoffe flach«, aber »in der Erfindung nicht ohne Talent, in der Darstellung lebhaft, mitunter launig, mehr noch spaßhaft, im Stil leichthin, genau mit den Schwächen und Armseligkeiten der Menschen bekannt«, stützt diese Hypothese. Andererseits trägt zumindest die Tatsache, daß der Genannte bei Erscheinen des Buches erst einundzwanzig Jahre alt war, berechtigte Zweifel in die vermutete Autorenschaft an dieser sich als abgeklärte Reminiszenz darbietenden Schilderung, wobei allerdings auch die vom Wunsch als Vater des Gedankens beseelte dichterische Phantasie Pate gestanden haben könnte.

Wie dem auch sei – geblieben sind ein bei aller Sinnlichkeit stets gepflegt artikuliertes Bekenntnis zur Lebens- und Liebeslust sowie die Gültigkeit der Einschätzung aus dem Prospekt zu einem 1908 in Leipzig edierten Privatdruck des Bandes:

»In diesen […] ›Denkwürdigkeiten‹, die unter den deutschen erotischen Werken einen allerersten Platz einnehmen, erzählt ein junger, eleganter Edelmann und Offizier die Geschichte seines Lebens, besser gesagt, die Geschichte seines amourösen, aventiurenreichen Lebens. Ohne dabei gemein und derb zu werden, schildert er doch genau und eingehend alle Einzelheiten seines Verkehrs mit schönen Frauen, malt seine vielfachen Beziehungen und Erlebnisse in so glühenden Farben aus, daß man diesen Herrn v. H. sehr treffend als den deutschen Casanova bezeichnen kann.« –

Der Text der vorliegenden Ausgabe folgt einem 1919 zu Bern in nur hundert numerierten Exemplaren erschienenen Privatdruck und wurde entsprechend der modernen Rechtschreibung bearbeitet.

Wolfgang Schneider

Erstes Buch

Erstes Kapitel

Der Leser lernt mich kennen

Ich habe mein Leben einer feurigen Umarmung des Herrn v. H. und meiner Mutter zu danken.

Herr v. H. war der reichste Edelmann in G. und der letzte seines Stammes. So viele Ahnen er auch zählen konnte und ungeachtet er der letzte war, so fand er doch keine Neigung, sich zu vermählen und seinen alten Adel noch älter zu machen. Unter seinen Untertanen suchte er sich von Zeit zu Zeit ein junges Mädchen, das ihm das schönste schien, aus, ließ es von einer Bonne etwas zustutzen und vom Schneider und einer geschmackvollen Putzhändlerin bekleiden und liebte das Mädchen so lange, bis ihm ein anderes besser gefiel.

Er verstieß aber niemals eine solche sattgewordene Liebschaft gradhin, sondern bestimmte jeder nach dem Maße, wie er Vergnügen bei ihr gefunden, eine Summe zum Heiratsgut. In der ganzen Gegend umher befand sich mancher Chirurgus, mancher Schulmeister und mancher Akzise-Einnehmer in recht guten Umständen, bloß weil er des Herrn v. H. Mündel (so pflegte er eine abgesetzte Liebschaft zu nennen) geheiratet hatte.

Zwar schmollte der alte Kaplan bisweilen über den Unfug und wollte nie einer solchen metamorphosierten Bauernschönen die Beichte abnehmen oder sie zum Taufstein als Pate treten lassen; allein der Oberpfarrer war in der Sache klüger und schob alles in das Gewissen des gnädigen Herrn Patrons. Und um die bestehende Orthodoxie des alten Kaplans zu ahnden, schien er dem Herrn v. H. zu alt.

Der Herr v. H. kam einst nach G., sah das Mädchen eines Barbiers und fand sie schön. Sogleich wurde sein Kammerdiener ausgesandt, und nie, wie auch jetzt, kam dieser Merkur unverrichtetersache zurück. Der Kerl hätte an einem Fürstenhof sich durch sein gewandtes und abgefeimtes Wesen zum ersten Minister emporgeschwungen.

Das schüchterne Barbiermädchen kam gegen Abend zum Herrn v. H. und ging nach einigen Stunden wohlbeschenkt nach Hause. Nach Verlauf von zehn Wochen erhielt der Herr einen Brief von dem armen Mädchen, worin sie die Furcht vor der Härte ihres jähzornigen Vaters nach Vermögen schilderte, wenn er ihren veränderten Zustand argwöhnen sollte.

Der Herr v. H. ließ den Alten zu sich kommen und brachte ihm die Pille schön vergoldet bei. Der tobte, raste und besänftigte sich, als der Herr v. H. seiner Tochter 2000 Taler Aussteuer, Erziehung und Versorgung des Kindes versprach.

Soviel von meinem Vater und meiner Mutter.

Zweites Kapitel

Ein Sprung, ohne den Hals zu wagen

Der Herr v. H. hielt redlich Wort. Ich erhielt in der Stadt eine Erziehung, wie er sie seinem Sohn nur geben konnte, und keiner meiner Lehrer und Lehrmeister kam von ihm unbeschenkt zurück, wenn er ihm ein gutes Zeugnis von mir überbrachte.

Meine Mutter starb, als ich zehn Jahre alt war. Der Herr v. H. fand mich nach seinem Herzen und machte mich mit allerhöchster Genehmigung zu seinem Sohn.

Ich war siebzehn Jahre alt, als dies geschah, und ich dächte, meine Leser hätten nun einen ziemlichen Sprung gemacht, ohne daß das zarteste Glied in Gefahr gewesen wäre.

Drittes Kapitel

Ein Wörtchen von mir

Man sagt, die meisten Kinder, die einer zufälligen Umarmung, wo der erste Anblick die Leidenschaft in höherem Grad entflammte, ihr Dasein zu danken haben, hätten flüchtigeres Blut, zartere und reizbarere Nerven, wären empfänglicher für alle Eindrücke und – was weiß ich, was sie alles mehr sein und haben sollen als die Kinder einer Umarmung, zu der der Mann so bedächtig und zu bestimmter Zeit schreitet wie der alte Trisram Shandy, der den Sonnabend dazu angesetzt hatte, an dem er allemal seine Wanduhr aufzog, um durch eins oder das andere an eins oder das andre erinnert zu werden.

Wie dem nun sei, so muß ich sagen, daß mir meine gute Dosis der Leidenschaft, der ich meine Existenz schuldig bin, zuteil geworden ist. Früh schon fühlte ich ein Feuer in meinen Adern und eine Unruhe in meiner Brust, die mir manche unbehagliche Stunde machten. Gern bespiegelte ich mich in den Augen eines jungen Mädchens, nahm es noch lieber bei der Hand, und hatt' ich Gelegenheit, ihre Wangen oder gar ihren Mund zu küssen, so versäumt' ich das noch weniger. Das geschwindere Klopfen meines Herzens, das Beengen meiner Brust, das Aufschwellen aller meiner Muskeln, das Erschüttern in allen meinen Gliedern waren mir eine gar zu angenehme Empfindung, als daß ich die kleinste Gelegenheit hätte vernachlässigen sollen, die sie mir erregen konnte.

Ich war ohne Aufseher, ohne mürrischen Hofmeister; meine ganz artige Figur, mein munteres, flüchtiges, schmeichelndes und einnehmendes Wesen, wie konnt' ich also nicht oft Gelegenheit finden?

Viertes Kapitel

Das will ich mir merken

Ich war siebzehn Jahre alt, wie mich mein Vater zu seinem Sohn erklärte. Es war ein großes Fest, das acht Tage dauerte. Eine Menge des benachbarten Adels war zugegen. Auch gnädige Frauen und Fräuleins; denn sosehr auch diese anderswo oder zu Hause darüber skandalisierten, daß die Liebschaft meines Vaters gleich einer rechtmäßigen Gemahlin an der Tafel saß, so konnten sie doch nicht leicht eine Einladung ausschlagen, weil in der ganzen Gegend umher keine so gut besetzte Tafel, keine so wohlschmeckenden Weine und keine so herrliche Musik anzutreffen waren als bei Herrn v. H.

Ich hatte einen vergnügten Tag gehabt, hatte mit den gnädigen Fräuleins viel gescherzt und mehr als ein Dutzend Küßchen eingeerntet und hatte ein Glas Wein mehr getrunken als gewöhnlich; was Wunder, daß mein Blut in ungewöhnlicher Wallung war, als ich in mein Schlafzimmer kam, und daß nach stundenlangem Harren sich noch kein Schlaf einstellen wollte.

Mein Schlafkabinett war neben dem meines Vaters und nur durch eine Wand geschieden. Ich hörte meinen Vater sprechen: »Lilla, du bleibst lange aus.«

Ich muß meinen Lesern sagen, daß der Herr v. H. gewohnt war, seinen Liebschaften einen Namen beizulegen, so wie er ihn etwa passend fand, und die dermalige hieß also Lilla. Ich fuhr von meinem Bett auf, als ich die Stimme von Herrn v. H. so deutlich hörte, und bemerkte erst jetzt durch einen Lichtstrahl über den Boden meines Kabinetts, daß die Tür nicht ganz zu war. Ich schlich mich näher und konnte eben durch die Öffnung meines Vaters Bett sehen und noch besser links einen sehr großen Spiegel, neben dem zwei große Wachskerzen auf Wandleuchtern brannten. Mich überfiel es so ängstlich, so ahnungsvoll, und meine Beine schlotterten, ich sank auf die Knie, und wie angenagelt blieb ich vor meiner Öffnung.

Lilla trat in einem weißen, einfachen Kleid vor den Spiegel, steckte ihre Haare los, und eine lange, schwarze Wolke wallte über ihre Schultern hin.

»Ich mußte mich doch erst auskleiden lassen«, sagte sie.

Herr v. H. trat, in einen Schlafrock gehüllt, herbei, schlang seinen Arm um ihren Nacken und küßte sie.

Herr v. H.: »Und wieder so sorgsam angekleidet, als ob es zum Tanz und nicht zur Ruhe gehen sollte.«

Lilla: »Wollen Sie das nicht von Ihrer Lilla?«

Herr v. H.: »Damit ich dich entkleiden kann.«

Und damit zog er ihr das Halstuch ab, jede Nadel ward ihres Dienstes entlassen, nieder fiel das Kleid, und Lilla stand in bloßem Hemd da.

Mein Atem ward kurz.

Lilla kehrte mir den Rücken zu, schlang beide Arme um den Herrn v. H., und Kuß um Kuß, mattes Sinken auf seine Schulter und tiefes Atmen machten mich starr. Lilla ließ die Arme sinken, ab fiel das Hemd, und mir verging Hören und Sehen.

Als ich mich wieder erholte, sah ich – meine Leser müssen glauben, daß ich mich in einem ohnmächtigen Zustand befunden hatte, wie lange, kann ich nicht sagen.

Als ich mich also erholte, sah ich meinen Vater auf dem Bett liegen. Er war mit der rechten Hand beschäftigt, ich war neugierig, zog an der Tür, und zu meiner Befriedigung öffnete sie sich ganz sanft.

Ich sah –

Lilla lag auf dem Rücken, beide Schenkel erhoben, und die Hand meines Vaters spielte an einem Teil.

Er erhob sich, bedeckte Lilla, und ich sah nichts als ein Steigen und Sinken seines Hintern und über seiner linken Hüfte das weiße Bein Lillas.

Was ist das?

Ihr Atemholen wurde lauter. Ich horchte. Leises Stöhnen folgte, ward lauter und verschwand mit einem lauten Ach! –

Was ist das?

Herr v. H. legte sich wieder an seine Stelle, Lilla küßte ihn und zog die Decke über beide.

Daß mich meine erhitzte Einbildungskraft nicht viel ruhen ließ, ist leicht zu erraten.

Das will ich mir merken, sagt' ich zu mir selbst, sooft ich mich von einer Seite auf die andere legte und immer vergebens auf Ruhe hoffte.

Fünftes Kapitel

Ein Schritt weiter

Zufällig hatte ich bisher vermöge meiner gefallenden Person Zutritt in mancherlei Gesellschaften gehabt, weswegen ich den Zusammenkünften meiner Mitschüler äußerst selten beiwohnte und also vom Unterschied beider Geschlechter nur sehr dunkle Begriffe hatte.

Nun aber malte mir meine Einbildungskraft mancherlei Bilder vor, und ich fühlte ein brennendes Verlangen, näher zu untersuchen und mich zu belehren, was eigentlich wohl den Unterschied ausmachte.

Ich kam wieder in die Stadt. Ich wohnte bei einem jungen Kaufmann, der etwa vor einem Jahr eine sehr angenehme Person geheiratet hatte. Ein junges Mädchen etwa von vierzehn

Jahren bediente meine junge Wirtin und besorgte auch meine kleinen häuslichen Angelegenheiten. Lieschen sollte mir meine Zweifel aufklären, nur war die Frage, wie ich es ihr vortragen sollte. Lieschen war eine kleine Brünette, munter und lebhaft und dabei herzlich gesprächig, besonders wenn sie ihre Frau nicht in der Nähe wußte. Ein längst gewünschter Tag, wo Madame Reibhand einmal zum Besuch ausgehen würde, erschien. Lieschen brachte mir Kaffee. Ich nahm ihre Hand und sah ihr starr ins Gesicht. Ich wollte reden und fand keine Worte.

Lieschen: »Was sehen Sie mich so an?«

Ich: »Ich bin Ihr so gut, mein Lieschen.«

Lieschen: »I, das ist mir recht lieb.«

Ich: »Ist Sie mir denn auch etwas gut?«

Lieschen: »Warum nicht?«

Ich: »Will Sie mir wohl ein Küßchen geben?«

Lieschen: »Soso! – Das nun eben nicht.«

Ich: »Und warum nicht?«

Lieschen: »Still, Herr v. H., die Köchin möcht' es hören. Warten Sie, sie geht dann aus, ich will Ihnen dann was sagen.«

Lieschen ließ sich willig küssen und hüpfte fort. Gewonnenes Spiel, dachte ich und phantasierte brav, wie ich's anfangen wollte.

Ich legte mich aufs Bett. Lieschen kam, ich zog sie neben mich, schlang meinen Arm um ihren Hals, und ein, zwei, drei Küsse, die ich unter lässigem Sträuben auf ihren niedlichen Mund drückte, erweiterten meine Lunge so, daß ich fast keine Luft schöpfen konnte.

Lieschen: »Was fehlt Ihnen?«

Ich: »O Lieschen, ich bin dir so gut.«

Lieschen: »Mir? Und nicht Madame?«

Ich: »Wieso Madame?«

Lieschen: »Oh, ich dachte nur, weil die Ihnen so gut ist und immer nach Ihnen fragt und von Ihnen spricht.«

Ich: »Laß das, Lieschen! – Willst du mir wohl etwas zu Gefallen tun?«

Lieschen: »Recht gerne.«

Ich fuhr mit meiner Hand unter ihren Rock; sie stieß mich zurück.

Lieschen: »Was wollen Sie?«

Ich: »Ich glaubte, du wolltest mir etwas zu Gefallen tun!«

Lieschen: »Nun ja, aber – was wollen Sie?«

Sie sah mich an, entfärbte sich und schien meine Absicht zu erraten. Ich wiederholte meinen Versuch und ward wieder zurückgestoßen. Nun aber überwältigte mich meine Begierde, ich schloß das Mädchen in meine Arme, streckt' es unter mich aufs Bett, und wie wütend bedeckte ich es mit Küssen. Das arme Mädchen schnappte nach Luft, ihre Augen verkleinerten sich, sie wollte sprechen und konnte nicht. Es glückte mir, meine Hand unter ihren Rock zu bringen, ich glitschte an den runden, festen Schenkeln hinan, ich suchte den Ort, den die Hand meines Vaters an Lilla so umschmeichelt hatte, und auch das gelang mir. Wie aber meine Finger eine sanfte Wolle berührten und sich in eine enge Spalte verirrten, so durchfuhr es gewaltig meinen ganzen Körper, und meinem Amor entfloß ein Etwas, das ich noch nicht kannte, meine Augen verloren das Sehvermögen, ich versank in eine wollüstige Ohnmacht und empfand ein unbeschreibliches Vergnügen.

Lieschen hatte sich losgemacht, sie sah mich an.

Lieschen: »Was fehlt Ihnen?«

Ich: »Lieschen, welch ein unbeschreibliches Vergnügen!«

Ich schloß sie aufs neue in meine Arme.

Ich: »Noch einmal, Lieschen, laß mich den schönsten Ort deines Körpers befühlen, noch einmal, bitte!«

Ich bat so dringend und mit so vielen Küssen, daß Lieschen sichtbar schwach wurde und meiner Hand ganz freien Lauf ließ. Die kleine Spalte war feucht, mein Finger untersuchte und fand eine Öffnung, drang hinein, und Lieschens Atem ward kürzer; sie schlang beide Arme um mich, drückte mich ganz fest an sich, schloß ihre Augen, der Atem zitterte jetzt aus ihrem Mund, und ein warmes flüssiges Wesen bedeckte meine Hand.

»Nun, Lieschen?«

Sie entwand sich meinen Armen und entsprang.

Sechstes Kapitel

Das war ein Schritt!

Ich lag Lieschen von nun an beständig an, mich doch einmal mit in ihre Kammer zu nehmen; denn zu mir durfte sie nicht wagen zu kommen, aus Furcht, Madame, die gleich nebenan schlief, möchte rufen. Allein, immer vergebens. »Genug«, sagte sie, »daß ich Ihnen das erlaube.« Nun war freilich das schon ein außerordentliches Vergnügen, daß meine Hand alle Freiheit genoß; allein, ich hatte Lilla an der Seite meines Vaters nackend und dann in besonderer Positur gesehen.

Herr Reibhand war auf der Messe. Es war elf Uhr, schon eine Stunde lag ich in meinem Bett, als etwas meine Tür öffnete, vor mein Bett trat und mich mitzukommen nötigte. Es war Lieschen. Herausspringen und folgen war eins.

»Kommen Sie«, sagte sie zu mir, »und sehen Sie, ob meine Frau schöner ist als Lilla, von der Sie mir erzählt haben.« Wir kamen in die Kammer. Sie führte mich an die Tür, in der ein kleines Loch war; gewiß zu einem anderen Behuf bestimmt, als daß jetzt Madame belauscht wurde.

Sie saß rückwärts auf einem Armsessel, hatte die Schenkel auseinander, die Füße auf zwei Stühle gestützt, und spielte an ihrer Liebesgrotte. Endlich fuhr sie mit einem Finger hinein, fuhr langsam hin und her, dann geschwinder und endlich unter beständigem Hin- und Herbewegen des Hintern so geschwind, daß es mehr ein Zittern als Hin- und Herfahren war. – Feuer durchglühte mich über und über.

Lieschen lauschte am Schlüsselloch. Ich griff nach ihr hin, sie war mehr heiß als warm, meine Hand suchte und traf ihren Finger in ihrem niedlichen Liebestempel.

Nur zwei Schritte davon stand ihr Bett; die Nacht war hell genug, um nicht anzustoßen; ich umfaßte sie, trug sie aufs Bett, legte ihre Schenkel auseinander und mich zwischen hin. Kein Widerstand. Ich entledigte mich meines Hemdes, und nun schloß ich mein Mädchen fest an meine Brust, suchte mit meinem Amor Lieschens Grotte zu treffen und kam bald zu hoch, bald zu tief und immer fehl. Das Berühren und Bewegen brachte mich von Sinnen, ich schnaubte und arbeitete, und die alten Gurte an Lieschens Bett, die ein solches Beben nicht gewohnt sein mochten, zerrissen und fielen durch. Allein, nichts brachte mich zu mir selbst, ich arbeitete fort, als auf einmal Madame, die die Erschütterung gehört hatte, mit dem Licht in der Hand in einem Schlafrock hereintrat. Der Lichtschein schreckte mich auf einmal auf, ich ergriff die Flucht, verfehlte aber in der Wut die Tür, sprang durch die Wohnstube in Madames Schlafkabinett und wußte im Dunkeln nicht, wo ich eigentlich war. Ich tappte und tappte und fand keinen Ausgang.

Wie Madame dem halbtoten Lieschen den Abendsegen gelesen und eine handgreifliche angenehme Ruhe gewünscht hatte, so hörte ich die Tür verschließen. Sie trat aus ihrem Schlafgemach ins Wohnzimmer und machte auch diese Tür zu.

Hier stand ich armer Sünder nun nackend wie aus dem Mutterleib, mit steifen Nerven (denn aller Schrecken war nicht vermögend gewesen, ihnen die Spannkraft zu rauben), und hätte vor Scham in die Erde sinken mögen.

Madame betrachtete mich genau.

»So, Herr v. H., wahrlich, das gefällt mir! In einem solchen Aufzug! Das Vergnügen hätt' ich ja wohl nie gehabt, wenn Sie die Überraschung nicht die Tür verfehlen ließ.«

Ich vermochte keinen Laut hervorzubringen.

»Nun, Sie möchten sich erkälten, ich verzeihe Ihnen, weil Sie mich in diesem Aufzug vergnügen, doch unter der Bedingung, daß ich Sie nie wieder so betreffe. Kommen Sie!«

Sie führte mich an die Tür, machte auf, und ich eilte durch, und erst, wie sie hinter mir zuschloß und laut lachte, sah ich, daß ich wieder in einem anderen Zimmer war.

Ich war und blieb stumm.

Madame stellte das Licht hin, näherte sich mir, legte ihre Hand auf meine Schulter und sagte:

»Herr v. H.! Strafe muß sein! Indessen hoff' ich, daß Sie am Ende sich nicht über meine Härte beschweren sollen.«

Sie nahm mich, führte mich ans Bett und nötigte mich zum Legen. Ich war zweifelhaft, und sie legte mich selbst, ließ den Schlafrock fallen und lag neben mir.

Unbeweglich lag ich da.

»Finden Sie denn an mir nicht so viel Schönes«, hub sie endlich an, indem sie meine Hand auf ihren wallenden Busen legte, »als an Lieschen?«

Das Sanfte des Busens erheiterte mich. Oh, ich kannte damals noch nicht den Wert eines schönen Busens! Ich erhob mich und wagte einen Kuß, der mir doppelt erwidert wurde und meine ganze Begier aufs höchste reizte.

»Schöne Frau«, stockt' ich endlich, »ich bin außer mir; haben Sie Mitleid mit mir.«

»Sie glühen!«

Sie rückte näher, entblößte sich, spreizte die Schenkel auseinander und führte meine Hand über krauses Haar zum niedlichsten Tempel der Wollust. Ich geriet außer mir, stürzte über sie hin und stieß mit meinem Amor immer fehl. Ich Armer wußte mich nicht zu benehmen.

»Nicht so hitzig, Lieber«, sagte meine Schöne, »sparen Sie Ihre Kräfte – Geduld, halten Sie ein –«

Ich hörte nicht mehr.

Endlich gelang es ihrer schönen Hand, meinen Amor zu erhaschen, ich schnaubte, sie hob sich etwas, und glücklich führte sie ihn in die Grotte der Wollust.

Aber kaum war ich drin, so verlor ich alles Gefühl in den übrigen Teilen meines Körpers, das sich allein in meinen Amor konzentrierte; er strömte, und in Wollust betäubt lag ich in ihren Armen. Sie spielte an meinen Haaren, küßte mich von Zeit zu Zeit, befühlte meinen bloßen Körper und brachte mich durch Tändeln wieder zu mir selbst.

»Nun, Herr v. H.?«

Ich verbarg mein Gesicht auf ihrem Busen und wagte vor Scham nicht aufzublicken.

»Bald sollt' ich glauben, lieber Jüngling, daß Sie mir die Erstlinge Ihrer Keuschheit gebracht haben; warum verbergen Sie Ihr Gesicht?«

Sie hob mich auf und legte mich neben sich und stützte sich auf ihren linken Arm und hatte also meine ganze Figur vor sich liegen.

Mein kleiner Amor hatte sich schon wieder gehoben und stand aufgerichtet da.

Sie nahm ihn in die Hand, wie ein Blitz durchfuhr es alle meine Glieder, sie lächelte, und indem sie sich über mich hindrückte und mich küßte, sagte sie: »Schöner Jüngling, feurig bist du, aber zaghaft und verschämt und stumm. Sei dreist und glaube, daß die Neckereien und Scherze den Genuß der Liebe versüßen.«

Ich armer unwissender Knabe!

Indessen wirkte diese Aufmunterung doch so viel, daß ich meine Hände in Bewegung setzte. Ich streichelte ihre weiche Haut, kniff ihre runden und festen Hinterbacken und suchte und erreichte die zart bemooste Quelle der Liebe.

Sie drückte mich fest an sich, und je mehr meine Finger beschäftigt waren, je heißer wurden ihre Küsse und je mehr schwoll jeder Muskel meines Körpers.

Sie legte sich, gewaltig hob sich ihr Busen, und mit gierigen Blicken sah sie nach mir hin.

»Nur nicht so hitzig, Lieber«, sagte sie, »etwas langsam, und lassen Sie mich nicht auf dem halben Weg des Vergnügens zurück.«

Wie mochte sie mir zumuten, daß ich das verstehen sollte? Sie tat ihre Schenkel voneinander, ich stieg dazwischen; sie zog das linke Bein an, sich zu stützen, nahm meinen kleinen Amor und führte ihn in die Grotte (ich schauderte) und schlang ihr rechtes Bein über meine Hüfte.

So ungefähr hab' ich Lilla gesehen, dacht' ich.

»Langsam, Lieber! – Halt! Küssen Sie mich: eins, zwei drei! – Nun wieder! – Nicht so ge –«

Sie fing an zu keuchen, schluckte, ihre Lippen bebten, der Atem stockte, die Augen brachen – fest umschloß sie mich und erwiderte jeden Stoß mit solch einer Heftigkeit, daß sie mich bisweilen ganz emporhielt.

»Fort, ge – schwind – der – a – a a – – a a a – ach! –«

Mein kleiner Amor war über und über gebadet, und meine Schöne schloß die Augen und blieb unbeweglich; und nun entlud ich unter den heftigsten Stößen in dem größten Übermaß. Meine Schöne schnappte nach Luft und schlang, als ob sie es hinunterschlingen müßte.

Kraftlos lag ich in ihren Armen.

Das war doch ein Schritt, meine Herren, und ein ziemlich langes Kapitel!

Siebentes Kapitel

Enthält mancherlei Betrachtungen

Ich müßte mich sehr irren, oder vielmehr meine Erfahrungen müßte ich hintergehen, wenn mich nicht mancher meiner Leser herzlich beneidete.

Wie viele junge Männer haben bei dem heftigsten Trieb keine Gelegenheit, ihre Erstlinge auf dem Altar der Liebe zu opfern! Wie vielen fehlt der Mut! Daher so mancher die schönsten Kräfte seiner Jugend mit eigener Hand vernichtet und in eigenem Feuer aufgehen läßt.

Mir half der Zufall und feuerte meinen Mut an.

Vielleicht wäre Madame nie so gefällig gegen mich gewesen, hätte sie mich nicht überrascht und hätt' ich mich nicht in ihr Zimmer verirrt. Absicht war es nicht von mir, meine Begierden hatten mich blind gemacht. Vielleicht war es auch gar nicht ihre Absicht, mich in ihr Heiligtum einzuführen, wär' ihr nicht mein trotziger, aufrechtstehender Amor in die Augen gefallen, der ihren Zorn besänftigen und ihre Lust reizen mochte. Gute Gelegenheit und Zufall verschaffen mehr Siege als angestrengte Mühe; das hab' ich oft erfahren und werde es meinen Lesern mitteilen.

Mein Temperament war nun einmal so, und wäre ihm die Gelegenheit entgangen, so würde ich gewiß auch, wie Tausende Jünglinge, Mut und Kraft durch die Hand spritzen, Körper und Seele schwächen, und würde zum trägen, mißmutigen und unzufriedenen Geschöpf, das mehr einem Kastraten als einem Mann gleicht, wie wir deren so viele sehen – anstatt ich jetzt in einem Alter von sechzig Jahren noch munter und stark bin, drei Stunden herzhaft marschieren und den ganzen Tag zu Pferde sitzen kann, heiter meine Tage zubringe, mit Lust esse und trinke und sanft die Nacht durchschlafe.

Fern sei es von mir, daß ich alles, was ich meinen Lesern erzählen werde, für recht halte; wie reimt sich das mit einem feurigen Jüngling zusammen? Gar so gern und oft kann er nicht anders, folgt er seiner Begierde und überschreitet die Schnur. Daß ich für den Menschen etwas anderes in Anspruch nehme, als ihm die Systeme der Moral und besonders der Theologie vorschreiben, versteht sich von selbst.

Achtes Kapitel

Hier wird ein Kontrakt geschlossen

Wie mir Lieschen den anderen Morgen den Kaffee brachte, weinte sie.

»Was fehlt dir, mein Lieschen?«

»Fragen Sie noch? Unglücklich bin ich, Madame will mich aus dem Dienst jagen, und nun bin ich beschimpft.«

»Armes Mädchen!«

Ich nahm sie in meine Arme und küßte sie ohne allen Widerstand. Ich glitschte mit meiner Hand unter ihren Rock, und sie hinderte es nicht. Der kleine, mit Wolle eingefaßte Eingang in die Liebesgrotte – ich fand ihn verschieden von dem der Madame.

»Lieschen, auf mein Bett, komm!«

Ohne Weigerung folgte sie mir, Madame schlief noch. Ich legte sie auf den Rücken, deckte sie auf; beschämt hielt sie die Hand vor das Gesicht und kreuzte die Schenkel.

»Nein, sehen sollen Sie nicht!«

Geschwind hingen meine Hosen über die Knie, ich streckte mich über Lieschen, küßte sie, öffnete mit meiner linken Hand ihre Schenkel und führte meinen Amor in die Spalte. Ich stieß an die Pforte der Grotte und stieß wieder und wieder und konnte nach aller Anstrengung nur einen Fingerbreit eindringen, als mir der Lebenssaft entging. Kaum fühlte sich Lieschen befeuchtet, als ihr Auge, das bisher von Tränen glänzte, überfloß. Sie schauderte und zitterte an allen Gliedern, und schwächer und schwächer ward ihr Atem.

Lieschen ging.

Noch war ich in tiefes Nachdenken versunken über die Ursache, warum ich wohl bei Lieschen bloß in der Vorhalle der Liebesgrotte hatte opfern können, als Lieschen hereintrat und mir sagte, daß mich Madame sprechen wollte.

Heiß überlief es mich; ich küßte Lieschen flüchtig und eilte hin.

Madame saß in einem leichten kattunenen Negligé, sie errötete bei meinem Eintreten, und ich machte eine steife Reverenz und fragte stotternd, was zu ihrem Befehl stände.

»Setzen Sie sich neben mich und trinken Sie einen Becher Schokolade mit mir.«

Ich gehorchte.

Madame: »Werden Sie auch schweigen können?«

Ich: »Könnten Sie das Gegenteil denken?«

Madame: »Ich will es nicht! – Aber – Ich will Sie nun auch allein haben und werde Lieschen fortschicken, ich hab' es ihr schon angesagt.«

Ich: »Wäre das wohl ratsam? Das arme Mädchen ist unschuldig.«

Madame: »Können Sie mir das versprechen, und wollen Sie's auch gewiß halten, daß Sie sich nicht mehr mit ihr abgeben wollen?«

Ich: »Ja, gewiß!«

Madame: »Und das so kalt! – Nicht einen Kuß darauf?«

Ich fiel ihr um den Hals und küßte ihren schönen, roten, aufgeworfenen Mund.

Sie zog den Stuhl näher und führte meine Hand an ihre runden festen Hügel der Liebe. Ich drückte, streichelte sie, fühlte, wie sie sich nach und nach erwärmten und unter meinen Händen eine wellenartige Bewegung erhielten. Sie küßte mich oft, sah starr in meine Augen, spielte an meinen Haaren und biß mich sanft bald in die Wangen, bald in die Lippen.

»Sie sind auch so wenig dreist, lieber Junge!«

Ich glaubte sie zu verstehen, deckte ihren leichten Rock auf, streichelte den so weißen, runden, festen Schenkel, sie legte ihn über die meinigen hin, und meine Hand gelangte hin, wo sie sie haben wollte.

»Das ist unbefriedigend, kommen Sie.«

Sie war feurig. Wir legten uns aufs Bett, und sie entließ mich mit großer Zufriedenheit.

Ob ich mein Versprechen in betreff Lieschens gehalten habe, wird eines der folgenden Kapitel lehren.

Neuntes Kapitel

Eine ganz artige Aussicht

Ein benachbarter Edelmann, Herr v. G., gab ein großes Fest, und ich ward auch dazu eingeladen, wie das jetzt immer von meines Vaters Bekannten und Freunden geschah, seitdem ich seinen Namen führte.

Es war große Gesellschaft, und ich hatte viel Gelegenheit, mich an den schönen Damen zu vergnügen und durch meine Munterkeit ihren Beifall zu erhalten.

Eines Abends war Ball, und das Los teilte mir eine junge Offiziersdame als Tänzerin zu. Eine lebhafte, feurige Brünette mit großen, schwarzen, fordernden Augen. Ich erhielt ihren Beifall. »Tanzen Sie deutsch?« fragte sie mich, als eben die Musik eine Pause machte. »Deutsch«, rief ich laut und rollte meine Tänzerin wie einen Kreisel dahin. Der Tanz hatte um so vergnügter für mich geendigt, weil meine schöne Tänzerin während des Walzens ihr Gesicht auf eine sehr geschickte Art dem meinigen zu nähern und nicht selten meine Lippen mit den ihrigen zu berühren wußte.

»Sie tanzen leicht und gut«, sagte sie lächelnd, als wir ans Fenster traten, »und lernen Sie erst kleine Zwischenspiele, so werden Sie vortrefflich tanzen.«

Halb glaubte ich sie zu verstehen.

Am anderen Tag nach aufgehobener Tafel nahm mich meine Brünette beiseite und sagte: »Man ist hier gewohnt, Mittagsruhe zu halten, und wir wollen promenieren; in der Laube am großen Teich treffen Sie mich.«

Mir ahnte mein Glück nur zum Teil.

Gleich am Schloß war ein großer Garten, voll artiger Partien, dunkler Gänge, Grotten und Lauben. Am Ende zu beiden Seiten waren große Schneckengänge mit hohen Buchenhecken umgeben und in der Mitte ein Springbrunnen mit einer breiten, abhängigen Roseneinfassung.

Ich traf meine Schöne in der Laube am Teich. Sie hatte ein leichtes weißes Kleid angezogen.

Sie nahm mich am Arm, und unser Weg ging nach dem Schneckengang zur Linken hin.

»Haben Sie wohl schon geliebt, junger Herr?« fragte sie mit boshaftem Lächeln, als sie meine Verlegenheit größer finden mochte, als sie geglaubt hatte.

Ich fühlte es, wie rot ich ward.

»Gnädige Frau«, erwiderte ich, »und wenn ich nie geliebt hätte, so würd' ich jetzt lieben!«

Ich schlang dabei meinen rechten Arm um ihren weichen Körper und wagte einen Kuß auf ihre Korallenlippen.

Wie ein Blitz durchfuhr mich's, als ich im Kuß etwas zwischen meine Lippen eindringen fühlte. –

Was war das?

Ich kannte noch nicht den Zauber eines Kusses und das wollüstige Zungenspiel.

Wir waren an dem Springbrunnen angelangt, meine Schöne setzte sich auf den weichen Rasen und zog mich neben sich.

»So würden Sie jetzt lieben«, sagte sie, indem sie mich starr ansah, »und sitzen doch so mutlos bei einer Dame?«

Ich schlang meinen Arm stillschweigend um ihren Nacken, küßte sie, spielte an ihren Busenschleifen, zog eine nach der anderen auf und fühlte ein wollüstiges Schmachten, wie meinen Händen die milchweißen Hügel entgegenhüpften. Meine Schöne legte sich hin und schien nichts weniger als Mißbehagen an meiner Spielerei zu finden.

Ich küßte sie, und sie schlang ihren Arm um meinen Nacken, hielt mich fest auf ihrem Mund, sog an meinen Lippen, schnellte mit der Zunge, und bald lernt' ich das alles erwidern und fand dieses Spiel ungemein vergnügend.

»Meine Augen fallen mir zu«, sagte sie endlich, »ich werde schlafen, wachen Sie.«

Und wirklich schloß sie ihre Augen.

Mit Entzücken betrachtete ich ihren weißen runden Hals, meine Neugier ging weiter, leise entblößte ich den vollen Busen, betrachtete mit Wonnegefühl die beiden milchweißen Hügel mit den niedlichsten Rosenknöspchen; unwillkürlich zog etwas meine Lippen auf diese Schönheit; ich küßte sie und erschrak, weil ich besorgte, meine Göttin möchte erwachen und zürnen.

Sie schlief fort.

Mein Auge fiel herab, sah den schönsten Fuß und die niedlichste Wade.

Sie schläft ja. Ich rückte näher, hob den dünnen Rock über das Knie – wie rund! Schob ihn wieder – wie bezaubernd der Schenkel!

Betritt einmal ein feuriger Jüngling diesen Weg, so will er zwar bei jedem Schritt aufhören, aber wie könnte er das? Nur noch einen Schritt, sagt er sich bei jedem und schreitet immer fort.

Ich bückte mich tief und hoffte, den Thron der Wollust zu erblicken, allein umsonst; sie lag etwas auf der Seite, und die Schenkel waren übereinander.

Ein schwerer Seufzer stieg aus ihrer Brust, sie bewegte sich, und erschrocken fuhr ich an meinen Platz.

Sie schlief fort, und zu meiner Wonne hatte mir die Bewegung die schönsten Aussichten verschafft. Sie lag auf dem Rücken, und der leichte Rock war über die Schenkel, dadurch, daß sie das eine Bein etwas an sich gezogen hatte, auf ihren alabasterweißen Leib gefallen. Bloß und etwas auseinander waren die Schenkel. Dort sah ich nun unter einer leichten Wölbung der Liebe Rosenhain; mehr, doch leise, öffnete ich die Schenkel und sah jetzt durch den Rosenhain zwei niedliche rosenrote Linien, und hätte es mein Leben gekostet, so konnt' ich nicht meine

Hand zurückhalten. Ich wühlte in dem Gebüsch, berührte die elastischen rosenroten Linien, die bei jeder Berührung mehr Schnellkraft zu erhalten schienen.

Wütendes Feuer ergriff mich, mein Amor ward unbändig, ich seufzte laut, und meine Schöne erwachte.

»Unerfahrener Ritter«, sagte sie lächelnd, »wie wenig Sie sich Ihres Vorteils zu bedienen wissen!«

Ich schlug die Augen nieder, richtete mich auf die Knie, und hastig zog sie mich über sich hin, kaum, daß ich Zeit hatte, meine Beinkleider abzustreifen.

Sie sog und biß meine Lippen, ihr Hintern schwebte in der Höhe, und ich war fehl. Mit eigener Hand führte sie mich zurecht, und ich hielt triumphierenden Einzug.

Meine Brünette hatte mehr Erfahrung als Frau Reibhand, vermutlich, weil sie eine Dame von Stand war. Ihre Hände waren immer beschäftigt, bald strich sie meine Schenkel, bald rieb sie mein Rückgrat, bald kniff sie mich in die Backen, bald schnellte ihre kleine Zunge durch meine Lippen.

»Ach! Etwas nach –«

Sie hob ihren Hintern höher.

»Nach – so a … a.«

»Lieber, ei – nen Kuß!«

»I – ich gnäd –«

»Nur noch –«

»Wel – che Won –«

»Noch –«

»Ach!«

Beider Vergnügen vereinigte sich in eins. Ich muß bekennen, daß dieses Vergnügen noch alles übertraf, was ich bisher genossen hatte. Die Entladung von beiden Seiten war ungewöhnlich stark. Als ich mich von meiner Ohnmacht erholt hatte, richtete ich mich auf. Meine Brünette behielt ihre Lage. Mit Wollust besah ich das Gestade des Wonnemeeres, ein milchweißes Schäumchen umgab es. Ich befühlte die sanfte Erhöhung, den samtenen Leib, küßte den niedlichen Nabel.

»Brav, Lieber, Sie werden lernen, eine Dame zu vergnügen; nur mehr dreist, erlauben Sie sich alles, was Ihnen Ihre Einbildungskraft eingibt.«

Sie nahm meinen Amor in die niedliche Hand – stolz darauf, stand er hart wie ein Ast.

»Wirklich! Es macht Ihnen Ehre, nach einer so starken Ergießung, wodurch Sie mein ganzes

Wesen in wonniges Beben versetzt haben, noch so viel Kraft zu besitzen.«

»Gnädige Frau, Reize wie die Ihrigen flößen Leben und Stärke auch dem schlaffsten Körper ein.«

»Mein lieber Junge, wo Erschlaffung zu Hause ist, vermögen alle Reize nichts. Halte sorgfältig haus, strenge dich ja nicht so früh an, willst du dir nicht das Vergnügen vieler Jahre vergeuden. Küsse mich, Lieber!«

Unser Zungenspiel begann, und bald ward es mir zu einfach, ich suchte mehr.

»Schonen Sie sich, Lieber, sparen Sie's bis auf die Nacht, ich erwarte Sie in meinem Zimmer. Kommen Sie ohne weitere Kleidung als Ihrem Schlafrock.«

»Ich werde gehorchen; aber jetzt –«

Schon hatte ich mich des Throns bemächtigt und bewies meiner Brünette, daß mich meine erste Entladung nichts weniger als geschwächt hatte.

Zehntes Kapitel

Der Herr geht fehl, wird aber zurechtgewiesen

Es war verabredet, daß ich meine schöne Brünette die Nacht besuchen sollte, und ich machte mich auf den Weg, sobald alles Geräusch sich legte.

Ich öffnete das Zimmer und wunderte mich, daß meine Schöne kein Licht hatte. Fest überzeugt, daß ich im rechten Zimmer bin, schleich' ich ans Bett, belausche das leise Atemholen und bin meines Rechtseins gewiß. Meine Hand sucht im Dunkeln und trifft einen knöchernen Busen mit kleinen, welken, lappenähnlichen Brüsten. Man faßt meine Hand.

»Sind Sie's, Hauptmann?«

Wie ein Pfeil schoß ich an die Tür und fort auf mein Zimmer. Auch hier ergreift mich eine weibliche Figur, ich glaube, wieder irre zu sein, will mich losreißen, als ich an der Stimme meine Brünette erkenne.

»Wo waren Sie?«

»Ach, gnädige Frau!«

»Nun kommen Sie auf mein Zimmer.«

Wir gingen links, und ich war, der Himmel weiß wie, rechts gegangen.

Meine Göttin schloß hinter uns zu.

»Wo waren Sie? Sie sehen ja ganz erschrokken aus.«

Ich erzählte ihr mein Abenteuer und reizte sie herzlich zum Lachen.

»Nein, das wäre zu toll, wenn ich durch die verschrumpfte Frau v. Exen um mein Vergnügen gekommen wäre. Nein, gute Frau, so was Derbes und Festes ist nichts mehr für dich.« Sie zog mir den Schlafrock aus.

»Wie der kleine Geck sich entfärbt, ich glaube gar, er schämt sich? Nun, so muß ich ihm wohl vorgehen.«

Im Augenblick stand meine Brünette da, als ob sie einer nackenden Hebe zum Modell hätte stehen sollen. Sie strich mein Hemd ab, und wehmütig drückte sie mich an ihren flaumenweichen Körper.

»Ha, der Kleine, wie er starrt; wollen sehen, wer das Feld behalten wird.«

Ich war nicht müßig, meine Hände hatten volle Arbeit; ich kniff, ich streichelte, ich schlug und tändelte wie ein kleines Kind. Ich spielte an den kleinen krausen Haaren, strich sie auf und ab, untersuchte die kleine Spalte und entdeckte jetzt den kleinen Gott, der sich meinem Amor entgegensetzen wollte. Diese Entdeckung machte mich gierig, ich faßte meine Beute und trug sie aufs Bett. Meine Göttin glühte, die Lefzen ihrer Spalte waren geschwollen, mit einer Art von Wut warf ich mich über sie, der Eingang ward mir schwer, so sehr waren ihre Drüsen aufgelaufen, sie hob beide Schenkel über meine Hüften, und nun drang ich mit unbeschreiblichem Wonnegefühl, das alle meine Nerven erschütterte, durch, und ein leises Girren, das aus dem Munde meiner Schönen drang, bezeugte ihr hohes Vergnügen.

Jetzt ward ich heftiger, der Augenblick der Entscheidung war da, ich schnaubte, mit langsamen starken Stößen erhielt meine Schöne eine ziemliche Menge von meinen Lebenssäften. – Oh, sie fühlt es! Ihr brechendes Auge, ihr unterbrochener Atem, ihr Beben der Lippen, ihr Schlottern der Zähne bezeugten mir's.

Zu früh!

»Noch für – Lassen Sie nicht nach! Oh! Noch! Geschwind – er!«

Ich raffte meine übrigen Kräfte zusammen, verdoppelte meine Stöße, und mit jedem Annähern des Hintern meiner Schönen überströmte es meinen Amor heiß. Dadurch gewann er neuen Mut und Kraft, er erholte sich ganz und ward, als ob er den Kampf erst beginne. Die Verdopplung und die Geschwindigkeit der Stöße, mit solcher Kraft verbunden, setzten meine Schöne ganz außer Fassung. Ihre Schenkel sanken von meinen Hüften, ihr Atem blieb bisweilen ganz aus, stürmisch hob sich die Brust, jeder Hauch war ein Girren, ihr Auge schloß sich ganz, und süßlich angenehmer Duft quoll aus ihrem Körper.

Ich glühte, sie war mir zu tief gesunken, der sonst so bewegliche Hintern lag ohne Leben, ich hob ihn mit meinen beiden Händen und stützte mit geballter Faust jeden Backen. Dies schien mir noch reinere Bahn zu machen, und nach einiger Anstrengung brachte eine zweite Ergießung meine Schöne mit Vergnügen insofern ins Leben, daß sie halbgebrochene Laute von sich gab; und nun sank ich kraftlos an ihre Seite hin, mit meinem Gesicht auf den wallenden Busen.

Meine Brünette lag noch eine ziemliche Zeit mit halbgebrochenen Augen, atmete kurz und geschwind und bekam dann und wann eine kleine Zuckung, die jedesmal ein zitternder Seufzer begleitete.

Das Hinbrüten war endlich verrauscht, sie richtete sich auf, betrachtete und befühlte meinen ganzen Körper.

»Lieber Junge, um alles in der Welt hätt' ich diese wonnigliche Ekstase nicht entbehren mögen. Ich muß Dir sagen, daß ich mich nicht entsinne, daß sie je mit einem so seligen Unbewußtsein meiner selbst begleitet gewesen wäre. – Und wie der kleine Bube noch daliegt, scheint nur eine kleine Aufforderung zu erwarten und droht jedem Spott! Sieh da, die geringste Berührung stört ihn auf! Kleiner, niedlicher Kupido, wer sollte in dir den überschwenglichen Freudengeber suchen? Dir das Vermögen zutrauen, ein geheimes Feuer durch alle Adern, durch jeden Nerv schneller wie Blitze zu treiben? Laß dich küssen, niedlicher Kleiner!«

Wenn bei solchen süßen Reden unter feurigen Küssen und wollüstigem Reiben einer samtnen weiblichen Hand nicht jeder Muskel schwellen sollte! Wenn unsere Hände den schönsten Körper betasten, die wallenden Hügel befühlen, unser Mund an ihren Rosenknöspchen saugt, wem dann nicht jeder Nerv starren sollte!

Und doch weiß ich das Gegenteil von vierundzwanzigjährigen Jünglingen; aber die Unglücklichen hatten die Quintessenz ihrer Lebenssäfte über die kalte Hand hinströmen lassen.

»Halten Sie, Lieber; lassen Sie uns erst recht vorbereiten zu neuem Vergnügen; der Genuß der Wollust verliert ohne Vorbereitung seinen Wert und Gefühl.«

Ich rieb ihre runden Hüften, ihre festen, fleischigen Hinterbacken, sog an ihrer Zunge, dann sie wieder an der meinigen, als ob wir wechselseitig unsere Seele einschlürfen wollten. Ich leitete meine Hand über ihren marmorglatten Leib, fand tiefer den festen runden Venusberg, zauste und rupfte in den krausen Seidenhaaren; meine Finger öffneten die Muschel der Liebe, untersuchten und fanden inwendig lauter kleine Erhöhungen, die sich bei Annäherung der Gäste vergrößerten und sie mit einer klebrigen Feuchtigkeit bewillkommneten, und jetzt schnellte ihnen der kleine liebliche Bewohner der inneren Dunkelheit wollüstig entgegen.

»Nun, Liebe? Ihre Lippen brennen, Ihre Augen glänzen und Ihre Milchhügel beben.«

»Meinen Sie? Ihre Augen strahlen Feuer, Ihr Atem brennt.«

»Ihr ganzer Körper duftet, das Blut scheint aus den Adern getreten und rötet sanft und rosig die weiße Schwanenhaut.«

»Stark und fest sind Ihre Lenden, jede Ader strotzt, und jeder Muskel schwillt von Kraft.«

Ungefähr auf diese Weise hielten wir unter beständigem Händespiel unsere Vorbereitung, erhitzten unsere Einbildungskraft und reizten unsere Begier aufs höchste.

Mit angezogenen Beinen und emporgehobenem Hintern erwartete mich nun meine Göttin. Ich kniete zwischen hin und betrachtete die niedliche Grotte nochmals recht aufmerksam, legte mich nun langsam über den samtnen Körper hin und führte meinen Amor an den Eingang –

»Sie zaudern, vermehren mein Schmachten, und auch das ist angenehm.«

Ich schlang meine Arme um die Dünnung über den elfenbeinernen Hüften, preßte sie fest zusammen. Der ganze Körper meiner Göttin bebte, ihre Zunge zitterte aus dem halboffenen Munde, und nun drang ich mit einem heftigen

Stoß durch. Zu schwach war das Hindernis der angeschwollenen Drüsen; meine Schöne stieß ein lautes, wollüstiges, bebendes Girren aus und drückte meinen Hintern mit beiden Händen so fest an sich, als wollte sie auch ihn hineindrücken. Unsere Vorbereitung hatte auf meine wollüstige Brünette zu starken Eindruck gemacht, schon nach dem vierten Stoß schnappte sie nach Luft.

»Lieber, zu – geschwind – er – Ach!«

Ich ließ mich nicht aus meiner Fassung bringen; mit langen, abgemessenen Stößen fuhr ich fort und überließ mich jetzt zum ersten Mal so recht mit Bedacht den Empfindungen der Wollust.

»O – o – o – o – oh – (äußerst geschwind) Sie quälen mich!«

Wirklich bemerkte ich auch nicht nur in ihrem Gesichte, sondern an allen ihren fleischigen Teilen Zuckungen; sie schlang so heftig, als ob ihr etwas in der Kehle sitzen geblieben wäre; ihre Augen waren halb geschlossen, standen starr, und die Augenwinkel waren voll Tränen.

Auf einmal fing sie laut an zu wimmern, ihr Hintern schien Konvulsionen zu erhalten, jeder meiner Stöße ward mit drei und vier Gegenstößen erwidert, und endlich brach ein heißer Strom aus seinem Behälter und überschwemmte

Tal und Hügel am Gestade der Wollust und den ganzen Myrthenhain der Liebe.

»O-o-o-ooh! A-a-a-aach! I-ch kann nicht – m – e – e – ehr!«

Ein Schauspiel für die Götter!

Hier lag ich nun und hielt meine halb ohnmächtige Schöne fest an mich geschlossen, vom Rosenduft der Wollust umgeben, und fuhr mit meinen gemessenen Stößen fort. Ihre Beine hatten alle Kraft, sich zu stützen, verloren. Ich hielt etwas inne, zog meine Hände unter ihrem Rükken hervor und legte meine Schenkel über ihre Hüften, so daß sich die Beine kreuzten, und brachte meine Hände wieder unter ihren Hintern. Schwere Seufzer drängten sich zitternd aus ihrer Brust. Ich setzte meine Stöße fort und spielte mit meinen Fingern in der hinteren Spalte oben in der Gegend, wo das Rückgrat endigt, was die Mediziner das ›heilige Bein‹ nennen, ohne daß ich die Wirkung kannte. Meine Schöne erholte sich.

»Lieber, wollüstiger Jüngling, was lassen Sie mich für ein noch nie gefühltes Vergnügen schmecken! Ach!«

Sie schlürfte an meiner Zunge.

Nun aber verlor ich mein bedachtsames Wesen; geschwinder und geschwinder und nachdrücklicher wurden meine Stöße; mein Amor schwoll gewaltig auf, und mein Atem ward kürzer und kürzer.

»Ach, Lieber!«

Ungeachtet der starken Ergießung meiner Göttin war doch jetzt alles trocken in dem Innern der Muschel; die Erhöhungen brannten, und wenn der empfindlichste Teil meiner Nerven darüber hinfuhr, so war es mir schmerzhaft. –

»Ach! Helfen Sie mir, Liebe.«–

Sie drückte mit ihren Schenkeln meine Hüften zusammen, sog an meinen Lippen, als ob sie meinen weichenden Geist auffangen wollte.

Umsonst! Meine Quelle schien verstopft, es preßte mich schmerzhaft.

Meine Schöne rieb meine Lenden, umsonst. Sie vergaß ihr Zungenspiel und fing aufs neue an, mit den Augen zu blinzeln. Sie schloß mich mit allen Kräften mit Armen und Schenkeln an sich. Ich verlor Gesicht, Gehör und Gefühl. Die Quelle meiner Göttin ergoß sich aufs neue. Ich schnaubte und tobte. Sie war diesmal nicht ohne Besinnung wie vorher und leistete mir allen Beistand. Sie hob und spaltete sich so, daß mein Amor bis an seine Wurzel eindrang.

»Ach!«

Jetzt brach der Damm.

»Sie ersticken mich, Lieber!«

Mit unbeschreiblicher Macht schoß der Balsam der Wollust hervor, der seinen Ursprung aus meinem Gehirn und Herzen zu nehmen schien.

Kaum empfand meine Schöne das Feuer dieses Balsams, nach dem sie so lange geschmachtet hatte, so zitterten ihre Lippen, und melodisches Girren entrang ihrer Kehle. Ihre Quelle floß wieder, ihr ganzer Körper schien gleichsam zu schmelzen.

»Ach!«

»Ach! Hu!«

Meine Stöße verdoppelten sich.

»Ich sterbe!«

Nun war das Opfer gebracht. Fest umschlossen, Mund auf Mund, Zunge auf Zunge, Busen an Busen lagen wir, hauchten unsere Seelen ineinander und entschliefen.

Schon schielte die Sonne über den nächsten Berg zu unserem Fenster hinein, als ich erwachte.

Sanft schlief noch meine Göttin der Liebe. Mit Entzücken betrachtete ich die schönen Teile des herrlichen Körpers, die mir so unbeschreibliches Vergnügen gemacht hatten.

Ich sah die bemooste Quelle der Wollust mit der rosigen Einfassung. So schön, so lieblich! Ich drückte sie sanft, bog mein Gesicht nach den Milchhügeln hin und küßte das herrliche Knöspchen, das kein Maler schöner malen konnte.

Mit einem tiefen Seufzer schlug meine Brünette die Augen auf, umschlang meinen Nakken und überströmte mein Gesicht mit wollüstigen Küssen.

»Lieber H., welch eine Nacht war das! Zwei Jahre meines Lebens, bin ich erst noch einmal so alt, geb' ich dafür willig. Nur, lieber guter Junge, sparsam! Fröhne nicht täglich der Liebe und immer nur dann, wenn du Gegenliebe findest. Mein Mann bleibt noch vier Wochen abwesend. Ich werde binnen acht Tagen auf meinem Gut sein, acht Tage da auf dich warten, willst du mich besuchen? Allein bis dahin schon dich, und was meine Person vermag, soll dir diese Enthaltsamkeit vergolten werden.«

Und nun!

Sie küßte meine Lippen trocken. Sie nötigte mich zu gehen, ich sollte meine Enthaltsamkeit schon jetzt anfangen. Ich gab ihr meinen stolzen Amor in die Hand, sog an ihrem Rosenmund

und besuchte mit meinem Finger ihren kleinen Gott der Grotte, der mich mit einem freudigen Hüpfen empfing.

»Ich kann nicht, Liebe! Nach der Tafel fahren Sie ja fort, und dort die Uhr an der Wand zeigt erst vier.«

»Wollüstling, ich hab Ihnen gesagt, Sie sollen sich schonen. Haben Sie sich diese Nacht nicht genug erschöpft?«

Ich riß mich los, legte ihre Schenkel auseinander und betrachtete mit gierigen Blicken die rosige Spalte. Stolz auf meinen Anblick, schien sie sich zu öffnen und meine Ankunft zu erwarten. Meine Holde lächelte, ich küßte ihre Milchhügel, wärmer wurden sie unter meinen Lippen.

»Warum erregen Sie Feuer, das Sie nicht löschen sollen? In acht Tagen –«

Meine Küsse hemmten ihre Rede, ich bemächtigte mich des Throns, und mein Amor trat in den Tempel. Meine Holde neckte mich. Je tiefer ich einzudringen suchte, je mehr zog sie sich zurück und brachte mich dadurch in unbeschreibliche Hitze. Endlich gab sie nach, und wir schieden mit der größten Zufriedenheit voneinander.

Elftes Kapitel

Eine kleine Erholung

Wenn ich mich nicht sehr irre, so werden meine Leser eine kleine Erholung nötig haben; denn ich müßte doch verzweifelt schlecht erzählen, wenn nicht dabei das Blut in einige Wallung geraten und ein heimliches Feuer durch die Adern geschlichen wäre.

Wer's haben kann, wird wohl wissen, wie er sich helfen soll, und wer nichts hat, daß er nur zugreife, dem bezeuge ich mein herzliches Beileid. Nur wünsche ich ja nicht, daß er sein Feuer mit kalter Hand auslösche, sondern lieber mein Buch hinlege und mit seinem glühenden Gesicht und funkelnden Augen ein Mädchen aufsuche, das Mitleid mit ihm habe.

Sind Zeit und Gelegenheit dawider oder hast du dich etwa gar zum Mädchenhasser schon verstümmelt, so lies im ersten Fall mein Buch nicht, und im zweiten bist du es nicht wert, daß es dein bißchen übriggebliebenes Gefühl erweckt hat.

Mancher meiner Leser wird sich auch die Zeit zurückgerufen haben, wie er zuerst die Geheimnisse der Liebe erforschte, und wird bedauert haben, daß es ihm nicht so leicht und mit so gutem Erfolg gelang und daß er nicht so schönen Lehrmeisterinnen in die Hände fiel.

Mancher wird auch vielleicht noch bis jetzt die feine Würze des Genusses entbehrt haben. Und mancher wird sich verwünschen und traurig sein Haupt auf einen Arm stützen, den er lieber um einen schönen weiblichen Nacken schlänge.

Es ist nun nicht anders; die Gaben sind verschieden ausgeteilt.

Wie manches gute, feurige Mädchen fühlt ein unruhiges Sehnen und sinkt in Schwermut! Fragt sie, warum! Vielleicht weiß sie das selbst noch nicht, oder sie wird errötend die Augen niederschlagen, und ihr ängstlich wallender Busen wird Euch das Warum beantworten.

Sucht aber nicht in jedem weiblichen Schoß gleiches Vergnügen und scheltet mich nicht gleich einen Lügner, wenn Ihr etwa jetzt einen weiblichen Körper an Euren Busen drückt und die Äußerung des Gefühls nicht so findet, wie ich sie beschrieben habe! Es ist nicht eine Rose wie die andere. Ich ward von Kunstverständigen in die Geheimnisse eingeweiht, und meine fernere Erzählung wird es beweisen, daß ich nicht überall meine Reibhand und noch weniger eine Brünette fand.

Doch über dies und das ein Mehreres, wenn mich meine Leser vorher in meinen ferneren Erfahrungen werden begleitet haben.

Zwölftes Kapitel

So erwünscht wie möglich

Ich blieb noch einige Tage bei meinem Vater, weil er es haben wollte, und reiste sehr zufrieden in meine Stadt, weil mein Vergnügen keine Rechnung mehr fand.

Wie erwünscht war mir die Nachricht, die mir Lieschen bei Überreichung des Stubenschlüssels ins Ohr flüsterte: »Madame ist verreist!« Das Mädchen glühte, wie sie es sagte.

Erregt nur bei einem Frauenzimmer die Begier, und sie kommt Euch auf halbem Wege entgegen.

»Nun, Lieschen, so schlafe heute nacht bei mir.«

»Das geht nicht gut.«

»Und warum?«

»Warum?« Sie schlug die Augen nieder, »Möcht' es verschlafen und wenn die Köchin mich morgen weckte.«

»Gut, so werd ich zu dir kommen; allein, du behältst doch Licht?«

»Wozu?«

»Wenigstens bis ich komme. Gewiß?«

»Nun, wenn Sie's wollen.«

Zwei weibliche Körper hatte ich gesehen, nun wollte ich auch den dritten sehen und vergleichen. Denn es war mein Vorsatz geworden, weibliche Schönheit mit allem Ernst zu studieren.

Unsere Köchin war eine alte fünfzigjährige Jungfer, die ihr einziges Vergnügen im Bett fand und jetzt ihrem Gott dankte, daß sie einmal ausruhen konnte, weil die Herrschaft verreist war.

Also konnt' ich schon um zehn Uhr zu Lieschen, ohne Gefahr, bemerkt zu werden, schleichen.

Sie schnürte eben ihr schwarzseidenes Leibchen auf.

»Sie kommen auch so früh!«

Ich setzte mich auf einen Stuhl gleich neben dem Tisch, wo das Licht stand, zog Lieschen an mich, küßte ihren niedlichen Mund und

schnellte meine Zunge zwischen ihre Lippen.
Das arme Kind zog zurück, wußte nicht, wie ihr
widerfuhr.

Ich führte ihre linke Hand um meinen Nak-
ken, durch die Bewegung schlug mein Schlaf-
rock auf, sie sah mich im bloßen Hemd und ver-
barg ihr Gesicht auf meiner Schulter.

Ich schnürte sie vollends auf, öffnete mir ih-
ren Busen und faßte ihre niedlichen kleinen Hü-
gel in meine hohle Hand. Es waren nicht die
vollen aufgeblühten Rosen der Madame Reib-
hand oder der gnädigen Frau, es waren derbe,
feste Knospen. Ich küßte sie, meine Lippen prall-
ten ab. Wie ein Punkt erhob sich das kleine
Wärzchen, noch zu klein, als daß es meine buh-
lerischen Lippen fassen konnten. Ich löste ihr
Unterröckchen, sie hielt es mit ihrer kleinen
Hand.

»O nein!«

»Doch, Lieschen!«

»So löschen Sie das Licht aus!«

»So würd' ich mir mein größtes Vergnügen
rauben.« Ich nahm ihre beiden Arme, schlang
sie um meinen Hals, küßte ihre brennenden Lip-
pen, lehrte sie mein Zungenspiel, und das Röck-
chen fiel von selbst herab.

Meine Hände hielten jetzt ihre runden, festen, niedlichen Hinterbacken, ich ward heiß und hielt es nicht für gut, noch länger zu zaudern.

Ich richtete Lieschen auf, zog ihr Leibchen aus und streifte ihr unter schwachem Widerstreben ihr Hemd über die Schultern. Ich muß bekennen, daß Lieschen den niedlichsten Körper hatte. Sie war nicht groß, aber alles so niedlich und alle Teile so regelmäßig schön und jugendlich, daß ich nicht genug besehen und betasten konnte.

Das gute Mädchen vermocht' es nicht, mich anzublicken, sie drängte sich an mich, als ob sie sich in mir verbergen wollte.

»Ich dächte, Lieschen, du zögst mich auch aus.«

Sie schwieg und verbarg ihr Gesicht an meinem Nacken. Ich richtete sie auf und warf Schlafrock und Hemd ab.

Hier stand sie, gebogen, hielt eine Hand vor die Augen und bedeckte mit der anderen – Ihr wißt ja, was!

Feurig umschlang ich mein liebes Mädchen und drückte fest Busen an Busen.

Ich setzte mich und zog Lieschen in meinen Schoß.

Immer wieder verbarg sie ihr Gesicht auf meiner Schulter. Sie saß auf meinem linken Schenkel, ich hob ihren rechten auf, streckte ihren linken etwas und schaffte mir eine kleine Aussicht nach dem Ruhepunkt der Wollust, um den noch bloß weiche Wolle einen leichten Schatten warf. Aber die Erhöhung über der niedlichen Spalte war noch erhabener und fester als bei meiner gnädigen Frau.

Heftig pochte ihr Herz, und bald geschwind, bald langsam atmete das verschämte Mädchen.

Mein Finger fand den Eingang der Grotte naß, er drang hinein und fand den kleinen Bewohner ganz in der Tiefe.

Lieschen fuhr zusammen mit einem gebrochenen Seufzer, wie ich ihn berührte.

Ich dürstete nach höherem Genuß, nahm Lieschen und trug sie aufs Bett, und ohne Widerstand lag ich in Positur. Der Eingang war zu eng. –

»Liebes Lieschen, zieh deine Beine an, stütze dich und hebe deinen Hintern, sonst fällt mein und dein Vergnügen weg!«

Lieschen gehorchte. Nun führte ich meinen Amor in die Spalte, stellte ihn an den Eingang, schloß meine Arme fest um ihre Hüften und schob aus allen Kräften. Einen Fingerbreit und nicht weiter. Lieschens Atem zitterte. Ich setzte noch einmal an und gelangte nicht viel weiter, und noch einmal. –

»Ach Gott! – Lassen Sie, es schmerzt!«

Auch ich empfand einen heftigen Schmerz. Ich ruhte, faßte alle Kräfte zusammen, stieß mit aller möglichen Heftigkeit; Lieschen schrie laut und wollte mich von sich stoßen, hatte aber nicht Kraft genug. Ungefähr halb war ich eingedrungen, Lieschen schloß ihre Augen und wimmerte laut. Mein Schmerz ward heftiger, und ein empfindliches Brennen in der Grotte wurde mir fast unleidlich. Ich holte nochmals aus, stieß mit Heftigkeit, Lieschens Atem blieb aus, und mit heftigen Verzuckungen floß brennend heiß der Saft der Wollust über meinen Amor hin. Ich verdoppelte nun meine Stöße, drang bei dem dritten ins innere Heiligtum und ersetzte Lieschens Verlust doppelt. Mein Vergnügen, obwohl mit Schmerzen verbunden, war unbeschreiblich groß.

Lieschen war unbeweglich, und ihr Atem war einem Schnarchen ähnlich.

Ich stieg auf, holte das Licht und besah die niedliche, kleine, schattige Grotte der Liebe. Sie war mit Blut gefärbt, und noch bemerkte ich kleine Zuckungen. Mein Amor hatte sein Haupt noch nicht geneigt, vielmehr brannte er heftig. Ich nahm meinen vorigen Platz ein, weniger schwer als vorhin drang ich ein, das ganze Innere glühte. Ich küßte Lieschens Mund, kein Zeichen von Leben als bebendes Atmen, das einem beständigen Seufzen glich, gab sie von sich. Ich legte meine Hände unter ihre runden Hinterbakken und begann mit langsamen Stößen aufs neue.

Lieschen schlug die Augen auf.

»Lebst du noch, liebes Kind?«

»Fast hätte ich's selbst nicht geglaubt.«

»Und wie befindest du dich?«

Sie lächelte, schlang ihre Arme um mich und küßte mich jetzt zum ersten Mal und mit solchem Feuer, das sehr wohl ihre Zufriedenheit bewies.

»Liebe, hebe deinen Schenkel über meine Hüfte – Noch besser! So! – Und den anderen auch – Schließe fest zusammen –«

»Ach!«

»Gefällt dir das?«

Sie sog an meinen Lippen mit unbeschreiblicher Begier.

»Drücke mich fest an dich! – Bewege deinen Hintern hin und her! – Ach Gott, wie wird mir!«

»Lassen Sie! Es – kommt! – Ich – kann nicht mehr halten!« (Fast in einem Hauch): »Lassen Sie, ich mach das Bett naß!« Das unwissende Mädchen erregte mir heftiges Lachen. (Ein Beweis, mit wie wenig Besinnung sie das vorige Vergnügen genossen.) Anstatt sie loszulassen, schloß ich sie fester an mich und verdoppelte meine Stöße.

»Laß es, liebes Kind! Ist dir wohl?«

»O – o – o – oh!«

Langsam stieß sie ihren Atem aus und mit jedem einen Strom des Wollustsaftes. Sie hatte noch nicht vollendet, als die Reihe an mich kam.

Kaum spürte sie's, so drückte sie mit ihren Schenkeln meinen Hintern so fest als möglich und gab ihrem Hintern eine zitternde Bewegung.

Wir ruhten aus. Mein Lieschen ward dreister. Ich gab ihr meinen Amor in die Hand, er lag geschwächt mit gesenktem Haupte. Sie streichelte ihn, spielte an den krausen Haaren und befühlte sehr aufmerksam die Eier in dem haarigen Beutel. Das Spiel ermunterte meinen Amor, ihr Betasten verriet Neugierde, ich hob sie auf und nötigte sie zuzusehen. Sie nahm ihn in die Hand; starr richtete er sich auf.

»Je, wie ist das? Das ist schnackisch!«

Ich legte Lieschen hin, mich über sie und nötigte sie, meinen Amor in ihre Grotte einzuführen.

Sie tat es ohne Weigerung, und wir genossen ebensogroßes Vergnügen als vorher.

Dreizehntes Kapitel

Ein ehrlicher Mann hält sein Wort

In acht Tagen wollte meine schöne Frau v. Glossen auf ihr Gut gehen und dort acht Tage meiner harren.

Ihren Befehl, acht Tage enthaltsam zu leben, hatt' ich nicht gehalten, allein den, sie zu besuchen, wollt' ich halten. Ich kam zu meinem Vater und bat um Erlaubnis.

»Ich dächte gar! Findest du das nicht unschicklich, eine Dame zu besuchen, da ihr Mann abwesend ist?«

Ich ward rot.

»Knäbchen! Knäbchen! Ich habe schon bei dem Herrn v. G. etwas gemerkt! – Nun? Du schlägst die Augen nieder?«

»Verzeihen Sie, gnädiger Herr –«

»Karl, sieh mich an! Solche Sachen können in unangenehme Verlegenheit bringen. Ich habe dich für meinen Sohn erklärt, du bist Edelmann; hast du Mut?«

»Ich verstehe Sie, gnädiger Herr –«

»Ich will weiter nichts wissen. – Da ich eben daran denke: Ich verreise auf zwei Wochen, bringe unterdessen deine Sachen in Ordnung, du sollst deinen Stab weiter setzen, je nachdem du Neigung hast.«

»Hab ich also die Erlaubnis, gnädiger Herr?«

»Nenne mich Vater und tu, was du willst.«

»Wenn es bei mir steht, so –«

»Willst du einen Bedienten mitnehmen, so wähle einen.«

Ich lächelte.

»Sieh, Schalk, du willst keinen Aufseher!«

Ich küßte seine Hand.

»Willst du fahren oder reiten?«

»Zu viel Gnade!«

»Nun, das versteht sich von selbst, daß du doch in einem gewissen Aufzug kommen mußt.«

Sogleich gab mein Vater Befehl, daß mir sein Leibschneider ein kurzes Reitkleid mit gelblichem Unterkleid, stark mit Gold besetzt, zwischen heute und übermorgen früh verfertigen sollte. – »Ein junger Ritter«, sagte er, »der auf Abenteuer ausgehen will, muß Kleidung haben, die seine Figur hebt. – Willst du den braunen Engländer oder den Weißfuchs?«

»Darf ich wählen? Den letzteren!«

»Weil er toll und rasch ist; wenn aber nur der junge Ritter nicht aus der Balance kommt!«

Meine schöne Glossen sah mich also in diesem Aufzug in kurzem Galopp in ihrem Hof ankommen.

Der Pächter nahm mir mein Pferd ab, ich stürzte die Treppe hinan; eine steinalte Frau, die Amme meiner Schönen, wie ich nachher hörte, führte mich ins Vorzimmer und entfernte sich. Mit offenen Armen und offenem Busen empfing mich meine Göttin.

»Ich vermutete Sie schon gestern.«

»Mein Vater wollte mich erst anständig gekleidet wissen.«

Sie lachte.

»Der alte Schalk! Das hatt' er nicht nötig, sein Sohn bedarf keines Putzes und gefällt doch.«

Ich küßte sie für dieses Kompliment.

»Ei, schön! Haben Sie das Küssen in der Zeit etwa geübt? Oder haben Sie ein so gutes Gedächtnis?«

»War nicht meine schöne gnädige Frau meine Lehrerin?«

»Wie dreist und artig!«

Ich schloß sie heftig in meine Arme und wühlte mit meiner Hand in ihrem flaumweichen Busen.

»Jüngling, Jüngling! Haben Sie wohl gespart, mich zu vergnügen?«

»Urteilen Sie aus meiner Heftigkeit.«

Und damit trug ich sie aufs Kanapee, und wie ein Blitz war meine Hand an ihrer Wollustquelle.

»Um Himmels willen, woher diese Dreistigkeit?«

»Meine liebenswürdige Lehrerin sagte, ich sollte mir bei einer schönen Dame alles erlauben, was mir meine Einbildungskraft eingäbe.«

»Wohl gemerkt! Doch lassen Sie jetzt, mein Lieber, hier ist nicht Zeit und Ort. – Bei Gott, Knabe, du bist zum Anbeißen!« Und damit kniff sie mich etwas empfindlich in meine vollen Backen.

Wir hielten eine ausgesuchte Mahlzeit und leerten unter allerhand Scherzen ein Glas Champagner nach dem anderen. Kleine Tändeleien unterblieben nicht, wir küßten, streichelten, kniffen, bissen einander, sogen eins dem anderen den Wein aus dem Mund und was uns der Mutwille sonst eingab.

Glauben Sie mir, mein Leser, wer solche Tändeleien nicht kennt, weiß ihren Wert nicht zu schätzen und wird es schwerlich begreifen können, wie viele süße Empfindungen sie erregen.

Nach aufgehobener Tafel führte sie mich in ein Kabinett.

»Hier weis' ich Ihnen Ihr Ruhezimmer an, und hier diese Tür führt zu mir, (lächelnd:) wenn Sie sich etwa diese Nacht fürchten sollten.«

Ich küßte den scherzhaften Mund.

»Jetzt legen Sie sich hierher und überlassen Sie Ihren Körper den Armen des Schlafes. Sie haben vier Stunden geritten, und ich glaube, die Ruhe wird Ihnen wohl bekommen. Ich habe gesorgt, daß Sie alle Bequemlichkeit finden.«

Einige wollüstige Küsse begleiteten ihre Rede, meine Einwendungen wurden verworfen, und sie verließ mich mit dem Versprechen, mich zeitig genug zu wecken.

In der Tat war es mir so unangenehm eben nicht; denn der flüchtige Champagner hatte mir in meinem Kopfe ein kleines Sausen verursacht. Ich zog mich aus, legte mich und schlief auch bald ein.

Es war zwei Uhr, als mich meine Glossen mit feurigen Küssen weckte.

»Schlafen Sie so fest? – Schon einige Zeit hab' ich neben Ihnen gesessen, Ihre vollen roten Wangen mit Vergnügen betrachtet, und meine Lippen haben alle Kraft anwenden müssen, den Schlaf aus Ihren Gliedern zu saugen.«

Ich zog meine Göttin über mich, ihre weichen, runden Brüste bedeckten mein Gesicht, ich sog an den Rosenknöspchen, und meine Hand – wie hätte die unbeschäftigt bleiben können.

»Nicht mehr, lieber Junge, kommen Sie.«

Sie half mir selbst mich ankleiden, und wir wanderten in den Garten.

Ein kleiner Bach rauschte neben dem Garten hin. Jenseits erhebt sich ein scharfer Berg längshin, Felsenmassen türmen sich über Felsenmassen. Diesseits ist eine grüne Ebene, die abhängig in ein dunkles Gehölz führt, das die Ebene rund umkränzt. In der Mitte des Zirkels erblickt man eine kleine Bauernhütte. Kommt man näher, so läßt ein mäßiges ausgeplattetes Bassin vor der Hütte, in das zwei Nymphen aus Krügen Wasser gießen, nicht den Wohnsitz des rohen Landmannes, sondern den Vergnügungsort des kultivierten Städters vermuten. Das Bassin ist voll Schaum vom Herabstürzen des Wassers aus den umgebogenen Krügen der Nymphen. Dickes, undurchdringliches Gebüsch umgibt Hütte und Bassin und sichert gegen das belauschende und neugierige Auge.

Jetzt öffnete sich die Tür der Hütte. Welche Pracht bedeckt ein Strohdach! Wollüstig hebt sich das Polster des Sofas und das Kanapee, wählst du eins oder das andere zum Ruhen. Hier siehst du Leda mit dem Schwane spielen, dort Luna den schlafenden Endymion küssen. Hier belauscht ein Satyr badende Nymphen, und dort schmeichelt der schalkhafte Kupido seiner lieblichen Mutter.

Hierher führte mich meine schöne Brünette und fragte mich lächelnd, wie ich's fände? Noch nie hatte ich so etwas gesehen, ich war bezaubert. Sie küßte mich feurig.

»Lieber, Sie vergessen mich, umsonst führ' ich Sie nicht hierher. Es ist heiß, sehr heiß. –« Sie knöpfte meinen Rock auf. »Verstehen Sie, mich auszukleiden?«

Bald hatte ich sie vor mir stehen, nichts als das leichte Hemd bedeckte ihre schönen Glieder.

Bald sah sie auch mich in diesem Zustand. Schuhe und Strümpfe wurden abgezogen, herab fiel das Hemd, und dort floh meine Nymphe ins schäumende Bassin und lachte über mein verwundertes Nachsehen.

Ich folgte ihrem Beispiel. Wir wuschen uns, jagten uns, erhaschten uns, bespritzten uns.

Meine Nymphe floh über die grüne Plane hin, ich ihr nach, ereilte sie, und Küsse straften ihren Mutwillen. Jetzt entschlüpfte sie meinen Händen wieder und sprang ins Bassin und empfing mich mit schäumenden Wasserfluten. Nichts hielt mich auf, ich schlang meine Arme fest um ihren Schwanenhals, und wollüstiges Zungenspiel endigte den Streit.

Hand in Hand gingen wir nun, dieses Scherzens müde, in die Hütte. Mit weichen Tüchern trockneten wir die Nässe von unseren Körpern. Spottend betrachtete sie meinen eingeschrumpften Amor, legte sich aufs Sofa und forderte mich zum Kampf.

Hier saß ich und sah die schönen Schenkel auseinander, den Wohnsitz der Wollust, die roten Lefzen durch das schwache Gebüsch gleich einer frisch aufgebrochenen Rose durchschimmern.

»Armer Knabe!«

Sie stand auf, holte feine wollene Tücher, gab mir zwei, fing an, meinen Körper zu reiben, und befahl mir, Gleiches zu tun. Bald durchdrang uns eine leichte Wärme. Wir fuhren fort, und nach ihrer Anordnung wurden endlich bloß die Schenkel und besonders die Hinterbacken gerieben.

Welche wunderbare Wirkung! Glut durchströmte unsere Adern. Mein Amor war zu einer Dicke und Steife angewachsen, wie ich ihn noch nie gesehen hatte.

»Kommen Sie, Lieber, ich bin ganz in Wallung!«

Wirklich war ihr Hintern von dem starken Reiben außerordentlich erhitzt und in steter Bewegung. Keuchend eilte sie aufs Sofa, stürzte auf den Rücken und hob ihren Hintern, indem sie sich auf die angezogenen Beine stützte. Feurig und aufgelaufen waren die Lefzen ihrer schönen Muschel. Ich zauderte ihr zu lange, mit Ungestüm riß sie mich über sich hin und bewegte ihren Hintern so heftig, daß ich fast nicht imstande war, meinen Amor in die Spalte zu führen. Mit lautem wollüstigem Girren empfing sie ihn; sie arbeitete und stöhnte so heftig, daß ihre Wollustquelle schon bei dem dritten Stoß überfloß.

»A-ah! – Ge-schwind! Lassen Sie mich nicht allein!« Ich verdoppelte meine Stöße, sie hob sich so empor, daß ich so tief als möglich eindrang und nun mit unbeschreiblichem Vergnügen ihrem kleinen Gott ein doppeltes Opfer brachte.

Sie stöhnte laut, verdrehte die Augen, schlürfte und preßte mich mit wütigem Schauder an ihre Brust.

Ruhig lagen wir nun, Busen an Busen, ein Hauch, ein Leben. Ungeachtet des starken Verlustes wollte mein Amor sein Haupt noch nicht beugen, er blieb in dem Tempel der Wollust und schäkerte mit Gott Hymen.

»Nicht mehr, Lieber, lassen Sie uns ankleiden.«

»Ich soll schon der Liebe höchstem Genuß entsagen?«

»Doch, Lieber! Schonen Sie sich bis auf diesen Abend, dann will ich Ihnen nichts mehr vorschreiben.«

Ich gab ihr einen heftigen Stoß, indem ich sie fest an mich und den wollüstigen Kuß auf ihre Lippen drückte.

»Ich bitte, lieber Junge, hintergeh' meine Vorstellung von dieser Nacht nicht. Ich verspreche dir, mich ganz deiner Begier und deinem Mutwillen zu überlassen.«

Sie bat so schön und dringend, daß ich ihr nachgeben mußte, ungeachtet mein Amor in vollster Positur stand.

»Wollüstling, wie schlüpfrig du bist!«

»Ist Ihnen das nicht lieb?«

»Wohl, Lieber! Woher sonst mein Vergnügen? Wirst du wiederkommen?«

»Wenn ich darf und kann!«

Sie seufzte, sah mich an, ihre Augenwinkel füllten Tränen; ich sog sie mit meinen Lippen weg. –

»Was man liebt – doch wir wollen auf –«

Wir erhoben uns, gingen einige Minuten ins Bad, kleideten uns an und kehrten ins Schloß zurück.

Ohne noch den Gebrauch bestimmen zu können, steckte ich einige von den wollenen Tüchern zu mir, die unsere Körper nach dem Bad so erwärmt hatten.

Wir fanden für unsere Zurückkunft eine stärkende Schokolade, die wir unter allerhand süßen Gesprächen und Tändeleien der Liebe schlürften.

Mein lieber junger Freund, ich wünsche dir, daß dich ein so liebenswürdiges und billiges Geschöpf wie meine Frau v. Glossen in der Liebe Myrthenhain führte und dich in die Geheimnisse einweihte, und bedauere dich, wenn du einer unersättlichen, brünstigen Messaline in die Hand fallen solltest, die allemal deine Kräfte aufs äußerste anstrengt und nicht eher ruht, bis du ganz matt und kraftlos daliegst, und dann noch mit siegerischer Miene deiner spottet.

Schlüpfrig und wollüstig war meine schöne Glossen; allein, immer dachte sie an das folgende Vergnügen und sparte lieber etwas auf, aus Sorge, sie möchte dann alles verlieren.

Vierzehntes Kapitel

Der Ritter legt Ehre ein

Nach der Schokolade ward ein kleiner Spazierritt beliebt. Man hätte mich sehen sollen, wie groß ich mich dünkte, als ich so neben meiner Amazone hertrabte. Sogar mein Weißfuchs schien gleich mir zu denken; denn noch nie trug er seinen Kopf und warf seine Schenkel so stolz.

Um acht Uhr hielten wir wieder ein niedliches Mahl unter Scherzen und Küssen.

Die Glocke schlug neun.

»Sie werden stürmisch!«

»Sollt' ich nicht, gnädige Frau! Und sind Sie weniger mit mir zufrieden, als wenn ich es nicht wäre?«

»Wer lehrte Sie meine Schwäche so kennen?«

»Die Sie so liebenswürdig macht!«

»Schmeichler! Wahr, ich liebe das Stürmische und Dringende sehr, wenn es sich lenken läßt. Ich bin gern auch beschäftigt, und Stürmische zu mäßigen, erhöht allemal mein Vergnügen, so wie es vermindert wird, wenn meine Bemühung fruchtlos ist.«

Ich schlang meinen Arm um ihren Nacken und küßte sie feurig.

»Gilt das mir, Liebenswürdige?«

»Noch nicht; (lächelnd:) indes ist es so ein kleines Notabene.«

»Aber! – Einen so vollen Busen, so flaumweich – so gerundete Hüften – so – so schöne Schenkel – Glieder, die des Malers Einbildungskraft auf kein Gemälde so reizend hinzaubern kann – Küsse den schönsten Lippen rauben –«

»Armer Jüngling, Sie vergessen ja den Zusammenhang Ihrer Rede! – Ohne aber die Wahrheit Ihrer Lobeserhebung zu untersuchen: Glauben Sie denn, daß mir Ihr schöner, jugendlicher, starker, wohlgebildeter Körper nicht ebenso angenehme Gefühle erregt? Umsonst spiel' ich nicht an Ihren Wangen und Haaren, umsonst saug' ich nicht an diesen aufgeworfenen Lippen, umsonst klopf und reib' ich nicht Ihre muskulösen Schenkel, umsonst –«

»Und Sie zaudern noch?«

»Weil Aufsparen eines gewissen Vergnügens auch Vergnügen ist.«

»Wenn aber Harren schmerzhaft wird?«

»Knabe, Knabe, ich fürchte, du wirst unmäßig werden und dich zu sehr deinen Begierden überlassen. Es sollte mich schmerzen, wenn ich dich dereinst sehen sollte ohne männlichen Mut und Kraft. Glaube mir, der Liebe Süßigkeit im Übermaß genossen, wird zum tödlichsten Gift.«–

Was halfen alle Lehren bei einem erhitzten Jüngling, der in allen seinen Adern brennendes Feuer fühlte und bei dem Nervenhitze doppelt reizbar war!

Aus diesen wenigen Zügen werden meine Leser den Wert der schönen Glossen kennenlernen; und sollten meine Denkwürdigkeiten wider Vermuten dem strengsten Moralisten zu Gesicht kommen, so glaub' ich gewiß, er wird sein Verdammungsurteil um einen guten Teil mäßigen und vielleicht – wenn meine schöne Glossen eben da wäre – seine strengste Moral beiseite legen.

Meine schöne Glossen gab endlich nach. Sie klingelte; das steinalte Mütterchen erhielt Befehl, mich in mein Schlafzimmer zu bringen.

Mein Blut war wirklich in außerordentlicher Wallung. Ich entkleidete mich ganz, fand einen leichten flanellnen Schlafrock und zog ihn auf den bloßen Leib.

Das Schlafkabinett meiner Glossen war hell erleuchtet. Sie kam bald.

»Dacht' ich's doch, daß ich Sie schon treffen würde. Ich fürchte, mein Vergnügen wird sehr vorübergehend sein: Sie sind zu hitzig.«

Ohne ein Wort zu sagen, löste ich Rock und Busenschleifen. Sie setzte sich aufs Sofa. Ich strich die seidenen Strümpfe von ihrer vollen Wade, riß ihr das Hemd ab; als ich es auszog, stürzte ich mich über sie hin, und ohne weitere Vorbereitung führte ich meinen Amor in der Wollust Heiligtum. Meine Schöne lag unbeweglich, nur die Stahlfedern des Sofas erwiderten meine heftigen und geschwinden Stöße, die ich mit jedem Augenblick verdoppelte. Ach, zu bald entfloß mir der Wollustbalsam, und ich verlor Geist und Leben!

Meine Schöne hielt meinen Mund fest auf dem ihrigen, als ob sie mein fließendes Leben auffangen wollte.

»Meine Besorgnis war nicht unbegründet. Feuer haben Sie nun in mich gegossen – Oh –!

Es zehrt und brennt! Und Sie – liegen ohne Kraft! – Oh! –«

Sie fing an, ihren Hintern kräftig zu bewegen.

»Schöne Frau«, sagt' ich mit schwacher Stimme, »Sie hatten mich zu lange hingehalten. – Nur noch einen Augenblick, ich fühle – fühle neues Leben.«

Der Körper meiner Schönen glühte, ihre Augen standen starr, die Wimpern zitterten, ihre Lippen brannten, ihr Atem war ein kurzer Hauch.

Ich fühlte Kraft, umschloß ihre runden Hinterbacken fest und erneuerte den Kampf mit einer Stärke – eins – zwei – drei.

»O – o – o – oh!«.

»O – o – o – oh!« zitterte der Atem meiner Glossen, und der Wollustbecher floß über. Sie schlürfte gierig, jedem Zug folgte leises Girren, ein balsamischer Duft stieg aus ihrem schönen Körper, und hie und da drang ein schönes Tauperlchen aus ihren wallenden Milchhügeln hervor.

»Klagen Sie noch über mich, liebe Ohnmächtige?«

»Verzeihen Sie! Ich hab' Unrecht.«

Ich fuhr mit meinen Stößen langsam fort und erheiterte ihre wollusttrunkene Seele mit Zungenspiel und feurigen Küssen.

»Wollen Sie nicht ruhen?«

»Noch wär' es zu früh, das Vergnügen meiner lieblichen Huldin abzubrechen.«

»Ich hab' es versprochen, Ihnen heute Freiheit zu lassen, und hoffe, Sie werden für Ihr Vergnügen mehr sorgen als für das meinige.«

»Das will ich, schöne Frau, soviel ich es vermag.«

Ich brachte meine Hände unter ihre Hinterbacken und spielte mit den Fingern oben in der Spalte. Meine Schöne lachte laut. »Lassen Sie! – Wer lehrte Sie das? – Der Reiz ist zu heftig! – Oh!«

Nicht lange trieb ich das Spiel, und meine Huldin war feurig.

Sie faßte meine Hinterbacken, hob sich, und Stoß und Gegenstoß wurden aufs genaueste abgemessen, und jeden begleitete ein leises Ach!

Bald aber verloren wir unsere Besinnung. Alles Gefühl verlor sich in die wollüstigen Teile, wir stöhnten; jetzt schäumte ihr Becher der Wollust, und ich strömte Nektar hinein, daß er überfloß. In wollüstiges Hinbrüten versunken, mit geschlossenen Augen, lagen wir jetzt lange, von Ambrosienduft umgeben, in süßer Ohnmacht.

Wie bedauer ich dich, feuriger Leser, wenn dein warmes Temperament nie ein ähnliches fand, das mit dem deinigen in eins zusammenfloß! Du verlorst das beseligende Gefühl der höchsten Wollust.

Wir erholten uns; mit zauberischem Lachen betrachtete meine Göttin mein feuriges Gesicht.

»Sie halten Wort, lieber H., ein größeres Vergnügen konnt' ich nicht genießen, als mir diese Umarmung verschaffte. – Wollen wir uns ins Bett legen? Bequemer können wir dort Arm in Arm uns dem Schlaf überlassen.«

»Morpheus wird es uns vergeben, wenn wir die Verwaltung seines Amtes noch verschieben.«

Ich richtete mich auf. Meine Holde wollte das nämliche tun. Ich hielt sie, setzte mich, spreizte ihre Schenkel, streichelte den samtnen Leib und die sanfte Erhöhung über dem Liebeswäldchen. Willig überließ sich meine Schöne allen Spielereien und lohnte sie mit Kuß und Lächeln. Noch stand Schaum vor der Grotte, und der ganze Myrthenhain war überschwemmt. Ich nahm eine Serviette und trocknete sorgfältig die ganze überschwemmte Gegend.

Zauberischer hab' ich wenig Grotten der Liebe gefunden wie bei meiner Glossen.

Wir standen auf, umschlungen traten wir vor den Spiegel und gruppierten uns auf alle ersinnliche Art.

Ich holte meine Tücher und fing an, die Glieder meiner Huldin zu reiben.

»Schalk! – Haben Sie meine auch mitgebracht?«

»Sie haben mir Freiheit versprochen, liebe Göttin, und jetzt ist die Reihe an mir, und wollen Sie, dann an Ihnen –«

»Wollüstling sondergleichen!«

Ich setzte mich, meine Schöne stand zwischen meinen Schenkeln, ich rieb ihre Hinterbacken, ihren Unterleib und nicht selten sanft auch die Lippen ihrer Muschel. Röte überzog nach und nach alle die Teile, sie glühten, und wollüstig öffneten sich die Wollustlippen.

Keuchend vor Wonne sank sie mit ihrem Gesicht auf meine Stirn.

»Ich verschmachte!«

Mein Finger ging in die Grotte, alles war aufgedunsen, Gott Hymen war fast bis an die Tür getreten, vermutlich um Kühlung vor der gewaltigen Hitze zu suchen.

»Ich halt – es nicht aus!«

Ihre Beine zitterten. Mein Amor stand, halb ohnmächtig trug ich sie aufs Sofa und führte meinen Amor ein.

Der Eingang hatte sich geengt, es schloß alles fest. Meine Huldin fühlte kaum die Gegenwart, als sie wütig auf- und niederfuhr. Ihr Feuer ergriff auch mich, ich stieß so behend als möglich. Unser Atem machte Sausen im Zimmer, wie Zephir, wenn er ein Tannenwäldchen durchfährt.

»O – o – o – o – oh!«

Mit neuem Vergnügen leerten wir den vollen Wollustbecher.

»Lieber, holder Zauberer!«

Jetzt trocknete sie meinen Amor ab.

»Bist du gestraft für deinen Vorwitz? Liegst nun da, lieber kleiner Freudengeber, matt und kraftlos!«

Sie streichelte ihn, spielte an seinen Nektarbehältern, küßte jeden Teil meines Körpers und auch meinen Amor. Diese Ehre erregte seinen Stolz, und eins, zwei, drei stand er in voller Positur.

»Nach dem Genuß der höchsten Wollust? Das ist verwegen!«

»Verwegen, schöne Frau? Soll ich nicht für Ihr Vergnügen sorgen?«

»Sie haben alles getan, was von Ihnen zu fordern war, ich habe Vergnügen genossen wie noch nie.«

Sie küßte mich so zärtlich als möglich.

»Und nun ins Bett! – Und übermorgen will ich sehen, ob ich Ihnen ebensoviel Vergnügen verschaffen kann.«

»Kann ich größeres finden als heut'?«

»Heute hatten Sie Freiheit, Ihre Einbildungskraft walten zu lassen, übermorgen ist die Reihe an mir.«

Sie stand auf und holte eine Flasche Champagner, reichte mir einen vollen Becher, leerte auch einen und führte mich ans Bett. Wir legten uns Arm in Arm unter die weiche Flaumdecke. Ich fühlte Kraft und schwang mich mit einem süßen Kuß über sie.

»O Lieber! Ich bitte, schonen Sie sich!«

Ich legte ihre Schenkel über meine Hüften und begann den Kampf mit vielem Feuer. –

Meine Huldin lechzte bald und vermehrte durch ihr Spielen an meinem Hintern mein Vergnügen noch mehr. Unter heftigen Stößen entlud ich mich so stark wie vorher, und auch bei meiner Schönen ergoß sich die Wollustquelle so reichlich als möglich.

Und nun verwaltete Morpheus sein Amt. –

Hoch stand schon die Sonne am Himmel, als ich erwachte. Mein Gesicht lag auf dem Busen meiner Glossen, und meine Hand bedeckte den Tempel der Wollust.

Ich hob mich leise mit der Decke auf.

Einen schöngeformten weiblichen Körper, wer kann den genug betrachten! Bei jedem wiederholten Anschauen keimen deinen gierigen Forschungsblicken neue Schönheiten entgegen.

Sie schlief sanft, atmete leise, und jeder Zug ihres Gesichts malte Zufriedenheit der Seele.

Ich führte meinen Finger an die Liebesmuschel, liebliches Rosenrot malte den schönen Rand der Öffnung, ich drang langsam hinein, ein zitternder Seufzer stahl sich aus der bebenden Brust. Länger konnt' ich nicht meiner Begier widerstehen.

So leise als möglich legte ich mich über sie hin, und sanft ließ ich meinen Amor in die Grotte der Wollust einschleichen. Der Atem meiner schönen Schläferin stockte und verwandelte sich in einen tiefen Seufzer. So leicht als möglich bog ich mich über sie hin, lag still und lauschte, um ihr erstes Aufblicken mit einem Kusse zu begrüßen.

Sie atmete schwer, und stockende tiefe Seufzer unterbrachen den immer kürzer werdenden Atem.

»Aah! Aah! a – a – ah!«

Es schien, als wollte sich ihr Hintern heben; ich hob mich, und er folgte mir wirklich. Sanft bewegt' ich mich hin und her und empfand ein unbeschreibliches Wonnegefühl bei dem Anblick meiner wollüstigen Schläferin. Mein Reiz ward aber jetzt heftiger und meine Bewegung geschwinder.

»O – o – o – oh!«

Sie schlug die Augen auf, ich drückte einen wollüstigen Kuß auf ihre schon bebenden Lippen.

»Wirklich! Ein Traum, glaubt' ich – Vergnügen – O – o – o – oh! oh!«

Ihre Worte erstarben. Amor und Hymen badeten im Nektar der feinsten Lebenssäfte.

Fünfzehntes Kapitel

Die Reihe kommt an sie

Es kann unmöglich anders kommen, als daß ich mich selbst abschreiben muß, da unsere Sprache zu arm an Worten und Ausdrücken ist, um meinen Lesern jede wollüstige Szene getreu zu schildern. Sie werden also verzeihen, wenn ich bisweilen wiedersage, was ich schon einigemal gesagt habe.

Ich blieb acht Tage bei meiner Glossen, und einen Tag um den anderen wurden der Wollust reichliche Opfer gebracht.

»Morgen ist die Reihe an mir«, sagte doch meine Glossen und –

Der andere Tag wurde mit Reiten und Fahren und allerhand munteren Erzählungen zugebracht und in der Hauptsache die strengste Enthaltsamkeit beobachtet, nicht einmal den stark verhüllten Busen durfte ich entblößen, und kein wollüstiges Zungenspiel wurde erlaubt. Wir schliefen jedes in seinem Kabinett, und sogar die Türen wurden nach einem leichten Küßchen verschlossen. Um acht Uhr des dritten Morgens trat meine schöne Glossen in einem rosenfarbig taffetnen Leibkleid in mein Kabinett. Heiterkeit und lachende Freude schwebten auf ihrem Gesichte; ihr langes schwarzes Haar flog wallend über Schultern und Rücken, und ein Sträußchen Vergißmeinnicht war in das lose Haar eingewebt. Wie schäumende Milch brausten ihre schönen Brüste hervor und stolzierten über ihre rosenrote Einfassung.

Bezaubert von ihrer Erscheinung lag ich da. –

»Heute ist die Reih' an mir; (lächelnd:) nicht so, lieber H.? Und so muß ich auch Ihnen wohl zuerst den ›Guten Morgen‹ bieten?«

»Zauberin! Welche Wonne verspricht mir dieser Anblick für diesen Tag!«

Ich küßte ihre Hand, und sie drückte einen Kuß auf meine Lippen, den Venus selbst nicht entzückender geben kann.

Unter tausend Neckereien kleidete sie mich fast allein an, führte mich zur Schokolade, und dann fuhren wir spazieren und kamen erst zur Mittagszeit zurück.

Nach genossener Mahlzeit gingen wir ins Bad. Hierauf wurde dem Gott der Liebe ein Opfer gebracht, wieder Schokolade getrunken, ein Spazierritt unternommen, zu Abend gespeist und nun –

Verzeihung, meine Leser, wenn mein Gemälde nicht gefallen sollte.

Das Gesicht meiner Glossen gewann durch ihren rosafarbenen Anzug und das fliegende schwarze Haar ungemein, und der Schein des Lichtes machte sie zur anbetungswürdigen Göttin.

Mit immer neuen Neckereien und Spielereien wußte sie die Zeit bis um neun Uhr unvermerkt hinzuleiten.

Wir kamen in ihr Schlafkabinett; sie half mir mich entkleiden, und auch ihr Rosengewand ward des Dienstes entlassen.

Das Hemd sank herab. Mit Lebhaftigkeit drückte sie mich an ihren Busen, rieb meine Hinterbacken und streichelte meinen Amor. Er hüpfte vor Freude in ihrer schönen Hand.

Sie legte sich aufs Sofa und zog mich unter den wollüstigen Küssen über ihren Flaumleib.

»Lieber! Sie liegen still, bis ich bitte, mir zu helfen, nicht wahr?«

»Sie befehlen, liebenswürdige Göttin!«

Sie führte meinen Amor in die Grotte der Wollust. Ich mußte meine Füße unten an die Lehne stemmen und meine Arme über ihre runden Hüften schlingen; dadurch machte mein Körper eine kleine Krümmung, und sie gewann Raum, sich zu bewegen. Nun zog sie ihre Beine an, schlug ihre Arme um meinen Nacken, begann scherzendes Zungenspiel, hob sich jetzt langsam ganz hoch, daß mein Amor tief eindrang, und zog sich jetzt wieder zurück, so daß er bloß in der Vorhalle stand.

»Ruhig, Lieber!«

Ich vergaß es, daß ich mich gar nicht bewegen sollte. Jetzt bewegte sie sich geschwinder und ruhte nun wieder. Sie ward warm, unterließ das Zungenspiel, weil ihr Atem kürzer wurde. Ihre Bewegungen wurden heftiger, so wie sich ihr Auge verkleinerte. Mir fiel es unendlich schwer, ruhig zu sein, und unmöglich war es mir, nicht bisweilen ihre Bewegungen zu erwidern.

»Holder Knabe, gleicht Ihr Vergnügen dem meinigen?«

»Gewiß!«

In der Tat fühlt' ich auch ein unnennbares Vergnügen. Ein sanftes, wollüstiges Zucken in allen Teilen meines Körpers schien meine Nervenspitzen hervorzutreiben und wieder tief zurückzuziehen.

»Helfen Sie – a – aber – langsam!«

Ein Stoß von mir jagte das Wort aus ihrem Munde. Die doppelte Bewegung blies das Feuer auf einmal ganz an. Scharlach überzog das Gesicht meiner schönen Wollüstigen. Tränen drangen aus den halboffenen Augen, und je heftiger sich der Busen hob, je kürzer und unterbrochener ward der Atem.

»Hel – fen Sie mir!«

»A-a- a- ah- a!«

Ich schloß sie fest an mich, verdoppelte meine Stöße – ihr Wollustbecher floß über.

Und jetzt brach der Damm bei mir; mit unglaublicher Stärke stürzte der Wollustnektar hervor; ihre Zunge zitterte zwischen den Lippen hervor, und ihr kurzer Hauch schien Flamme zu sein. Ich schnob. Hohle Töne stiegen aus meiner Brust und begleiteten das Girren meiner Holden.

Unter heftigen Verzückungen setzte ich meine Bewegungen fort und schien mehr Maschine als denkendes Wesen zu sein, bis ich endlich in süßer Ohnmacht hinsank, die mich fest an ihren Busen drückte.

Neues Spiel begann nach einiger Erholung.

Meine Schöne legte mich aufs Sofa, setzte sich neben mich und erregte mir mit ihren kleinen Händen die süßesten Empfindungen. Die Munterkeit meines Amors freute sie ungemein, sie hielt ihm eine Lobrede über die andere und streute sehr gute Lehren ein.

Jetzt streckte sie ihren weichen Körper über mich hin; mein Atem war gebrochen, und wollüstige Seufzer entstiegen meiner Brust, als ich die liebenswürdige Beute fühlte.

»Wie freut es mich, solche Äußerungen des Vergnügens zu sehen!«

»Engel!«–

Ich vermochte nicht zu sprechen.

Sie schlürfte an meiner Zunge, küßte meine Augen und Stirn und überließ sich ganz ihren wollüstigen Einfällen.

Sie schlang ihre Arme um mich.

»Heben Sie sich etwas und führen Sie Ihren Amor in meine Grotte.«

Ich fühlte ihre Wollustlefzen brennen.

Sie bewegte sich sanft.

»Ruhig, Lieber! Halten Sie sich nur etwas empor.«

Wollüstiger Taumel überfiel mich, der Atem zitterte aus meinem Mund, und meine Augen schlossen sich fest.

Sie küßte meine Augen auf.

»Schau, holder Knabe, doppelt fühl' ich Vergnügen, weil ich das deinige so sichtbar sehe.«

»Ach lie –«

»Lieber, fort – geschwind, geschwind!«

»So bald?«

Sie verdoppelte ihre Bewegung, und wie aus einem angelassenen Springbrunnen schossen mit unglaublichem Vergnügen meine Lebenssäfte in die Höhe.

Feuer durchfuhr meine Holde, sie stöhnte, arbeitete und sank jetzt ohnmächtig auf mich nieder. Nur Zuckungen waren die Bewegungen ihres Hinterns, und mit jeder Bewegung schoß ein Strom des Wollustsaftes aus ihrer Grotte und überschwemmte mich ganz.

»O diese süße Ohnmacht!«

Ihr Körper schien über dem meinigen zu zerfließen; jeder kurz vorher angespannte Muskel war jetzt schlaff; ihre Seele überließ sich dem Taumel beseligender Gefühle.

Sowie sich ihr Auge öffnete, schwebte glückliches Lächeln auf ihrem Gesichte.

»Sie können kein übermäßiges Vergnügen genossen haben, und doch wollt' ich gern Ihnen den größten Teil zuwenden.«

»Liebe Schwärmerin, meine Einbildungskraft vermag kein größeres Vergnügen zu erfinden.«

»Dank Ihnen, wenn Sie wahr reden, und zu meiner Befriedigung will ich's glauben.«

Sie stand auf, nahm ein Tuch und trocknete mich sorgfältig ab und führte mich vor den Spiegel.

»Sie sehen das wohl gern?«

Ich küßte und sog an ihrem Milchbusen.

Sie setzte sich auf einen Stuhl und zog mich auf ihren Schoß.

»Lieber Jüngling, Sie werden mir fehlen. Ich habe oft Vergnügen gesucht, hab' es meistens schal gefunden und nie so entzückend und beseligend wie mit dir. Könnten wir uns bisweilen sehen?«

»Mein Schicksal ist unbestimmt, ich soll H. verlassen.«

»Eh du weiter gehst, seh ich dich doch noch?«

»Wenn es menschliche Kraft vermag!«

Lange saßen wir so in liebevoller Umarmung und Gespräch, ihre Hand hatte meinen Amor keinen Augenblick verlassen.

Ich fing an, ihren Körper zu reiben.

»Soll ich das Tuch nehmen?«

»Macht es Ihnen Vergnügen?«

»Sollt' es nicht, wenn ich die schönen weißen Teile unter meinen Händen erröten sehe?«

Sie küßte mich feurig.

»Allein, Lieber, das Feuer, das dadurch erregt wird, ist zehrend, nagt am inneren Mark und ist erstickend wie Schwefeldampf. Und doch reizt es das Gefühl aufs höchste.«

»Ich muß ja für Ihr Vergnügen sorgen, und Sie wollen –«

Sie reichte mir lächelnd ein Tuch und behielt das andere. Mit einem Arm hielt ich sie umschlossen, Busen lag an Busen, die andere Hand arbeitete auf dem fleischigen Hintern.

Wahr ist es, ein gewaltiges Feuer ergießt sich in die Adern, und der Reiz wird am Ende schmerzhaft.

Unsre Knie zitterten, wir schwankten zum Bett und konnten kaum den Augenblick der Vereinigung abwarten.

Bald leerten wir den Becher der Wollust, und

Feuer und Reiz dauerten fort, nur daß unsere Bewegungen gemäßigt wurden.

Jetzt hob meine Schöne ihren rechten Schenkel und legte ihr Bein quer über meinen Hintern, oben, wo das Rückgrat endigt, und gab jedem meiner Stöße einen Nachdruck.

Wir fingen unter der Decke an zu duften, unsere Körper wurden feucht; wollüstigere Gefühle hatte ich noch nie empfunden. Der Augenblick der Entwicklung näherte sich, unsere Hintern zuckten mehr, als sie sich bewegten, unser Atem war wollüstiges Kreisen.

Fest drückten wir unsere Wollustteile zusammen, verloren Bewegung und Atem; mit offenem Munde und brechenden Augen verfielen wir in der Wollust höchsten Taumel; sanft und mit unnennbarem Gefühl flossen beider Wollustquellen unter mäßigen Zuckungen.

Wer nie Ähnliches empfand, kann sich keine Vorstellung davon machen.

Wir waren ganz, ganz entkräftet, und im Wollustrausche überschüttete uns Morpheus mit Mohnsaft und fesselte unsere Glieder.

Die Wanduhr schlug neun, als mich meine schöne Glossen mit sanften Küssen weckte.

Zweites Buch

Erstes Kapitel

Der Schauplatz verändert sich

Dem Befehl meines Vaters zufolge bracht' ich meine Sachen in Ordnung, nahm zärtlichen Abschied von Madame Reibhand, Lieschen war nicht mehr da, und reiste ab.

Ich trat eben in mein einundzwanzigstes Lebensjahr.

»Wähle nun, mein Sohn«, sagte mein Vater zu mir. »Dreierlei leg' ich dir vor; willst du Soldat werden, so hab ich dafür gesorgt, daß du mit der Wahl auch Offizier wirst; willst du studieren, so hab ich auch nichts dagegen, nur ist die Frage, was du auf der Schule für einen Grund gelegt hast; oder willst du dein Leben als Landjunker beschließen, so passen dazu auch meine Verfügungen, die ich getroffen.«

»Ich wähle das erstere, gnädiger Herr.«

»Nenne mich Vater!«

»Wenn es bei mir steht, mein Vater, so wählt' ich den Degen; nur möcht' ich doch auch gern einige Jahre die Universität beziehen, um da Kenntnisse zu sammeln, daß ich auf diese und jene Art meinem Stand Ehre mache. Ich könnte auch das Studium wählen und wollte auch da nicht zurückbleiben, so wie ich bis jetzt nicht einen mir leicht vorgelassen habe, und dann wären einige Jahre zu reisen so recht nach meinem Wunsche.«

»Lieber Karl, deine Antwort freut mich von ganzer Seele, und ich bekenne dir offenherzig, daß ich sie nicht so bestimmt erwartet habe. Die guten Zeugnisse deiner Lehrer waren also nicht bloß Bettelbriefe, wofür ich sie meistens angesehen habe.

Wähle nach deinem Gefallen, ich will dir alles sagen, was du für die Zukunft zu erwarten hast. Noch zwei Jahre, so bin ich sechzig Jahre alt. Ich werde für den reichsten Edelmann gehalten und bin es auch gewesen; allein, meine Art zu leben nach einem ausgedachten und ausgeführten Plane, worüber ich nicht die geringste Reue spüre, hat gemacht, daß ich nicht mehr bin, was ich war.

Ich bin nun so alt, daß sehr vieles, was mir bisher Freude und Vergnügen machte, keinen Reiz für mich hat, und andere Dinge heitern jetzt meine Seele auf, bei denen ich sonst unempfindlich war.

Meine Güter sind verschuldet, und ich würde der Mann nicht sein, der ich doch wirklich bin, wenn ich nicht noch zu rechter Zeit meine Sache ins reine bringen wollte.

Du bist mein Sohn, es wäre ungerecht, wenn ich nicht besonders dabei an dich gedacht hätte.

Hör' also, lieber Freund, meinen Plan, der schon seiner Ausführung nahe ist. Ich habe meine besten Güter verkauft, damit werden alle meine Gläubiger befriedigt, V., W., G. und H. sind auf Leibrenten verkauft, ich bekomme jährlich fünfzehntausend Taler auf meine Lebenszeit. Meine jährliche Dienerschaft entlaß ich mit doppeltem Gehalt und behalte niemand als meinen alten treuen Jäger und meine Lilla. In L. werde ich wohnen, das Gütchen liegt einsam und still und fällt dir auch nach meinem Tode zu. Dir aber gehört von heute an Blassenheim, weil ich bemerkt habe, daß es dir von jeher gefiel, und das kleine einsame Dunkel. Du hast also von nun an ein jährliches Einkommen von zwölftausend Talern, und findest du treue und redliche Leute, so kann sich's vielleicht erhöhen.«

Ich fiel meinem Vater um den Hals, weinte und bat, alles zurückzunehmen; ich wollte gern alle meine Wünsche aufgeben, Soldat werden und mich mit meinem Traktament behelfen, nur sollt' er nicht seine gewohnte Lebensart aufgeben, und sollte auch nach vielen Jahren, die ich ihm noch zu leben wünschte, nichts übrigbleiben, so wäre es mir genug, sein Sohn zu heißen.

»Guter Karl«, fuhr er mit tränenden Augen fort, »ich freue mich, daß ich mich nicht geirrt habe, und um so mehr bleibt meine Verfügung unabänderlich. Ich will mich in Blassenheim auch aufhalten und werde mich freuen, wenn ich dich oft sehe. Alles, um was ich dich bitte: Sei ein ehrlicher und redlicher Mann und versage niemandem deine Hilfe, wenn du kannst und siehst, daß er es verdient. Das ist alles, was ich dir als Vater sage. Übrigens lebe nach deinen Begriffen und Vorstellungen, ich werde dich über nichts zur Rede stellen.

Morgen gehst du nach Blassenheim und machst Anstalten, übermorgen mich und sechs bis acht Gäste zu empfangen. Ich werde dich deinen Untertanen vorstellen und sie dir überliefern.«

Zweites Kapitel

Eine Überraschung über die andere

Am anderen Morgen kam ein Reitknecht zu mir und fragte, was er mir für ein Pferd satteln sollte.

»Welches er will, guter Mann.«–

Ich war zerstreut; der gestrige Vorgang hatte zu großen Eindruck auf mich gemacht.

Ich empfahl mich bei meinem Vater mit tränenden Augen und stockender Stimme. Lilla war bei ihm, ich küßte ihre Hand.

»Soll ich Lilla morgen auch mitbringen?« fragte mein Vater.

»Wollen Sie ohne Lilla kommen, mein Vater, da Sie sie doch unstreitig allen anderen Damen vorziehen?«

»Du bist mein Sohn«, sagte mein Vater und küßte mich. »Lilla, lieb' ihn wie meinen Sohn.«

»Können Sie zweifeln, gnädiger Herr?« sagte Lilla. »Hätte er seine Mutter ehren können, da er mich vom Anfang an geehrt hat?«

»Dafür küß ich dich, Lilla«, erwiderte mein Vater, »und du bist mir noch einmal so lieb, wenn du das wirklich fühlst, was du sagst.«

Bis nach Blassenheim sind fünf Stunden. Der Reitknecht begleitete mich. Ich sprach kein Wort, stellte allerhand Betrachtungen an über mein künftiges Schicksal und kam eher an, als ich vermutete.

Das herrschaftliche Haus ist ein großes, weitläufiges Gebäude mit einem großen Hofraum. An dem Tor empfing mich meines Vaters alter Haushofmeister.

»Gnädiger Herr«, sagte der alte Graukopf, »ich habe Befehl, Ihnen die ganzen Ingredienzien dieses Schlosses zu überliefern und zuzuzählen, und wenn Sie wollen, können Sie auch mich, solange ich lebe, zum Inventarium schlagen. Ich bin in der Familie alt geworden und möchte nun nicht gerne austreten.«

»Also, Alter, er bleibt hier Hausvogt«, sagte ich zu meinem Führer.

»Dacht' ich's doch! Sagt's auch gleich meinem gnädigen Herrn; oh, ich seh's dem gnädigen Herrn an, daß er mich behält.« –

»Noch eins, den Pferdestall!«

Ich fand drei schöne Reitpferde, wobei auch mein Weißfuchs war, den ich nun zu meinem Liebling machte, weil er mich zu der schönen Glossen getragen hatte.

Ich könnte nun viel erzählen von meinen mancherlei Empfindungen, will es aber nicht tun, sondern die Zergliederung der großmütigen Handlungen meines Vaters meinen Lesern überlassen.

»Morgen kommen Gäste, Alter!«

»Weiß ich schon, hab' auch schon backen lassen, und mit dem frühesten will ich den Koch mit seinem Jungen in Bewegung setzen.«

»Also der ganze Haushalt schon in Ordnung?«

»Ja, solange Sie hier bleiben, und dann kommt's auf Sie an, wie Sie's abändern wollen. Der Keller ist auch gut versehen, und darüber bitt' ich mir die Aufsicht aus. – Befehlen Sie eine Flasche Burgunder oder Champagner?«

Fast mit jedem Wort des Alten hörte ich neue Beweise von der Güte meines Vaters.

Es war bald zehn Uhr abends, ich saß noch bei meiner Flasche Wein in einem kleinen niedlichen Zimmer nach dem Garten hin, als mein Alter zu mir kam und sagte, daß eine Dame vor dem Hoftor in einer Halbchaise hielt und nach dem Burgvogt hätte fragen lassen. Er wäre sogleich hinausgegangen, die Dame hätte aber sehr fremd getan, nach der Herrschaft gefragt und ihm endlich befohlen, den gnädigen Herrn um ein Nachtlager zu bitten, weil sie die Nacht überrascht hätte. Er hätte nach ihrem Namen gefragt, den er aber, weil er so kurios klinge, nicht verstanden habe. Die Chaise fuhr jetzt in den Hof. Ich war in Verlegenheit und sagte dem Alten, er hätte ihr ein Zimmer anweisen und von mir nichts sagen sollen.

Ich ging hinunter, mein Alter mit zwei Lichtern voraus.

Eine Dame in einer dicken Florkappe quälte da eine Menge Entschuldigungskomplimente her und sagte in einem fort soviel von Unbequemlichkeit des Reisens, daß mir die Ohren gellten.

Unter Entschuldigungen, daß ich noch gar nicht zum Empfang einer Dame eingerichtet sei, folgten wir meinem Alten, der uns in ein Zimmer brachte und sich, um das Weitere anzuordnen, entfernte.

Ich geriet in die größte Verlegenheit, weil die Dame zu sprechen aufhörte und ich nichts zu sagen wußte.

Mein Alter brachte eine Bouteille Wein und etwas Gebackenes und verließ uns wieder.

»Wollen Sie, meine gnädige Frau, es sich nicht – bequem machen?«

»Mein Kutscher wird wohl meine Sachen bringen.«

»Sogleich will ich befehlen!«

Eben kam mein Alter mit dem Knecht, brachten einen kleinen Reisekoffer und gingen wieder.

»Es ist unangenehm, daß mich der Schurke irrefahren mußte – mein Kammermädchen –«

»Wenn Sie erlauben, so werde ich Ihnen Freiheit lassen, und Sie befehlen, wie bald ich die Gnade haben soll, angenehme Ruhe zu wünschen.«

»Oh, in zehn Minuten, in zehn Minuten, es ist ja schon spät!«

Wer war froher als ich? – Die Stimme war mir so widerlich, daß mich nicht die geringste Neugierde, ihr Gesicht unbeflort zu sehen, anwandelte.

Den zehn Minuten gab ich fünf zu und hätte gern noch mehr zugesetzt, wenn ich dabei etwas gewonnen hätte.

Ich ging endlich wieder in ihr Zimmer, es brannte nur ein Licht, sie war mit dem anderen ins Nebenzimmer gegangen.

Ich ging auf und ab. Auf einmal faßte es mich bei den Schultern, ich erschrecke, kehre mich um und stehe wie versteinert.

Die schöne Frau v. Glossen im rosenroten Kleide!

»Das heiß' ich überrascht, nicht wahr, lieber v. H.?«

Ich fiel ihr um den Hals.

»Engel! Und Sie konnten sich so verstellen und mir durch Ihre angenommene widerliche Stimme unangenehme Empfindungen erregen!«

»Die doch jetzt vorüber sind?«

Ich wußte vor Vergnügen nicht, was ich beginnen sollte.

»Wie freue ich mich Ihrer Freude! – Doch vorerst, lieber H., rufen Sie Ihren Alten, daß er mich sieht und dann mein Mädchen, das vor dem Tor wartet, hereinholt und ihr eine Schlafstelle anweist, und dann – sind wir allein.«

Mein Jonas kam. Er faltete die Hände, und nicht viel fehlte, daß er nicht ein Gottseibeiuns ausrief.

Ich beschied ihn.

»Schon gut, schon gut«, sagte der alte Schalk, »ich will das Mädchen schon betten, daß ihr das Lauschen gewiß vergehen soll.«

Das Mädchen kam und ward abgefertigt.

»Aber liebe schöne Frau, wie habe ich das Glück –«

»Lesen Sie!«

Sie überreichte mir ein Billett. Ich erkannte meines Vaters Hand.

»Wenn die liebenswürdige Frau v. Glossen den jungen Herrn v. H. als Besitzer und Eigentümer von Blassenheim den 13. ds. begrüßen wollen, so werden Sie mich und noch einige Freunde dort finden. Sein Vater glaubt, durch diese Nachricht Ihnen, meine schöne Frau, und auch seinem Sohn keinen unangenehmen Dienst zu erweisen.

W. C. v. H.«

»Der alte Fuchs ist uns auf der Spur. Mag er doch! Nicht, lieber H.?«

»Ich weiß vor Vergnügen keine Worte zu finden.«

»Freut mich, lieber Junge. Wie könnte ich bei dieser Nachricht bis morgen warten? Ich mußte dir ja Glück wünschen, da gewiß niemand größeren Teil daran nimmt.«

Sie küßte mich unaufhörlich, und ich vergnügte mich, das herrliche Weib anzusehen und an ihrem vollen Busen zu spielen.

»Ich möchte wohl gern Vorgang und Veranlassung wissen; allein, ich spare meine Neugierde bis morgen. Komm, holder Knabe, in dein Zimmer, was ich vermag, will ich anwenden, daß du die erste Nacht in deinem Eigentum vergnügt zubringen sollst.«

»Engel der Liebe, wie könnte ich das anders in deinem Arm, an deiner Brust!«

Sie küßte mir jedes Wort vom Mund.

Es war zu Ende des August, und die Abende waren kühl.

Mein alter Jonas verstand sein Amt; im Kamin meines Schlafkabinetts brannte Feuer. Sanfte Wärme und angenehmer Geruch erfüllten das Zimmer.

Ich weiß meinen Lesern keine Ursache anzugeben, wenn es nicht die ist, daß der Vorgang mit meinem Vater und meine jetzige Lage mein Nervensystem so erschüttert hatten, daß mir jetzt jeder kleine Reiz doppelte Schwingung verursachte. Gewiß hatte ich schon alles Vergnügen mit meiner schönen Glossen im Spiel, Kuß und Umarmung genossen; allein, mit so außerordentlichem Gefühl, mit so überschwenglicher Zärtlichkeit hatte ich noch nicht ihren schönen Körper berührt, sie an meine Brust gedrückt und der Liebe Nektar von ihren Lippen geschlürft. Es ist nicht das Stürmische der Leidenschaft, es war hinsinkende Schwäche, herzliche Zärtlichkeit, die mit so wonnigem Entzücken Busen an Busen führte und unsern Geist in den seligsten Zustand versetzte.

Wir waren entkleidet, legten uns nieder und sanken in ein wollüstiges Daunenbett. Fest umschlossen, Lippe an Lippe, kein Laut, nur leiser Hauch ging aus einem Mund in den anderen über, der bisweilen in Seufzen sich umwandelte, lagen wir lange. Stillschweigend erstieg ich endlich der Liebe Thron. Ein lautes Ach kündigte Amors Ankunft in der Grotte der Wollust an. Unser Gefühl stieg aufs höchste, bedurfte keines Hände- und Zungenspiels, und in stummem, zärtlichem, ohnmächtigem Hinsinken leerten wir den beseligenden Becher der Wollust und taumelten dem lieblichsten Schlaf in die Arme!

Noch hielt mich meine Glossen fest in ihren Armen, als ich erwachte. Ihr ganzer Körper duftete, und jeder Muskel war so sanft wie unser Flaumbett, das uns umgab. Kein leidenschaftlicher Zug durchfurchte ihr schönes Gesicht, nur zärtliche, himmlische Liebe hatte ihre schöne Seele hingezeichnet. – Mit den zärtlichsten Küssen weckte ich sie, sie schlug die Augen auf:

»Ach, lieber H., jedesmal glaubte ich, nun hast du alles Vergnügen genossen, dessen eine menschliche Seele fähig ist, und jedes folgende Mal war es doch größer; aber den Grad, in dem ich es gestern genoß, kann es gewiß nicht überschreiten.« Sie küßte mich unaufhörlich.

»Jüngling, ganz geschaffen zum Genuß alles dessen, was das Menschenleben Beseligendes hat, höre mich: Sei fest und laß dich nicht hinreißen zur niedrigen Wollust, die alle beseligenden Gefühle zerstört!«

Jedenfalls wird das in dem Mund der schönen Glossen vielen von meinen Lesern paradox klingen, besonders wenn sie dabei bedenken, daß sie die Frau eines Offiziers ist und jetzt in meinen Armen liegt.

Daß wir ohne innige zärtliche Vereinigung und ohne der Liebe ein reichliches Opfer zu bringen nicht aufstanden, hätte ich wohl nicht erst berühren dürfen, da es ebenso natürlich war, wie ein Kapitel auf das andere folgt.

Drittes Kapitel

Eine Festlichkeit

Mein Vater langte mit seiner Lilla zeitig an. Ich führte ihn zur Glossen, er küßte sie, und lächelnd sagte er:

»Meine gnädige Frau, die unvermutete und geschwinde Reise ist Ihnen doch wohl bekommen? Sie müssen sich sehr früh aufgemacht haben, da Sie mir zuvorgekommen sind.«

Ohne etwas zu sagen, nahm sie meinen Vater und mich am Arm, führte uns in mein Schlafkabinett, zeigte aufs Bett.

»Verdenkst du mir's, alter Sybarit, daß ich mich diese Nacht hier in diesem Bett in den Armen des schönsten Jünglings von meiner zehnstündigen geschwinden Reise erholt habe?«

Mein Gesicht ward mit Feuer übergossen, und meine Augen brannten.

v. H.: »Sehen Sie, schöne Frau, den guten Jungen reut es, weil Sie ihn verraten.«

Glossen (sie umarmte und küßte mich:) »Nein, Lieber, es reut dich nicht, nicht wahr? Dieser alte Sybarit kennt das Angenehme des menschlichen Lebens, und sein Herz ist wohlwollend, als daß er jemandem das geringste Vergnügen mißgönnen sollte. Wäre er nicht so alt und ich nicht schon gebunden, er müßte mein Gemahl sein. Nicht wahr, lieber Alter, auch dann würdest du mir nicht die süße Umarmung eines liebenswürdigen Jünglings mißgönnen!«

v. H.: »Schäkerin, weißt du wohl, daß du Geheimnisse ausplauderst, die gewöhnliche Erziehung und Unterricht nicht verdauen können?«

Glossen: »Es wäre Mißgunst, deinem liebenswürdigen Sohne, der nur dein Sohn zu sein verdient, etwas zum Geheimnis zu machen, was ihm das geringste Vergnügen rauben könnte.«

v. H.: »Wenn du meinst, so nimm meinen Dank!«

Er küßte ihren Mund und ihre Milchhügel und entfernte sich mit den Worten:

»Karl, du hast gut gewählt.«

Glossen: »Haben Sie das, verschämter Jüngling?«

Ich: »Bei Gott! Sie haben mich außer Fassung gebracht.«

»Nun, so will ich dich so lange küssen, bis du wieder deine Fassung erhältst.«

Und damit zog sie mich in mein Zimmer, warf mich aufs Sofa, küßte, kitzelte mich und brachte mich ganz in Feuer. »Du glühst, Jüngling.«

Sie schloß die Tür ab, löste meine Beinkleider; ich deckte ihren leichten Rock auf; sie schwang beide Schenkel um mich und – die heftige Ergießung endete mit einer süßen Ohnmacht den Scherz.

Meine Gäste kamen nun nach und nach an; ich empfing sie und erntete ebensoviel Lobsprüche ein wie mein Vater, und besonders von zwei gnädigen Frauen, die ihre gnädigen Fräuleins mit sich hatten.

Die Gesellschaft bestand aus sechzehn Personen.

Wir setzten uns zur Tafel, und die kleine Kapelle meines Vaters erheiterte durch eine angenehme Musik unseren Geist ebensosehr als der begeisternde Rebensaft. –

Um drei Uhr hörten wir die Dorfglocke läuten.

»Nun sind sie beisammen«, sagte mein Vater, »wollen Sie mir folgen?«

Sie folgten alle und wußten nicht wohin. Er führte uns auf den großen Gemeindeplatz im Dorf. Alles war versammelt, von dem Ältesten bis zum Jüngsten.

Die Dorfmusik begann. Mein Vater eröffnete mit einem jungen Bauernmädchen den Tanz, wir folgten seinem Beispiel und vergnügten uns an der rohen, ländlichen Freude.

Wie der Abend und die Nacht hingebracht worden, mögen sich meine Leser nach Gefallen vorstellen, ich will sie wenigstens mit allgewöhnlichen Dingen nicht ermüden.

Den folgenden Morgen, nach eingenommenem Frühstück, verließ mich mein Besuch, und nur mein Vater und meine Glossen blieben.

Es wurde der Plan für meine Zukunft entworfen. Der alte Jonas bekam die Aufsicht über mein Gut. Ich sollte zu meinem Regiment, bei dem ich als Leutnant angestellt war. Kommendes Frühjahr wollt' ich dann die Akademie besuchen und was so mehr war.

Mein Vater gab mir einen erfahrenen Menschen zum Bedienten, und meine Reise ward nach acht Tagen festgesetzt.

Viertes Kapitel

Anmerkung zur Erläuterung der Geschichte

Meine Leser werden es vielleicht nicht ungern sehen, wenn ich ihnen, ehe ich mich zu meinem Regiment verfüge, eine kurzgefaßte Erläuterung über meinen Vater und meine schöne Glossen gebe.

Die das Kapitel für überflüssig halten möchten, belieben es nur gefälligst zu überschlagen.

Ich habe schon gesagt, mein Vater war der letzte seines Stammes und der reichste Kavalier im Land.

Sein erster Glaubensartikel war: Liebe Gott und deinen Nächsten, und ein zweiter: Der Mensch ist zum Vergnügen geschaffen, und aus diesen beiden formte er den ganzen Plan seines Lebens, als er auf seine Güter zurückkehrte.

In Anschauung seiner Liebe kennen ihn meine Leser: Er glaubte, wie der Mensch in allen Dingen der Veränderung unterworfen sei, so sei er es auch in der Liebe, und angenommene Fesseln der Ehe störten den ersten Endzweck: das Vergnügen, wozu der Mensch geschaffen sei.

Die schöne Glossen war ebenfalls der Meinung meines Vaters in Anbetracht des Vergnügens. Sie war die einzige Tochter eines Edelmannes, der sie an ihren Mann verheiratete, starb und ihr ein mäßiges schuldenfreies Gut hinterließ.

Sie besaß ungemein viel Talent und einen umfassenden Geist. Bald fand sie, daß ihr Gemahl nicht ihr Dasein ausfüllen konnte. Jugendliche Ausschweifungen hatten ihn schon in seinem dreißigsten Jahre einem abgemagerten Greis gleichgemacht. Wie wenig Befriedigung fand ihr feuriges Temperament!

Sie war eben zwanzig Jahre alt, als sie den Herrn v. B. kennenlernte und sich bald in seinen Armen fand, daß sie keine Ursache hatte, ihren Entschluß zu bereuen.

Herr v. B. blieb in einem Zweikampf; die Frau von Glossen betrauerte ihn in ihrem Herzen und suchte vier Jahre und fand keinen, mit dem sie nach ihrer Vorstellung das Vergnügen des Lebens genießen könnte.

Sie hatte mich lange beobachtet, beschloß endlich einen Versuch, und meine Leser wissen, wie. –

Fünftes Kapitel

Enthält nichts Wichtiges

Ich kam nach der Hauptstadt, in der mein Regiment lag; zeigte mich dem General und allen Offizieren vom Regiment; lernte exerzieren und zog immer mit auf die Wache.

Ich machte Bekanntschaften, besuchte Gesellschaften, und hätte ich mir nicht einige Bücher angeschafft, so hätte ich manche langweilige Stunde gehabt.

Eine Bekanntschaft in meinem Quartier freute mich. Es war ein Gelehrter, der trotz seiner weitläufigen Kenntnisse schon zwanzig Jahre auf eine Versorgung wartete und immer jungen unbärtigen Söhnen in Ansehen und Amt stehender Väter nachgesetzt wurde.

Ich teilte mit ihm meine Gage und hörte ihn täglich zwei Stunden über den Menschen, die Welt und deren allgemeine Verfassung sprechen. Ich lernte bei dem Mann methodisch, ohne eigentliche Logik, denken; lernte vergleichen und abstrahieren und Begriffe sammeln.

Sechstes Kapitel

Mutter Dore

Oft hatt' ich auf der Parade von dem und jenem die Fragen gehört:

»Geht's heut' zu Mutter Dore?«

»Wann treff ich dich bei Mutter Dore?«

Einmal fragte ich einen hageren Leutnant mit hohlen Augenhöhlen und blauer Garnierung, was es damit für Bewandtnis habe.

»Blitz und Wetter!« entgegnete er, »Sie kennen Mutter Dore noch nicht? Ei der Teufel, so kennen Sie ja noch gar nichts! Ei, ich will verdammt sein, die müssen Sie kennen! Verdamm' mich Gott, wir wollen heut' noch hin! – Freilich, das sag' ich Ihnen vorher, gehänselt werden Sie, ein paar Flaschen Champagner wird Sie's kosten; aber das versicher' ich Sie auch bei meiner Ehre:

Spaß sollen Sie dafür genug haben. Um wieviel Uhr, v. H., soll ich Sie abholen?«

»Aber sagen Sie mir doch, was ich da zu erwarten habe.«

»Werden's schon sehen. Donnerwetter, soll's einen Spaß geben! Um vier Uhr komm' ich, nicht wahr? Bei Abend nimmt sich so'n Spaß immer besser aus. Will's noch einem guten Freund sagen, woll'n rechten Spaß haben.«

Ich hatte an des Menschen Lärmen so vollauf genug, daß ich nicht gern einen zweiten fragte, sondern lieber auf meine Gefahr die Sache untersuchen wollte.

Zum Glück fiel mir meine gelehrte Bekanntschaft ein, ich fragte also hier an.

Die Antwort war:

»Mutter Dore ist ein Weib, wo man für doppelte Bezahlung schlechtes Bier und noch schlechteren Wein trinkt und feile Mädchen findet, die Zucht und Scham für Todsünde halten.«

»So werd' ich für den Leutnant nicht zu Hause sein.«

Auf seine Frage erzählte ich ihm den Vorgang auf der Parade, und er sagte:

»Sie müssen hin, und das aus zweierlei Ursachen. Erstlich, weil Sie sich sonst allerhand Sticheleien und Schraubereien aussetzen, und dann, weil nach meinen Begriffen ein junger Mann alles sehen muß.

Aus Vorsorge lassen Sie Ihre Uhr zu Hause und stecken höchstens einen Louisdor zu sich, im Fall Sie glauben, daß Sie nicht genug auf Ihrer Hut sein könnten. Sie werden eine besondere Seite des menschlichen Herzens kennenlernen; erzählen Sie mir morgen davon, so will ich Ihnen eine Paraphrase darüber machen.«

Um vier Uhr ging es also zu Mutter Dore. Wir traten in ein kleines Haus in einem dunklen, abgelegenen Gäßchen. Ich folgte voller Erwartung in ein geräumiges Zimmer. Ein ältliches, feistes Weib mit kecken Augen empfing uns.

Leutnant: »Hier bringe ich einen jungen Ritter, Mutter Dore, der deine Ware feilschen will.«

Dore: »Du Saukerl, wie fällt denn ein so wakkerer Kerl in deine Hände? Möchtest was drum geben, wenn du ihm nur von hinten glichest!«

Ich staunte über das artige Kompliment.

Sie faßte mich am Kinn.

Dore: »Wahrlich, du bist ein schöner Junge! Was macht Mama und Papa?«

Ich: »Sie befinden sich wohl und sagten mir, wenn mir eine solche alte Vettel so begegnete, sollte ich ihr einen Nasenstüber geben.«

Dore (überlaut lachend): »Aber, lieber Junge, spare deine Bravour und deine Hand für den Degen, an meiner Nase wäre beides am unrechten Ort.«

Der andere: »Wo sind die Mühmchen, du alte Donnerhexe, ich sch… auf dein Schwatzen.«

Der Dritte: »Geh, altes …«

Lauter Komplimente, die mich die Sauberkeit der Gesellschaft mit einem Blick übersehen ließen.

Nun erschienen die Mühmchen. Sehr artige Gestalten, die nichts als eine mir unbegreiflich freche Miene entstellte.

Dore: »Dort, Mühmchen, bewillkommnet den neuen Herrn Vetter!«

Sie sprangen alle auf mich los, ergriffen und küßten mich mit einem lauten: »Willkommen, lieber Vetter! Bei meiner Seele, du bist ein braver Junge geworden!« – Jede zog mich an sich, jede wollte mich allein für sich haben, und alle riefen zugleich:

»Geh du zu deinem Hohlauge!«

»Du, die Stumpfnase wird böse, geh!«

»Dünnschenkel wartet, marsch mit dir!«

Ein Getöse, daß mir die Ohren summten. Endlich kam Mutter Dore und sprach:

»Fort mit euch, wir müssen erst sehen, ob er das Maß hat.«

Sie hatte eine Maschine, fast wie ein Schuhmachermaß, in der Hand.

»Mach die Hosen auf, junger Ritter, hier wird keiner angenommen, der unter dem Maß ist!«

Ich wurde ärgerlich.

»Für das Gerede, welches mich anekelt, holt lieber einige Flaschen Champagner und laßt mich in Ruhe.«

Die Bouteillen kamen, und mir als Wirt ward die Wahl gelassen, welches Mühmchen ich zu meiner Gesellschafterin wählen wollte. Ich nahm eine niedliche Blondine, in deren schmachtenden blauen Augen nur wenig Frechheit zu finden war.

Das Gespräch wurde bald munterer, das heißt, es gestaltete sich zur gemeinsten Zotenreißerei. Mich freute es, daß ich so gut gewählt hatte.

Meine Nachbarin, entweder weil sie meinen Widerwillen bemerkte oder selbst keinen Geschmack daran fand, war sehr gemäßigt in ihren Ausdrücken.

Ich küßte sie oft, allein es mangelte etwas, Geist und Leben fehlte ihrem Zungenspiel; alles war so wässerig, ohne Kraft. Ich durchsuchte ihren Busen; eine feine, schneeweiße Haut, aber ihre Brüste weich und ohne alle Sprungkraft. Sie strengte ihre Brust an, damit sie sich heben sollte, allein nur das Knochengebäude hob sich.

Sie gab sich alle erdenkliche Mühe, Feuer in mir anzuschüren, richtete aber weniger aus als das geringste Berühren eines Fingers meiner schönen Glossen.

Der Wein hatte die Geister erhitzt. Man wünschte, daß die Mühmchen sich entkleiden sollten. Ich fragte meine Blonde, wie ihr der Vorschlag gefiele. Mit Achselzucken antwortete sie: »Leider bin ich in der Lage, daß ich es tun muß, und nach und nach bin ich so weit gekommen, daß mir nur noch eine schwache Erinnerung der Zeit übrigbleibt, da mir diese Zumutung, mich so öffentlich zu entkleiden, abscheulich vorkam.«

Unsere Mühmchen wurden entkleidet, mußten tanzen und allerhand Posituren machen, wie sie die ausschweifende Einbildungskraft vorschrieb. Gewiß waren es sehr niedliche Körperformen, allein schon ihrem Verblühen nahe.

Indes hatte doch das Spiel mein Temperament rege gemacht, und als ich sah, daß einer meiner Gesellschafter mit seiner Nachbarin verschwand, da trug ich meiner Blondine ein Gleiches an.

»Sie dürfen befehlen, und ich muß gehorchen. Weigerung ist hier nicht am Platz«, antwortete sie, und wir erhoben uns.

Wir gingen in ihre Kammer. Ich legte sie aufs Bett. Wärme hatte ihr Körper wohl, aber nicht jene, flammende Begierde erregende. Ich betastete die schlaffen Muskeln, befühlte den Wollusttempel; die so reizbare Erhöhung über dem moosigen Gestade war nicht mehr vorhanden, war ganz eingedrückt, und all mein Tändeln hatte keine andere Wirkung als Lächeln und Küsse ohne Feuer.

Ich setzte mich in Positur.

Meine Blonde wandte alles an und zeigte sich als Meisterin im Wollustspiel. Aber es fehlte ihr das hinreißende Feuer.

Sie fühlte, daß bei mir die Entscheidung nahte.

»Halten Sie sich so ruhig wie möglich!«

Ich gehorchte ihr, sie preßte mit beiden Händen die Dünnung über meinen Hüften und arbeitete mit zuckenden Stößen unter mir. Ich muß gestehen, meine Ausleerung war von vielem Vergnügen begleitet.

»Sind Sie mit mir zufrieden?«

»Allerdings, liebes Mädchen, allein du scheinst an dem Vergnügen keinen Teil zu nehmen.«

»Und doch habe ich seit langer Zeit nicht den zehnten Teil von dem heutigen Vergnügen genossen«, sprach sie und küßte mich feurig. »Sie haben noch Kraft, wollen Sie mir ein Vergnügen gönnen, dessen ich mich kaum noch erinnere?«

Jetzt fühlte ich ihre Muskeln schwellen, ihr Gesicht überzog sich mit einer Purpurröte, und ihr Atem ward zitternd.

»Sie zögern – recht so – ein Mädchen von meiner Sorte ist nicht wert, ein Vergnügen zu genießen, welches nur reiner Liebe gebührt.«

Auf einmal gefiel mir das Mädchen, ihr schönes blaues Auge stand in Tränen, und die Frechheit war nicht mehr darin. Ich küßte sie und erfüllte ihren Wunsch, indem ich mit beiden Händen ihre Hinterbacken emporhob und mich stark bewegte.

»Oh – wohltätiger Engel – nur noch einmal – ah! –«

Wie schön das Mädchen jetzt in ihrer wollüstigen Ohnmacht dalag!

»Unmöglich bist du zu diesem Handwerk geboren, liebes Mädchen.«

(Stockend): »Nein – das nicht – oh –«

Ihr Auge stand starr.

Ich vergrößerte ihr Vergnügen bedeutend, indem mein Nierensaft ihre geöffneten Wollustdrüsen befeuchtete.

»Oh – so wohl – ward mir's nie –«

»Mädchen, du schwärmst.«

(Nach einiger Erholung:) »Ich schwärme nicht. Können Sie glauben, daß ich Vergnügen finden kann, wenn ich jeder Ausleerung, zu jeder Zeit, von jeder Person zu Diensten stehen muß? Wie ekelhaft ist manches männliche Gerippe, das ich in meine Arme schließen muß! Und dann noch obendrein die Besorgnis, häßliches Gift statt vergnügenden Wollusttrank zu empfangen und dann Unschuldige wieder zu vergiften.«

Ein Lärm vor unserer Kammer störte unsere Unterhaltung. Ich öffnete die Türe, ein Mühmchen, noch nackend, trat herein.

»Bei meiner Seele, Schwester, ich bin eifersüchtig. Ihr könnt kein Ende finden, und wir armen Luder möchten uns die Hände blutig reiben und –«

Ein ekelhaftes Geschwätz. Sie setzte sich zu mir.

»Hast du mir denn gar nichts aufgehoben?«

Sie griff an meinen Amor. Ich stieß sie zurück.

»Ei, das Knäblein, wie züchtig! – Da, sieh her, Junge, hier gibt's auch noch zu schmausen, und ich will auf dem Misthaufen krepieren, wenn es nicht wärmere Speisen hier setzt als bei der schmachtenden Magdalena, der alles Feuer mangelt!«

Sie führte meine Hand an ihre Muschel, die stark angelaufen war und wie Feuer brannte.

»Fühlst du wohl? Jene Schäker verstehen höchstens, das Ding warm zu machen, und dann keuchen, wackeln und fallen sie wie die Fliegen vom Reif.«

Sie stieg auf, wie ein Blitz saß sie auf meinem Schoß, das Gesicht mir zugekehrt und beide Schenkel um meine Hüften geschlungen, umhalste und küßte mich wie eine Furie.

»Nun, lieber Junge, lösche mein Feuer, glaube mir, es sind, bei meiner Seele, keine Narrenpossen, wenn man so geil gemacht wird und keine Befriedigung findet!«

Ich wollte sie fortstoßen, allein sie klammerte sich so fest an mich und bat in einer so eigenen Art, daß ich wohl merkte, ich müßte ihr willfahren, wenn ich mich auf gute Art aus dem Handel ziehen wollte. Ich fragte also meine Blonde, ob sie uns ihr Bett räumen wollte, sie war willig, allein die Dirne verlangte das nicht.

»Rücke nur besser vor und bleibe so sitzen. – So – noch besser – so –«

Sie führte meinen Amor in ihre ziemlich weite Muschel, empfing ihn mit lautem Schaudern und Zähneklappern und fing unter lautem Krächzen so heftig auf meinem Schoß an zu arbeiten, daß sie über und über in Schweiß geriet.

Die Neuheit der Positur trug wohl das meiste bei, daß meine Wollustnerven ziemlich reizbar wurden. Ich preßte das Mädchen, hob mich und unterstützte sie. Mein Amor strömte, und mit lautem Jubel empfing das Mädchen den Wollustsaft, sie tobte wie unsinnig, bis endlich ihre verschlossene Quelle durchbrach und brausend überfloß. Sie verlor Kraft und Bewegung. Meine Blondine war aufgestanden und hatte ein leichtes Kleid angezogen. Mit ihrem Beistand hob ich mich auf und legte das wollustgierige Mädchen, das wie ohnmächtig an mir hing, aufs Bett. Ihr Hintern hob sich leicht, ihre Muschel schäumte noch, und die schwarze Einfassung war überschwemmt.

Genug davon.

Wir kamen wieder zusammen, und nun wurden meine Begleiter von dem schwarzen Mädchen auf eine entsetzliche Art mitgenommen. Sie war unerschöpflich an Ausdrücken, die ihren entnervten Zustand schilderten; nur fielen sie freilich oft oder meistens ins Niedrige. Das Mädchen hat keine Erziehung gehabt.

Voller Betrachtungen ging ich nach Hause.

Siebentes Kapitel

Ehrenhalber geht es nicht anders

Meine Leser kennen mich zu gut, als daß sie nicht vermuten sollten, daß ich nicht jungen und schönen Damen fleißig meine Aufwartung gemacht hätte. Anfangs wollt' es nicht recht klappen, ich glaubte, nirgends den Ersatz meiner Glossen zu finden, und wenn nicht mein Naturtrieb mich umgestimmt hätte, so würd' ich noch lange ohne Liebschaft geblieben sein.

Ich kannte schon einige Zeit eine Frau v. F., ein schlankes Weib mit hellblauen Augen, die nur zu sehr ihre Hauptneigung verrieten. Ich bemerkte bald, daß ich ihr nicht gleichgültig sei, beschloß, mein Heil zu versuchen, und versprach mir um so mehr Erfolg, weil ihr Herr Gemahl ein leidenschaftlicher Spieler und also selten zu Hause war.

Es traf sich, daß er eben in eine Gesellschaft kam, wo mehrere seinesgleichen waren, daß ich also vermuten konnte, nachdem sie sich an den Spieltisch setzten, daß sie nicht so bald auseinandergehen würden, und ich beschloß also, der Frau v. F. aufzuwarten.

Ich traf sie lesend an.

»Mein Herr v. H., wie widerfahrt mir diese Ehre?«

»Gnädige Frau, ich habe schon längst das Glück gewünscht, konnte aber bisher gewisser Bedenklichkeiten –«

»Bedenklichkeiten? Inwiefern? Ein junger Mann von Ihrer Art, welche Bedenklichkeiten sollte der haben, einer Dame aufzuwarten?«

»So nennen Sie es Unerfahrenheit, Schüchternheit, fehlerhafte Erziehung –«

»Gegen all das spricht Ihr lebhaftes Auge.«

Ich küßte ihre Hand, und sie erwiderte es mit sanftem Händedruck.

Ohne weitere Umschweife, meine Herren und Damen, nach einigen Präliminarien küßt' ich nicht mehr ihre Hand, sondern ihren Mund, fand aber ihre Lippen rauh und unangenehm.

Meine Hand erlaubte sich, in die Schnürbrust zu stehlen, und fand – sie leer. Einen knöchernen Busen, ansehnliche Warzen an lappiger, unmerkbarer Erhöhung, verbarg ihr dichtes Florgewebe. Mein Entschluß reute mich. Ehrenhalber mußt' ich doch nun das Spiel fortsetzen. Nach einiger Weigerung glitscht' ich ihr unter ihren Rock; kaum berührte meine Hand den welken Schenkel, so fiel sie mir wütig um den Hals, überströmte mein Gesicht mit Küssen und schaffte meiner Hand alle Bequemlichkeit.

Ich fand hartes, struppiges Haar, tiefhängende Lefzen und eine überaus große Öffnung.

Die Frau brannte, sie riß meine Beinkleider auf, streckte sich aufs Kanapee und erwartete mich in völliger Positur. Ich warf jetzt einen Blick auf ihren struppigen Wollustteil, er schien zu gähnen –

Ehrenhalber mußt' ich wohl!

Ich expedierte mich kurz; sie schloß mich fest an sich.

»Oh, noch etwas für mich!«

Ehrenhalber mußt' ich wohl!

Abgerechnet, daß alle Würze des Vergnügens, wohl das Vergnügen selbst wegfällt, wenn uns unser gutes Glück in die Arme eines solchen

Frauenzimmers führt, so hat es auch noch das Unangenehme, daß man sich anstrengen muß und seine Kräfte erschöpft.

Ohnehin greift der Genuß in Kleidungsstükken mehr an und vermindert das Vergnügen, weil die Ausduftung der liebewarmen Körper sich nicht gehörig austreiben, mischen und mitteilen kann, welches doch hauptsächlich dazu erfordert wird, und nun nehme man noch einen Körper dazu, der nicht im geringsten reizt und wo die Einbildungskraft das meiste tun muß, weil man vermöge eines gewissen Ehrgeizes nicht abtreten will.

Es ist ein Verlust der Kräfte, der mehr erschöpft als unmäßiger Genuß bei einem schönen Körper.

Ich sage vielleicht noch etwas mehr davon in einem folgenden Kapitel.

Achtes Kapitel

Eine harte Probe

Da mich der Frau v. F. niedliches Gesicht hintergangen hatte, so suchte ich unter meiner Bekanntschaft, ob ich wohl irgendeinen Ersatz für die unangenehme Stunde fände, und meine Wahl fiel auf die Gräfin T-g.

Sie war höchstens vierundzwanzig Jahre alt, zwischen Brünette und Blondine, hatte eine sehr feine Haut und war fleischig. Ich forschte in ihren strahlenden Augen, ob ich wohl zurückgewiesen würde, und fand zu meiner freudigen Überraschung, daß ihr mein Forschen nicht entging, ja sogar ihren Beifall hatte. Nur war eine große Frage, wie ankommen. Ihr sechzigjähriger Gemahl bewachte sie nämlich wie ein Argus.

Ich machte verschiedentlich meine Aufwartung, aber nie traf ich sie allein und konnte keinen Augenblick gewinnen, um ihr auch nur ein Wort zu sagen.

Fast gab ich alles auf, denn mein warmes Temperament verlangte Befriedigung, als ein blinder Zufall günstig für mich entschied. Der Herr Graf wurde nämlich krank. Ich wußte nichts davon, war auf der Maskerade und hatte mir vorgenommen, eine liebreizende Maske aufzusuchen.

Plötzlich redete mich ein häßliches Bauernweib an, nahm meine Hand und zeichnete mit ihrem Finger T-g hinein.

Ich verstand es nicht, und die Maske führte mich in ein Nebenzimmer, zog dort ihre Larve ab – und siehe da, die Gräfin stand vor mir.

Welche Überraschung!

Vor Freude küßte ich sie.

»St! – Mein Mann ist krank; wenn Sie glauben, bei einer Dame, welche aus Ihrem bisherigen Betragen geschlossen hat, daß sie Ihnen nicht gleichgültig sei, mehr Vergnügen als hier zu finden, so folgen Sie mir.«

Sie entfernte sich, ohne meine Antwort abzuwarten.

Ich folgte ihr, gab Domino und Maske meinem Bedienten und stieg mit ihr in den Wagen.

Als wir in ihr Haus kamen, führte sie mich in aller Eile in ein dunkles Zimmer, küßte mich und entfernte sich.

Fast eine Stunde saß ich hier und wäre bald ungeduldig geworden, als die Tür geöffnet wurde. Meine Gräfin erschien und führte mich ins Nebenzimmer.

»Wenn ich Sie aber besserem Vergnügen entzogen hätte?«

Ich schloß beide Arme um ihren Körper.

»Besseres Vergnügen? Einen so weichen schönen Körper in seine Arme schließen, einen so rosigen, frischen Mund küssen dürfen! Welch Vergnügen könnte dies überwiegen?!«

Ich muß gestehen, wie ich ihren fleischigen Körper so an mich schloß, verfiel ich in einen wahren Taumel, und der heiße Atem der Gräfin war Beweis genug dafür, was in ihr vorging.

Es stand ein niedliches Bett an der Wand; ich nahm die Gräfin bei der Hand, führte sie hin, und ihre Hand zitterte; ich setzte sie, und sie seufzte. Ich löste ihre Busenschleifen und staunte, wie mir zwei Schneebälle von ungewöhnlicher Größe (für mich damals ungewöhnlich) entgegenrollten. Es war, als ob meine Hände in Milchschaum wühlten.

Ich sog an ihren Lippen, ward feurig, sprang auf und riß meine Kleider ab.

»Was wollen Sie? So sicher sind wir nicht!«

Ich hörte nicht, stand da im bloßen Hemd, riß das zögernde Band von ihrem Rock und glitschte in einem Nu mit meiner fleischigen Göttin unter die Bettdecke.

Es war kein geringes Vergnügen für mich, das versichere ich auf meine Ehre, wie ich so den flaumweichen Körper an mich drückte. Es war mir neu, so dicke, weiche Schenkel und Hinterbacken zu befühlen, in denen meine Hände fast versanken. Und noch mehr neu war es mir, als ich nach der Wollustgrotte hinging und Gott Hymen vor dem Eingang fand.

Die Gräfin schauderte, als ihn meine Finger berührten, und der Schalk fuhr zurück. Ich streckte mich über ihren weichen Körper hin.

Legt euch auf ein weiches Daunenbett, und ihr habt einen Begriff, wie mir zumute ward! Wie man in dieses sinkt, so sank ich hier in schaumähnliches Fleisch. Meine Gräfin empfing mich mit einem wollüstigen Seufzer, drückte meinen Mund auf den ihrigen und sog an meiner Zunge, als wollte sie mir sie aus dem Mund ziehen.

Ich leitete meinen Amor zurecht. Gott Hymen machte ihm den Eingang streitig, und erst nach einigen Neckereien ließ er ihn ein.

Noch nie war mein Amor mit so wollüstigen Gefühlen in die Grotte gelangt, und noch nie ward er mit so lautem Jubel empfangen. Ich nahm all mein Fassungsvermögen zusammen, um nicht sogleich von meinem Gefühl überwältigt zu werden, und fand außerordentliches Vergnügen, meine schöne Gräfin zu betrachten. Denn da sie einen ziemlichen Hängebauch hatte, so mußte ich mich, ungeachtet sie sich ziemlich hoch hielt, doch auf die Hände stützen, um die Richtung zu behalten, und also lag sie ganz vor meinen Augen; ich konnte jede Äußerung des steigenden Gefühls bemerken.

Ihr Auge verkleinerte sich mehr und mehr, je mehr sich die Röte ihres Gesichts erhöhte. Ihr Mund ward halb offen und ihre Zunge in beständiger Bewegung. Ihr Atemholen ward abgebrochener und immer lauter. Ihr Busen war in fortdauernder, manchmal wellenförmiger Bewegung, und bei jedem Nachdruck, den ich gab, zuckte jeder Muskel und säuselte ein leises, abgekürztes Ach! –

Jetzt hatte ihr Gefühl den höchsten Grad erreicht; sie verdrehte die Augen, öffnete den Mund, schnappte nach Luft und machte allerhand konvulsivische Bewegungen.

Ich überließ mich nun meinem Gefühl und gab jeder Bewegung mehr Nachdruck.

Es schien in ihr zu kochen. Mit gewaltsamem Beben strömte ihre Quelle. In demselben Augenblick brach auch bei mir der Damm, und ein reißender Strom stürzte hervor. Die Gräfin schloß ihr Auge, der Atem blieb aus, und ihr Körper sank schlaff unter mir hin; mein Amor verließ die Grotte.

Es war eine wirkliche Ohnmacht, die sich ihrer bemächtigt hatte.

Ich lauschte, bemerkte keinen Atem, und mir ward bange.

Ich suchte im Zimmer frisches Wasser, fand jedoch nichts.

Kein Streicheln, Schütteln, Küssen half. Ich drückte ihre Milchhügel, befühlte die nasse Wollustquelle und fand Hymen in zitternder Bewegung; er allein hatte sein Leben erhalten.

Meine Leser können versichert sein, daß meine Verlegenheit aufs höchste stieg.

Endlich schlug sie die Augen auf.

»Gott! Wo bin ich?«

»In den Armen des feurigsten Liebhabers, gnädigste Gräfin.«

»Ach ja, so feurig, daß es mir das Leben hätte kosten können.«

Sie nahm meinen Amor in ihre weiche Hand.

»Kann der kleine Bösewicht jedesmal mit solcher Kälte ein Feuer zu verzehrendster Glut anblasen?«

Ich küßte sie – und bestieg von neuem mein weiches Lager.

»Wollen Sie die Probe sehen, meine Schöne?«

»Nur mit Feuer und Aktivität, Herr v. H., sonst halte ich es nicht aus.«

Sie faßte meine Hinterbacken, dirigierte die Bewegung und genoß mit mehr Besinnung als vorhin das entzückende Vergnügen.

Die Gräfin war die wollüstigste Frau, die ich bisher kennengelernt hatte; allein sie war auch die unersättlichste, sie dachte auf kein Aufsparen für die Zukunft, im Gegenteil ward ihr jede Zwischenerholung zu lang, und kaum war ihre Wollustschale zum Überfließen angefüllt, so war sie auch schon wieder trocken, und sie suchte alles hervor, um meinen Reiz wieder zu beleben und sie aufs neue zu füllen.

Ich mußte eine harte Probe aushalten. Sechsmal war der Wollustbecher geleert, und sie reichte ihn zum siebenten Mal dar.

Schon die beiden letzten Male waren mir schmacklos gewesen, und jetzt –

Ich fand das weiche Fleisch, welches mir anfangs so sehr gefiel, jetzt wie mit Öl übergossen, schwammig und unangenehm, und ihre Ausdünstung war widerlich.

Indessen, was wollte ich tun?!

Wohl oder übel – ich nahm meine Kräfte zusammen, und durch ihr beständiges Reiben und Spielen am Köcher meines Amors richtete er sich endlich auf.

»Nun lassen Sie uns keine Zeit verlieren!«

Sie suchte alles Mögliche hervor, um mir ihr immer gleiches Feuer mitzuteilen, doch ohne den geringsten Erfolg.

»Ein so junger Ritter und schon ermüdet?!«

Und damit faßte sie mich fest an und fing mit solcher Hitze an unter mir zu arbeiten, daß sie laut keuchte. Sie drückte mich fest in sich hinein und überschwemmte meinen Amor fast ebensostark wie beim ersten Mal. Jetzt glaubte ich, meine Demission zu erhalten.

Sie hielt mich fest.

»Nein, mein Herr, Sie sind mir Rückgabe schuldig; ich habe jetzt allein verloren, dafür verlange ich Ersatz.«

Kaum hatte sie einige Minuten geruht, so hob sie sich wieder.

»Nun, lieber H., ich fühle, daß Sie aufleben, krönen Sie das Werk.«

Ich mußte mir alle Mühe geben, meinen Ekel zu überwinden, und aus halbem Verdruß fing ich mit solchem Ungestüm an zu stoßen, daß ich glaubte, der schwammige Venusberg würde unter mir zerfließen.

Ich fühlte in allen Nerven eine schmerzliche Erschütterung, sobald der Wollustbecher überfloß. Sie drückte mich fest an sich, um nichts zu verlieren, leerte ihre Wollustschale und linderte dadurch die brennende Empfindung meines Amors.

Ich fand keine Neigung mehr, die schöne fette Gräfin allein zu sprechen.

Neuntes Kapitel

Es schließt das zweite Buch

Meine Leser kennen nun schon einen ziemlichen Teil meiner Erfahrungen; und so wie sie diesen und jenen Vorfall gegeneinander vergleichen und Folgerungen daraus gezogen haben werden, ebenso können sie auch leicht glauben, daß ich es um so mehr getan habe.

Die unerklärliche Ekstase in den Armen, an der Brust eines schönen Frauenzimmers ist das höchste, einzige menschliche Vergnügen; allein vergebens suchst du es in den Armen einer Blondine bei Mutter Dore, weniger noch am Knochengerippe der Frau v. F. und unschmackhaft, ja ekelerregend und nervenzerrüttend wird es bei einer Unersättlichen wie der Gräfin.

Ich will meinen Lesern nicht vorgreifen in der Beschreibung eines Frauenzimmers, welches den Genuß versüßen, himmlisch machen kann. Der Begriff der Schönheit, der Wollust, sogar der Umarmung ist relativ; jeder bildet sich ihn nach seiner Erfahrung und nach seiner Vorstellung, und aus diesem Grund kommt niemand leicht zu kurz, es müßte ihm denn alle Gelegenheit abgeschnitten sein.

Ich führe meine Leser nun weiter. Sie wissen meinen Vorsatz, die Akademie zu besuchen. Ich hielt um Urlaub an, und da man ihn mir auf längere Zeit verweigerte, nahm ich meinen Abschied.

Meinem Gelehrten, Balthasar mit Namen, trug ich an, mich zu begleiten, oder vielmehr, wenn es ihm genehm sei, mich zeitlebens nicht zu verlassen. Er ging darauf ein. Wir besuchten nun zwei Jahre die akademischen Hörsäle und bereisten zwei Jahre Italien, Frankreich und England. Das Merkwürdigste sollen aber meine Leser im dritten Buch erst erfahren. Vielleicht gelingt es mir, die Phantasie meiner Leser ebenso zu beschäftigen, wie ich es bisher getan zu haben glaube. Sollte es jedoch nicht der Fall sein, so bitte ich im voraus um Verzeihung.

Drittes Buch

Erstes Kapitel

Was man in diesem Buch erwarten kann

Meine Absicht ist es nicht, eine umständliche Erzählung von meinen akademischen Jahren und ebensowenig eine vollständige Beschreibung meiner Reisen zu liefern, sondern ich will bloß meinen Lesern Rechenschaft von meinem Temperament ablegen.

Ich habe meine Zeit nicht müßig hingebracht und kann behaupten, daß ich unter Führung meines Balthasars mehr Kenntnisse eingesammelt habe, als man gewöhnlich bei Leuten meines Standes vermutet.

Man hat genug Reisebeschreibungen von Italien, Frankreich und England, und ich werde also nichts davon sagen, ungeachtet ich Stoff genug hätte, da ich mich in den Hauptstädten ziemlich lange aufgehalten habe. Dafür will ich meine Leser mit kleinen Abenteuern unterhalten, und vielleicht sind sie mit mir zufrieden.

ZWEITES KAPITEL

Ein Ungefähr

Schon über ein halbes Jahr war ich auf der Akademie, und noch war es mir nicht gelungen, eine Bekanntschaft anzuknüpfen. Einige Gelegenheiten, die ich hatte, gefielen mir nicht, und andere, die ich wohl wünschte, waren mit unübersteigbaren Schwierigkeiten verknüpft.

Es erwachte in mir eine gewisse Sehnsucht, ich fühlte Mangel an Appetit und ward unruhig und mißvergnügt. Kaum bemerkte es mein Balthasar, so fragte er in freundschaftlichem Ton:

»Lieber H., was fehlt Ihnen?«

»Viel, lieber Balthasar, und ich weiß doch nicht, was.«

»Nicht? Armer Mann! – Es überfällt Sie doch wohl bisweilen eine Unruhe, ein Blutwallen, ein Herzklopfen –«

»Ganz recht; als ob Sie es selbst fühlten!«

»Und wissen nicht, was Ihnen fehlt? Bei meiner Treu, ich sollte glauben, Sie hätten Ihr Herz noch gar nicht beobachtet! Finden Sie keine Erleichterung, wenn Ihnen ein niedliches, weibliches Gesichtchen aufstößt?«

»Wirklich, Freund, das fehlt mir. Es ist eine Leere in meinem Herzen, so ein Verlangen – fühlen Sie, wie mein Herz klopft!«

»Ich sehe Ihre Augen voll Feuer, sie sagen mir alles. Warum haben Sie nicht Bekanntschaften gemacht? – Mich deucht – Sehen Sie, dort oben steht sie am Fenster; ich müßte mich sehr wenig auf das menschliche Auge verstehen, wenn Sie ihr gleichgültig wären.«

»Ich bin ihr nicht gleichgültig; nur zu deutlich hat sie mir's zu verstehen gegeben. Allein ich – bleibe kalt bei ihr – fühle keinen Reiz, nichts Anziehendes – kann ich es Ihnen so deutlich sagen, wie ich es fühle?«

»Freilich, ohne eine gewisse anziehende Kraft ist der Umgang mit einem Frauenzimmer ziemlich schal. Indes wundert es mich doch, ein Jüngling in Ihren Jahren lodert sonst gar zu leicht auf bei jeder erträglichen weiblichen Figur. Oder haben Sie sich etwa verwöhnt?«

»Weiß ich es, lieber Balthasar? Kommen Sie, wir wollen ausfahren!«

Ich wußte selbst nicht, wohin. Ich fühlte einen Schmerz in meinem ganzen Körper und war so verdrießlich, daß ich mit den Tapeten hätte zanken mögen.

»Wo du hin willst, nur etwas weit«, sagte ich zu dem Lohnkutscher, warf mich in den Wagen und beantwortete alle Fragen und Erzählungen meines Balthasars mit halben Worten. Wir kamen nach Schlickern. Ich traf hier einen bekannten Schauspieler und drei Schauspielerinnen.

»Brav, Junge, daß dich das Ungefähr herführt«, sagte mir mein Freund ins Ohr, »wir wollen uns vergnügen. Du siehst, die Damen sind nicht übel. Welche wählst du?«

»Zur Zeit keine«, war meine Antwort.

Wir ließen uns einige Flaschen Wein geben und luden die Schauspieler zu Gast, was sie auch nach sehr anständiger Weigerung annahmen.

Ich fühlte mich bald durch die Munterkeit einer kleinen niedlichen Frau etwas heiterer, und da sie sich mit mir am meisten abzugeben suchte, setzte ich mich endlich neben sie und bemerkte, daß es ihr ganz angenehm war.

Unser Händedrücken wurde lebhaft.

Sie stand auf und trat ans Fenster.

»Sie verlassen mich, schöne Frau?«

»Weil ich wünschte, mit Ihnen hier allein zu stehen.«

»Sehr schmeichelhaft für mich.«

Ich schlang meinen Arm um ihren Nacken und drückte einen feurigen Kuß auf ihre stark aufgeworfenen Lippen.

Sie sah mich an.

»Schöne Frau, wollen wir in den Garten gehen? Ich sehe, die Sonnenstrahlen machen eine schöne Wirkung durch die dichtbelaubten Bäume.«

Sie reichte mir ihren niedlichen kleinen Arm, und wir gingen. Ich fühlte ein gewisses Feuer in mir auflodern, welches meine Laune bedeutend erheiterte, ich ward munterer und freier. Am Ende des Gartens bemerkte ich eine dunkle Efeulaube und richtete meinen Weg dahin. Eine hölzerne Bank und ein steinerner Tisch bildeten das Meublement. Ich lehnte mich an den letzteren und nahm meine niedliche Eva vor mich hin, küßte ihre Stirn, drückte sie fest an meine Brust und bemerkte, daß ihr Busen mehr als schön war.

»Schöne Frau, wollen Sie mich beglücken und mit mir in meinem Wagen nach Hause fahren?«

»Wenn Sie es bei den übrigen Gesellschaften auf eine gute Art machen können, so werde ich mich glücklich schätzen; denn wir sind zu Fuß hier.«

Ich setzte mich auf die Bank, nahm sie auf meinen Schoß und begann das feurigste Zungenspiel, dem das niedliche Weibchen mit ihren dicken Lippen ungemein viel Annehmlichkeiten zu geben wußte. Mir wurde entsetzlich warm, und meine Begierde regte sich.

»Wie rot Ihr Gesicht ist!«

»Schöne Frau!« –

Ich glitschte mit meiner Hand unter ihren Rock.

Sie hielt sie, lächelte –

»Soll ich die Spröde machen?«

»Wäre es bei meinem Feuer angewandt?«

»Wären Sie nicht so liebenswürdig! – Und weiß ich selbst, was mich so fest an Sie zieht?«

Ich gelangte an den Rosenhain und glaubte in dem Augenblick, keinen niedlicheren befühlt zu haben. Die kleine Grotte war eng und fest, ein Beweis, daß das niedliche Weibchen sie sparsam besuchen ließ.

Ich verfiel in einen Taumel.

»Ich kann mich nicht fassen, schöne Frau!«

»Der Ort ist zu unbequem, können Sie sich nicht gedulden? Sie steigen doch bei mir ab? Aber jetzt, ich habe keine Lust!«

Ich sprang auf und empfand schmerzhaftes Pressen.

»Schöner Mann, ich bedauere Sie.«

Sie lehnte sich an den Tisch und blickte mich mit zärtlichen Augen an.

Ich vermochte mich nicht zu halten, setzte sie auf den Tisch, hob ihr den Rock auf, trat zwischen ihre Schenkel, und mein Amor, den ich frei machte, stand in vollem Feuer.

»Was mich so unwillkürlich Ihren Stürmen gefällig machen mag?«

Ich stellte ihre Füße an die Bank, rückte sie mir näher, und mein Amor stand an der Grotte. Er war aufgeschwollener, als ich es je bemerkt hatte. Und meine Schöne verzog das Gesicht, als ich in ihre Grotte drang.

Nach einiger Bewegung aber bewies ihr wäßriges Auge, welchen angenehmen Gast sie aufgenommen hatte. Bald fingen ihre Lippen an zu beben und ihr Atem an zu zittern.

»Sie sind zu heftig! – Ich halt' es nicht mehr aus! Ha – halt!«

Sie ward schwächer und ich heftiger.

Auf einmal aber stemmte sie sich mit aller Gewalt entgegen, und fast im nämlichen Augenblick leerten wir mit unbeschreiblichem Vergnügen den Wollustbecher.

»Die Positur ist neu für mich, und fast schäm' ich mich, daß ich mich so schwach finden ließ. Wenn es meine Freundinnen wüßten, wie weit mich eine ungefähre Überraschung – oder wie soll ich es sonst nennen – bringen konnte, des Spottens würde kein Ende sein.«

»Des Spottens, schöne Frau?«

»Keine so zweideutige Miene, mein Herr, glauben Sie mir. Wenige können sich nach Bemühen und Bitten und Frieden der Gunst rühmen. Fühl' ich hier (indem sie die Hand aufs Herz legte) nichts, so bewegt mich nichts. Ich liebe mein Vergnügen mehr als – Merken Sie sich's, und glauben Sie ja nicht, daß Sie schon gewisse Rechte über mich erlangt hätten!«

Sie sagte das mit einer so trotzigen Miene, die sie ungemein gut kleidete und nichts weniger als Affektion verriet.

Balthasar kam uns entgegen. Er sah mich an, nahm Madame Zerha bei der Hand und sagte: »Ich dank' Ihnen, schöne Frau, daß Sie die trüben Augen meines guten Freundes so schön aufgeheitert haben.«

Sehr spöttelnd sagte sie: »Wenn ich etwas zu der Heiterkeit Ihres Freundes hätte beitragen können, so wär' er mir Dank schuldig, nicht aber sein weiser Freund.«

Balthasar sah starr auf und wußte nicht, was er sagen sollte.

Wir gingen zur Gesellschaft, und Madame fuhr mit mir in meinem Wagen nach Hause.

DRITTES KAPITEL

Sonderbare Kaprice

Ich stieg bei Madame Zerha ab. Sie bereitete ein niedliches Abendmahl und unterhielt mich außerordentlich angenehm.

Ich bat um Erlaubnis, die Nacht bei ihr zubringen zu dürfen.

»Wenn ich es Ihnen zugestehe«, sagte sie mit losem Lächeln, »so werden Sie es bereuen. Mein Rat wäre, Sie begnügten sich an einigen Stunden und dann –«

»Bereuen?« rief ich, »beim Himmel, sonderbar!«

»Sonderbar, weil Sie mich nicht kennen. Gut! Ich gesteh' es Ihnen zu und versichere Sie im voraus, daß Sie von selbst gehen werden.«

Es war mir unbegreiflich.

Ich half ihr, sich auszukleiden. Ich staunte, bei einer Frau so feste und niedliche Milchhügel zu finden, die einem Mädchen von sechzehn Jahren zur schönsten Zierde gereicht hätten.

Ich hinderte sie, ihr Nachtkorsett anzulegen, und löste ihr leichtes Unterröckchen, das die niedlichste Wade nur halb versteckte, und sie floh unter die Bettdecke.

Ich bat, und sie verhüllte sich.

»Ziehen Sie sich aus, und ich nehme Sie zu mir; was aber vielleicht Ihre neugierigen Augen fordern mögen, erlangen sie nicht!«

»Wollen Sie mir das unendliche Vergnügen versagen, Ihren schönen Körper zu bewundern?«

»Glauben Sie, Vergnügen in meiner Umarmung zu finden, so wär' es Torheit, es Ihnen zu versagen, da ich mich Ihnen schon so weit gegeben habe; allein – kurz, es ist wider meinen Geschmack – tun Sie, was Sie wollen.«

Ich zog mich aus und legte mich zu ihr. Meine Hände hatten alle Freiheiten; allein kaum erhielt ich es, daß ich meine Augen an den überaus schönen glatten Milchhügeln weiden durfte.

Ich muß gestehen, ich war unzufrieden, daß ich meine Neugier nicht befriedigen konnte, die um so größer war, weil ich über dem Rosenhain bis an die Gegend des Nabels die feinste Wolle fühlte. Es war eine ganz neue Erscheinung für mich.

»Kommen Sie und lassen Sie Genuß an die Stelle der Neugier treten.«

Sie umschlang mich und zog mich über sich hin.

»Nur bitt' ich, lassen Sie Ihren kleinen unbändigen Knaben etwas behutsam eingehen, Sie verursachen mir sonst empfindliche Schmerzen.«

Ich folgte ihrer Vorschrift und zog ganz langsam ein.

»Halt, nicht so tief!«

Außerordentlich war mein Gefühl, und bald vergaß ich alle Mäßigung.

»Oh, oh! – Es schmerzt!«

Sie nahm ihre kleine Hand, umfaßte meinen Amor ganz oben und hinderte sein tiefes Eindringen.

»Besser – hoh!«

Ihr Atem zitterte.

Und je mehr ihre Empfindung stieg, je fester preßte sie meinen Amor und verursachte dadurch unstreitig die übermäßigste Ergießung, die ich jemals erlitten hatte.

Sie fühlte die ganze Wirkung und ließ jetzt ihre Hand fahren.

»Oh, es schnürt mir die Brust zu.«

Jetzt verging ihr die Sprache, ich drang tiefer und tiefer, und wie sich ihre Wollustquelle öffnete, schloß sie mich fest an sich, wodurch ich ganz ins Innere gelangte.

Welche Wollust!

»Und nun, lieber Mann, ruhen wir, bis uns die freundliche Sonne die Augen öffnet.«

Ich wollte der Liebe ein zweites Opfer bringen, und sie schlug es ab. Ich bat, zeigte ihr mein ganzes Feuer. Umsonst!

»Wir werden Feinde, wenn Sie noch mehr in mich dringen«, sagte sie hastig und kehrte sich auf die andere Seite.

Ohne daß ich es meinen Lesern versichere, werden sie mir glauben, daß es unerträglich schwer fiel, bei einer so reizenden weiblichen Gestalt unempfindlich zu liegen.

Ich erneuerte daher meine Versuche, ward feuriger und noch feuriger bei ihrem Widerstand und fing an, etwas gewaltsamer zu handeln.

Sie wurde heftig und stieß mich von sich.

Ich verlor alle Besinnung, preßte sie unter mich; sie drückte ihre Schenkel fest zusammen;

ich wurde wütend, drängte mit meinem Amor zwischen ihre Schenkel, hielt sie fest, arbeitete mich ab, überströmte den zarten Rosenhain mit dem Balsam der Wollust und sank kraftlos hin.

Sie stieß mich von sich.

»Mein Herr, Sie sind unbändig. Sie sehen mich nicht wieder, und wenn Sie mir noch einen Gefallen erweisen wollen, so verlassen Sie mich sofort.«

Ich wäre ohnehin gegangen.

Es ist eine ganz komische Empfindung, wenn man von einem Frauenzimmer auf solche Weise behandelt wird. Ein Gemisch von Unwillen, Zorn, Besorgnis und Furcht und auch Hoffnung, die Hartnäckigkeit doch noch zu besiegen, Bitten, Vorwürfe, Drohungen, Spöttereien wechseln in einem Augenblick untereinander ab, bis endlich nach allen vergeblichen Versuchen stiller Jammer entsteht; man rafft sich auf und geht seine Straße.

Hätten meine Leser Madame Zerha, wie sie mich bei ihr im Garten sahen, für eine solche eigensinnige Kreatur gehalten?

Viertes Kapitel

Eine Dunkelgeschichte, die wieder vorkommt

Einmal abends, ich hatte eben die Nachricht erhalten, daß ich hunderttausend Gulden in der Haager Lotterie gewonnen, ging ich in ernsthaften Gedanken die besuchteste Straße auf und nieder und dachte so nach, wie das Glück so manchen Menschen ohne sein Sorgen, viel weniger sein Zutun in seine Arme nimmt und manchem, der sich noch so sehr bemüht und anstrengt, nicht einmal einen freundlichen Blick zuwirft.

Es war darüber bald elf Uhr geworden, und ich bog in ein Nebengäßchen, um nach Hause zu gehen. Da kam hinter mir her eine weibliche Gestalt.

»Sie entschuldigen?! Sind Sie nicht Herr v. H.?«

»Soviel ich weiß.«

»Meine Madame läßt Sie bitten, ob Sie wohl so gütig wären und nur auf ein paar Worte –«

»Wer ist Ihre Madame?«

»Ja, das soll ich nicht sagen; Sie werden's wohl von ihr selbst erfahren.«

»Das sieht ja einem Abenteuer so ähnlich als möglich! Nun, ich will so gütig sein.«

»Ja, aber Sie müssen mir im Dunkeln folgen und dann auch viel steigen und können die Madame nur im Finstern sprechen, denn wenn es der Herr – Gott sei mir gnädig!«

»Komm, liebes Mädchen, ich bin neugierig.«

Ich folgte ihr durch das Haus, durch einen langen Hofraum, eine, zwei schmale Treppen hinan.

»Halt, Mädchen, ich muß Atem schöpfen.«

Neugierde, Ungewißheit und auch Furcht engten meine Brusthöhle. Ich stand tiefer als meine Führerin, schlang einen Arm um ihre Hüften, glitschte mit der anderen Hand unter ihren Rock und küßte sie.

»Pfui doch, wissen Sie nicht, daß Sie zur Madame kommen sollen?«

»Aber sage mir, liebes Mädchen, was es für Bewandtnis hat?«

»Nur Geduld, Herr v. H. – I pfui doch! – Unser Herr ist ein alter Knasterbart. Kommen Sie, Madame möchte warten, und um zwölf Uhr wenigstens muß sie zum Herrn Gemahl ins Bett.«

Wir stiegen noch eine Treppe, schlichen über einen langen Gang und stiegen noch eine Treppe und traten nun in ein finsteres Vorzimmer.

»Hier«, sagte meine Führerin, mich in einen großen Armstuhl setzend, »warten Sie, und wenn Sie die Saaltür draußen schnellen hören, so treten Sie ja gleich hier rechter Hand in den Schrank und ziehen die Tür an sich. Ich glaube zwar nicht, indessen weiß man doch nicht, was dem Herrn einfallen möchte.«

Sie ging in die Stube, welche sehr schwach erhellt war, und bald darauf kam eine schöngewachsene Figur zum Vorschein.

Ich stand auf.

»Bleiben Sie, bleiben Sie«, rief die Dame, die Tür zumachend.

»Aber, schöne Frau, soll ich nicht das Glück haben, Ihre schöne Person bei Licht zu bewundern?«

»Mein Mann würde das Licht hier sehen, und das Ungewöhnliche würde ihn gleich heraufbringen.«

»So ist ja hier ein Zimmer –«

»In Gegenwart meines Mädchens und noch mehr den gaffenden Dacheinwohnern des Nachbarhauses ausgesetzt! Beruhigen Sie sich, lieber v. H., über meine Anordnung und beantworten Sie mir eine Frage: Was denken Sie von dem Auftritt?«

»Ich denke, meine schöne Frau, Sie werden mir etwas Wichtiges zu sagen haben.«

Indem griff ich und empfing einen zarten Körper, nur sehr leicht bekleidet, und zog ihn auf meinen Schoß. Sie zitterte.

»Ich vertraue, hoffe ich, einem edeldenkenden Mann. Ich liebe Sie! Die Dunkelheit macht mir das freie Geständnis leichter. Ich habe gekämpft, und anstatt eine törichte Leidenschaft besiegen zu können, sehen Sie den Erfolg.«

Ich drückte sie fest an mich, küßte ihre Lippen, die so schön für mich gesprochen hatten; sie waren feurig, und ihr Atem hauchte Wollust.

Ich bat nochmals um Licht.

»Erlauben Sie mir meinen Willen, Herr v. H., wenigstens für heute; ich will alles daranwagen, um Ihrem Wunsch baldmöglichst nachzukommen.«

Ich fühlte einen Busen, so voll und frisch wie eine aufgebrochene Rose im Morgentau. Ihre Waden und Schenkel waren etwas sehr stark und fest, ihre Hüften rund, ihre Haut geglättet wie der feinste Marmor, und der Myrthenhain, der Eingang in die Liebesgrotte – meine Einbildungskraft war eine herrliche Bildnerin.

Ihre Küsse waren so feurig, ihr Händedrükken so sanft, schmachtende Seufzer drängten sich aus ihrem auf- und niedersteigenden Busen, immer fester und fester umklammerte sie mich.

»Weib, zur Liebe geschaffen, und der Ort so unbequem!«

»Bequemer als Sie glauben.«

Und die Lehne des Armsessels flog zurück. Kaum gewahrte ich es, so stand ich auf und machte mich kampfbereit. Legte meine Schöne hin, sie glühte über und über, und nach dem Atem und den Bewegungen hätte man glauben sollen, sie wäre schon im Genuß begriffen. Und nicht anders war es; denn als ich mich über sie hinstreckte, an die Wollustquelle fühlte, fand ich, daß sie überfloß. Dies feuerte mich an. Ich führte meinen Amor ein. Noch nie hatte er einen so wollüstigen Einzug gehalten, sich brüstend empfing er das Opfer, welches ihm entgegengebracht wurde.

Meine Schöne drückte mich fest an sich, sog an meinen Lippen und begleitete jeden Nachdruck mit einem seufzerähnlichen Atmen. Meine Einbildungskraft hatte sich zu wirksam bewiesen, als daß sich nicht bald meine Wollustnerven öffnen sollten.

»Oh, Sie schwellen, ach!«

»Drücken Sie mich fest an, Liebe!«

»Heben Sie sich – in Zwischenräumen!«

Bis an die Wurzel drang ich ein, und jetzt schoß mit Gewalt unter den wollüstigsten Empfindungen der Balsam des Lebens hervor.

»Oh, es brennt durch alle Adern! Welche Empfindungen im Innern!«

»Wie wird mir?«

Sie bewegte sich heftig. Ich merkte sofort im Innern einige Zuckungen, ihr Atem zitterte, und bebendes Girren säuselte aus ihrem Mund.

Nach einiger Erholung sagte sie:

»Das ist der Liebe Glück. Bedauern Sie mich, Herr v. H., schon drei Jahre legt sich bisweilen ein alter Mann an meine Seite, den ich selten durch alle Liebkosungen lau machen kann, und das Höchste ist, daß er mein Feuer etwas anfacht und mit seinem kalten Körper wieder auslöscht. Pst! Er kommt, Sie wissen Bescheid.« Die Gangtür schnellte, meine Schöne fuhr in die Stube und ich in den Schrank.

Er kam bald mit seiner Donna.

»Aber warum denn heute so früh, mein Kind?« hörte ich sie sagen.

»Ich bin schläfrig«, schnurrte der Alte und schlappte fort. –

Dortchen kam bald darauf mit dem Licht und öffnete den Schrank.

»Ei, wie schön Sie dastehen«, sagte sie lächelnd, »Sie müssen aber noch etwas bei mir verweilen, bis der Bediente schläft.«

»Glaubst du denn, mein liebes Mädchen, daß ich dich verlassen werde? Ich bleibe bei dir!«

»Und was würde Madame sagen?«

»Das wirst du hören, sobald du es ihr erzählst.«

»Nein, mein Herr, ich bin keine Freundin von dem, was andere übriggelassen haben.«

»Du gefällst mir, Mädchen, ich bleibe bei dir. Wo ist deine Schlafkammer?«

Ich öffnete eine Tür gegenüber, und sie war es. Ich nahm Dortchen am Arm, führte sie hinein und machte die Tür zu.

»Ich glaube, Sie wollen ernst machen.«

»Allerdings, liebes Mädchen.« Ich nahm ihr das Licht aus der Hand, setzte es auf den Tisch und zog mein Mädel ans Bett.

»Pfui doch, lassen Sie mich!«

Unter leichten Weigerungen und oft wiederholtem ›Pfui doch!‹ war sie bis aufs Unterröckchen ausgekleidet.

»Siehst du, liebes Mädchen, ich mache ernst!«

Und in einem Nu stand ich ganz nackend vor ihr da. Sie verbarg ihre Augen in der hohlen Hand und vergaß immer mehr, sich zu weigern, bis ich ihr das Röckchen und Hemd auszog. Nun sank sie auf einmal an mich hin, als ob sie sich in mir verbergen wollte. Jeder Muskel verriet das wollüstige Mädchen. Rabenschwarz war die Vermoosung der Liebesmuschel und aufgeworfen die Lippen, wie ich sie noch nie gesehen. Ich gab ihr meinen Amor in die Hand, und sie seufzte laut.

»Soll ich nun gehen, liebes Dortchen?«

»Ihr Spott ist übel angebracht!«

»Du hast auch recht! Komm und sieh oder empfinde vielmehr, ob du bloßes Nachessen bekommen wirst!«

Dortchen wußte, was sie zu tun hatte. Kaum waren wir in Positur, so schlang sie ihr rechtes

Bein über meine Hüften und wußte außerordentlich geschickt mir mit jedem Stoß zu begegnen.

»Verkürzen Sie das Vergnügen nicht! – Nicht so geschwind!«

Ich blieb ruhig und überließ ihr die Bewegung, bis ich merkte, daß der Reiz bei ihr aufs höchste gestiegen war, und begann dann mit allem Nachdruck. Bald schloß sich ihr Auge, und sie girrte laut.

»Es ersti – ickt mich!«

Eins, zwei, drei, und der Wollustbecher schäumte über und über.

»Nun, Dortchen, ist's ein Nachessen?«

»I pfui doch!«

»Was wird Madame sagen?«

»I warum ließen Sie mich's hören, daß es ihr so wohl ging? Sonst hätten Sie mich wirklich nicht so bereit gefunden.«

»Im Ernst, Dortchen? – Nun, für deine Offenheit will ich sehen, ob ich dir noch einmal so wohltun kann.«

Dortchen beklagte sich nicht, und ich ging gegen drei Uhr nach Hause.

Fünftes Kapitel

Ich werde sterblich verliebt

Die Nacht bei meiner Schönen im Dunkeln hatte meine ganze Heiterkeit wiederhergestellt, nur daß ich bisweilen unzufrieden war, daß ich gar nichts mehr von ihr hörte und alle Abende vergebens an dem Haus vorbeimarschierte. Ich erkundigte mich oft, wer da wohne, um wenigstens den Namen meiner Donna zu erfahren; allein ich ward nie um ein Haar klüger, denn es wohnten drei alte Männer in dem Haus, die alle junge Weiber haben sollten. So war es denn des Hauses Bestimmung, junge Weiber zu quälen.

Wahrlich, man beklagt die armen Nonnen, die sich in ihrem Feuer aufzehren müssen, allein junge Weiber an der Seite alter, ohnmächtiger Männer sind noch weit mehr zu beklagen.

Ich fuhr eines Tages auf ein benachbartes Dorf, das gewöhnlich sehr wenig besucht wurde, ganz allein. Ich traf eine Gesellschaft alter Matronen und Herren beim Kaffee an. Gute Gesellschaft, dacht' ich, um alle Munterkeit zu verlieren, setzte mich ganz verdrießlich an einen anderen Tisch und forderte Schokolade.

Indem trat ein Frauenzimmer zur Tür herein, in einem hellgrünen Amazonenhabit. Wie Feuer durchfuhr mich der Anblick. Sie gehörte zur Gesellschaft, ich hörte sie Frau Tochter nennen.

Ein Bild von ihr: Gewachsen wie eine Zeder, mehr groß als mittlerer Statur, eine hohe Brust, ein voller Busen, ein weißer, runder Hals, rundes Kinn mit einem Grübchen, das Gesicht mehr rund als oval, frische Rosenwangen, leicht aufgeworfene Lippen, eine feine Nase, große dunkelblaue Augen, feine, schneeweiße Haut und schönes, starkes, aschblondes Haar, in einer für ihren schönen Wuchs sehr vorteilhaften Kleidung, ein runder, schwarzer Hut warf sanften Schatten auf das Engelsgesicht.

Ich ward zur Salzsäule.

Wie kann ich sie, wie soll ich sie sprechen? – Ich muß sie sprechen! So schön! – Nie sah ich etwas Schöneres! –

Tausenderlei Entwürfe durchkreuzten mein Gehirn. Ich durfte nicht nach ihr blicken, wenn mir nicht das Gesicht vergehen sollte.

Und wie introduziere ich mich der Gesellschaft?

Wem das Glück wohlwill, darf es nur mit Geduld abwarten. Alle meine Entwürfe hatte ich nicht nötig gehabt.

Einer von den Alten trat zu mir.

»Um Vergebung, mein Herr, man sagt mir, Ihr Name sei v. H.«

»Man hat Ihnen keine Unwahrheit gesagt.«

»Sie verzeihen meine Freiheit; also ein Sohn von dem alten ... v. H.«

»Ganz recht!«

»Nun, das vergeb' ich aber Ihrem Herrn Vater nicht; ich habe in meinem Leben so viel mit ihm zu tun gehabt, und er gibt mir keine Gelegenheit, seinen Herrn Sohn kennenzulernen. Sie sind jederzeit in meinem Haus willkommen, Herr v. H.«

Und damit nahm er mich bei der Hand, stellte mich der übrigen Gesellschaft vor, und der Engel war seine Tochter, und ein alter krummrückiger Kerl, dem man ins Ohr rufen mußte, war – ihr Mann. Ich hätte den Vater peitschen mögen, daß er sein Kind so verschleudert hatte.

Ich suchte immer Gelegenheit, mit ihr zu sprechen, und zu meinem Entzücken bemerkte ich, daß es ihr nicht unangenehm war.

Wir standen am Fenster, ich drückte ihre Hand, und sanft erwiderte sie es.

Ich war wie neugeboren und erzählte meinem Balthasar so viel, als ich nach Hause kam, daß er mich recht freundlich bat, aufzuhören, da am Ende nichts unerträglicher wäre als das Gespräch eines so Verliebten, weil er sich beständig wiederhole.

Sechstes Kapitel

Ich werde erhört

Daß ich dem alten Brambur bald meine Aufwartung machte, werden sich meine Leser leicht vorstellen, weil ich hoffte, meine unvergleichliche Amazone zu sehen.

Der Alte war so gefällig und behielt mich zum Mittagessen, weil sein Herr Sohn und seine Tochter auch mit ihm vorliebnehmen würden. Der wackere Schwiegersohn kam mit der Göttin der Liebe. Nach einigen allgemeinen Fragen und Antworten entschuldigten sich beide Alten, daß sie noch einige Geschäfte abzutun hätten. Wie erwünscht! Möchten sie zehn Stunden bleiben! Auch die alte Mutter entschuldigte sich auf einige Augenblicke mit Hausgeschäften. Nur immerhin!

Hier war ich nun mit dem angebeteten Gegenstand meines Herzens allein.

Ich sah sie an. Sie schlug die Augen nieder und schwieg.

Hier war keine Zeit zu verlieren. Ich stand auf, ergriff ihre Hand, küßte sie und erforschte in ihren Augen, ob ich wohl sprechen dürfte.

»Madame, nur einen freundlichen Blick, der mir Mut macht, zu sprechen.«

»Was wollen Sie, Herr v. H.?«

»Sagt Ihnen mein Auge nicht alles? – Ich liebe (indem ich mich neigte und ihren schönen Mund küßte)! Ja, Engel, ich liebe!«

»Herr v. H., Sie sehen mich jetzt zum zweiten Mal.«

»Und schon das erste Mal hatte ich für nichts Sinn und Liebe. Nur ein Strahl von Hoffnung, schöne Frau!«

Sie drückte mir sanft die Hand.

»Darf ich hoffen?«

»Ich glaube, ich habe mich nur zu sehr schon verraten.«

»Könnt' ich den Augenblick unseres Alleinseins in eine Ewigkeit verwandeln! Wann, wie und wo kann ich Sie sprechen?«

»Nirgends als hier in meines Vaters Haus, und

das nur sehr behutsam, weil mein Gemahl alles leicht durchs Vergrößerungsglas ansieht.«

»Sie vernichten alle meine Hoffnungen auf einmal.«

»Wenn Sie mich wirklich lieben, so werden Sie nicht wollen, daß meine ohnehin langweiligen Tage verbittert werden. Aus meiner Offenheit können Sie nur zu leicht entnehmen, wie wenig gleichgültig Sie mir sind.«

Ich drückte den Engel an meine Brust und sog Seligkeit von ihren himmlischen Lippen.

Sie führte mich darauf ins Nebenzimmer, wo ein artiges Klavier stand. Sie setzte sich, spielte und sang von Liebe. Den Nachmittag erzählte ich meinem Balthasar wieder so viel von der schönen Flamman, daß er etwas verdrießlich zu mir sagte: »Freund, ich hätte Sie stärker geglaubt, als daß Sie sich verlieben würden – das taugt nicht.«

Ich hatte keinen anderen Gedanken als meine schöne Flamman.

Siebentes Kapitel

Eine Dunkelgeschichte klärt sich auf, und ich wage viel

Einige Tage darauf fiel es mir erst ein, daß ich mich nicht einmal nach ihrer Wohnung erkundigt hatte, so sehr war ich im Taumel. Ich war schon wieder bei dem alten Brambur gewesen, allein vor lauter Geschäftserzählungen, die er von meinem Vater zu erörtern hatte, konnte ich nichts von seiner Tochter erfahren. Unmutig schlich ich am Abend über die Straße und war verdrießlich, daß ich mit meiner Geliebten nicht näher Abrede getroffen. War verdrießlich auf sie und schalt sie kalt und kokett.

Es zupfte mich. Dortchen war es, sie steckte mir ein Billett in die Hand und entfernte sich. Ich trat unter eine Laterne und las:

»Wenn Sie glauben, daß Sie sich bei einer Dame rechtfertigen können, die Ihnen freilich nur in der Dunkelheit ihre Liebe bekannte und bewies, so werden Sie um neun Uhr Ihre Führerin finden. Wenn aber Ihr Herz von Madame Flamman ebenso voll ist als das ihrige von Ihnen, so bleiben Sie, ich verachte geteilte Liebe.«

Wetter, was machte das für einen Eindruck aufmich! Ich lief nach Hause, sah, ob ich recht gelesen hatte, und schwankte in meinem Entschluß.

›Wie, Teufel, hat sie's erfahren?‹

Es war gleich neun Uhr; ich wollte hin, zog einen leichten Überrock an und ging fort. ›Aber du liebst die Flamman! – Hättest sie vielleicht nicht geliebt, wenn du deine Schöne im Dunkeln gesehen hättest!‹ Unter allerlei Selbstgesprächen war ich vor die Tür gekommen, und nun folgte ich Dortchen ohne fernere Untersuchung. Ich kam in eben das dunkle Vorzimmer wie das vorige Mal, und bald erschien meine Donna.

»Und Sie wagten es, zu kommen? Glauben Sie mich zu überzeugen, daß Madame Flamman keinen Anteil an Ihrem Herzen hat?«

»Verzeihen Sie mir, beste Frau, wenn ich Ihnen gestehe, daß Madame Flamman den stärksten Eindruck auf mich gemacht hat; daß ihr Bild beständig vor meiner Seele steht –«

»Halten Sie ein! – Schonen Sie mich wenigstens.«

»Ich habe in Übereilung gesprochen. Richten Sie billig, Madame, ich war nicht so glücklich, Ihre schöne Person zu sehen. Wenn sich nun meine Einbildungskraft ein Bild entwarf? Und ich nun zu gleicher Zeit die Flamman traf?«

»Ich höre, mein Herr, daß Sie nicht herkamen, worum ich Sie bat. Sie werden also so gut sein und mich verlassen.«

»Vernichten Sie der Flamman Bild in meiner Seele, und ich will Sie unendlich lieben –«

»Nichts mehr, mein Herr, es war indiskret, daß Sie herkamen, und jetzt entfernen Sie sich auf immer! – Dortchen wird Sie sicher hinunterbegleiten.«

Dortchen trat mit einem Licht ins Zimmer. Ich sank, wie ohnmächtig, in den bekannten Armstuhl. Meine Donna winkte, und Dortchen entfernte sich wieder.

Sollte ich meinen Augen trauen? War es Spiel oder Einbildung?

»Du führst den Herrn hinunter«, sagte die schöne Frau, und Dortchen kam ohne Licht wieder.

Ich sprang auf, rannte in die Stube, holte das Licht und stand – immer noch zweifelhaft, ob es Blendwerk sei, stumm und staunend.

Es war eine Gruppe zum Malen.

Ich warf das Licht hin und fiel meiner schönen Flamman um den Hals. Sie war es selbst!

»Sie konnten mich in so quälender Ungewißheit lassen?«

»Wofür Sie doch wohl schadlos gehalten werden?«

»Engel!«

»Ohne Verstellung! Urteilen Sie über die Stärke meiner Liebe aus dem, was ich wage. Sie sollen bei mir bleiben. Ich habe alle Vorkehrungen getroffen. Folgen Sie Dortchen und erwarten Sie mich bald.«

Ich war nicht mehr bei mir selbst. Dortchen zog mich ihr nach. Im Dunkeln schlichen wir über den Gang eine Treppe hinunter, in ein Zimmer, vor ein Bett. – »Sie ziehen sich aus und legen sich«, sagte Dortchen.

»Wo bin ich, liebes Mädchen?«

»In Madames Schlafkammer. Nun geschwind, hier oben legen Sie Ihre Kleider und im Notfall – doch Madame wird Sie schon unterrichten. – Doch glauben Sie, daß es besser sei, so legen Sie sich gleich an die Wand neben dem Bett, Sie werden eng und tief, aber nicht hart liegen.«

Dortchen ging.

Ich fand alles vorbereitet, legte mich und dachte der Himmel weiß was.

Dortchen kam bald darauf wieder.

»Sie liegen doch gut? Der Herr bringt Madame zu Bett, ja ruhig sein!«

Und nun ging sie, um Licht zu holen, und kam wieder.

Oh, wahrlich, es wäre Unwahrheit, wenn ich sagen wollte, ich wäre ganz ruhig gewesen.

Herr und Madame traten ein.

»Das tut mir leid, Schatz!«

»Es wird nichts zu bedeuten haben, mein Kind.«

»Das wäre mir auch nicht lieb, denn – wenn ich nur nicht zu tun hätte.«

»Sei ohne Sorgen; ich versichere dich, morgen ist es schon besser. Es ist nur eine kleine Anwandlung.«

»So laß das Mädchen hier bleiben.«

»Nicht doch, Kind, wie kannst du denn gleich so ängstlich sein!« Der alte Graubart konnte kein Ende finden. Endlich ging er doch mit dem Versprechen, ehe er zu Bett ginge, noch einmal zu sehen, was sie mache.

Sie lauschte an der Tür, bis sie seine Stubentür gehen hörte, und schloß ab.

»Nun, lieber H., wie ist Ihnen?«

Ich kroch aus meinem Lager hervor.

»Wie soll ich Ihnen danken, himmlisches Weib?«

»Durch volle herzliche Liebe!«

Ich half meiner Donna, sich zu entkleiden. Alle Worte, alle Ausdrücke sind zu schwach, um nur einen leichten Begriff von der Schönheit ihres Körpers zu geben. Es war belebter Marmor. Kein Knochen, kein Knorpel war gespitzt oder hervorstehend. Der feinste Ästhetiker hätte bekennen müssen, daß sein tadelsüchtiges Auge nichts finde. Ihre Brust war hochgewölbt, und sanft erhoben sich die schönsten Milchhügel, die Phidias' Meißel nicht entzückender hätte bilden können.

Leicht gewölbt war ihr Leib, der kleine Hügel über der Grotte halb glatt und halb bemoost. Die Öffnung war etwas hoch und die Spaltung so niedlich gebildet, als ob sie ein sanftes Lächeln belebte.

Unersättlich waren meine Blicke; mit stummem Entzücken verschlang ich jeden Reiz.

Und wie sie sich an mich schmiegte, wie meinen Lippen ihr voller Busen entgegenwallte, wie mehr und mehr leichtes Rosenrot die blendende Weiße erhöhte, wie die niedliche Muschel sich brüstete und errötete!

Lieber Leser, mit aller deiner lebhaften Einbildungskraft vermagst du nicht, diese Schönheit im vollen Glanz dir vorzustellen!

Ich saß auf dem Sofa, und sie stand neben mir.

»Wollen wir ins Bett?«

»Dort verhüllen mir Vorhang und Decke die bezaubernde Schönheit.«

Ich legte sie aufs Sofa.

Oh, wie ihre Augen, wie ihre Lippen glänzten!

Sie schlürfte. Wie drückte sie Busen an Busen, als ich mich über sie legte! Ich war kein Mensch, ich war ein Gott, als ich mich mit dem Weib vereinigte. Wir waren selig im Genuß der Liebe, und mit vollen Zügen leerten wir den Nektar der höchsten Glückseligkeit des menschlichen Lebens. Ein Hauch, ein Leben, eine Seele. Verzeih, lieber Leser, wenn ich dir zu übertreiben scheine; allein ich versichere dich, daß ich in so hohem, in so unbeschreiblichem Grad bis dahin die Liebe nie empfunden hatte.

»Glauben Sie mir, lieber H., daß ich jetzt erst empfinde, was Genuß der Liebe ist? Früher hat in mir nur unbefriedigte Wollust gewütet und bangendes Drängen meine Brust beunruhigt; aber das wohltätige Erschlaffen in männlicher Umarmung, die beseligende Vereinigung – es war mir unbekannt.«

Feurige Küsse begleiteten ihre Rede, und ununterbrochen drückte sie mich an ihr klopfendes Herz. Die Glocke schlug elf, sie zündete eine Nachtlampe an, und wir legten uns ins Bett.

Sie ließ mich keinen Augenblick los, drückte sich, wo und wie sie nur konnte, an meinen Körper.

»Jedes Berühren ist mir wohltätig. Schade, daß ich, weil uns mein Gemahl überraschen könnte, das Hemd habe anlegen müssen.«

Mit der feurigsten Umarmung und den zärtlichsten Küssen empfing sie mich, als ich mich wieder über sie legte. Sie war ganz Gefühl. Ich sondierte ihre liebliche Muschel, sie war trocken, die Drüsen stark aufgelaufen und brennend, und der kleine Hymen stand wie ein Ast.

Ich war sehr feurig, ließ meine Schöne ihre Beine über meine Schenkel kreuzen, brachte meine Hände unter ihre Hinterbacken und spielte mit meinen Fingern an der Spalte.

Nach einigen leichten Bewegungen vorn in der Liebesgrotte drang ich mit einem starken Stoß ganz hinein, und meine Schöne stieß einen wollüstigen Schrei aus.

Über alles vergnügend war der Anblick, wie sie mich so ganz fühlte, ganz im Vergnügen zu zerfließen schien. Angenehmer Duft umgab uns, und Tauperlchen traten aus ihrem ganzen Körper hervor. Ihre Wangen beschämten das schönste Morgenrot, und jeder Blick, jede Miene waren beseligende Zufriedenheit.

»Es brennt, Lieber! Zehrt im – Eingeweide – Oh!«

Er war nah, der Entscheidungspunkt, ich drückte sie fest an mich, verdoppelte meine Bewegung –

»Jetzt! –«

Das Wort erstarb ihr auf der Zunge, sie fiel in eine wollüstige Ohnmacht; sanft quoll die Wollustquelle, ich fühlte Entzücken und jetzt – empfing sie mit wollüstigem Girren der Liebe reichliches Opfer.

Wir hatten uns noch nicht völlig erholt, als wir den Alten kommen hörten. Ich mußte also in meine Retirade.

Er schlief nebenan. Ich hörte, daß er sich auszog und ein Abendlied brummte. Endlich kam er herein, trat an das Bett und sah seine liebe Frau schlafen.

Es schien, als wollt' er wieder fort, und blieb doch.

Was glauben meine Leser, wie mir zumute ward, als ich hörte, daß er den Schlafrock auszog und sich zu seiner Donna legte!

»Schläfst du, Schatz?«

»Ja, ich schlief.«

»Wie schön du schwitzest! Ist dir besser?«

»Etwas. Und du störst mich.«

»Ich wollte nicht, aber du bist gar zu schön!«

»Oh, lassen Sie mich heute!«

»O nu! – I, da ist es ja ganz naß!«

»Ich habe stark geschwitzt.«

»Ja, ja, ich fühl's! Ich werde ganz munter bei dir. Komm her, mein Schatz, mir ist ganz warm!«

»Ich bitte, schonen Sie mich heut'.«

»Ich will's nicht arg machen.«

»Ich bitte!«

»Nu, ich bitte auch, es ist doch gar zu hübsch hier, so warm, so gut! Nu, komm her! Uh! Wie du so hübsch warm bist! Ist mir doch noch nie so kurios gewesen, wenn ich zu dir gekommen bin.«

»Sie machen mich mißvergnügt.«

»Närrchen, nein, vergnügen will ich dich! Da, fühl' nur einmal – Geschwind, komm! – Nu, so hilf mir doch ein bißchen zurecht!«

Nun fing der Alte an zu keuchen und zu schnarchen und konnte nach langer Müh doch nicht zustandekommen.

»Hab ich es doch gesagt, mein Kind, du ermüdest dich und mich – nun ja – da ist's.«

»I, daß dich! Und ich war doch noch so warm! – Ich denke, es geht doch noch; wart', nur noch einmal!«

»Oh, so plage mich doch nicht.«

»Ich will dich ja nicht plagen. Sieh, 's ist doch ganz naß! Ich glaube gar, 's ist doch gegangen.«

Ich hätte bersten mögen, teils vor Lachen, teils auch aus Unmut, daß ein so herrlicher Altar der Liebe entheiligt wurde.

»Nun, mein Kind, so laß mich doch ruhen!«

»Oh, ich möchte gern schlafen!«

»Gern, wenn mir nur wohl wäre, aber –«

»Nun ja, so muß ich wohl gehen.«

Das wäre eine herrliche Freude gewesen, wenn der Alte auf seinem Vorsatz bestanden hätte!

Er schlappte fort, und ich kam wieder in meiner Donna Arme.

»Ich schäme mich, Herr v. H., Sie waren Zuhörer.«

»Ich vergesse alles, wenn ich Sie in meine Arme schließe.«

Sie schien wirklich ihr voriges Feuer ganz verloren zu haben. Ich bot alles auf, küßte, spielte und rieb und tändelte, was mir meine Einbildungskraft eingab.

Ich schlug vor, aufzustehen. Sie war es zufrieden und schob etwas den Nachtriegel vor, daß die Tür ohne Anstrengung nicht aufgehen konnte.

Hier saß ich nun und hatte meine Venus im Arm und weidete mich an ihrem vortrefflichen Gliederbau.

Ich wurde ein Tuch gewahr, holte es und fing an, ihre gerundeten Hinterbacken zu reiben.

Bald aber spürte sie die Wirkung. Sie drückte sich an mich, und ihr Atem ging geschwinder. Ich fuhr so lange fort, bis ich sah, daß sie zuckende Bewegungen bekam und ihre Muschel recht aufgelaufen war.

Ich führte sie ins Bett, ihre Knie schlotterten.

»Nun, meine Liebe, ziehen Sie die Beine an, stemmen Sie sich, heben Sie sich –«

Ich hatte diese Vorschrift nicht so nötig, sie hob sich so, daß ich genau achtgeben mußte, um das Gleichgewicht zu behalten. Sie ließ etwas nach.

»Oh, ich – kann nicht mehr.«

»Oh!«

»Plage ich Sie auch, meine Schöne?«

»Spöt – ter!«

»Oh – o – o – o – oh!«

Sie war ganz Feuer.

»Ich halte es –«

Langsam und stark holte sie Atem, es schien, als ob sie in den letzten Zügen läge.

»O – o – o – o – nun!«

Es wollte nicht brechen.

Ich verdoppelte meine Bewegungen, und bald ergoß sich meine Wollustquelle. Sie zitterte unter mir, schloß die Augen und schlürfte mit den Lippen – und nun floß auch ihr Brünnlein über, und so lagen wir in entzückender Ohnmacht Busen an Busen.

Noch schwebte sanftes Wollustgefühl auf ihrem Gesicht, als ich die Decke aufhob und der Liebe Myrthenhain betrachtete. Ein feines Schäumchen war am Eingang der Quelle, durch welches das Rot der Lippen schimmerte.

Sie zog mich über sich und überströmte mich mit den feurigsten Küssen. Arm in Arm entschlummerten wir.

Ich erschrak, als ich die Augen aufschlug und den anbrechenden Tag bemerkte; ich weckte meine Donna, und sie erschrak noch mehr.

»Mein Gott, wie werden Sie unbemerkt fortkommen?«

»Noch ist es früh; doch ohne weiteres Überlegen lassen Sie uns, Liebe, der Wollust ein Morgenopfer bringen, noch so herzlich und zärtlich, als wir es vermögen.«

Und damit begannen wir mit vereinten Kräften und leerten den Wollustbecher mit großem Vergnügen.

Meine Schöne half mir, mich anzukleiden. Wir konnten uns nicht trennen, immer nur noch ein Kuß und eine Umarmung.

Dortchen schlief fest. Wir weckten sie, und sie ließ mich zur Tür hinaus.

Lachend fragte sie, ob heute alles und auch das Nachessen aufgezehrt wäre.

Achtes Kapitel

Es wird viel Blut vergossen

Wenigstens zweimal wöchentlich besuchte ich meine Flamman, bis sie mir verkündigte, sie sei schwanger und entsage daher bis auf weiteres allem ferneren Genuß.

Der alte Brambur gab deshalb der ganzen Familie und einigen guten Bekannten, als es lautbar wurde, ein großes Gastmahl und lud mich auch dazu ein.

Unter den Bekannten war eine niedliche, junge, feurige Brünette, die mich an sich zog. Ich hatte wenigstens schon einen ganzen Monat fasten müssen und sehnte mich sehr nach Sättigung.

Mademoiselle Raschmann gefiel mir, und sie nahm meine Höflichkeiten sehr wohl auf.

Die Gasterei war vor dem Tor in Bramburs Garten. Die Gesellschaft war zahlreich, mehrere verloren sich, Paar und Paar, und ich schlug also der kleinen Raschmann auch einen Spaziergang vor, was sie annahm.

Es war in der Abenddämmerung, die der Liebe so hold ist.

Meine Sache war es nicht, viel Umschweife zu machen; ich führte also meine Begleiterin bald in eine Laube, setzte mich und zog sie auf meinen Schoß.

»Ei, Herr v. H.!«

Ich küßte sie.

»Lieben Sie mich, schönes Mädchen?«

»Sehr kurz und bündig!«

»Wozu viele Umschweife? Ich liebe Sie, liebe Kleine, und falls Sie ebenfalls so fühlen – Sie lachen?«

»Nun ja, bei meiner Treu, sonach wäre Ihrer Meinung nach der Handel gleich abgeschlossen, nicht wahr?«

»Allerdings! Ich bin sogar, so unbequem der Ort auch ist, augenblicklich bereit, Ihnen den tatsächlichsten Beweis meiner innigen Liebe zu geben.« Und bei den letzten Worten rollte mein Blut feurig durch die Adern, ich sah sie schmachtend an.

»Und der wäre?«–

Ich drückte meinen Mund fest auf den ihrigen, schnellte meine Zunge zwischen ihre Lippen, drückte sie mit meiner linken Hand fest an mich und war im Nu mit der rechten am Wollustgestade.

Das arme Mädchen sträubte sich, war aber viel zu schwach, um sich meinen Armen zu entwinden.

»Nun, liebes Mädchen?«

»Lassen Sie mich, ich bitte!«

»Einen Kuß, liebes Mädel, und noch einen und wieder einen. Wenn Sie mich lieben, so erwidern Sie ihn. Nun, Sie zögern?«

»Lassen Sie mich los!«

Sie war sehr ängstlich und zitterte. Unentschlossenheit las ich in ihren Zügen. Meine Hand spielte an der niedlichsten Muschel, welche erst mit zarten Sprößlingen umgeben war. Der Eingang war sehr eng, daß mein Mittelfinger sich durchdrängen mußte. Sie sträubte sich, ich ließ mich jedoch nicht stören, sondern küßte sie immerfort und untersuchte dabei die niedliche Liebesgrotte gründlich. Die Berührung des Innern der Muschel machte sie matt, erschöpft sank sie mit ihrem Gesicht auf meine Schulter und vergaß ganz den Widerstand.

»Nun, liebes Kind, lieben Sie mich?«

Ich ließ sie los, sie schlug die Augen verschämt nieder. Ich küßte sie feurig.

»Wollen Sie meinen Kuß nicht erwidern? Schämen Sie sich, die schönste Neigung des Herzens zu gestehen?«

Sie sah mich an. Ich küßte und drückte sie heftig an meine Brust.

»Was für eine Antwort nehme ich mit zur Gesellschaft?«

Sie reichte mir die Hand und küßte mich.

Wir gingen zur Gesellschaft zurück, meine Raschmann war tiefsinnig geworden, und ich nahm sie beiseite.

»Hübsch munter, wie gewöhnlich, liebes Mädchen«, sagte ich, »sonst verraten Sie sich.«

»Warum haben Sie mich so unruhig gemacht?« antwortete sie mir und hüpfte fort.

Mich gelüstete gewaltig, dieses Mädchens Knöspchen zu brechen, und als der Wein die Geister munter gemacht hatte, drang ich in sie, mir ihre Wohnung zu sagen; ob es nicht möglich sei, einige Stunden dieser Nacht bei ihr zu verbringen. Anfangs wollte sie nicht recht darauf eingehen, aber nach längerem Hin- und Herreden erzählte sie mir alles.

Ihre Eltern hatten dicht neben diesem Garten ein hübsches Gartenhaus, welches sie im Sommer bewohnten. Die Fenster der Schlafkammer meines braunen Mädchens, welche sich im zweiten Stock befand, waren diesem Garten zugekehrt. Ich bat daher um die Erlaubnis, wenn alles zur Ruhe sein würde, ihr einen Besuch machen zu dürfen. Dieses wurde mir auch gewährt. Sobald ich es möglich machen konnte, lief ich nun hin und untersuchte, ob und wie das Fenster zu erreichen wäre. Hinaufklettern war unmöglich. Ich suchte deshalb eine Leiter und legte sie an; es ging vortrefflich.

Nun wartete ich mit Ungeduld auf die Auflösung der Gesellschaft. Zu meiner größten Freude ging dieselbe gleich nach zehn Uhr auseinander.

Gegen elf Uhr setzte ich über die Mauer in den Garten hinein und erblickte das kleine niedliche Mädchen an ihrem Fenster. Im Nu erstieg ich die Leiter und stand vor dem erstaunten Kind. Sie wollte bitten, daß ich nicht hereinkommen möchte, allein ich war bereits bei ihr. –

Sie zitterte am ganzen Körper und holte so schwer Atem, als ob sie sich in der größten Gefahr befände.

»Es ist doch alles zur Ruhe, liebes Mädel?«

»Ach Gott, ja! Aber –«

»Nun, so überlaß dich der Liebe und sei unbesorgt. Es kommt doch auch gewöhnlich so spät niemand in den Garten?«

»Ach nein! Aber – mir ist so bang! Wenn Sie mich lieber wieder verlassen wollten!«

»Liebst du mich nicht, liebes Kind – so bin ich sogleich bereit; sprich, liebst du mich nicht?«

»Ach ja, aber –«

»Nun, so sei ruhig und überlaß dich deinen Empfindungen.«

Ich schloß sie an meine Brust und bedeckte sie mit Küssen.

»Komm, meine Liebe, zieh dich aus und leg dich!«

»Das tu ich nicht!«

»Sonderbares Mädchen! Wozu die Umstände? Hier werden wir doch nicht sitzen bleiben wollen?«

Ich legte Hand an, und bald hatte ich meine niedliche Kleine entkleidet. Bald war auch ich fertig und bei ihr im Bett.

Ängstlich klopfte ihr Herz, schwer ging ihr Atem, und Seufzer verdrängten Seufzer.

Ihre kleinen runden Milchhügel, die eine hohle Hand ausfüllten, waren derb, und ihr ganzer Körper glich einer aufgehenden Knospe. So wie mein Finger der Liebe Heiligtum berührte, fand er Morgentau, und den Eingang umgab schlüpfrige Feuchtigkeit.

Ich streckte mich über sie hin, gab ihr meinen Amor in die Hand, und geschwind und schwer atmete sie.

»Nun, liebes Mädchen, mach dich gefaßt zu der Liebe höchstem Gefühl. Vielleicht wird dir der Anfang schwer werden; allein nur getrost, auf kleine Schmerzen folgt das größte Vergnügen.«

Ich stellte meinen Amor an die Öffnung, fuhr mit meinen Händen unter ihren Hintern und drückte sanft und sanft, um festen Fuß zu fassen. Mein braunes Mädchen zitterte.

»Lassen Sie, es geht nicht!«

»Geduld, meine Liebe!«

Ich gab einen starken Nachdruck, und sie rief laut: »Nein, das halte ich nicht aus! Entsetzlich!«

Sie schüttelte sich gewaltig, fing an zu beben, und ich fühlte, daß ihr kleiner Wollustbecher überfloß. Kaum war ich einen Fingerbreit eingedrungen, so verfiel sie in einen Wollusttaumel, und nun wagte ich unvermutet einen herzhaften Stoß.

Sie schrie laut, und ich empfand ebenfalls einen brennenden Schmerz, obwohl mein Amor nur erst mit dem Kopf darin war.

»Lassen Sie mich, um Gotteswillen, lassen Sie mich! Ich vergehe!«

Sie zuckte unaufhörlich und wimmerte laut. Ich hatte Mitleid mit dem guten Kind, konnte mich jedoch nicht entschließen, auf dem halben Weg umzukehren.

»Ich bitte Sie, lieber H., lassen Sie mich! Es sind unbeschreibliche Schmerzen, es brennt –«

»Liebes Kind, ich beklage dich. Sollen wir aber das höchste Vergnügen ungenossen lassen?«

»Es ist Pein, schreckliche Pein – (ernsthaft:) Lassen Sie mich los! Ich weiß auch nicht, warum ich so schrecklicher Qual unterliege.«

»Geduld, nur noch ein Übergang, und alle Schmerzen sind für immer behoben.«

»Nein, nicht mehr! – Lassen Sie mich!«

Sie wurde ungeduldig, und ich fühlte, daß mein Amor zu schwellen anfing; wollte ich also die Festung erobern, so mußte es gleich geschehen. Ich setzte mich also in Positur, um aus allen Kräften den Sturm zu beginnen und einen

Augenblick alles Mitleid zu vergessen – hartherzig zu sein.

Zwei harte Angriffe wurden gewagt, mein braunes Mädchen weinte, und mir war der Schmerz fast unerträglich. Allein das Wollustgefühl betäubte mich, ich beachtete nicht die Schmerzen und auch nicht das Schluchzen des Mädchens; aus Leibeskräften stieß ich, eins, zwei, drei –

(Mit hellem Schrei:) »Herr, Sie zersprengen mich!«

Und glücklich war ich eingedrungen und kühlte ihre Schmerzen mit dem Balsam der Wollust.

Sie zitterte, als ob sie das kalte Fieber hätte, ihre Lippen bebten, und ihre Zähne klapperten. Ich bemerkte aber, daß sie Linderung hatte; denn ihr Wimmern verminderte sich bedeutend.

»Nun, liebe Raschmann, haben sich die Schmerzen gelegt?«

Sie atmete schwer, ohne mir zu antworten.

»Wenn Sie mich lieben, wenn Sie sich besser befinden, wenn Sie einige Schadloshaltung für Ihre Schmerzen haben, so küssen Sie mich, umarmen Sie mich.«

Sie drückte mich fest an ihren Busen und hing an meinen Lippen.

Mein Amor war noch in der Grotte und hatte neue Kräfte gesammelt. Ich fing also an, mich leicht zu bewegen.

»Sag mir, sind die Schmerzen noch so heftig, liebes Mädel?«

»Ach nein! Aber ein Brennen –«

»Vielleicht lindert sich auch das. Zieh nun die Beine scharf an, stemme dich und halte deinen Hintern etwas frei. So! Kannst du die Schenkel nicht etwas mehr auseinanderspreizen? Schön! Nun schlage deine niedlichen Arme um mich, und wenn dich der Liebe wohltätigste Empfindung anwandelt, so küsse mich.«

Ich erhielt manchen Kuß, und bald blieb sie an meinem Mund hängen, hob und drängte ihren Schoß an mich und badete meinen Amor mit ihrem Wollustsaft.

»Liebes Mädchen, bist du feurig!«

Leises Seufzen war ihre Antwort.

Mein Vergnügen war groß; denn der enge Eingang, der meinen Amor fast ganz umschloß und ihn sanft preßte, erregte die angenehmsten Erschütterungen in meinen Nerven.

Der Entscheidungspunkt nahte sich, ich faßte ihre beiden Hinterbacken und bewegte mich etwas geschwinder und heftiger.

»Nun, liebe Raschmann, stemmen Sie sich fest und empfangen Sie das Opfer der Wollust.«

»Ah! – ah! – ah!«

»Küssen – Sie mich!«

»Oje!«

»Ist dir wohl – Liebe?«

Jetzt öffneten sich die Wollustnerven, und kaum berührte der Nektar ihren Altar, als volle Ströme hervorsprudelten und mein liebes Mädchen in meinen Armen in wollüstige Ohnmacht verfiel. Ihr feuriger Atem, ihre warme Ausduftung bewiesen, daß sie ganz Gefühl war. Wie berauscht, ohne Bewegung, lag sie da. Ich hob die Decke auf. Sie hatte die Augen geschlossen, und kein Glied regte sich; sie atmete sanft, wie von leichtem Schlummer gebunden, und nur bisweilen zitterte ein leiser Seufzer aus ihrem niedlichen Mund.

Eben stand der Mond vor unserem Fenster und erhellte das Zimmer. Ich besah der Liebe Heiligtum. Oh! Es war mit Blut beströmt, und das Betttuch bezeugte noch mehr den blutigen Kampf. Das arme Mädchen hatte eine harte Probe bei der Einweihung in der Liebe Geheimnisse bestehen müssen.

»Was machen Sie?«

»Ich habe deinen niedlichen Tempel der Liebe im Myrthenhain besehen, in dem ich den Eingang eröffnet.«

»Sagen Sie lieber, daß Sie mich auf die Folter gespannt.«

»Bedauerst du es, liebes Mädchen?«

»Jawohl! Hätten Sie nur die Schmerzen erdulden müssen! Sie waren über alle Beschreibung groß. Ich glaubte, meinen Geist aufzugeben.«

»Aber jetzt! Gesteh es, Liebe, war dir der Liebe höchster Genuß nicht noch überwiegender?«

»Ich weiß nicht –«

»Nicht? – Dafür sollst du gestraft werden!«

Ich schloß sie in meine Arme, und wir versanken aufs neue in der Wollust höchsten Taumel.

Neuntes Kapitel

Gegenwart des Geistes

Im Herbst zog meine Raschmann wieder in die Stadt, und nun war alle Gelegenheit abgeschnitten, nächtliche Besuche abzustatten. Ich mußte mich also weiter umsehen.

Bald machte ich Bekanntschaft mit einer artigen Blondine, die ungemein viel Reizendes hatte, und ich beschloß, mein Heil zu versuchen. Ihre schöne Kleidung hatte mich irregeführt. Es war eine Putzmacherin, und doch wollt' ich nicht zurücktreten, da ich einmal meine Absicht verraten hatte. Sie wohnte in einem engen Gäßchen parterre. Ich kann nicht leugnen, wie ich das erste Mal hinging, um mich eine Nacht zu vergnügen, so fielen mir allerhand Gedanken ein, wer wohl schon dergleichen Besuche bei ihr abgestattet haben mochte und was es wohl für Folgen für mich haben könnte.

Indessen waren meine Besorgnisse unnötig, wie meine Leser aus dem Erfolg sehen werden.

Das närrische Mädchen hielt eine lange, wohlgesetzte Rede über Liebe und ihre Folgen, wie ich sie in meine Arme schloß und küßte.

»Wozu das, Liebe? Genießen ist besser als reden. Wollen wir uns entkleiden?«

»Herr v. H., warum hab' ich wohl Ihren Besuch nicht ebenso standhaft zurückgewiesen, als ich schon mehrere ausgeschlagen habe?«

»Weiß ich das?«

Ich untersuchte ihre Milchhügel, eine feine weiße Haut war ihr ganzes Verdienst, die Erhöhung war gering.

Ihre Schenkel und Hüften waren gut, der Myrthenhain schön, die Spalte wohl geschlossen und der Eingang – ganz eng.

Hätt' ich geglaubt, hier eine Rose zu brechen?

Ich hatte Mühe, mich zu überzeugen, und doch war es so.

Das war auch, was meinen Reiz erhielt; denn der Mangel voller Milchhügel hatte mich wirklich etwas erkaltet.

»Lieben Sie mich, holdes Mädchen?«

»Würde ich mich Ihnen sonst so preisgeben?«

»So ziehen wir uns aus und verschieben den wechselseitigen Genuß nicht länger.«

»Wag' ich nicht zu viel?«

»Nichts, Liebe!«

Unter allerhand Tändeleien hatten wir die Kleider abgeworfen, und nichts verbarg sich dem neugierigen Auge. Ihr Körper reizte mich nicht, er war unregelmäßig und präsentierte sich noch schlechter auf den krummen Beinen.

Ich brachte sie aufs Bett und machte mich gefaßt, den Eingang in den Tempel der Wollust zu öffnen.

Jetzt bemerkte ich erst, wie ungewöhnlich hinterwärts die Öffnung war. Ich ließ sie sich heben, ich legte Kissen unter sie, versuchte alles und erhielt doch keine ordentliche Richtung.

Das Mädchen war vor lauter Gefühl außer sich und durch das öftere Berühren zur sinnlosen Maschine geworden. Sie atmete kurz und geschwind, und zur Muschel brauste ein Schäumchen heraus. Die viele Vorbereitung hatte auch mich in Feuer gesetzt und meine Begier aufs äußerste gespannt.

»Liebe, unsere Mühe ist umsonst, und wenn du dich nicht umdrehst und dich auf die Knie und Hände stellst, so kommen wir nicht zum Ziel.«

Sie wollte anfangs durchaus nicht einwilligen, endlich aber gab sie nach.

Ihre Hinterbacken waren sehr schön weiß und rund. Ich stellte ihre Schenkel auseinander und hatte eine reizende Aussicht. Die Spalte war offen, herrlich rot, und der kleine Hymen stand an dem Eingang der Grotte. Dies machte mich ganz begierig.

Ich stellte meinen Amor an den Eingang, das Mädchen schauderte; ich rückte etwas ein, und es zog zurück.

»Nein, Liebe, Sie müssen widerstehen, wenn nicht alles verloren sein soll.«

Ich umschloß sie fest und rückte mit Nachdruck etwas weiter. Ich fand weniger Widerstand als bei meiner Raschmann. Indessen fing meine Blonde doch an, über Schmerzen zu wimmern, und zog immer zurück.

Ich wandte meine ganze Beredsamkeit an, um sie ruhig zu halten. Und bald war es Zeit, wenn ich mich nicht auf dem Weg entladen sollte.

Ich faßte sie also recht fest, stieß, soviel ich vermochte, und war nun so glücklich, eben zu rechter Zeit bis in den Hintergrund zu dringen, um die ganze Grotte zu füllen.

Die Bewegung des Mädchens unter lautem Wimmern war sonderbar.

Ob es die Neuheit der Positur war oder ob sie wirklich viel Bequemes hat, mag ich nicht entscheiden, kurz, meine Ergießung war mit unbeschreiblicher Wollust verbunden, und wenn ich Madame Flammans Liebesgrotte ausnehme, so hatte noch keine meinen Amor so ganz eingenommen.

Mein Mädchen lag unbeweglich, und mein Amor fand viel zu viel Behagen in dem Liebeszwinger, als daß er verlangt hätte, auszutreten.

Ich begann nach kurzer Erholung das Spiel aufs neue. Wie ein angepaßter Ring umschloß der Eingang meinen Amor, und je weiter ich ausholte und je tiefer ich eindrang, je mehr Vergnügen genoß ich. So tief war ich noch nie gekommen; denn mit jedem Stoß konnt' ich meinen Amor bis an die Wurzel einführen, und einen Strohhalm hätt' ich zermalmen wollen.

»Wie ist dir, Liebe?«

»Oh!«

Sie konnte nicht sprechen. Sie besaß ein außerordentliches Temperament und war ganz

Wollust. Ihr Atem stockte, ich merkte, daß bei ihr der Reiz stieg, ich verdoppelte also meine Bewegung, um das Vergnügen zu genießen, den Wollustbecher zu gleicher Zeit zu leeren, und erreichte meine Absicht. Sie sank zusammen, und ich mußte sie ganz halten.

Ich verließ jetzt die Stellung, und sie blieb wie starr. Ich betrachtete die Liebesgrotte; noch immer quoll über blutige Zeichen der gebrochenen Rose der Wollustsaft hin, und die aufgedunsenen Lippen zuckten.

Ich wendete sie um, und nach und nach erholte sie sich.

»Wie ist Ihnen, Liebe?«

(Lächelnd:) »Weiß ich's, ob ich lebe oder tot bin?«

Es ist immer ein vortrefflicher Anblick, ein Frauenzimmer im Wollustgefühl zu betrachten. Und je weniger es fühlt, je mehr verliert der Genuß an Wert. Ich habe sehr schöne Frauenzimmer in meine Arme geschlossen, aber ihre Nerven hatten nicht den höheren Grad von Reizbarkeit, und der Genuß verlor an Delikatesse.

Ich sann nun, ob ich es nicht möglich machen könnte, von vorne in den Wollusttempel einzugehen; denn ein Kuß mit vermischtem Zungenspiel gibt doch dem Genuß viel Würze.

Ich gelangte zu meinem Endzweck, Sie stellte ihre Füße auf Stühle und ruhte mit dem Hintern auf dem Tisch; allein ich fand nicht nur weniger Vergnügen, sondern fühlte auch, daß es mich angriff, weil ich stehen mußte.

Mein Mädchen war schon wieder ganz im Taumel. Ich setzte ab, trug sie aufs Bett, stellte sie in die vorige Positur und endigte mit ebensogroßem Vergnügen wie vorher.

Zehntes Kapitel

Warum gibt sich der Herr soviel ab?

Der Scherz bekam mir übel. In einer Gesellschaft war eine Witwe von etlichen und dreißig Jahren. Sie war schlank gewachsen, hager, und dennoch glaubte sie, schön zu sein, und ging auf Eroberungen aus. Zum Scherz sagte ich ihr allerlei Süßigkeiten vor und war Ursache, daß sie mit ihren Mienen und Gebärden die ganze Gesellschaft belustigte.

Ich begleitete sie auch des Abends nach Hause, hatte aber nichts weniger als die Absicht, dazubleiben. Allein die gute Frau vergaß sich ganz, nötigte mich so dringend und so schön, daß ich allen Anstand beleidigt hätte, wenn ich es abschlug, mit ihr das Abendbrot zu genießen.

»Nun, bleiben Sie noch ein Stündchen.«

Sie zog mich aufs Kanapee, kreuzte die Schenkel und zeigte mir einen niedlichen Fuß und ihre runde Wade. Ihre Miene, jede Gebärde verrieten Verlangen, und jeder Hauch war Begier.

Du wirst einen Liebesdienst tun, dachte ich, wer weiß, wie lange die arme Frau schmachtet. Ich küßte sie und begann Zungenspiel. Wie hastig sie schlürfte, wie inbrünstig sie mich drückte!

Ich schob meine Hand auf ihre bloßen Schenkel. Im Nu waren sie auseinander und machten mir freie Bahn.

Hu, da fand ich ein Gebüsch und eine Spalte und Lippen, in welchen ich meine Hand verbergen konnte.

Sowie ich mit meinem Finger den Eingang berührte, schob sie sich mir entgegen, daß mein ganzer Finger darin war.

Es rang mir ein Lächeln ab, welches sie aber wohl anders auslegen mochte. Sie umschlang mich, überströmte mich mit Küssen und war außer sich.

»Soll ich ganz glücklich sein?«

»Wer kann Ihnen etwas abschlagen?!«

Und schon lag sie und zog mich über sich, daß ich kaum Zeit hatte, mich der Beinkleider zu entledigen.

Habe ich je feurige Augen gesehen, so war es bei dieser Frau. Sie rollten fürchterlich.

Sie erleichterte es mir sehr, jede meiner Bewegung wurde doppelt erwidert, und als ich mich entblößte, glaubte ich, sie wolle mich verschlingen, so hastig küßte sie mich.

»Oh, nur noch etwas –«

»Sie lassen mich zurück –«

Ich tat mein Möglichstes, und durch ihr eigenes hastiges Bewegen erreichte sie auch ihren Wunsch. Mit jedem Erheben schoß ein neuer Strom hervor.

Ich glaubte nun, entlassen zu werden; meine Artigkeit machte sie jedoch ungeniert, und sie trug mir daher an, bei ihr zu übernachten.

Kann ein Mann sich mit Ehren zurückziehen? Der Antrag war mir so unangenehm als möglich; allein was wollte ich tun?

Ich entkleidete meine Donna ganz. Wahrlich, der Anblick war so reizend eben nicht, ein langes, hageres Knochengerippe vor sich zu sehen, an dem die stark behaarten Lippen der Muschel noch die fleischigsten Teile waren. Indessen suchte sie das Nichtvorhandensein ihrer Reize durch tausend kleine Spiele zu ersetzen, und es gelang ihr ganz gut, mich bei Laune zu erhalten. Da meine Augen eben keine Weide an ihrem Gesicht und ihrem glatten Busen fanden, so fiel mir ein, mich an den Äußerungen ihres Gefühls zu begnügen.

Sie trug einen feinen flanellnen Unterrock; ich riß ein Stück ab und fing an, ihre Hinterbakken und Lippen ihrer Muschel zu reiben.

»Das ist mir neu; wozu das?«

»Sie werden mit der Wirkung zufrieden sein.«

Sie geriet in unbändiges Feuer; sie schnaubte.

»Hören Sie auf, ich halte es nicht mehr aus!«

Nun stellte ich sie auf die Knie und Hände.

»O nein!«

»Doch, schöne Frau, Sie werden Vergnügen finden!«

Ich muß gestehen, die überaus großen aufgedunsenen Lippen und die Feuerröte, die durchschimmerte, machten einen sonderbaren Anblick. Ich führte endlich meinen Amor ein. Es war glühend heiß in der Grotte, und die gute Frau fing bei seinem Eintritt an, wollüstig zu girren.

»Finden Sie Vergnügen, schöne Frau?«

»A-ach ja!«

»Wollen wir diese Positur behalten? Ich glaube wenigstens, daß ich auf keine andere Art so tief eindringe.«

»A – a – ah! Ge – e – e – sch – winder! Ah! – Ich kann nicht mehr!«

Ich preßte mit meinen Händen ihre Dünnung zusammen und drang so tief, daß sogar der Wollustbeutel von ihren Muschellippen bedeckt wurde. Ich ließ sie die Schenkel noch mehr auseinanderspreizen und fand besonderes Vergnügen, wenn ihre heißen Lippen meine Samenbehälter berührten.

»Ich schmachte! – Eilen Sie!«

Nach einigen verdoppelten Stößen schlürfte sie endlich mit vollen Zügen den Wollustbecher aus.

Ich hatte es nicht nötig, auf Liebkosungen zu sinnen; denn sie war unaufhörlich mit mir beschäftigt und verschwendete alle ersinnliche Zärtlichkeit.

Ich verhielt mich ruhig, und ihre fortdauernde Tätigkeit bewies, wie großes Vergnügen sie genoß.

Kaum fand sie meinen Amor in Positur, als sie ihn unter allerlei Lobeserhebungen streichelte und küßte. Sie warf sich auf mich und ließ mich fast nicht zu Atem kommen vor lauter Küssen.

Sie führte meinen Amor in die Grotte und bewegte sich mit einer Art von verzweifelter Hast. Sie keuchte laut, und unter den heftigsten Erschütterungen floß ein ganzer Strom über mich hin. Matt und entkräftet sank sie nieder.

Ich war indessen ziemlich warm geworden, und da die gute Frau vielleicht nicht so bald wieder eine so vergnügte Nacht haben mochte, wollte ich dazu doch noch alles beitragen, was ich vermochte. Ich legte sie also auf den Rücken und bestieg den Liebesthron aufs neue. Mit stummem Röcheln drückte sie mich an ihre Brust. Ich ließ ihre Beine über meine Hinterbakken kreuzen, spielte mit meinen Fingern an der Hinterspalte und fing den Kampf mit aller Heftigkeit an.

»Sind Sie mit mir zufrieden, liebe Frau?«

»Oh, bei weitem; denn dies ist die vergnügteste Nacht meines Lebens!«

Sehr gebrochen brachte sie dies hervor, und ich freute mich wirklich, der guten Frau ein solches Vergnügen bereitet zu haben. Wie sich endlich meine Wollustquelle öffnete, da blieb ich ruhig, um so recht im Innern der Grotte den Becher zu leeren; allein meine Schöne dachte anders. Als sie dessen nämlich gewahr wurde, fing sie an, sich unter mir fürchterlich zu bewegen, und zog mich so fest an sich, daß es mir unangenehm empfindlich war. Ihre unversiegbare Quelle öffnete sich, und mein Amor wurde ebenso stark gebadet wie das erste Mal.

Wahrlich, ich beklage aus ganzer Seele eine solche Frau, welche sich in dem Feuer ihres Temperaments aufzehren muß.

Ich pausierte etwas und wollte mich dann empfehlen.

»Oh, nicht doch, lieber H., gönnen Sie mir doch das Vergnügen, Sie in meinen Armen schlummern zu sehen!«

Da das mir aber nicht zusagte und ich so glücklich war, Ausreden zu machen, welche meine Donna für maßgebend hielt, so wurde nichts daraus.

»Nun, dann wenigstens noch einmal«, bat sie. Und dabei überhäufte sie mich wieder mit Schmeicheleien und Küssen.

Trotzdem hatte ich wenig Lust, noch einmal in den Sattel zu steigen.

Als sie aber in einem fort bat, konnte ich es ihr dennoch nicht abschlagen und versuchte mein Heil abermals. Ich bot alle meine Einbildungskraft auf, um mich in Feuer zu versetzen; allein vergebens, mein Amor hob sich nur sehr wenig. Kaum aber sah sie das, als sie auch schon auf mir lag und mit immer gleichem Feuer arbeitete. Wie vorhin entlud sie im Überfluß, hatte mich warm gemacht, die Szene ward verändert und sie nach Wunsch befriedigt.

Darauf entfernte ich mich, um nie wiederzukommen.

Elftes Kapitel

Wir wollen reisen

Dieses war mir ein unangenehmer Spaß; ich fühlte einige Tage die Anstrengung und hatte doch eigentlich kein Vergnügen genossen.

Unstreitig sind dies die vorzüglichsten Auftritte während meiner akademischen Jahre, nicht aber die einzigen. Ich würde zu weitläufig sein, wenn ich alles erzählen wollte, was so manches Ungefähr, manche Gelegenheit und manches Verhältnis darbot. Wer da sucht, findet, und das Suchen war bei mir immer der Fall, ausgenommen die kurze Bekanntschaft mit der Flamman.

Meine Leser mögen mich also auf meinen Reisen begleiten und sehen, wie ich mich da benehme. Ich werde auch hier ebensowenig zu meiner Entschuldigung sagen als bisher und meinen Lesern ganz freie Macht zu urteilen überlassen.

Ich war reisefertig, und mein Balthasar war schon voran mit meinen Sachen, als mich noch folgende Begebenheit einige Tage aufhielt:

Ich ging in einem Garten spazieren und stellte ganz ernsthafte Betrachtungen an, als ich von ungefähr auf vier Damen stieß, wovon die eine meine ganze Aufmerksamkeit auf sich zog. Ihr Wuchs war prächtig, ihr Gang majestätisch, und unter dem Basthut strahlte ein herrliches Gesicht hervor. Ich bog in einen Gang, so daß ich ihnen wahrscheinlich wieder begegnen mußte, um mich ihr vielleicht bemerkbar zu machen; allein es schlug fehl, sie waren umgekehrt, und noch sah ich sie aus dem Garten gehen. Ich eilte nach, sie waren in einen Wagen gestiegen und rollten fort. Ich war verdrießlich, daß mir meine Absicht nicht gelungen war, schlich nach dem anderen Tor zu und wollte ins Hotel de B. Ich glaubte, den Wagen mir entgegenkommen zu sehen. Er hielt vor dem Hotel, und meine Dame stieg aus. Ich erkundigte mich und erfuhr, daß es die Gräfin C. aus Holland sei.

›Wagst du es? Ja!‹

»Ich reise in einigen Tagen ab«, sagt' ich zum Wirt, »meine Sachen sind schon fort, man sieht es gern, daß ich meine Wohnung räume, wollen Sie mir auf einige Tage ein Zimmer geben?«

»Sehr gern«, war die Antwort, und mein Bedienter mußte meinen Mantelsack bringen.

Es traf sich so glücklich, daß noch ein kleines Zimmer nicht weit von dem der Gräfin leer war.

Nun Entwürfe, wie ich mit ihr sprechen könnte! Ich zog ein neues, gutgewähltes Reithabit an und ging ins Kaffeehaus. Bis gegen neun Uhr verweilte ich da und kehrte ins Hotel zurück. Sprang singend die Treppe hinan und öffnete, als ob ich fehl ginge, der Gräfin Zimmer. Ich erschrak, staunte! –

Die Gräfin lag auf dem Sofa, und die Kammerfrau las ihr vor. Ich lief hinzu und küßte ihre Hand.

»Tausend Verzeihung, gnädige Frau, meiner übereilten Unvorsichtigkeit! – Unachtsamkeit hat mich mein Zimmer verfehlen lassen, und ich bin so unglücklich, Sie auf eine außerordentliche, unhöfliche Art zu unterbrechen.«

»Wer sind Sie, mein Herr?«

»Ich bin« … usw.

»Wollen Sie sich setzen?«

»Gnädige Frau, der Anstand – Doch so vielen Reizen auch nur einen Augenblick nah zu sein, kann allen Anstand vergessen machen.«

»Mir fällt das Deutsche schwer.«

»So befehlen Sie, gnädige Frau, und ich spreche Französisch.«

Wir unterhielten uns wohl eine Stunde, und die Gräfin behielt ihre Lage, nur daß ich jetzt mehr oder weniger ihre volle runde Wade zu sehen bekam. Meine große Begierde war rege. Die Kammerfrau entfernte sich.

Ich schwieg und betrachtete die schäumenden Milchhügel, die sich zu bemühen schienen, den leichten Flor abzustoßen.

»So erzählen Sie doch, Herr v. H.! – Sie wollen also reisen?«

Sie stand auf, ich ergriff ihre Hand.

»Gnädige Gräfin – ich erzählen? Wenn nicht die Betrachtung Ihrer Reize mir jeden Gedanken raubte!«

Sie lächelte, und ich bekam Mut, küßte ihre Hand, und wie ich einen sanften Druck fühlte, schwebte schon mein Kuß auf ihren schönen Lippen.

»Sie sind –«

Ein zweiter Kuß hemmte das Sprechen.

»Nichts zu meinem Nachteil, gnädige Gräfin, wenn Sie mich nicht unglücklich machen wollen.«

»Sie sind sehr rasch!«

Sie richtete sich auf, und ich saß neben ihr und drückte sie mit voller Inbrunst an meine Brust. »Verdammen Sie mich, gnädige Frau«, rief ich, »nur erlauben Sie mir diese Glückseligkeit!«

Meine Hastigkeit hatte das Halstuch weggeschoben, sie wollte es in Ordnung bringen, allein mein Gesicht ruhte auf den wollüstigen, schwanenweißen Hügeln, und meine Lippen überströmten sie mit Küssen.

»Sie sind verwegen!«

Damit riß sie sich los und wollte gern zürnen, allein ihr Gesicht strafte sie Lügen.

Wir versöhnten uns; ich stand auf, wollte mich empfehlen und bat um die Erlaubnis, morgen meine Aufwartung machen zu dürfen.

Sie hielt meine Hand, forschte in meinem Blick.

»Morgen –?«

Ich verstand das Morgen und wiederholte meine Bitte, mich zum Gehen wendend.

Sie stand auf und hielt noch immer meine Hand.

»Die gnädige Gräfin werden müde von der Reise sein.«

»Ich kam gestern schon an und habe nur kurze Station gemacht.«

»Ich kann nicht anders, als verwegen zu sein, gnädige Gräfin –«

Mit diesen Worten umarmte ich sie aufs neue, sog an ihren Lippen und schnellte mit meiner Zunge.

»Dürfte ich Sie nicht verlassen, mich Ihnen so nah zu wissen und –«

Meine Gräfin ward warm, ihr Gesicht glühte, ich sank mit ihr aufs Sofa, und meine Hand wühlte ungehindert in dem schwelgerischen Busen.

»Junger Mann, Sie besitzen viel, eine Dame zu überraschen.«

»Oh, wäre ich so glücklich!«

Und damit war meine Hand auf ihren bloßen Schenkeln.

»Wollen Sie, daß ich –«

»Daß Sie mich zum glücklichsten Sterblichen machen!«

Der leichte Widerstand hinderte mich nicht, daß ich bis an den Wollusthain gelangte, und Kuß um Kuß trat der lieben Gräfin beim Sprechen hemmend in den Weg.

Ich warf mich mit ihr aufs Sofa, sie wurde sichtbar schwächer, und mein Spielen am Venustempel machte sie ganz unruhig.

»Glücklich bin ich, aber –«

»Eine solche Dreistigkeit ist mir noch nicht vorgekommen!«

Kurz, wir wurden einig. Ich empfahl mich, nachdem ich die erfreuliche Nachricht erhalten hatte, daß ich die Tür zu ihrem Schlafzimmer offen finden sollte.

Es war bald elf Uhr, ich konnte unmöglich länger warten. Im bloßen Schlafrock schlich ich vor die bezeichnete Tür, eben schloß sie die Gräfin auf, und schon stand ich vor ihr und hatte sie in meine Arme geschlossen. Sie war bloß mit einem Hemd bekleidet und hatte bereits im Bett gelegen. Ich wollte ihr auch das abstreifen; sie weigerte sich, und so riß ich es von oben bis unten auf.

Sie sah mich verwundert an. Im Nu stand ich ganz nackend vor ihr und drückte Busen an Busen. Seit meiner Flamman hatte ich keinen schöneren weiblichen Körper gesehen. Beide nebeneinander gestellt, würde die Wahl unendlich schwer sein, ja überflüssig werden, indem man beide nähme.

Durch alle nur erdenklichen Spielereien suchte ich ihre Begierde zu erregen, und es gelang mir nur zu gut, so daß sie sich über mein Zögern beklagte.

Ich führte sie endlich aufs Bett, sie war ganz Begier und empfing mich mit der wärmsten Umarmung.

Ihre Wollustgrotte war so niedlich gebaut und lag so bequem, daß wir nicht die geringste Kunst nötig hatten, um meinem Amor das Eingehen interessant zu machen. Sie schloß mich fest an ihren Busen, als der Eingang durch den Triumphbogen erfolgt war.

Ich lag unbeweglich, und sie küßte mich unaufhörlich und hob sich bisweilen leicht unter mir.

»Sie verstehen es, mein Feuer zu erregen, und werden auch dafür sorgen, daß es gelöscht werde.«

»Zweifeln Sie, schöne Gräfin?«

»Es wäre nicht das erste Mal, daß ich zehrendem Feuer überlassen werde. Begierden zu erregen ist leichter als dieselben zu befriedigen, wissen Sie das?«

Ich umfaßte meine Gräfin, küßte ihre brennenden Lippen und begann langsam der Liebe süßestes Spiel.

Ihr Gesicht war ganz Wollust, und ihre elastischen Milchhügel schienen auf der hochgewölbten Brust wie junge Lämmer zu hüpfen.

»Schreckliches Feuer!«

Ihre Lippen zitterten. Sie drückte mich fest an sich. Ich merkte, daß ihr Entscheidungspunkt nah war, und fing an zu galoppieren.

»Lieber, oh! Lieber, oh!«–

Sie verlor die Sprache, und ihr zitternder Atem verwandelte sich in ein leises Girren, indem sich ihre Wollustquelle öffnete.

»Schöne Gräfin, wer behauptet den Kampfplatz?«

Sanftes Andrücken und leises Stöhnen waren die Antwort. Nun füllte ich den Becher mit Nektar der Wollust. Sie bekam Zuckungen und versank in wollüstiges Hinbrüten.

Über ihren ganzen Körper schien Vergnügen hingegossen; ihre lange Erholungszeit bewies, in welchem Grad sie der Liebe Glück genossen hatte.

Mit zärtlich-liebevollem Blick sah sie mich endlich an.

»Werden Sie nicht stolz, wenn ich Ihnen bekenne, daß noch nie wohltuendere Gefühle mein ganzes Wesen erschüttert haben?«

»Nicht stolz, aber glücklich macht mich dies Bekenntnis.«

Damit streckte ich mich wieder über ihren schönen Körper hin und führte meinen Amor in die Grotte.

Ihre Küsse waren äußerst wollüstig.

Ich ließ sie ihre Beine anziehen, brachte meine Hände unter ihren Hintern und rieb an ihrer Spalte, um den Kampf aufs neue zu beginnen.

Anfangs lachte sie herzlich über das Fingerspiel, allein bald beklagte sie sich über zu heftigen Reiz, geriet ganz außer sich, und als die Wollustschale endlich überfloß, fiel sie in Ohnmacht.

Ein herrlicher Anblick; jeder Zug drückte hohes, unnennbares Vergnügen aus. Ich küßte die vollen Milchhügel, sog an den niedlichsten Rosenknöspchen, rieb den samtenen Leib und spielte an ihrem Myrthenhain.

Sie schlug die Augen auf.

»Nun, meine schöne Gräfin?«

(Mit einem Seufzer:) »Wie ist das möglich? Ist ein Mensch so unbeschreiblicher Glückseligkeit fähig?«

Sie schmiegte sich an mich.

»Warum mußte ich Sie kennenlernen, warum mußte ich erfahren, wieviel mir fehlt?«

Ich wollte mich in mein Zimmer begeben, allein sie wünschte, an meiner Seite zu schlafen.

Schon war es hoher Tag, als wir erwachten. Welch zärtliches Feuer leuchtete aus ihren Augen!

»Wann werden Sie abreisen?«

»Morgen, gnädige Gräfin.«

»Nein, das sollen Sie nicht. Ich muß wenigstens noch vier Tage hierbleiben, und Sie werden daher Ihre Abreise solange hinausschieben; nicht wahr, Sie versprechen mir es?!«

Dabei küßte sie mich so feurig und drückte mich so fest an ihren Busen, als ob sie meine Bejahung herauspressen wollte. Ich hatte schon gestern daran gedacht und war daher ziemlich mäßig gewesen, um unser Vergnügen zu verlängern.

»Ich würde, gnädige Gräfin, gleich ja sagen, wenn ich ebensogut Feuer zu löschen wie zu erregen verstände.«

»Sind Sie so lobgierig? Ich bereue, Ihnen das gesagt zu haben, und bitte tausendmal um Verzeihung.«

Als Antwort darauf umarmte ich meine Gräfin, schwang mich in den Sattel und begann wollüstiges Zungenspiel. Ihr Auge schmachtete. Ich ließ sie ihre Beine über meinen Hintern kreuzen und führte meinen Amor durch das Siegestor.

»Wahrlich, Sie verstehen es, den Genuß der Liebe zu vervielfältigen! Aber nicht zu hastig, lieber H., Sie dringen zu tief, es schmerzt.«

Nicht lange klagte sie darüber, bald gossen wir mit den wollüstigsten Empfindungen unseren Lebensbalsam aus. Ich hatte die paar Tage noch sehr vergnügt hingebracht. Meine Donna ließ mich fast nicht aus ihren Armen. Wir fuhren einmal in ihrem englischen Reisewagen spazieren. Sobald wir ins Freie kamen, nahm sie mich in die Arme, drückte an eine Feder, und wir lagen ganz bequem nebeneinander.

Ich hob bald ihren Rock auf und streifte meine Beinkleider ab, und wir lagen in eins vereinigt.

Die Erschütterung des Wagens machte sonderbare Empfindungen und verursachte den wollüstigsten Taumel, der sich denken läßt.

Am letzten Tag, als ich gegen Abend in ihr Zimmer trat, lag sie, in tiefe Gedanken versunken, im Fenster.

Ich schlich mich unbemerkt heran, ließ meinen Amor vortreten, hielt sie fest und war in ihrem Wollusttempel, ehe sie Zeit hatte, es zu verhindern.

Nach einigen Bewegungen:

»Nein, lieber H., das vergnügt mich nicht, kommen Sie aufs Sofa!« Ich folgte ihr, und wir genossen großes Vergnügen.

In der letzten Nacht zeigte ich mich als ganzer Mann. Wir leerten siebenmal den Wollustbecher.

Zwölftes Kapitel

Man benutzt die Gelegenheit

Ich hatte zwei Monate gefastet, als ich in Lyon ankam. Warum, weiß ich selbst nicht. In dem Hotel, wo ich wohnte, hatte ich ein sehr niedliches Weibsbild bemerkt und fühlte Neigung für sie. Sie war mir näher, als ich glaubte; ihr Zimmer stieß an meine Kammer und war bloß durch eine dünne Bretterwand geschieden, in der noch dazu eine Tür sich befand. So bequem als möglich!

Wie ich eines Tages das Licht auslöschte, bemerkte ich ziemliche Spalten und gleich neben meinem Bett ein großes Astloch, weil das Dämchen noch Licht hatte. Ich war neugierig, legte mein Auge an dasselbe, und siehe da – eine außerordentlich niedliche nackende Figur stand vor dem Spiegel und steckte die Haare los. Es wäre mir nicht möglich gewesen, im Bett zu bleiben. Nur war die Frage, wie ich zu meiner schönen Nachbarin kommen wollte. Es war schon etwas spät. Indes warf ich mich geschwind in mein Nachtkleid und ging hinaus, ob vielleicht noch ihr Mädchen zu sprechen wäre. Eben trat sie aus dem Zimmer.

»Schönes Kind, könnte ich wohl nur zwei Worte mit Ihrer Gebieterin sprechen?«

Das Mädchen sah mich an.

»Oder ist's schon zu spät? Es ist aber dringend!«

In einigen Minuten kam sie wieder.

»Madame erwartet Sie.«

Ich trat herein, machte einige Entschuldigungskomplimente, die sehr artig erwidert wurden, und entdeckte ihr mit den zärtlichsten Ausdrücken, was ich durch die Wand gesehen und was das für eine unbeschreibliche Wirkung auf mich gemacht hätte.

Sie sprang auf und sprach von Infamie und der Himmel weiß wovon.

Ich nahm sie in meine Arme. Sie hatte nur einen langen Schlafrock umgeworfen, und wie durch ein Ungefähr kam meine Hand auf ihre bloße volle Brust.

»Madame, ich liebe, und könnten Sie wirklich zürnen, daß Ihre unvergleichlich interessante Figur einen so großen Eindruck auf mich gemacht hat, so müßten Sie sehr indiskret sein.«

Ich ließ sie nicht zu Wort kommen, küßte jeden Laut von ihrem Mund und drohte, nicht eher aufzuhören, bis sie besänftigt wäre.

Sie fing endlich an, überlaut zu lachen, und versicherte auf Ehre, daß ihr noch kein Franzose eine so drollige Liebeserklärung gemacht hätte, und des Sonderbaren wegen wollte sie mir ihre Gunst schenken. Jetzt aber sollte ich mich entfernen, weil ihr Mädchen mich hier wüßte; allein morgen –

»Ich gehe, Madame, und hier (indem ich die Tür nach meiner Schlafkammer aufriegelte) komme ich wieder.«

»Weil es sich so fügt, will ich nicht die Grausame spielen.«

Sie schellte, und ihr Mädchen begleitete mich auf mein Zimmer und schien in meinen Augen zu forschen, was ich wohl Wichtiges ihrer Frau gesagt haben möchte.

Ich war also bald wieder bei meiner lieblichen Französin. Wir wurden bekannt und wußten nichts von Zeremonien.

Bereitwillig ließ sie sich den Schlafrock ausziehen und erwiderte jede Tändelei mit vieler Grazie.

So erhaben hatte ich noch keine Grotte der Wollust gesehen; denn wenn sie aufrecht stand, leuchtete der rötliche Eingang hervor. Der Tempel selbst war außerordentlich schlüpfrig, hatte einen geräumigen Eingang, und Gott Hymen war so stark beleibt, wie ich ihn noch nie zu Gesicht bekommen hatte.

Man hatte mir erzählt, daß die Französinnen überaus schlüpfrig wären, und die erste, die ich in meine Arme schloß, bestätigte dies.

Sowie ich den Kampf begann, war sie ganz Unruhe unter mir. Bald legte sie einen, bald beide Schenkel über mich, drückte mich, schlug mich; bald bewegte sie sich geschwind, bald zog sie sich zurück, daß mein Amor nur halb eindrang, und bald hielt sie sich in die Höhe, daß er ganz in die Tiefe geriet, und so waren ihre Hände auch in beständiger Bewegung.

Als endlich ihr Reiz aufs höchste stieg, so stotterte sie unaufhörlich:

»Ah! – Je ne peux plus!« (Ich kann nicht mehr!) »Ah! Ah! – Je me meurs!« (Ich sterbe!) »Ah! Ah! Ah! Vi – vite! Vite!« (Schnell!)

Ich konnte mich des Lachens nicht enthalten; allein sie ließ sich nicht stören und plapperte fort, bis ihr die Sprache ganz verging.

Als ich sie am Morgen verließ, versicherte sie mir mit außerordentlicher Annehmlichkeit, daß ich ein so braver Kavalier sei, der keinem Franzosen etwas nachgäbe.

Sonderbar, daß auch hierin diese Nation sich vorzüglich glaubt.

Dreizehntes Kapitel

Ein kurioses Schauspiel

Als ich darauf den Nachmittag nach Hause kam, hörte ich durch meine offene Kammertür in meiner Nachbarin Zimmer sprechen. Meine Neugier lockte mich an das Astloch an der Wand.

Ich stutzte, als ich Madame und Monsieur ganz nackend auf dem Sofa in völliger Liebeshandlung sah und noch eine männliche Stimme hörte:

»So endigt doch endlich, ich verbrenne!«

Es war ein sonderbares Schauspiel, die beiden auf dem Sofa handeln zu sehen. Unter beständigem Sprechen machten sie tausenderlei drollige Kapriolen, bis endlich ihre Körper in schlaffe Ruhe sanken.

Und fast in demselben Moment kam der andere, hob jenen ab und nahm seine Stelle ein.

Sie: »Nur ein wenig Ruhe!«

Er: »Wie ist mir das möglich?«

Und damit arbeitete er mit solcher Hitze, daß er in einigen Minuten kraftlos dalag.

Meine Nachbarin ist ein Freudenmädchen, dachte ich und wollte mich entfernen, als ich bemerkte, daß der erste sich wieder kampfbereit machte. Ihm folgte wieder der zweite, und dann nahmen sie einige Erfrischungen zu sich.

Ungeachtet dies Schauspiel mein Blut in heftige Wallung versetzt hatte, so schien es doch, als ob mir alle Lust zu meiner Nachbarin vergangen wäre. Es war mir auffallend, daß sie sich zweien überließ. Indes schien sie nicht im geringsten von ihrer Munterkeit verloren zu haben, im Gegenteil spöttelte sie über das abgenommene Feuer der beiden Herren.

Dadurch ward deren Ehrgeiz beleidigt, und beide waren bereit. Man nahm einen Würfel, warf und lachte dazu.

Und nun stellte sich der eine auf alle viere; das Frauenzimmer legte sich auf seinen Rücken so daß ihr Hintern auf seine Schultern kam. Es machte einen sonderbaren Prospekt, den schön frisierten Kopf zwischen den weißen runden Schenkeln und höher der Liebe Myrthenhain mit dem geöffneten Liebestempel unter dem schön gewölbten Schneegebirge. Jetzt nahm der andere seinen Platz über der Dame ein, die sich mit einem Arm um des anderen Leib schlang und mit der anderen Hand seinen Amor umfaßte. Ein komischeres Schauspiel sah ich bis jetzt noch nicht, und das beständige Sprechen und Seufzen und Stöhnen aller drei untereinander reizte mein Lachen so, daß ich nicht Kraft genug hatte, es zu unterdrücken.

Die Herren waren fertig, und die Dame – schalt sie, daß sie so schlecht ihre Schuldigkeit getan hätten.

»Will ich zufrieden sein«, sagte sie, »so werd' ich wohl noch meinen plumpen Deutschen rufen müssen, der Euch, bei meiner Ehre, alle beide beschämt.«

Das artige Kompliment verdroß mich entsetzlich. Du wirst sie strafen, und wär es auch zu deinem Nachteil, war mein Entschluß. Kaum daß sich die Herren entfernten, so sah ich, daß sie sich säuberte und wusch; und als sie den Nachtrock überwarf, drückte ich an die Tür, die sich auch sogleich öffnete.

Ich entledigte mich meiner Kleider und ergriff sie ziemlich plump. Sie entschuldigte sich mit übler Laune und bat, das Vergnügen bis auf die Nacht zu verschieben. Das lag nicht in meinem Plan; ich wollte ihr keine Erholungszeit gönnen, sondern legte sie gleich aufs Sofa, preßte sie aus allen Kräften zusammen, und allen Bitten und Flehens ungeachtet, bewegte ich mich so heftig und stark, daß ich ihr gern glaubte, als sie über Schmerzen klagte.

Sie wollte sich endlich ganz losreißen; allein ich hatte sie zu fest umklammert.

»Oh, vous êtes un barbare!« (Oh, Sie sind ein Barbar!)

»Madame, c'est votre lourdaud allemand.« (Madame, das ist Ihr plumper Deutscher.)

Sie schwieg, und ich behandelte sie mit äußerster Strenge, so daß sie die Zähne zusammenbiß und ihr die Tränen aus den Augen rollten, wie endlich sich meine Wollustnerven öffneten, so zog ich meinen Amor aus der Grotte und versagte ihr auch die Labung. Ganz entkräftet ließ ich sie auf dem Sofa liegen und entfernte mich mit der Warnung, daß sie künftig behutsamer in ihren Ausdrücken sein möchte.

Vierzehntes Kapitel

Wir sind in Paris

Wenn an irgendeinem Ort in der Welt dem Gott der Liebe zahlreiche Opfer gebracht werden, so ist es in Paris. Das ist bekannt, und ebenso bekannt ist es, daß man nirgends der Liebe einen solchen Grad von Verfeinerung zu geben weiß wie hier. Hier liebt alles, Frauen und Mädchen vom höchsten und geringsten Stand finden das geringste Bedenken lächerlich, einen Liebhaber, der ihnen gefällt, zu beglücken. Auch ist es nur zu bekannt, in welche Ausschweifungen man ausartet; ich habe also nicht nötig, etwas darüber zu sagen, sondern kann bei meiner Person stehenbleiben.

Und auch da will ich etwas hervorheben. Durch Empfehlungsschreiben hatte ich Zutritte in verschiedene hohe Häuser, und meine Wenigkeit fand zuerst Beifall bei der Marquise B.

Ich hatte ihr alle möglichen Artigkeiten erwiesen und hoffte. Glaubte mich aber der Erfüllung meines Wunsches noch nicht so nahe, als ich eines Morgens um elf Uhr ein Billett erhielt, in welchem mir die Marquise meldete, daß sie diesen Nachmittag für niemand zu Hause sein würde, außer wenn ich sie beehren wollte. Ich legte das modernste Kleid an, das mir der Schneider mit Professorenberedsamkeit angepaßt und mir hundertmal versichert hatte, daß man mich darin von dem geborenen Franzosen nicht unterscheiden würde. Nun flog ich mit Stutzerleichtigkeit zu meiner Marquise.

Ich könne unangemeldet eintreten, erfuhr ich im Vorsaal, und schon stand ich in dem Kabinett und wollte eben ein recht gut gesetztes Kompliment zu rezitieren anfangen, als ich sah, daß meine Angebetete auf dem Sofa lag und schlief.

›Hoho‹, dachte ich, ›da kannst du ja ganz frei und ungeniert zu Werke gehen!‹

Ihre Lage war so wollüstig und ihre Kleidung so leicht und durchsichtig, daß man jeden Muskel unterscheiden konnte. Sie war von mittelgroßer Figur, weder zu mager noch zu fleischig und durchaus gleichmäßig gebaut. Ihre Brüste waren wie fast bei allen Französinnen voll und rund, auch vielleicht etwas größer als gewöhnlich.

Ich stand einen Augenblick und überlegte, wie der Angriff anzufangen sei. Ohne viel Umstände, das ist die Hauptsache. Nun schob ich meinen rechten Arm unter ihren hohlen Rücken, drückte meine Lippen sanft auf ihren halboffenen Mund und suchte mit meiner Zunge die ihrige.

Sie tat, als ob sie schwer träume, und bei einem herzhaften Kuß schreckte sie zusammen und erwachte:

»Mein Herr, wer gab Ihnen ein Recht zu dieser Freiheit?«

»Zeit, Ort, Lage, Schönheit, unwiderstehliche Reize – schönste Marquise; ich unterwerfe mich jeder Strafe, nur strafen Sie mich nicht mit – Entfernung.«

Sie lächelte, und ich küßte sie.

»Wer sollte bei einem Deutschen soviel Dreistigkeit suchen? Gewöhnlich sind Ihre Landsleute bis zum Ekel unentschlossen.«

»Jetzt, schöne Marquise, zur Sache; ich bin so glücklich, von Ihnen geliebt zu werden?«

»Nach Ihrem Betragen, dächte ich, sollte Ihnen diese Frage nicht einfallen. Sie verraten den

Deutschen damit, welchen Sie durch Ihr Handeln verleugneten. Wenn eine Dame nur für Sie zu Hause ist –«

Ich ließ sie nicht ausreden, stürzte mich über sie und überhäufte sie mit Küssen. Meine Hand befand sich bald in dem Heiligtum der Venus, welches ungeheuer reizbar zu sein schien. Ich wurde warm, sprang auf, um die Kleider abzuwerfen, und zog meine Donna ebenfalls aus. Mit merklichem Vergnügen betrachtete sie meinen Amor, spielte mit ihm und versicherte, daß er eine hoffnungsvolle Miene hätte.

Arm in Arm lagen wir da, und mein Amor befand sich in der wollüstigen Muschel.

»Wie Sie glühen! Hüten Sie sich, das Vergnügen abzukürzen!«

»So würde die Schuld auf Ihre bezaubernden Reize fallen; allein sie werden auch mächtig genug sein, um wieder Kraft zu neuem Vergnügen einflößen zu können.«

Wirklich fühlte ich auch, daß mich die wollüstige Wärme in ihrer Grotte dem Entscheidungspunkt schneller als gewöhnlich zuführte. Bald empfing meine Liebe eine reichliche Nektarergießung.

Sobald sie es gewahrte, schloß sie mich fest an sich, sog an meinen Lippen und bewegte ihre Augen schwärmerisch.

Seit langer Zeit hatte sich so süßer Wollusttaumel nicht meiner Sinne bemächtigt. War es die außerordentliche Liebenswürdigkeit meiner Marquise oder der schwelgerische Bau ihres Wollusttempels, der mir diesen außerordentlichen Genuß verschaffte? Ich weiß es nicht.

Mein Amor war auch nur leicht erschlafft, er erhielt sich in der Richtung und verließ den wonnigen Ort nicht, wo es ihm so wohl behagte.

Die Marquise bezeigte ihre Verwunderung darüber, und ihre niedlichen und zärtlichen Karessen hatten bald mein ganzes Feuer wieder angefacht.

»O mein lieber H., solch Vergnügen hätte ich mir nicht versprochen.«

Unter sanften Küssen fing ich an, mich zu bewegen. Wie sie aber fühlte, daß mein Amor ganz geschickt zum Kampf sei, so faßte sie meine Hinterbacken fest und bewegte sich heftig hin und her mit außerordentlicher Behendigkeit.

Ihr brechendes Auge, ihre hochrote Gesichtsfarbe, ihre bebenden Lippen, ihr zitternder Atem und die Zuckungen in allen ihren Muskeln verkündigten den Augenblick des hohen Gefühls.

Ich schob meine Hände unter ihre Hinterbakken, spielte an der Spalte und suchte ihr Vergnügen soviel wie möglich zu vermehren. Ihre Quelle floß, sie klammerte sich an meinen Hals, und stockend bat sie mich, still zu ruhen. Unnennbares Vergnügen durchströmte alle meine Adern, wie ihr Wollustnektar so sanft über meinen Amor hinfloß.

Ich geriet außer mir, konnte nicht mehr ruhen, und wir fingen mit vielem Eifer der Liebe schönstes Spiel wieder an. Die Göttin der Liebe begünstigte unsere Bemühungen, indem wir mit dem größten Entzücken zugleich den Wollustbecher leerten.

Wir kleideten uns an. Meine Marquise ließ mich fast nicht aus ihren Armen.

»Übermorgen will ich die Nacht in meinem petite maison (kleinen Haus) zubringen, in der Vorstadt K. Oh, Sie fahren gleich mit mir.«

Was petite maison in Paris ist, werden meine Leser wissen, und wie wir uns da vergnügt haben, sollen meine Leser wissen.

FÜNFZEHNTES KAPITEL

Ich befinde mich ganz wohl

Meine Leser wissen, wohin wir fuhren. Gegen Abend schickte sie ihre Bedienung fort bis auf eine alte Kammerfrau. Wir brachten einige Stunden unter allerhand lieblichen Gesprächen hin. Endlich nötigte sie mich, in ein Nebenzimmer zu gehen, wo ich meine Instruktion erhalten würde. Ich traf eine alte Frau, die sich denn mit vieler Lobeserhebung über meine Person hermachte und mich auskleidete. Sie ölte meine Haare ein, flocht mir einen Efeukranz um den Kopf und bestrich mich mit wohlriechendem und stärkendem Wasser. Die Alte war unerschöpflich im Sprechen, sie konnte kein Ende finden, mich zu reiben, und meinen Amor küßte sie einmal um das andere und versicherte hoch und teuer, daß sie wenig so große, wohlgeformte und vielversprechende in ihrem Leben gesehen hätte, und sie könnte nicht umhin zu wünschen, daß sie dreißig Jahre jünger sein möchte.

Aus Scherz sagte ich, wenn sie mich einmal besuchen wollte und ich ihr einen Dienst erzeigen könne, so würd' ich mir ein Vergnügen daraus machen.

Diese Erlaubnis wollte sie sich zunutze machen, erwiderte sie, und ich würde dann auch als honetter Mann mein Wort halten.

Sie öffnete jetzt ein Zimmer; mein Gesicht ward von der Pracht geblendet, und ich glaubte, in ein Feenschloß versetzt zu sein. Man sah sich in einen angenehmen Hain versetzt. Die Bäume waren der Natur abgestohlen, und lange blieb ich zweifelnd, ob die Kunst wirklich so täuschen könnte. Die Wand war so vortrefflich gemalt, daß man den dunklen Wald in der Ferne und den Abendhimmel dort mit dem allerletzten Widerschein der gebrochenen Strahlen der unserem Horizont schon weit entfernten Sonne wahrhaft zu erblicken glaubte. Der Sternhimmel an der Decke und der volle Mond, das einzige Licht, welches man sah, machte eine bezaubernde Wirkung. Ein Zephir durchsäuselte das

Laub und hauchte den wollüstigsten Wohlgeruch. Ich stand wie angeheftet, und Wonne ergriff mich, als jetzt eine Nachtigall ihre zärtlichen Töne anhob.

Endlich wagte ich es, weiterzugehen. Wie ward mir, als ich neben einem Springbrunnen an einem großen Hügel, im Schatten eines dichtbelaubten Baumes, die schönste weibliche Figur in Paradieskleidung, natürlich auch ohne Feigenblatt, schlummern sah! Ich näherte mich ihr; sie erwachte, reichte mir die Hand und zog mich auf das elastische Polster neben sich.

»Hat Sie Daphnes Aufenthalt überrascht?«

»Schönste Marquise –«

»Ich bin jetzt Daphne, die Apollo erwartete.«

Das Überraschende hatte zu großen Eindruck auf mich gemacht, als daß ich fähig gewesen wäre, meine Bewunderung und noch viel weniger die Größe meines Glücks auszusprechen.

Ich konnte mich nicht satt sehen an meiner Daphne. Ihr schönes Gesicht war von langem, schwarzem Haar umwallt, ihr schöner Busen, der zum Genuß winkte, die blendende Weiße ihres Körpers, die ganze Form und Lage, der Ort, das schauerliche Dunkel – alles wäre fähig gewesen, kalten Marmor zu erwärmen.

Ich fühlte brennendes Feuer, warf mich über sie, schloß sie in meine Arme und führte Gott Amor in den Kronsaal. Sie empfing mich mit aller möglichen Zärtlichkeit. Ich hörte es rauschen, blickte auf, und siehe da, eine Myrthenlaube war auf einmal über uns hingezaubert.

Welche himmlische Überraschung!

Kaum begannen wir den Liebeskampf, als zwei Flöten gewissermaßen die Schlachtmusik dazu anstimmten.

Meine Empfindungen erreichten den Höhepunkt.

Unser leises wollüstiges Girren bezeugte, wie glückselig wir waren. Die Flöten schwiegen, wir leerten den Wollustbecher bis auf den Grund und versanken in ein seliges Hinbrüten.

Nachdem wir längere Zeit in beglückender Umarmung gelegen, sagte meine liebenswürdige Eva:

»Wollen wir aufstehen, lieber H.?«

Eine kleine Wendung meiner Marquise, und die Myrthenlaube existierte nicht mehr.

Nun standen wir auf und gingen um das Gebüsch in eine heller beleuchtete Grotte, woselbst wir Erfrischungen fanden. Ein wollüstiges Sofa nahm uns auf, und unter den zärtlichsten Spielereien ermunterten wir unsere Lebensgeister durch wohlschmeckenden Rebensaft zu neuer Wollustfreude. Bei solch einem reizenden weiblichen Geschöpf – wer vermag da seine Begierden zu bezähmen?!

Bald lag ich in Daphnes Armen und sog Wollust aus ihrem Rosenmund. Mit Neckereien trat Amor in den Tempel der Venus, küßte Hymen und floh eilend an den Eingang zurück, um zu sehen, ob er verfolgt würde. Unversehens hob Daphne ihren wonnereichen Schoß, und Amor lag in Hymens Armen, ehe er an weitere Flucht denken konnte. Jetzt vereinigten sie sich zum Vergnügen, mit leisen Liebesschlägen verfolgte einer den anderen, bis sie ermüdet sich ins Meer der Wollust stürzten und ihre Erhitzung abkühlten. Die Glocke schlug zwölf, und zwei Flöten stimmten ein schmelzendes Adagio an.

Meine Daphne führte mich in das wollüstige Bett. Arm in Arm, Busen an Busen, Lippe auf Lippe, versanken wir in wollusterregenden Eiderdaunen. Neue Gefühle erwärmten uns, wir schmachteten nach Genuß, als ob wir uns jetzt zum ersten Mal umfingen. Wir suchten alles auf, was uns den Genuß versüßen konnte. Unser schäkerndes Kämpfen machte uns warm, eine wollüstige Atmosphäre umgab uns, leichte Schweißtröpfchen machten unsere Körper noch schlüpfriger. Wir verloren die Sprache, leises Stöhnen drängte sich aus unserer Brust, und mit unbeschreiblichem Wonnegefühl sanken wir in einen Wollusttaumel, der uns den erquickenden Armen des Schlafgottes überlieferte.

Verzeiht, zärtliche Glossen und schöne Flamman, ich genoß in euren Umarmungen viel Seligkeit, allein meine Daphne übertraf euch weit. Bei ihr war alles vereint, was nur ihr Reiz heißen kann, und der leichtesten Karesse wie dem höchsten Genuß wußte sie unerklärliche, unbeschreibliche Feinheit zu geben, die jeden Nerv in die wollüstigste Schwingung versetzte.

Der junge Tag weckte uns. Aus den Armen des Schlafes eilten wir in die Arme der Liebe, und wir waren die glücklichsten Sterblichen.

Fast ein ganzes Jahr blieb ich in Paris. Mein Umgang mit meiner Marquise dauerte ununterbrochen fort, was bei einer französischen schönen Dame von Temperament gewiß zu bewundern ist. Unsere letzte Umarmung war an Feuer, Zärtlichkeit und Wohlbehagen der ersten völlig gleich.

Meine Marquise war bei meiner Abreise untröstlich.

Sechzehntes Kapitel

Wer hätte geglaubt, daß sie ernst machen würde?

Ich lag eines Morgens noch im Bett, als mir mein Bedienter meldete, daß ein Frauenzimmer draußen wäre, die mich zu sprechen verlange.

»Wer ist sie?«

»Ich weiß es nicht, sie wollte mir ihren Namen nicht sagen, vermutlich –«

»Nun, was vermutest du?«

»Vermutlich hat sie so etwas Gewisses von geheimen Aufträgen; wer weiß, von welcher schönen Dame.«

»Meinst du? Wenn sie aber ein eigenes Anliegen hätte?«

»Da ist sie zu alt dazu. Ein halbes Jahrhundert steht ihr wenigstens auf der Stirn geschrieben.«

»Ich glaube, du wirst noch witzig, wenn wir lange hierbleiben. Laß sie hereinkommen.«

Und siehe, es war der Marquise alte Kammerfrau.

Vermutlich eine schöne Einladung, dachte ich.

»Mein Herr, Sie waren unlängst so galant und gaben mir die Erlaubnis, Sie zu besuchen, und hier sehen Sie mich.«

»Es freut mich –«

Ich staunte, wahrlich, ich freute mich nicht. Sollte sie ernst machen? – Ich konnte mich kaum in Fassung halten.

Und sie machte ernst, setzte sich auf mein Bett, sprach so verliebt und zärtlich, wie kein deutsches Mädchen von achtzehn Jahren sprechen kann. Endlich legte sie sich über mich und küßte mich, fuhr mit der Hand unter die Decke und erhaschte meinen Amor.

»Oh, der charmante, niedliche Knabe! Wie schön er ist!«

Ihre Augen glänzten vor Wollust.

Wohl oder übel, es ist ein Übergang, dachte ich, stand auf und schloß die Tür ab und legte sie aufs Sofa.

Mein Bedienter irrte gewiß nicht in Ansehung ihres Alters; allein ich wunderte mich über die noch festen und starken Schenkel. Der Myrthenwald hatte freilich viel gelitten und manchen Sturm und manche Überschwemmung ausgehalten und bestand meistens aus dornigem Gesträuch; und der Eingang in den Wollusttempel war von den vielen Wallfahrten so geräumig, daß er einem schmalen Tal fast gleichkam.

Gewiß kein sonderlicher Reiz, indessen – ich faßte Posto und benahm mich, so gut ich vermochte.

Es war ein wahres Vergnügen, die abwechselnden Posituren und Kapriolen anzusehen, die sie annahm, um mich in Feuer zu bringen, und es mißlang ihr auch nicht gänzlich.

Als ich endlich den Nektar der Wollust ausgoß, so glaubte ich, sie würde wütend. Sie wußte meinen Amor so zu pressen, daß er nicht ganz ohne Gefühl abtrat.

»Sie sind ein braver Kavalier! Oh, war ich doch dreißig Jahre jünger!«

Mein lieber junger Leser, es ist keine Wohltat für deinen Körper, wenn dich der Zufall an den Altar einer älteren Frau führt. Du verlierst ohne den geringsten Ersatz. Im Gegenteil! Du strengst dich bei einer fünfzigjährigen Matrone mehr an als bei drei zwanzigjährigen Frauenzimmern. Die erstere hat nicht mehr die Macht, eine Atmosphäre um ihren Körper auszubreiten, in welcher du die Ergießung deiner Kräfte wieder ersetzen könntest. Du allein machst die ganze Atmosphäre; dein Feuer erwärmt und kräftigt sie. Ein altes Frauenzimmer ist wie ein Schwamm zu vergleichen, welcher zwar einsaugt und aufschwillt, aber nichts von sich gibt. Willst du dich überzeugen, so brauchst du nur junge Männer, die alte Weiber geheiratet haben, anzusehen, und wirst finden, daß sie schwächlich oder gar elend sind. Andererseits wirst du manchen alten Krauter, der eine junge Frau hat, lustig und vergnügt, ich möchte sagen, jugendlich finden. Dieses kommt daher, weil seine Kräfte durch die Umarmungen seiner jungen Gattin gehoben werden und er noch einmal jung wird. Die Vereinigung des Mannes und des Weibes erhält das Menschengeschlecht. Vereinigung ungleichen Alters ist aber zu vergleichen mit einem vom Wurm angestochenen Apfel – eine wurmstichige Vereinigung zu nennen.

Siebzehntes Kapitel

So gefällig sind deutsche Damen nicht

»Wollen Sie mir eine Gefälligkeit erweisen, mein lieber H.«, sagte einst mit aller Zärtlichkeit meine Marquise.

»Sie dürfen befehlen!«

»Morgen soupieren wir bekanntlich bei der Duchesse. Sie würden mich verbinden, wenn Sie ihr mehr Süßigkeiten sagten als gewöhnlich.«

»Und wenn ich so frei sein darf zu fragen, warum?«

(Sie lächelte:) »Haben Sie denn noch nichts bemerkt? – Sie liebt Sie sterblich und hat sich sehr bitter gegen mich über Ihre Kälte beklagt.«

»Allein, schönste Marquise, wenn man das Glück genießt, Sie so nahe, so genau zu kennen!«

»Ein Franzose denkt, wie er es nennt, billig, er ist einer jeden Dame gefällig.«

»Der Deutsche hingegen nennt das treulos.«

»Sie sind jetzt in Frankreich, die Duchesse ist meine Freundin, daher werden Sie mich unendlich verbinden, wenn Sie ihr einen Monat die Aufwartung machen. Aber – dann kehren Sie doch lieber in diese Arme zurück, die Sie jetzt umschließen?«

»Und welche Meinung wird sie von mir bekommen, wenn ich auf einmal abbreche?«

»Sie wird Sie einen Flüchtling schelten und schwören, daß Sie von väterlicher und mütterlicher Seite her aus französischem Geblüt abstammen.«

»Ich bleibe bei Ihnen.«

»Nein, lieber H., ich habe es der Herzogin versichert, daß sie Ihnen unendlich teuer wäre, bloß eine den Deutschen eigentümliche Ehrfurcht für Damen Sie bisher zurückgehalten hätte, ihr die Liebe zu gestehen. Sie versprach mir also –«

»Ich verliere zu viel, schöne Frau.«

»Wenn Sie wahr reden, so wird die Rückkehr mit um so größerem Vergnügen verbunden sein.«

Ich mußte es versprechen.

Die Duchesse war in jeder Hinsicht ein sehr reizendes Frauenzimmer. Jung und blühend, wohlgenährt; aus ihren Augen blitzte wildes Feuer.

Ich saß beim Abendessen an ihrer Seite. Sie war außerordentlich wollüstig angekleidet. Ihre Milchhügel, die unaufhörlich über die enge Schnürbrust schäumten, verrieten gewaltiges Feuer in ihrem Busen. Ich nahm alle meine Artigkeit zusammen und bemerkte, welche Wirkung mein Betragen auf sie machte. Wie von ungefähr schob ich mein Knie unter ihren Schenkel, als ich mich einmal etwas gegen sie wendete. Sie drückte mich sanft, und eine Feuerröte überzog ihr Gesicht. Ich strich mit meiner Hand ihre wohlgenährten Schenkel, fand die Öffnung im Rock und zog ohne Widerstand das Hemd in die Höhe, um die weiche samtene Haut zu reiben. Gern wäre ich bis zu der Venus geheiligtem Hain gedrungen, allein es konnte nicht unbemerkt geschehen.

Die Gesellschaft war ziemlich zahlreich, und nach der Tafel wurde gespielt. Ein korpulenter Abbé hielt die Bank, und die Duchesse schlug meiner Marquise und mir ein L'hombre vor. Als wir uns setzten, klagte sie über große Hitze. Die Marquise winkte mir mit den Augen. Ich verstand es und fragte, ob ich so glücklich sein könnte, sie in ein Nebenzimmer zu führen, wo sie frische Luft schöpfen könnte. Mein Vorschlag wurde sehr willig angenommen.

Wir setzten uns auf ein Sofa. Nach einigem Händeküssen schlang ich meinen Arm um ihren Nacken, küßte ihren Rosenmund und spielte an ihren Wollusthügeln.

»So werden Sie mich nicht abkühlen, lieber H.?«

Ich bog sie also nieder und glitschte mit meiner Hand unter ihren Rock. Die Quelle im Myrthenhain schäumte. Sie leckte die Lippen, als mein Finger das Innere berührte, atmete sehr schwer, und ihre Augen waren voller Begier.

Ich machte mich fertig und stellte meinen Amor an den Eingang des Tempels der Wollust. Ihre Drüsen waren so angelaufen, daß ich Gewalt anwenden mußte, um einzudringen. Mit wollüstigem Girren empfing sie den lieben Gast und hüpfte vor Freude so unter mir, daß sie in einigen Momenten den Wollustbecher verschüttete. Es war, als ob es ihr das Herz abstoßen wollte, ihre Milchhügel glichen stürmenden Wellen.

In einem fort stöhnte sie, bald hielt sie den Opferaltar wieder ganz hoch, bewegte sich heftiger und immer heftiger, und als ich spendete, da brach ein reißender Strom aus ihrer Quelle, der den ganzen Myrthenhain überschwemmte.

Vergnügt kehrten wir wieder zur Gesellschaft zurück, und erst um zwei Uhr trennten wir uns.

ACHTZEHNTES KAPITEL

Toilettenbesuch

Am anderen Morgen machte ich der Duchesse meine Aufwartung. Sie war für niemand zu Hause als für mich. Ich traf sie noch im Bett. Inbrünstig umhalste sie mich und küßte mich.

»Sind Sie sicher vor Überfall, Göttin der Liebe?«

»Niemand kommt ohne meinen Befehl.«

Ich entkleidete mich, zog ihr das Hemd ab und befühlte ihren schönen Körper. Sie wurde so begierig, daß ihre Augen sich trübten und die Lefzen ihrer Muschel zitterten.

Ich führte meinen Amor in das Heiligtum; mit lautem Jubel schlang sie ihre Beine um mich und bewegte sich so stark, daß ihre Quelle schon überfloß, ehe sie noch fühlte, daß ich den Grund gefaßt hatte.

Als sie dann ruhig wurde, verdoppelte ich meine Bewegungen, sie war ganz Wollustgefühl. Ich brachte meine Hände unter ihre fleischigen Hinterbacken und spielte an der Spalte; dadurch wurde ihr Wonnegefühl noch bedeutend gesteigert, sie war ganz außer sich, bebte an allen Teilen ihres Körpers, und ihr Atemholen war zitterndes Seufzen. Wollüstiger Duft umgab uns. Sobald ich die Wollustschale auf ihren Altar goß, verlor sie alle Bewegung; nur im Innern des Heiligtums, wo eine sprudelnde Quelle sich öffnete, fühlte ich Leben.

Mein Vergnügen war groß; allein das fast zermalmende wonnige Gefühl der Vereinigung mit meiner Marquise, welches jeden Nerv so wohltätig erschütterte, fehlte ganz. Die Duchesse war zu wollüstig und zu feurig, als daß sie gleiches Vergnügen mitteilen konnte. Nach kurzer Erholung forderte sie immer wieder zu neuem Kampf auf; ihr Reiz wußte von keiner Ermüdung.

Mit Freuden kehrte ich zu meiner Marquise zurück und fand in ihren Umarmungen Erholung.

Neunzehntes Kapitel

Ein Göttermahl

Einer meiner besten Freunde war der Marquis R. Durch ihn machte ich viele Bekanntschaften und verschiedene sehr schöne Eroberungen, die ich aber nicht einzeln erzählen will, weil ich mich wiederholen würde. Eine Bemerkung im allgemeinen, die gewiß richtig ist, will ich hier machen, daß nämlich die französischen Damen durchaus einen feineren, niedlicheren und zur Wollust besser gebauten Körper besitzen und daß sie jeden ihrer Reize in das vorteilhafteste Licht zu setzen und den Genuß weit mehr zu verfeinern wissen als die deutschen Frauen.

Ich will nun von einem vorzüglichen Abendmahl erzählen, wozu der Marquis mich und noch zwei Bekannte in sein petite maison einlud.

Er führte uns in einen erleuchteten Saal, der mit feinen Teppichen und langen Polstern belegt war. Im Nebenzimmer hörten wir eine harmonische Musik. Wir tranken einige Gläser Wein, und er nötigte uns in ein anderes Zimmer, wo wir uns ganz entkleideten und bloß Dominos anlegen mußten. Darauf gingen wir wieder in den Saal und lagerten uns auf den Teppichen.

Sechs nackende Mädchen mit Blumenkränzen trugen in Körben ausgesuchte Leckereien auf. Wir aßen und tranken und scherzten unter der angenehmsten Musik. Darauf sangen die Mädchen das Lob der Liebe und der Gefühle und der Wollust und standen auf zum pantomimischen Tanz.

Nie sah ich etwas Reizenderes und Wollüstigeres in solchen Abwechslungen.

Nach beendigtem Tanz lagerten sich die Mädchen in einem Kreis, wir warfen unsere Dominos ab und mischten uns unter sie. Meine Feder ist zu stumpf, die wollüstigen Spielereien zu beschreiben.

Wie Saturn buhlten zwei um ein Mädchen, dessen ganzer Körper Wollust schien. Sie floh und ward verfolgt, stürzte über ein Polster, und der eine war behend genug, sie gleich zu fassen, und als ihr Hintern erhoben war, seinen Amor sogleich in die Wollustgrotte einzuführen. Der andere, der dadurch verdrängt wurde, fiel gierig über die nächste Nymphe her und opferte auf platter Erde.

Mein Wirt wollte bersten vor Lachen und fragte, ob ich nichts für meine Begierde fände.

Ich hatte mich gleich anfangs an ein Mädchen geschmiegt, die mich durch ihr sanftes Wesen angezogen hatte, und als er sah, daß sie mich umschlang, so nahm auch er sein Mädchen und legte sie in Positur. Kaum begannen wir den Kampf, als die beiden anderen Mädchen bald über diesen, bald über jenen herfielen, ihn loszureißen suchten oder seine Hinterbacken ziemlich unsanft klopften. Besonders eine war überaus mutwillig. Meine Nymphe war sehr reizbar und leerte gleich anfangs den Wollustbecher, und als mich jene Mutwillige empfindlich schlug, sprang ich auf, erhaschte sie und streckte sie unter mich. Ihr Eingang in den Wollusttempel war etwas sehr eng für meinen Amor, und ich war zu eifrig bei meinem Angriff, daher das gute Ding erbärmlich zu schreien anfing. Dieses gab Anlaß zu neuem Gelächter. Indes war sie am Ende außerordentlich zufrieden mit mir.

Meine Leser mögen sich hinzudenken, soviel sie wollen. Mir war die Wollust zu ausschweifend, und ich schließe somit mein Kapitel.

Zwanzigstes Kapitel

Ich bin in London

Ich war fast drei Monate schon in London und hatte unter allen meinen Bekanntschaften noch keine Engländerin besiegt. Mein Ehrgeiz war beleidigt, ich verdoppelte meine Angriffe, allein der ruhige, ernste Blick und das kalte, steife Betragen hielten mich immer wieder zurück.

Ein schönes englisches Frauenzimmer reißt zur Bewunderung hin, allein sie läßt das Herz von jenen süßen, lockenden Gefühlen leer. Mein unbefriedigtes Temperament machte mich mißlaunig, ich klagte es meinem Freund.

»Dem ist abzuhelfen«, sagte er, »wir wollen nach … zum … fahren und eine Bestellung machen, und wenn wir wollen, können wir morgen abend mit Personen vom ersten Rang speisen und divertieren, es kommt nur darauf an, wie hoch wir die Taxe setzen.«

»Wie verstehen Sie das?«

»Wir bestellen ein Abendessen entweder für zwanzig Pfund und haben eine Dame niedrigen Standes, oder hundert Pfund, und unsere Gesellschafterin ist schon ziemlich hohen Standes.«

Der Vorschlag wurde angenommen, und wir fanden uns am folgenden Abend ein. Für zwei herrliche Dämchen von schönem, graziösem Aussehen war bestens gesorgt. Wir aßen und tranken, gingen dann in ein Kabinett, um in Wollust zu schwelgen.

Ich vergeudete alle möglichen Liebesspiele; sie erwiderte dieselben zwar auch, aber es fehlten ihr die französischen Manieren dabei. Nun entkleidete ich sie und fand den herrlichsten Körperbau. Nach und nach wurde sie warm, ich legte sie aufs Bett und mich darüber und führte Gott Amor in den Tempel der Wollust. Ich bewegte mich, sie lag still; ich küßte sie oft und viel und bat, meine Bewegungen zu erwidern; allein sie verstand es nicht. Wir leerten endlich den Wollustbecher, jedoch ohne jeden hohen, begeisterten Taumel, der so unbeschreiblich beseligt. Meine Donna äußerte ihre Zufriedenheit, indem sie sich bei der folgenden Umarmung viel feuriger benahm und gefühlvoller wurde. Allein es fehlte immer noch viel an jenem wonnigen Hinschmachten.

Meine Dame bat mich um meinen Namen und meine Wohnung, bevor wir wieder in den Speisesaal gingen. Wir amüsierten uns noch ein Stündchen mit allerlei Scherzen und gingen dann auseinander. Eine Mistreß Glaßer ließ sich nach einiger Zeit meine Höflichkeiten gefallen und erlaubte mir einige Zusammenkünfte. Ich würde Unrecht tun, wenn ich nicht gestände, daß ich außerordentliches Vergnügen in ihren Armen genossen hätte, ungeachtet ich es nie von ihr erlangen könnte, daß sie ihren schönen Körper meinen Augen nackend präsentierte. Sie liebte stark, feurig und innig. Ich gab ihr dadurch, daß sie mich mit der Lady B. fahren sah, Veranlassung, unser reelles Verhältnis abzubrechen.

Eines Tages, als ich eben ausfahren wollte, überbrachte ein Diener mir ein niedliches Briefchen.

Ich öffnete es und las:

»Lieber Freund! Sie werden mich verbinden, wenn Sie heute vor meinem Hotel in der Leipziger Straße beim Ausfahren halten. Es erwartet Sie gegen vier Uhr Ihre Betty B.«

»Von wem, guter Freund?«

»Von My Lady B.«

›Lady B.‹, dachte ich. ›Unter allen meinen Bekannten ist kein ähnlicher Name.‹

Ich fuhr vor, wurde in ein schönes Zimmer geführt, und bald darauf trat aus einer Seitentür Lady B.

Ich erkannte meine Schöne und staunte.

Sie bemerkte es und versicherte mir sehr artig, daß eine unwiderstehliche Neigung zu mir sie bewogen hätte, sich mir zu erkennen zu geben. Ich zog sie aufs Sofa und bot alle nur erdenklichen Mittel auf, um sie recht feurig zu machen. Sie führte mich in ein Schlafgemach, ich kleidete sie aus und rieb mit einem wollenen Tuch ihre Hinterbacken so lang, bis sie ganz rot waren. Die Lefzen ihrer sehr schönen Muschel waren ganz aufgelaufen, ihr Busen wallte, ihre Lippen bebten, und ihr Auge verdunkelte sich.

Sie gestand, daß sie noch nie ein so zehrendes Feuer in dem Innern ihrer Wollusthöhle gefühlt hätte, und als ich sie hinlegte und meinen Amor einführte, war auf einmal Bewegung in ihren Lenden, um die ich damals vergeblich gebeten hatte. Mein Vergnügen wurde durch das ihrige vermehrt. Mit wahrem Entzücken taumelten wir in die Arme der wohltätigsten Wollust.

Auch Lady B. liebte feurig, hinreißend. Es ist etwas Angenehmes, eine Engländerin zu sehen, welche verliebt ist. Der große und edle Anstrich, den sie ihrer Neigung zu geben weiß, oder vielmehr, den ihr die Natur und der Nationalismus gibt, hat etwas von Ehrfurchterregendem an sich. Wenn du der Französin in die Arme fallen möchtest, so wünschst du, vor der Engländerin zu knien. Sie gibt sich ungeteilt ganz und gar nicht und opfert sich eher selbst auf, ehe sie den Liebhaber ferner beglücken sollte, von dessen Untreue sie überzeugt ist. Und ist sie ihrer Sache gewiß, so ist die einzige Strafe Verachtung; selten läßt sich die Engländerin zur Rachsucht hinreißen. Auch ist ihre Seele zu erhaben, als daß Argwohn und Verdacht sie gleich beunruhigen sollten; sie wird bloß aufmerksam, untersucht und handelt nach Befund der Tatsache. Man hat mir zwar versichert, daß eine ausschweifende Engländerin alles überträfe, was sich denken ließe; allein ich habe dies gerade nicht gefunden. Längere Zeit besuchte ich ein Frauenzimmer, ein Freudenmädchen, von der ich versichern kann, daß die keuscheste deutsche Frau sich nicht anständiger, edler betragen könnte. Man fand auch bei ihr beständig die ausgesuchteste Gesellschaft. Sie belebte durch Geschmack, Ton, Witz und Geist die Unterhaltung. Ein jeder, welchem sie bisweilen die höchste Gunst gewährte, schätzte sich glücklich. Man konnte fast sagen, sie beglücke längere Zeit immer nur einen Liebhaber.

Kurz vor meiner Abreise aus London fragte ich sie scherzend, ob ich mich denn nicht in Deutschland rühmen sollte, daß ich in der Umarmung der schönsten Engländerin, die, wenn nicht größeren, doch gleichen Nachruhm verdient wie Lais von Korinth, das höchste Glück der Liebe genossen hatte.

»Sir«, antwortete sie, »wenn Sie Lais kennen wie ich, so werden Sie selbst wissen, daß Sie zuviel gesagt haben. Ich armes Mädchen! Nicht einmal an Zärtlichkeit des Herzens gleiche ich ihr, geschweige denn in den übrigen Eigenschaften. Glauben Sie, Vergnügen bei mir zu finden, so sind Sie für morgen abend eingeladen.«

Ich fand bei ihr den Lord N. und den Esquire E. Attisches Salz war die Würze unserer Mahlzeit. Mistreß Grandham war schön wie eine

Gottheit, und man würde eher die stolze, gefühllose Donna Diana als die schmachtende und liebesdurstige Venus in ihr gesucht haben.

Die Herren empfahlen sich, und meine Mistreß führte mich in die der Liebe geweihten Hallen: ein Zimmer, wo einem Wollust und nur immer Wollust entgegenhauchte und alles, was man erblickte, Wollust erregte. Bald stand sie da wie die Venus, welche sich den Wellen entwandt. Mit staunendem Entzücken betrachtete ich sie, schloß sie in meine Arme, fand in ihr das zur Liebe geschaffene weibliche Wesen und genoß alles, was irdische Wesen bei der innigsten Vereinigung nur genießen können.

Einundzwanzigstes Kapitel

Ein kleines Anekdötchen

Ich glaube nicht, daß ich meinen Lesern zu geschwind gehe. Mein Pinsel ist etwas stumpf geworden, und ich finde, daß ich die Farbenmischung nicht genug verstehe, um meinen Gemälden durchweg Verschiedenheit zu geben.

Ich bin jetzt auf der Reise nach Italien und werde daselbst ebenso kurz, vielleicht noch kürzer sein als in England. Zunächst ein kleines Anekdötchen aus Rom.

In meiner Wohnung hatte ich ein herrliches Frauenbild gesehen, das alles in sich vereinigte, was zu einer schönen Römerin gehört. Eines Abends, als ich bereits im Bett lag und meine Gedanken mit dem Schönen und Erhabenen Roms beschäftigt waren, vernahm ich plötzlich einen ungeheuren Lärm im Haus, ich sprang aus dem Bett, öffnete die Tür und – ein halbtotes Mädchen stürzte mir in die Arme. Schnell schloß ich die Tür wieder und legte die ohnmächtige Schöne auf mein Bett. Nun zog ich mich an, setzte mich in guten Verteidigungszustand und eilte, die Tür wieder verschließend, die Treppe hinunter.

»Sie ist doch entkommen«, sagte der Wirt, »Ihre Mühe ist vergebens.«

Mit funkelnden Augen faßte mich ein junger Mann beim Arm.

»Schaffen Sie mir sofort meine Schwester, oder –!«

Der Lärm begann noch einmal. Doch konnte ich aus der ganzen Geschichte nicht klug werden. Plötzlich trat jemand herzu, der dem Wütenden etwas ins Ohr flüsterte, worauf sich alle in größter Eile entfernten.

Ich bat den Wirt um Auskunft.

»Ein junges Mädchen, welches seit einigen Tagen hier wohnt, wurde, ich weiß nicht weshalb, von ihnen verfolgt. Sie scheint jedoch entkommen zu sein.«

Ich eilte auf mein Zimmer. Das Mädel hatte sich erholt, doch Todesblässe überzog ihr Gesicht, als sie mich bewaffnet sah.

»Ruhig, meine Schöne«, sagte ich, »Sie sind ja in Sicherheit; nun fordern Sie, was ich tun soll.«

Sie erzählte mir, daß sie die Tochter eines Kaufmanns aus Florenz sei und beim Nachhausegehen aus dem Theater entführt worden wäre, jedoch wieder glücklich entkommen, aber zu ihrem Schreck von neuem entdeckt worden sei.

»Und wer ist der Räuber?«

»Der Marchese S.«

Ein sonderbarer Handel, der mich in Italien leicht in Lebensgefahr bringen konnte. Indessen war ich entschlossen, die Tochter ihren Eltern zuzuführen.

»Allein, schönes Mädchen, Sie sind nun in sicheren Händen, doch weiß ich nicht, ob es gut ist, wenn Sie sich in diesem Haus zeigen.«

»Retten Sie mich, auf welche Weise es auch sei!«

»Das will ich gern. Aber, liebes Mädchen, du hast Erholung nötig, und ich habe nur ein Bett.«

»Es sind doch Stühle da.«

»Nicht doch, ich werde dich auch im Bett beschützen.«

Ich küßte sie; sie schlug verschämt die Augen nieder.

»Es war unvorsichtig, mein Herr, bei Ihnen meine Zuflucht zu nehmen – allein schon gestern hatte ich beschlossen, mich Ihnen zu entdecken, weil Ihre Erscheinung mir Zutrauen einflößte. Habe ich mich in Ihnen geirrt?«

»Nein, meine Schöne. Wenn ich dir aber sage, daß ich dich vom ersten Augenblick an, als ich dich sah, liebte, was antwortest du mir darauf?«

(Achselzuckend:) »Ich bin in Ihrer Gewalt.«

»Das nicht, liebe, holde Grazie – frage dein Herz. Dein Wille muß frei von dir sein, ob du mich in deinen Armen beglücken willst. Wenn nicht, so schwöre ich dir, daß ich dich, außer einem leichten Kuß, nicht berühren will.«

»Könnten Sie das? Ich meine, Sie wären ein Engel.«

Ich versprach's ihr, und sie legte sich nach langem Zureden ins Bett. Ich half ihr, sich zu entkleiden, und versicherte, daß es ein harter Stand war, mich so vielen Reizen nahe zu wissen, ohne sie zu genießen.

Ich machte mir ein Lager von Kleidungsstükken und Wäsche auf der Erde, deckte mich mit meinem Mantel zu und schlief sehr bald und ruhig ein.

Es war schon hoher Tag, als ich erwachte. Ich ging in die Kammer und trat vors Bett. Welch ein herrlicher Anblick! – Noch schwebte leichter

Schlummer auf ihrem Engelsgesicht. Wie ein Wölkchen am heiteren Himmel erblickte man Kummer in ihren Zügen. Lockig umwallte schwarzes Haar die weiße Stirn, den fleischigen Hals und die runden Schultern. Ihr schöner voller Busen, weißer als gefallener Schnee, hob sich langsam und schwer; erstickte Seufzer drängten sich halb hervor, und ihr runder, schöner Arm, der lässig über der Decke lag, zuckte bisweilen.

Aus Furcht, ihr die erquickende Ruhe zu rauben, enthielt ich mich, ihren schönen Rosenmund zu küssen, so reizend er auch war. Leise setzte ich mich zu ihr und weidete mich an ihrer bezaubernden Schönheit.

Sie erwachte, und das schönste Rosenrot überzog ihr Gesicht, als sie mich erblickte. Ihr schönes, schwarzes Auge glänzte vor Vergnügen. Ich ergriff ihre Hand und küßte den wonnigen Mund. Schauer durchfuhr alle meine Glieder, als ich den Kuß erwidert fühlte.

»Großmütiger Mann, wie unruhig legte ich mich nieder, und wie ruhig erwach ich wieder!«

»Und was ich vermag, werd' ich anwenden, daß Sie jeden Tag so ruhig erwachen.«

Nach langem Bitten erlaubte sie mir das Vergnügen, bei ihrem Ankleiden gegenwärtig zu sein, und nahm meine Hilfeleistung sehr artig an.

Nun ward beschlossen, daß sie in Manneskleidern nach Florenz reisen sollte, und mit Hilfe meines Bedienten waren die Kleidungsstücke bald in Ordnung, und schon den folgenden Tag reisten wir ab. Ich bin nie vergnügter gereist als in der Gesellschaft dieses Signors. Ein wahrer Adonis, den ich nicht genug umarmen und küssen konnte.

Als wir in Florenz ankamen, ging ich gleich zu Signor Battioli, ihrem Vater. Ich traf das Haus noch in voller Betrübnis über den Verlust der Tochter. Nach einigen Erdichtungen drang ich mehr in ihr Geheimnis, und ganz wie von ungefähr sagte ich, daß ich einen jungen Italiener in Dienst genommen, der mir entfernt so etwas von der Entführung eines jungen Frauenzimmers erzählt hatte.

Man drang in mich, den Bedienten herzusenden. Ich schrieb sogleich ein paar Zeilen, sandte hin, und mein schöner Reisegefährte kam. Allein er war zu schwach, die Rolle zu spielen, die ich ihm aufgetragen hatte; so wie er eintrat, sank er seiner Mutter in die Arme.

Zweiundzwanzigstes Kapitel

Alles in eins

Nach meinen Beobachtungen habe ich die Italienerinnen ziemlich schlüpfrig gefunden. Ihr Temperament ist warm, feurig und sehr oft unersättlich. Ihr ganzer Körper ist zur Wollust gebaut, und gewiß in ganz Europa wird in diesem Punkt nicht so ausgeschweift. Eroberungen zu machen hat keine Schwierigkeit, mehr aber, ihnen zu genügen, und es gehört viel Behutsamkeit dazu, eine gemachte Bekanntschaft aufzuheben, wenn man nicht üble Folgen erfahren will.

Die Battiolis hielten mich lange in Florenz auf und bezeugten mir die größte Höflichkeit. Der Alte hatte bisher seine Einwilligung zur Verheiratung seiner Tochter nicht geben wollen, das Wiederfinden brachte ihn wie von selbst dahin.

Ich war bei der Hochzeit, und der junge Vargendo erdrückte mich fast den anderen Morgen unter tausend Danksagungen und Lobeserhebungen, daß er durch mich seine Braut noch mit dem Jungfernkränzchen erhalten hatte.

Nach einigen Tagen kam die neuvermählte Vargendo des Nachmittags in mein Zimmer. Sie war schön wie die Morgenröte und in ein leichtes weißes Kleid gehüllt.

»Wie freue ich mich Ihres Besuches, schöne Vargendo!«

»Ich komme, Ihnen zu danken; ich verdiene Vorwürfe, allein vergeben Sie mir!«

»Liebe Holde, warum Vorwürfe?«

»Mein Mann hat Ihnen gedankt. Ich muß Ihnen sagen, daß er Sie für einen Halbgott hält, weil Sie mich so unberührt seinen Händen überliefert haben. Mit Argwohn bestieg er das Brautbett und –«

»Warum stocken Sie, Liebe?«

»Mein Mann hat nicht Unrecht, wenn er sagt, ich möchte ihm kein Frauenzimmer anvertrauen.«

»Vielleicht doch!«

»Nicht vielleicht! Jetzt möchte ich nicht mehr mit Ihnen reisen!«

»Und warum?«

»Weil ich Ihnen die Standhaftigkeit nicht mehr zutraue.«

»Wie fallen Sie auf den Zweifel?«

»Ganz natürlich, weil ich mich nicht so zwingen dürfte, Ihre Artigkeiten mit Kälte anzunehmen, und weil Sie sie dann verdoppeln würden.«

»Unvergeßbare Vargendo!«

Ich schloß sie in meine Arme – und küßte sie brünstig.

Sie erwiderte jeden Kuß mit Feuer.

»Ja freilich, Liebe! Auf diese Weise möchte mir wohl Enthaltsamkeit schwerfallen!«

»Nicht wahr? – Lieber H., ich liebe Sie und würde schon längst Ihre Gefühle erwidert haben, wenn ich nicht meinen Bräutigam – Sie verstehen doch?«

»Und wenn ich jetzt bitte, meine Liebe zu erwidern – die mich –«

»Ich würde nicht verdienen, daß Sie mich in Schutz genommen hätten.«

Ich zog sie aufs Sofa und meine Hand glitschte ungehindert bis ans Heiligtum der Liebe, das Wollust zu hauchen schien.

Wir leerten dreimal mit gleich großem Entzücken den Becher der Wollust, und ich versichere, daß er nie mein Wesen in so wonnigen Taumel versetzt hatte.

Was eine wollüstige Italienerin sei, davon erlangte ich auch bei Signora Dievelli einen Begriff. Ich ward durch ein altes Mütterchen um die Mitternachtsstunde abgeholt und – der Himmel weiß durch wieviel dunkle Gänge und Treppen – in ein prächtiges Zimmer gebracht. Eine maskierte Dame in langem Gewand erschien endlich, setzte sich zu mir und sprach viel von dem, was sie wage und was ich wagen würde, wenn ich nicht schweigen könnte. Indessen aus Liebe zu mir würde sie sich nicht eher demaskieren, bis ich ihr nicht die stärksten Versicherungen von meiner Verschwiegenheit gegeben hätte, weil sie mich zu leidenschaftlich liebte und sich lieber in ihrem Feuer verzehren, als mich in eigener Gefahr wissen wollte.

Ich war einmal hier, warum sollt' ich ihr nicht alle möglichen Versicherungen geben?!

Das lange Kleid und die Maske fielen ab, und eine glänzende Schönheit stand vor meinen Augen. Die Überraschung machte mich stumm – und unbeweglich stand ich da, als sie ihren Arm um meinen Nacken schlang und den wollüstigsten Kuß auf meine Lippen drückte. Ich umfaßte ihren schönen Körper und fühlte die wollüstigste Erschütterung.

Ich kleidete endlich meine Donna ganz aus. Bewunderungsvolles Staunen übermannte mich: Noch bei weitem war das der schönste weibliche Körper, den ich je sah. Mein Gefühl ruhte auf ihrem wallenden Busen. Sie spielte an meinen Haaren und küßte meine Stirn. Wollüstig war ihr Hauch, wollüstig jede Bewegung, jeder Muskel hüpfte mir wollüstig entgegen. Wir streckten uns endlich auf das weiche Lager; in schwebender Bewegung hielt sie mich, noch eh' mein Amor den Eingang der Grotte berührte. Fest schloß sie mich in ihre Arme, stöhnte und seufzte, und wollüstig brachen ihre Augen, als sie den Gott der Liebe empfand. Mit frohlockendem Hüpfen empfing sie ihn, ihren ganzen Körper überzog leichtes Rosenrot, und als sie die Annäherung zum Opfer spürte, stützte sie sich auf die Hände und Füße und hielt mich schwebend, Amor goß die Schale aus, leises Girren ertönte aus ihrer Brust, ihre Bewegungen wurden konvulsivisch, und in reißenden Strömen öffnete sich ihre Wollustquelle.

Nach einiger Erholung standen wir auf und nahmen Erfrischungen zu uns. Ich konnte ihren schönen Körper nicht genug betrachten, befühlen und küssen. Sie erwiderte jede Liebkosung mit außerordentlichem Wollustgefühl. Ich saß auf einem Stuhl, sie stand neben mir; ich spielte am Venushügel und in dem niedlichen Myrthenhain. Die beiden Ufer des Wollustbaches waren erhaben, und glänzendes Rosenrot faßte sie ein. Gott Hymen stand schmachtend am Eingang der Quelle.

Meine Signora schlang ihre Arme um meinen Nacken, küßte mich, sog an meinen Lippen, und ehe ich mich's versah, saß sie auf meinem Schoß und drückte ihren schäumenden Busen an meine Brust. Ich hob mich, und mein Amor machte Hymen einen Besuch. Kaum spürte sie das, so fing sie an, sich heftig hin und her zu bewegen. Ihre vollen Milchhügel hüpften wie junge Lämmer, sie stöhnte, zitterte, schloß die Augen und sank matt auf mein Gesicht herab.

»Oh – ich kann nicht mehr!«

Und ein rascher Strom floß aus ihrer Quelle. Ich erhob mich mit Mühe, trug sie aufs Bett, bestieg den Liebesthron, führte meinen Amor in die Grotte, legte ihre Beine über meinen Hintern, schob meine Hände unter den ihrigen, spielte an ihrer Spalte und begann somit den Kampf mit allem Feuer.

Meine allerliebste Signora schloß die Augen, ihr Atem verwandelte sich in ein girrendes Seufzen, und als ich den Wollustbecher ausgoß, stieg angenehmer Duft aus ihrem ganzen Körper, der mich berauschte.

Mit immer gleichem Vergnügen genossen wir noch viermal die innigste Vereinigung, das höchste Glück der irdischen Wesen, ehe wir uns in die Regionen des Gottes Morpheus versetzen ließen. Wir schienen nach jedem erneuten Streit nicht die Kräfte zu verlieren, sondern immer neue zu erhalten. Nur das brennende Feuer wurde bedeutend gedämpft.

Mein ganzer Aufenthalt verstrich nur sehr angenehm durch den Umgang mit dieser reizenden Frau, und wir waren fast nie an einem Ort beisammen, ohne der Göttin der Liebe ein Opfer gebracht zu haben. Sie wurde sehr leicht warm, und war der Ort auch nicht der bequemste, so wußte sie doch immer eine Stellung oder Lage anzunehmen, wodurch dem Vergnügen nichts entging. Einst waren wir im Theater. Der Inhalt des Stückes hatte ihre Einbildungskraft erhitzt. Ich saß neben ihr, bemerkte ihren wallenden Busen und glitschte mit meiner Hand unter ihren Rock. Sie stand auf und machte meiner wollüstigen Hand ganz freie Bahn. Als der Akt zu Ende war und die Musik begann, zog sie die Vorhänge der Loge zu, lehnte sich mit dem Rükken an, stützte ein Bein auf einen Stuhl, und wir brachten, von der Musik begleitet, der Liebe ein herrliches Opfer.

Alle kleinen Begebenheiten und Zufälle will ich unberührt lassen, es möchte am Ende meinen Lesern zu langweilig werden, wenn ich Ihnen alles von Venedig, Neapel und Rom erzählen wollte. Alle Bekanntschaften waren von kurzer Dauer und meistens ähnlicher Natur. Soviel noch: Das Klima oder das wollüstige Temperament des weiblichen Geschlechts der heißen Zone müssen wohl dazu beitragen, daß, je öfter man den Wollustnektar genießt, um so mehr Reiz und Kraft sich entwickeln; Erschlaffung wie im Norden ist unbekannt.

Viertes Buch

Erstes Kapitel

Übersicht einiger Jahre

Ich kam nach Blassenheim zurück und fand meinen Vater daselbst. Die Freude des Wiedersehens war unbeschreiblich groß. Ich zeigte ihm den Entwurf, wie ich meinen künftigen Wohnsitz verschönern wollte; er pflichtete meiner Idee bei. Balthasar übertrug ich die Ausführung und besuchte nun Madame Glossen, bei der ich die nächsten acht Tage vergnügt verbrachte. Sie war immer noch die liebenswürdige Frau.

Ich besuchte darauf einige deutsche Höfe und habe mancher Dame die Hand geküßt. Allein lange fand ich keine Neigung, mich näher mit ihnen bekanntzumachen. Wenn ich auch bisweilen mich in die Arme einer Dame verirrte, so war der Trieb mehr Ursache als die Liebe und das Vergnügen ohne Würze.

Ein artiges Abenteuer hatte ich bei meiner Durchreise durch B. Ich wohnte in der dritten Etage des Hotels. Vor dem Schlafengehen bekam ich noch Lust, einen kleinen Spaziergang zu machen, und beim Zurückgehen in Gedanken versunken, verfehlte ich mein Zimmer. Ohne den Irrtum zu bemerken, löschte ich das Licht und ging zu Bett. Nachdem ich längere Zeit gelegen, hörte ich einen Wagen vorfahren, und bald darauf erstieg es die Treppen, schloß die Tür auf, und zwei fein gekleidete junge Damen traten mit einem jungen Kammermädchen ein. –

Die Bettgardinen waren zugezogen, und mein Nachtrock lag auf dem Bett. Ich verhielt mich ruhig und war voller Erwartung. Das Kammermädchen war beschäftigt, die Damen auszukleiden, und ich hörte, daß es gnädige Fräuleins waren, die einen Onkel besuchen wollten, ihn aber nicht getroffen hatten.

›Wie soll das ablaufen?‹ Gern hätte ich mich entdeckt, aber wie, um nicht den armen Kindern einen Schreck einzujagen? Die Jungfer holte den Tee, und ich war mit ihnen allein.

»Liebes Julchen, der Major gefiel mir; sein mannbares, energisches Gesicht – Ich muß gestehen, es wurde mir ganz eng um die Brust, als er mir die Hand küßte.«

»Es ist ein ganz artiger Mann; aber Bäschen, der Hauptmann mit der ungeheuren Habichtnase – seine Augen, hast du wohl bemerkt, wie feurig sie waren?«

Eine Menge wurde gemustert und Röschen, nachdem sie den Tee gebracht, zu Bett geschickt. Nun spazierten sie Arm in Arm durch die Stube und erzählten sich von der Wirkung, die dies oder jenes Mannsbild auf sie gemacht. Auch wurden die dicken, runden, wohlgenährten Schenkel wohl in Erwägung gezogen.

Endlich entkleideten sich die gnädigen Fräuleins ganz; meine Augen hatten ein interessantes Schauspiel. Sie umarmten sich, küßten sich, drückten ihre niedlichen Milchhügel, rieben sich aneinander, spielten im Myrthenhain und in der Wollustgrotte. Küsse, mit Seufzern untermischt, schallten durchs Zimmer, und schmachtend drückten sie abermals Busen an Busen. Mir ward warm bei dieser Szene. Sie sanken aufs Kanapee, sanken aufeinander, hatten ihre Finger eine in der anderen Wollustgrotte, bewegten sich und blieben endlich stumm und unbeweglich liegen. Ich hob meinen Kopf, und die Bettgardine rasselte. Sie horchten auf. Entdecken mußte ich mich endlich; ich bewegte mich also stärker. Vor Schrecken starr, richteten sie sich auf und blickten nach dem Bett. Ich warf mein Hemd ab und erschien.

Zugleich ein lauter Schrei, und sie lagen in Ohnmacht.

Ich gab mir alle mögliche Mühe, sie wieder zu sich zu bringen. Julie schlug zuerst die Augen auf. »Verzeihung, gnädiges Fräulein, ein glücklicher Irrtum hat mich in Ihr offenes Zimmer geführt.« Sie schloß die Augen, und Blutröte überzog ihr Gesicht.

»Verlassen Sie uns, mein Herr!«

»Das wäre zu grausam, gnädiges Fräulein!«

Das Bäschen erholte sich auch, und als sie sah, daß ich Julchen umarmt hielt, floh sie ins Bett. Beide bestanden darauf, daß ich mich entfernen sollte. Julie wollte sich meinen Armen entwinden; ich trug sie ins Bett, und nach einigem Sträuben lag ich mittendrin und hatte in jedem Arm ein munteres frisches Mädchen, welches nach und nach meine Küsse und Tändeleien zu erwidern anfing.

»Angenehm sind die Spielereien der Liebe, meine schönen Nymphen, aber unzureichend; denn sie verlangt höheren Genuß. Vergleichen Sie sich; wer heut das erste Opfer erhält, erhält morgen das zweite.«

Beide verneinten alles, und beide näherten sich mir doch immer mehr und mehr. Ich stand auf, suchte Papier, riß zwei Streifen, einen länger als den anderen.

»Ziehen Sie, meine Schönen, der längste Streifen hat den Vorrang.«

Das Bäschen zog ihn und wollte ihn Julien aufdringen. Es war ein fleischiges, wohlgenährtes Mädchen, und ohne Widerstand ließ sie mich Besitz vom Thron der Liebe nehmen. Julie ward rot, und Eifersucht leuchtete aus ihren Augen.

Ich ließ das Bäschen die Beine anziehen, führte meinen Amor in die Grotte und spielte mit meinem Finger in Juliens Wollusttempel.

Des Bäschens Augen glänzten vor Vergnügen, und bald ward ihr Atem zitternd, und leises Stöhnen entstieg ihrer sich hebenden Brust. Die Wollust schien sich Julien mitzuteilen; auch ihr Atem ward stockend, und ihr Schoß bewegte sich heftig unter meiner Hand, die sie ganz festhielt, damit sie nicht aus der Richtung kommen sollte.

Mein Amor leerte die Wollustschale, und das gute Bäschen war ganz Leben unter mir, und er hatte noch nicht vollendet, als schäumend der Wollustnektar aus ihrer Quelle hervorquoll und sie in Wonnetaumel verfiel.

Ich wandte mich jetzt zu Julchen; das arme Kind brannte wie Feuer. Sie küßte mich, sog an meinen Lippen unaufhörlich und preßte mich mit aller Gewalt an ihren Busen.

»Nur noch eine kleine Ruhe, meine schöne Julie, so hoffe ich, Sie sollen befriedigt werden.«

Sie spielte mit meinem Amor, streichelte seine Flügel, und er hob sich. Ihr ganzes Gesicht verriet die heftigste Begierde, und wütend führte sie ihn selbst in die Grotte, die mehr entzündet als liebeswarm zu sein schien. Sie bewegte sich heftig, und unter lautem Stöhnen, das sich nach und nach in leises Girren verwandelte, floß ihr Liebespokal über.

Jetzt führte ich meine Hände unter ihre Hinterbacken, hielt sie fest und genoß ungemein viele Wollust, die die heftigen Zuckungen in ihrer Wollusthöhle noch vermehrten.

Das Bäschen betrachtete den Kampf mit verschlingenden Blicken, hob sich endlich, stieg über mich und gab meinen Bewegungen Nachdruck. Julie seufzte unter ihrer Bürde, und nun brachte ich, mit außerordentlichem Wollustgefühl, der Liebe ein reichliches Opfer. Sobald Julchen es verspürte, brach auch ihre Quelle wieder hervor, dann verfiel sie in ein ohnmächtiges Hinbrüten. Das Bäschen legte mich auf den Rücken, streckte sich über mich und hauchte mir mit wollüstigen Küssen neues Leben ein.

Es waren zwei wollüstige Mädchen, und ich wüßte nicht, welcher ich den Vorzug gegeben hätte. Die Hauptstadt des Wollustreiches war bei beiden schön, noch nicht entweiht durch Mißbrauch und an Reizen und Kunstschätzen gleich reich.

Die Liebkosungen des teuren Bäschens weckten meinen schlafenden Amor bald wieder auf, und schon hatte sie ihn in den Tempel der Liebe gelockt. Allein die liebende Seele kannte keine Mäßigung, zu eifrig, zu geschwind bewegte sie sich. Bald schloß sie die Augen, sank auf meinen Mund und badete meinen Amor mit Wollustnektar.

Julchen sah mich verlangend an; ihr schmachtender Blick verriet nur zu sehr, daß sie sich an die Reihe wünschte. Ich fühlte an ihrer Liebesquelle, und sie zuckte. Sollte ich dem Bäschen das Opfer entziehen?

Indem ich es noch überlegte, hatte Julie schon ihre Freundin verdrängt. Sie war noch eifriger wie jene, und binnen einer Minute lag sie kraftlos da.

Nun betrachtete ich mit ungeheurem Vergnügen die beiden schönen, wollüstigen Körper. Die Myrthenhaine waren durch die Überschwemmungen etwas in Unordnung geraten, und Julchens niedliche Rosenspalte schäumte noch.

Ich ließ Julchen endlich auf die Knie und Hände stellen, legte das Bäschen auf ihren Rükken, bestieg den Wollustthron, umschlang mit meinen Armen den niedlichen Körper und fuhr mit der anderen Hand in Juliens Liebestempel.

Es war eine Wollust, die beiden Mädchen ächzen zu hören.

Julchen: »Ach! – Zu schwer!«

Bäschen: »O – o – o – o – oh!«

Julchen: »Ich trag es nicht!«

Bäschen: »Nur noch ein wenig!«

Julchen: »Ich – i – i – ich ersticke!«

Bäschen: »O – o – oh! – Schonen Sie mich!«

Julchen sank nieder, und das Bäschen verlor alle Besinnung, als sie der Liebe wonnigliches Opfer erhielt.

Von beiden Mädchen umarmt, streute Morpheus seine Schlummerkörner über unser Lager, und wir versanken in die sanfteste Ruhe, die erst die hohe Sonne aus unseren Augen trieb. –

Manche schnurrige Anekdote mit jungen und älteren Hofdamen und sonstigen anmutigen Fräuleins und mancherlei Etcetera bleibe ich meinen Lesern schuldig.

Zweites Kapitel

Kleine Skizzen meines Wohnsitzes

Hinter meinem Schloß ist ein großer Garten, der an einen ziemlich hohen Berg stößt. Der Fuß des Berges ist mit Birken und die Höhe mit Tannen und Fichten bewachsen. Der Berg hat einen Absatz, und eine ziemliche Ebene zieht sich längs desselben hin, ehe er sich steil erhebt.

Abwechselnde Gänge sind um den ganzen Berg gehauen; sie führen zu Ruhebänken und in kühlende Grotten.

Die Quelle ist eingefaßt, und eine Nymphe steigt hinab ins kühlende Bad. Verborgene Röhren saugen das Wasser auf, führen es unter der Erde den Berg hinunter in den Garten. In einem zierlichen Hain von Tannen und Zypressen erhebt sich ein steinernes Gebäude im griechischen Geschmack, das ein Säulengang in ionischer Ordnung umgibt.

Das Innere ist einfach. Der Boden ist mit Strohmatten bedeckt, und weiche Polster laden dich zur Erholung vom ermüdenden Spaziergange ein. Es ist der Tempel stiller Betrachtung. Hinter dem Gebäude siehst du ein grün eingefaßtes Bassin. Hoch strömt in der Mitte ein Springbrunnen in die Höhe und formt einen großen Kranz von Wasserperlen. Rechts in dem Hain liegt ein Flußgott auf einem Krug, aus dem Wasser strömt, das einen kleinen Bach durch den Hain bildet. Links gibt ein anderer aus seinem Krug Wasser in ein abgeplattetes Bassin, das dich zu erfrischendem Bad einladet.

Und von hier siehst du den Waldstrom von der Hälfte des Berges herabstürzen, der sich oben in einem Teich sammelt. Mit Geräusch stürzt er auf Felsspitzen, schäumt und flieht pfeilschnell dahin.

Ein dunkler Weg durch hohe Fichten führt dich auf eine lachende Ebene. Durch Rosenhekken gehst du in einen einfachen Tempel; er ist dem Amor und Hymen geweiht. Heiliges Dunkel im Innern erhöht die Ehrfurcht vor den Göttern, und jeder wollüstige Seufzer hallt doppelt wider.

Durch einen Buchenwald führt dich ein Weg zu einer künstlichen Quelle; du siehst Diana mit ihrem Gefolge im Bad und dort im Gebüsch den lauschenden Aktäon.

Auf welchem Weg du den Berg ersteigst, immer findest du eine Grotte und in derselben entweder Venus und Adonis oder Venus und Äneas oder auch Venus mit dem Kriegsgott in liebevoller Umarmung. Reizt dich, am Arm dieser Geliebten, die Darstellung, so gehst du in die Kapelle, wo ein wollüstiges Polster zum Genuß winkt.

Auch findest du noch im Garten einen Teil der Liebeshändel des Jupiters.

Drittes Kapitel

Fernere Einrichtung

So fand ich ungefähr meinen Wohnsitz, der unter meines Freundes Balthasar Aufsicht diese Gestalt gewonnen. Wir haben aber noch viel daran geändert.

Mein Vater zog bald zu mir und starb nach zwei Jahren. In einem dunklen Fichtenwäldchen ist eine Zypressenlaube, dort steht eine Urne mit der Aufschrift: ›Dem besten Vater gewidmet‹. Meine Untertanen wallfahrten noch jetzt alle Sonntage dahin. Nach einigen Jahren setzt' ich ein zweites Denkmal, eine abgebrochene Säule mit der Inschrift: ›Liebe dauert auch jenseits des Grabes‹. Es ist meines Vaters Lilla gewidmet, es deckt die Asche meiner unvergleichlichen Glossen, die gleich nach ihres Mannes Tod zu mir gezogen ist und mir meine geliebte Julie, meine Gemahlin, zubrachte und zum herrlichsten Weib bildete. Gemahlin?

Ja, meine Herren, ich bin glücklicher Gatte und Vater von drei munteren, starken Söhnen und einer Tochter, der an Schönheit sich in der ganzen Gegend umher keine gleichstellt.

Ich kannte Julchen vorher nicht. Die Glossen war längere Zeit in B. gewesen und hatte ihren kranken Gemahl besucht. Bei der Rückkehr kam sie zu mir nach Blassenheim, und als wir bei der Abendunterhaltung auf dem Sofa saßen und die zärtlichsten Küsse wechselten, sagte sie:

»Lieber H., nächstens reisen wir nach B., um für Sie eine Gemahlin zu holen, welche ich für Sie ausgewählt.«

»Eine Gemahlin?«

»Allerdings, lieber H., Sie müssen sich vermählen, Ihre Haushaltung fordert eine Gehilfin. Ich hoffe jedoch, daß Sie mich dadurch nicht ganz vergessen werden.«

»Wie könnte ich an eine Gemahlin denken, solange ich meine Glossen habe?«

»Ich denke, lieber H., Sie haben in mir die vernünftige Frau kennengelernt. Wäre ich auch jetzt frei, gäbe ich alle Ansprüche auf die Stelle Ihrer Gemahlin auf, aber nicht auf Ihre Umarmung. Sie müssen eine junge Gattin haben, ich bin für Sie schon zu alt. Das Geschlecht der H. muß neu aufleben, und Ihre erstgeborene Tochter setze ich zu meiner Erbin ein. Doch darüber läßt sich alsdann noch sprechen. Wenn ich mich aber mit Ihrer Vermählung befassen soll, so müssen Sie mir versprechen, ein gefälliger Ehemann zu sein und im Fall – doch das soll eine Frage sein. Wie würden Sie sich verhalten, wenn Sie bei Ihrer Gemahlin eine geheime Neigung für einen hübschen, jungen Mann bemerkten? Oder wenn Sie der Zufall sogar zu einer Umarmung führte?«

»Welche Fragen, schöne Glossen! Lassen sich dieselben wohl jetzt bestimmt beantworten? Ich glaube, es hängt von den Eindrücken ab, die der betreffende Gegenstand auf uns macht. Und wie wenig können wir etwas mit Bestimmtheit behaupten, solange wir uns noch nicht in der eventuellen Lage befanden.«

(Kopfschüttelnd:) »Das heißt sich sehr gut aus der Schlinge ziehen! Allein, mein lieber H., so haben wir nicht gewettet. Ich verlange Bestimmtheit! Doch noch eine Frage: Glauben Sie, daß wir über unsere Neigungen verfügen können?«

»Solange wir vermeiden, daß sie Nahrung erhalten und sich dadurch vergrößern.«

»Sollten wir aber wohl die Stärke eines Eindrucks vermindern können?«

»Je nachdem es der Fall ist.«

»Nein, lieber H., je nachdem der Eindruck ist. Machte etwa nie eine weibliche Gestalt einen solchen Eindruck auf Sie, daß Sie nur an sie dachten?«

»Allein, liebe Glossen, ich weiß nicht, warum wir die Zeit so unnütz vergeuden, die wir der Liebe widmen könnten.«

Damit schloß ich sie in die Arme und fuhr mit der einen Hand in der Liebe Heiligtum.

»Ich wünsche Sie glücklich, lieber H., werde daher, nachdem ich weiß, daß Sie die Ehre verletzt glauben, wenn Ihre Ehehälfte sich von einem anderen Mann umarmen läßt, den Plan, Ihnen eine Gattin zuzuführen, aufgeben. Nun verlange ich eine bestimmte Antwort, bevor ich Ihnen gestatte, was Ihnen meine Liebe so gern gewährt. Werden Sie vermählt allen ferneren Eindrücken widerstehen können?«

»Wie könnte ich das behaupten.«

»So müssen Sie Ihrer Gemahlin gleiche Rechte zugestehen. Wollen Sie ihr also Freiheit lassen, wenn sie einen Mann bestimmen sollte, sich in seine Arme zu werfen?«

»Ja, sobald sie nur mit Klugheit handelt.«

»Nun, das wird sie, sobald sie sich frei weiß. Alles andere überlassen Sie mir. Ich will Ihre Gesellschafterin und Lehrerin sein. Sind Sie damit einverstanden, so reisen wir in acht Tagen nach B.«

»Gut, wir reisen.«

Gleich am Tag darauf sah ich Julie bei meiner Glossen.

Ein junges, blühendes Mädchen von sechzehn Jahren. Weiß und rosenrot war ihr Gesicht, schönes, lockiges, braunes Haar umwallte die offene Stirn und den fleischigen Schwanenhals. Ihre Augenbrauen waren schöne, ovale Linien. Ihr braunes Auge blitzte.

Ihre schöne, römische Nase, ihr aufgeworfener Korallenmund, die niedlichen Grübchen in Wangen und Kinn, der volle schneeweiße Busen, die runden fleischigen Arme, die niedlichen Händchen, die zarten Finger mit rosenroten und weiß eingefaßten Nägeln – alles reizte mein ganzes Temperament.

»Wie gefällt sie Ihnen?« fragte meine Glossen lächelnd, als sie fort war.

»Ein Engel ist sie!«

»So indiskret, mir das ins Gesicht zu sagen!«

»Ich denke, liebe Glossen, die Eindrücke sind unwillkürlich.«

»Wollen Sie das auch in Zukunft von Ihrer Gemahlin denken? Sie werden bemerkt haben, daß ihr Auge fordernd ist.«

»Wann sehe ich sie wieder, meine Glossen? Nur bald!«

»Sieh da, nun heißt es schon schlechtweg, meine Glossen; am Ende werde ich doch noch ganz vergessen!«

»Nein, nimmermehr!«

»Hören Sie! Unsere jetzige Modetracht verhüllt manchen gebrechlichen Körper, und die Liebe des Ehemannes erkaltet, sobald er seine Gattin entblößt vor sich sieht. Morgen nacht soll Julie bei mir bleiben, und Sie sollen ihre ganze Figur zu sehen bekommen.«

Ich fiel meiner Glossen um den Hals, überhäufte ihren Mund mit feurigen Küssen, legte sie aufs Kanapee, und mit unbeschreiblicher Wollust schlürften wir den Becher der Liebe.

Ich konnte den anderen Abend kaum erwarten. Versteckt hörte ich jede Silbe der beiden Damen und beobachtete jede Bewegung und jede Miene.

Ich hatte Juliens ganzen Beifall. Welche Freude für mich!

Nach dem Essen liebkoste meine Glossen Julie

auf alle mögliche Art, trieb ihr manche Röte ins Gesicht und machte sie ganz feurig.

»Wollen wir uns legen, liebe Julie?«

»So früh?«

»Wir können ja doch noch sprechen. Ich möchte dich gern in meine Arme schließen und deine Schönheiten ohne Hülle sehen.«

»Gnädige Frau –«

»Pst! Liebe Julie, ich bin eine Frau. Freilich ist es ein ziemlicher Unterschied, einen schönen Mann zu empfangen und an seinem Busen Wärme, zündendes Feuer zu erhalten; allein auch die Umarmung eines schönen Frauenkörpers ist nicht ganz ohne angenehme Gefühle. Komm, liebes Mädchen, zieh dich aus!«

Unter allerhand Neckereien und wollüstigen Scherzen war Julie nun ganz entkleidet. Die Weiße ihres Körpers glich dem schönsten Marmor. Sie ist mittlerer Statur, und alle ihre Glieder scheinen nach dem feinsten Ebenmaß geordnet, ihre Hüften gerundet, ihre Schenkel wohlgenährt – kurz, ein Modell zu einer Hebe. »Wäre unser H. jetzt hier, wie würde ihn deine Schönheit entzükken!«

»Ich würde mich vor ihm entblößen? Glauben Sie das, Freundin?«

»Ich denke, du bist nicht abgeneigt, seine Gemahlin zu werden?«

»Das bin ich nicht; aber ich glaube, liebe Glossen, man muß den Männeraugen nicht alles auf einmal enthüllen.«

»Du magst so Unrecht eben nicht haben; wenn wir nur verweigern könnten, nicht selbst so viel Vergnügen daran fänden! – Komm auf meinen Schoß, Julie!«

Sie umarmte sie, küßte sie, legte ihre Schenkel auseinander, und ich sah von fern der Liebe Heiligtum.

»Liebe Glossen, Sie werden mutwillig!«

»Wie schön und blühend hat die Göttin der Liebe deinen Myrthenhain gepflanzt.«

»Ich werde Ihre dreisten Finger strafen.«

»Wahrlich, Julie, der Eingang in deinen Tempel der Wollust ist noch unbetreten; armer H., wenn du nicht gewandt bist, soll dir die Eroberung wohl schwer fallen.«

»Wollen wir uns legen, liebe Glossen?«

»Du bist warm, Mädchen! Oh, wenn doch H. hier wäre! Du solltest in meiner Gegenwart der Liebe höchstes Glück genießen.«

»Ich wäre des Todes!«

»Den Tod der Wollust würdest du in seinen Armen sterben. Und was meinst du, Julie, wenn er wirklich da wäre, uns zugehört und alles gesehen hätte?«

»Entsetzlich!«

»Nun, mein Täubchen, fahre nur nicht so schüchtern auf. Du wirst mir vergeben; aus Liebe zu dir und zu meinem H. hab ich dir den kleinen Betrug gespielt. Er ist nichts weniger als verreist, sondern wirklich hier. Treten Sie nur vor, Herr v. H.!«

Julie sprang mit einem Schrei ins Bett und verhüllte sich ganz.

»Kleiden Sie sich nur aus, Herr v. H., ich will es bei Julie verantworten. Allein, Julie, du erlaubst es denn auch, daß ich mich auskleide und an deiner Seite Zeugin und Teilnehmerin an deinem Vergnügen bin?«

Julie schwieg.

Ich war bald ausgezogen. Julie klagte über Verräterei, schmiegte sich an die Glossen und wollte von mir durchaus nichts wissen.

»Gut, liebe Julie, wenn du nicht willst, so nehme ich Herrn v. H. zu mir und versichere dich, wenn du dich so ganz gebärdig stellst, so nehme ich dir das größte Vergnügen vor deinen Augen weg.«

Die Glossen schloß mich in ihre Arme und küßte mich wirklich so wollüstig als möglich; allein ich muß doch bekennen, daß ich mehr nach Juliens Genuß dürstete.

»Ich will nicht ungerecht sein«, sagte sie endlich und half mir über sich hin, und ich lag auf Julien, schloß sie in meine Arme und bedeckte ihr rosiges Gesicht mit wollüstigen Küssen.

Ihr Busen hob sich schwer und stark; sie glühte, und unwillkürlich entschlüpften ihr schmachtende Seufzer. Ich fühlte an ihre Wollustquelle; sie zuckte und fuhr schaudernd zusammen, als ich den Eingang des Tempels berührte.

»Herr v. H., Sie lassen meine Julie schmachten; sehen Sie nicht ihr brechendes Auge, ihre bebenden Lippen, und hören Sie nicht ihr schmachtendes Atmen? Munter zum Kampf! Julie, du sollst mir's danken; auf kleine Schmerzen folgt großes Vergnügen.«

Meine Glossen zog Julies Schenkel auseinander, und ich gelangte auf den Thron der Liebe.

Der Eingang in die Grotte der Wollust war sehr eng, aber auch sehr vorteilhaft gebaut; denn sowie die Glossen Julies Beine etwas anhob, so stand mein Amor am Eingang.

Ich schob meine Hände unter Julies volle Hinterbacken und wagte einen herzhaften Angriff. Sie schrie laut, und bei dem dritten Angriff wollte sie sich ungeachtet meiner Küsse und der Glossen Zureden loswinden. Allein ich hielt sie fest umschlossen, und der Schmerz meines Amors und die Begierde machten mich unbarmherzig; ich verdoppelte unter heftigen Schmerzen meine Angriffe, sprengte den Liebeszwinger, goß der Liebe Nektar auf den Altar der Wollust, und meine Julie lag in förmlicher Ohnmacht.

»Ein schönes Opfer der Liebe!« sagte meine Glossen. »Aber, lieber H., welch wütendes Feuer hat das Schauspiel in meinem Innern angezündet!«

Ich führte meine Hand in ihre Wollustgrotte, und ich fand Wahrheit. Ich küßte sie, und da mein Amor sich schon wieder bei Kräften befand, so wollte ich ihr Erleichterung geben.

»Nein«, sagte sie, »nicht so, es gehört Julien; will sie mir das dritte Opfer zugestehen, so bin ich es zufrieden.«

Wir deckten sie auf, besahen der Liebe Heiligtum, die schön aufgeworfenen Lippen der niedlichen Muschel zuckten noch, und wir sahen die Spuren vom vergossenen Blut des Rosenkränzchens.

Julie schlug die Augen auf, seufzte und bedeckte ihre schönen Augen mit der niedlichsten Hand.

»Wie ist Ihnen, himmlische Julie?«

»Weiß ich's, ich glaubte, des Todes zu sein.«

Glossen: »Und leben noch! Sind Sie mit mir zufrieden, Julie?«

»Ich weiß ja nicht, wo ich bin.«

Glossen: »Lieber H., zögern Sie nicht, Julien glücklich zu machen. Jetzt wird sie fähiger sein, der Liebe beseligende Wonne zu fühlen. Nur nicht schüchtern, liebe Julie, umarmen Sie Ihren Liebling und erwidern Sie seine Liebkosungen; schämen Sie sich nicht zu zeigen, wie glücklich Sie durch seine Umarmungen werden.«

Mein Amor war kaum in dem Tempel der Wollust, als schon das Beben der Lippen und sanftes, leises Stöhnen die süßesten Empfindungen Juliens verrieten.

»A – ach! La – assen Sie – Es dämpft!«

Ihre Augenwinkel standen voll Tränen, abgebrochener Hauch war ihr Atem, und unter wollüstigem Girren brauste ihre Wollustquelle über. Ich schob meine Hände unter ihren Hintern und spielte an ihrer Spalte, und mein Amor badete sich im Nektar des Vergnügens.

»Fühlen Sie sich glücklich, süße Julie?«

»Ganz – ach!«

Jetzt brachte ich das Opfer, und sie drückte mich fest an ihren Busen. Sie girrte wie ein Turteltäubchen und sank in wollüstiges Hinbrüten. Als sie sich erholt hatte, fragte meine Glossen sie:

»Nun, Julie, sind Sie mir nicht Dank schuldig?«

»Jawohl, jawohl!«

»Wie aber – wenn ich Sie bäte, daß Sie mir Ihren H. jetzt überließen? Fühlen Sie an meinem Busen; heftiges Feuer hebt ihn. Werden Sie mir eine Umarmung gönnen, daß ich auch an Ihrer Seite der Liebe Glück genieße? – Nur keine Verstellung, Julie, offenherzig! Ja oder nein!«

»Ja!«

Und jetzt zog sie mich über sich hin, warf die Decke ab, schwang einen Schenkel auf meine Hüfte, stützte sich mit dem anderen Bein, und unter abwechselnden Küssen bewegte sie sich so heftig unter mir, daß der Wollustnektar aus der Quelle sprudelte.

»Ach, lieber H., gesch –«

Das Wort erstarb ihr auf der Zunge.

Ich wandte alles an, um ihr den Genuß zu erhöhen, und war so glücklich, daß ihre Quelle sich zum zweiten Mal öffnete, sobald mein Amor die Wollustschale ausgoß.

In den Armen der Liebe bemächtigte sich Morpheus meiner, und die hellglänzende Sonne fand mein Gesicht zwischen Julies Milchhügeln. Mit wollüstigen Küssen und schlüpfrigem Zungenspiel weckte ich sie, und wir genossen in entzükkender Umarmung der Liebe beseligendes Vergnügen.

Nach einigen Wochen führte ich Julchen als meine Gemahlin nach Blassenheim und habe bis jetzt nur fröhliche und wonnereiche Tage mit ihr verlebt. Ich war und bin noch immer ein gefälliger Ehemann, und meine Julie erntet noch jetzt durch ihr freies, natürliches und ungezwungenes Wesen manchen Lobspruch ein. Nie hat sie die Empfindungen und Regungen ihres Herzens vor mir verheimlicht. Der junge Graf S. und der Herr v. L. machten Eindruck auf sie; ich merkte es und war der erste, der ihr riet, ihr Leben nicht durch Selbstpeinigung zu verbittern.

Meine Glossen machte bisweilen Ansprüche auf der Liebe süße Umarmungen, und meine Julie freute sich, sie im wollüstigen Taumel versunken zu sehen.

Viertes Kapitel

Der Verfasser empfiehlt sich

Lebt wohl, liebe junge, feurige Leser, und wendet alles zu eurem Besten an. Ich habe mich aller Anmerkungen enthalten, allein das müßt ihr nicht tun. Nur mäßiges Nachdenken wird euch auf manches weite Feld führen, wo Ihr viele schöne Blumen verschiedener Art brechen könnt; hütet euch aber, daß ihr euch nicht in Wüsten oder Heiden, mit Dornhecken, Disteln oder Nesseln bewachsen, verirrt, welches sehr leicht ist.

Das Menschenleben ist ein flüchtiger Traum, den wir uns aber ganz angenehm machen können. Der Wein der Liebe ist so süß, so wonnereich, so entzückend, er versetzt uns in einen unbeschreiblich seligen Zustand; allein im Übermaß genossen, zerstört er unser Wesen, und der Traum des Lebens nimmt ein trauriges Ende.

Anonymus

Die reizenden Verkäuferinnen

oder

Julchens und Jettchens Liebes-abenteuer auf der Leipziger Messe

Erster Band

Der Mädchen Träume und Sehnsucht

Es beginnt an einem wunderschönen Sonntag im Mai des Jahres 1849, frühmorgens um fünf Uhr.

Freundlich strahlt die Sonne in das Dachstübchen eines dreistöckigen Hauses in einem der Außenbezirke Leipzigs, der bescheidenen Messewohnung zweier allerliebster Mädchen, die aus dem nahen Städtchen Pegau gekommen sind, um die Erzeugnisse ihrer fleißigen Hände zu verwerten.

Beide sind sie von großer Schönheit und erregen deswegen, aber auch wegen ihrer frappanten Ähnlichkeit die allgemeine Bewunderung der Männerwelt.

Sie haben unweit des Roßplatzes eine Bude, wohl passender einen Stand zu nennen, bei Beginn der Messe gemietet und bieten als die reizendsten Verkäuferinnen der Welt der sie umgebenden Menge Männer- und Frauenhemden, Vorhemdchen, Kragen, Manschetten und eine Auswahl feinerer und gröberer Wäsche zum Ankauf dar.

Alt und jung, vornehm und gering, bleibt stehen und gafft das schöne Schwesternpaar an – teilnehmend und neugierig, bewundernd und doch auch wiederum neidisch, denn sie waren wirklich gar zu hübsch, als daß nicht verblühte, übelwollende Frauen und Jungfrauen bei ihrem Anblick den grimmigsten Neid empfunden hätten.

»Es sind wunderhübsche Mädchen!« zischeln die in der Menge herumstehenden Stutzer. – »Ja, bei Gott, es sind wahre Engel!« flüstern die bejahrten Herren ihnen nach, »wie frisch und gesund, wie appetitlich!« – und die Männer werfen einander bedeutsame Blicke zu und reiben sich mit innigem Wohlbehagen die Hände.

»Die Mädchen sind zwar nicht übel«, raunen einige schon ältliche und deshalb neidische Damen einander zu, die, ebenfalls von dem Rufe der Schönheit dieser Mädchen angelockt, sich hier eingefunden hatten – »doch ein so großes Aufheben, wie das von ihrer Schönheit gemacht wird, verdienen sie denn nun doch nicht – in unserer Jugend waren wir auch recht …« »Ja, zumindest haben sie nichts Feines«, warf eine andere ein, während die erstere ihre Rede nicht vollendete, um in rühmlicher Bescheidenheit ihre verblühte Schönheit nicht allzusehr loben zu müssen, »ja, gar nichts Feines sehe ich an ihnen; sie sind beide jung und gesund, und weiter nichts!«

»Jawohl, jawohl, nichts weiter!« nickten die andern beifällig, »und wie es mit ihrer Sittlichkeit bestellt ist, nun ja, das wollen wir dahingestellt sein lassen.«

»Ganz recht, das glaube ich auch«, erwiderte die vornehme Dame mit einem boshaften Seitenblick, indem sie eben bemerkte, wie ein junger und hübscher Student in blauer Schnurenpiquesche, weißen Lederhosen und hohen Reiterstiefeln etwas kaufte und dann dem einen der Mädchen einen feurigen, verliebten Blick zuwarf. »Die Messe liefert uns viel derartiges Messegut; die Männer sind dann wie verrückt und wir armen Frauen haben darunter zu leiden.«

Eine neben der Sprecherin stehende, bleiche, aber vollbusige Frau, deren Kleidung den vornehmen Stand verriet und die sich ebenfalls in den mittleren Jahren befand, errötete ein wenig über diese unzarte Äußerung. »Wohl wahr«, seufzte sie halblaut, »und wer weiß, ob nicht mein Mann auch schon ...«

Auch sie vollendete ihre Rede nicht, jedoch der Zorn drückte sich deutlich auf ihrem sich rötenden Antlitz aus, und sie schleuderte wütende Blicke auf die reizenden Verkäuferinnen. »Wäre aber mein Verdacht begründet«, schluchzte sie dann fast unhörbar, »so kratzte ich den beiden die schwarzen Augen aus. Von jetzt an werde ich genau aufpassen, und wenn ich etwas finde: wehe ihm und euch!«

Arme Mädchen, ihr steht in einem üblen Verdacht und seid doch unschuldig, so unschuldig wie die jungen Täubchen. Es ist ja nicht wahr, was diese neidischen Frauen von euch denken, denn noch kein Mann hat euch entweiht und ihr seid noch unberührt, reine Jungfrauen. Eure Schönheit ist euer einziger Fehler, doch dieser Fehler ist groß, sehr groß, und er wiegt ungeheuer schwer in den Augen neidischer, mißgünstiger Frauen, die gern und mit Inkaufnahme der größten Gefahr noch sündigten, wenn sich nur irgendwo ein bereitwilliges Werkzeug dazu fänden.

Arme, arme Mädchen! Ihr seid wahrhaftig zu beklagen, denn wie ihr euch auch benehmen möget und was immer ihr tut und treibt – es wird mit lüsternen und neidischen Augen bewacht, und eure freundlichen, bittenden Worte werden stets mißdeutet und rücksichtslos verdammt. Und doch ist es nur der elende Bissen Brot, der euch nötigt, hier gleichsam am Pranger zu stehen! Euer Verdienst ist doch nur so gering – wie viele schlaflose Nächte habt ihr angestrengt und fleißig durchgearbeitet, um so viele Waren zu schaffen, deren Erlös den drückenden Verbindlichkeiten für Miete, Holz, Licht und Nahrung abhelfen soll. Die Zeiten sind ja schlecht: das Angebot groß, die Nachfrage zu gering ...

Ihr fühlt recht wohl das Traurige eures Geschicks, denn der Tag wird euch zu lang und ihr ermattet bei dem dauernden Anpreisen eurer Waren. Ihr sehnt den Abend herbei, um Ruhe und Einsamkeit zu finden – und noch mehr die Nacht, für die freundlichen, beglückenden Träume.

Denn Träume zu haben ist kein Verbrechen. Ihr seid dann allein mit euch und vielleicht auch mit dem Gegenstand beschäftigt, dem ihr eure Liebe, eure keusche Liebe, zu weihen gedenkt.

Hat euch wirklich noch kein Mann gefesselt? Ihr habt viele lockende Anfechtungen überstehen müssen! Wie könnte das wohl auch anders sein, inmitten einer so reichen und üppigen Stadt, wo die Zahl der schönen Lüstlinge so groß und das zu diesem Zwecke bereitstehende Geld so flüssig ist.

Doch verliebt seid ihr auch und für Schmeicheleien empfänglich, wie alle Frauen, ihr könnt das nicht leugnen, denn ich habe euch scharf beobachtet, ich bin ein alter Prakticus in Liebesangelegenheiten, und ich täusche mich so leicht denn wohl nicht. Darum nehmt euch in acht, auch an euch kommt die Reihe! Der kleine Liebesgott ist schelmisch und boshaft, und kein Mädchen, kein schönes vornehmlich, kann ihm widerstehen. Ihr seid jetzt mannbar geworden und habt heißes Blut; der Reiz der Liebe ist lockend, bisweilen gewaltig und furchtbar, zumal wenn sich der gewandte, von der Natur begünstigte Liebhaber euch listig naht und auch ihr den süßen Genuß wünscht, den die Natur so mächtig, so unwiderstehlich in euch legte.

Oder seid ihr schon gefallen? Ist die Blüte der Jungfräulichkeit von euch bereits abgestreift? – Doch dem widerspricht euer Auge, euer ganzes Benehmen. Denn dann wäret ihr nur feine, listige Koketten und verstündet euch prächtig auf euer Geschäft.

Nein, nein, das ist nicht der Fall, aber der gestrige Tag ist der Tag der Entscheidung gewesen; Amor schwirrte seine Pfeile ab, und sie haben nur zu tief getroffen. Ihr armen und wiederum auch ihr so glücklichen Mädchen: ihr erblicktet zwei Jünglinge, deren Schönheit und deren liebeflüsternde Worte euch das ungestüm pochende Herzchen bestachen und deren liebes Bild euch auch im Traume nicht verläßt. Oh, könnten wir doch die Träume aller jungen Mädchen belauschen, wie vielen süßen Geheimnissen kämen wir auf die Spur.

Die Morgensonne sendet ihre ersten Strahlen.

Die beiden Mädchen schlafen den süßesten Schlaf der Welt. Jettchen, die ältere der beiden Schwestern, zählt neunzehn, Julie, die jüngere, fast siebzehn Jahre. Beide sind sie hoch und schlank gewachsen, beide haben sie rabenschwarzes Haar und pechschwarze Augen, weißen Teint und blühendrote Wangen. Ihre Zähne sind weiß wie Elfenbein, sie haben lange, weiße, zierliche Hälse, volle, elastische Busen und herrliche, alabasterne Arme und Hände. Ihre Füßchen sind so knapp und rund, daß sie aus Marmor gemeißelt scheinen; beide Gestalten sind so zart und doch so üppig, daß man sich beim Anblick der lieben Kinder der Göttinnen Altgriechenlands erinnert. Sie schlafen beide sanft und süß, obwohl die Glocke schon fünf geschlagen hat.

Die Messe hat sich nicht gut angelassen: der Verkauf geht schlecht. Die Mädchen denken im Schlaf nicht an ihre Sorgen und träumen dafür süße und liebliche Träume. Bei Zeus: der Schlaf ist schöner als das Wachen – aber ihr faulen, träumenden Mädchen, steht doch endlich auf, es ist fast sechs Uhr. Nehmt eure Arbeit zur Hand und laßt die Nadel hurtig fliegen, wenn es noch zu früh ist, mit dem Anpreisen eurer Waren zu beginnen.

Aber gönnen wir den armen Mädchen noch den Schlaf. Es ist ja Sonntag, und sie haben gestern noch bis tief in die Nacht hinein sehr fleißig gearbeitet und bei und nach der Arbeit an so mancherlei gedacht. Die erste Liebe ist so unerschöpflich im Reden und Loben – und nähen, immer nur nähen, waschen und plätten ist doch gar zu langweilig! Und die jungen, liebes- und lebekräftigen Mädchen mit den schlanken Taillen, den kußlichen Lippen und den wogenden Busen schlafen und träumen gar zu gern. Jettchen träumt von dem schönen Studenten, auf den die alte Dame so neidisch war, der, als er nochmals ein Dutzend feiner Strümpfe gekauft, sie bei dieser Gelegenheit unter das Kinn gefaßt und seine Lippen, obwohl sie sich kräftig wehrte, auf die ihren gepreßt hat.

Und Julchen denkt an den schelmischen Handelsgehilfen mit seinen knappen Beinkleidern, der starken, breitschultrigen Brust, dem blondgelockten Kopf- und Barthaar und den freundlichen blauen Augen, der, als er ein halbes Dutzend Vorhemden kaufte, es sich, unbescheiden genug, erlaubte, seine Hand um ihre Taille und an ihren ängstlich klopfenden Busen zu legen und ihn sanft zu drücken. Und noch mehr: als sie nach beendeten Tagesgeschäften nach Hause eilen wollten, kamen die bösen Jünglinge wieder und ließen es sich nicht nehmen, sie nach Hause zu begleiten. Auch diesmal hatten sie es gewagt, die armen, sich wehrenden und um Schonung bittenden Mädchen zu küssen und fest an sich zu pressen. Beide waren sie recht frech gewesen, und darüber hatten die Mädchen den ganzen Abend gesprochen –, und auch noch im Schlaf träumten sie von den zudringlichen Berührungen und Küssen.

Ach, und doch schmeckte Jettchen der Kuß so süß und Julchen deuchte die Umarmung so wonnig …

Der Mädchen süßes Liebesspiel

Sie träumen noch davon, die lieben Kinder, als es schon sechs Uhr schlägt. Doch jetzt weckt der Lärm auf den Straßen unsere Langschläferinnen auf.

Julchen erwacht zuerst, doch der liebe Handelsgehilfe ist nicht mehr da, sobald sie das Auge aufschlägt. Sie findet sich allein in dem Bett, das sie so gern mit ihm geteilt hätte. Sie hatte sich im Traum fest vorgenommen, ihn mit einem Kusse zu wecken – und nun ist er nicht einmal da, der böse Schelm. Es war nur ein Traum! Sie reibt unwillig ihre schwarzen, liebeglühenden Augen, wirft die Bettdecke weit von sich und nimmt eine kniende Stellung ein. »Ich habe geträumt«, spricht sie leise, »und angenehm geträumt. Oh, wäre es doch Wahrheit gewesen – mein lieber, treuer Freund, wie wollte ich dich an mich pressen.« – Und das wunderliebe Kind breitet ihre schneeweißen Arme weit aus und drückt und preßt sie fest an den eigenen, hochwogenden Busen. »Oh, mein herrlicher Freund«, seufzt sie kaum hörbar und hebt die feuchten, schimmernden Augen schwärmerisch zum Himmel – »Oh, hätte ich dich doch bei mir, wie wollte, ach, wie wollte ich dich umarmen!« Dann sinkt sie wieder zurück in die Kissen und bedeckt den lilienweißen Leib mit der vorher verschmähten Decke.

Doch die Decke wird ihr zu warm. Eine innere, vom Kopf bis zu den Füßen strömende Hitze durchdringt sie mit wachsender Kraft. Sie lüftet die Decke mit dem linken Bein, das sie darüber hinwegschlägt, und so bietet ihre Lage ein reizendes Bild. Ihr Fuß ist klein und edel geformt, das Knie sanft gerundet, der Schenkel weiß und fest wie Marmor, der Busen voll und aufrechtstehend. So liegt sie, halb vorwärts gebeugt, in süße, heimliche Gedanken verloren und stützt mit der kleinen weißen Hand das von Rabenlocken umnachtete Antlitz.

»Woher kommt nur diese schreckliche Hitze«, seufzt sie dann leise, wobei sie sich unruhig bald auf die rechte, bald auf die linke Seite wendet. »So erhitzt habe ich mich noch nie gefühlt.«

Das Blut, das ihr jetzt schneller und heißer durch alle Adern rinnt, vergrößert die innere Glut und auch das letzte Endchen der verhüllenden Decke muß hinweg von dem zarten Leib – ihre Füße strampeln sie weit fort, bis an das Fußende des Bettes, und bei diesen ungeduldigen Bewegungen verschiebt sich ihr Nachthemdchen und läßt den schneeigen Leib in seiner ganzen Fülle, in seiner ganzen Pracht erschauen.

Oh, wonniger Anblick!

Und Julchen, kaum siebzehn Jahre, eine herrliche Rosenknospe in den zauberischen Tagen der lieblichsten Frühlingszeit .... »Es ist unerträglich heiß«, – flüstert sie, doch nun, erleichtert um das Gewicht der Decke und sogar noch von dem lastenden Hemdchen, wird es ihr wohler; sie liegt jetzt still ausgestreckt da. Die Feuerströme, die ihre Adern durchtoben, werden bald wieder glühend, und wollüstige Bilder der erregten Phantasie umgaukeln sie in den lieblichsten Farben und stacheln sie auf zu heißer Sehnsucht. Was die Mädchen von erfahreneren Freundinnen oder gar von jungvermählten Ehefrauen gehört hatten, kam ihr in den Sinn. Wie das Werk der Liebe zu bewerkstelligen sei, hatte sie verschämt-errötend erlauscht, und es erschien ihr wundersam, wie so ein großes, nie gesehenes Ding sich in ihrem Körper sollte verstecken können. Den Ort ahnte sie, jedoch schien es ihr unmöglich, daß es dort eindringen konnte – wenn es so groß und dick und steif war, wie sie es hatte sagen hören.

Die Morgenstunden kurz nach dem Erwachen sind die gefährlichsten – für heißblütige, verliebte Jungfrauen ebenso wie für die Männerwelt. Verlassen sie beide nicht sofort das Lager, so bemächtigen sich ihrer bekannte oder unbekannte Gefühle und ebenso ein Drängen, diese heißen Wünsche zu stillen – und dieses Drängen endet nicht eher, bis das Ziel erreicht ist.

So geht es auch dem holden Julchen: die erwachte Leidenschaft der ersten Liebe bemächtigt sich ihrer mit unwiderstehlicher Gewalt.

Ihr jungfräulicher Busen klopft, er hebt und senkt sich und droht, auseinanderzuspringen, und ein heißes, doch wohltuendes Brennen juckt und kitzelt sie an jenem Ort, den ihre keusche Hand noch nie zu einem anderen Zwecke als dem der Reinigung berührt hatte, an jenem so süßen Plätzchen, das seit Evas Zeiten die Wonne der Männerwelt geworden ist.

»Mein Gott, wie ist mir doch zumute!« – ruft sie dann lauter, wobei sie sich bald auf die rechte, bald auf die linke Seite wendet – »so hübsch und doch wieder so schrecklich; ach, dieses Brennen und Kitzeln – oh, mein heißgeliebter Freund, oh, wärest du doch bei deinem Julchen!«

Das Zittern und Beben der Schenkel, die sie bald lang ausstreckt, bald hastig zurückzieht, bald spreizt und bald wieder fest zusammendrückt, beweist die Leiden und Freuden des armen Kindes. Eine hohe Purpurröte entflammt ihr liebliches Gesicht, und ihre schwarzen, schimmernden Augen heben sich entzückt zum Himmel – und Julchen ist fast siebzehn Jahre alt –.

Bedenke dies, du böser, böser Handlungsdiener! Warum eilst du nicht herbei und stillst Juliens heißes Schmachten?! …

»Es ist nicht mehr zum Aushalten«, – flüstert Julchen wieder und wiegt das glühende Köpfchen – »wie das kitzelt …« und die niedlichen Finger der linken Hand drücken den wogenden Busen fest zusammen und streicheln und drükken zart die Rosenknöspchen, um sich Ruhe zu erschmeicheln, während die der rechten ihren Weg zu jenem tief verborgenen Plätzchen suchen, das sich heute zum erstenmal so unbezähmbar erweist. Armes Julchen, hörst du, wie der kleine Liebesgott kichert und leise spottet! Du hast ein unausführbares Werk unternommen: so kannst du den tobenden Busen und das zweite deiner kleinen Purpurmündchen nicht beschwichtigen, denn der elastische Busen schnellt auf und ab und gehorcht nicht deiner kleinen Hand, und der reizende kleine Mund ist noch zu eng verschlossen, er verbietet zürnend deinem kleinen Finger den Eingang, weil du ihn überdies auch noch an der falschen Stelle suchst. Ach, die Natur hat hier ein Instrument zum zweifachen Gebrauche geschaffen, doch den zweiten, den so ersehnten Gebrauch, kennt Julchen noch nicht.

»Ach!« – seufzt sie unwillig darüber, daß sie nicht gleich zu finden weiß, was sie sucht, und arbeitet eifrig fort – »der böse Handlungsdiener ist ganz gewiß ein Hexenmeister, denn ich fühle mich wie behext« – und die Rosenknospen des jungfräulichen Busens, allmählich gereizt durch die zarte Reibung, heben sich mehr und mehr und stehen endlich keck aufwärts. Ein wollüstiges Gefühl durchschauert den jungen Busen – er ist steif geworden und scheint befriedigt zu sein. Nicht so der kleine Purpurmund mit seinen Rabenlöckchen. Zwar arbeiten die weißen Fingerchen fort und fort, um den Eingang zu finden, zu bahnen oder zu erzwingen, jedoch vergebens – es gelingt ihnen nicht. »Ach!« – seufzt Julchen – »wie heiß ist es doch hier oben«, – und ihre Fingerchen sind angestrengt fleißig, oben und unten – »Ach, wäre doch mein lieber Handlungsdiener nur hier!«

Doch der Bösewicht erscheint nicht, er läßt das arme Julchen schmachten, und so arbeitet sie fort und fort mit ihren kleinen Fingerchen. Doch vergebens, vergebens! Sie finden trotz aller Mühe keinen Eingang.

Aber halt! Jetzt gelingt es Julchen besser. Der Zeigefinger und der Daumen heben sich höher und finden dort einen etwas erhöhten, hervorragenden, weichen Halt. Ihr sanftes Streicheln bleibt nicht unbelohnt: auch er richtet sich auf und steht steif empor, wie die Rosenknöspchen des zarten Busens, und während Daumen und Zeigefinger oben unermüdlich tätig sind, senkt sich der kleine Finger etwas tiefer in den zarten

Spalt hinein. Er streichelt hin, er streichelt her, und die kleine Mündung, durch die kaum der niedlichste kleine Mädchenfinger eindringen konnte, gibt nach und dehnt sich allmählich aus. Hierdurch ermutigt wird der Finger kühner und dringt weiter ein, während ein unaussprechliches Wollustgefühl Julchens innerste Nerven durchbebt. »Ach!« – seufzt sie übermannt und wirft sich heftig herum, »ich muß behext sein, der böse und doch so liebe Handlungsdiener hat mir's angetan.«

Dann wird sie allmählich stiller, die Erregung hört auf, und nur einzelne blitzschnelle Zuckungen durchschauern den jungen Körper. Der kleine Finger hat jetzt tiefer eindringen können. »Ach«, – schreit sie mit einem Male auf und schnellt konvulsivisch in die Höhe – »wie schön, oh, mein Gott, wie herrlich!« – und die ersten Perlen jungfräulichen Taues benetzen das Betttuch. Die eifrigen Händchen senken sich müde, die tätigen Schenkel strecken sich weit und lang aus, die niedlichen Füßchen biegen sich einwärts. Auch die Rosenknöspchen des Busens senken sich wieder, und der glühende, schwarz umnachtete Kopf liegt zurückgebogen auf dem Kissen. Die Augen sind halb geschlossen und blicken zwar tränenfeucht, aber unaussprechlich entzückt zum Himmel. Das liebeglühende Mädchen ist ermattet, denn die Gewalt der noch ungekannten, so süßen und doch so vernichtenden Gefühle war zu heftig. Sie ruht nun aus, still und regungslos wie ein Gebilde aus Marmor.

Bewundernswerter, entzückender Anblick – es ist über alle Beschreibungen erhaben, die Natur in ihrer unvergleichlichen Allmacht und Schönheit zu sehen und zu bewundern.

Die Zuschauerin

Und Julchen überläßt sich geraume Zeit dem Gefühl der Ermattung. Sie glaubt ja, allein zu sein, und die reizende Lage gefällt ihr.

Doch, armes Julchen, du hast dich getäuscht: du bist nicht ganz allein, du bist nicht unbemerkt geblieben, schwelgend in der wollüstigen Phantasie mit dem Geliebten deines übervollen Herzens. Du hast bei dem süßen Spiel dein Schwesterlein Jettchen vergessen, die, gleichfalls von dem Lärm der Straße aufgeweckt, lautlos und staunend dein wunderliches und seltsames Treiben beobachtet hat.

Jettchen ist um volle zwei Jahre älter als Julie, und man hätte demnach bei ihr eine größere Erfahrung in Liebessachen voraussetzen sollen – doch nein: auch Jettchen war noch unschuldig, obwohl das heiße Blut auch sie sehr oft beunruhigt hatte. Auch sie war ebenso heftig wie Julie verliebt und vielleicht noch mehr. Doch genug davon: sie erwachte und lauschte anfangs ängstlich und dann neugierig Julchens Beginnen. Sie hörte deren Klageworte und Liebesseufzer und stimmte leise mit in sie ein. Auch sie hatte ja geträumt: geträumt von dem schönen Studenten, und sie hatte gewünscht, ihn in ihre Arme zu schließen. Eitles Trugbild: auch er war in der kalten Wirklichkeit entschwunden, und auch Jettchen hätte ihn so gerne bei sich gehabt.

Sie seufzte, und seufzte wieder, und seufzte stärker, als die wollustfeuernde, beklemmende Hitze auch sie überfiel, und indem sie zur Abkühlung gleichfalls die leichte Decke abwarf, suchte ihre weiße Hand das kleine, mit Rabenlöckchen umschattete Mündchen auf, das ihr heute, ebenso wie ihrer Schwester, so viele Pein verursachte.

Beide Betten standen nicht neben-, sondern hintereinander und auch nicht mit den Fuß-, sondern mit den Kopfenden zueinandergekehrt, so daß die eine der beiden Schwestern die andere nicht zu sehen vermochte, wenn sie sich nicht gerade zu diesem Zwecke umgedreht hätte

– und an ein Umdrehen in so kritischen Augenblicken ist ja wohl nicht zu denken.

Julchens Bett war näher am Fenster, dasjenige Jettchens mehr im Hintergrund des Zimmers, nach der Tür zu.

Als Julchens Entzücken den höchsten Gipfel erreicht hatte, als die ersten Tautropfen der Wollust das feine Bettuch genetzt, als Julchen mit hinsterbenden Blicken einige Sekunden laut- und bewegungslos dagelegen – da entströmte auch Jettchen der süße Born der Natur, und abgebrochene Laute des höchsten Entzückens entflohen auch ihren bebenden Lippen:

»Oh, mein Student, mein lieber, teurer, innigstgeliebter«, – sprach sie laut – »wo weilst du, und warum bist du fern von mir?« – und auch Jettchens herrlicher Körper dehnte sich weit aus, sie schloß die brechenden Augen und überließ sich mit Wonne dem süßen Gaukelspiel der erhitzten Phantasie. Doch diesen letzten, lauten Ausruf hatte Julchen vernommen, deren Pulse jetzt und nun minder fieberhaft flogen. Leise sprang sie auf und eilte an das Bett der geliebten Schwester.

Oh, welch ein Entzücken: da lag diese nun, wie sie vorhin selbst gelegen, der treueste Spiegel ihrer eigenen Stellung – auch sie hatte das Hemdchen bis unter die Arme hinaufgestreift. Der makellose, schneeweiße Körper lag fast unverhüllt, der himmlische Busen hob und senkte sich, und der liebliche Rosenmund, derjenige, welcher von einer schwarzen Lockenpracht umgeben und durch die sanfte Berührung etwas gerötet war, stand ein wenig geöffnet, da Jettchen im höchsten Entzücken die herrlichen Schenkel weit auseinandergebreitet hatte, und er schien Tränen einer bitteren Reue oder einer süßen Freude zu vergießen. Jettchen indessen hatte die Augen fest geschlosssen und bemerkte die Späherin nicht.

Doch Julchen konnte bei diesem Anblick nicht an sich halten. Ein Liebestaumel, eine Gier, die Schwester zu umarmen und sie mit Küssen zu ersticken, bemächtigte sich ihrer mit unwiderstehlicher Gewalt. »Jettchen!« rief sie daher mit zärtlicher Stimme – »mein teures Jettchen!«

Jettchen öffnete die tränenfeuchten Augen und schaute errötend die ungerufene Störerin lang und freundlich an, dann wollte sie sich zudecken und griff nach dem Ende der Decke. Doch Julchen ließ ihr dazu keine Zeit. Sie warf sich über Jettchen hin, ihr Mund suchte den der Schwester, und ihre vollen Arme umschlangen deren alabasternen Hals, und auch Jettchens Arme öffneten sich bereitwillig, und sie drückte, Busen an Busen, die Schwester fest an sich, so daß sich die Rosenknöspchen vierer rundlicher Hügel neckend berührten. Sie küßten sich lange und zärtlich, hingebend und duldend und dann und wann auch wieder verlangend, heftig und stürmisch, und diese ihre Zärtlichkeiten flossen ineinander über, so daß die Vielzahl unterschiedlicher Küsse ein einziger zu sein schien.

Die bösen Zuschauer

Doch die Lage der Mädchen war nicht bequem, denn Julchen lag oder stand, wie man es nehmen will, noch immer außerhalb des Bettes, halb kniend, halb stehend, halb liegend – für einen Zuschauer aber war das, wie unbequem es für Julchen auch immer gewesen sein mag, der herrlichste Anblick, der sich nur erdenken läßt.

Zuschauer? – Zuschauer! Um des Himmels willen! Zuschauer in diesem Augenblick, den doch der dichteste Schleier verhüllen sollte.

Arme, verliebte, heißglühende Mädchen, es ist wirklich so: ihr habt Zuschauer! Zuschauer, die euch näher angehen, als ihr denkt, und die bisher jede eurer Bewegungen mit gierigen Augen, sprach- und atemlos verfolgt haben. Wie aber ist es möglich, in einem abgeschlossenen

Zimmer Zuschauer zu haben? – Nichts leichter als das.

Euch gegenüber, im dritten Stock, wohnen zwei Brüder, zwei stattliche, junge Leute, von denen der eine Student, der andere Handlungsdiener ist. Beide sind sie Söhne eines reichen Vaters, der in der Nähe von Dresden ein großes Rittergut besitzt. Sie sind beide zur gleichen Zeit nach Leipzig gekommen, der eine, um die Rechte zu studieren, was schon an und für sich auf eine verwerfliche Sinnesart schließen läßt, der andere, um in einem der großen Handelshäuser seine merkantilischen Kenntnisse zu erweitern, was mitunter vonnöten sein mag. Beide sind sie jung und schön, der jüngere zwanzig, der ältere zweiundzwanzig Jahre alt, und wegen ihrer Eleganz ebenso wie wegen ihrer männlichen Schönheit ist ihre Gesellschaft von den jungen und älteren Damen der üppigen Handelsstadt gesucht.

Die Seufzer so mancher der Damen blieben bislang nicht unerhört, denn trotz ihrer großen Jugend verstehen sich die beiden Brüder auf die Geschäfte der Liebe, und sie haben schon vielerlei Erfahrungen gesammelt.

Ein junger, hübscher Mann, der von Hause aus Geld hat und sich nicht scheut, es auch auszugeben, findet täglich, ja stündlich, die beste Gelegenheit, die süßesten Liebesabenteuer zu bestehen. Sie haben bereits beide vielen schwärmerischen Mädchen die Köpfchen verdreht, und viele Tränen sind ihrethalber schon geflossen. Du böser Student und du noch böserer Handlungsdiener! Warum spart ihr nicht lieber euer Geld oder gebt es den Armen, als daß ihr mit ihm der schwachen Tugend zu Leibe rückt? … Du böser Student und du noch böserer Handlungsdiener, und doch zugleich auch du guter, lieber Student und du noch lieberer, teurerer Handlungsdiener! …

Hah! … sind sie es vielleicht? …

Ja, sie sind es, die Traumgeliebten der niedlichen Verkäuferinnen, die Heißersehnten des lieben Schwesternpaares, die gestern abend, beim Nachhausegehen, die armen Mädchen so bezaubert haben.

Ihr armen, und doch wieder ihr glücklichen Schwestern! Ihr seid unvorsichtig gewesen, denn ihr habt vergessen, beim Schlafengehen die Rouleaux niederzulassen, und die bösen (oder auch guten) Geliebten standen schon mit Tagesanbruch am Fenster, um euer Erwachen zu belauschen.

In eurer Vaterstadt brauchtet ihr freilich kein Rouleaux niederzulassen, denn erstens hattet ihr keins am Fenster, und zweitens war euer vis-à-vis ein unschuldiges Scheunendach, worauf nur selten eine einsame Krähe gesessen hat, vor der ihr euch ja nicht zu genieren brauchtet – aber Leipzig, Leipzig! Man ist dortselbst, zum eigenen großen Ärger, fast nie ungesehen.

Die Brüder aber wohnen in dieser Stadt und in diesem Zimmer schon seit längerer Zeit, ohne daß das die Schwestern wissen können, und sie, die Brüder, haben die Mädchen jeden Morgen beim Aufstehen belauscht. Doch klug im höchsten Grade zeigen sie sich nie am Fenster, sondern stehen etwas entfernt, aber zwei schwere und schwarze Ferngläser aus der Nachbarstadt Jena setzen sie in den Stand, den ganzen inneren Raum des Zimmers und jede Bewegung seiner Bewohnerinnen zu erschauen.

Auch heute stehen sie auf der Lauer, und was bietet sich ihren entzückten Blicken dar?

Zuerst sehen sie Julchen in ihrer unverhüllten Schönheit, dann Jettchen im gleichen, üppigen Zustand. Oh, welch ein reizender, beneidenswerter Anblick! Bedenket doch, daß Julchen erst siebzehn und Jettchen erst neunzehn Jahre alt ist, und beide sind so jung und so schön …

Der ältere Bruder, der Student, heißt Fritz, und der jüngere, der Handlungsdiener, heißt Karl, und ihrer beider Zuname ist Etzler.

»Wie lange schlafen die lieben Kinder heute nur?« zischelt Fritz dem Bruder zu, gleich als ob er in Sorge wäre, sich zu verraten, wenn er lauter spräche, »es hat schon fünf geschlagen, und doch liegen sie beide noch in süßem Schlummer.«

»Sieh, jetzt steht die eine auf«, unterbrach ihn Karl mit gleich leiser Stimme, »sieh, sieh doch, sie liegt im Bett und scheint zu beten, das fromme, liebe Kind.«

»Ach nein, sie betet nicht«, rief Fritz hastig zurück, »sie scheint in Gedanken verloren, jemanden an das Herz zu drücken. Oh, armes Kind, du drückst umsonst, oh, wäre ich doch drüben, wie wollte ich …«

»Sieh, sieh, oh, sieh doch nur, wie jetzt …«

Julchen sank eben zurück in die weichen Kissen, warf die Bettdecke von sich und streifte das Hemdchen auf bis unter die Arme, und das süße, tändelnde Fingerspiel begann, um den fliegenden Busen und das lechzende Purpurmündchen zu beschwichtigen.

Beide Brüder sahen angestrengt und atemlos durch die Gläser.

»Sieh, sieh, jetzt erwacht auch die andere«, rief Fritz wiederum, »sieh, wie sie dem Treiben der Schwester neugierig zuschaut, sieh nur, beim Teufel, jetzt fängt sie selbst an …«

Und auch Jettchen war unterdessen erwacht. Ihr Köpfchen bog sich über das Kopfende des Bettes der Schwester und auch sie befolgte dasselbe süße Spiel, und das lüsterne Brüderpaar konnte die Blicke nicht losreißen, konnte sich an dem Anblick nicht sattsehen, den das liebliche Schwesternpaar, eine fast noch verführerischer als die andere, darbot.

Oh, ihr bösen, neugierigen Brüder! Was schaut ihr so frech hinüber, in das Heiligtum der ersten, jungfräulichen Liebe. Werft einen Schleier vor eure Augen und seid blind, denn ihr seid es ja – ihr habt dieses Unglück ja angerichtet.

Sie wagten anfangs kein lautes Wort zu sprechen, und nur die tiefen Atemzüge bekundeten ihr Dasein. Ihr einziges Dichten und Trachten war, zu schauen, zu sehen, hinüberzublicken zu den Gegenständen ihrer Liebe. Zum Sehen geboren, zum Schauen bestellt. Dann erfolgten einzelne Laute der Bewunderung, und dann Seufzer, tiefe, sehnsüchtige Seufzer, und sie entflogen hochauf klopfenden Männerbrüsten.

Jetzt sahen sie Julie aufspringen, an das Bett von Jettchen eilen, und nun sehen sie, mit welcher Wollust beide Mädchen sich umfassen und die feurigsten Küsse tauschen. Sie, die Schwestern, scheinen zusammengewachsen zu sein, und in dieser Stellung verschiebt sich Julchens Hemd, und ihr entblößter Hinterkörper, von den Knöcheln hinauf bis zu dem blendenden Nacken, bietet sich den lüsternen, gierigen Blikken dar. Und so sahen sie Julchen von der Rückseite, Jettchen von der Vorderseite, beide Mädchen nur so dürftig geschützt von den nachgiebigen, hochaufgeschürzten Hemdchen.

Julchen hat jetzt die Arme um Jettchens Nakken geschlagen, ihre Lippen fest auf diejenigen Jettchens gepreßt, und hebt sie bald zu sich empor, bald senken sich beide wieder hinab in den weichen Pfühl. Dem liebenden, glühenden Jettchen gefällt das süße Spiel, ja sie scheint eine noch engere Berührung zu wollen, denn ihr rechtes Bein hebt sich aufwärts und schlingt sich um Juliens weiße Hüfte. Sie preßt sich mit ihren Beinen eng an Julchen an, und die Rabenlocken ihrer Scham kitzeln Juliens Nabel. Dieser nun scheint, angesichts dessen, ein engeres Umschließen auch wünschenswerter zu sein, denn sie drängt sich näher an das Bett und, als ob sie von allzu großer Erschöpfung übermannt sei, sinkt auf Jettchen hin, lang ausgestreckt und Lippe an Lippe, Brust an Brust, Leib an Leib.

»O Gott, o Gott«, seufzte Jettchen, »wie ist mir so warm, geh' doch herunter, du bist so schwer, geh' doch herunter, o weh, so geh' doch nur weg!« Doch Julchen geht nicht herunter von dem schneeweißen, elastischen Leib; im Gegenteil: sie hält sich fest an dem Marmornacken und drückt die Stöhnende inniger an ihr eigenes, hochklopfendes Herz. Und auch die Rosenknöspchen der schönen Busen küssen und berühren sich, sie schwellen wieder auf, durch zarte Reibung, und stehen steil aufgerichtet da, und die zarten Purpurmündchen mit den Rabenlöckchen liegen jetzt Lippe an Lippe aufeinander und scheinen vor innerem Feuer zerbersten zu wollen. Und Julchen bewegt sich rück- und vorwärts, zur Seite und im Kreise, bald langsam und bald schnell, und Jettchen folgt seufzend den süßen Bewegungen. Ihr armen und doch wieder so unendlich glücklichen Mädchen, sagt an, wer hat euch dieses Spiel gelehrt? – Oder ist es die Natur, die Erfinderin und Lehrerin der wonnevollen Wollust?

So liegen sie Lippe an Lippe, Busen-Rosenknöspchen auf Busen-Rosenknöspchen, Purpurmund mit seinen nächt'gen Rabenlöckchen auf Purpurmund, und sie drücken, sie reiben sich in unendlicher Wollust. Jetzt sprechen sie nicht mehr, die lieben Mädchen; ihre Sprache ist nur ein unterdrücktes Schluchzen geworden, sie stöhnen und ächzen gleichwie gedrückt unter schwerer Zentnerlast, und ihre lieben Gesichter glühen, ihre Augen leuchten in dunkler Glut, und ein gewaltiges Zittern bemächtigt sich der jugendlichen Körper.

Da, mit einem Male läßt Julchen die umschlingenden Arme erschlaffen, die Lippe läßt die Lippe, der Busen den Busen fahren, und sie sinkt ermattend und hinsterbend neben Jettchen hin in einen süßen Wonneschauer, und eine zweite, verdoppelte Tränenflut benetzt das Betttuch, und wiederum strecken sich die zarten Schenkel und die weißen Waden lang und weit aus, und die Zehen des niedlichen Fußes bohren sich wie krampfhaft in das Unterbett ein. »Oh, wie war das schön«, sagt sie, und gleitet mit den

Füßen aus dem Bett, um Jettchens schwarze Rabenlöckchen zu küssen, jene Stelle, an der sie selbst soviel Vergnügen empfunden hat und von der sie füglich glaubt, daß auch Jettchen dort des zärtlichen Abschiedes bedarf. Die Schenkel der Schwester öffnen sich willfährig, und Julchens Rosenlippen finden in dem Gewirr der Locken keinen rechten Platz, sich im Kusse festzusaugen. So benutzt sie die Zunge, um die Haare etwas zur Seite zu schieben, und sie schmeckt einen wundersamen Geschmack: herb und salzig und doch süß, erregend und befriedigend zugleich. Ihre Zunge stößt auf jenen etwas erhöhten, hervorragenden, weichen Gegenstand, den Julchens Finger schon zu Beginn des Morgens entdeckt hatten und der jetzt hart und fest geworden ist, und sie versucht, sich daran festzusaugen. Julchen hat sich auf die Seite gedreht, sie stöhnt verlangend und bemüht sich, der Schwester die Liebkosung recht leicht zu machen, indem sie, beide Beine angezogen, einen der Schenkel der Schwester unter den Kopf geschoben und den anderen hoch aufrecht gestellt hat. Ihre Lippen wollen der Schwester den gleichen Liebesdienst erweisen, und so sucht sie, Jettchen wieder ins Bett zu ziehen.

Der Überfall

Und Fritz und Karl sehen dieses wonnige Schauspiel. Bewundernd, staunend und verblüfft von der letzten noch ungewohnten Erscheinung wagen sie anfangs nicht, zu sprechen. Doch auch ihre dadurch erregte Sinnlichkeit muß sich Luft machen. Sie halten die Ferngläser in den erstarrten Händen, und durch diese Gläser hindurch können sie jede Bewegung, jede Einzelheit, jeden Blick nur allzu deutlich und allzu genau verfolgen. »O mein Jettchen!« – haucht leise stöhnend der ältere Bruder mit erstickter Stimme, und »O mein Julchen, mein teures Julchen!« seufzt der Handlungsdiener hinterher, und sie finden sich entzündet, entflammt zum kühnsten Wagnis.

»Ich muß hinüber«, stammelt Fritz, »ich muß zu meinem Jettchen.« »Und ich zu meinem Julchen«, schreit Karl feurig, »ich gehe mit!«

Gesagt, getan: im Nu sind sie ausgehbereit, schnell werden die Hüte ergriffen, und beide eilen leichtfüßig die Treppen hinab, über die Straße hinweg und halten erst im Hausflur des gegenüberliegenden Hauses für einige Augenblicke an.

»Doch wie kommen wir in ihr Zimmer?« fragt der Ältere den Jüngeren, »es wird sicherlich verschlossen sein.«

»Komm' nur, komm' und verlier keine Minute!« ruft Karl leise und ganz außer Atem, »komm' nur hinauf, und es wird sich alles finden.« – Fritz folgt ohne Widerrede dem willkommenen Rufe. Sie steigen die drei Treppen hinauf und stehen nun angestrengt lauschend an der Tür des Stübchens, dessen Bewohnerinnen ihnen Freud und Leid in so hohem Maße verursacht haben.

Das Glück begünstigt die Kühnen, das ist ein altes Sprichwort, und alte Sprichwörter treffen allemal ein – wenigstens hier war es der Fall. Sie legen das Ohr an die Tür und horchen angestrengt, doch kein Laut ist zu vernehmen, alles ist still.

»Sie sind vielleicht wieder eingeschlafen, die lieben Kinder«, flüstert Karl seinem Bruder zu,

»die Erregung war vielleicht zu groß!« Fritz schüttelt den Kopf und gebietet ihm durch Blinken mit den Augen und durch unwillige Handbewegungen tiefstes Stillschweigen. Und beide horchen weiter. Jetzt macht sich ein Geräusch im Zimmer bemerkbar, und ein tiefes Seufzen dringt an ihr Ohr.

»Tritt jetzt hierher«, flüsterte Fritz, »ich will anklopfen, und wenn sie dann die Tür öffnen, werden sie weder dich noch mich sofort bemerken, doch sowie die Tür offen ist, dringen wir beide zugleich in die Stube ein.«

Karl trat, seinem Bruder gehorchend, hinter denselben, und Fritz pocht leise zweimal an. Das Geräusch verstummt sogleich, und leise Tritte, die sich der Tür nähern, sind zu hören.

»Wer ist denn draußen«, tönt hierauf Julchens Silberstimme, »sind Sie es, Frau Schubert?«

Karl nickt frohlockend seinem Bruder zu, Fritz schnippt leise mit beiden Händen und antwortet, indem er die Stimme einer älteren Frau nachahmt:

»Nu, freilich, wer denn sonst?«

… und wiederum ist ein Geräusch zu hören: flinke Füßchen trippeln hin und her, und es raschelt wie beim Anziehen von Kleidungsstükken. Dann nähern sich die Tritte der Tür, und die freudigen Brüder hören, wie der Riegel zurückgezogen wird und die Türklinke schnappt. Julchen öffnet die Tür, ein leichtes Tuch um die blendenden Schultern und ein weißes Unterröckchen um die Hüfte geschlagen, streckt sie ihr neugieriges, sorgenloses Köpfchen heraus und will die Wirtin hereinlassen, die jeden Morgen Waschwasser und Kaffee bringt. Doch Himmel! Wie erschrickt sie, als die Sehnsucht ihrer Träume mit liebesflammenden Augen sich ihren entsetzten Blicken darbietet. Einige Augenblicke steht sie ganz verdattert. Es hat ihr die Sprache verschlagen – die früher so heiß ersehnte Erscheinung erfüllt sie jetzt mit Schrecken. »Mein Gott, mein Gott«, ruft sie deshalb in höchster Verwirrung, und der liebliche Körper zittert wie im Fieber, »was wollen Sie denn hier?«

»Was ist denn, wer ist denn da?« ruft Jettchen neugierig und gleichfalls erschrocken durch den ängstlichen Ausruf ihrer Schwester, »warum schreist du denn so?«

»Wer? – o Gott, wer? – Sie sind es!« ruft Jettchen mit kreischender Stimme zurück, und zugleich sucht sie, die Tür ins Schloß zu werfen und den Riegel wieder vorzuschieben. Armes Julchen, du hast noch wenig Erfahrung und noch weniger Kräfte, und du, neugieriges Jettchen, hättest besseres tun können, als zu schweigen. Hättest du Julchens ängstlichen Schrei durch deine Stimme verstärkt, so daß das ganze Haus aufgeschreckt und euch zu Hilfe gekommen wäre, so stünde es besser um euch beide. Doch Jettchen eilt pfeilschnell herbei, um zu sehen, was ihre Schwester so fürchterlich erschreckt hat.

»Wo, wo? – Wer sind ›sie‹, lass' mich doch einmal sehen!« und zugleich drängt sie ihre Schwester von der Türöffnung hinweg, und auch ihr vorwitziges Köpfchen lugt zur Tür hinaus und sieht – sieht – und auch sie kreischt laut auf: »Himmel, sie sind es, oh!«

»Hilf mir, die Tür zumachen«, – schreit Julchen atemlos – »sonst ...!« Und Jettchen faßt den an der Tür befindlichen Knopf, um ihrer Schwester zu helfen.

Doch die Tür wird von außen festgehalten, mit einer Kraft, die der mädchenhaften Ohnmacht spottet.

»Mein Gott!« – seufzt Julchen.

»Mein Gott, mein Gott!« – stöhnt auch Jettchen – doch die Tür kann nicht mehr zugezogen werden, denn der Handlungsdiener, der dieses von seinem Prinzipal bereits wohl gelernt hat, hat den Fuß zwischen Tür und Angel gestemmt und vereitelte so den Erfolg der Anstrengungen der bedauernswerten Mädchen. Und wie die Katze spielt mit der erhaschten Maus – sie bald zwischen den Pfoten hält, bald wieder einige Schritte laufen läßt, um sie dann mit einem Sprunge wieder zu fangen, so läßt auch der böse Fritz die Mädchen bald die Tür fast zuziehen, bald wieder zieht er sie zurück in der festen Gewißheit, sein Opfer doch ganz sicher fassen zu können. Doch seinem feurigen Bruder dauert dieses Spiel zu lange: mit Hast drängt er sich vor, greift um die Tür herum, und bald steht der beiden Brüder Eingang kein Hindernis mehr im Wege.

»So gehen Sie doch fort!« – schreit Julchen zornig.

»Was wollen Sie denn hier?« – schreit Jettchen zürnend. »So gehen sie doch fort, oder ich schreie das ganze Haus zusammen.«

»Julchen, mein Julchen!« – ruft Fritz im affektierten Ton des Schmerzes –, »ist dies der Empfang Ihres feurigen Anbeters?« ... und zugleich mit diesen Worten drängt er die Mädchen zurück bis in die Mitte der Stube. Karl folgt ihm atemlos nach und zieht die Tür hinter sich zu, aufs höchste begierig, zu sehen, was die Folge ihres kühnen Abenteuers sein werde.

»Julchen, mein Julchen, mein innigst geliebtes Julchen«, – fährt Fritz ekstatisch fort – »wie glücklich, wie unaussprechlich glücklich bin ich, Ihnen heute als erster Guten Morgen wünschen zu können.«

»Jettchen, mein teures Jettchen, meine Wonne, mein Entzücken«, – fällt Karl ein – »wie freut und schmerzt mich doch zugleich dieses heutige Zusammentreffen.«

Das erzürnte Schwesternpaar sieht sich in einem Nu umfaßt und geküßt, und ihr Groll und Ärger schmelzen dahin.

»Mein Gott, so gehen, so gehen Sie doch fort!« – ruft Julchen ängstlich.

Doch auch ihr, ihr kühnen Brüder, seid nicht so strafbar in meinen Augen; die Mädchen sind ja so schön, so jung, und halb entkleidet, und wer da weiß, welchen Reiz, welche Flamme ein jugendlicher, schneeweißer, entblößter Busen anzufachen versteht, der wird euch auch entschuldigen.

Die Blicke der kühnen Brüder hefteten sich an die jungfräulichen Busen und konnten sich daran nicht sattsehen. Dann bogen sie ihre

Münder hernieder und überfluteten sie mit einer Unzahl von Küssen.

»Mein teures, teures Julchen«, – rief Fritz von Wonnegefühl durchschauert – »wie lange und wie sehnlich habe ich diesen köstlichen Augenblick herbeigewünscht!« – Und mit diesen Worten umfaßte er das zitternde Mädchen, das, seiner Sinne nicht mehr mächtig, kaum noch Widerstand leisten konnte, mit seinen starken Armen und drängte sie weiter und weiter zurück, bis dahin, wo das weiße Bettchen stand. Hier bog er sie sanft über, wickelte das hochglühende, mit Rabenlocken umnachtete, bildschöne Gesichtchen dicht in das Kopfkissen und hob den übrigen Körper nach. Und Karl folgte seines Bruders Beispiel – auch er zitterte in üppigem Wonneschauer und, schnell entschlossen, den begonnenen Triumph vollständig zu genießen, umfaßte er blitzschnell Jettchens schlanke Hüfte, hob sie empor und trug sie dem nahen Bettchen zu, und auch Jettchen zitterte an allen Gliedern, ihr schwacher Widerstand wurde schnell besiegt, und bald befand auch sie sich der Länge nach hingestreckt auf demselben Lager, auf dem sie noch kurz vorher erste süße Freuden empfunden hatte.

Das süße Vorspiel und die fatale Störung

Da lagen nun die armen Mädchen, dahingestreckt auf ihren Betten, den mitleidslosen Blicken und Griffen der bösen Brüder ausgesetzt, und baten um Schonung und weinten und drohten und sträubten sich. Ihre kleinen Händchen wehrten die zudringlichen Finger ab, und die schneeweißen Schenkel und Füßchen strampelten.

»So lassen Sie mich doch gehen«, – bat Julchen weinend und suchte sich den ungestümen Umarmungen des jüngeren Bruders zu entwinden – »mein Gott, mein Gott, haben Sie doch Mitleid!«

Doch der böse Fritz kannte kein Mitleid; über Julchens Schwanenleib hingebeugt, heftete er seine Lippen fest auf die ihrigen, mit der linken Hand umschlang er den tief atmenden Busen, und seine Rechte suchte das untere, niedliche Purpurmündchen mit den allerliebsten, kleinen Rabenlöckchen. Durch den Kampf war Julchen das Busentuch entfallen, die herrlichen Brüstchen drängten sich ungeschnürt und durch kein fesselndes Band gehalten dem kühnen Jüngling in die Hände, und alle Mühe des armen Kindes war vergebens, sie durch Vorhalten der eigenen Hände zu verdecken.

O herrlicher Anblick, o du beneidenswerter Fritz. Ein so schönes, junges Mädchen mit wogendem Busen entblößt zu sehen! Und deine Wangen glühen, und deine Lippen schwelgen, sie wandern von dem Mund über den herrlichen Hals zu dem noch schöneren Busen, und dein glühendes Gesicht wühlt sich in seine Fülle.

»Mein Gott, mein Gott, so gehen Sie doch!« – fleht Julchen noch ein letztes Mal.

»So gehen Sie doch!« – schluchzt Jettchen ihr nach: »Sie böser, ungezogener Mensch!« – denn auch Karl war nicht müßig gewesen: seine Hände vergruben sich bald in Jettchens zartem, milchweißem Busen, bald drang die eine Hand kühner hinab zu dem lieblichen Mündchen, das, obwohl tief verborgen, doch alle seine Geister in so tobende Glut versetzt hatte, sie schob sich unaufhaltsam vorwärts und wollte es erreichen in stürmischer Hast. Doch Julchen drückte die schneeweißen Schenkel fest zusammen, und alle seine Anstrengungen blieben vorerst vergebens.

Und der immer folgsame Karl folgte auch hier seines Bruders Beispiel. Auch seine Hand wollte eindringen, doch auch Jettchen verwehrte ihr den Eingang und schlug erschrocken beide Schenkel übereinander. Karl und Fritz konnten nicht näherkommen an den Tempel süßer Lust: die Mädchen wehrten sich zu sehr. Es ist ja das erstemal, daß sie in einer solchen Lage sind – und wenn auch die Neugier groß ist, so ist doch die Scham noch größer – und zudem sind die Mädchen beleidigt über das unerwartete Eindringen der beiden Brüder.

Fritz stöhnt und ächzt, und Karl stöhnt und ächzt ebenfalls. Ihre Brüste arbeiten gewaltig und das Atemholen fällt ihnen nachgerade schwer. Arme, arme Brüder, so nahe seid ihr dem Ziel eurer kühnen Wagnisse, und doch wiederum so weit entfernt davon, doch faßt nur Mut und verdoppelt eure Anstrengungen – vielleicht gelingt es euch doch noch.

»Jettchen, mein teures Jettchen«, – bittet Fritz jetzt flehentlich – »erfülle, o erfülle meinen heißen Wunsch und beglücke mich nur einmal mit deiner vollen Gunst.« – Und seine Hände lassen ab von ihrem Spiel, und seine Augen blicken bittend und sehnsuchtsvoll in die ihrigen. Doch Julchens Augen verheißen dem armen Bittenden keine Einwilligung. Da ergreift Verzweiflung des armen Jungen Herz. So wie sein Auge, sein bittendes, flehendes Auge, den Vollgenuß der entzückenden Reize erschaut, so steigt die Glut ihm aufwärts in die Wange, und Julchen wollte den Augenblick, wo sie frei von seinen Umschlingungen war, benutzen und aufspringen – doch ebensoschnell gewahrte dies kühne Vorhaben der gewandte Fritz, und da er nun überzeugt war, daß die Festung ihm freiwillig sich nicht ergeben würde, so beschloß er, sie im Sturme zu nehmen. Mit einem Sprung war er daher im Bette, warf sich der Länge nach über sie hin und indem er so und mit der ganzen Last seines Körpers jeden ihrer Versuche, sich zu wehren, vereitelte, bemächtigte er sich schnell ihrer Händchen, hielt sie mit der linken Hand fest und streifte ihr mit der rechten das Unterröckchen und das Hemdchen bis hoch hinauf unter die

Achseln. Dann zwang er seine Knie mit Gewalt zwischen die ihrigen, und mit allmählich sich verstärkendem Druck gelang es ihm, die Schenkel auseinanderzubringen. Wohl wehrte sich das arme Julchen mit allen Kräften der Verzweiflung, doch umsonst: der starke Jüngling blieb Sieger. Seine vor Freude bebende Hand fuhr entzückt über den schneeigen, elastischen Leib und näherte sich dann dem lieblichen, mit den Rabenlöckchen umschatteten Purpurmündchen, und indem er es sanft mit seinen zarten Fingern streichelte und drückte und kniff, kam er tiefer an den süßen, wunderlieblichen Eingang, nach dem er sich so sehr gesehnt.

O wundervolles, unerklärliches Frauenherz: erst sehnst und schmachtest du nach dem Vollgenuß deines glühenden Leibes, und dann wehrst du dich mit allen Kräften der Verzweiflung.

Und doch ist das so – es ist der Wille der Natur – es ist die beleidigte Scham, die mahnende Keuschheit, die wiederum alles aufbietet, sich zu wehren und zu retten.

Und Julchen und Jettchen stoßen Klagelaute aus, sie rufen einander zur Hilfe und winden sich weinend in Verzweiflung, sie ächzen und stöhnen bloß noch, denn ihre Kraft zur Gegenwehr ist fast erschöpft.

Und Fritzens immer kühner werdende Hand betastet die schwarzen Seidenlöckchen und die unter ihnen aufschwellenden Lippen, und dieses Spiel, dieses süße Spiel erregt in ihm die höchste Glut. Er kann sich nicht mehr halten, sein Gesicht bedeckt sich mit Purpurröte und sein Auge schießt Blitze der unbezähmbarsten Begierde. Er will ein Ende machen, der schrecklichen Pein und der schrecklichen Lust.

Das Betasten des kleinen Purpurmundes ist elektrisch-mitteilend, es durchbebt unwiderstehlich beide erregten Körper bis zu jenen Stellen hin, die unmittelbar davon betroffen sind, und sie schwellen auf in ihrem gerechten Zorn und suchen, sich zu rächen – der eine an dem andern.

Und Fritz kann sich nicht mehr halten. Seine bebende, eilige Hand nähert sich seinen Beinkleidern, knöpft einige Knöpfchen auf und zieht den jungen Liebesgott hervor, der auch imstande ist, die kältesten Damen zu entzücken, denn er ist weiß und schön geformt – hat ein herrliches, rotes Köpfchen und hat schon oft die Bewunderung und den Neid so vieler schöner Frauen erregt.

Und dieser prächtige Liebesgott nähert sich dem schwellenden Purpurmündchen und will das süße Schwesterchen küssen, das sich jedoch noch in trotzigem Eigensinn sträubt. Sein brennendes Köpfchen steht dicht an der Pforte und lechzt begierig nach dem Augenblick des Glücks, und ein leises, zitterndes Berühren erfolgt, das sich Julchen elektrisch mitteilt und bis in ihr innerstes Mark dringt. Und sie stöhnt unter der Last des Mannes und ihres eigenen Begehrens. Ihr Haupt sinkt ermüdet in die Kissen und die abwehrenden Händchen erschlaffen.

»Ach, Ach!« – ruft sie kaum hörbar.

Die Anstrengungen des armen Kindes, sich bis zum Äußersten zu wehren, waren freilich zu groß gewesen.

Da drängt sich Fritz ein wenig weiter vor. Seine Knie brechen ihre Schenkel ganz auseinander, und indem er seinen Vorteil und die Schwäche des Mädchens bemerkt, greift er mit beiden Händen um Julchens brennenden Leib, schließt diese an den strotzenden, herrlichen Hinterbäckchen, hebt sie ein wenig empor und bringt so den schneeigen Leib samt seinem Purpurmündchen dem sehnsüchtig harrenden und vor Lust schon zitternden Liebesgott so nahe, daß er nun eindringen kann in die niedliche Spalte der schwellenden Lefzen, und Julchen bebt am ganzen Körper, und seufzt, und schließt die Augen und öffnet sie wieder zur Hälfte, und liegt endlich da, still und lautlos und wie in wonniger Ohnmacht befangen.

Doch der kleine Liebesgott drängt sich vorwärts und sieht mit heftiger Ungeduld dem Augenblick entgegen, wo er in das Heiligtum, die Mitte des engen Tempels, zur höchsten, zur unaussprechlichen Wonne eindringen darf, und sanfte, doch schnelle Stöße suchen ihm den Weg dorthin zu bahnen.

Doch leider: der Eingang, die süße Liebespforte ist noch zu eng. Er kann noch nicht eindringen, obwohl die Lage die schönste von der Welt ist.

Und auch Jettchen schreit jetzt nicht mehr, auch ihr Mund scheint verstummt zu sein, und nur abgebrochene Laute und stöhnende Seufzer entwinden sich der heftig arbeitenden Brust, denn auch Karl, das treue Ebenbild seines Bruders, war diesem in allem gefolgt – auch er suchte den Eingang zu erzwingen und hatte mit gleichen Schwierigkeiten zu kämpfen.

Ihr armen Mädchen – und ihr armen, armen Jungen! Es ist ein schweres Ding, die Blüte der Jungfrauschaft zu brechen, bisweilen sogar mit großen Schmerzen verknüpft, wenn nämlich die Natur euch mit einem etwas kräftigen Szepter bedacht hat. Und bei den beiden vollsaftigen Jünglingen war dies der Fall. Ihr stöhnt und ächzt und seufzt, und ihr wünscht den heißersehnten Genuß herbei, und der dumme, einfältige, noch zu enge Eingang zum süßen Wollusttempel, zum höchsten irdischen Genuß, versagt euch denselben. Es ist, ja es ist wirklich zum Verzweifeln.

Doch Mut, ihr kühnen Jungen, seid unverzagt!

Und die Schenkel der Mädchen strecken sich von selbst weiter aus, und der elastische, schneeweiße Leib nähert sich von selbst dem kühnen Eindringling.

Wie, von selbst? – jetzt von selbst? …

Ja, von selbst! – denn wißt: dem Liebesszepter in seiner ganzen Pracht und Herrlichkeit kann kein Purpurmündchen widerstehen. Es wird wie magnetisch von ihm angezogen, es muß zu ihm hin, ihn zu bergen, zu verhüllen in seinem süßen Liebesschoß. Denn Liebesgier erwacht, sie entzündet sich und entflammt zum heißen Liebesschmerz, und diese Qual will geheilt sein – und wo fände sich ein Mittel, das geeigneter, das heilsamer wäre.

Die Schenkel der Mädchen strecken sich weit aus und die Körper ruhen dicht aufeinander, die Berührung ist eng und innig, und Fritz und Karl verdoppeln ihre Kraft, und Stoß folgt auf Stoß, und Seufzer auf Seufzer, und die eng umschlossenen Glieder beben und zittern.

Jetzt endlich scheinen sie ihrem Ziel näherzukommen. Die Purpurmündchen scheinen nachzugeben, sich erweitern zu wollen, denn die liebeglühenden, purpurnen Köpfchen der süßen Liebespfeile haben, jeder für sich, den Eingang zur Hälfte erzwungen und sind nicht mehr sichtbar. Und die lieben Mädchen winden sich sanft, ihre schneeweißen Körper drängen sich bald vor, bald zurück, und die herrlichen Arme, die bisher schlaff heruntergehangen, umschlingen der teuren Jünglinge Nacken. Ihre glühenden Wangen ruhen an denen der Heißgeliebten, und schon wagt es der kleine Fuß, die kräftige Wade zu umschlingen. Und langsam, aber stetig bohrt sich das Liebesszepter ein.

Doch halt, was war das? – um Gottes willen, was war das? – es war, als pochte es – oder täuschen mich meine Sinne? – Pst! … habt ihr nichts gehört? – und alle viere sehen sich ängstlich und betroffen an. Ja wirklich, es klopft. Nach einigen Augenblicken klopft es noch einmal, und eine weibliche Stimme fordert Einlaß.

Hilf Himmel – hilf Himmel, es ist die Wirtin, die Wirtin, die den Kaffee und das Waschwasser bringt.

O wäre sie doch erst später gekommen – es ist ja Sonntag, und die armen, müden Mädchen wollen doch auch einmal ausschlafen.

Und das Brüderpaar hält ein mit der Lieblingsarbeit. Sie ziehen sich leise zurück von den Purpurmündchen und blicken unmutig nach der Tür hin. Und die Mädchen erbleichen in Todesschreck. Die Purpurröte der lieblichen Gesichter macht der Farbe des Todes Platz, und bleich und entsetzt starren auch sie zur Tür hin.

»Mein Gott, was fangen wir an?« flüstert Julchen und ringt verzweifelt die Hände, »gehen Sie fort, ich beschwöre Sie, gehen Sie herunter.«

Und Jettchen kann vor Schreck kein Wort hervorbringen – nur ihr entstelltes Gesicht verrät ihre Angst.

Und der arme Karl und der arme Fritz, so nahe und doch wiederum so weit entfernt von dem nahen, dem süßen, so mühsam errungenen Ziele.

Da klopfte die Wirtin wieder mit verstärktem Pochen:

»Schlafen Sie denn noch so spät?« – läßt sich wieder ihre Stimme vernehmen – »ei, Herrjemine, das bin ich ja gar nicht gewohnt!«

Und Fritz schneidet ein betrübtes Gesicht, und der arme Karl tut ein gleiches, und doch hilft alles nichts: die mitleidlose Wirtin muß herein.

»Gehen Sie, gehen Sie herunter!« – fährt Julchen leise, aber heftig bittend fort, und ihre Händchen drängen den unmutigen Ritter zurück. Fritz erhebt sich langsam von dem süßen Plätzchen seiner Wonne, steigt aus dem Bett und schleicht auf den Zehenspitzen nach demjenigen, in dem sein Bruder drinnen ist, und winkt ihm, gleichfalls aufzustehen. Und auch Karl, so unwillkommen gemahnt, muß sich erheben, muß den Platz verlassen, der ihm der schönste auf dem weiten Erdenrund zu sein dünkte, und schnell drückt er noch einen Kuß auf Jettchens bleiche Lippen, und die kleinen Liebesgötter mit ihren Purpurköpfchen müssen sich beschämt dahin zurückziehen, woher sie gekommen sind und wohin sie ein barbarisches, mißgünstiges Gesetz für tagsüber gebannt hat, und die Blicke der Mädchen fallen auf diese traurige Szene. Sie sehen halb ängstlich, halb trauernd auf ihre kleinen Freudenspender, die sich, wie unwillig, der Hand entziehen wollen, die sie jetzt ergreift und im Dunkel der engen Beinkleider versteckt. Doch auch hier sind sie noch widerspenstig – sie bäumen sich in ihren Fesseln auf und scheinen den Stoff zersprengen zu wollen. O trauriger, kläglicher Anblick: die armen kleinen, großen Gefangenen.

Nun erheben sich auch die Mädchen. Verschämt zupfen sie die zerzausten Unterröckchen zurecht und werfen wieder das zerknitterte Busentuch um die Schultern.

»O Gott, o Gott, was fangen wir nur an?« – zischelt Jettchen wieder und wagt es nicht, den Blick zu erheben, und Julchen ringt in Verzweiflung die Hände.

»Na, wie lange soll ich denn noch warten?« tönt wieder die schrille Stimme von draußen, »ich habe noch mehr zu tun und kann meine Zeit nicht mit Rumstehen vertrödeln!«

Alle vier stehen verdattert und sehen einander unschlüssig an. »Zum Teufel!« raunt Karl, »können wir uns denn nicht irgendwo verstecken?« Doch die paar Kleider, die die armen Mädchen mitgebracht haben, hängen an Haken an der Wand, ein Schrank ist nicht im Zimmer.

»Nu, wollen Sie wohl endlich aufmachen!« kommt erneut und diesmal noch drängender die Stimme. Und als sich im Zimmer nichts rührt, ruft die Wirtin ihrem Mann zu:

»He, August, nu komm doch e'mal ganz schnell hierher!« Da war es, als ob der Blitz einschlüge in das kurz zuvor noch so trauliche Stübchen. Den Mädchen wurde es schwarz vor den Augen, und sie drohten in Ohnmacht zu fallen vor Angst und Schrecken. Die sonst so kühnen Brüder blickten einander verdutzt an, auch ihr Mut war entflohen und kein Ausweg ließ sich finden. Da polterten schon schwere Männerstiefel die Treppe herauf, und die Gefahr wuchs mit jedem Augenblick.

»Ihr Mann, der August, kommt hoch«, rief Julchen voller Verzweiflung, »nun sind wir auf Lebzeiten geschändet!«

Doch die Liebe ist erfinderisch und weiß in höchster Gefahr noch einen Ausweg. Jettchen kam ein rettender Gedanke, eine Möglichkeit, der Schande doch noch zu entgehen: »Verbergen

Sie sich schnell unter den Betten, dann will ich öffnen und die Wirtin wird nichts merken!« flüsterte sie den beiden Brüdern zu, und ihre ängstliche Stimme schöpfte wieder etwas Hoffnung. »Schnell, so machen Sie doch schnell!«

Jetzt schien der resoluten Wirtin alle Geduld auszugehen. Ihr Klopfen an der Tür verstärkte sich derart, daß man glauben konnte, sie beabsichtige, die Tür einzuschlagen. Jettchen jedoch gewann wieder ein wenig Mut, als die Brüder sich anschickten, unter die Betten zu kriechen. Während sie die alte Hexe von einer Wirtin in das heißeste Feuer der Hölle wünschte, stellte sie sich, als ob sie eben aufwache, und fragte mit verschlafener Stimme, was denn wäre und warum die Wirtin einen so schrecklichen Lärm mache.

»Nu endlich!« rief die Wirtin, »endlich wachen die Langschläfer auf.« Und dann zu ihrem Mann gewandt: »Du kannst wieder gehen, August. Ich dachte schon, den Mädchen wäre was passiert.« Und die schweren Tritte polterten gehorsam wieder die Treppe herunter.

»Gott sei Dank, daß wenigstens der Mann fort ist«, pisperte Jettchen, »ich werde jetzt öffnen, und du, Julchen, nimmst allen deinen Mut zusammen und tust ganz so, als sei nichts vorgefallen.«

Und so öffnete sie die Tür, und die gefürchtete Wirtin trat ein, das Kaffeegeschirr in der einen, den Wasserkrug in der anderen Hand.

Frau Schubert war eine Frau von mittlerem Wuchs mit einem recht gewöhnlichen Gesicht, einem großen, herabhängenden Busen – eine Frau hoch in den Vierzigern. Ihre Kleidung war betont reinlich und sie hielt sich gravitätisch – und ihre blauen, tiefliegenden Augen ließen auf eine erfahrene Frau schließen. Sie hatte kaum einige Schritte in die Stube getan, da hatten ihre Augen schon den ganzen Raum durchforscht, und mit einem Ausdruck der Verwunderung blieben sie auf den Betten haften. Die Blicke der Mädchen folgten ängstlich den erfahrenen Spionageaugen der gefürchteten Wirtin.

»Was ich für einen Lärm mache?« hob sie an und setzte dabei das Kaffeegeschirr auf den Tisch und den Wasserkrug auf den Waschtisch. »Nu ja, ich muß doch wohl Lärm machen, wenn die Mamsells schlafen bis in die Puppen – und nicht aufwachen wollen – hahaha!«

Und wieder schaute sie sich forschend im Raum um, und ihre Blicke blieben mit einem Ausdruck von Bosheit auf den Gesichtern der verlegenen Mädchen haften.

»Es ist ja heute Sonntag, gute Frau Schubert!« wagte jetzt endlich Julchen schüchtern zu sagen, »und gestern haben wir noch bis spät in die Nacht gearbeitet.«

»Na, und heute früh vielleicht ooch schon?« unterbrach sie dabei das gräßliche Weib. »Nu ja, Arbeit is' schön, wenn die Arbeit Spaß macht. Sich abarbeiten zu lassen, is' nu natürlich noch scheener!« setzte sie mit einem giftigen Seitenblick hinzu.

Das Blut schoß den armen Mädchen bei dieser undelikaten Anspielung in die blassen Gesichter. Vor Scham wagten sie nicht aufzusehen, und sie zupften verlegen an ihren Unterröcken.

»Ei gucke mal da! Die Mamsellchen wer'n rot bei mein'n Worten!« fuhr das unerbittliche Weib fort, da keines der beiden Mädchen eine Antwort zu geben wagte. »Ja, Worte sin' wie Pfeile, se bohr'n sich tief ein, wenn se treffen. Abarbeiten is' hübsch, is' hübsch – hahaha!«, und die stämmige Wirtin lachte wieder aus vollem Halse.

»Nu trinken Se nur ihr'n Kaffee! Sonst wird e' kalt, un' erhol'n Se sich nur von den Anstrengungen. Stärken Se die ermatteten Glieder! Ja, ja, wenn mer so schwere Arbeit hat!« fuhr sie fort, und sie weidete sich dabei sichtlich an der

Verlegenheit der jungen Mädchen. Und wieder schweiften ihre Augen im Raum umher.

Schreckliches Weib, oh, wenn du doch nichts sähest!

Doch arme, arme Mädchen! Ihr seid verraten! Das schändliche Weib würde so nicht sprechen, wenn nicht aus dem Argwohn schon feste Überzeugung geworden wäre.

»Ei, so trinken Se doch Ihr'n Kaffee!« wiederholt sie grinsend, indem sie die Tassen vollschenkt. »Prinzessinnen könnten nich' besser bedient wer'n. – Ich will nur gucken, ob er Ihnen ooch schmeckt! Nu, ich sehe schon, meine Gegenwart is' heute nich' gerade erwünscht. Ei – warum nur?« Und die Augen der Wirtin blitzen die armen Mädchen herausfordernd an. Dann schreitet sie zur Tür und läßt von dort aus ihre Argusblicke nochmals durch den Raum – und dabei auch unter die Betten schießen.

Unglückliche, bedauernswürdige Mädchen! Ihr wagt es nicht, die eingeschenkten Tassen zu berühren. Ihr steht bleich und entsetzt da und verwünscht die Geliebten, die euch in eine so schlimme Lage gebracht haben.

Da schießt Frau Schubert auf einmal durch den Raum, und ein Blitz der Zufriedenheit fährt über ihr hämisches Gesicht und verzerrt es zu einem diabolischen Grinsen.

»Na, ich scheine zu genieren«, hebt sie dann frohlockend an, »ich will gehen und bloß das Nachtgeschirr noch mitnehmen. Es ist Ihnen doch recht?«

Und die Wangen der Mädchen röten sich wiederum, und ihre Augen sehen flehend auf die unbarmherzige Spötterin, die jetzt zum Bett hingeht, darunter greift – und einen gellenden Schrei ausstößt:

»Ei, sind denn das hier etwa Männerstiefel?« ruft sie laut und lacht dabei fürchterlich, wobei sie gleichzeitig Karls rechten Fuß ergreift, der jetzt ein wenig unter dem Bett hervorguckt.

»Nu, gucke mal da! Männerstiefel! Ei, verpipp'ch!« Und sie zieht und zieht mit aller Kraft daran.

Die zu Tode erschrockenen, verratenen Mädchen waren allen ihren Bewegungen wie mechanisch mit bittenden, flehenden, tränenden, verzweifelten Augen gefolgt, und als dieses fürchterliche Weib unter das Bett griff, waren sie wieder nahe daran, in Ohnmacht zu sinken.

»OhGottohGott!« rief Julchen entsetzt und rang verzweifelt die Hände.

»Wir sind verloren, wir Unglücklichen!« schrie Jettchen hinterher, und dicke Tränen perlten von ihrem bleichen Gesicht.

»Nun, was haben Sie denn?« rief die erbarmungslose Wirtin weiter, »warum kreischen Sie denn so fürcherlich?« Und zugleich zog sie mit neuer Kraft an dem hervorlugenden Stiefel. Zwar hielt der ertappte Karl sein Bein mit Riesenstärke zurück, doch die böse Frau verstärkte ihre Anstrengungen ebenfalls und zog und zog mit aller Macht.

»Der Stiefel muß reineweg angenagelt sein«, rief sie dann weiter, »ich kann ihn gar nich' vorzieh'n! Nu, einen ganz kleinen Moment nur, das wer'n mer gleich hab'n!« Und das schändliche Weib stemmte das eine ihrer stämmigen Beine gegen das linke Bein des Bettes und das andere gegen die Bettbretter, packte den Stiefel und das in ihm befindliche Bein mit beiden Händen und zog es hervor bis an den Schenkel, der sich jetzt in seiner vollen, kräftigen Pracht ihren gierigen Blicken darbot. Und das starke Weib zog so kräftig, daß Karl, der arme Kerl – mochte er sich auch noch so dagegenstemmen – dieser rohen Gewalt nicht widerstehen konnte.

Und wieder lachte sie mit ihrer schrillen Stimme und rief: »Ja, ja, die Arbeit – *die* Arbeit, *die* macht müde! Ja, ja, die Mamsellchens hab'n schon recht, da muß mer lange schlafen! Doch kommen Sie nur hervor, mein Herr, ich habe Sie schon längst gesehen und auch den andern, der sich dort drüben unterm Bett einquartiert hat. Ihre janzen scheenen Kleeder wer'n ja nur drekkig!«

Arme Mädchen – arme Jungen, böse niederträchtige Wirtin! Jetzt ist an keine Verstellung, an kein Verbergen mehr zu denken. Kommt hervor an das Tageslicht und bekennt eure Schuld!

Und dem armen Karl blieb nichts anderes übrig. Er kroch mit dem trübseligsten Gesicht der Welt hervor und reinigte sich beschämt vom Staube und von den Federn. Und die Wirtin steht dabei und scheint mit ihren Blicken den armen Jungen durchbohren zu wollen.

»Ei, ei – gucke mal da!« fuhr sie dann keuchend fort, denn auch ihr war die Anstrengung anzumerken, »der Herr Unterdasbettkriecher ist ja mein lieber Nachbar, der elegante Kaufmannsgehilfe, der liebe Herr Etzler! Nu, herzlich willkommen in meinen vier Wänden, Herr Etzler! Herzlich willkommen – aber saachen Se nur, warum in aller Welt verstecken Se sich denn unter'm Bett? Und auch Ihr Herr Bruder? Ich dachte immer, der Aufenthalt unter'm Bett wäre nich' gerade bequem! Ei, kommen Sie nur auch hervor, mein lieber anderer Herr Etzler! Sie kennen mich ja wohl ebenso, wie ich Sie kenne – oder bin ich so häßlich, daß Sie meinen Anblick nicht ertragen können?«

Und wiederum hob das schreckliche Weib mit ihrem durchdringenden Lachen an, das diesmal gar kein Ende nehmen wollte.

Was blieb dem armen Fritz noch übrig, als ebenfalls aus seinem vermeintlichen Schlupfwinkel hervorzukriechen – doch er kam nicht niedergeschlagen hervor, wie sein Bruder, sondern er sah halb lachend und halb böse dem boshaften Weib in die Augen. Auch er reinigte sich zuerst die Kleider, sprang dann aber mit jugendlicher Lustigkeit auf die zürnende Wirtin zu und rief mit fröhlicher Stimme:

»Frau Schubert, o göttliche Frau Schubert, Sie sehen mich beschämt und verwirrt zu Ihren Füßen«, und zugleich fiel der Schalk auf seine Knie, umschlang mit kräftigen Armen die stutzende, immer noch keifende Wirtin und fuhr dann mit erhobenem, zärtlichen Tone fort: »Frau Schubert, Frau Schubert, Sie meine Heißgeliebte, wie glücklich bin ich, Sie heute zu sehen.« Dann richtete er sich auf, umschlang die dicke Frau mit dem mächtigen Busen und den blauen Augen und drückte einen herzhaften Kuß auf die willigen Lippen. »Welch' Tag ist mir heute beschieden: ich halte Sie in meinen Armen, ich fühle Ihr zärtliches Herz im Busen schlagen – oh, schlüge es doch für mich!« – setzte er hinzu, und die böse Wirtin war durch das kecke Auftreten des losen Jünglings derart verblüfft, daß nunmehr sie an der Reihe war, verlegen zu sein, und sie wußte im Augenblick nicht, wie sie sich bei der unvermuteten Wendung der Dinge benehmen solle.

Und Karl, Jettchen und Julchen sehen mit steigender Verwunderung dem komischen Auftritt zu, und es scheint, als mindere sich ihre Angst mit jedem Augenblicke.

Und die böse Wirtin sieht den schönen Jüngling vor sich knien, in dieser herrlichen Stellung, in der ihr alter August ihr niemals erschienen war; sie fühlt sich umfangen von seinen Armen und fühlt einen feurigen Kuß auf ihren strotzenden Lippen, der ihr innerstes Lebensmark durchdringt.

Fritz Etzler, der herrliche Junge, ihr Nachbar, der schmucke Student, den sie jeden Tag vorübergehen sieht und den sie bewundert, Tag und Nacht, und nach dem sie geseufzt hat, Tag und Nacht, ja, er ist es, und er hält sie jetzt in seinen Armen! Sie will zergehen, zerfließen vor Wonne. Ihr höchster Wunsch ist erfüllt: sie klagte schon oft dem bleichen Monde und den tausend Sternen ihre heiße Liebespein und bat sie um Erfüllung ihres Verlangens, ja, nur um einen einzigen Kuß von diesem herrlichen Jungen, und dieser Wunsch ist ihr nun erfüllt worden.

Und der böse Fritz umschlingt sie inniger, heftiger. Ihr mächtiger Busen liegt an seiner Brust und ihr runder Leib an dem seinigen. Sie wünscht sich im Stillen, daß diese innige Umarmung bis in den Tod dauern möge, jedoch durfte auch ihre Würde, vornehmlich in Gegenwart der beiden jungen Dinger, keinen Schaden leiden, und deshalb scheint ihr Zorn noch nicht gestillt.

»Ja, mein Herr Etzler«, fügt sie dann, sich ein wenig sträubend, hinzu – »Sie hätten sich nich' zu verstecken brauchen – ei, das hätt'ch Ihnen ooch nich' zugetraut! Na, un' Sie, meine beiden Mamsells, so jung noch – un' schon Herrenbesuch uff der Bude, Herren, die sogar unter's Bett kriechen. Ei, ei, das find'ch aber gar nich' hübsch, so was tut kein ehrbares Mädchen – und wer weiß, wie das noch enden wird. Ich wünsche ja keinem Mädchen einen dicken Bauch ...«

»Beste, liebste Frau«, unterbrach Fritz Etzler die pausenlos skandierende Wirtin mitten in ihrer Rede, »die armen Mädchen sind schuldlos. Wir sahen von unserem Fenster, wie sie aus dem Bette stiegen, und von der Fülle ihrer Reize geblendet, schlichen wir herüber – und wir haben ihnen nichts zuleide getan.«

»Ei, was denken Sie nur, Frau Schubert?« sprach Jettchen, noch immer mit hochrotem Kopf, dazwischen, und sie versuchte dabei, unschuldvoll und gleichzeitig böse zu wirken, »man muß ja nicht immer gleich das Schlechteste von seinen Mitmenschen denken! Wir werden uns gewiß nicht wegwerfen – und wer kann denn ahnen, daß man so früh schon beim Aufstehen beobachtet wird! Bei uns zu Hause jedenfalls ist das nicht üblich, da kümmert sich jeder nur um sich selbst, gafft nicht in anderer Leute Fenster und läßt seine Nachbarn fein in Ruhe.«

»So, so, hm, hm«, erwiderte die Wirtin eifrig, »na ja, aber ich kann nicht begreifen, warum Sie da nicht wenigstens das Rouleaux herunterziehen! Wozu sin' se denn da? – Ich jedenfalls lasse sie stets herunter, wenn ich mich wasche oder anziehe.«

Das war freilich eine faustdicke Lüge, denn wenn sie sich wusch, hatten die Brüder schon oft Gelegenheit, ihre kolossale Brust zu sehen. Wie aber die Lage war, sagten sie nichts, um die Wirtin nicht wieder zu reizen, sondern zu besänftigen.

Jetzt gewann auch Karl wieder größeren Mut, der sich wegen der Familienverhältnisse im Hause seines Prinzipals genieren und auf ein gutes Renommé achten mußte; er sah, daß das Ende der anfänglich zu erwartenden Tragödie doch besser ablaufen würde, als er schon befürchtet hatte. Auch er hielt nun die Zeit für gekommen, seinerseits, sei es durch Schmeichelworte, sei es mit Hilfe seiner Börse, die Wirtin zugänglicher zu machen.

»Beste Frau Schubert«, hob er darum an und machte zugleich eine höfliche Verbeugung, »verzeihen Sie uns und den armen Mädchen, die an dem ganzen Vorfall unschuldig sind, die Ihnen so verdrießliche Szene.

Liebste, beste Frau Schubert, es war ja nichts weiter als ein ganz unschuldiger Scherz.« – Und Frau Schubert verschlang fast den prächtigen, bittenden Jüngling mit ihren Augen, und wiederum hüpfte ihr Herz vor Freude im Leibe herum, und der gewichtige Busen stieg auf und nieder. Es wurde ihr wunderlich zumute, denn wo sie nur hinsah, gab es schöne und bittende Gesichter, und sie war noch überdies von Fritzens Arm umschlossen, und auch Karl näherte sich auf Zuwinken seines Bruders, umfing zugleich mit ihm die kolossale Brust und berührte mit seinem blühenden Gesicht das ihrige, über das ob dieser Berührung ein Schimmer des Errötens flog.

Und Fritz, der listige Fritz, umschließt sie inniger und heftet seine glühenden Lippen fest auf die ihrigen, während Karl sich an den Vollmondbusen preßt und seine Schenkel an den ihren reibt.

Und die Mädchen sehen dem rührenden Auftritt zu. Auch sie nähern sich bittend, doch zeigt sich ein Zug von Eifersucht auf ihren lieblichen Gesichtern.

»Ei, so lassen Se mich doch los«, eifert die schreckliche Wirtin weiter und gibt sich den Anschein, als ob sie sich der gefährlichen Umarmung entziehen wolle – »gehn Se doch fort, oder ich werde ganz böse und rufe meinen August!«

Doch welch' Wunder: ihr Auge ist nicht mehr neidisch wie früher, ihre Stimme hat das Scharfe, Schneidende, Spöttische verloren.

Doch die bösen Brüder hören nicht auf ihre drohenden Worte. Sie lassen nicht ab von ihr und drücken und pressen und herzen das arme, gefangene Weib derart, daß es sich ergeben muß, dem frevelhaften Beginnen.

August, August, armer August. Oh, hättest du deine arme Frau gesehen, gefangen und gefesselt, so daß sie sich fast nicht rühren kann. Wie würde dein treues Herze sich empören, wie würdest du mit den Augen rollen, wie würden sich deine Fäuste krampfhaft ballen.

»Lassen Se mich los!« – seufzt die nicht mehr so böse Wirtin weiter, fast erdrückt von den soliden Umarmungen der jungen Männer – »ich muß zu meinem August, denn der wartet auf mich zum Frühstück und trinkt sein' guten Kaffee nich' ohne mich; er könnte sonst auf die Idee kommen, nach mir zu suchen – un' wenn der mich hier so sähe ...« Und gleichzeitig greift sie mit ihren Händen um sich herum, als ob sie etwas suche, und nähert sich abwechselnd den beiden zauberischen, aber in der Tiefe der Beinkleider verborgenen Liebesszeptern und sucht in ihrer aufgereizten Lust, sie zu erfühlen und zu pressen. Die beiden Brüder fühlen die Bewegungen ihrer Hände recht gut und freuen sich des errungenen Triumphes. Sie lassen die jetzt besänftigte Wirtin los, die sich nur mit Mühe wieder zurechtfindet. Ihre verglasten Augen stieren bald die Schwestern, bald die Brüder an, und sie weiß in diesem Augenblick nicht recht, was sie jetzt tun soll. Nur ihre Finger greifen noch ganz mechanisch an den Schenkeln der listigen Brüder herum und suchen, die eingekerkerten Liebeswerkzeuge zu befreien.

»Ich will jetzt doch lieber wieder runter zu mein'm August«, lispelt sie fast unhörbar, »ich komme dann später wieder, um zu kehren und die Betten zu machen.« Und sie trippelt noch ganz aufgeregt der Türe zu, um zu ihrem August zu gelangen.

Armer August! Deine dir nie Ruhe lassende Frau ist heute schrecklich aufgeregt. Es wird ein böser Tag für dich werden, und du müßtest schon Riesenkräfte haben, um ihr heute genügen zu können.

In der Türe bleibt die Wirtin stehen, wendet sich zögernd noch einmal um und sagt:

»Na ja, denn komm'n Se mal ruhig wieder – und morgen früh brauchen Se sich nich' unter'n Betten zu verstecken!«

Die vier sehen sich betroffen und gleichzeitig erleichtert an, während die Schuberten die Türe zumacht.

Die Liebenden sind nun wieder für sich allein. Und obzwar Fritz all seinen Witz aufbietet, um die unangenehme Szene vergessen zu machen, gelingt ihm das nicht. Die jungen Mädchen sind zu verstört, und sie sinken noch ganz erschöpft auf die Stühle.

»Wir wollen fort!« flüstert Karl.

»Du Tor, warum denn fort?« pispert Fritz zurück, »jetzt wird es doch erst gemütlich!« und er geht zu Julchen und will sie umarmen. Er umschlingt ihre Taille, doch sie zieht sich zurück und bittet ihn, jetzt zu gehen, und auch Jettchen sagt das zu Karl.

Arme Jungen, der günstige Moment ist vorüber – geht lieber nach Hause und versucht heute abend wieder euer Glück – und die beiden schienen das auch zu fühlen, denn sie umschlingen noch einmal die heißgeliebten Mädchen, küssen sie zärtlich und greifen dann, nicht nach deren Busen, sondern nach ihren eigenen Hüten.

»Dürfen wir die Erlaubnis der Frau Schubert benutzen und heute abend wiederkommen?« – bitten sie hierauf mit zärtlicher Stimme.

Doch die Mädchen scheinen erzürnt zu sein. Sie sprechen kein einziges Wort, und ihr Blick haftet am Boden. Da nickt Karl seinem Bruder zu und blinzelt mit den Augen nach der Tür hin. »Komm«, spricht er, »laß' uns gehen.« Dann wendet er sich zu den Mädchen und spricht die geflügelten Worte: »Noch einmal Adieu, ihr lieben Kinder. Wir werden uns heute in besserer Stimmung wiedersehen.»

Leichtfüßig verlassen sie dann das Stübchen, und die armen Mädchen sehen ihnen noch immer verstört und fast weinend nach.

Betrachtungen und Entschlüsse, so wie der weibliche Charakter geraten

Ein so verdrießlicher Vorfall ist imstande, auch den gleichmütigsten und kältesten Menschen aus der Balance zu bringen – geschweige denn verliebte, heißblütige, junge Mädchen.

Während die Springinsfelde ihrer Wohnung zueilen, sitzen die armen Mädchen wie begossen von dem schrecklichsten aller Platzregen lautlos auf ihren Stühlen, sehen traurigen und trostlosen Blickes immer wieder zum Himmel und falten ein über das anderemal die hübschen, kleinen Händchen – und auch gewiß nicht zu Unrecht oder ohne Grund.

Die unschuldigen Mädchen, die bis dato noch keine freche Hand berührte, sind durch das fatale

Zusammentreffen so mißgünstiger Umstände blamiert, und ihr Ruf ist auf immer dahin, ist unwiederbringlich verloren. Und dabei haben sie doch eigentlich gar nichts von oder mit den jungen Herren gehabt, denn das geringe Vergnügen, welches sie empfanden, hatten sie sich selbst bereitet – und was danach kam, hätte ein Vergnügen werden können, wenn nicht die Wirtin …

Die Wirtin, die böse Wirtin hat sie überrascht, hat sogar die Geliebten unter den Betten hervorgezogen, was sie füglich doch hätte auch sein lassen können, denn welche Entschuldigung, welche Rechtfertigung hierfür hätte sie vorbringen können.

Und die lustigen, leichtsinnigen Brüder: sie werden nicht schweigen können. Die Männer sind ja ebenso eitel wie schwatzhaft und brüsten sich gern mit ihren Erfolgen, auch wenn sie sie noch nicht errungen haben. Sie werden bestimmt wieder an den Stand kommen, werden sie betrachten und belorgnettieren, mit ihnen liebäugeln, sich an sie herandrängeln und sie unbescheiden abtasten – und das wäre für die vornehme, eifersüchtige Dame und die bleiche, vollbusige Frau so recht Wasser auf ihre Mühlen – die alten, verrosteten, knarrenden, sich nicht mehr so recht drehen wollenden Mühlen dieser beiden alten Weiber, denn wer nicht mehr kann, der will auch nicht, daß andere, die können, dürfen. Aus diesem Satz erklärt sich so vieles in dieser Welt – und sie würden lachen, die mißgünstigen, alten, neidischen Frauen.

Diese und ähnliche Betrachtungen mögen die armen Mädchen bestürmt haben. Durst und Appetit sind ihnen vergangen, und der Kaffee bleibt unangerührt stehen, und sie sehen einander mit trostlosen Blicken an.

»Jettchen«, spricht Julchen endlich mit erlöschender Stimme, »wir sind für immer geschändet.«

Und Jettchen nickt bloß, hält die Feststellung einer bestätigenden Antwort nicht für würdig und sinkt in ihren verzweifelten Zustand zurück, wobei sie denn höchst tiefsinnend zur Erde blickt.

»Jettchen, mein Jettchen!« ruft Julchen, die Schwester ängstlich betrachtend, deren Zustand ihr mehr wie der eigene zu Herzen geht. Sie springt darum auf, umfängt die betrübte Schwester und richtet ihr das blasse Gesichtchen auf – »oh, sieh mich doch wenigstens einmal an.«

Jettchen richtet ihren wehmütigen Blick auf die liebende Schwester; ihre Augen schwimmen in Tränen, die ihr langsam über die Wangen rollen. Und Julchen ist getroffen von diesem Blick. Er bekundet ihr die ganze, große Schuld, die sie auf sich geladen hat. Auch sie ist innig betrübt, ist außer sich und wirft sich der Schwester an die Brust, um die Still-weinende zu trösten.

Nur spät gelingt ihr das, und nur mit Busenstreicheln, Tränenabküssen, Ohrenbeißen und anderen zärtlichen Liebesspielen, von denen Julchen nicht zu sagen gewußt haben würde, wer sie sie gelehrt habe. Endlich rafft sich Jettchen auf, drückt einen Kuß auf Juliens blütenweiße Stirn und spricht:

»Wir sind blamiert, auf immer, wenn wir unsere Niederlage nicht zu unserem Vorteil wenden können.«

Ein Gedanke muß ihr durch die Seele blitzen, der sie jetzt wieder mit Mut erfüllt, denn ihr Auge weint nicht mehr, und ihre geknickte Haltung wird fester.

»Zieh' dich an!« – fährt sie hierauf in ernstem Tone fort – »wir wollen jetzt zu unserer Verkaufsbude gehen.«

Julchen versteht die Worte der Schwester nicht. Sie sieht diese vielmehr mit großen Augen an und weiß sich die plötzliche Wandlung nicht zu erklären. Und Jettchen sucht ihre Schnürbrust hervor, beginnt sich zu waschen und die Haare zu flechten, und Julchen folgt ihrem Beispiel, wobei sie beide nicht versäumen, auch jene Stelle, an der sie beschmutzt zu sein glauben, ausgiebig mit Wasser und Seife zu behandeln. Das frische, kühle Wasser erstarkt auch die Tugend der armen Mädchen, und bald erscheint auch wieder das liebliche Morgenrot auf ihren Wangen. Jetzt schnürt sich Jettchen ein, und trotz des heftigen Widerstandes, den der volle Busen leistet, weil er sich nach gehabten Liebkosungen nur ungern den unerträglichen Fesseln fügen will, wird er gezwungen, sich gefangenzugeben. Julchen hilft ihr treulich, wie diese wiederum jener. Oft zwar nähert sich wieder Brust der Brust, Rosenknöspchen dem Rosenknöspchen, doch die kurz zuvor so starke Anziehungskraft scheint verschwunden, und sie betrachten sich nicht mehr mit jener Lüsternheit, und sie küssen sich auch nicht mehr.

Oh, welche Verwandlung!

Die beiden sich einschnürenden Mädchen, deren Hauch sich vermengt, deren bebender Busen an den noch mehr bebenden schlägt, sind zaghaft geworden: zaghaft durch die Überstürzung der Umstände.

Sie kleiden sich langsam an und erwarten die Wirtin, die ihrem Versprechen nach wiederkommen, das Zimmer reinigen und es dann verschließen wollte. Wie schön sehen sie wieder aus: so knapp und appetitlich, daß man den jungen Leuten den Sturm auf ihre Jugend wahrhaftig nicht verargen kann. Während sie auf die böse Wirtin warten, wollen wir uns drei Treppen tiefer bemühen und sehen, wie es dem armen August ergeht.

Dieser saß gerade beim frugalen Frühstück, als sein Ehegespons eintrat, rot, erhitzt und mit verglastem Auge. Er sieht das hereinstürzende teure Weib an, setzt das zum Munde emporgehobene Schnapsglas ab und sieht sie nochmals mit großen, dummen Augen an. Er ist zwar der gleichgültigste Mann auf Erden, doch eine starke Portion Neugier geht auch ihm nicht ab. »E, Mariechen, was is' denn mit dir los?« – spricht er mit verwunderter Miene und in einem Ton, der freundlich klingen sollte, nicht ahnend des großen Glückes, das seiner harren würde – »du kommst mir heute wie – nun ja – wie denn nun gleich vor! Was ist denn nur gewesen und warum sollte ich denn erst hinaufkommen und warum schickst du mich gleich wieder runter?«

Doch Mariechen sieht ihn listig lächelnd an und winkt ihm, mit ihr zu kommen. »Komm' mit, dann will ich es dir erzählen!« – spricht sie dann hastig und begleitet nochmals ihre Worte mit einem schelmischen Lächeln. »Komm' schnell und du sollst alles erfahren«, – fügt sie lockend hinzu und wirft ihm sogar einen zärtlichen Blick zu – »du wirst dich hübsch wundern.«

Doch dieses Zauberlächeln und dieser Zauberblick geht an dem dummen August verloren, wiewohl er einem anderen, heißblütigeren Mann den Kopf verrückt gemacht haben würde.

»Ei, was is' denn«, – antwortet er deshalb gedehnt – »was soll 'ch denn?« – fügt er wie mißmutig hinzu, und zur gleichen Zeit greift er nach dem Glase, stürzt es mit einemmal hinunter und sieht seine Frau an, als ob er Angst vor ihr habe.

»Nun mache nur und komm' schon!« – fährt Mariechen dringend fort und öffnet die Tür des Schlafzimmers – »wie lange soll ich denn noch warten?« Der arme August sieht jetzt verzweifelt zum Himmel. Er ahnt das Opfer, das sie von ihm fordert, doch als Pantoffelheld, der er ist, wagt er es nicht, ihr zu widerstreben. Seufzend erhebt er sich von seinem bequemen Lehnstuhl, schenkt sich zur Stärkung seines Mutes noch einmal einen ein, und während er langsam dem Alkoven zuwankt, murmelt er zwischen den Zähnen:

»Ich weiß schon, was die will, nich' e'mal sonntagsmorgens hat man seine Ruhe!«

»Nun, wird's bald!« – schreit die ungeduldige Hausfrau in gellendem Ton.

»Ich komme ja schon«, – brummt August zurück. »Ist das nicht ein Treiben und Schreien!«

Dann öffnet er die Schlafzimmertür und macht sie hinter sich zu, schreitet dem großen, für zwei Menschen berechneten Ehebett zu und was bietet sich seinen furchtsamen Augen dar? – seine teure Ehehälfte liegt auf demselben, ihre Röcke sind bis zur Taille aufgeschlagen, ihre kolossalen Schenkel gespreizt. Zur gleichen Zeit enthüllt sie ihren mächtigen Busen, der über die aufgeschlagenen Röcke hinweg den dicken Leib zu erreichen strebt. O wonniger Anblick, die enthüllte Natur in ihrer ganzen Pracht zu sehen, und die Grotte der Liebe erst, die durch das Bewegen der Beine in ihrer ganzen Breite und Größe ersichtlich ist, mit braunem, dichtem Haar umbuscht und geschmückt mit dem rosenroten, aus der Pforte des Mundes herausragenden Zünglein. August, beneidenswerter August, wie wird dir zumute? Sieh' doch die schöne Wade, gehüllt in blendendweiße Strümpfchen, und die kleinen Füßchen ziert ein allerliebster roter Pantoffel. Rührt dich das nicht, so muß auch ich gestehen, daß du linkisch bist, und wahrhaftig: ärgerlich ist es für eine Frau, mitansehen zu müssen, wie sie ihre Reize einem empfindungslosen Manne darbietet. Das scheint auch der armen Marie einzuleuchten, und sie ärgert sich fürchterlich über ihren August.

»Ei, bist de denn endlich da, du Schlappschwanz?« – ruft sie ihm zornig entgegen – »wie lange soll ich denn noch warten? Siehst de denn in deiner Blindheit nich, was andere Männer so gerne sehen würden?« – mit diesen Worten spreizt sie ihre Beine ganz weit auseinander, und die schwellende, gähnende Grotte der Liebe winkt ihm einladend, näherzutreten. Doch der gestrenge Hausherr sieht ungerührt auf die Fülle der Reize – fast weicht er erschrocken zurück, da er gewahr wird, wie bei seinem Anblick die liebessüchtige Frau die Schenkel wütend wirft.

»Nun, mach' nur, mach schnell«, – fügt sie immer zorniger werdend hinzu – »was soll das dumme Gaffen? Haste das nicht schon oft gesehen?« – doch August rührt sich nicht vom

Platze. Seine Augen starren zwar auf die Liebesgrotte, doch verzieht er keine Miene, und seine Hände hängen schlaff am Leib herunter. Endlich öffnet er den Mund und spricht im brummigen, gedehnten Ton:

»Nu, was soll'ch denn eijentlich hier, und was haste mir denn so Wichtiges zu sagen?«

»Du dummer Tölpel!« – schreit nun aber die teure Ehehälfte hochroten und zürnenden Angesichts und erhebt sich halb von ihrem Lager – »was du hier sollst?

– Begreifst du denn nicht, was du hier sollst? Warum haste denn jeheiratet, wenn de nicht weeßt, was de deiner Frau zu verrichten schuldig bist?« – Und die vorhin so milden Augen der erregten Wirtin sprühen Funken des Zorns. Ihr Gesicht wird drohend, und ihre Hände ballen sich zu Fäusten. Und August, der arme August begreift seine schwierige Lage. Er will ja gern den Hausfrieden, und um ihn zu erhalten, bietet er alles auf. Schon macht er Anstalten, das linke Bein hochzuheben und den ehelichen Thron zu besteigen, doch Marie, nun einmal zornig geworden, wehrt ihn unwillig von sich ab.

»Warte nur, du fauler Kerl«, – spricht sie dazu mit geflügelter Stimme, indem sie ihre Röcke herunterläßt und sich schnell vom Bette erhebt – »zur Strafe für deine Faulheit sollst de ein halbes Jahr fasten, und ich werde mich von den jungen Herren Etzler ... hahaha, und du sollst lange warten, ehe du wieder einen Sechser für Schnaps von mir kriegen tust ... ja, ja, guck mich nur an! Die jungen Leite wissen eher Manier als du, du erbärmlicher Kerl!« – und zugleich springt sie auf, schleudert dem vernichtet dastehenden Ehemann noch einen drohenden Blick zu, verläßt die Stube und geht langsam die Stufen der Treppe hinauf, um wieder in das Kämmerchen der Mädchen zu gelangen, vielleicht in der süßen Hoffnung, ihre Rache sogleich zu genießen, ihre Drohung sofort wahrzumachen. Doch diese Hoffnung erweist sich als trügerisch: die jungen Herren sind nicht mehr da.

Sie haben sich während der ehelichen Auseinandersetzung in ihre Wohnung zurückgezogen; sie waschen sich und putzen sich stattlich heraus, denn heute am Sonntag lieben sie es, wie alle jungen Stutzer, recht schmuck zu erscheinen.

Sie legen neue Wäsche an, nachdem sie sich vom Kopf bis zu den Füßen gewaschen haben, und dabei entspinnt sich folgendes Gespräch:

»Hättest du mir nicht gewinkt, mit dir zugleich fortzugehen«, – sprach Fritz unwillig – »so hätten wir bestimmt reüssiert. Ich war ein Tor, daß ich dir folgte, und es ist bestimmt auch das letztemal gewesen, denn immer willst du klüger sein als ich, und das Ende lehrt stets das Gegenteil. Bei dieser Art von Affairen gilt es stets, den ersten Augenblick und die erste Überraschung auszunutzen – ist der einmal vorbei, so wird gewöhnlich aus der ganzen Sache nichts Rechtes.«

»Ein Tor?« – erwidert Karl in gedehntem Tone – »das glaube ich nicht, denn gewiß, wärest du dageblieben, so wäre genau das folgende eingetroffen: du wärest schrecklich aufgelaufen und hättest dir und mir die ganze Liebesaffaire verdorben. So aber ist es besser. Wir wollen heute abend und heute nacht das nachzuholen versuchen, um was uns die alte Hexe heute morgen gebracht hat. Verlaß' dich nur auf mich.«

»Ich und verdorben? – ich möchte doch fürwahr wissen, was es da noch zu verderben gibt!« antwortet Fritz hitzig. »Dein Mangel an Mut ist allein schuld, daß wir noch abziehen mußten, als wir uns schon den Rücken durch das Fortgehen der alten Schubert gedeckt hatten. Hättest du die eine so aufs Korn genommen, wie ich die andere, so …«

»Lass' mich nur machen, es wird schon werden!« – unterbrach ihn, nun ebenfalls ärgerlich, der ältere Bruder. »Du kennst die Mädchen noch nicht, sonst würdest du mir für meinen guten Rat noch fußfällig danken. Sowie ein Schreck beim Aktus vorfällt, ist alle Mühe vergebens – das weiß ich aus vielen Fällen. Zu was soll übrigens das Zanken gut sein?«

Fritz scheint das Triftige des Grundes entweder einzusehen oder die Lust verloren zu haben, weiter mit seinem Bruder zu streiten. Er ist jetzt still, spricht nicht mehr und beendet seine Toilette.

Auch Karl bricht das Gespräch ab und putzt sich mit seinen schönsten Kleidern heraus. Nach wenigen Minuten sehen sie beide so schön und frisch wie der junge Sonntagmorgen des herrlichen Maimonats aus.

Jetzt bringt das Dienstmädchen den Kaffee; ihre schelmischen Augen weiden sich an dem schmucken Aussehen der hübschen Brüder, und sie kann sich einiger darauf hinzielender Bemerkungen nicht enthalten. Bei ihrem Anblick (denn Christelchen ist ebenfalls ein kleines, hübsches, vollbusiges Ding mit roten Backen und begehrlichen, rabenschwarzen Augen) vergißt Fritz das erlittene Ungemach, eilt auf sie zu und schließt sie in seine Arme. Christelchen scheint diesen Ausbruch von Zärtlichkeiten nicht ungern zu sehen, denn statt sich zu wehren, oder wenigstens doch unfreundlich auszusehen, hält sie ganz still und erwartet vielleicht noch kühnere Angriffe. Auch Karl nähert sich ihr. Er kneift sie in die frische Wange, er drückt den festen Busen und preßt sie dann heftig an sich, und Christelchen hält still, immer noch still und sinkt dann zurück an die Brust des jüngeren Bruders. Die Worte scheinen ihr versagt zu sein, bloß ihr Auge spricht.

Jetzt greift auch Karls kühne Hand tiefer hinunter unter ihre Schürze und scheint den verborgenen Ort der Freude erfassen zu wollen, der ihn so oft schon beglückt hat, während Fritz von hinten denselben Handgriff vollführt, so daß sich beide Hände an jenem Punkte treffen.

Und Christelchen seufzt, verdreht die schon etwas schimmernden Augen und breitet die festen Schenkel allmählich aus.

Da, zum Unglück, ertönt die helle Stimme der Hausfrau und der Ruf: »Christel, Christel, komm' mal fix runter!« schrillt den beiden Brüdern ebenso wie der armen Christel recht ungelegen in den Ohren.

»Die verdammte Hexe!« – pispert Christel unwillig – »nicht eine Minute läßt sie einen in Ruhe!«

»Das ekelhafte Weib!« – spricht Fritz ebenso unwillig – »wir wollen ...«

»Ein wahrer Drache!« – fällt Karl seinem Bruder ins Wort, doch kann er sich kaum des Lachens enthalten – »wir wollen auch nächste Woche ausziehen und nehmen dann unser Christelchen mit. Nicht wahr, Mädchen, du gehst mit uns?« Christelchen blickt Karl freundlich an und nickt mit dem Kopf, während sie sich langsam anschickt, dem unwillkommenen Rufe zu folgen.

»Christel, so komm' doch, die Kleine schreit, und ich muß mich anziehen!« wiederholt dieselbe Stimme, doch nun näher als zuvor.

»Sie kommt herauf!« – ruft Christelchen jetzt hastig und springt eilend der Tür zu. »Der alte Drache ist eifersüchtig auf mich und Sie und verdenkt mich gar mit Ihnen ...«

Sie beendet ihre Rede nicht, klinkt die Tür auf, eben wie die Hausfrau im Begriff ist, dasselbe von außen zu tun, in der Hoffnung, sie mit den jungen Herren auf frischer Tat zu ertappen.

Frau Halthaus, eine ehrbare Frau, hält streng auf gute Sitten und größte Ordnung im ganzen Haus und kann es auf den Tod nicht leiden, wenn Liebesverhältnisse zwischen ihren Dienstmädchen und den jungen, bei ihr logierenden Herren stattfinden. Und da Frau Halthaus nicht nur eine ehrbare, sondern auch noch eine sehr erfahrene Frau ist, läßt sie sich von den jungen Dingern nichts weismachen und versteht es, solchen Unfug bald zu steuern.

Und auf Christelchen scheint sie ein besonders wachsames Auge zu haben.

Gleich vor der Tür rennt Christelchen in vollem Laufe auf die Wirtin auf, und die lauschenden Brüder hören den folgenden Wortwechsel:

»Nun, wie lange dauert's?« – hebt Frau Halthaus unwillig an – »die Kleine kann sich die Kehle wundschreien und du kommst nicht, obwohl du weißt, daß ich dich nur für ihre Wartung in Dienst genommen habe.«

»Ist das nicht ein Leben und Geschrei um den ...« – poltert Christelchen hitzig.

»Was für einen Den?« – unterbricht sie Frau Halthaus zornig und tritt mit einem Schritt näher auf sie zu – »was willst du mit dem Ausdruck ›um den‹ sagen? – Gott sei dir gnädig wenn du noch einmal das arme Würmchen zu schimpfen dich unterstehst!«

Christelchen ist verdutzt geworden durch den imponierenden Auftritt ihrer Gebieterin und stammelt jetzt, indem sie einen Schritt zurückweicht:

»Schimpfen, wie, ich habe nicht geschimpft; wie können Sie sagen, ich hätte geschimpft?, ich habe nur gesagt: um den ...«

»Nun ja eben, ›den‹«, – fährt die Hausfrau eifrig fort – »ich kenne schon den Ausdruck. Das Mädchen ist aber kein ›den‹, sondern eine ›die‹, und denkst du vielleicht, ich sei so dumm, daß ich nicht wüßte, was du hattest sagen wollen: du wolltest sagen: ›um den Balg‹ oder ›Wergel‹, und solche Ausdrücke verbitte ich mir stark.«

»Es ist doch schändlich«, – schreit Christelchen fast weinend – »einem so die Worte im Munde zu verdrehen, auch wenn man sie noch nicht gesagt hat. Ich wollte sagen: ›um den armen Wurm‹, wie Sie selbst sagten.«

»Ach, du machst mich nicht dumm«, – erwidert Frau Halthaus mitleidig lächelnd – »es ist nur der Ärger, daß ich es nicht leide, daß du stundenlang mit den jungen Herrn zusammenbleibst. Geh' nur hinunter und verrichte deinen Dienst, sonst sind wir heute noch geschiedene Leute.«

Mit diesen Worten drängt sie die arme Christel die Stufen hinab, die ihrerseits wütend mit den Zähnen knirscht und bei sich spricht:

»Wenn sich der Schreibalg doch nur ...«

»Was murmelst du da?« – fährt die Hausfrau fort – »Nimm dich in acht, Christel, und denke an meine Worte.«

Christelchen aber antwortet nicht. Sie öffnet die Tür zur Stube der Frau Halthaus und nimmt das kleine Mädchen aus der Wiege. Die Hausfrau setzt sich ihr gegenüber und beobachtet streng ihr Tun und Handeln. Beide bewahren sie absolutes Stillschweigen.

Lassen wir darum die beiden, von denen die eine unzufrieden mit der andern ist und diese wiederum mit jener schmollt, und die beide verschiedenen oder unterschiedlichen Gedanken nachhängen, jetzt wieder allein und sehen wir, was die Brüder machen.

Diese haben dem Anfang des Zankes zugehört und sich lächelnd ihre Bemerkungen zugeflüstert, und da sich die beiden Frauen entfernt haben, sind sie eben beim Kaffeetrinken.

»Was hältst du von Frau Halthaus?« – spricht Fritz fragend und sieht seinen Bruder lächelnd an, »sollte Christel recht haben, wenn sie behauptet, sie sei eifersüchtig auf sie, und daß wir unser Glück auch bei ihr probieren könnten?«

»Gewiß hat Christel recht«, – antwortet Karl kopfnickend – »und wenn wir einmal nicht mehr wissen wohin, haben wir ja bei ihr die beste Gelegenheit. Doch jetzt wollen wir unser Augenmerk auf Jettchen und Julchen richten, die alle unsere Kräfte tüchtig in Anspruch nehmen werden, denn solche kernigen Mädchen verlangen auch kräftige Ritter. Ich wette, sie werden uns tüchtig zu schaffen machen.«

»Nur zu!« erwidert Fritz, »ich stehe gewiß meinen Mann, und sollte Jettchen bei dir nicht ganz auf ihre Kosten kommen, so rufe mich nur dreist um Hilfe. Meine Potenz wird dich das Wundern lehren.«

»Wir werden sehen«, – warf Karl gleichmütig hin – »ob deinen großen Worten auch die entsprechenden Taten folgen, denn schon oft sah ich solche Prahler, wie du einer zu sein scheinst, ganz erbärmlich bestehen. Bedenke: es sind noch Jungfrauen, und die wollen stets viel, und alles ganz genau wissen.«

»Nun gut, mag es sein, wie es will«, – fuhr der Jüngere in eben demselben Ton fort – »Jungfer oder Nichtjungfer, ich werde alles aufbieten, dich in allem zu übertreffen!«

Karl sah ihn mitleidig lächelnd an und erwiderte nichts, Fritz aber, dem dadurch der Stoff zum Reiben fehlte, stand nach einer kleinen Weile auf, trat zum Spiegel, besah sich von allen Seiten und brach dann in laute Lobeserhebungen über das liebliche Schwesternpaar aus.

»Nein, diese herrlichen Mädchen, wie liebe ich sie!« – rief er in pathetischem Ton – »so verliebt wie heute bin ich, auf Ehre, noch nie gewesen, und ich schwöre hier und heute feierlichst, daß es die schönsten Mädchen sind, die mein Auge je erblickt hat.

Oh, Fritz, Fritz, dreimal glücklicher Fritz, wie selig wirst du heute sein, in der inbrünstigen, innigen Umarmung. Ja, ihr Götter des alten Griechenlands, euch rufe ich an, mir beizustehen und mir gnädigst Vorschub zu leisten bei meinem schwierigen Werke, und ich gelobe und verspreche euch feierlichst, daß ihr auch einmal – doch halt, nein! – das dürft ihr nicht.«

»Nun, was wird denn endlich herauskommen?« sprach Karl mit ironischer Miene, der die brüderlichen Ausbrüche des Entzückens lächelnd verfolgt hatte, »was sollen die Götter des alten Hellas? Laß die in Ruhe und komm lieber mit mir, denn mich leidet es nicht mehr in dem engen Zimmer, ich muß hinaus an die Luft.«

»Meinetwegen«, – entgegnete Fritz – »ich gehe mit, doch wohin wollen wir?«

»Nun, das wird sich schon finden«, – erwiderte der ältere, indem er Hut und Stock ergriff und zur Tür ging – »wir haben unterwegs ja noch Zeit genug, den Ort zu wählen.«

Fritz folgt seinem Bruder, schließt die Tür, hängt den Schlüssel an den vor derselben befindlichen Haken, und bald befinden sie sich beide Arm in Arm auf der Promenade, begaffen jedes artige Mädchengesicht und machen ihre Bemerkungen darüber.

»Laß uns in das *Café français* gehen und eine Tasse Schokolade trinken«, spricht endlich Karl, »dort finden wir auch die neuesten Journale.«

»Ich bin dabei«, erwidert Fritz, »vielleicht treffen wir dort auch einige niedliche Gesichter an.«

Und die Brüder gehen dem Kaffeehaus zu, während Marie, die böse Wirtin, wieder hinauf zu den Mädchen eilt.

Lassen wir sie gehen, die beiden Brüder, stolz und übermütig in ihrer vollen Jugendkraft und Schönheit, und folgen wir der bösen Wirtin, die eben die Stubentür öffnet und zu den armen Mädchen tritt. Ihr Antlitz ist aber nicht mehr böse, im Gegenteil: es ist freundlich und fast untertänig. Die armen Mädchen sehen sich furchtsam an, doch da sie dies gewahrt, legt sie den süßesten Wohllaut, der wohl je aus ihr hervorgekrochen ist, in ihre Stimme und spricht:

»Herrjeh, – ich sehe, der Kaffee hat Ihnen nicht geschmeckt; nun, soll ich ihn denn ebenso wieder forttragen, wie ich ihn heraufgebracht habe? Nein, meine guten Mamsells, das geht nicht an, trinken Sie ihn doch aus, denn nüchtern an den Stand zu gehen ist doch wohl nicht gesund; trinken Sie ihn, und wenn Sie etwas angegriffen sein sollten, so will ich ein Magenschnäpschen heraufbringen – ob mein alter Es…« – und die Mädchen sehen verwundert über den sanften liebreichen Ton der besorgten Frau die böse Wirtin mißtrauisch an und können sich ihr Benehmen nicht erklären. »Ja, ob er ihn allein trinkt«, fährt sie wie mißmutig fort, »oder ob er ein Gläschen an Sie abgibt, das bleibt sich wohl gleich, und wenn Sie es wünschen, so will ich ihn gleich heraufholen! Doch vorher trinken Sie Ihren Kaffee, denn ich gehe nicht eher, bis Sie die Kanne ausgetrunken haben.« Und die Mädchen sehen die vormals so böse, hämische Wirtin verwundert an. Fast trauen sie ihren Sinnen nicht, und sie können sich die Sinneswandlung nicht erklären.

»Nun, so werde ich Ihnen den Kaffee bringen«, spricht die Wirtin weiter, schenkt beide Tassen voll, setzt sie auf das Kaffeebrett und bringt es den Mädchen. »Hier, trinken Sie, und wenn er auch ein bißchen kalt ist, so ist es doch immer noch besser, kalten Kaffee im Magen zu haben, als gar keinen – oder wollen Sie, daß ich ihn wieder aufwärme?«

Das vollkommen verwandelte Benehmen der früher bösen und jetzt entgegenkommenden Wirtin macht die Mädchen herzhafter. Jettchen ergreift die beiden dargebotenen Tassen und gibt eine davon an Julchen weiter. Dann trinkt sie davon und sagt:

»Liebste, beste Frau Schubert, in welchem Licht müssen wir, meine arme Schwester und ich, in Ihren Augen erscheinen! Was werden und müssen Sie von uns denken. Ich schwöre Ihnen aber, daß wir nicht die geringste Schuld an diesem fatalen Zufall haben. Können Sie uns das wohl verzeihen?«

»Mein liebes Kind«, antwortet die geschmeichelte Wirtin, »ich habe weder ein Recht, Sie zu tadeln, noch Ihnen irgend etwas zu verzeihen, und wenn ich ein wenig ungeduldig geworden bin, so nur deswegen, weil ich zu lange vor der Tür stehen mußte.«

Böse Wirtin, gestehe es nur, das war der Grund nicht – er lag tiefer: es war die reine, pure Eifersucht, die dich so böse machte.

Und jetzt trinkt auch Julchen aus ihrer Tasse und nähert sich der guten Wirtin.

»Beste Frau Schubert«, fügt auch sie in schmeichelndem Tone hinzu, »wie gut, wie liebenswürdig sind Sie heute. Nicht wahr, Sie werden doch Ihrem Mann nichts von der verdrießlichen Geschichte erzählen, die uns so ganz wider unseren Willen vor der Welt in ein schlechtes Licht setzen muß.«

Und von beiden Seiten drängen sich die Schwestern an sie und umfassen sie freundlich, so daß die gute Frau vor Wonne und Entzücken nicht weiß, zu welcher von beiden sie sich wenden und sprechen soll. Die kindliche Zutraulichkeit der lieben Mädchen tut ihr ausnehmend wohl, und sie hätte es jetzt fast bereut, daß sie zuvor als unangenehme Störerin erschienen war, wenn nicht ein anderer Grund, der alle anderen Nebenabsichten in den Schatten stellte, dabei mit im Spiele gewesen wäre.

Und Julchen drückt ihr sogar einen Kuß auf die Stirn, und Jettchen erfaßt freundlich die fleischigen Hände.

»Meinem Mann sagen«, spricht sie hierauf wie mit einem leichten Anflug von Zorn bei der Erinnerung an diesen, »dem alten Tölpel und Faulenzer? Nun, da kennen Sie mich aber schlecht, meine guten Mamsells. Der wäre wirklich der letzte, dem ich es sagen würde. Der alte Krippenstößer, der nur zufrieden ist, wenn er ein Gläschen Schnaps trinken und dann schlafen kann. Ei ja, da werde ich mich wohl hüten, denn er hätte gewiß nichts Eiligeres zu tun, als es in seiner Trunkenheit gleich jedem weiterzuerzählen, der auch nur halbwegs Lust hat, ihn anzuhören. Nein, nein und nochmals nein, meine lieben Kinder. Das verspreche ich Ihnen in die Hand: der Vorfall von heute morgen ruht in mir wie in einem tiefen Grabe, und keine Menschenseele soll das Geheimnis aus mir herauspressen.«

Und die Mädchen lauschen hocherfreut ihren Worten, denn hatten sie die einzige Mitwisserin ihres fatalen Geheimnisses gewonnen, so glaubten sie ja, alles gewonnen zu haben. Ja, ihre Freude geht soweit, daß sie die gute Wirtin wiederum herzen und küssen, ja fast mit ihren Umarmungen ersticken.

Und Frau Schubert, die gute Wirtin, fühlt sich glücklich in den Umschlingungen der reizenden Mädchen, und wie hätte es auch anders sein können: geküßt und geherzt zu werden von solchen wunderhübschen Kindern ist wahrhaftig etwas Herrliches, und Frau Schubert fühlte dies um so mehr, je seltener ihr das Herzen und Küssen von dem pomadigen August zuteil wurde.

»Meine liebste, beste Frau Schubert«, rief Jettchen in hoher Freude, »wie gut, ach wie gut sind Sie!«

»Meine gute, gute Frau Schubert«, fügte Julchen hinzu, indem sie diese noch fester umfing, »ich liebe Sie, wie nur je ein Mensch Sie lieben kann. Bei Gott, ich sehe Sie an wie meine zweite Mutter.«

»Ihr lieben, guten Kinder«, versetzte die gute Wirtin gerührt, »ihr macht mich mit euern Worten glücklich, und ich gäbe sonst was drum, wenn ich euch eure Liebe vergelten könnte – ich erwidere sie aber mit dem besten Herzen von der Welt, und es macht mir Freude, Ihnen einen Weg bahnen zu helfen, der Ihr Glück befördern wird.

Dieser Weg«, – fuhr sie hierauf listig fort und blinzelte in einer Art mit den Augen, die schelmisch sein sollte – »ist die zweckmäßige Leitung Ihrer Liebe zu den Herren Etzler. Zwar gab ich mich noch nie mit einer solchen Vorschubleistung ab, doch um Ihretwillen und damit Sie sehen, daß ich es aufrichtig mit Ihnen meine, will ich es tun. Doch vorher erlauben Sie mir noch zwei Fragen: woher kennen Sie erstens die jungen Herren und haben Sie zweitens denselben Ihre Herzen schon ohne Nebenabsichten oder Bedingungen geschenkt?«

Die zutraulich gewordenen jungen Mädchen erzählten, wie sie die Bekanntschaft mit ihnen gemacht und wie sich die Brüder so zudringlich erwiesen hätten. Die gute Wirtin hörte gespannt zu, wobei sie bald mit dem Kopfe nickte, diesen bald schüttelte, und fuhr, als die Mädchen geendet hatten, mit ihren Fragen fort:

»Lieben Sie denn diese Bürschchen wirklich?«

Und beide senkten die herrlichen Augen zur Erde und spielten verlegen mit ihren Schürzen.

Dann sprach Jettchen ein leises, hingehauchtes Ja und blickte die Wirtin furchtsam an, und auch Julchens Lippen entschwebte das dem Jungfrauenmunde so schwere Geständnis.

Und wiederum nickte die gute Wirtin zum Zeichen der Zufriedenheit und fuhr dann fort:

»Nun sagen Sie mir aber, und verzeihen Sie mir zugleich meine Frage, sind denn die jungen Herren auf Ihre Einladung und mit Ihrem Vorwissen hierher gekommen?«

Und Julchen und Jettchen sehen die gute Wirtin, die sie bei dieser Frage starr angeblickt hat, mit ihren großen, unschuldigen Taubenaugen an, senken sie dann wieder und befragen ihr immer noch ängstliches Herz, das sie aber von aller Schuld freispricht.

»Frau Schubert«, sagt Jettchen hierauf mit einem Anflug von gekränktem Schamgefühl, »wie können Sie nur so etwas Schlechtes von uns denken? Wir die einladen? Gott behüte! Die haben uns in schmählicher Weise überrascht.«

»Ja, beste Frau Schubert«, stimmt Julchen bei, »wir waren zu Tode erschrocken, als wir sie erblickten. Es klopfte an, und ich öffnete die Tür in der Meinung, Sie hereinzulassen.«

»Ja, sie wußten Ihre Stimme so gut nachzuahmen«, ergänzte Jettchen, »daß wir fest glaubten, Sie wären es.«

»Wir sind ganz unschuldig«, fuhr Julchen fort, »und gaben uns alle Mühe, die Tür bei ihrem Anblick wieder zuzumachen, aber sie waren stärker als wir, rissen sie mit aller Gewalt auf und verriegelten dann das Zimmer. Wir mochten bitten und flehen, soviel wir nur wollten – es war ganz abscheulich.«

»Freilich, freilich«, nahm jetzt nach einem minutenlangen Stillschweigen die gute Wirtin das Wort wieder auf, »ich kenne die Leipziger Früchtchen; ihr Benehmen jungen, schutzlosen Mädchen gegenüber grenzt ans Unverschämte; und doch sind die Schlingel so hübsch, so liebenswürdig, daß man es ihnen fast nicht übelnehmen kann. Ich glaube daher auch, daß Sie, meine guten Mamsellchen – doch nehmen Sie es mir nicht übel – ich spreche zu Ihnen wie eine zweite Mutter, die ein Recht zu haben glaubt, auf die ganze Wahrheit zu dringen – ich glaube daher, daß Sie nicht gerade allzu böse gewesen sind, als die jungen Herren die Tür von innen verriegelten, denn hätte Ihnen – Sie nehmen mir meine Worte wieder nicht übel – der Besuch mißfallen, so hätten

Sie ja nur um Beistand zu rufen brauchen, und ich und mein August hätten den Eindringlingen das Hasenpanier schon beigebracht.«

Und die jungen Mädchen fühlen das Wahre und Stechende an dieser Bemerkung. Ein hohes Purpurrot färbt ihr Gesicht, vom lilienweißen Busen an bis hinauf zur hohen, schönen Stirn, und ihre Augen senken sich wieder verschämt zur Erde.

Böse, mitleidlose, unerbittliche Wirtin: hast du deine früheren Liebesszenen alle vergessen? – Hast du vergessen, wie du August, wenige Meter vom offenen Feldlager abseits, alles, aber auch alles gestattet hast? – Hast du vergessen, wie du ihm, unter Zuhilfenahme von roter Tinte und erheuchelten Schmerzen, eine gar nicht mehr vorhandene Jungfernschaft vorgaukeltest, eine Jungfernschaft, die du schon Jahre zuvor verloren hattest, am Rande eines der ländlichen Tanzböden rings um die Stadt, und gegen deren Nachwachsen du eifrig vorsorgtest. Willst du die armen Mädchen niederschmettern, die heute, betäubt durch eine kühne oder vielmehr freche, jedenfalls ihnen bislang noch unbekannte Überraschung zum erstenmal in ihrem Leben fehlten? Gedenke der schmachvollen Liebeleien deiner Jugend, wie du die Grotte nicht voll genug kriegen konntest und wie dir kein Liebesszepter zu lang war, wenn es nur dick gewesen ist. Weißt du überhaupt, ob August dir die vorgetäuschte Unschuld geglaubt hat, oder ob er dich nicht etwa nur deiner Mitgift von dreihundert Talern wegen zur ehelichen Gemahlin erkor; gedenkst du aller dieser Dinge nicht mehr?

Doch denn. So wie die Purpurröte der Scham die Gesichter der jungen Mädchen überzog – so wie sich ihr Blick zur Erde senkte, so gedachte auch sie der schönen und üppigen Tage ihrer ersten Lieben, und diese Gedanken stimmten sie weich. Ja, auch sie war in ihrer Jugend schamhaft errötet; auch sie hatte den Blick zur Erde gesenkt, als ihr die Burschen auf den Tanzböden zum erstenmal unter die Röcke griffen. Auch sie hatte nach dem Verlust der Jungfernschaft versucht, die Mutter über diesen Tatbestand hinwegzutäuschen. Auch sie erinnerte sich noch gern und in stillen Stunden an jenen Tag, an dem sie zum erstenmal, stehend vornübergebeugt und von hinten, das Liebesszepter in ihrer Grotte spürte, und auch daran, mit welch' unersättlichem Hunger sie seit jenem Tag darauf bedacht war, diesem Wonnepfropfen den kühlenden Samenerguß abzulokken. So ist sie ganz in Gedanken versunken, und ihre rechte Hand verirrt sich zwischen ihre Beine.

Und die armen Mädchen wagen es immer noch nicht, den Blick zu der strengen Richterin zu erheben, die sie jetzt doch mit viel weniger vorwurfsvollen Augen betrachtet.

»Hätte ich gewußt«, führt sie ihre Rede fort, als sie bemerkt, daß die beiden Mädchen kein Wort zu äußern wagen, »daß ich Ihnen ungelegen käme, ja, Sie vielleicht um ein süßes Vergnügen brächte, so wäre ich unten bei meinem August geblieben, und wenn der Kaffee auch zehnmal übergekocht wäre – wiewohl er dann nicht schmeckt. Ich bedauere meinen Eifer gar sehr – ich bin allzu dienstbar gewesen und werde mich in der Folge bemühen, anders zu handeln.«

»Liebste, beste Frau Schubert«, fällt Julchen ihr hier ins Wort, »ich bitte Sie um alles in der Welt, hören Sie auf, uns weiter zu quälen. Wir wissen: wir haben gefehlt und sind strafbar in Ihren Augen, doch geloben wir Ihnen, von nun an die jungen Herren nicht mehr zu sehen – nicht wahr, mein liebes Jettchen?«

Und Jettchen, das liebenswürdige Kind, kann ihre Schwester fast nicht mehr sehen, denn die Tränen, die bitteren und heißen Tränen, rollen langsam ihre Wangen hinab und verdunkeln ihr die Augen. Sie nickt deshalb bloß mit dem Kopf, als Zeichen ihrer Zustimmung, und erst dann gelingt es ihr, ein schluchzendes »Ja« hören zu lassen.

Hübsche und junge Mädchen weinen zu sehen, das kann gewiß kein Mensch, auch nicht eine Frau, die ihren Vorteil im Auge hat. Darum machen auch auf sie die tränenfeuchten Augen der jungen Mädchen einen tiefen Eindruck.

»Nun, Sie weinen«, spricht sie hierauf und nimmt einen gutmütigen Ton an, »und ich bin untröstlich, weil ich vielleicht die Ursache aller dieser Tränen gewesen bin. Allein da Sie mir das Recht einer Mutter zugestanden haben, so glaube ich auch, davon Gebrauch machen zu dürfen. Denn, und das muß ich euch sagen, denn auch Tränen versiegen einmal, und mit Tränen, auch wenn sie stromweise fließen, gewinnt man, wie die Welt heutzutage nun einmal steht, keinen Pfennig – und Geldverdienen ist doch immer die Hauptsache, damit man sich das Leben so angenehm wie möglich einrichten kann. Tröstet euch deshalb, meine guten Kinder, über den aus Schwäche begangenen Fehltritt, der, da er nun einmal getan worden ist, doch nicht mehr rückgängig gemacht werden kann. Im Gegenteil: es gilt nun, alles das, was damit zusammengehangen hat, in der rechten Weise auszunutzen und zu einem guten Ende zu führen. Indem ich mich so mit Ihren Herzensangelegenheiten befasse, hoffe ich, Ihren vollkommenen Beifall zu erlangen.«

Hierauf schweigt die gute Wirtin und scheint die Wirkung ihrer Worte beobachten zu wollen, und in der Tat: die getrübten Augen der armen Mädchen heften sich jetzt neugierig und mit einer gewissen Spannung auf die Lippen der erfahrenen Sprecherin, und es scheint fast, als ob sie zu neuen Hoffnungen erwachten.

»Was meinen Sie«, fragt Julchen endlich zaghaft, »daß wir tun sollen?«

Und auch Jettchen faßt neuen Mut und sieht die Gefürchtete festen Auges an. Die gute Wirtin sitzt noch einige Sekunden, dem Anschein nach in tiefe Gedanken versunken und wie unschlüssig, als ob sie noch nicht mit sich einig wäre und ihr die passenden Worte zur Darlegung ihres Vorschlags noch nicht einfallen würden. So scheint es zu scheinen, indes weiß sie, daß sie es mit unschuldigen und rechtlich denkenden Mädchen zu tun hat und sehr vorsichtig zu Werke gehen muß, wenn ihr Plan gelingen soll.

Und die Mädchen halten sich für sehr listig und glauben, aus den Gesichtszügen der guten Wirtin Ratlosigkeit erspähen zu können. Doch sie täuschen sich sehr: dieses Gesicht ist sehr alt. Es hat vieles durchgemacht und aus großer und auch schmerzlicher Erfahrung gelernt, daß es niemals Spiegel der Gedanken oder des Herzens sein darf – was nur jüngeren und unerfahreneren Leuten passiert – und so ist ihr Glauben irrig: in dem Gesicht der Frau Schubert läßt sich nichts lesen.

»Meine guten Kinder«, fängt sie dann langsam an und heftet ihre Augen gütigen Ausdrucks auf die Mädchen, »Geld ist die Losung dieser Welt, und ich glaube, daß Sie nicht abgeneigt sein werden, recht viel davon zu verdienen. Sintemalen: wir haben es nicht; Sie nicht und ich nicht. Das Geld regiert die Welt, und hätten es die Brüder Etzler nicht im Überfluß, sie wären nicht so frech und müßten sich bemühen, es zu verdienen, anstatt in fremder Mädchen Wohnung einzubrechen. Mit Ihrer Näherei und Ihrem kleinen Handel verdienen Sie aber kaum das Nötigste – das trockene Brot vielleicht, und dafür müssen Sie sich noch Tag und Nacht plagen. Das Geld aber ist da, denn wäre es nicht da, es würde nicht regieren; es ist nur in anderer Hände, und dem abzuhelfen habe ich einen Vorschlag. Ich meine nämlich, in der Liebe der jungen Herren ein Mittel gefunden zu haben, Ihnen zu Ihrem Vergnügen und zu Ihrem Glück gleichermaßen zu verhelfen, was beides die jungen Herren Etzler bewirken sollen. Diese jungen Herren sind reich, und man darf sich ihnen darum nicht preisgeben, ohne eine bedeutende Summe zu verlangen. Diese jungen Herren hat man die Allmacht des Geldes gelehrt, und sie haben diese Lehre sehr wohl begriffen. Sie würden eine billige Ware konsumieren und die Hülle wegwerfen, eine teure dahingegen in Ehren halten. Da man sie gelehrt hat, den Wert einer Ware nach deren Preis zu taxieren, ist dieser Preis allein ihr Wertmaßstab, und da es ihnen ihr Reichtum erlaubt, sich der teuersten Waren zu versichern, ist ein hoher Preis dem Erwerb nicht hinderlich.«

Hier sah die Frau Schubert die Mädchen forschend an und versuchte, aus deren Gesichtszügen die Wirkung ihrer Worte auszuspionieren. Allein da die Mädchen den Sinn dieser Worte nicht verstanden, antworteten sie in tumbem, ländlichem Unverstand, Julchen ergriffen von dem alles hintansetzenden Gefühl der ersten Liebe zuerst:

»Ach, wenn mich mein lieber Handlungsdiener heiraten würde, dann möchte er meinethalben so arm sein wie der geringste Drescher in meiner Vaterstadt; ich kümmerte mich dann nicht um Rang oder Reichtum.«

»Und ich gleichfalls nicht«, fügte Jettchen hinzu, »die zärtlichste Liebe würde alles ersetzen.«

»Kinder, die ihr seid, Kinder«, fuhr wie unwillig und mit dem Kopf schüttelnd Frau Schubert fort, »wer wird bei jedem kleinen Liebeshandel nur gleich ans Heiraten denken? Das ist der Plan und die Absicht unserer jungen Wollüstlinge gar nicht. Sie suchen bloß, die Mädchen zu verführen, und lachen sich am Ende, wenn es ihnen gelungen ist, recht derb ins Fäustchen. Mein Gott; müßten die jungen Leute viele Weiber nehmen, wenn sie die alle heiraten sollten, mit denen sie in Liebesverhältnissen gelebt haben.«

Und die Wirtin lacht laut auf, während die jungen Mädchen nicht wissen, wie sie deren Worte verstehen sollen.

»Aber beste Frau Schubert«, nimmt jetzt Jettchen das Wort, »wenn man Geliebter und Bräutigam ist, so schickt es sich doch, seine Braut zum Altar zu führen. Das ist bei uns so Sitte, und allgemeine Verachtung trifft den, der seine Braut dann sitzen läßt.«

Und die Wirtin lacht stärker und stärker, so daß die armen Mädchen in ihrer Verlegenheit nicht wissen, was sie tun sollen.

»Ja«, fährt sie dann endlich fort und wischt sich zugleich die Tränen, die ihr das heftige Lachen erpreßt haben, mit der Hand aus dem Gesicht, »in eurem Pegau mag das wohl so sein, aber hier in Leipzig – hier in Leipzig nicht. Die Stadt, das ist klein Paris, und sie bildet ihre Leute. Dort wie hier hält sich der junge Mann, sofern er Geld hat, seine Maitresse, und will er sie nicht mehr haben, so schickt er sie fort und nimmt sich eine andere – und das Mädchen schafft sich gleichfalls einen neuen Geliebten an. Pegau und Leipzig, das sind zwei verschiedene Stiefel, und in zwei verschiedenen Stiefeln könnt ihr nicht gehen.«

Und die unwissenden Mädchen hören staunend und mucksmäuschenstill ihren Worten zu und finden sich in eine neue Welt versetzt.

»Aber das ist doch nicht christlich«, wirft Julchen endlich ein, »und man muß sich doch fürs ganze Leben treu bleiben!«

»Mein Gott! Begreifen Sie denn immer noch nicht?« fährt Frau Schubert dann fort, »die Leute wollen gar nicht heiraten, und ich kann es ihnen wahrhaftig auch nicht verdenken. Was heißt da christlich und unchristlich? War Christus verheiratet? Ist das Vögeln eine christliche oder eine unchristliche Angelegenheit? – Entschuldigen Sie das harte Wort, es ist mir so herausgerutscht, aber fragen Sie Ihren Pastor danach, den katholischen oder den evangelischen, und wenn er schlau ist, und noch einigermaßen bei Kräften, vögelt er auch. Denn was haben Sie denn nun für ein größeres Glück, wenn Sie geheiratet haben? – Elend und nichts als Elend, und wenn die Vermögensumstände auch nur halbwegs günstig sind, dann haben Sie Langeweile und Überdruß. Sehen Sie sich doch die Weiber an, die auf dem Markt oder auf dem Roßplatz herumflanieren und Sie in Ihrer Bude wie ausgestelltes Schweinefleisch belorgnettieren: ihnen fehlt nur eines zu ihrem Glück: ein dicker und langer, wie Sie ihn noch zur Verfügung haben, jene ihn aber nicht mehr kriegen können. Die Jugend aber, freilich, die überall goldene Berge zu finden wähnt«, spricht sie hierauf eifrig weiter, »glaubt, ach' Wunder was für Glück in der Ehe zu finden, aber seid ihr einmal in das traurige Joch gespannt, so denkt ihr ganz anders und beweint den traurigen Irrtum, ob ihr nun aus dem ärmsten oder aus dem reichsten Hause der Stadt kommt. Ich spreche ganz aufrichtig, ihr lieben Mädchen, und es sollte mich freuen, wenn meine Worte ein Geringes dazu beitragen würden, Sie vor dem größten aller Irrtümer zu bewahren: unter zehntausend Männern und Frauen gibt es bestimmt nicht vier, die es nicht hin und wieder bereut hätten, geheiratet zu haben. Alle wünschen sie sich ihren früheren, ledigen Stand zurück, und wenn es wenige gibt, die das nicht tun, so geschieht es vielleicht aus Furcht, vor Spott oder vor Armut, oder aus Angst, nun gar niemanden mehr zu haben, der einem die Liebesgrotte wenigstens hin und wieder einmal versiegelt – oder es ist reine, pure Verstellung. Glauben Sie mir auf mein Wort: es ist so, und ich selbst schließe mich hier nicht aus. Ich belüge Sie nicht und habe auch keinen Grund, das zu tun. Was habe ich denn zum Beispiel an meinem ewig betrunkenen Ehemann? Der bekümmert sich ebensowenig um mich, wie ich mich um die Katze der allergnädigsten Königin bekümmere – und dabei wäre es doch seine Pflicht, mir in allem zuvorzukommen und mich aufs beste zu bedienen. Aber dieser Faulenzer macht den ganzen lieben und langen Tag nichts – entweder er schläft, wenn er Schnaps getrunken hat, oder er brummt und raisoniert den ganzen Tag. Seinen Schnaps, ja, den will er, aber was seine Ehepflichten angeht, so findet er ständig eine Ausrede, und ich habe meine liebe Mühe und Not, ihm wenigstens hin und wieder einen hochzukriegen. Wenn ich zweimal im Monat zu den Freuden des Fleisches komme, so ist das viel – sehr viel. Sehen Sie mich an, meine guten Freundinnen – ihr lieben Mädchen«, fährt sie hierauf eifrig fort, »so ist das nun einmal, und ich gestehe offen, daß ich viel glücklicher wäre, wenn ich nicht geheiratet hätte. Nach unverheirateten Frauen sehen die Lebemänner viel lüsterner, und auch mein August war, als wir noch nicht verheiratet waren, viel angriffslustiger, als er es heute ist. Vorhin – ich wage es kaum zu erzählen –, vorhin versagte er mir seine eheliche Pflicht, obwohl ich ihn darum gebeten habe.«

Arme, liebeglühende Mädchen: die so offen sprechende Wirtin entwirft euch ein wenig ermutigendes Bild einer im Hintergrund lieblich winkenden Ehe. Ist das nun wirklich so, oder paßt es nur zu ihren Absichten?

Leider nein! Die erfahrene Wirtin hat recht – wenigstens zum größten Teile recht. Sie ist im Jus, wie Fritz, der Student der Rechtsgelehrsamkeit, im Examen sagen würde, denn die größte Zahl der geschlossenen Ehen ist wirklich unglücklich – sei es, weil sich der Appetit der Ehemänner mit zunehmenden Ehejahren auf andere Kost verlagert, sei es, weil bei den Ehefrauen der Appetit erst mit dem Essen kommt, dann aber nicht mehr zu bändigen ist.

Und die Worte der Wirtin machen einen tiefen Eindruck auf die guten Mädchen, die da finden und zu glauben beginnen, daß viel Wahrheit in diesen Worten liegt.

»Ach«, fängt Jettchen nach einem minutenlangen Stillschweigen an, »ich glaube, wo viele Kinder sind und wenig zu beißen ist, da ist auch die Ehe recht traurig. Ich kenne zwei Schuhmacherfamilien, die beide, und obwohl sich Mann und Frau Tag und Nacht plagen, doch keinen Morgen wissen, was sie mittags und abends essen sollen, und dieser Art Ehen, glaube ich, gibt es sehr viele.«

»Ja, wohl – jawohl«, antwortete Frau Schubert und nickt beistimmend mit dem Kopf, »ich könnte Ihnen viele Beispiele anführen, die die Wahrheit meiner Worte bekräftigen, aber ich verweise Sie nur auf Ihre eigene Erfahrung und glaube, daß in Ihrem armen Städtchen es auch an diesen Beispielen nicht mangeln wird. Und das sollte doch auch in Ihnen nicht gerade den Wunsch erregen oder hervorrufen, sich in das eheliche Joch zu fügen. Die feinere und gebildetere Welt«, fuhr sie hierauf, näher zu ihrem Ziel kommend, fort, »hat dies auch längst eingesehen und schließt die Ehen nur in der Absicht, zu Ansehen und Vermögen zu kommen, und entschädigt sich für dieses Opfer in aller Stille mit den Gegenständen ihrer geheimen Neigungen oder augenblicklichen Launen. Dabei ist dies das Beste und Vernünftigste, denn immer nur mit einem Gegenstande zu leben und es mit ihm zu tun zu haben, den man auf Dauer nicht lieben kann und vielleicht nie geliebt hat, und den man endlich kaum mehr ansehen mag, das ist das Schrecklichste auf der Welt. Sehen Sie sich unseren lieben König Friedrich-August an: nur weil er keine Kinder in seiner Ehe kriegen konnte, hat er uns eine Konstitution gegeben, und Robert Blum ist dennoch erschossen und die Preußen, und was weiß ich …«

Die Macht der Worte ist groß, und erschossen wie Robert Blum zu sein ist kein Vergnügen. Die

Macht der Worte ist schrecklich und zermalmend, wenn diese Worte auf Wahrheit beruhen, und wenn redende oder gestorbene Beispiele sie unterstützen, ist sie imstande, auch die felsenfesteste Tugend zu untergraben.

Die Mädchen spürten die Wahrheit der Grundsätze, und das stimmte ihre Hoffnung herab, sich durch Heirat aus ihrer dürftigen Lage befreien zu können. Endlich hebt Julchen ihre Augen, die in tiefem Nachsinnen verloren, längere Zeit auf dem Fußboden verweilt hatten, wieder empor und heftet sie auf das Gesicht der guten Frau Schubert.

»Aber«, wagt sie, Julchen, zu sagen, »wie kommen denn die armen Mädchen dazu, Spielball der Launen, Lüste und des Vergnügens der jungen Herren zu sein, und warum bleiben sie so einfältig, sich, durch diese Lehren gewitzt, mit ihnen einzulassen?«

Und Frau Schubert sieht die kluge Sprecherin weise an und lächelt mitleidig: »Ja, eben das ist es«, fährt sie fort, »was so oft schon besprochen und immer wieder besprochen worden ist, und obgleich die größte Zahl der hiesigen Mädchen alles weiß, so gehen oder rennen sie vielmehr doch in die aufgestellte Falle, aus purer Liebeslust, die ihnen den Kopf verdreht, oder auch aus der Sucht, ihren Geschlechtskitzel zu befriedigen. Ein verständiges Mädchen freilich tut das nicht, zumindest nicht so: sie stellt Bedingungen, ehe sie sich ergibt, und sie tut klug daran, denn an eine Heirat zwischen einem armen Mädchen und einem reichen Herrn ist doch bestimmt nicht zu denken, und dergleichen kommt nur in Märchen vor, oder in einem von zehntausend Fällen, und darum glaube ich auch, daß Ihr Liebesverhältnis mit den Etzlers entsprechend zu betrachten ist. Diese liederlichen, nichtsdestoweniger aber hübschen Schlingel wollen Sie ganz gewiß nicht heiraten, sie hätten denn schon viele Mädchen, die sie verführt haben, heiraten müssen. Die beiden sind nämlich längst als Mädchenverführer bekannt, und sie wollen nur ihre Lüste an Ihnen befriedigen.« Und mit diesen Worten sah sie wieder die armen, aus allen Himmeln gefallenen Mädchen durchdringend an, und dem aufmerksamen Beobachter mochte es scheinen, als sei ein Zug von Freude oder Schadenfreude in ihrem Gesicht nicht zu verkennen.

Böse, böse Frau Schubert! Diese letzten Worte waren die fürchterlichsten, die die Mädchen heute gehört hatten, und ihre Wirkung war entsprechend. Die beiden waren im Taumel der ersten Liebe – sie hatten geglaubt, eine herrliche Eroberung gemacht zu haben und einst als vornehme Frauen an der Seite dieser Männer ein herrliches Leben zu verbringen, und nun sagst du ihnen frei und frank ins Gesicht, daß sie nur zum Spielball brüderlicher Launen, zum Objekt männlicher Lüste dienen sollten.

Fort nun sind alle Hoffnungen, zertrümmert mit einem Male alle Aussichten auf eine glänzende Zukunft, fürwahr: das ist hart.

Und die armen Mädchen senken die Köpfchen und schweigen. Ihre rechtliche, in den Hütten der Armen wohnende Denkungsweise scheint hier am falschen Platze; ihr Vertrauen auf und ihr Glaube an irdische und himmlische Gerechtigkeit schmilzt dahin. Sie verstehen die Welt nicht mehr, und die Wirtin, die das Gelingen ihres Plans in greifbare Nähe rücken sieht, fährt eindringlich sprechend fort:

»Daß unsere Leipziger jungen Herren kühn und verwegen sind, das haben Sie heute am eigenen Leibe erfahren, und es bleibt bloß noch zu ermitteln, wie weit diese jungen Herren nämlich ihr Glück bei Ihnen bereits genossen haben. Zwar kann und muß ich vermuten, daß es vollständig gewesen ist, denn sonst hätten Sie es gewiß nicht nötig gehabt, sich einzuschließen – und daß junge Mädchen zusammen mit jungen Herren hinter verschlossenen Türen nicht miteinander zu beten pflegen, ei, nun, das weiß ich ebenfalls ganz gewiß. Besser wäre es freilich – viel besser –, wenn noch nichts stattgefunden hätte, so daß die jungen Schlingel noch recht erklecklich zahlen müßten, bevor sie ans Ziel ihrer Wünsche gelangen. Ich bitte Sie daher, mich über diesen letzten Punkt noch aufzuklären, damit ich meine Maßregeln zu Ihren Gunsten noch treffen kann.«

»Beste Frau Schubert«, schrien die Mädchen wie aus einem Munde, »nein! So weit ist es noch nicht gekommen. Zwar haben sie uns …«

»Nun?« fragte die Wirtin lauernd, »ich bitte mir die reine Wahrheit aus: was haben sie? Verschweigen Sie mir nichts, oder ich verhelfe Ihnen nicht zu Ihrem Glück.«

»Sie haben uns zwar …«, fing Julchen zögernd an und hielt dann wieder inne.

»Ach was! Haben und immer wieder haben«, fuhr die Wirtin ungeduldig fort, »nun, was haben sie denn getan?«

»Sie haben uns geküßt«, fiel Jettchen verschämt ein, in der guten Absicht ihres Herzens, dem verängstigten Julchen beizuspringen, »wir konnten sie abwehren, noch so sehr, sie hörten nicht!«

»Bloß geküßt und nichts weiter?« fuhr die unerbittliche Fragerin fort und warf einen ungläubigen Blick auf die beiden Mädchen, »nun ja, wegen eines Kusses braucht man die Türen nicht zu verschließen und mich so lange draußen stehen zu lassen … Und fürwahr!« rief sie dann lachend aus, »wegen einiger Küsse kriechen die Springinsfelde nicht unter das Bett. Das wäre eine neue Eigenschaft, die ich bei unseren jungen Wüstlingen hier entdecken müßte: in der Tat, sie hätten denn das ganze Jahr nichts anderes zu tun, als unter den Betten zu liegen. Nein, so mäßig und genügsam sind die nicht. Warum gestehen Sie die einfache Tatsache nicht ein? Sie ruht ja bei mir, wie ich es Ihnen bereits sagte, so sicher wie im Grabe.«

Arme Mädchen – schändliche, neugierige Wirtin – mußt du alles haarklein wissen? Weißt du denn nicht aus eigener Erfahrung, wie schrecklich schwer für ein unschuldiges Mädchen ein solches Geständnis ist? Zwar ist es schon eine Weile her, aber dennoch …?

Doch Frau Schubert läßt nicht ab, ja es scheint ihr Spaß zu machen, den Mädchen das süße Geheimnis Stück für Stück abzupressen.

»Nun, wenn Sie sich vielleicht schämen, es freiwillig zu gestehen«, fuhr sie deshalb lächelnd fort und griff sich behaglich unter das Kinn, »so will ich Ihnen einfache Fragen stellen, und Sie haben bloß einfache Antworten zu geben, oder meinethalben auch bloß zu nicken oder den Kopf zu schütteln, aber ich wiederhole meine Bedingung, unter der, und nur unter der, ich Ihr Glück machen kann: ich verlange die reinste, strengste Wahrheit – wollen Sie mir das versprechen?«

Und die armen, so in die Klemme geratenen Mädchen tun das und machen sich auf ein fürchterliches Examen gefaßt.

»Haben die jungen Herren Sie nur auf den Mund geküßt oder auch auf den Hals und den Busen?« fing die Unerbittliche an.

Und Jettchen und Julchen, in jenen strengen Grundsätzen erzogen, die den Armen immer wieder gebieten, die Wahrheit zu sagen und die Obrigkeit zu achten, ansonsten sich aber eines rechtschaffenen Daseins zu befleißigen, auf Moral zu sehen und keine dummen Fragen zu stellen, nickten verschämt mit dem Kopfe, alldieweil sie die Lüge als eine so große Sünde ansahen, daß es ihnen gar nicht in den Sinn gekommen wäre, sie zu ihrem Schutze zu gebrauchen – doch standen ihnen die Tränen in den Augen, und sie wagten es nicht, ihr Antlitz zu der gestrengen Richterin zu erheben.

Befriedigt von diesem Geständnis nickte Frau Schubert und fuhr dann fort: »Haben diese besagten jungen Herren vielleicht auch Ihren Busen in den Händen gehabt, haben sie damit gespielt, die Wärzchen zwischen Daumen und Zeigefinger (und sie vollführte die Bewegung, die bei einer geringen Drehung der Hand jener des Geldzählens gleicht) gerieben und sie vielleicht sogar in den Mund genommen, um daran zu saugen und die Zunge darüber hinweggleiten zu lassen?«

»In die Hand ja, in den Mund nein …«, fiel ihr Jettchen schnell in die Rede. Und wiederum nickte Frau Schubert und blinzelte mit den nunmehr schon trübe blitzenden Augen, wobei sie zugleich eine Handbewegung machte, die sagen zu wollen schien: ›Nun, nun – und wenn dies auch gewesen wäre, so hätte es auch weiter nichts bedeutet.‹ Laut jedoch sprach sie weiter:

»Das letztere tun die jungen Wollüstlinge gern; sie spielen mit der Zunge und saugen wie die kleinen Kinder daran und hoffen gewöhnlich, durch diesen Reiz, der uns Frauenzimmern ja auch recht wohl tut, die Liebesgier in uns zu steigern – und fürwahr, das tut es ja denn auch – aber auch die Hand allein ist da nicht ohne. Doch nun weiter: haben die jungen Herren Sie an das Bett gedrängt und Sie dann darauf geworfen?«

Und die armen Mädchen konnten nichts anderes als ein Ja zu sagen.

»Haben Sie deren Hände unter Ihren Röcken gefühlt, da, an jenem Orte, an dem wir uns von dem männlichen Geschlecht so sehr unterscheiden?«

Und wiederum konnten die armen Mädchen nicht lügen, und mit hochroten Angesichtern nickten sie mit den Köpfen.

Und die neugierige Wirtin nickte gleichfalls zufrieden und fuhr dann fort:

»Haben die Finger der jungen Herren dort, an jenem Orte, mit Ihrem Geschlechtsteil gespielt und getändelt, und haben sie es gekitzelt und gerieben, so daß es Ihnen ganz warm wurde und Ihnen wollüstige Gedanken kamen?«

Und wiederum mußten die armen Mädchen nicken, und Frau Schubert nickte ebenfalls mit – dann fuhr sie, langsamer und lauernder fort:

»Haben die jungen Herren sonst nichts als ihre Finger in jenen Ort hineingesteckt? Nicht auch ihren Geschlechtsteil an oder vielleicht sogar in den Ihrigen gebracht – ich bitte Sie: hierauf kommt alles an – sagen Sie mir die volle Wahrheit.«

»Beste Frau Schubert«, antwortete Jettchen fast weinend, »meine Schwester und ich haben Ihnen die strengste Wahrheit gesagt, doch bei dieser Frage weiß ich selbst nicht, ob ich ja oder nein sagen soll. Der Student hatte sich über mich geworfen, erdrückte mich fast mit seinem Körper und hielt mir die Hände fest, doch fühlte ich etwas, eben da, wo Sie sagen …«, fügte sie stokkend hinzu, »und der Finger desselben kann es nicht gewesen sein, denn mit seinen Händen hielt er ja die meinen fest – ich glaube deshalb, Sie haben recht – oder haben die Männer auch noch anderswo Finger als an den Händen?«

»Und bei mir war es ebenso«, fiel Julchen schluchzend ein, »ich fühlte, wie etwas Dickeres als ein Finger langsam in mein Loch hineinzukommen versuchte.«

»Nun, und kam er hinein? Richtig und ganz hinein? …« rief Frau Schubert erregt und leckte sich die Lippen.

»Wer? Es kam niemand in die Stube«, fuhr Jettchen fort, »die jungen Herren waren ja schon drin, und dann hatten sie ja auch verriegelt.«

»I, nicht doch! Das meine ich nicht!« entgegnete die in ihren Erwartungen enttäuschte Wirtin, »ich fragte, ob das männliche Glied – ich glaube, ich muß deutlicher werden, sonst verstehen Sie mich ja gar nicht: ob das lange und dicke Ding, das die Männer zwischen den Beinen und für gewöhnlich in den Hosen versteckt haben, in Ihrem Loch drin gewesen ist und ob die Männer es dann vor- und zurückgeschoben haben?! …«

Oh, du tausendmal neugierige Wirtin! Ich dächte, es sei genug gestanden und du könntest dich zufriedengeben – doch Frau Schubert tut das nicht: sie harrte gespannt auf Antwort, und da diese nicht sogleich erfolgt, wiederholt sie ihre Frage.

»So reden Sie doch endlich!« fügt sie dann unmutig hinzu, »Sie sind ja keine Kinder mehr, könnten, Ihrem Alter gemäß, schon verheiratet sein und tun doch so gewaltig zimperlich. Es kommt ja alles bei Ihrem Liebeshandel darauf an, ob Sie noch Ihre Jungfrauschaft haben oder ob sie schon an den Reibeisen der Bösewichter hängengeblieben ist. Ist letzteres der Fall, so steht es schlecht mit Ihnen, haben Sie die Jungfrauschaft aber noch, dann können Sie sich damit ein ganz schönes Stück Geld verdienen.«

Den armen Mädchen wird angst und bange; sie wissen in ihrer Unschuld nämlich noch nicht, wo die Grenze zwischen Haben und Nichtmehrhaben der Jungfrauschaft zu stecken ist, und ebendiese Ungewißheit, zusammen mit den bohrenden Fragen der Frau Schubert, verwirrt ihnen vollends den Kopf.

»Nun, fangen wir das anders an: wie weit kam er denn nun hinter?« fuhr die Wirtin fort, »zur Hälfte oder ganz? So tief, daß Sie nichts mehr von ihm sehen konnten, oder wie tief?«

»Mein Gott!« antworteten beide zugleich, »ich fühlte nur ganz vorn eine bohrende Bewegung, aber der kam gar nicht hinein, er war ja viel zu dick.«

»Also vorne bloß«, ergänzte Frau Schubert, »nun, da ist es ja gut, und Sie haben noch alle Vorteile auf Ihrer Seite.«

»Ja«, setzte Jettchen hinzu, »eben, wie sie das machten, gerade da pochten Sie an die Tür, Frau Schubert.«

»Gott sei's gelobt, getrommelt und gepfiffen, daß ich also noch zur rechten Zeit gekommen bin«, sprach dann Frau Schubert und heftete einen zufriedenen, fast triumphierenden Blick auf die verlegenen Jungfrauen, »um euch die kostbarste Perle der Weiblichkeit noch zu erhalten, und ich preise mich glücklich, euer Schutzengel geworden zu sein. Geht die Jungfrauschaft nämlich erst einmal verloren, so kann sie uns keine Macht der Erde, nicht Geld und nicht Tränklein, zurückbringen. Nun, geben Sie sich nur zufrieden«, fuhr sie dann fort, wobei sie aufstand, sich den beiden näherte und sie in ihre Arme schloß. »Von jetzt an werde ich für Sie handeln, und zweifeln Sie nicht daran, daß ich es gut machen werde. Hätte ich das Abenteuer gestern freilich nur ahnen können, so wäre die heutige Szene, die ohne meine Dazwischenkunft so nutzlos für Sie abgelaufen wäre, bestimmt nicht vorgefallen. Nun setzen Sie sich aber zu mir her und hören Sie mir aufmerksam zu«, fuhr sie fort, als sie bemerkte, daß die Schwestern allmählich mehr Ruhe gewannen und nicht mehr, wie beim Examen, die Augen starr an den Boden hefteten, »ich will Sie das Geheimnis lehren, eine gute Messe zu machen, und dieses Geheimnis ist weit mehr wert als Ihr ganzer Kram zusammen.« Und die Mädchen blickten sie neugierig an und lauschten begierig ihren Worten.

»Ich spreche wie eine Mutter zu Ihnen«, sprach die gute Wirtin weiter, »und hätte ich eine Tochter, fürwahr, ich könnte ihr keinen anderen und besseren Rat geben. Hier bei uns in Leipzig nämlich lebt jedermann nach seinem Vergnügen, und wenn es nur halbwegs mit dem Schleier des Anstandes zugedeckt wird, so fragt niemand danach und will am Ende auch gar nichts wissen, weil er genug mit sich selbst zu tun hat. Es gibt nun aber eine Menge junger und alter Wollüstlinge, die Geld im Überfluß haben und denen es auf einige *Louis d'or* mehr oder weniger nicht ankommt, die aber vor allem Wert auf den Genuß einer Jungfrau legen und die besten Preise dafür bezahlen. An eine Heirat denken diese Leute nie, und die jungen Mädchen, die das wissen und Lust haben, sich gebrauchen zu lassen, fordern, wenn sie klug und hübsch genug sind, Forderungen stellen zu können, eine solch' hohe Summe für ihre Jungfrauschaft, daß sie später, und wenn sie wirklich einmal gesonnen sind, aus Langeweile ein Ehebündnis zu schließen, mit deren Hilfe ein erträgliches Leben führen können. In eine solche Verlegenheit seid ihr, meine lieben Kinder, nun auch gekommen«, fuhr die gute Wirtin eifrig fort, »und von eurer Klugheit wird es abhängen, die heute erlittene Niederlage zu einem Vorteil zu wenden. Die jungen Etzlers sind reich, und ich weiß, daß es ihnen auf eine große Summe nicht ankommt; sie müssen für das Geld ja nicht arbeiten und geben es daher leichter aus. Wenn Sie Ihren Part des Spieles nur recht hübsch machen und sich in allem recht gefällig zeigen, wird es Ihr Schaden nicht sein. Sind sie, die Brüder Etzler, mit Ihnen heute nun schon so weit gekommen, so werden sie nun auch den vollen Besitz Ihres Körpers haben wollen, wie man das so schön sagt. Die Brüder werden sich heute abend also schon zur rechten Zeit einstellen, um ihren begonnenen Angriff fortzusetzen. Empfangen Sie die Herren recht freundlich – nur …«

»Nein, nein und abermals nein!« schrie Jettchen jetzt laut auf, »ich mag sie nicht wiedersehen und verbitte mir ihren Besuch. Ich werde Ihren Mann bitten, uns zu beschützen, oder ich komme gar nicht erst nach Hause.«

»Ich ebenfalls nicht!« rief Julchen beistimmend.

»Hm, hm!« näselte Frau Schubert, »meinen August bitten, Sie zu beschützen! Der Faulpelz gibt sich mit solchen Dingen nicht ab – der würde Sie eher für eine Flasche Schnaps verkuppeln und selbst, wenn er zusehen dürfte, dabei einschlafen. Da haben Sie sich den rechten Schutz erwählt, wie ja denn das mit dem Wählen ohnehin so eine Sache ist: hatten wir nicht letztens, anno achtundvierzig, ein liberales Ministerium, und doch ist Robert Blum erschossen worden. Und wenn Sie nicht nach Hause kommen wollen, so werden Sie wohl oder übel auf der Straße nächtigen müssen, und da werden sich sehr bald eine Menge hübscher Liebhaber zu Ihnen gesellen, die Ihnen noch weniger gefallen werden als jene beiden hübschen Herren. Glauben Sie denn wirklich, daß sich die Etzlers so leicht werden abweisen lassen? Ich wette, sie werden bei Ihnen sein, wenn Sie Ihre Bude schließen, und dann werden sie keinen Schritt mehr von Ihrer Seite weichen, und Sie sollten mir heute abend sagen, ob ich recht gehabt habe oder nicht.«

»Es ist vorauszusehen«, sprach Jettchen nach kurzem Besinnen, »daß sie heute wiederkommen werden, und darin mögen Sie recht haben, Frau Schubert, allein ich werde die Herren bitten, uns künftig in Ruhe zu lassen, und geht es nicht in Güte, so werde ich sie derb abweisen, wie ich es bei andern auch schon getan habe.«

»Und auch ich werde dasselbe tun«, rief Julchen entschlossen, »wie schmerzlich es mir auch sein wird.«

»Tun Sie es nur«, fiel ihr Frau Schubert ins Wort, »probieren Sie es nur einmal, und Sie werden sehen, wieviel Erfolg Sie damit haben werden. Glauben Sie denn wirklich, daß junge, üppige, auch noch reiche Leute, die heute schon bei Ihnen, und quasi im Handstreich, soweit gekommen sind, sich durch Ihr Bitten von ihrem Vorhaben abbringen lassen würden? Und wenn Sie derb werden, haben Sie alles verloren, denn dann werden sie, nach dem Sprichwort, daß auf einen groben Klotz ein grober Keil gehöre, Ihnen ebenfalls grob, ja noch zehnmal gröber kommen, Ihnen allen möglichen Schimpf und Hohn antun und allen Leuten das mit Ihnen gehabte Abenteuer erzählen. Dann würden Sie bald schöne Persönchen an Ihrem Stand begrüßen können, und selbst bis Pegau würde Ihr Ruf dringen.«

»Gott, ach Gott, wir sind unglücklich!« schluchzten die armen Mädchen, aufs tiefste von der Wahrheit dieser fürchterlichen Worte ergriffen, »was soll aus uns armen, verlassenen Mädchen nun werden?«

»Wir wollen lieber heute fort und die Messe gar nicht bis zum Ende abwarten«, sprach endlich Julchen und trocknete ihre Tränen, »denn dadurch entgehen wir allen ferneren Angriffen. Was meinst du, Jettchen? Ich will sogleich in die Bude gehen und einpacken, während du hier alles zurechtmachst und die Fuhrgelegenheit besorgst.«

»Ja, mein gutes Julchen, du hast recht«, erwiderte Jettchen nach einigem Besinnen, »das ist das beste Mittel, allen Widerwärtigkeiten vorzubeugen. Geh, lauf und bringe dort alles in Ordnung, und ich will das übrige hier besorgen.«

O weh, arme Frau Schubert! Die Sache nimmt eine verdrießliche Wendung. Biete deine ganze Klugheit auf und hintertreibe ihren Vorsatz, sonst fährst du mit deinem Plan ab, und der in Aussicht stehende Lohn, aber auch, was dir noch viel wichtiger ist, das deiner harrende Vergnügen geht dir verloren. Du wirst dich wieder mit Augustens Piephahn be- und vergnügen müssen, wenn er ihm, und der Sinn ihm danach, steht, und deine Beine werden die strammen Schenkel der jungen Burschen fürs erste nicht umklammern können und ihre Hosen werden für dich verschlossen bleiben. Auch wird dir niemand die Brüste pressen, was August ohnehin schon lange nicht mehr tut, und gähnende Leere wird deinem Schoße bevorstehen.

Dieselben Gedanken werden der guten Wirtin Kopf auch durchblitzen. Deshalb bietet sie jetzt, am Wendepunkt, auch alle ihre Schlauheit auf und spricht:

»Ach, ihr guten Mädchen, wenn es mit eurem Fortreisen von hier abgemacht wäre, so würde ich es Ihnen selbst schon angeraten haben, allein das geht schlechterdings nicht an. Herrjemine! Sie kennen diese Leipziger Früchtchen noch nicht, sonst würden Sie nicht so sprechen. Noch abgesehen davon, daß Sie kein Geld lösen, aber die gleichen Unkosten haben, so hilft auch Ihre Abreise nichts, denn diese Schlingel lassen Sie nicht aus den Augen, setzen sich frech zu Ihnen auf den Wagen und sind imstande, mit Ihnen zugleich in Pegau anzukommen – und jedermann weiß dann, woran er mit Ihnen ist. Dann können Sie sich auch fest darauf verlassen, daß diese Burschen, wenn sie abgewiesen werden, nicht nur die ganze Morgengeschichte weitererzählen werden, sondern noch einiges hinzudichten, entstellen und vergröbern, so daß aus der Fliege ein Elefant wird, wie das Sprichwort sagt.«

Und die Mädchen lassen wieder die Köpfchen hängen, denn die Wahrheit dieser Rede leuchtet ihnen ein. Es entstehen nun einige Minuten Pause, nach welcher sich die gute Wirtin erhebt und spricht:

»Besser ist es, Sie lassen die Sache nun gehen, wie sie geht, und übertragen mir die Leitung der Dinge, und dann, dafür stehe ich Ihnen gerade, wird am Ende noch alles gut werden. Ich werde schon aufpassen, wenn die Herren heute abend kommen, und ich werde Sie nicht verlassen.«

Und die Mädchen trauen der überwiegenden Klugheit der guten Frau Schubert; sie geben ihren Vorsatz, sogleich abzureisen, auf und verlassen dann die Stube, um ihr Verkaufslokal aufzusuchen.

Selbstgespräch der Frau Schubert

Während die Schwestern betrübt ihrer Bude zueilen und unterwegs noch Pläne entwerfen, wie sie dem drohenden Unglück entgehen könnten, bleibt Frau Schubert zurück, fängt an, das Zimmerchen aufzuräumen und die Betten zu machen. Doch ehe sie letzteres vornimmt, unterwirft sie die beiden Lagerstätten einer sorgfältigen Untersuchung und betrachtet sie genau, Quadratzentimeter um Quadratzentimeter.

»Was der Tausend«, ruft sie plötzlich, indem sie die Falten des Bettuches auseinanderstreicht und es näher zum Fenster an das Licht hält, »was der Tausend, das ist ja hier ganz naß, und wenn ich nicht irre, so ist es Samen. Sollten mich die Mädchen, trotz ihrer treuen Augen, dennoch belogen haben!«, und sie befühlt und betastet den Fleck und untersucht ihn von allen Seiten und mit immer bedenklicherer Miene. »Nicht möglich, nicht möglich«, spricht sie dann wieder kopfschüttelnd, »doch wer kann diesen verliebten jungen Dingern trauen?« – und der armen Frau Wirtin macht dieser Fund viel Kopfzerbrechen; sie sinnt und sinnt mehrere Minuten darüber nach, doch plötzlich scheint ihr Erleuchtung zuteil zu werden. Ein Strahl von Zufriedenheit glänzt wieder in ihrem Gesicht.

»Ja, ja, so ist es und nicht anders«, murmelt sie dann leise, »und wie kann es wohl auch anders sein: es ist einem dieser üppigen Dinger bei der ungewohnten Berührung schon vorher etwas Samen abgelaufen, wie es den wollüstigen Mädchen immer passiert – mir läuft er ja nur vom Drandenken schon fast die Beine hinunter.

Denn wenn eine wechselseitige Samenergießung stattgefunden hätte, so wären auch Blutströpfchen bemerkbar, denn ohne diese geht es bei einer Sprengung des Jungfernhäutchens nicht ab, und von solchen sieht man auch nicht das geringste. Doch wem muß dieser Abfluß abgegangen sein?« fährt sie sinnend und meditierend fort, »zwar ist dies Jettchens Bett, doch kann man nicht wissen, welche von beiden die verliebten Schlingel hierher geworfen haben. Es ist wahr: das sind ein paar Tausendkerle, die Etzlers, aber trotz ihrer bekannten Liederlichkeit fast die hübschesten jungen Leute der Stadt, und ich kann es den Mädchen gar nicht verdenken, wenn sie sich gerade von denen das Jungfernhäutchen sprengen lassen wollen – ich hätte es ebenso gemacht, wenn zu meiner Zeit diese Bürschchen schon gelebt hätten.«

Und indem sie diese Selbstgespräche weiterführte, nicht ohne Lust und nicht ohne den geheimen Kitzel an jenem bekannten und doch so geheimen Ort weidlich auszukosten, machte sie nun das Bett und ging hierauf an das andere und untersuchte es ebenfalls mit der größten Aufmerksamkeit. Wer beschreibt ihr Erstaunen, als sie dort denselben nassen Fleck vorfand – zwar nicht von so großer Ausdehnung wie der erste, aber dennoch vorhanden – und das Bettchen selbst war noch ganz warm.

»Wie warm ist es noch!« sprach sie heimlich, »und hier ist der Ort, an der Vertiefung zu erkennen, wo der Popo des Mädchens gelegen haben muß. Hier also hat auch der Hahnepampel geweilt, und ich glaube nach dem ganzen Aussehen und nach der kräftigen Konstitution, daß er nicht zu den kleinsten gehört. Ei, ich wollte, ich hätte ihn hier – ich wollte weniger Federlesens machen als die dummen Dinger und ihn bald bei mir unterbringen, wie lang und dick er auch sein möchte.«

»Augusten seiner hat viel verloren«, fuhr sie ernsthaft nachdenkend fort. »Vor Zeiten war er zwar auch nicht übel – nun gut: man dachte das damals, allein jetzt taugt er gar nichts mehr, und ich muß mich wohl umsehen, wo ich einen Ersatz, möglichst einen besseren Ersatz, herkriege, zumal dieser faule Tagedieb erst lange gebeten sein will, ehe er mich einmal besteigt. Die jungen Etzlers wären nun nach meinem Geschmacke, wenn ich sie dahin bringen könnte, mich täglich zu bedienen, so wäre das eine wunderhübsche Sache. Wie wäre es, wenn ich nun für den Preis der Jungfrauschaft dieser Mädchen den jungen Leuten das Gelöbnis abnähme, zweimal täglich zu mir zu kommen und mich recht tüchtig auszufeilen? Halt ja, das werde ich tun, und sollte es Augusten schwarz vor den Augen werden. Ja, ja, das wird getan, und noch ehe sie die jungen Mädchen wieder drankriegen, will ich zuerst von beiden vorgenommen werden – anders wird nichts aus der Geschichte.«

Glücklich, diesen Ausweg gefunden zu haben, auf dem sie sowohl ihre Liebesqual befriedigen als sich auch an ihrem August rächen konnte, beeilte sie sich nun, das Bett in Ordnung zu bringen, auszukehren und alles hübsch abzuwischen. Dann begab sie sich, den Kopf voller fröhlicher Gedanken, hinunter in ihr Stübchen.

In diesem traf sie ihren August an, der im Großvaterstuhle eingeschlafen war, und dieser Anblick fachte nicht nur ihren Zorn und ihre Liebesglut gleichermaßen zur hellen Flamme an, sondern er bestärkte sie auch noch in ihrem Vorsatz, sich durch Untreue an ihm zu rächen. Wie seltsam, o Gott, ist doch das Weiberherz.

So, wie sie die Tür aufriß, schlug August die Augen halb auf, schloß sie aber sogleich wieder, als er seine teure Ehegattin erkannte, und schnarchte behaglich fort.

Diesen süßen Morgenschlaf konnte Frau Schubert aber unmöglich so ungestraft hingehen lassen. Sogleich erhob sie daher ihre gellende Stimme, die den Posaunen Jerichos kaum nachstand, und schrie, dem Großvaterstuhle zugehend, dem armen August in die Ohren:

»So, Faulenzer, kaum aus dem Neste und schon wieder eingepennt. Das ist doch beim Himmel eine unverzeihliche Schande, so dem lieben Gott den Tag zu stehlen. Und die ganze Stube kann von Spitzbuben ausgeräumt werden, ohne daß du erwachst. Gleich stehst du auf, ... oder ...«

Durch diese unsanfte Störung aus seinen lieblichen Träumen aufgeweckt schlug August die Augen auf, sah seine Hausehre, die drohend auf ihn zuschritt, furchtsam an und machte Miene, den Stuhl fluchtartig zu verlassen.

Zwar war der brave August früher Soldat gewesen, hatte sich mit Russen und Spaniern tapfer herumgestritten und auch sonst seinen Mann gestanden, doch war es ihm nie gelungen, im Kampf mit seiner Frau die Oberhand zu behalten. Denn nicht nur, daß er seiner Frau gewaltige Zunge fürchtete – er hatte auch die Erfahrung gemacht, daß sie keine geringe Körperkraft, sondern zuzüglich noch die gefährliche Geschicklichkeit besaß, das erste beste, was ihr in der Wut in die Hände fiel, ihm stets sicher an den Kopf zu werfen – gleichwohl ob Topf oder Sieb, Beil oder Besen, und sein würdiges Haupt trug sichtbare Merkmale dieser Kunst.

Zudem gehörte das Häuschen, worin sie wohnten, bloß der Frau Schubert; sie allein hatte es in Lehn und nahm die Einkünfte ein, sowie auch alles Meublement ihr Eigentum war. Deshalb führte auch sie das Regiment im Hause, und August mußte gehorchen. Nur in einem Punkte war die gute Wirtin schwach, und wer diese schwache Seite zu benutzen verstand, der konnte wenigstens ein erträgliches Leben führen. Diese schwache Seite war die wahre Wut der molligen Frau, sich bedienen zu lassen. Wenn August auf ihrem fleischigen Körper lag, wenn er das Szepter seiner Männlichkeit tief bis in den entferntesten Hintergrund ihrer geräumigen Weiblichkeit versenkt hatte, wenn man zwischen ihre beiden Leiber kein Blatt Papier mehr hätte stecken können, dann war Frau Schubert glücklich, dann umschlang sie krampfhaft ihren August, nannte ihn ihren lieben, lieben August und bedeckte sein widerstrebendes Gesicht mit einer Unzahl von Küssen. In diesen wonnigen Augenblicken war sie zu allem erbötig, und August verdankte seine Schnapssechser nur und lediglich diesen Augenblicken, denn außerhalb solcher freigiebigen Minuten war Frau Schubert so ökonomisch, daß man sie fast geizig nennen konnte.

Auch jetzt gedachte August, seine zürnende Ehehälfte durch dieses Zaubermittel zu versöhnen. Sowie Frau Schubert daher auf ihn losfuhr, so stand er schnell auf und machte Miene, sie zu umfassen. Sein erster Griff war für gewöhnlich nach dem Busen und der zweite unter den Rock. Doch zu seinem Erstaunen hielt Mariechen nicht, wie gewöhnlich, still – sie wich seinen Handbewegungen aus und rief ihm spöttisch zu:

»Ja, jetzt wohl, nun will er, weil er Furcht hat, die Memme, aber vorhin hatte er keine Lust, weil er sich von der Schnapsflasche nicht trennen konnte. Es wird lange dauern, ehe er wieder einen Sechser erhält, von mir jedenfalls nicht, darauf kannst du dich verlassen, und was deine Faulheit anbelangt, du pomadiger Tölpel, so habe ich mir an deiner Stelle zwei andere hübsche Leute angeschafft, die mich von nun an bedienen sollen, und du kannst dir die Frau nehmen, welche du willst, wenn du überhaupt noch kannst, hahaha! so will ich dich bestrafen, hahahaha! ...«

– und die böse Wirtin lachte laut fort, nicht jedoch, ohne ein Gefühl des Ärgers durchblikken zu lassen, denn es brannte ihr gar gewaltig zwischen den Beinen, und das verflixte Ding gab keine Ruhe.

»Meinethalben dreie für zweie«, sprach endlich August gedehnt, »da habe ich meine Ruhe vor dir, und solltest du keine Männer finden, die dich noch ficken wollen, so will ich dir selbst ein paar Eckensteher herbeibringen.«

Der arme August hielt die Äußerungen seiner Frau für augenblickliche Aufwallungen verletzter Eitelkeit und verschmähter Liebe und glaubte, sie schon heute nacht wieder besänftigen zu können. Doch diesmal war es Mariechen ernst – zu welchem sie die Aussicht auf den Genuß so hübscher, wohlausgestatteter junger Leute verleitete, und dafür setzte das liebestolle Weib alles, selbst ihren letzten Rettungsanker August mit seinem nicht mehr ganz so großen Hahnepampel, aufs Spiel.

Mariechen warf dem Eheherrn erst einen strengen Blick zu und wollte mit der Bestrafung fortfahren, jedoch die Hoffnung auf den noch heute bevorstehenden Genuß – was heißt Genuß: Genüsse! – stimmte sie milder, und sie begnügte sich damit, bloß achselzuckend zu sagen:

»Wenn ich Männer brauche, so bedarf ich nicht deiner Hilfe. Auch brauche ich sie mir nicht erst zu suchen, sondern sie sind schon da, und wenn du ihre Namen gern hören willst, so spitze die Ohren und höre mir zu:« und mit diesen Worten trat sie ganz dicht an August heran und sprach mit triumphierender Miene, »es sind die wunderhübschen jungen Herren Etzlers, die hier gegenüber wohnen.«

August war bei den ersten Schritten, die sie auf ihn zutrat, vorsichtshalber einen Schritt zurückgewichen, doch da er nichts Feindseliges in ihrer Haltung wahrnahm, so stand er jetzt still und hörte sie ruhig an. Doch sowie sie den Namen Etzler nannte, verzog sich sein breites Gesicht zu einem höhnischen Grinsen, und er antwortete, nicht ohne Spuren einer durchschimmernden Eifersucht:

»Die jungen Etzlers, hahaha! die werden dir was malen, die können andere kriegen als so eine alte, ausgeleierte Votze.«

Zu einer anderen Zeit hätten die undelikaten Worte des eifersüchtigen Eheherrns Mariechens bitterste Galle erregt und eine Flut von Donnerworten hervorgerufen; so aber gefiel sie sich darin, ihn den Qualen der Eifersucht preisgegeben zu wissen, und erwiderte, indem sie mehrmals mit dem Kopf nickte und spöttische Verbeugungen machte:

»Ja, die jungen Herren Etzlers, sie kommen heute abend, ich habe sie eingeladen zu kommen, und du kannst, solange wir hier sind, meinethalben unter die Buden gehen und sehen, wo du was findest. Ei, da wird es hübsch werden – Juchhee! …«

Und die böse Wirtin schnippte mit den Fingern, knixte und verbeugte sich wiederum vor August, dem die Galle allmählich ins Blut stieg, und ging hierauf an die Alkoventür, wo an einem Nagel ein Schlüsselbund aufgehangen war, das sie jetzt ergriff, August keines Blickes mehr würdigte und mit stolzen Schritten die Stube verließ.

August starrte ihr eine lange Zeit stillschweigend nach, dann setzte er sich wieder auf den geliebten Großvaterstuhl und murmelte:

»Meinetwegen mag sie sich die Etzlers und noch ein weiteres Dutzend anderer junger Kerle halten, ich bin darüber nicht böse, doch wenn sie mir kein Geld mehr zum Schnaps gibt, so schlag ich den jungen Kerlen alle Rippen entzwei. Schnaps ist das einzige, was ich noch auf der Welt liebe, und sollte ich den nicht mehr haben, so schade was um das Leben: ich mache dann fort nach Californien und lasse die böse

Sieben, die mir noch das letzte Restchen Mark aus den Knochen saugt, hier sitzen, und sie kann sich dann einen überbraten lassen von wem sie will, wenn er will.«

Während dieses halblauten Selbstgesprächs senkten sich wiederum Augusts Augen, und kaum waren einige Minuten verflossen, so hörte man sein lautes Schnarchen.

Die gute Frau Schubert ist unterdes noch einmal in die Stube der Schwestern gegangen, und wir finden sie dort, wie sie in deren Mitte stehend die Stubendecke aufmerksam betrachtet.

»Hier«, spricht sie leise, »wird es am besten gehen, und ich kann dann alles am besten sehen. Ja hier, gerade in dem braunen Strich.«

Die Decke war nämlich mit roten und braunen Strichen verziert und wies in den Ecken und in der Mitte Schnörkel und Arabesken von gleicher Farbe auf. Hier beabsichtigte sie, ein Loch zu bohren, um mit dessen Hilfe den ganzen Liebesakt mitanzusehen, denn neugierig war die gute Wirtin, über alle Maßen, und nackende Körper, vornehmlich männliche – aber auch weibliche – zu sehen gehörte zu den liebsten, den allerliebsten Schauspielen, die sie sich denken konnte.

Bei den Gedanken an Loch, und nackt, und Liebesakt, fängt ihr das verdammte Ding zwischen den Beinen wieder zu jucken an. Sie weiß sich unbeobachtet, und deshalb hebt sie die Röcke hoch und fährt mit ihrer rechten Hand wie streichelnd über die ungestüme Stelle, hin und zurück, und sie fühlt die widerborstigen Haare und die schwellenden Schamlippen, und den Hauptstörenfried: jenes rote Zäpfchen, das steif und fest und brennend aus der Spalte ragt. Ihre Hand streichelt nun nicht mehr: sie krampft sich zusammen, macht greifende Bewegungen und will diese gottverdammte Votze, die den Abend nicht erwarten kann, zermalmen und zerquetschen. Dann führt sie ihren Mittel- und ihren Ringfinger in die Spalte ein, wobei sie nicht vergißt, die Hand vor und zurück zu bewegen, und läßt den kleinen Finger und den Zeigefinger rechts und links über die Schamlippen gleiten und massiert das rote Zäpfchen mit den beiden mittleren Fingern, daß ihm Hören und Sehen vergeht, und der Samen fließt ihr aus der Wunde, und sie gedenkt gar nicht mehr ihres armen August, sondern der beiden jungen Etzler, und wie sie nun zwei Finger in der Spalte hat, so glaubt sie, zwei, deren beider, Liebesszepter drin zu haben, und sie stöhnt und keucht, und sie nimmt die linke Hand zur Hilfe, und endlich strecken sich ihre Glieder, und es ist ihr so wohl, wie es ihr schon lange nicht mehr gewesen ist, und ihr August kann beruhigt weiterschlafen.

Da sie immer noch an Loch denkt, nimmt sie einen Stuhl, steigt auf ihn hinauf, ohne sich an der Lehne oder dem Stuhlbein zu vergehen, und langt mit der Hand nach der Decke. In dieser, rechten, Hand hält sie nun einen Bohrer – ach wie gern hält sie doch Bohrer in der Rechten – und sie bohrt nun mit großer Vorsicht und Geschicklichkeit ein Loch in die gemalte, aber dünne Bretterdecke.

»Halt, jetzt bin ich durch«, wispert sie dann, denn der vorhergegangene Kraftakt hat sie denn doch ein wenig ihrer Verve beraubt. »Nun will ich ein Hölzchen durchstecken, damit ich es oben gleich finde.«

Gesagt – getan: ein Hölzchen ist bald herbeigeholt. Sie steckt es hindurch, mit der geübten Hand, die jedes Loch, seien nun Haare drum oder nicht, zu finden und zu treffen weiß, und steigt vom Stuhle und trägt diesen wieder an seinen gewöhnlichen Platz. Dann schließt sie die

Stube ab, geht eine Treppe höher auf den Boden, nimmt von oben das Hölzchen heraus, erweitert das Loch und füllt es nachher wieder mit Papier aus.

»Das wird eine Lust werden!« ruft sie dann fröhlich, »oh, wäre es doch schon heute abend. Und wenn nur die Etzlers recht gut beschaffen sind«, sie gerät wieder in tiefes Sinnen über die Länge und Dicke der Etzler'schen Geschlechtsteile, »wenn sie nur gut beschaffen sind«, vollendet sie den Satz, »dann wird sich alles schikken – mehr will ich nicht.«

In froher Stimmung, befriedigt zwar, jedoch: wer weiß – es könnte ihr aufs neue gelüsten, betritt sie die Stube wieder und findet ihren August erneut eingeschlafen. Wiewohl sie dieser Anblick verdrießt, unterläßt sie es, ihren Mann zu wekken. Sie nimmt ihm vielmehr den Hahnepampel aus der Hose und besieht sich das faltige, schlaffe Ding von allen Seiten.

»Seltsam«, sagt sie, »darauf sind wir nun aus, wir dummen Weiber, und wenn wir es drin haben, dann glauben wir wunders, daß die Erde bebe und die Welt sich bewege, aber wenn er so dahängt, voll von Pickeln und Mitessern, dann ist es nun gerade kein appetitlicher Anblick.«

Und als sei ihr dennoch der Appetit gekommen, nimmt sie Augustens faltiges Geschlechtsteil in den Mund und streichelt ihm die Hoden, und es wird starr und steif, und August schlummert eifrig weiter, beflügelt vom Schnaps und von süßen Träumen, und sie lutscht und saugt daran, so lange, bis sich sein Samen in wilden Strömen in ihren Hals ergießt, und sie schluckt ihn und ist zufrieden, und was August geträumt hat zu dieser Stunde, das werden wir sicher niemals erfahren.

Obwohl sie also dieser Anblick verdrießt, sagt sie nach dem stattgehabten Frühstück kein Wort, fährt vielmehr ihrem August zärtlich mit der Hand über den Kopf und verbirgt das ausgesaugte Liebesszepter wieder in der Hose. Dann geht sie in die Küche, um das Mittagsbrot zu besorgen, allein, bei der Hitze des Herdes, dünkt ihr die Zeit bis zum Abend so lang wie ein Jahrhundert.

Und August schläft immer noch, und immer wieder.

Zweiter Band

Das Café français

Das *Café français,* wohin die Brüder gehen, ist ein schönes, in neuerem Stil erbautes Haus und steht dort, wo die Grimma'sche Straße in die Promenade einmündet. Es ist *au dernier goût,* nach dem Modell der ersten Pariser Kaffeehäuser eingerichtet und der Sammelplatz der Leipziger wie auch der angereisten *Haute Volée.* Vor dem rechten Flügel ist ein schönes Zelt errichtet, von dem aus man Aussicht nach der Promenade hat und in dessen Schatten die feine Welt Kaffee, Grog und Schokolade trinkt. Zur Einfassung der offenstehenden Seite dienen Pomeranzen-, Zitronen- und andere fremdländische Bäume, die gleichsam mit Schatten und Wohlgeruch dem Besucher des schönsten Lokals angenehme Erholung bereiten.

Und es ist vornehmlich zur Messezeit selten leer.

Die Brüder treten ein, werfen einen aufmerksamen Blick auf die anwesenden Gäste und suchen ein freies Plätzchen.

Ein solches ist jedoch an einem Messesonntag sehr schwer zu finden, und sie haben es nur dem dienstfertigen Kellner zu verdanken, der schon öfters von ihnen ein gutes Trinkgeld erhalten hat und ihnen auch heute einen Platz verschafft. Die freigebigen Gebrüder Etzler werden immer am ersten und schnellsten bedient.

»Und was befehlen die Herren Etzler?« flötete seine Stimme, indem er die Stühle abwischt und eine tiefe Verbeugung macht.

»Geben Sie mir eine Tasse Schokolade«, erwiderte Karl nachlässig und läßt nochmals seinen Blick über die Gesellschaft schweifen.

»Und mir einen Grog!« fügt Fritz hinzu.

Und der leichtfüßige Kellner fliegt, um die Bestellung auszuführen.

Es ist heute zum Erdrücken voll. Die Kellner eilen auf und ab, und immer neue Besucher kommen an, Damen und Herren, und müssen, da unter dem Zeltdach kein Platz mehr ist, sich in den Sälen und Stuben zusammenpressen.

»Eine Tasse Kaffee, ein Glas Grog, eine Tasse Schokolade, ein Glas Vanille-Eis, ein Glas Madeira, ein Glas Portwein!« hört man überall fordern, und die schnellfüßigen Weißschürzen beeilen sich, die verschiedenen Befehle auszuführen.

Vor dem Zelt steht eine Musikbande in der Kleidung von Bergleuten und spielt die neuesten Märsche. Die jungen Leute trällern sie leise nach, und auch die älteren wiegen und nicken mit den Köpfen dazu. Die Sonne scheint warm, und die Luft ist wundervoll blau. Um die blühenden Pomeranzen- und Rosenbäumchen schwirren und summen die ersten Käfer, und ein naseweiser, neugieriger Schmetterling, vielleicht heute erst geboren, wagt sich sogar unter die geputzten Herren und Damen und sieht sie mit seinen großen Augen verwundert an, wobei er von einem zum andern fliegt und, nachdem er die Runde gemacht hat, seinen Flug wiederholt.

Haben die Bergleute einen ihrer Märsche beendet, so beginnen drei wunderschöne Harfenmädchen, die für gewöhnlich aus Böhmen zur Leipziger Messe kommen, ein kleines Harfenkonzert und begleiten dasselbe mit ihren recht niedlichen Stimmchen.

Ach, so ein Messesonntag, vornehmlich der Vormittag, ist schön, wunderschön, ist herrlich, und wer genug Geld hat und nicht geizig ist, kann ihn zu einem Vergnügen ohne Ende gestalten.

Jetzt gelingt es den Brüdern, die Gesellschaft näher in Augenschein zu nehmen. Es sind ausnahmslos feine Damen und Herren, schön herausgeputzt und mit vornehmen Manieren. Das Geld fliegt nur so herum, obgleich man sagt, es seien schlechte Zeiten – aber das gilt wohl nur für diejenigen, die keines haben oder es sich im Schweiße ihres Angesichts verdienen müssen. Bankiers und Offiziere, Professoren und Kaufleute, Studenten und Handlungsdiener; schöne und häßliche, alte und junge Damen sitzen einträchtig nebeneinander und schwatzen und politisieren.

Die Politik macht begüterten Leuten doch sehr viel Kummer und Sorgen. Darum schütteln sie auch so oft ihre kummervollen Häupter und tuscheln hinter vorgehaltenen Händen. Das Jahr 1849 war ja auch so fürchterlich, so reich an mannigfachen Ereignissen. Die Liberalen standen in der Blüte und triumphierten, und die Gemäßigten fürchteten sich, laut zu sprechen. Der König hatte den Landtag auflösen müssen, und der Dresdner Maiaufstand konnte nur von preußischem, man überlege: preußischem Militär niedergeschlagen werden, weil die eigenen Truppen wieder einmal anderswo, diesmal in Schleswig-Holstein standen – was sie dort schon viel zu suchen hatten – und wie dann das Dreikönigsbündnis, das zu einem Vierkönigsbündnis wurde, und überhaupt: man mußte ja fürchten, seine eigene Meinung kundzutun, man wäre als Reaktionär gescholten worden und vor der wütenden Hefe des Volkes nicht sicher gewesen. Hier und da steckten einzelne Gruppen die Köpfe zusammen und flüsterten sich eins, während andere die neuesten Zeitungen und Berichte, die alle Augenblicke ankamen, begierig verschlangen.

Und die Brüder sehen wiederholt über die Gesellschaft in der Hoffnung, befreundete Gesichter zu erblicken. Hier und da bemerken sie wohl einige entfernte oder flüchtige Bekannte, doch keinen Freund und keine Freundin.

»Ich sehe auch gar niemand Bekanntes hier!« spricht Fritz, und Karl nickt zum Zeichen, daß er dieselbe Erfahrung gemacht hat. – »S' sind lauter fremde Gesichter; was die wohl alle in Leipzig zu suchen haben ...«

»Ein Glas Grog und eine Tasse Schokolade!« schreit der Kellner, indem er sich mühsam zu ihrem Tisch hin Bahn bricht und das Geschirr auf das kleine Serviertischchen setzt.

Und die Brüder ziehen ihre Börsen und bezahlen. Der Kellner besieht sich das Geld recht intensiv und sucht dann, verzweifelt, wie es den Anschein hat, in seinen Taschen nach Kleingeld, um herauszugeben.

»Pour vous!« spricht Karl und macht eine abwehrende Handbewegung, und Fritz tut dasselbe. Und der leichtfüßige und weißgeschürzte Kellner macht eine tiefe Verbeugung und geht an einen der Nebentische, wo man nach ihm ruft.

An diesem sitzen drei Damen ohne männliche Begleitung, sie haben Schokolade getrunken. Die Augen der Brüder folgen dem Weißbeschürzten und bleiben dann auf den Damen haften. Diese wiederum scheinen den Brüdern bekannt zu sein, doch wissen sie auf Anhieb nicht, wo sie sie schon früher gesehen haben, und deshalb fragt Fritz jetzt Karl, ob er sich der Gelegenheit erinnere.

Die Damen verlangen Kuchen und drei Glas Malaga. Während der Kellner weggeht, um das Verlangte zu holen, fallen die Blicke der Damen auf unsere Brüder, verweilen dort einige Zeit mit Bewunderung, und eine der Damen sagt:

»Mein Gott, wie schön sie sind – und sie gleichen einander –, ich glaube sicher, es sind Brüder.«

Es war die älteste der Damen, die dies bemerkt hatte, und eine der andern entgegnete:

»Ich glaube es auch, und es dünkt mich, als habe ich sie schon mehrfach gesehen, doch kann ich mich im Augenblick nicht darauf besinnen, wo …«

»I, freilich, Tantchen«, fällt die dritte und jüngste der zweiten ins Wort, »wir sahen sie erst gestern, als wir am Stande der beiden hübschen Verkäuferinnen aus Pegau waren; du ärgertest dich ja noch so sehr darüber, wie sie den Mädchen die Cour machten.«

»Ach ja, ach ja«, nahm die erste wieder das Wort, »es ist wahr, ich habe sie auch daselbst gesehen und muß gestehen, daß es sich für zwei so hübsche junge Leute nicht paßt, mit solchen ordinären Dingern soviel Umstände zu machen.«

Ihr bösen, wenn auch vornehmen Damen! Warum nennt ihr so fleißige und arbeitsame Mädchen ordinäre Dinger? Sie sind freilich so vornehm nicht wie ihr und können auch keine

Schokolade trinken und kein Konfekt essen und darauf Malaga trinken, um die Verdauung zu fördern, das können sie auch nicht, denn sie brauchen ihr Geld für notwendigere Dinge, und sie sind schon höchst glücklich, wenn sie des Morgens dünnen Kaffee und ein Dreierbrötchen haben. Auch müssen sie sich ihr Geld selbst verdienen, und sie haben weder Ehemann noch Vater, der dasselbe im Überfluß besitzt, um es ihnen in den Rachen zu werfen. Aber ich weiß den Grund eures Ärgers: es ist der Neid und die Eifersucht, die euch quält. Ihr wißt genau, daß ihr euren Männern eigentlich sehr viel weniger zu bieten habt, als ihnen die beiden Mädchen bieten könnten, und ihr befürchtet, daß sie das merken und diesen ihr Geld geben könnten. Auch sähet ihr es gern, wenn die Brüder euch den Hof machen würden und die armen Mädchen sitzenließen, denn, und auch hierin unterscheidet ihr euch von diesen, ihr wäret gern bereit, ihnen Avancen zu machen, die über diejenigen der Mädchen weit hinausgingen.

»Ärgern, Mathildchen«, rief nun die mittlere der Damen leise und warf der jüngeren einen unwilligen Blick zu, »ärgern, warum denn ärgern? Ich sehe meiner Treu keinen Grund, mich zu ärgern. Was gehen mich denn diese Mädchen an? Die jungen Herren mögen liebäugeln, mit wem sie wollen – ich kenne sie nicht und habe nichts mit ihnen zu schaffen.«

Du böse, vornehme Dame, du lügst – ich sehe dir ins Herz und erspähe dort, daß Mathildchen wahr gesprochen hat. Du ärgerst dich, weil du dir ebenfalls wünschst, von den Etzlers geliebt zu werden, und was du »geliebt zu werden« nennst, das geht weit über das hinaus, was die beiden unschuldigen, jungen Mädchen unter Liebe verstehen, und du würdest auch nicht eine Minute zögern, die geheuchelte Heiligkeit deiner Ehe zu brechen, wenn du nur dazwischen haben könntest, was die jungen Mädchen …

»Pst! nicht so laut«, pisperte Mathildchen und warf verstohlen einen feurigen Blick auf die sie beobachtenden Brüder, »sie sehen geradewegs auf uns her und könnten uns hören.«

Und die beiden älteren Damen, die wir als diejenigen wiedererkennen, die gestern am Stande der reizenden Verkäuferinnen so hämische Bemerkungen machten, sehen ebenfalls auf die Brüder und senken dann, von deren Blick getroffen, die lüsternen Augen züchtig zu Boden, wie es sich für anständige, wohlerzogene Damen gehört, die wissen, daß es der Anstand gebietet, beim Anblick eines nackten jungen Mannes die Augen zu schließen, die Schenkel aber weitauf zu spreizen.

»Hör zu!« zischelt Fritz seinem Bruder zu, der dem Gespräch der Damen aufmerksam gefolgt war, »die Damen sprechen von unseren Mädchen, und täusche ich mich nicht, so habe ich sie gestern am Stand gesehen – doch wie kommen sie nur dazu? …«

»Vermutlich haben sie uns dort beobachtet«, antwortet der andere ebenso leise, »und unser Zusammentreffen erinnert sie daran. Die kleinste und jüngste ist ja allerliebst, und, meiner Treu, wenn sie winkte, ich ließe mich bestimmt nicht lange bitten und würde auch kein Geld dafür verlangen.«

»Ich auch nicht«, sprach Fritz bestimmt und warf einen verliebten Blick auf das niedliche Mathildchen, das seine Augen nicht von den hübschen Jungen losreißen konnte, »ich werde sogleich Bekanntschaft mit ihr zu machen suchen.«

»Ei ja, das wäre mir lieb«, entgegnete Karl leise, »doch wie willst du das anfangen – die beiden Alten sind doch dabei!«

»Nun gerade, weil sie dabei sind«, fuhr Fritz fort, »macht es sich am besten. Zwar weiß ich im Augenblick noch nicht, welchen Vorwand ich vorschützen soll, doch wird mir das wahrscheinlich zur rechten Zeit einfallen. Du mußt mich unterstützen und die Alte poussieren, während ich der Jungen den Hof mache.«

In diesem Augenblick kam der weißbeschürzte Schnellfüßige wieder und setzte den verlangten Malaga und die Tortenstückchen auf den Tisch der Damen. Die älteste von ihnen zieht die Börse, schaut sich um und läßt den Blick lange auf den Brüdern ruhen, dann gibt sie dem Kellner einen Taler. Dieser gibt sich den Anschein, das Wechselgeld herausgeben zu wollen, und sucht lange in seiner Tasche, die von Geld strotzt. Die Dame aber macht keine Anstalten, *»pour vous«* zu sagen, und so zählt er Kupferpfennig um Kupferpfennig auf die Tischplatte, und die Dame sieht immer noch nach den Brüdern hin. Endlich spricht sie gedehnt:

»Lassen Sie es!«, wirft ihren Kopf zurück und schiebt ihm mit einer generösen Handbewegung das ganze Geld wieder hin, »es ist schon gut.«

Und wiederum schleudert sie einen Blick nach den sie scharf beobachtenden Brüdern hin, während der Kellner mit einem »Danke Ihnen, gnädige Frau!« das Geld in seine Tasche streicht und sich tief verbeugend entfernt.

»Die alte Dame scheint Geld zu haben«, flüsterte Karl, »und infolgedessen die Kleine auch, wenn sie nämlich ihre Tochter ist.«

»Und hast du gehört«, fällt Fritz ein, »wie der Kellner sie mit gnädige Frau betitulierte?«

»Jawohl, es war ja wohl kaum zu überhören«, entgegnet Karl, »mach' dich für alle Fälle mal an sie 'ran, an einem Grund dafür wird es dir ja wohl kaum fehlen – andererseits: diese Ladenschwengel sagen zu jedem Baron oder Graf, je nach dem Trinkgeld ...«

»Nun, warte ab, das werden wir gleich haben – ich will zuerst nur noch meinen Grog austrinken«, rief jener leise zurück, »ich werde so tun, als ob ich ihren Bruder kennen würde, mag sie nun einen haben oder nicht.«

Mit diesen Worten leerte er sein Glas, strich das Schnurrbärtchen glatt, griff nach dem Hals, um sich zu vergewissern, ob Kragen und Krawatte in Ordnung wären, stand hierauf langsam auf und näherte sich den Damen, indem er tief den Hut zog, diesen in der Hand behielt und eine anmutige Verbeugung vollführte.

»Verzeihen Sie, meine Damen«, hob er mit seiner wohlklingenden Stimme an, »wenn ich es wage, Sie in Ihrer Unterhaltung zu stören.«

Die Damen sahen ihn nun mit einer Miene an, die so aussehen sollte, als seien sie ob seines ungebührlichen Antrags höchst befremdet und überrascht. Zwar wußte der listige Schelm, daß den Damen diese Störung nicht nur nicht unangenehm, sondern sehr willkommen war – dennoch tat er zerknirscht, was die drei Damen nun allesamt wieder bewog, milder, freundlicher und wohlwollender dreinzublicken. Er aber behielt seine Zerknirschung bei und fing sogar an zu stammeln. Das wiederum machte den Damen Vergnügen, und sie sahen ihn nun mit gespannter Erwartung an und gaben sich mit den Füßchen oder Schenkeln unter dem Tisch kleine Stöße.

»Was ist Ihnen gefällig, mein Herr?« meldete sich die älteste der Damen endlich zu Wort, bog sich in ihrem Sessel zurück und blickte den kühnen, doch bescheiden dastehenden Jüngling mit Adlerblicken an, »womit können wir Ihnen dienen?«

Und die andere, vollbusige Frau, ebenso wie das schöne Mathildchen, sahen ihn mit höchst erheucheltem Interesse und mit großen, fragenden Augen ebenfalls an.

Armer Fritz: drei, nein: sechs Augen sind auf dich gerichtet. Nimm dich zusammen, denn – wenigstens ich gestehe es ein – ich könnte nicht in eines dieser Flammenaugen blicken, ohne verlegen und verwirrt zu werden, und dich blitzen ihrer sechse an.

Und Karl, der Schalk, beobachtet aufmerksam die Bewegungen seines Bruders, ebenso wie die der Damen, und lacht still vor sich hin. Allein: lach' nicht zu früh, mein Brüderlein!

Denn Fritz ist nicht in Verlegenheit, er tut nur so. Er hält die Flammenblitze mutig aus und fährt, sich nochmals verbeugend, mit feinem Anstande fort:

»Die Ähnlichkeit dieses Fräuleins mit einem meiner liebsten Freunde, den ich auf der Fürstenschule zu Meißen hatte, veranlaßt mich zu der Frage, ob ich wohl die Ehre habe, mit der Frau von Schirmer zu sprechen«, und dann, etwas verlegener, »es wäre mir dies sehr erwünscht, wenn es der Fall wäre, denn seit seinem Abgang von der Schule, die er ein Jahr vor mir verließ, habe ich nicht die geringste Nachricht von ihm erhalten, und ich wünschte sehnlichst zu erfahren, wie er sich wohl jetzt befände.«

»Es tut mir leid«, antwortete die ältere der Damen, »daß wir nicht imstande sind, Ihnen darüber Auskunft zu erteilen: der erwähnte Name ist nicht der unserer Familie, und ich kenne ihn bloß vom Hörensagen. Ich bin die Regierungsrätin von Nippert; diese Dame hier«, und dabei wies sie auf die andere, vollbusige Frau, die neben ihr saß, »ist meine Schwägerin, Frau von Philipp, und jene«, indem sie Mathildchen bezeichnete, »ist deren Tochter.«

»So bitte ich tausendmal um Entschuldigung!« antwortete Fritz, obwohl er wußte, daß er, falls er den Versuch unternähme, den Namen *von Schirmer* ebensowenig im Gotha finden würde wie die *von Nippert* oder die *von Philipp.*

»Oh, ich bitte, bitte gehorsamst!« fiel die ältere der Damen ihm ins Wort, wobei Fritz wohl bemerkte, daß sie »gehorsamst« sagte, was eine Dame von Stande wohl kaum getan hätte.

»Mit wem zu sprechen haben wir die Ehre?« fragte hierauf die vollbusige Frau von Philipp, wobei sie Fritz intensiv fixierte.

»Mein Name ist Fritz Etzler, Student der Rechte, und mein Vater ist Rittergutsbesitzer in der Gegend von Dresden.«

»Vielleicht kennen Sie aber unseren Cousin, den Student von der Berg?« wagte sich Mathildchen jetzt schüchtern zu fragen, »der gleichfalls die Rechte studiert.«

Fritz kannte den Tunichtgut recht gut und wußte auch, wie es um dessen Adel bestellt war. Dennoch antwortete er schnell, froh, einen Anhaltspunkt gefunden zu haben, der es ihm erlaubte, das einmal eingeleitete Gespräch weiter fortspinnen zu können:

»Den kenne ich sehr gut, mein Fräulein, und ich höre mit ihm zugleich Kollegien über sächsisches und römisches Recht.«

»Es ist mir lieb«, sprach die vollbusige Frau, »daß ich heute durch einen glücklichen Zufall erfahren kann, wie fleißig mein lieber *Neveu* die Kollegien besucht; aber ich bitte Sie, mein lieber Herr Etzler«, und hierauf warf sie ihm einen schmelzenden Blick zu, »besucht er denn die Kollegien ohne Ausnahme?«

Armer Fritz, das ist eine recht kritische Frage, und wie kannst und willst du sie beantworten, da es in ganz Leipzig ja kaum einen nachlässigeren Kollegienbesucher als dich selbst gibt.

Fritz war jedoch kein Mensch, der sich aus einer Lüge allzu viel Skrupel gemacht hätte. Er besann sich deshalb auch keine Sekunde und antwortete scheinbar eifrig:

»Auf Ehre, gnädige Frau, er ist einer der fleißigsten, wenn nicht der fleißigste Kollegienbesucher, und als ich letzthin bei dem Herrn Professor zu Tische war, so gedachte er seiner sehr rühmend und äußerte seine Ansicht, daß er nämlich glaube, ihn vielleicht schon in wenigen Jahren als einen großen und bedeutenden Staatsmann zu erblicken.«

Ei Fritz, so lügst du. Der Student von der Berg ist der liederlichste Mädchenjäger, den es nur in Leipzig gibt, und obwohl du selbst sehr liederlich bist, so übertrifft dich jener doch bei weitem – und der nun ein Staatsmann?, nun ja!

Kaum hat Fritz seine Rede beendet, so können sich Frau von Nippert, Frau von Philipp und das wunderhübsche Mathildchen des lauten Lachens kaum enthalten. Sie wissen ja, welch ein Früchtchen jener ist, und das Lob aus des Professors Munde klingt ihnen doch allzu fabelhaft.

»Mein Herr, mein Herr!« spricht die Vollbusige weiter, »nehmen Sie sich mit Ihrem Lob in acht, denn ich weiß genau das Gegenteil.«

»Doch ich sehe«, nimmt die ältere der Damen das Wort auf, »daß Sie stehen, mein Herr. Haben Sie doch die Güte, bei uns Platz zu nehmen. Rücke zu, Mathildchen, wir wollen den Herrn noch weiter ins Gebet nehmen und uns noch recht viel Gutes von unserem lieben Heinrich erzählen lassen, haben wir doch sonst zu wenig Gelegenheit dazu.«

Und sie wirft Mathildchen einen verstohlenen Blick zu, die seitwärts blickt und nach einem Stuhle ausschaut.

»Es ist kein Sessel mehr da«, spricht Mathildchen trübselig, »es ist aber auch heute wie gepfropft voll.«

»Doch vorher müssen wir erst wissen«, fällt die Vollbusige ein, »ob der Herr Etzler auch Lust hat, uns seine Gegenwart auf einige Augenblicke zu schenken und sie dem Herrn dort zu entziehen.«

»Wer ist der Herr, mit dem Sie kamen?« spricht gleich darauf die Frau von Nippert, »der Ähnlichkeit des Gesichtes nach wohl Ihr Herr Bruder.«

»Zu dienen, meine Gnädige«, antwortet Fritz verbindlich und sieht sie mit feurigem Blicke an, »erlauben Sie, daß ich Ihnen meinen Bruder vorstelle? Auch er ist ein guter Freund Ihres *Neveu* und wird meine Aussage bestätigen.«

»Wird uns sehr angenehm sein, seine Bekanntschaft zu machen«, erwidert Frau von Nippert, aufs innigste erfreut, den schönen jungen Mann in ihrer Nähe festzuhalten.

Und Karl hat alles mitangehört. Sein Herz hüpft vor Freude, eine neue Bekanntschaft zu machen. Sobald Fritz zurückkommt und ihn auffordert, sich den Damen vorzustellen, springt er auf und nähert sich ihnen, während Fritz die Stühle ergreift.

Auf beiden Seiten werden nun Verbeugungen gemacht, von beiden fliegen Artigkeiten, und die Damen scheinen um so mehr vergnügt zu werden, je mehr die Unterhaltung in Fluß kommt. Die beiden Brüder sitzen dicht neben den Damen, so dicht, daß sich die Schenkel fast berühren, denn der wenige zur Verfügung stehende Raum gestattet kein weiteres Auseinanderrücken.

Was?, wie?, sehe ich recht oder täuschen mich meine Sinne?, die Frau von Nippert macht verliebte Augen und schleudert bald dem jüngeren, bald dem älteren Etzler zärtliche Blicke zu, und ihr Schenkel drückt sich näher an Fritz, der seine Füße ausgebreitet und mit dem einen Schenkel dicht an dem der Frau von Nippert, mit dem anderen aber ebenso eng an dem des hübschen Mathildchens anliegt. Karl hat sich neben Frau von Philipp gesetzt, und da auch sie etwas Herzhafteres und Innigeres als nur die Tuchfühlung zu wünschen scheint, rückt er mit seinen Knien so weit vor, daß er das rechte Knie der Dame zwischen seine beiden bekommt. Und, o Wunder, auch die vollbusige Frau hält still und scheint ihr Knie immer nur noch tiefer zwischen diejenigen Karls hineinzwängen zu wollen.

Die Berührung des männlichen und des weiblichen Körpers wirkt elektrisch. Ein leises, dann immer stärker werdendes Zittern durchschauert den Körper und vermittelt ihm einen kleinen Vorgeschmack jener kommenden, höheren Genüsse. Und dieses Gefühl ist bei jungen Mädchen fast immer so stark, daß sie am ganzen Körper beben und zittern, wie Verbrecher vor ihren Richtern zittern und beben würden, wenn diese Richter Richter wären. Dann teilt sich ihnen, den jungen und unschuldigen Mädchen und beileibe nicht etwa den Verbrechern, ein

Bangen im Herzen zu, eine glühende Röte steigt ihnen ins Gesicht, der Puls geht stärker, das Herz klopft hörbar, und die Augen leuchten in sonderbarem Glanz.

Wer das alles bei einem jungen Mädchen bemerkt, der kann auch sicher darauf rechnen, daß sie noch rein und unschuldig ist; sie sucht sich, aus einem angeborenen Gefühl, daß Gefahr drohe, den Wallungen des Blutes und den Einflüsterungen eines ungebändigten jungen Leibes zu entziehen. Und diese Beobachtung scheint sich hier zu bestätigen.

Denn die alten Damen halten still und streben nach engerer Berührung, wiewohl sie die Kunst verstehen, es so absichtslos wie möglich zu tun – oder zumindest: es so scheinen zu lassen. Während also Mathildchen ihren Schenkel zurückzuziehen versucht, rückt ihr Fritz mit dem seinen immer fester und fester nach.

Und immer noch ist Heinrich von der Berg der Gegenstand ihres Gesprächs, als plötzlich die Augen Mathildchens auf den Eingang fallen und sie lächelnd, überrascht, aber leise ausruft:

»Da ist er ja selbst, Tantchen; nun wollen wir von ihm höchstpersönlich die Beichte hören!«

Und aller Augen wenden sich nach der Tür.

»Wahrhaftig, er ist's!« rufen sie alle zugleich, während Heinrich sie ebenfalls gewahrt und auf sie zukommt.

Heinrich ist ein großer, starker, junger Mann in Studentenkleidung. Sein Gesicht ist zwar bleich und etwas abgelebt, doch seine Augen sind wunderschön. Er hat ein griechisches Profil und herrliche, nußbraune Haare. Seine Haltung ist vornehm, und sein ganzes Wesen ist einnehmend.

»Guten Morgen, meine Damen!« spricht er, sich freundlich verneigend, »ich hoffte, Sie hier zu treffen, und freue mich, daß ich in meiner Hoffnung nicht enttäuscht worden bin – und guten Morgen, ihr Herren«, fährt er fort, indem er sich zu den Brüdern wendet, »wir haben uns ja lange nicht gesehen.«

Ei, du böser Heinrich, wie kannst du so lügen? Du wünschest, deine Tanten und deine Cousine hier zu treffen? – gestehe es nur, das ist nicht wahr. Du willst deine Messegeliebte, bei der du vergangene Nacht, doch halt: ich will schweigen und nichts verraten, du willst sie schon heute hier wiedersehen und mit ihr kosen, weil du ohne sie nicht leben kannst, und nichts ist dir fataler als gerade die Anwesenheit deiner Tanten. Aber so geht es ja nun leider in der Welt: alles ist Lug und Trug, und bei dem größten Ärger selbst heuchelt man noch Freude.

Das hübscheste Harfenmädchen, das hübscheste von den dreien nämlich, die hier spielen, ist seine Geliebte, er ist erschrecklich in sie verknallt und obendrein noch furchtbar eifersüchtig, so daß er sich stets in ihrer Nähe aufhält. Und ich möchte es wahrlich niemandem raten, ihr den Hof zu machen, denn das würde dem Kühnen schlecht bekommen: Heinrich hat Riesenkräfte und führt die beste Klinge, das ist bekannt, und deshalb haben die jungen Lüstlinge gewaltigen Respekt vor ihm und wagen es nicht, die Tugend seiner Erkorenen in irgendeiner Weise zu attackieren. Heinrich weiß das zwar recht gut, aber trotzdem ist er vom Morgen bis zum Abend im *Café français,* denn er erachtet jede Minute ohne sie als verloren.

Wiewohl ihm nun die Anwesenheit der Tanten höchst unangenehm ist, so ist er doch zu sehr Weltmann, als daß er es nicht für seine Pflicht hielte, diese um die Erlaubnis zu bitten, ihnen Gesellschaft leisten zu dürfen, und auch gar bald hat der leichtfüßige Kellner einen Stuhl aus den Zimmern und auch ein Glas Grog geholt, und ebenso schnell ist die Unterhaltung wieder im Gange.

Heinrich ist, wie alle jungen Leute seines Schlages, äußerst zuvorkommend, lustig, ein guter Gesellschafter, doch gefällt er sich darin, zuweilen recht ironisch und spöttisch zu sein, oder es zumindest zu scheinen.

»Woher kennen Sie meine Freunde, gnädige Tanten?« spricht er dann mit einem Male, als er bemerkt, wie die Augen sämtlicher Damen so zärtlich auf den Gesichtern der Brüder Etzler ruhen, »ist diese Bekanntschaft erst heute geschlossen, oder gründet sie tiefer, länger? …«

»Erst seit heute, mein lieber *Neveu*«, entgegnet Frau von Nippert mild, »und wir freuen uns, sie gemacht zu haben, da sie uns zugleich Gelegenheit verschaffte, etwas über deinen fleißigen Kollegienbesuch zu erfahren. Die Herren Etzler haben dich so sehr gelobt, daß ich und meine liebe Freundin nebst Mathildchen in der Tat recht stolz auf dich geworden sind.«

›Kollegienbesuch?‹ dachte Heinrich im stillen, und er erschrak furchtbar – denn er wußte kaum noch, wie ein Auditorium von innen aussieht – ›Kollegienbesuch? Die Schurken haben doch nicht etwa erzählt, daß ich dort nie zu sehen bin?!! …‹

»Ja, lieber Cousin«, nahm jetzt auch Mathildchen das Wort, »die Herren haben dich ausnehmend gelobt und sagten oder behaupteten sogar, daß der Herr Professor N. … in dir den großen Staatsmann der Zukunft sieht. Ei, wie freuen wir uns da, auch ich freue mich, denn wenn du erst Premierminister bist und die ganze Welt, und somit auch ich, zu deinen Füßen liegt, wie stolz können wir dann auf dich sein.«

Und die beiden älteren Damen lachen über das neckische Mathildchen, das, weiß der liebe Himmel warum, heute so selig erscheint, und die Brüder stimmen ein, und auch Heinrich hält es angesichts dessen für das geratenste, dasselbe zu tun.

Als die allgemeine Heiterkeit vorüber war, glaubte deren Stichblatt, der arme Heinrich, denn doch, Mathildchen, und ebenso seine Tanten, nicht unbestraft lassen zu dürfen, und in diesen Vorsatz bezog er die Brüder mit ein. Er wußte, daß die drei Damen, jede in ihrer Art, liebebedürftig waren und gern die Gesellschaft junger, schöner Männer suchten. Auch munkelte man hier und da in der Stadt, daß die beiden älteren der Damen schon diese oder jene verliebte Anekdote hinter sich gebracht hätten, und von den lieben Brüdern hätte er auch mancherlei erzählen können. Sein scharfes, an Liebesszenen aller Art gewöhntes Auge bemerkte die verstohlenen Winke, das Streicheln, Reiben und Pressen der Schenkel, das Hin- und Widerfahren der Knie und vor allem die verklärten Augen.

»Ei, ei, Cousinchen«, nimmt hierauf Heinrich das Wort, »du bist ja heute wunderschön. Deine Augen glänzen vor Wonne und innerer Zufriedenheit und ich freue mich, daß dich meine künftige Ministerwürde so sehr beglückt hat.

Ich danke euch, meine Herren«, fährt er hierauf, sich zu den Brüdern wendend, fort, »daß Ihr meinem lieben Cousinchen eine solch große Freude bereitet habt, oder ist der Grund dieser Freude vielleicht ein anderer? Du brauchst nicht rot zu werden, Mathildchen«, setzt er boshaft hinzu, als er die aufsteigende Röte in Mathildchens Gesicht gewahrt, »die jungen Herren kennen die Welt, sind erfahren, verstehen die Kunst, Heiterkeit zu erregen, und ich stehe ihnen in allen diesen Fertigkeiten weit nach. Auf Ehre, Mathildchen, du kommst mir heute recht schmachtend vor, und das ist bei dir eine sehr seltene Erscheinung, denn sooft ich auch bei euch war, so fand ich doch größtenteils nur langweilige oder gelangweilte Gesichtchen, und nun heute, wie durch einen Zauberschlag, so freundlich, so selig, so wonnig, und daran sind die Etzlers schuld, denen ich hierfür nochmals und aus dem tiefsten Grunde meiner Seele danke.«

Armes Mathildchen, jetzt errötest du wirklich ersichtlich und wirst darob auch noch ausgelacht, denn sieh' nur, wie die Frauen von Nippert und Philipp dich halb mitleidig und halb höhnisch ansehen – doch bei Frau von Philipp dauert dieses Ansehen nur einen Augenblick:

»Pfui!« spricht sie und wirft dem boshaften Sprecher einen unwilligen Blick zu, »pfui, Heinrich, siehst du denn nicht, wie Mathildchen deinetwegen verlegen wird? Ihr habt doch immer und ewig Streit, wenn ihr nur beieinander seid.«

»Ja, der galanteste der jungen Herren ist er eben nicht«, antwortete Mathildchen mit erneutem Mute, »doch bin ich das gewohnt und halte es für einen Ausnahme- oder Glücksfall, wenn man einmal das Gegenteil bei ihm antrifft.«

In diesem Augenblick schlägt die Glocke des nahen Nikolaiturmes zehn Uhr. Die Bergleute hören auf zu spielen, und die Harfenmädchen stimmen ihre Harfen.

Heinrich hört diese Töne kaum, als er sich auch schon umdreht, um mit den Augen nach jenem Ort zu suchen, von wo sie kommen.

Möglich, daß die Tanten und Mathildchen von seiner Liebschaft wissen, oder nehmen sie dieses Umsehen nur zum Vorwand, ihn noch mehr zu schrauben. Mathildchen hat bei ihren letzten Worten die Brüder freundlich-lächelnd angesehen und fährt dann, zu Heinrich gewendet, fort:

»Jetzt wird das schönste Konzert von der Welt angehen und mein lieber Cousin durch die herrlichsten Stimmen und die auserwähltesten Liedchen in den siebenten Himmel der Freude erhoben werden. Siehst du, Tantchen, wie dem künftigen Herrn Minister das Auge vor Wonne strahlt, da er den wunderhübschen Tönen der lieblichen Mädchen lauscht?!«

Und wiederum lachen die boshaften Tanten und blinken und winken den Brüdern zu, während Mathildchen es geduldig leidet, daß Fritz sein rechtes Bein unter ihren weitfaltigen Rock bringt und für die andern fast unmerklich es so lange dreht und hebt, bis er die Kniekehle ihres linken Beines auf seinem Knie hat und sie durch Heben und Senken der Fußspitze auf- und niederwärts gleiten läßt. Diese Empfindung tut ihm, in

Ermangelung einer besseren, wohl, und auch dem schalkhaften Mathildchen scheint sie zu behagen, denn sie ist nicht böse darüber, wie es vielleicht viele andere Mädchen wären, sondern ihr liebliches, bepurpurtes Gesicht strahlt vor Freude.

Und auch Karl hat sich näher an die Frau von Nippert gedrängt, und ihr kolossaler Schenkel ruht dicht an dem seinigen, während sich ihm eine furchtbare Glut mitteilt.

»Die Mädchen singen sehr hübsch«, spricht Karl, »und ich wünschte, sie sängen das neue Heldenlied, das ihnen gewöhnlich allgemeinen Beifall einbringt.«

»Welches?« fragt Heinrich und sieht ihn dabei aufmerksam an, »das von Kossuth, nicht wahr? – Nun, wartet, ich werde es bestellen.«

In diesem Augenblick fangen die Mädchen an zu singen, und ein dichter Kreis junger Herren drängt sich an sie heran und betrachtet sie mit lüsternen Augen.

Heinrichs Geliebte ist die schönste von allen dreien, und kaum hat er sie erblickt, so merkt man seinem Gesicht deutlich an, wie er unruhig geworden ist. Mit ungeheuchelter Freude benutzt er darum Karls Bemerkung, um den Gefälligen zu spielen. Er steht auf, wirft dem mutwilligen

Mathildchen noch einen halb unwilligen Blick zu, windet sich durch die Menge der anwesenden Gäste, schiebt einige der den Mädchen am nächsten stehenden jungen Herren zur Seite und sieht sich endlich seiner Geliebten gegenüber.

»Sehen Sie es«, spricht Frau von Philipp, die aufmerksam alle seine Bewegungen verfolgt hatte, »jetzt ist er wieder bei diesen Geschöpfen, und wir werden ihn bestimmt nicht wiedersehen. Es ist also wahr, was die halbe Stadt sagt – daß er diesem Ding da den Hof macht. Da lobe ich mir denn doch die Herren Etzler, die kümmern sich nicht um Mädchen dieser Art und verderben sich nicht ihr gutes Renommee. Bleiben Sie diesem Grundsatz getreu, und ich und Frau von Nippert, nebst Mathildchen, werden Sie stets in unserer Wohnung willkommen heißen – nicht wahr, meine Beste?«

»Es wird mir ebenfalls höchst schmeichelhaft sein«, erwiderte die andere, »wenn Sie uns die Ehre Ihres Besuches schenken. Hier ist«, fuhr sie graziös lächelnd fort, indem sie ihr Portemonnaie öffnete und eine Visitenkarte hervorzog, »hier ist meine Karte, und ich rechne recht bald mit Ihrem Besuch. Doch dächte ich«, setzte sie hinzu, »es wäre Zeit zum Nachhausegehen, denn ihr wißt: es hat vorhin zehn Uhr geschlagen, und wir erwarten um halb elf Besuch.«

Während dieser Worte hatte sich in der Nähe der Harfenistinnen erst ein leiser, dann immer lauter werdender Wortwechsel erhoben, der dann heftiger wurde und mit einem lauten Klatschen endete, das wie eine Ohrfeige klang.

»Mein Gott, was ist das?« rief Mathildchen erschrocken, »gewiß hat Heinrich wieder Unheil angerichtet«, und sie zog ihr Knie von dem des jüngeren der beiden Brüder herunter und erhob sich von ihrem Stuhle, um besser sehen zu können.

Und mehrere Männer standen sogleich mit ihr auf und drängten sich zum Ort der Handlung hin, um dem Streit näher zu sein.

»Mach', daß du fortkommst, dummer Junge, oder ich schlage dir alle Rippen im Leibe entzwei!« hörten sie wirklich Heinrichs kräftige Stimme ertönen, und gleichzeitig flog ein junger, sehr fein gekleideter Herr gegen eines der dastehenden Orangenbäumchen, so daß dieses, trotz des großen Kübels, nach außen umschlug und mit dem jungen Mann zur Erde stürzte.

»Himmel, er ist's!« schrie Frau von Nippert, schwankte, als sei sie von einem übergroßen Schreck überrumpelt, an Karls Seite und umfaßte mit beiden Händen dessen Schenkel, während Mathildchen nebst ihrer Mutter bei Fritz Schutz suchten, dergestalt, daß sie sich von beiden Seiten an ihn anschmiegten.

Bei diesem an einem so exklusiven Ort höchst seltenen Auftritt hatte sich alles erhoben. Die Damen knäulten sich zusammen, und die Männer umringten den am Boden liegenden jungen Mann, der sich nach einigen Augenblicken von der Erde aufraffte und in größter Beschämung, weil man ihn so offensichtlich und vor allen Leuten gedemütigt hatte, aber in noch größerer Wut auf Heinrich losstürzte. Gleichzeitig kamen ihm einige Freunde zur Hilfe, und im Nu sah sich Heinrich umstellt und von allen Seiten angegriffen.

»Werft den Ruhestörer hinaus!« schrien mehrere Stimmen zugleich, »er ist ja stets der Händelmacher.«

Und mit drohend geschwungenen Fäusten rückten ihm die Männer zuleibe. Doch Heinrich, dessen riesige Körperkräfte wir schon erwähnten, packte den ersten Angreifer und warf ihn auf den zweiten, so daß dieser wieder auf einen dritten fiel, ergriff sodann einen in der Nähe stehenden Stuhl, stauchte ihn dergestalt auf die

Erde, daß er in mehrere Stücke zerbrach, behielt das längste Ende in der Hand und schwang es sausend in der Luft. Erschrocken wichen seine Angreifer zurück, denn Heinrich sah so schrecklich imponierend aus, daß keiner von ihnen Verlangen trug, das lange Stuhlbein zu kosten.

Das alles war so rasch vor sich gegangen, daß diejenigen der Gäste, die hinten nach der Grimma'schen Straße zu saßen, den Grund des Streites immer noch nicht wußten, als mit einem Male eine weibliche Stimme laut um Hilfe rief und das Rätsel mit einem Male löste. Es war Klothilde, Heinrichs Favoritin, die, ihren Geliebten in so großer Gefahr sehend, alle weibliche Klugheit vergaß und sich, die Harfe in der Luft schwingend, schützend vor ihn hinstellte.

»Lassen Sie ihn in Ruhe«, schrie sie mit lauter Stimme, »was wollen Sie von ihm, lassen Sie ihn gehen oder ich hole die Polizei!«

Und Klothildens Augen flammten, und indem sie mit der einen Hand ihren Liebsten umfing, schwang sie mit der anderen den Angreifern drohend die Harfe entgegen.

Und Klothilde ist hübsch, hübsch wie der junge Maientag, mit wunderschönen Augen und einem, trotz ihrer schlanken Figur, vollen, strotzenden Busen. Armer Heinrich, gute, heldenmütige, jedoch unkluge Klothilde, was tut ihr? Ihr entdeckt ja selbst und ohne Not vor aller Welt das Geheimnis eurer Liebe, das doch tief verschleiert liegen und geheim bleiben sollte – und das alles auch noch in Gegenwart von Heinrichs Tanten und dessen Nichte, den Anverwandten jenes Heinrichs, zu dessen Füßen, so er dereinst nur Premierminister werden sollte, die ganze Welt liegen würde – und jetzt steht er da und hat ein Stuhlbein in der Hand, ist von seiner Favoritin umschlungen, und beide bedrohen sie diejenigen jungen Leute, die, ebenfalls von Klothildchens Reizen berührt, ihr ihre Huldigungen widmen wollten.

Da sieht man die Folgen der hassenswerten Eifersucht. Hütet euch – hütet euch ja alle vor diesem bösen Laster!

Und ringsum tönt Gelächter, und Frau von Nippert ebenso wie Frau von Philipp nebst dem verliebten Mathildchen glauben, vor Scham in die Erde versinken zu müssen.

»Es ist doch gar zu gräßlich«, seufzt erstere fast weinend, »sich derart wegzuwerfen.«

»C'est affreux!« spricht die andere in eben demselben Tone, doch scheint Mathildchen dem

Lachen näher als dem Weinen zu sein, und auch Fritz und Karl haben große Mühe, die Heiterkeit hinunterzuschlucken und sich das Grinsen zu verbeißen.

»Wer mir zu nahe kommt, ist des Todes!« schreit Heinrich mit Stentorstimme, indem er das Stuhlbein wie rasend über dem Kopfe schwingt, »komm' her, wer Courage hat!«, und im gleichen Augenblick raunt er Klothildchen heimlich zu, »zum Teufel, so geh' doch fort, du blamierst mich ja vor allen Leuten, oder willst du vielleicht auch einen Treffer mit abhaben?«

Doch Klothilde ist ein wahrhaft heldenmütiges Mädchen. Bei seinen Worten sieht sie erst ihn, dann die herumstehenden Leute an und ruft hierauf mit pathetischer Stimme:

»Ich sterbe mit dir, mein Heinrich, und kein Mißgeschick der Erde soll mich von dir trennen; und nochmals sage ich euch allen, die ihr meinen Heinrich beleidigen wollt: geht fort und laßt ihn in Frieden, oder ich hole die Polizei und lasse euch alle arretieren!«

Und wiederum erscholl ein donnerndes Gelächter.

»So geh', zum Donnerwetter, doch endlich fort!« schrie Heinrich jetzt laut und versuchte mit der einen Hand, die feste Umschlingung zu lösen, während er mit der anderen immer noch sein Stuhlbein schwang, »wie oft soll ich es dir denn noch sagen?!«

»Nein und tausendmal nein!« rief Klothilde laut und entschlossen und umfaßte ihn inniger und stürmischer, »ich bleibe bei dir und beschütze dich, und nur über meine Leiche soll der Weg zu dir gehen!«

Und zum dritten Mal erscholl das fatale, weithin zu hörende Gelächter, das unseren braven Heinrich, den Premierminister in spe, fast zur Verzweiflung brachte.

O ihr bösen, bösen Leute! Ihr lacht das arme, heldenmütige Klothildchen aus, nur weil sie bereit ist, ihr Leben für das ihres Geliebten zu opfern.

Ach, heutzutage ist die Aufopferung eine gar seltene Erscheinung, und auch du, Heinrich, du, ihr zärtlicher Anbeter, du bist böse darüber, daß sie dich so innig umschlingt. Bedenke, bedenke doch nur, wie oft du dich nach einer solchen Umarmung gesehnt hast, bevor sie dir, verlockt auch durch reichliche Gaben, zum erstenmal zuteil wurde. Und jetzt mit einem Male willst du sie nicht mehr haben? Ja, du stößt das Mädchen sogar weit von dir weg! Da sieht man die Undankbarkeit. Ich möchte um alles in der Welt kein Frauenzimmer sein. Nein und nochmals nein: nie und niemals.

»Mein Gott, ich falle in Ohnmacht!« haucht Frau von Nippert leise und fällt, wie sie es befürchtet hat, dem horchenden Karl fast auf den Schoß – der sich beeilt, sie zu stützen, wobei er der Gnädigen Frau unter die Arme greifen muß. Und so berühren seine Hände unwillkürlich und notwendigerweise den auf- und niedersteigenden Busen.

»Ach, mein Herr Etzler«, seufzt sie wie hinsterbend, »dieser Vormittag ist ein Schimpf für unsere Familie! *Mon dieu, mon dieu!* Daß ich das erleben mußte. Ich muß jetzt fort, mein guter Herr Etzler«, fährt sie dann eilig fort, »oder ich vergehe vor Scham. Und wenn Sie heute abend ein Viertelstündchen frei haben und mich mit Ihrem Besuche beehren wollen, so werde ich Ihnen zu äußerstem Dank verbunden sein, denn das Heil und die Wohlfahrt meines Neffen gehen mir über alles, und da ich glaube, daß Sie viel heilsamen Einfluß auf ihn ausüben können, so könnten wir dann gemeinschaftlich die besten Maßregeln erörtern und treffen, ihn zur Raison zu bringen. Denn so wie Sie ihn jetzt sehen, so ist er leider oft: unvernünftig wie ein Tier!«

»Liebste, beste Frau von Nippert«, spricht Karl und blickt die Gnädige schmachtend an, »ich bin höchst betrübt, Sie leiden zu sehen, und doppelt tut es mir leid, Ihnen heute abend meine Aufwartung nicht machen zu können. Der Vater nämlich hat uns gestern geschrieben und uns mitgeteilt, daß er heute um drei Uhr kommen und mit uns ins Theater gehen wolle – doch zu jeder anderen Zeit brauchen Sie nur zu befehlen, und ich werde in Demut sofort Ihrem Winke folgen.«

»Rührt ihn ja nicht an, oder ihr habt es mit mir zu tun«, schreit Klothilde von der anderen Seite her, »er ist der Geliebte meines Herzens!« Und wiederum tönt ein schreckliches Gelächter.

»Mein Gott! …« schreit ebenfalls Frau von Philipp, und, »Mein Gott! …« schreit gleichfalls Mathildchen ihr nach, »welche Schande, gute Nippert, wir wollen, ach, wir wollen schnell gehen.«

Und auch Mathildchen ist ob des ihrer Familie angetanen Schimpfes empört und fast einer Ohnmacht nahe. Auch sie hat keinen festen Stand mehr unter den Füßen und sinkt, nach dem Vorbild der Frau von Nippert, dem sie lauernd anblickenden Fritz willenlos in die Arme.

Und Fritz, der böse Fritz, umschlingt Mathildchen natürlich zuerst und achtet der Frau von Philipp vorab nicht. Er umschlingt sie zärtlich, faßt sie sanft unter die Arme und befühlt bei dieser Gelegenheit den strotzenden Jungfrauenbusen, um zu prüfen, ob er fest und reif genug wäre.

Er war es, das spürte Fritz, und er war so prall und steif, daß es Mühe gemacht hätte, hineinzukneifen.

Er spürte das klopfende Herz des jungen Mädchens, und Mathildchen rührte sich nicht, wiewohl Fritz durch das Kleid und die Korsettage hindurch die Rosenknospe des jungfräulichen Busens zu reiben versuchte. Ihre Augen schlossen sich beiderseits bei dieser Berührung, und Fritz, der abgefeimte Lüstling, hält das herrliche Mädchen in seinen Armen, und seine gierigen Finger betasten und drücken die elastische Fülle. Gott, wie schön ist dieses Mädchen! Sie ist von neckischem, liebreizendem Wesen, kaum sechzehn Jahre alt, blond mit blauen Augen, einem wunderschönen weißen Teint, mit zarten, rot angehauchten Wangen, einem lieblich-lächelnden Munde und Zähnen, so weiß wie Elfenbein, mit dem Wuchs einer Tanne und mit Ärmchen, Händchen und Füßchen so wunderschön und herrlich, als ob sie aus Marmor gemeißelt seien.

Und dieses wunderhübsche Kind hält Fritz jetzt in seinem Arm. Es lehnt sich an ihn an und scheint außer sich zu sein – ja, es umfängt sogar den schelmisch blickenden Fritz und scheint ihn an ihr Herz zu drücken.

Oh, du süßes, wunderliebes Kind mit deinen verführerischen blauen Augen und dem herrlichen weißen, mit Purpur angehauchten Teint – sprich: bist du denn verzaubert? Inmitten einer zahlreichen und bunt zusammengewürfelten Gesellschaft vergißt du alle Regeln des Anstandes und des Schicklichkeitsgefühls, das man dir anerzogen hat und das dich so liebreizend macht?

Und die Frauen von Philipp und von Nippert werfen jetzt einen Blick auf das sich umschlingende Paar und erröten ob dieses Anblicks – ob allerdings aus Ärger oder aus Eifersucht und Schamgefühl, das vermag man nicht zu sagen; gleichwohl: die Stellung und Haltung der Liebenden gefällt ihnen nicht.

»Wir wollen gehen!« spricht Frau von Philipp und zupft Mathildchen am Arm, »komm', Tochter, schnell!«

Und Mathildchen sieht ihre Mutter an, entwindet sich, getroffen von ihren unwilligen Blikken, Fritzens Armen und greift schnell nach ihrem Sonnenschirm.

Auch die vielen andern Damen machen sich zum Fortgehen fertig, und so verlassen sie denn alle drei, die Brüder nochmals freundlichst grüßend, gleichzeitig aber ihre dringliche Einladung wiederholend, mit eiligen Schritten das Kaffeehaus.

In der Tür blickt Mathildchen noch einmal zurück und winkt den Brüdern freundlichst zu, die beide mit brennenden Augen und klopfenden Herzen dem entschwindenden Bilde nachstarren – und kaum hat Mathildchen ihre Blicke auf den Weg konzentriert, so wenden sich die Augen der beiden Damen zu den Brüdern hin, so daß sie gar nicht genug gucken können.

Glückliche Brüder: schon wieder eine Eroberung, nein: nicht nur eine, sondern gleich drei, denn nicht nur das süße Mathildchen habt ihr erobert, das im Falle eines Falles und vorerst bestenfalls nur Anspruch auf einen von euch erheben wird, dieses wunderliebe Kind mit den blauen, herrlichen Augen und dem wallenden goldenen Haar, dessen Locken sich zärtlich kräuseln, nicht nur an der Stirn, sondern sicherlich auch an anderen, geheimeren Orten, wo nach getaner Arbeit die Hand so wonniglich zu ruhen beliebt und ihre Finger, verspielt und mit gedankenloser Absicht, spazierenführt. Nein, nicht nur Mathildchen, sondern auch die beiden älteren Damen mit den prachtvollen Busen und den vollen Schenkeln, welch letztere sich so prächtig zur Seite legen lassen und in welch ersteren man so genüßlich wühlen kann, auch die Gefühle dieser beiden Damen habt ihr zur tollsten Leidenschaft angefacht. Und nicht nur einen von euch begehren die beiden Damen in ihrer großen Bescheidenheit, nein, jede von ihnen will euch alle beide haben.

Böse, böse Brüder, was würden die reizenden Verkäuferinnen wohl dazu sagen: das liebe Jettchen und das noch lieblichere Julchen, wenn sie euch, sei es auch zufällig hineingeraten, in so inniger Umarmung gesehen hätten? Karl und Fritz jedoch haben im Augenblick andere Dinge im Kopf, so daß sie den Gedanken an Julchen und Jettchen wenig Raum geben können. Zuerst sehen sie sich mit vor Freude schimmernden Augen und einem Blick des geheimen Einverständnisses, der Bände spricht, ohne daß ein Wort über die Lippen zu gehen braucht, an, und dann verfolgen sie mit lüsternen Blicken und solange sie sie nur eben sehen können die davoneilenden Damen. Hierauf ruft Fritz dem in der Nähe weilenden Kellner zu, er solle noch ein Glas Grog bringen, und auch Karl bestellt für sich dasselbe.

»Sofort, meine Herren, in einer Minute!« ruft der Weißschürzige und eilt dem Buffet zu, um die Bestellung auszuführen.

»Donnerwetter!« spricht Karl leise und trommelt vergnügt mit den Fingern auf der Tischplatte, »Mathildchen ist allerliebst, und die beiden alten Damen scheinen mir den *Comment* zu verstehen.« Dann wendet er sich zu seinem Bruder und sagt: »Ich gestehe, Fritz, daß du deine Sache gut, sehr gut gemacht hast!«

Und Fritz verneigt sich lächelnd vor seinem lobspendenden Bruder und erwidert:

»Courage hilft bei allen Weibern, und daran darf es uns niemals mangeln. Hast du Goethes herrlichen Vers vergessen, meinen Lieblingsvers sozusagen?«

»Welchen?« fragt Karl.

»Diesen!« entgegnet Fritz und räuspert sich einige Male und deklamiert dann leise:

»Komm den Frauen zart entgegen, Du gewinnst sie, auf mein Wort. Doch bist kühn du und verwegen, Kommst' vielleicht noch besser fort.«

Kaum hat Fritz das letzte Wort gesprochen, da nähert sich auch schon der Kellner, bringt den verlangten Grog und entfernt sich mit tiefen Bücklingen.

»Auf gutes Glück!« zischelt Karl, indem er das Glas ergreift und mit seinem Bruder anstößt. Er leert das Gefäß mit einem Zug und setzt dann forschend hinzu: »Wir wechseln doch die Waffen und vergnügen uns somit doppelt? …«

»Versteht sich von selbst«, antwortet Fritz, »als Brüder, die wir sind, müssen wir unsere Habe brüderlich teilen, demnach wie echte Kommunisten leben, und nichts geht in der Tat über die reizende Aussicht, zuerst von Jettchen und Julchen, dann von der Nippert und der Philipp und zuguterletzt von dem schmachtenden Mathildchen beglückt zu werden. Was hätten wir davon, wenn wir nach Art der philiströsen Pfennigfuchser unsere Habe einteilen würden, nicht einmal die Hälfte hätte jeder, genau genommen. Es geht doch nichts über diesen Kommunismus. Freut euch darum, ihr kleinen Brüderchen, seid standhaft, munter und frisch und macht euern Herren und Gebietern keine Schande.«

»Ein Mann, ein Wort!« fällt Karl fröhlich ein, reicht seinem Bruder die Hand, die dieser herzlich drückt, und ruft: »Auf diese herrliche Aussicht trinken wir eine Flasche Portwein, die ich allein bezahle.«

Fritz nickt beistimmend, und sogleich winkt Karl dem weißbeschürzten Jüngling zu, sie zu bringen.

»Sofort, meine Herren, zu Diensten!« flötet dieser zurück und beeilt sich mit der Ausführung der Bestellung so sehr, daß er in seiner Eile einen vornehmen, prächtig gekleideten Herrn umwirft.

Glückliche Brüder, armer Kellner. Während die einen in den Wonnen des Glücks, der lokkenden Aussicht der nahen Erfüllung ihrer Wünsche und Begierden schwelgen, läuft der andere sich die Füße wund, von früh bis spät unterwegs.

Oh, wie verschieden ist doch das Los der Menschen. Es langweilen sich die wenigen, denen Glück und Vermögen in der Wiege gelegen haben, und es plagen sich die vielen Tausend anderen, damit jene sich langweilen können und ohne daß sie jemals Aussicht haben, ihre Hände zur Ruhe in den Schoß zu legen oder gar von so herrlichem Weine zu trinken. Und die Brüder trinken ihn mit großer Freude, seine Glut durchströmt sie mächtig und erhitzt die ohnehin schon brennende Phantasie noch um einige Grade mehr. Ein Glas um das andere wird hinabgestürzt, und bald ist die Flasche leer.

Währenddessen hat die heldenmütige Klothilde das Feld immer noch nicht geräumt: sie hält ihren Heinrich fest umschlungen, der, dem Kriegsgott Mars nicht unähnlich, in furchtbar drohender Haltung dasteht und durch die Blitze seiner rollenden Augen wie auch durch das wichtige Sausen des mächtigen Stuhlbeines die Meute seiner Feinde bislang in ehrerbietiger Entfernung gehalten hat. Bislang, denn jetzt werden diese, sich ihrer Anzahl bewußt, kühner, umringen ihn drohender, drängen auf ihn ein, und Heinrich schwebt in großer Gefahr.

Arme Klothilde, ist denn kein Helfer, kein Engel in der Nähe, der sich Deiner und deines Geliebten erbarmte?

»Hinaus mit ihm!« schreit die tobende Menge, und zugleich schleichen sich einige der Kühnsten von hinten an Heinrich heran und versuchen ihn zu packen. Doch die kriegsgewandte, schlachtenkundige Klothilde bemerkt die List der unerbittlichen Feinde, läßt Heinrich plötzlich los und stellt sich ihnen, Tod und Verderben in den flammenden Augen, mit geballter Faust entgegen, wobei sie zugleich mit lauter und kreischender Stimme um Hilfe für ihren Angebetenen fleht. Der Hilferuf ertönt weithin und erweckt auch unsere Brüder aus ihrem traumhaften Entzücken.

»Zum Teufel, Karl, wir müssen Heinrich helfen«, spricht Fritz jetzt hastig zu seinem Bruder, indem er aufsteht und die bedrängte Lage des künftigen Ministers sieht, »komm mit, schnell! …«

Dem feinen Handlungsdiener ist der ganze Auftritt unerwünscht, zählt er sich doch zur Schicht der reputierlichen, feinen, bürgerlichen Herren, und es gilt ihm ein Liebesgeflüster weit mehr als der Ruf zum Streite, doch da er seinen Bruder nicht allein gehen lassen will, so folgt er ihm langsam nach und nähert sich der Stelle, von der aus der Angriff, die Entsetzung des bedrohten Freundes, erfolgen soll.

»Zu Hilfe, zu Hilfe!« schreit Klothilde in einem fort, während Heinrich in blitzschnellen Reifen das Stuhlbein um sich herum schwingt, und da er die sich nähernden Brüder gewahrt, so ruft er ihnen zu, mit ihm gemeinschaftliche Sache zu machen.

Fritz läßt sich nicht lange nötigen; er bricht sich bald Bahn unter den jungen Stutzern, die der Mehrzahl nach aus Berliner und Hamburger Jünglingen bestehen, und da sich ihm, durch das laute Geschrei der angstvollen Klothilde angelockt, bald mehrere Studenten anschließen, so weichen die zornigen Gegner langsam zurück, und Heinrich befindet sich außer Gefahr, ohne daß es noch nötig gewesen wäre, weitere Stühle in ihre Bestandteile zu zerlegen, um diese als Waffen gegen den zornmütigen Pöbel gebrauchen zu müssen.

Klothilde, die heldenmütige Klothilde, ist außer sich vor Freude, ihren teuren Heinrich gerettet zu sehen. Sie fliegt auf ihn zu, drückt ihn mit Inbrunst an ihr klopfendes Herz und dankt den tapferen Rettern ebenso glühend. Oh, wie schön ist Klothilde mit ihrem vor Zorn und Freude purpurroten Antlitz! Sie umarmt wieder und wiederum ihren Heinrich, der, noch wütend über die Frechheit seiner Gegner, diesen nachlaufen und sie durchprügeln will; doch endlich gelingt es ihren Schmeichelworten, ihn zu besänftigen; er kommt wieder zu sich selbst und bittet sie, von ihren Umarmungen Abstand zu nehmen, ja er scheint sich ihrer zu schämen, denn seine Miene ist recht einfältig und verlegen geworden.

Undankbarer Heinrich, warum schämst du dich deiner Liebe, dieser heiligen Flamme, womit die großmütige Klothilde dich beglückt.

»So höre doch endlich auf mit deinem Unsinn!« poltert Heinrich heftig und stößt sie unsanft zurück, »nimm lieber deine Harfe und spiele, siehst du denn nicht, daß aller Augen spöttisch auf uns gerichtet sind?«

Und auch Klothilde kommt wieder zu sich selbst, sie läßt ihren Blick schüchtern rundumherschweifen und gewahrt auch wirklich mit Entsetzen die hohnlachenden Gesichter, die, Kopf an Kopf gedrängt, sie umgeben.

»Komm mit fort, Heinrich«, spricht Fritz, indem er ihn am Ärmel zieht, »komm schnell und entziehe dich dem allgemeinen Gelächter.«

»Du hast recht, Fritz«, antwortet Heinrich, »fort, fort von dem verwünschten Ort!« …, und zugleich flüstert er Klothilde einige Worte ins Ohr, worauf diese ihn schmachtend anblickt und freundlich nickt.

»Kommt, ihr Herren«, fährt Heinrich zu den ihn umringenden Studenten gewandt fort, »laßt uns ein Töpfchen bayrisch Bier trinken – ich weiß eine neue Kneipe, wo es famos ist.«

Ein Beifallssturm seiner Begleiter folgt seinen Worten. Heinrich geht voraus, die gaffenden Zuschauer weichen rechts und links auseinander, und er schreitet stolz um sich blickend aus dem Kaffeehaus, das durch diesen fatalen Zwischenfall fast leer von Gästen geworden ist.

»Laß sie gehen«, flüstert Karl seinem Bruder zu, »wir wollen uns verdrücken, denn ohne Zweifel wird es jetzt ein Besäufnis geben, wie es Leipzig lange nicht mehr gesehen hat. Ein schwerer Kopf würde unsere Chancen bei Julchen und Jettchen ganz gewiß nicht fördern. Suchen wir uns also auf gute Manier zu drükken, denn wir müssen doch sehen, wie sich Jettchen und Julchen befinden. Was haben wir am Ende von der ganzen Geschichte: höchstens einen Ölkopf, und ich muß auch noch mal ins Geschäft gehen, um zu sehen, ob etwas vorgefallen ist.«

Wenn auch nicht von den geschäftlichen Sorgen seines Bruders, so ließ sich Fritz doch von dem Hinweis auf Julchen und Jettchen, und was ihnen allen miteinander bevorstand und wozu man einen klaren Kopf brauchte, bestimmen, seinem Bruder auf dem Fuße zu folgen.

»Wo geht ihr hin?« spricht Fritz folglich zu Heinrich und seinen Genossen.

»Dahin, wo wir gestern abend waren«, entgegnet Heinrich, »und ich hoffe, daß du jetzt gleich mit uns kommst.«

»Für jetzt können mein Bruder und ich nicht«, antwortet Fritz mit einem bedeutsamen Blick, »doch wir kommen nach, sobald wir mit einer Affaire zu Ende sind.«

»*Affaire d'amour,* ich verstehe«, fährt Heinrich mit geheimnisvoll-wissendem Lächeln fort, »das geht allen anderen Dingen vor, aber sag mir, Fritz, wo sind meine Tanten und mein Cousinchen geblieben? Sie gingen so schnell, ich möchte fast sagen stürmisch, fort, daß ich nicht einmal Gelegenheit hatte, ihnen die Hände zum Abschied zu küssen. Was haben sie denn gesagt? Wegen dieser verdammten Lümmel, die ihrer Frechheit wegen hundertmal geprügelt zu werden verdienen, haben sie gewiß meine kleine

Liebschaft mit Klothilde erfahren, und ich habe in der nächsten Zeit wohl kein freundliches Gesicht zu erwarten – sprich aufrichtig, Fritz: was haben sie zu dem kleinen Skandal gesagt?«

»Du weißt, lieber Heinrich, daß ich dir nichts verschweige«, spricht Fritz mit gedämpfter Stimme, »sie waren, mir scheint, sehr böse auf dich – fast fielen sie in Ohnmacht bei Klothildes Geschrei.«

»Ja, sie ist verrückt, ist zum Sterben in mich verliebt und wird mir noch so manche Unannehmlichkeiten bereiten«, ruft Heinrich nachdenklich aus, »doch was tut's?«, und nun wild entschlossen, »die ganze Welt soll mich am Arsch lecken, wenn nur sie, die Einzige, mich liebt!«

»Adieu, au revoir«, fällt Fritz, dem Karl in einem fort in die Seite stößt, um ihn zu einem schnelleren Weggang zu überreden, ein, »ein paar galante Worte bringen alles wieder ins rechte Lot.«

»Ich rechne auf euch«, erwidert Heinrich mit einem fast ironischen Ton, »denn so wie ich gesehen habe, scheinen euch die Damen sehr ins Herz geschlossen zu haben, die alten ebenso wie die junge, und ein gutes Wort zur rechten

Zeit hat noch niemandem geschadet. Adieu also, und kommt bald nach.«

Heinrich entfernte sich mit seinen Begleitern, während die Brüder dem Stande der reizenden Verkäuferinnen zueilen. Ebenso erregt von der Aussicht auf das bevorstehende Glück wie von dem genossenen Wein treiben sie ihre Scherze mit allen ihnen über den Weg laufenden Mädchen, stehen still an allen Buden, in denen sie etwas erblicken, was sie für die Geliebten als wünschenswert erachten – kaufen es ohne zu feilschen und lassen es in ihre Wohnung bringen und dem hübschen Christelchen übergeben, damit sie es später den reizenden Verkäuferinnen überbringen könne.

So kommen sie weiter und weiter und nähern sich endlich dem Stande, wo Julchen und Jettchen, wie gestern umgafft und belauert von einer großen Schar, ihre Waren feilbieten – doch gehen sie nicht zu ihnen hin, sondern ziehen es vor, mit den Paketen nach Hause zurückzukehren und erst danach den Besuch abzustatten.

Und abermals Täuschung, bittere, schreckliche Täuschung

Während Heinrich von den Berg mit seinen Standes- und Gesinnungsgenossen der bayrischen Bierstube zueilt und Fritz und Karl eine Menge Geschenke für die Schwestern einkaufen, um mit Paketen und Schachteln beladen ihrer Wohnung zuzukeuchen, wo sie alles der verliebten Christel übergeben, damit diese es hinüber zu Frau Schubert bringen solle – während also alle in der geschilderten Art beschäftigt sind, wenden wir uns wieder den reizenden Verkäuferinnen zu, deren Stand, wie gewöhnlich, wieder von einer neugierigen Menge beiderlei Geschlechts umgeben ist.

Wiederum fallen dieselben Bemerkungen wie an den vorherigen Tagen, wiederum von alt und jung, groß und klein, vornehm und gering; wiederum Tadel und Lob, Neid und Mitleid – alles geradeso wie gestern.

Habt ihr denn niemals Ruhe, ihr armen Mädchen, vor den mitleidlosen Zungen, die sich müde reden, um eure Schönheit herabzusetzen. O Weiber, Weiber! Ich verabscheue euch bis in den Tod.

Und euch, ihr armen Mädchen, euch bedaure ich innig und aus ehrlichem Herzen. Doch eine Rache bleibt euch doch, und diese ist für Frauen und Mädchen gewiß die süßeste: euch bleibt die große Freude über den Neid der boshaften Frauen und dann der allgemeine Triumph der Anerkennung eurer Reize von seiten der Männerwelt.

Seht, seht, o öffnet nur die Augen und belauscht die brennenden, lüsternen Blicke der versammelten Stutzer! Sie starren euch an, als ob sie euch verschlingen möchten – sie geben sich alle erdenkliche Mühe, eure Blicke auf sich zu ziehen, und doch senkt ihr eure Augen zu Boden. Sagt, ihr lieben Mädchen, woher kommt das? Habt ihr Furcht oder schämt ihr euch vielleicht gar vor irgend jemandem? Umsonst betteln die geschniegelten Stutzer, alte und junge, um einen einzigen Blick – ihr senkt die Augen zur Erde oder auf eure ausgelegten Waren, ihr scheint bleich und verstimmt, und das zauberische Lächeln eures niedlichen Mundes ist verschwunden.

Oh, ihr bösen Brüder! An allem diesem Unglück seid ihr schuld. Die armen Mädchen schämen sich vor sich selbst und zittern vor dem Augenblick, da sie euch kommen sehen könnten. Dieses Gefühl beunruhigt sie in höchstem Grade, und sie wünschen in der Angst ihres Herzens den Abend herbei, um den gefährlichen Anblick weit, weit hinter sich zu haben. Ihre Antworten auf die vielen Fragen sind einsilbig, zitternd und furchtsam, und wäre ihre täuschende Ähnlichkeit nicht gewesen, so hätte man glauben können, sie seien einander fremd, denn auch miteinander unterhalten sie sich nicht.

Umsonst bemühen sich die eitlen Herrchen, sie mit Lobsprüchen über ihre Schönheit zu erheitern – sie bleiben einsilbig und verschlossen, werfen höchstens ab und an einen Blick in die Weite, ob sie die Gefürchteten nicht erspähen würden. Arme, arme Mädchen!

Ebendiese Gefürchteten aber sind währenddessen in ihrer Wohnung angelangt. Schon in der Haustür empfängt sie das verliebte Christelchen und macht große Augen, wie sie die Menge der eingekauften Waren erblickt, die doch wohl keinen andern Zweck haben können, als ihr selbst geschenkt zu werden. Sie folgt den Brüdern, auf deren Zuruf hin, in ihr Zimmer, und das verliebte Herzchen pocht ihr heftig in der gewichtigen Fülle des verliebten Busens, als beide alle die eingekauften Herrlichkeiten vor ihren Augen ausbreiten. Ach, solche wunderschönen Sachen hat sie sich längst gewünscht; das Blut steigt ihr vor Freude in die Wangen, und ihre Augen, die von all der Pracht und Herrlichkeit nicht loskommen können, füllen sich fast mit Tränen.

»Mein Gott, wie schön, wie herrlich«, stammelt sie endlich, »wie reizend ist dieses Umschlagtuch, wie gottvoll das Mousselinkleid! Ach, und die Schürzen und Manschetten – nein, das ist zuviel, viel zuviel. Und ach, die schönen Handschuhe, die durchbrochenen Strümpfe, die Riechfläschchen, das Haaröl, die parfümierte Seife – nein, nein! Das habe ich nicht verdient, das ist zuviel, meine Herren!« so stammelt sie mit freudestrahlenden Augen und umarmt bald Fritz und bald Karl. »Ich weiß zwar, daß Sie honett sind, sehr honett sogar, aber mir soviel zur Messe zu schenken ...«

Und die Brüder, die bösen Brüder brechen bei Christelchens Entzücken in ein lautes Gelächter aus, das kein Ende nehmen will. Christelchen jedoch läßt sich dadurch nicht beirren, sie erschöpft sich in neuen Lobpreisungen und Danksagungen und hüpft und tanzt vor Freude in der Stube auf und ab. Jetzt endlich gelingt es Karl, wieder einige Worte hervorkichern zu können:

»Christelchen«, schluchzt er mit tränenden Augen, »du bist im Irrtum, in einem großen Irrtum, denn alle diese Sachen, die du hier ausgebreitet siehst, haben wir nicht dir, sondern unseren vis-à-vis, den herrlichen Verkäuferinnen, auf deren Schönheit du uns erst aufmerksam gemacht hast, zum Geschenk bestimmt.«

Christel, arme bemitleidenswerte Christel! Was können wenige Worte im Grund oft anrichten.

Christelchen sieht erst den Sprecher mit großen Augen an und mit recht einfältiger Miene obendrein, danach öffnet sie den Mund, um einige Worte zu stammeln – doch die Zunge versagt ihr den Dienst, und besagter Mund bleibt weit geöffnet stehen. Das Rot, das ihre Wangen sonst ziert, macht einer schrecklichen Blässe Platz, ihre Arme fallen schlaff zu den fleischigen Hüften hernieder, und allem Anschein nach ist sie einer Ohnmacht nahe, denn sie sucht nach der Lehne des Stuhles, um sich daran festzuhalten.

Fritz, der weichherzig von Natur aus ist, springt ihr zur Hilfe, greift ihr unter die Arme und berührt und drückt angelegentlich die schöne, volle Brust, bemüht sich auch, da er glaubt, Zeuge einer Ohnmachtsszene zu sein, sie zu unterstützen und zu halten – doch Christelchen, das so bitter getäuschte Christelchen, wehrt ihn ab und wendet das nun tränenfeucht gewordene Gesicht zur Seite.

Mädchen weinen zu sehen – und seien es auch nur Dienstmädchen –, das war zuviel für unseren gutherzigen Fritz. Er setzt sich auf den Stuhl, an dessen Lehne sich Christelchen festzuhalten versucht, und zieht die sich vergebens Sträubende zu sich auf den Schoß, greift dann mit einer Hand in die strotzende Fülle des Busens, schiebt das ihn verhüllende Tuch zur Seite, um die wonniglichen Hügel besser liebkosen zu können, und streicht dann mit der anderen die Waden und Schenkel entlang nach jenem Örtchen hin, dem stillen und süßen – brennenden und kochenden jedoch hin und wieder, nach dem ihm nicht nur der Sinn steht –, von dem seines Bruders ganz zu schweigen. Daß er dabei Hüllen und Röcke mit dem Unterarm beiseiteschiebt, weiß jeder, dem je ähnliches einmal untergekommen ist, ohnehin.

Und Christelchen sträubt sich sanft; sie drängt einmal die Hand am Busen, zum andernmal den Finger von jenem schattigen Loch, das den Männern mit Hitze Kühlung zu spenden vermag, und sie preßt die Beine zusammen und weiß nicht, wo sie nun zuerst abwehren soll, und sie macht Miene, aufstehen und fortgehen zu wollen. Jedoch wahrt sie nur das Dekorum mit diesen ihren Versuchen, denn sie spürt unter ihrem Hintern Fritzens Stecken und Stab, der gewaltiglich pochet und Einlaß begehrt.

Denn Fritz läßt sich nicht so kurzweg abweisen, und Christelchen schützt Müdigkeit und Kompromißbereitschaft vor, als sie sich auf eine Unterredung einläßt.

»Du weinst, Christelchen«, beginnt Fritz mit beruhigender, sanfter Stimme, wobei das sanfte Reiben seiner Finger, sowohl unten als auch oben, seine Rede nachhaltig unterstützt, »und doch sehe ich wahrhaftig keinen Grund dafür. Wenn wir den hübschen Mädchen da drüben ein paar Geschenke machen, so soll dich das doch nun wirklich nicht kümmern oder gar beleidigen: die Messe ist noch nicht zu Ende, und du wirst bei dieser Gelegenheit gewiß auch nicht leer ausgehen – abgesehen davon, daß die Messe nicht ewig andauern wird. Nun sieh mich wieder freundlich an und sag mir, frei und offen, was du dir wünschst und was wir dir zur Messe schenken sollen.«

Und bei diesen Worten sind seine Finger nicht müßig: sie arbeiten emsig fort an jenen beiden Orten, die so empfindsam sind und die Gefühle verliebter Mädchen aufs heftigste erregen, und unterstützen so den Zweck seiner Rede, so daß Christelchen, die zu den leicht erregbaren Mädchen gehört, schon beginnt, den Brüdern ein freundlicheres Gesicht zu zeigen. Die anfänglich geschlossenen, zusammengepreßten Schenkel öffnen sich allmählich mehr und mehr und lassen den streichelnden und kreisenden Fingern mehr Spielraum.

»Nun, was willst du zur Messe haben?« fährt Fritz eindringlich fort, »so sag' es doch, und wir wollen es dir gewißlich kaufen; genier dich nicht, denn du ersparst uns mit deinem Wunsch die Mühe der Auswahl.«

Doch Christelchen antwortet nicht. Zwar liegt sie nicht in Ohnmacht, doch ein stärkeres Gefühl als das der Ohnmacht hat sich ihrer bemächtigt. Ja, gewiß: ein stärkeres Gefühl, denn auch Karl ist währenddessen nicht müßig gewesen. Auch er spricht tröstend und liebreich auf sie ein und löst die Hand Fritzens, die sich des Busens bemächtigt hatte, dergestalt ab, daß er ihr das Kleid aufknöpft, vor die beiden hinkniet, beide Brüste in seine beiden Hände nimmt und die Rosenknospen mit seinen Lippen liebkost. Fritz hat indessen mit der nun freigewordenen Hand Christelchens Röcke hochgeschürzt, seine Beinkleider geöffnet, so daß das wieder völlig besänftigte Christelchen, das inzwischen alle Geschenke vergessen hat und nur noch laut stöhnt und seufzt vor arger, heißer Liebesqual, mit dem nackten Hintern auf Fritzens nacktem Schoße sitzt.

Ihr Auge schmachtet und flammt, und sie neigt den wieder erglühenden Kopf hintüber. Fritz hält sie noch auf seinen Knien, doch muß er alle Kräfte aufbieten, um sie festzuhalten, denn die erregte Sinnlichkeit bemächtigt sich mit aller Kraft des liebeskranken, des liebevollen, des liebestollen Mädchens, und das rollende Auge, der fliegende Busen, das Zucken, Ausdehnen und Zusammenziehen der prachtvollen Schenkel bekunden den heißen Drang zur Stillung dieser Pein.

Wer sie nie gefühlt hat, diese Qual, diese Marter, dem ist es völlig unmöglich, sich einen Begriff davon zu machen, und keine auch noch so gewandte Feder ist fähig, sie treffend und wahr zu schildern.

Zwar fühlt auch der gesunde, kräftige Jüngling einen heißen Drang, seinen Trieben nachzugeben und das ärgerliche Stück Fleisch, das zwischen seinen Beinen emporsteht, an dem ihm bereiteten Platze zu verstecken und so das Ärgernis aus der Welt zu schaffen – allerdings ist dieser Trieb bei ihm schwächer, wie denn überhaupt bei dem weiblichen Geschlecht der Trieb neunfach stärker ist und der Genuß eine ums Neunfache vermehrte Wonne vermittelt.

Christelchen sinkt wie hinsterbend zurück. Sie schließt die Augen und will nichts mehr sehen und nichts mehr hören – es dürstet sie nur noch nach dem Genuß, und auch Fritz merkt an seinem Körper die elektrisch sich mitteilende Kraft. Ihre markigen, marmorfesten Hinterbakken ruhen auf seinem Schoße, und durch das ständige Zucken und Schieben geraten seine Schamhaare mitunter in arge Bedrängnis, werden gerupft und gezupft, was ihm schmerzhaft und durchaus nicht dem Vögeln zugehörig scheint. Ihre prallen Waden klammern sich um die seinen, und mit der linken Hand tastet sie suchend an Fritzens Schenkeln herum, während die Rechte Karls Beinkleider öffnet, um den ihr so lieben, kleinen, süßen, wunderherrlichen Gegenstand zu finden, der nur allein imstande ist, ihre Marterqual zu stillen.

Ja, Christelchen ist durch die beiderseitigen Betastungen aufs äußerste entflammt worden; sie läßt mit sich machen, was die durch den starken Wein erhitzten Jünglinge nur Törichtes ersinnen können, und seufzt und stöhnt bloß noch. Fritz hat seinen Zephedäus zwischen ihre Schenkel gesteckt und dringt mit dem Kopf, aber höchstens mit dem Kopf, in das aufnahmebereite Löchlein ein, aus dem er den Finger zuvor entfernt hatte, aber er läßt ihn nicht etwa dort – nein: immer wieder tut er so, als ob, und im entscheidenden Moment zieht er ihn dann heraus, um mit der Spitze den prallen Kitzler zu streicheln, während Karl, der sich, um Christelchens suchender Hand mehr entgegenzukommen, aufgerichtet hatte, den von ihrer Rechten befreiten und stolz aus seinem Hosenschlitz herausragenden Wonnepfropfen an ihrem Busen reibt oder ihn in ihren Mund schiebt, welch letzteres er aber weniger gern und weniger oft tut, denn Christelchen pflegt in ihrer entflammten Wollust zu beißen.

Da winkt Karl seinem Bruder zu und deutet mit der Hand nach dem nahegelegenen Sofa, und Fritz versteht den Wink des im Liebeswerke erfahrenen Bruders und kneift einverständlich das Auge zu.

Glückliches Christelchen, welche Freude steht dir bevor – zwei Freuden sogar, die dir stehen. Gewiß: einhundert Dukaten, oder mehr, gäben die Frau von Nippert und auch die Frau von Philipp, wenn ihnen soviel entgegen- und bevorstehen würde. Du stehst am Ziel deiner Wünsche, am Ziel deiner Sehnsüchte.

Jetzt packen die beiden Brüder Christelchen bei Kopf und Füßen und tragen sie auf das für derlei Verrichtungen so trefflich passende Sofa.

Bei diesem Transport gewinnt Christelchen ihre Sprache wieder. Sie seufzt, wird der ihr erteilten Lehren und Weisungen inne und flüstert:

»Was wollen Sie mit mir machen? Oh, lassen Sie mich doch, lassen Sie mich doch – was haben Sie denn mit mir vor?«

»Nichts, durchaus nichts, liebes Christelchen, und wir werden dich auch lassen, wenn du uns läßt«, antwortet Fritz, indem er zusammen mit Karl das Mädchen auf das Sofa legt und sanft ausstreckt, »wir wollen dir bloß ein weicheres Lager bereiten – auf meinem Schoße saßest du doch stellenweise recht hart.«

Und Christelchen antwortet nicht mehr, sie scheint zufrieden, und willig gehorcht sie den Wünschen der Brüder, die ebenfalls mit jeder Sekunde mehr und mehr erregt werden. Fritz häkelt ihr das Kleid nun vollends auf und legt die wunderschöne, durch keine Fessel mehr gehaltene Brust frei, während Karl sich beeilt, ihr Kleid, Unterröcke und Hemdchen bis zum Gürtel aufzuschnüren.

Da liegt nun das liebebedürftige, vollbusige Mädchen, in aller Pracht seiner Glieder entblößt vor den lüsternen Blicken der Brüder, die ihre gierigen Augen in dieser Fülle von Reizen schwelgen lassen.

Ein jugendlicher, schöner, weiblicher Körper, wie es der von Christelchen auf vollkommenste Weise war, gehört zu den lieblichsten Erscheinungen für das Männerauge, wie denn auch einem jeden normalen Manne ein junges Mädchen nackt lieber ist als eine respektable Dame, und sei sie von höchstem Adel, im Hermelin.

Christelchen liegt also, bis auf wenige und auf schnelle Weise nicht zu beseitigende Kleidungsstücke, entblößt vor den feurigen jungen Leuten da, die stets zur Liebe bereit sind, wie auch zur Stillung süßer, weiblicher Liebespein. Was wunder, wenn sich auch ihre Erregung steigert, wenn sie entflammt werden bis zum Übermaß. Denn welcher andere Mann sollte nicht von gleichen Gefühlen ergriffen sein, wenn er diese volle Brust, diesen stattlichen Leib, diese glatten Schenkel und diese prallen Waden erblickt hätte – und überdies auch noch das zwischen den geöffneten Schenkeln hervorlugende und um Erquickung bittende, von weichem Flor umschattete Möschen.

Ach, und dieses Möschen war so schön, so weiß und rot und appetitlich, daß den Brüdern das Wasser nicht nur im Maul zusammenlief.

Christelchen liegt da mit geschlossenen Augen und geöffneten Schenkeln und klappert wie frösteInd mit den Zähnen. Zwar friert sie nicht, vielmehr ist ihr glühendheiß, aber dennoch schauert es ihr, und ein fieberhaftes Zucken durchbebt den ganzen Körper.

Das ist das Liebesfieber, das bei liebeskranken Mädchen stets eintritt, wenn sie die Befriedigung ihrer heißen Wünsche nicht sogleich erlangen können. Fritz zieht jetzt seinen Rock aus, wirft Weste und Halstuch ab, und auch Karl schleudert alle Kleidungsstücke weit von sich. Beide rüsten sie sich zum Angriff.

»Wer zuerst?« zischelt Fritz seinem Bruder zu, wobei er ihn mit begierigen und verlangenden Augen ansieht, weil soeben Christelchen mit tastender Hand nach seinem Portepee gesucht und, da es die beiden Quasten zuerst gefunden hatte, diese mit festem Griff umschließt, »wer zuerst, du oder ich? Ich dächte, du ließest mir heute den Vortritt, denn ich kann's fast nicht mehr aushalten.«

»Nun, meinethalben«, antwortet Karl, »doch mach nur nicht zu lange«, und zugleich geht er nach dem Fenster hin und murmelt, »ich bin ebenso aufgebracht und wünschte nur, ich hätte das neckische Mathildchen hier, ich wollte sie vögeln, daß ihr Hören und Sehen vergeht ....«

Und Fritz läßt die Hosen gänzlich fallen, und aus ihnen hervor stürzt nun mit wildem Sprunge zwar nicht das Tigertier, wie unser göttlicher Schiller sagt, sondern das allen Frauen und Mädchen so kostbare Bedürfnisbefriedigungsinstrument, und es dräuet, wenn auch nicht mit schrecklichen Zähnen, weil es nun einmal auch nicht der Schiller'sche Hai ist, sondern hochroten Kopfes, und es strebt, die kleine Grotte zu finden, in der es zwar nicht ausruhen kann, denn man wird es dort gehörig hernehmen, in deren Schatten und deren feuchter Wärme es jedoch bei der notwendigen Hin- und Herbewegung von samtenen Wänden so sanft gestreichelt wird, daß ihm alle Wut und aller Zorn vergeht, und nachdem es seinen ganzen Saft verspritzt und wieder klein und zahm wird und sich in der Hose verpacken läßt – so ist das mit jenem Bedürfnisbefriedigungsinstrument, das die Frauen und Mädchen so nötig haben und das sich durch nichts auf dieser Welt ersetzen läßt.

Und das zitternd daliegende Christelchen öffnet auf einmal wieder die Augen, wirft einen ebenso kurzen wie sehnlichen Blick auf den Erwarteten und schließt sie, da sie die ragende

Manneszier, die ihren Erwartungen offenbar nicht nachsteht, erblickt, schnell wieder, und ihr Mund stammelt in höchstem Entzücken:

»Oh, – oh, – so machen Sie doch, – wie lange …«

Sie vollendet ihre Rede zwar nicht, doch weiß sie mit den Händen ihre heiße Leidenschaft zu deuten. Ihre Finger öffnen sich und suchen den kleinen Liebling zu ergreifen und in ihrem süßen Schoße zu versenken.

Und siehe da, oder wie der Zufall es will: sie hat Glück, und in ihrem blinden planlosen Tappen erwischt sie den kleinen, losen Burschen gerade da, wo sich das Haupt von dem langgestreckten Körper mittels einer rundumgehenden Kerbe abhebt.

O des Glückes, o der innigen Freude!

Sie hat ihn in ihrer Hand, in der Hand zwar vorerst nur, aber in der Hand, und es sollte jemand versuchen, ihr das, was ihre fest zupakkende Hand umfaßt hält, wieder zu entreißen, sie wird es schon noch dahin bringen, wohin es gehört.

Die an der Freude offensichtlich teilhabenden Finger pressen sich krampfhaft zusammen, das ganze Mädchen zittert und beeilt sich nun, jenen

Wicht, von dem die unerfahrenen, aber auch die halberfahrenen Mädchen nie wissen, ob er zu klein oder zu groß ist, jenen Wicht also an den süßen Born des Genusses zu bringen, jene Pforte der Hölle, die so heiß brennt und die sich so leer und verlassen fühlt, wenn kein Teufelchen drin herumrumoret.

Karl tut zwar, als sähe er zum Fenster hinaus; doch auf Christels Stöhnen hin wendet er sich wieder um und sieht, wie deren Finger den vielgeliebten Kleinen dem Liebesgrottchen zuführen wollen.

»Nein, es ist zum Närrischwerden! …«

Karl, armer Karl: auch der deine ist dir steif wie Eisen und sprengt dir fast den Hosenlatz, und nun mußt du zusehen, wie dein Bruder der glücklichere und vor allen Dingen erste vor dir ist.

»Es ist nicht mehr zum Aushalten«, spricht er dann leise, wobei er sich umdreht und sich den beiden nähert, »ich muß auch mithelfen, die werden sonst nie fertig.«

Und zur gleichen Zeit öffnet auch er seine Beinkleider und läßt sie herunter, und auch aus ihnen entspringt, fein lustig und kampfesmutig, der kleine lose Schalk mit dem hochroten Antlitz und der kerzengeraden Haltung. Und Christelchen, das sehnsüchtig harrende Christelchen, öffnet zum wiederholten Male die schimmernden Augen auf wenige Sekunden und sieht jetzt beide kleine Brüderchen in gerader und steifer, zum Kampf gerüsteter Haltung vor sich stehen.

Oh, Wonne über Wonne – Oh, ihr süßen kleinen Freudenspender, wie blickt ihr so kühn, wie glänzt ihr so zauberisch, wie hart seid ihr, und wie doch so seidig weich zugleich. Dieser Anblick, mein liebes Christelchen, geht dir durch alle Nerven, er durchbebt, er durchrüttelt dich mit Riesenstärke, und das Klappern deiner Zähne und das Drehen und Winden deines weißen Körpers sind die äußeren Zeichen des Sturmes, der in dir tobt.

Hach, wie sie glänzen, wie sie angeschwollen und steif sind: o Christelchen, Christelchen, welch' reiche Ernte steht dir bevor. Wahrhaftig, du bist beneidenswert, und die Frau von Philipp und die Frau von Nippert, und vielleicht auch selbst das blonde Mathildchen gäben wunders was darum, an diesem Anblick mit teilhaftig werden zu dürfen – und nicht nur an dem Anblick. Und ich kann dir deine Freude auch nicht verdenken, denn solch ein Anblick bietet sich einem nicht alle Tage – auch hat man nicht alle Tage die begründete Aussicht, das, was man sieht oder sehen oder ahnen kann, zwischen die Beine zu bekommen.

Du liegst ausgestreckt auf dem Sofa, deine Kleider sind dir vom Körper gestreift, du bietest den lüsternen Jünglingen den Anblick deines schönen Leibes, deines Busens, deiner vollen Schenkel und der runden Waden dar und siehst, gleichsam zur Vergeltung oder zum Lohn dafür, deine Lieblinge mit den glänzend roten Köpfchen und den weißen, langgedehnten mächtigen Leibern, die dir bald ein unnennbares, unaussprechliches Glück verschaffen werden.

So seid ihr alle drei glücklich und selig: du, Christelchen, sowohl du, Karl und du, Fritz, und wenn du, mein lieber Karl, auch noch ein wenig warten mußt, so wird dieses Warten allzu langweilig nun auch nicht sein, denn einem solchen Schauspiel zuzusehen ist auch ein nicht zu verachtender Genuß, den viele vornehme Damen sich gegen reichliche Bezahlung zu verschaffen pflegen.

»Halt! Erst komme ich!« ruft Fritz, indem er die verdächtige Annäherung seines Bruders bemerkt, und zugleich setzt er sein linkes Knie zwischen Christelchens Schenkel und zieht das rechte Bein hastig nach.

Und Christelchen folgt mit halbgeschlossenen Augen, aber unverhohlenem Entzücken dieser Bewegung, ihr Atem geht schneller, und der Busen hebt und senkt sich im Rhythmus ihrer keuchenden Atemstöße.

Und Karl, der arme Karl, muß betrübt zusehen, muß seinem Bruder den Vortritt lassen – und wie steif er ihm steht und sich fast an den Leib anschmiegt.

Und Fritz ist im Begriff, sich auf Christelchen draufzulegen – deren Freude darüber ans Unglaubliche grenzt. Sie nimmt eines der Kissen, hebt ihre Hinterbacken, indem sie sich auf Kopf und Füße stützt und den Rücken hohl drückt, auf, steckt es zwischen Hintern und Sofa und zieht es mit beiden Händen glatt, wobei sie es noch am unteren, den Füßen zugewandten Ende einschlägt, damit es Fritzen bei seinem Werke ja nicht behindere. Und Karl kniet zur Seite und in Höhe der Knie des Mädchens nieder, um sich die Sache genau und aus nächster Nähe zu betrachten.

Und Fritz setzt seinen Schwanz vor das Loch des Möschens, bewegt ihn erst mit der Hand etwas nach oben und unten, mehrmals, um die Haare beiseitezuschieben, und versucht ihn jetzt, genüßlich und langsam hineinzustecken – erst geht es nicht recht, wie fast immer: man muß ein paarmal vor- und zurückschieben.

Karl kauert am Rande des Sofas, sieht sich das aus seiner Froschperspektive ganz genau an und wäre jetzt imstande, nachgerade alles zu vögeln, was nur ein Loch hat.

Da klopft es an die Tür. Laut und ungestüm und einlaßbegehrend. Erschrocken wenden sich aller Blicke dem Eingang zu, den man, weil man ja mit einem solchen Verlauf der Dinge nicht gerechnet, zu verschließen vergessen hatte.

Ohne daß der Klopfende ein »Herein« abgewartet hätte, öffnet er mit Blitzesschnelle die Tür. Barmherziger Himmel, ihr armen, unglücklichen Brüder, und barmherziger Himmel, du armes unglückliches Christelchen. Schande-Verrat, Hilfe-Rettung, wo ist ein Ort, an den ihr euch begeben könnt, so schnell und möglichst schneller noch, als die Tür geöffnet wird. Ach, wie sehr und wie innig beklage ich euch alle – doch wiederum bin ich böse auf euch, sehr böse, wegen eurer nicht zu entschuldigenden Unvorsichtigkeit. Nun steht ihr da mit dummen und bleichen

Gesichtern und offenen Mäulern, respektive: wer oder was steht?

Warum schließt ihr nicht die Tür und verriegelt sie doppelt und dreifach, wenn ihr euch zum ernsthaften Liebeskampfe vorbereitet – wer läßt sich dabei schon gerne stören, und wer besitzt die Seelengröße, zu dem hereinstürmenden Besucher zu sagen, er solle sich erst mal hinsetzen, eine Zeitung lesen oder eine Zigarre rauchen und warten, bis man fertig sei, wie es sich für anständige Menschen gehöre.

Und wer ist der ungerufene Störer oder die neugierige Störerin? Wer ist es, wer kann es sein, wer wagt es, jetzt hier einzudringen?

Großes Zeus, es ist die Frau Halthaus, die keusche Wirtin der jungen Leute und Christelchens strenge Gebieterin. Sie steht auf der Schwelle, mitten in der Tür, die sie, aus lauter Überraschung über den schrecklichen Anblick, zuzumachen vergessen hat, und sieht erst erschrocken und dann verlegen drein; doch dauert dieser Zustand nur einen Augenblick an, um einem fürchterlichen Zorne Platz zu machen.

Ihr sonst so freundliches und munteres Gesicht ist lang und bleich geworden, der Mund ist geöffnet stehen geblieben, und ihre herunterhängenden Hände heben sich zur vernichtenden Drohung.

Und die Finger, die kleinen, wunderhübschen Fingerchen, die nur dazu bestimmt scheinen, die Nähnadel munter fliegen zu lassen, sie krümmen sich zusammen und ballen sich zu gewichtigen Fäusten.

Und Fritz und Karl, und das liebedurstige Christelchen ebenso, sehen das wie aus der Erde gewachsene schreckliche Gespenst mit fürchterlichem Entsetzen an, ihre Augen heften sich glanzlos auf die böse Frau, die jetzt einen Schritt nähertritt und mühsam hervorstammelt:

»Wie, was, he? Was sehe ich? Das Mensch, das greuliche Mensch ist schon wieder hier, wie ich richtig vermutet habe, und obwohl ich ihr erst heute morgen aufs strengste verboten habe – und Sie, meine Herren, Sie in einer solchen abscheulichen Stellung zu finden – nein, das geht doch, beim Himmel, über alles. Solche soliden und noch jungen Herren und schon so verdorben! Das werde ich Ihrem Herrn Vater sagen, wenn er das nächstemal kommt! Ja gewiß, ich werde es ihm sagen. Nein! Sie sollten sich schämen, tief in Ihr Herz hinein! Pfui pfui, das ist ja abscheulich, ganz abscheulich!«

Und die Brüder wissen in der ersten Bestürzung nicht, was sie tun oder antworten sollen.

Fritz springt endlich von Christelchen und dem Sofa gleichzeitig herab, Karl sucht seine Hosen, um sie anzuziehen, und auch Christelchen, das jetzt wirklich vor Furcht mit den Zähnen klappernde Christelchen, erhebt sich mit Mühe von seinem Lager, streift die Röcke glatt, zwängt den weißen Busen zurück in die alte Behausung, und nimmt auch das Busentuch wieder um.

Oh, armes, unglückliches Christelchen – oh, ihr armen, bedauernswerten Brüder, wie innig beklage ich euch.

Und du, alte böse Vettel, die du gekommen bist, ein dreifaches Glück zu vernichten – wir verabscheuen dich aus ganzer Seele. Und Frau Halthaus bemerkt den zermalmenden Eindruck, den ihre Donnerworte und ihr Erscheinen hervorgezaubert haben, und in stolzer Siegesfreude fährt sie also fort:

»Jetzt pack' dich hinunter, nimm deine Siebensachen zusammen und laß dich nie, nie wieder vor meinem Angesicht sehen, du leichtsinnige, unverschämte Dirne! Nun ja, das sollte mir noch passieren, daß junge Leute, die mir von ihren Eltern aufs Herz gebunden sind, in meinem Hause von meinen Dienstmädchen verführt werden. Nein! – beim Himmel! – nie! – niemals! …«

Der Zorn, der gerechte Zorn läßt der keuschen, tugendhaften Frau keine Luft mehr, ihre Rede zu vollenden. Sie geht auf das bleiche Christelchen zu, das immer noch an allen Gliedern zitternd und bebend dasteht und unschlüssig ist, ob es bleiben oder zum Zimmer hinausstürzen soll, und faßt es bei den Schultern, um es zur Stubentür zu führen. Doch jetzt gewinnt auch die arme Christel wieder Mut. Wie sie die drohende Frau einer Walküre gleich heranschreiten sieht, so faßt sie sich schnell, und der grimmige Ärger über die Einbuße ihrer Liebeslust steigert ihre Courage zum kühnsten Trotz und zur rasenden, wilden Wut.

So wie nun Frau Halthaus sie an der Schulter erfaßt, so tritt sie erst einen Schritt zurück, ballt dann die kurz vorher noch so zärtlichen Finger zu einer drohenden Faust und fuchtelt mit dieser ihrer Gebieterin vor dem Gesicht herum, wobei ihr Auge wütende Blitze schießt und sie stotternd und mit vor Wut entstellter Stimme sagt:

»Ich soll mich aus dem Hause packen! – sagen Sie! – Sie! – Sie! nun ja: Sie! Sie haben mich gar nichts zu heißen. Aus dem Hause gehen! – Nein! Sie nicht! Ich gehe von selbst, und zwar und noch dazu recht gern, denn bei einer solchen alten Närrin wie Sie, die jetzt schon Urgroßmutter sein könnte und noch in die jungen Leute verliebt ist, die bei ihr in Logis wohnen, bei einer solchen Vettel bleibe ich nicht, – nun ja, da hört sich doch alles auf!«

Schande-Verrat, du arme Frau Halthaus, was ist das, was dich durchzuckt, als wärst du von einer giftigen Schlange gebissen worden. Deine Hand fällt von Christelchens Schulter herab, und nur mühsam keuchst du die Worte hervor:

»Fort, gleich fort aus meinem Hause, und deine Schmährede werde ich auf der Polizei anzeigen, um dich gebührend dafür züchtigen zu lassen. Nein, das ist doch unerhört, daß man sich von einer Dienstmagd verleumden lassen muß. Die Polizei wird dich schon Mores lehren! Nun warte, du schändliche Lügnerin! …«

Doch die wütende Christel läßt sich durch das von den Dienstboten so gefürchtete Donnerwort »Polizei« nicht mehr einschüchtern. Sie sieht, daß sie gewonnenes Spiel hat, und fährt deshalb, mutiger geworden und lauter, fort:

»Ach was, Polizei! – Polizei hin, Polizei her, ich will es Ihnen nur sagen, meine Herren Etzler, wenn Sie es vielleicht noch nicht wissen sollten: sie ist verliebt, in Sie alle beide, und in den einen ebensosehr wie in den andern. Ja, verliebt ist sie, das alte Mütterchen, das eher an sein nahes Grab als an so etwas denken sollte; sie ist rasend in Sie verliebt, sie belauscht alle Ihre Schritte und Tritte, und ich bin fest überzeugt, daß sie willig ihren Sonntagsstaat dafür gäbe, wenn Sie es ihr nur einmal zu Gefallen täten.«

»Oh, meine Ehre, meine Reputation!« ächzt die arme Frau Halthaus, indem sie sich mit flehender Miene den Brüdern zuwendet, die die ganze Zeit damit beschäftigt waren, die Beinkleider zuzuknöpfen, denn die widerstrebenden Burschen mit den roten Köpfen und den weißen langgestreckten Leibern wollten nicht hinein, und die deshalb dem pikanten Zwiegespräch nur zugehört hatten, ohne selbst einzugreifen, »glauben Sie diesem Nickel kein Wort – das ist der leibhaftige Satan selbst.«

Und dann fährt sie drohend zu Christel, der jetzt wirklich böse gewordenen Christel gewandt fort:

»O du Schandmaul! Du sollst mir deine Lügen beweisen, du gehst sogleich mit mir auf die Polizei!«

Und Christelchen, das zornige Christelchen bricht, anstatt in Furcht zu geraten, in ein lautes und helles Gelächter aus, stemmt beide Hände in die Seiten und entgegnet:

»Ja, ich will mitgehen auf die Polizei, recht gern will ich mitgehen und dem Actuarius alles haarklein erzählen. Doch Sie, Sie sollten sich, dessen ungeachtet, wahrlich schämen, in Ihrem Alter so verliebt, so neidisch und so eifersüchtig zu sein – denn wenn Sie es nicht wären«, fährt sie mit schlauer Bosheit fort, »warum sind Sie denn heraufgekommen und haben uns in unserem Vergnügen gestört. Aus Eifersucht, aus purer Eifersucht und nichts anderem!«

Bei diesen gewiß niederträchtigen Worten erblaßte die tugendsam tuende Frau und schien einer Ohnmacht nahe zu sein. Sie wankte, ebenso wie Christelchen früher, an den jetzt leerstehenden Stuhl, auf dem Christelchen so unnennbares Entzücken empfunden hatte, und war dem Umsinken nahe. Ihre Finger tappten nach der Lehne, um sich festzuhalten, und als ihr dies gelang, blickte sie wie geistesabwesend bald die Brüder, bald die zürnende Christel an.

Arme, aber doch wiederum törichte Frau Halthaus! Zwar dauert mich dein Zustand unendlich, doch warum ließest du dich auch verleiten, zu dieser höchst ungelegenen Zeit zu kommen und das Liebesspiel zu stören. Diesen Fehler verzeiht dir kein weibliches Wesen, und wäre es auch das sanfteste auf dieser großen weiten Welt – um wieviel weniger also das heftige und liebessüchtige Christelchen, das nur dann sanft und sprachlos ist, wenn sich das hochglühende Steifköpfchen in ihrem Schoße verborgen hat.

Christelchen zürnt trotz des mitleidgebietenden Anblicks ihrer Gebieterin fort; blind vor Haß und Rache kennt sie nun keine Schonung mehr und eifert, wie um ihr Werk der Demütigung zu krönen, mit entfesselter Zunge weiter fort:

»Doch damit Sie sehen, daß ich nicht so eifersüchtig und neidisch bin wie Sie, und weil Sie obendrein noch meine Brotherrschaft sind, so will ich Ihnen den Vorrang lassen und gehe weg, und ich bin schon zufrieden, wenn Sie mir nur die dürftige Nachlese gestatten wollen – aber ohne das gehe ich nicht aus Ihrem Haus, und wenn die ganze Polizei Leipzigs hier anmarschiert käme. Und wenn Sie mir diese geringe Freude nicht gönnen, so erzähle ich aller Welt von Ihrer Eifersucht, und das wird Ihnen gewiß nicht zur Ehre gereichen – und anderes auch noch, ähnliches, was ich zwar nicht selbst gesehen habe, was ich jedoch von meinen Vorgängerinnen erfuhr, so erzähle ich alle diese Vorgänge jedem, der sie wissen oder nicht wissen will und der nur Lust hat, mich anzuhören. Adieu, ich gehe und lasse Sie nun mit den jungen Herren allein. Ich wünsche Ihnen aufrichtig das beste Vergnügen.«

Bei ihren letzten Worten machte sie vor ihrer Gebieterin eine höhnische Verbeugung und Miene, die Stube zu verlassen.

Oh, vernichtende, zermalmende Kraft der Worte!

Bei den letzten Worten der höhnisch-ingrimmigen Christel sah die arme, zitternde und gebeugte Frau Halthaus aus, als habe sie der Blitz getroffen. Ihr Anblick war beweinenswert. Erst schrie sie laut und durchdringend auf, ließ ihre Hände von der Lehne des Stuhles los, um mit ihnen das totenbleiche Gesicht zu verhüllen, ließ sie dann aber wieder herabfallen und stöhnte mit ächzender Stimme:

»Nein, bleibe hier – bleibe hier – ich – ich gehe – bleibe hier – ich gehe schon – oh, ich arme Frau!«

Und sie wankte zur Stube hinaus und klinkte die Tür zu, während Christel ruhig und mit verschränkten Armen dastand und aufmerksam den sich entfernenden Schritten lauschte. Als sie nun hören konnte, daß die arme Frau Halthaus wirklich die Stufen hinabgegangen war, wendete sie sich den bestürzten Brüdern zu und sprach mit zufriedener Miene:

»Der geschah schon recht – ich kenne sie genau, und das mußte einmal kommen; jetzt hat sie ihre Lektion, und in Zukunft wird sie wohl etwas vorsichtiger sein. Es ist übrigens wahr, was ich sagte: sie ist in jeden jungen Mann verliebt, der bei ihr wohnt, und bis jetzt kenne ich noch keinen, den sie nicht dazu gebracht hätte, ihr in ihr Bett zu folgen – und gleichwohl gönnt sie keiner anderen diese Freude – diese kleine Strafe wird ihr nun wohl zur nützlichen Warnung dienen.

Doch lassen wir sie ruhig gehen und ihren Ärger anderswo auslassen«, fuhr sie nach einigen Augenblicken fort, »und kümmern wir uns nicht mehr um sie. Ich wette, daß wir nun nie wieder von ihr gestört werden. Doch wird es in jedem Falle besser sein, vorher die Tür zu verriegeln, denn es könnten auch noch andere Leute kommen.«

Nachdem sie dies getan hatte, setzte sie sich wieder auf das Sofa und warf beiden Brüdern verliebte Blicke zu. Als das nichts half, nahm sie das Busentuch fort, knöpfte ihr Kleid auf und legte den mächtigen Busen frei. Sie erwartete nun, mit wiederaufsteigender Liebesglut, die Erneuerung des gemeinschaftlichen Angriffs der beiden Brüder, doch nichts geschah.

Den verliebten Brüdern war nach diesem fatalen Vorfall die Lust zur Fortsetzung und Beendigung der Liebesszene vergangen. Christelchen indessen war nicht gesonnen, das Feld so kampflos zu räumen. Mit wenigen Handgriffen entledigte sie sich aller ihrer Kleider und stand nackt, wie sie Gott geschaffen hätte, vor den Brüdern. Sie ging auf und ab, ließ die Hinterbakken wippen, legte sich auf das Sofa und machte die Beine breit, um ihr Möschen ins rechte Licht zu rücken.

Als auch das keinen Erfolg zeitigte, ging sie zum Angriff über, knöpfte beiden Brüdern gleichzeitig die Hosen auf, um sich derjenigen Körperteile zu versichern, die sie zur Ausführung ihres Vorhabens unbedingt benötigte – allein: wie hingen die nun schlaff und läppisch da. Christelchen wollte die Veränderung nicht recht glauben: Gestern noch auf stolzen Rossen – und nun hingen sie da wie erschossen. Dieser Sache wollte Christelchen auf den Grund gehen, und um zu sehen, ob sie nicht etwa den Falschen erwischt hätte, zog sie, der Einfachheit halber, den Brüdern gleich die Hosen herunter. Welch trauriger Anblick bot sich ihr da: in der Fülle der Haare waren die kleinen Wichte kaum zu finden, die Haut umgab sie faltig und schlaff, sie war auch nicht mehr so rötlich-weiß und seidenweich wie vorher – bräunlich mehr und mit Pickeln übersät, und das sonst so rote Köpfchen war grau und tränenverklebt. Christelchen dachte, daß sie nun gestorben seien, und wollte ihnen Leben einhauchen. Sie nahm sie darum in den Mund und blies und blies, einen nach dem andern, als wenn sie sie hätte aufblasen sollen, aber es nutzte nichts.

Fritz warf seinem Bruder einen bedauernden und bedeutsamen Blick zu, und dieser winkte ebenso resigniert ab.

»Christel«, hob Karl darauf an, indem er die Hosen hochzog, seinen Schlafrock überwarf und sich eine Zigarre anbrannte, »zwar möchte ich gar zu gern deine Reize genießen, allein nach dieser so höchst unangenehmen Szene, die mir in alle Glieder gefahren ist, habe ich alle Lust dazu verloren – es geht auch nicht mehr, du hast es ja selbst gesehen, und ich glaube, daß es meinem Bruder ebenso ergeht, nicht wahr, Fritz?«

»Zum Kuckuck ja, das ist wahr, Christelchen«, antwortete jener beistimmend, »und ich glaube, daß du dir die Mühe sparen kannst – unsere Kleinen wirst du jetzt nicht wieder zum Stehen bringen, und wenn du noch so stark bläst. Du wirst uns eher einen Buckel blasen, als daß du sie in den Zustand bringst, in dem sie vorher waren. Ich denke daher, wir sparen uns die Sache auf: aufgeschoben ist nicht aufgehoben. Jetzt wäre das Vergnügen doch nur unvollkommen – ein andermal aber wirst du gewiß nichts einbüßen, darauf gebe ich dir mein Wort.«

Und Christel sah betrübt die jetzt so kalten und ruhigen Brüder an, die noch vor wenigen Minuten so lichterloh entflammt waren.

Ach ja, so geht es im Leben: eine Störung in diesem entscheidenden Augenblick ist fatal, ist schrecklich und wirkt bei den Männern niederschlagender als kaltes Wasser, wohingegen sie den Weibern gar nichts ausmacht, und so empfand Christelchen die Einbuße um so schmerzlicher, als sie sich noch immer nach der Befriedigung ihres Verlangens sehnte und das dumme Ding da zwischen den Beinen so gar keine Ruhe gab.

»Die alte Hexe!« schrie sie zornig, »die alte Hexe soll mir diesen Streich schon büßen!«

Und mit diesen wütend hervorgestoßenen Worten sprang sie vom Sofa, zog sich an und machte Miene, zur Tür hinauszugehen.

»Christelchen«, sagte Fritz nun nach kurzem Stillschweigen, »nimm jetzt die Sachen und trage sie hinüber zu Frau Schubert, richte ihr unsere Empfehlungen aus und sage ihr, daß wir hernach hinüberkommen würden und sie zu sprechen wünschten. Dann gehen wir aus und kaufen auch dir deine Messegeschenke, doch, wie bereits gesagt, wäre es uns lieb, wenn du uns einige Sachen nennen wolltest, mit denen wir dich wirklich erfreuen können.«

Christel, die die Böse spielte und in Wahrheit auch recht böse war, ist durch diese wenigen Worte, und auch wohl durch die Aussicht auf Geschenke, fast völlig besänftigt, kann sich jedoch die aus sächsischem Mutterwitz geborene

Bemerkung: »Gestern noch auf weichen Kissen, heute durch die Brust geschossen«, nicht verkneifen. Danach lächelt sie die Brüder an und ist höflich genug, ihnen keine Vorschriften zu machen.

»Was Sie mir geben«, ruft sie mit schmeichelnder Stimme, »ist mir lieb und wert, da es von Ihnen kommt, deren Bild mein Herz stets mit Liebe und Ehrfurcht erfüllt; ja, alles, selbst die geringste Kleinigkeit ist mir willkommen und sichert Ihnen bei mir ein stets teures Andenken. Ich bitte Sie deshalb, mir die Freude nicht zu verderben und selbst zu bestimmen, was immer mir ein wertes und heiliges Andenken an Sie sein soll.«

Und während das kluge und erfahrene Christelchen so spricht, macht sie tausend Verbeugungen, packt sämtliche Geschenke zusammen und verläßt die Stube, um sich direkt zu ihrer Nachbarin, der Frau Schubert, zu begeben, um ihr die Sachen zu überbringen – auch um ein kleines Schwätzchen zu halten mit Frau Schubert, mit der sie schon so oft geplaudert hat und mit deren Ansichten über die Liebe sie völlig übereinstimmt. Während sie die Treppe fröhlich hinabfliegt, verhalten schneller Schritt und Fröhlichkeit vor der Tür der Frau Halthaus, und sie murmelt drohend:

»Den Streich vergesse ich dir niemals!«

Dann springt sie mit kurzen Sätzen über die Straße und ist bald im gegenüberliegenden Hausflur verschwunden.

Der arme August

Lassen wir die wieder fröhlich gewordene Christel hinübereilen in das Haus der guten Frau Schubert; lassen wir den Brüdern Zeit, sich wieder völlig anzukleiden, die in Unordnung geratenen Haare zu bürsten, die Schlafröcke überzuziehen und sich auf das Sofa zu werfen, um sich von den eitlen Anstrengungen des wunderlichen Vormittags zu erholen, und werfen wir jetzt einen Blick auf August, der, ärgerlich über die ihm neue und verächtliche Behandlung durch seine Frau, eingeschlafen war und soeben sein Vormittagsschläfchen beendet hat, sich die Augen reibt, noch einige Minuten im Großvaterstuhl sitzen bleibt, dann eine gewaltige Prise nimmt und lange über das sonderbare, rätselhafte Benehmen seiner Marie nachdenkt. Dann schüttelt er unwillig und mehrmals das sorgenvolle Haupt, steht vom Stuhl auf und wandelt, die Hände auf dem Rücken gekreuzt, mit leisen, bedächtigen Schritten die Stube auf und ab. Hierauf bleibt er mitten im Zimmer stehen, nimmt nochmals eine tüchtige Prise und murmelt dann leise vor sich hin:

»Die Weiber, ja, die Weiber machen uns armen Ehemännern doch recht viel zu schaffen, machen uns großen, recht großen Kummer.«

Nach diesen inhaltsschweren Worten wandelt er wiederum einige Schritte auf und ab, bleibt abermals in der Stube stehen und fährt dann seufzend fort:

»Ja, die Weiber machen uns so großen Kummer, darum, weil sie veränderlich sind wie das Aprilwetter und den Reiz der Neuheit lieben. Bei Napoleon: ich möchte doch gar zu gerne wissen, ob es nur leere Drohungen von Marie oder ob es die Wahrheit ist, die Geschichte mit den jungen Etzlers, die allerdings ein paar sehr hübsche junge Leute sind.«

Und nach diesem Selbstgespräch setzt August seinen Spaziergang fort, betrachtet, in tiefem Sinnen verloren, bald die Decke, bald den Fußboden des kleinen, traulichen Zimmers und fährt dann leise sprechend fort:

»Wenn sie sich von ihnen bedienen lassen will – ich glaube zwar nicht, daß die jungen und reichen Herren gerade auf eine solche, immerhin schon bejahrte Frau sonderlich wild sein werden, denn sie können jüngere und hübschere bekommen, aber immerhin: Marie ist noch recht fest bei Fleische – trotzdem – man kann nicht wissen – der Geschmack der jungen Leute ist manchmal wunderlich, und wenn ich daran denke, wen ich in meiner Jugend alles gevögelt habe – das waren auch nicht immer die hübschesten und jüngsten.«

August lächelt vergnügt vor sich hin und besinnt sich seiner Taten zu Wasser, zu Lande und zu Pferde und murmelt dann weiter:

»Und wenn es wirklich der Fall wäre, daß sie sich einig sind, so würde es recht traurig mit mir stehen, denn dann gäbe sie mir bestimmt keinen Dreier mehr für Schnaps. Das wäre schrecklich: keinen Schluck mehr, und selbst verdienen kann ich doch nichts, weil ich nun mal kein Handwerk gelernt habe, mich immer nur mit Baschkiren, Italienern und Spaniern herumgeschlagen habe und nicht mal eine kleine Pension dafür bekomme. Woher sollte ich das Geld für Schnaps also nehmen? Ja, wäre ihre Drohung wahr, daß die jungen Springinsfelde mir ins Gehege kämen, dann könnte ich mich ebensogut aufhängen.«

Und wiederum wandelt August die Stube auf und ab, den Kopf recht trübsinnig und nachdenklich zur Erde geneigt.

Armer, bedauernswerter August. Keinen Schnaps mehr, das ist fürwahr schrecklich. Du, der du auf Rußlands starren Eisfeldern und unter der glühenden Sonne Spaniens und Italiens gekämpft hast, der du todesmutig den bleichen Russen wie den feurigen Spaniern ins feindliche Auge blicktest, du armer, tapferer August, du hast trotz deiner großen Bravour nicht einmal die kleine Stelle erhalten können, die dich nährt, die deine bescheidenen Wünsche erfüllt, und du warst zufrieden, ja glücklich, als Marie sich deiner erbarmte und sich den alten Soldaten, in der Hoffnung auf tüchtige eheliche Leistungen, zum Ehegemahl erkor.

Da sieht man wieder einmal, und recht augenscheinlich, wie schlecht die Weiber sind, denn solange du konntest, bedientest du mit der dem Soldaten gewohnten Pünktlichkeit achtmal täglich deine Frau, und als sich, infolge deiner übermäßigen und übermenschlichen Anstrengungen, Stockungen einstellten, da wurde die böse Marie unzufrieden und zänkisch und gab dir anstelle von früher zwei guten Groschen für Schnaps nunmehr nur noch einen, und später sogar nur noch einen Sechser, und jetzt gar nur noch einen Dreier, und nun will sie dir, o armer August, auch den noch nehmen – Marie hat es angedroht und du weißt, daß sie Wort hält. Und August steht eine geraume Zeit wie versteinert da und überdenkt seufzend sein Unglück.

»Keinen Schnaps mehr«, haucht er endlich mit leiser Stimme, »nicht einmal mehr für einen Dreier – dann mag ich auch nicht mehr länger leben –, dann will ich drei Ellen tief dort unten sein, wo mein Vater und meine gute Mutter schon längst in Frieden ruhen.«

Und eine wehmütige Stimmung befällt ihn. Er läßt das Haupt sinken, und er, der alte, tapfere Krieger, der dem Tode so oft ins Auge gesehen hat, er ist dem Weinen nahe und schluchzt und lispelt bloß noch:

»Keinen Schnaps mehr, nicht einmal für einen Dreier, o du liebloses, ungetreues Weib, die du dich um deinen armen August nicht mehr kümmern willst, weil dir einige Stutzer gesagt haben, sie hielten dich für bezaubernd.« Und er senkt traurig das Haupt zu Boden, und einige heiße Zähren perlen hinab über die bleiche gefurchte Wange.

O du armer August, so wie du jetzt aussiehst, bleich und niedergedrückt, dein Schicksal geht mir sehr zu Herzen, und wahrhaftig, du dauerst mich aus tiefster Seele, aber trotzdem begreife ich noch nicht, worin das große Unglück besteht, das Marie dir angetan haben soll. Bedenke und überlege reiflich, daß du doch einen unverzeihlichen Fehler gemacht hast, ihr diesen kleinen Gefallen abzuschlagen – den andere ihr mit größtem Vergnügen getan haben würden. Du hättest wissen müssen, daß sie das als Frau, als genußsüchtige Frau obendrein, nimmer ungestraft lassen würde. Bedenke, daß sie alle ihre Reize in nackter Schönheit vor deinen Augen ausbreitete, und trotzdem machtest du nur ein unwilliges und verdrossenes Gesicht.

Ja, August, gestehe es nur: es war eine große Unvorsichtigkeit, du hast einen Fehler gemacht, und daß Marie dich dafür bestraft, ist gewiß nicht ungerecht.

Doch August gibt, in seinem tiefen Seelenschmerz über die verlorenen Schnapsgroschen, diesen Betrachtungen und Überlegungen keinen Raum. Er fühlt sich gekränkt und beleidigt und setzt, finstre Gedanken brütend, seinen Zimmerspaziergang fort.

Und der dauert eine geraume Zeit. Jetzt endlich steht er mit einem Male still, die auf dem Rücken gekreuzten Hände fallen zu beiden Seiten nieder und erheben sich nach kurzer Pause hochauf zur Decke. Er schnippt mit den Fingern und schnalzt mit der Zunge, entzückt über einen gefundenen guten Einfall. Hierauf nimmt er wieder die aufrechte Haltung eines kräftigen, stattlichen Kaisergrenadiers an. Wie durch einen Zauberschlag verwandelt steht August verjüngt und gekräftigt mitten im Zimmer still, geht dann auf das Sofa zu, sucht lange in einem darunterstehenden Kasten herum und eilt dann mit schnellen Schritten und leuchtenden Augen aus der Stube, deren Tür er krachend ins Schloß schlägt.

August, August! Sprich, um des Himmels willen, woher kommt diese plötzliche Verwandlung? Du bist nicht mehr der arme, vom Jammer zu Boden gedrückte August! Du bist, deinem kühnen Antlitz nach, wieder ein so kühner und todesverachtender Streiter wie damals an der Moskwa unter dem Kommando deines vielgeliebten Marschalls Ney. Sprich, August: was sagt das Blitzen deiner Augen und dieser Zug von finstrer Entschlossenheit auf der Stirn? Welch' kühnen, ja fürchterlichen Entschluß hat dein mutiges Herz gefaßt?

Um Himmels willen, nur keinen Mord, weder an dir selbst noch an deiner ungetreuen Marie!

Doch du hörst nicht mehr, du stolzer August! Du wirfst die Tür zu, daß die Fensterscheiben klirren, und fällst fast über Christelchen, die eben zur Haustür hereingetreten ist.

Und sein wildflammendes Auge erblickt die wohlbekannte Christel, die manches Stündchen mit ihm verplaudert hat, ihn freundlich grüßt und nach der Frau Gemahlin fragt.

So lieb ihm auch sonst die gemütliche und geschwätzige Christel ist, so ungelegen kommt sie ihm doch in diesem schwersten Augenblick seines Lebens, und zwar aus doppeltem Grunde: sie stört ihn nicht allein in seinen glücklichen Gedanken, sondern sie erinnert ihn sogar noch an seine Peinigerin, die, von teuflischem Rachegefühl gegen ihn entflammt, nicht nur ihre am Altar gelobte Treue brechen, sondern das noch größere Verbrechen begehen will, ihm von nun an nicht einmal einen Sechser mehr für Schnaps, seine einzige Labsal, zu geben.

Und also gestört und aufs unangenehmste berührt durch den Anblick des Mädchens macht er auch wenig Komplimente; er sieht das lächelnde Mädchen mit einem strengen Blick von oben bis unten an und zeigt dann mit der Hand bedächtig nach dem engen Hofe, der sich hinter dem Hause befindet. »Dort hinten wird sie sein!« spricht er dann mit einer Miene, die deutlich seinen Unwillen bekundet – dreht ihr steif den Rükken zu und beginnt, die Stufen hinaufzusteigen.

Und Christelchen ist ob dieses ihr ungewohnten Benehmens aufs äußerste erstaunt. Sie sieht den sonst so gesprächigen Mann, der ihr so oft die grauenhaftesten Geschichten aus Italien, Spanien und Rußland erzählt hat, mit großen Augen an, kann sich dessen Unwillen nicht erklären und fragt deshalb mit neugieriger Stimme:

»Ei, Herr Schubert, warum sind Sie denn heute so kurz angebunden? Sonst sind Sie doch immer so freundlich – wie kommt denn das? Ich entsinne mich nicht, Sie jemals beleidigt zu haben.«

Doch August antwortet nicht. Er steigt bedächtig die Treppenstufen hinauf und grollt in seinem Herzen noch tiefer, weil er das Paket, das Christelchen auf dem Arm trägt, ebenfalls bemerkt hat.

Jene geht, da sie keine Antwort erhält, durch den Hausflur dem Hof zu, während August bei sich murmelt:

»Nun ja, da sieht man ja ganz augenscheinlich die Untreue des falschen Weibes; jetzt kommen schon die Geschenke an, für die sie sich verschachert hat. Aber (und hier nimmt seine Stimme einen schrecklichen Ausdruck an) beim großen Napoleon und seiner alten Garde: ich werde ihr diesen Liebeskitzel schon auszutreiben wissen.«

Er steigt immer weiter die Treppen hinauf, öffnet zuletzt die Tür, die zum Boden führt, und spricht leise weiter:

»Wenn die mich täuschen will, so ist sie weit links vom Wege ab; ich habe mich so leicht noch niemals fangen lassen, und jetzt und nun vollends gar nicht. Sie denkt vielleicht, ich sei so dumm und bleibe unten in der Stube zur Wache da, und mittlerweile wäre sie hier oben bei den Mädchen – – – Nein, nein, so töricht bin ich nicht, denn in dem Alkoven kann die Geschichte mit den jungen Etzlers doch nicht abgemacht werden, aber gewiß hier oben bei den Mädchen. Doch da muß ich auch dabeisein – auch ich will alles mitansehen, und sie soll ja nicht glauben, daß sie einen Tölpel zum Manne hat.«

Mit diesen Worten ist er in die Bodenkammer eingetreten, die gerade über der Stube der beiden Mädchen liegt, macht die Tür hinter sich zu und zieht das vorher Gesuchte aus einer weiten Schlafrocktasche hervor.

Himmel, was ist das? Ist es ein Dolch oder ein Strick, womit der arme und gequälte August seinem ebenso freuden- wie schnapslosen Leben ein Ende machen will, fern von jeder Hilfe, weitab von den Menschen, weitab von seiner danach verwitweten Marie?

Und August zieht aus seiner Tasche einen Nagelbohrer hervor, mißt die rechte Ecke der unten befindlichen Stube ab und bohrt, drei Schritte von ihr entfernt, ein Loch in die Diele, das er durch Hin- und Herwackeln so weit als möglich zu vergrößern sucht. Dann beugt er sich zur Erde nieder, hält sein Auge an das Loch und steht dann wieder langsam auf.

»Ganz hübsch«, murmelt er, »ganz hübsch gemacht.«

Dann zieht er stillvergnügt seine Dose hervor und nimmt eine gewaltige Prise, die ihn nach diesem schweren Werke stärken soll.

»Von diesem Standpunkt aus kann ich die ganze Disposition der Feinde überschauen, und ich glaube, weder Marschall Ney noch Napoleon selbst würde einen andern Punkt als gerade diesen gewählt haben.«

Und während seine Hand die Dose in die Tiefe der Tasche hinabsenkt, weilt sein kriegserfahrenes Auge noch lange an diesem Loch. Dann geht er der Tür zu, verschließt sie, schleicht mit leisen Schritten die Treppe hinunter und murmelt fast unhörbar:

»Warte, Marie, warte! Ich will dich belauschen und attrappieren auf der Tat, und dann wehe dir, und wehe den Mädchen, die deine Streiche zu begünstigen scheinen! Du leimst mich nicht, denn nichts, gar nichts bleibt meinem schlachtenkundigen Auge verborgen.«

Während dieser schrecklichen Drohung hat er die Tür des Parterrestübchens erreicht, öffnet sie und geht dem Großvaterstuhl zu, um sich von der anstrengenden Arbeit auszuruhen. Wie er sich niederlassen will, bemerkt er das Tageblatt auf dem Tische, das der Zeitungsträger in Abwesenheit seiner Frau dahin gelegt hatte, und er ergreift es mit Begierde, um den in ihm tobenden Sturm durch Ablenkung zu besänftigen.

Und er liest, anfangs zerstreut, dann aber immer aufmerksamer das Blatt, das die Wonne aller Leipziger ist, und zumal zur Messezeit, wo Einladungen in Hülle und Fülle, zum Essen und Trinken, zur Besichtigung der Klapper- und Riesenschlangen, des Zwergs und des Riesen, der schönen Kunstreiterin und des Kasperletheaters, die neugierigen Fremden und die Leipziger anlocken. Das Blatt ist zu Messezeiten, eben wegen dieser Unzahl von Ankündigungen, ausnehmend stark, und August hat lange und angestrengt zu lesen, ehe er zum Ende kommt. Endlich hat er aber auch das geschafft. Sein armer Kopf ist wiederum müde geworden, und er senkt ihn, die Augen schließend, hinunter auf den Tisch, und Morpheus, der gütige Gott des Schlafes, der momentane Entheber aller Erdensorgen, nimmt ihn in seine Arme, überschüttet ihn mit seinen schlafbringenden Mohnkörnchen, und bald ist August wieder eingeschlafen und träumt selig und glücklich von der so oft geträumten Affäre bei Smolensk, wo Marschall Ney ihm unter das Kinn gegriffen, ihn einen tapferen Soldaten genannt und zum Zeichen seiner besonderen Zufriedenheit einen hellfunkelnden Dukaten in die Halsbinde gesteckt hatte, während er das Gewehr präsentierte.

Und jetzt nicht einen Sechser mehr für Schnaps. O stirb, mein teurer, alter, tapfrer Krieger, du hast zu lange gelebt. Stirb und schwinge dich hinauf in die Nähe deines Marschalls, der deine Verdienste besser zu würdigen verstand.

Frau Schubert
und das neugierige Christelchen

Während der Schlachtenkundige also träumend in süßen Rückerinnerungen schwelgt, findet im Hofe zwischen Christelchen und der guten Frau Schubert ein süßes, heimliches Zwiegespräch statt, das für beide Sinnes- und Gefühlsgenossinnen von höchstem Interesse ist.

Kaum hatte, wie früher erwähnt, der unwillige August Christelchen den Rücken gekehrt, so ging sie, der erhaltenen Weisung nach, in den Hof und fand die gute Frau Schubert dort, in dem angrenzenden Waschhause, mit weiblicher Arbeit beschäftigt und lustig ein Liedchen vor sich hinsummend.

Frau Schubert hatte die herankommenden Schritte gehört, ihre Arbeit unterbrochen und den Kopf erhoben in der Meinung, nun bald ihren Herrn Gemahl zu erblicken – statt dessen aber lugte Christelchens freundliches Gesicht zur Tür herein, und sie beeilte sich, neugierig und von einer freudigen Ahnung ergriffen, zu fragen, was sie denn wolle.

»Guten Morgen, guten Morgen, meine liebe Madame Schubert«, spricht Christelchen, indem sie sich anmutig vor der Vollbusigen verneigt und nähertritt.

»Ei, schönen guten Morgen!« entgegnet Frau Schubert und sieht Christelchen von unten bis oben an, wobei denn ihr mildes Auge auf dem mächtigen Paket haftenbleibt, das diese unter dem Arm trägt.

»Ei, schönen guten Morgen, mein Christelchen, womit kann ich Ihnen denn dienen?«

»Eine schöne Empfehlung von unseren jungen Herren«, fährt Christelchen fort, »soll ich ausrichten, und sie ließen Sie bitten, diese Geschenke da«, und sie zeigt auf das Paket, »den jungen Mädchen aus Pegau, die bei Ihnen wohnen, zu übergeben, und sie würden selbst nachher zu Ihnen herüberkommen und mit Ihnen noch weiter darüber sprechen.«

Mit diesen Worten übergibt sie ihr das Paket, das Frau Schubert nimmt und auf den Tisch legt.

»Ach, meine liebe Madame Schubert«, fährt Christelchen geschwätzig fort, »was für schöne, allerliebste Sachen sind darin; sehen Sie sich das nur einmal an. Ei gewiß, die Mädchen werden sich sehr freuen, wenn sie sie sehen, und ganz gewiß und bestimmt auch gar nicht spröde und garstig tun, wie das manchmal so dumme und unerfahrene Dinger machen. Nein, so was Schönes habe ich all' meine Lebtage noch nicht gekriegt.«

Und die gute Frau Schubert, die ebenso neugierig ist wie alle Töchter Evas, breitet die Gegenstände behutsam auf dem Tische aus, mustert sie mit Kennermiene und nickt mehrmals beifällig mit dem Kopfe.

»Nicht wahr, sie sind wunderhübsch«, spricht Christelchen weiter, indem sie aufmerksam den Augen der Frau Schubert folgt, »ich muß gestehen, daß unsere jungen Herren viel Geschmack haben und den Nagel stets auf den Kopf zu treffen wissen – was meinen Sie, Madame Schubert?«

»Ei ja, die jungen Herren sind sehr nobel«, entgegnet Frau Schubert und nickt nochmals zufrieden mit dem Kopfe, »doch sagen Sie, gutes Christelchen, sind sie auch Ihnen gegenüber so generös, wenn Sie, was ich von Ihrem Verstande erwarte, recht hübsch willfährig sind?«

Und Frau Schubert sieht Christelchen schelmisch an, und diese, die Bedeutung der Worte sehr wohl verstehend, versetzt mit losem Blick und Lächeln:

»Ich habe zwar noch nichts zur Messe bekommen, aber sie haben mir's versprochen, und ich weiß, daß sie Wort halten. Doch ob ich so viele und schöne Sachen bekommen werde, weiß ich freilich nicht, denn frische Braten kosten immer mehr, das wissen Sie doch selbst, meine gute Frau Schubert.«

Und Christelchen lacht bei diesen Worten aus vollem Halse, und auch die gute Frau Schubert stimmt herzlich mit ein, bis letztere wieder anhebt:

»Hübsche, allerliebste Herren sind es, das ist gewiß, jedoch, mein gutes Christelchen (und hier zwinkert sie wiederum mit den Augen): es fragt sich aber noch, ob sie auch gehörig … ob sie auch so beschaffen sind, eine liebende Frau zufriedenstellen zu können. Ich möchte sie wohl gern einmal, so ganz aus der Nähe sehen, so ganz ohne Kleider.«

Das sind Worte, wie sie dem liebessüchtigen Christelchen das Wasser im Munde zusammenlaufen lassen. Das ist ihr Lieblingsthema, das, wenn einmal aufs Tapet gebracht, stets von ihr weidlich ausgeschlachtet wird.

»Ach, meine gute Frau Schubert«, fährt sie deshalb eifrig fort, und ihre Augen glänzen vor Freude, »ja, es gibt gewiß nichts Schöneres auf der Erde, als unsere jungen Herren nackend zu sehen – nein, so was gibt's auf der Welt nicht mehr. Ich habe«, setzt sie geheimnisvoll hinzu, »doch schon manchmal dazu Gelegenheit gehabt und bin, das gestehe ich Ihnen bloß, weil Sie eine erfahrene und verschwiegene Frau sind, in verschiedenen Diensten schon mit vielen Herren ganz genau in diesem Punkte bekannt geworden, aber so eine männliche Schönheit und solch einen prachtvollen Gliederbau, und vornehmlich bei dem Kleinen – Sie verstehen mich schon, meine beste Madame Schubert – bei dem hübschen Kleinen – und so eine Länge und Stärke habe ich auch noch nie gefunden. Mit einem Wort: sie sind so beschaffen, daß sie jedes Mädchen, so spröde es auch sei, beim ersten Anblick bezaubern müssen. Nein, liebste, beste Madame Schubert – so was zu sehen ist doch wahrlich …«

»So, so«, unterbricht sie Frau Schubert, bedächtig nickend, und sieht die entzückte Sprecherin mit lüsternen Augen an, »ist's wirklich so? Sind die kleinen Schlingel in den Hosen wirklich so hübsch blank und straff, wie man das nach dem Äußeren der jungen Herren annehmen sollte? In der Tat, mein gutes Christelchen, Sie machen mich höchst neugierig, wenn Sie mir ein so lockendes Bild entwerfen, und fast möchte ich sie selbst einmal belauschen, nur um zu sehen, ob Sie nicht, vielleicht aus übergroßer Liebe verblendet, die Sache doch ein wenig übertrieben haben. Es gibt in Leipzig ganz sicher eine Reihe von jungen Männern, die sich mit Ihren jungen Herren messen könnten.«

Und Frau Schubert sieht bei diesen schlau berechneten Worten das gute Christelchen scheinbar ungläubig lächelnd an, das, wie verletzt durch diesen Zweifel, zur Beteuerung ihrer Aussage die eine Hand aufs Herz legt und eifrig mit der andern gestikulierend also fortfährt:

»Beste Madame Schubert, ich wiederhole Ihnen, daß Sie bis in den dritten Himmel hinein entzückt sein werden, wenn Sie die diesbezügliche Beschaffenheit unserer jungen Herren auch nur einmal sehen würden. Ich wenigstens – und ich mache keinen Hehl daraus – ich falle beinahe immer in Ohnmacht, oder doch in einen willenlosen Zustand, wenn ich sie zu Gesicht bekomme, und ich habe doch, Gottseidank, recht starke Nerven. Aber diese Hähnchen zu erblicken, sie mit den Händen zu fassen, ihre roten Köpfchen in den Mund zu nehmen und zu küssen, die schlanken Leiber, zart und weiß wie ein Stearinlicht, zu drücken, zu kneifen und hineinzubeißen – dieses Vergnügen, meine gute Madame Schubert, geht über alle Begriffe.«

Und durch diese so höchst interessante Beschreibung werden der Frau Schubert die Augen glasiger, lüsterner und lustentflammter. Ihre Phantasie ist aufs äußerste erregt, und wenig hätte gefehlt, sie wäre wieder zu ihrem einfältigen August gelaufen und hätte wiederum ihre Reize seinen unwilligen Augen bloßgestellt. Doch schnell wird sie eingedenk seiner lieblosen Versagung ihres Wunsches, und in einer gewissen Überzeugung, daß dieser durch die geliebten Etzlers selbst erfüllt würde, bezwingt sie sich und hört Christelchen weiter zu, die, einmal in Fahrt geraten, hinzusetzt:

»Ach, so einen lieben Jungen, oder noch lieber beide zusammen, einmal zum Manne zu bekommen, das muß doch der Himmel auf Erden sein.«

Und indem sie sich diesen Gedanken und Gefühlen überläßt, spielt sie mit der Zunge zwischen den Lippen, als ob sie sich jetzt noch, im nachhinein, das Maul lecken würde.

»Christelchen, Christelchen, Sie übertreiben!« spricht jetzt, nach einer kleinen Pause, Frau Schubert und droht lächelnd mit dem Finger, »ich weiß wohl: wenn man jung ist, erscheint einem alles im rosigsten Licht – und dazu kommt noch, daß, wie ich wohl bemerkt habe, Sie heftig in die jungen Herren verliebt sind. In meinem Alter freilich sieht man die Dinge mit kälterem Blute und mit ganz andern Augen an. Doch muß ich Ihnen beipflichten, daß es wunderhübsche junge Leute sind, und ich selbst würde es ihnen nicht übelnehmen, wenn sie mich attakkieren würden – bloß um zu sehen, ob der Schein nicht trügt.«

Bei diesen Worten sieht das verliebte Christelchen die gute Frau Schubert zuerst mit einem betroffenen und halb höhnischen Blick an, und hierauf ist sie nahe daran, in ein schallendes Gelächter auszubrechen; doch durch längeren Aufenthalt in der Stadt an feinere Sitten gewöhnt, unterdrückt sie diesen Drang dadurch, daß sie sich heftig auf die Lippen beißt. Obgleich Frau

Schubert das bemerkt, so läßt sie es sich doch nicht kümmern und fährt ganz ruhig fort:

»Sie hatten ganz recht, mein liebes Christelchen, als Sie vorhin sagten, daß frische Braten stets am wohlschmeckendsten wären, und eine Abwechslung muß auch selbst beim Fleisch zuweilen stattfinden, denn wenn man immer nur Schweinebraten essen muß, so wächst einem der Schweinebraten zu guter Letzt zum Halse heraus, und leider ist mein guter alter August jetzt so träge geworden, daß mir nach dem ewigen Einerlei nun wohl auch einmal ein frisches saftiges Stückchen anderen Fleisches zu gönnen ist.«

Und Christelchen sieht bei diesen Worten wieder Frau Schubert an und weiß im Augenblick nichts zu entgegnen, doch ihre noch immer erstaunte Miene scheint zu sagen:

›Oh du alte, üppige Sybille – und ihr, ihr schönen jungen Etzlers – wie paßt ihr zusammen!‹

Doch sagt ihr Mund kein Wort, und sie wartet gespannt, was Frau Schubert weiter sprechen wird.

Frau Schubert hält mit einemmal inne. Es ist, als ob ein jäher Schreck sie erfaßt habe. Sie bricht plötzlich ihre Christelchen so lebhaft interessierenden Worte ab, und da diese auch nichts sagt, so tritt ein fast minutenlanges Schweigen ein.

Gute, vorsichtige Frau Schubert! Warum gibst du dir vor einem so blutjungen Ding nur so arge Blößen. Du bist doch sonst immer so klug und schlau. Wie reimt sich dein Alter mit dem Christelchens, wie deine Gefühle mit den ihren? Eiei, du hast dich vergaloppiert, und das nicht minder schlaue Christelchen weiß jetzt genau, woran sie mit dir ist – weiß, daß du gleichfalls auf die Herren brennst. Ja, Christelchen ist mit einemmal gescheit geworden; sie weiß jetzt, wie sie die gute Frau Schubert fassen kann, ist belehrt über deren schwache Seite und hofft, aus diesem freimütigen Geständnis und aus ihrer Entdeckung den rechten Nutzen zu ziehen. Und schlau ist Christelchen auch trotz ihrer Jugend, und deshalb beginnt sie das Gespräch aufs neue:

»Wahrlich, meine beste Madame Schubert, was ich von der Beschaffenheit der jungen Herren gesagt habe, ist gewißlich wahr, darauf können Sie sich fest verlassen, und ich bin sicher und überzeugt, daß Sie sich vollkommen befriedigt fühlen würden, wenn Sie einmal so recht innig mit ihnen zusammenkämen. Ach, wie beneide ich die beiden Mädchen um den Genuß, den sie vermutlich heute abend noch haben werden, und wie gerne wäre ich an deren Stelle – ja, gewiß: ein solches Vergnügen hatten die noch nie.«

»Wie, was? Sie denken doch nicht etwa?« spricht endlich Frau Schubert, in der Absicht, Christelchen von ihrer richtigen Vermutung abzulenken, »nein, meine Gute, soweit ist es noch nicht, und so etwas würde ich in meinem Hause auch gar nicht dulden. Zwar glaube ich selbst, daß die jungen Mädchen die Herren Etzlers sehr gern sehen – ist ja auch kein Wunder – allein sie sind noch reine und unberührte Jungfrauen, darauf kann ich Ihnen mein Wort geben, und die laufen nicht so blindlings ins Zeug hinein, wissen ja auch noch gar nicht, was und wie das ist. Nein, so geschwind geht das nicht. Die haben noch komische Begriffe von dieser Sache und werden sich's nicht eher machen lassen, als bis sie schon getraut sind. Ich habe noch heute früh mit ihnen darüber gesprochen und kenne daher ihre Denkungsart ganz genau.«

»Hm«, meint Christelchen und zieht die Mundwinkel spöttisch nach unten, »ich glaube, daß unsere jungen Herren schon einige Jungfernschaften gepflückt haben, und mit den beiden Mädchen werden sie ebenfalls keine großen

Umstände machen, denn ist es erst einmal soweit gekommen, daß sie sich gern sehen und daß Geschenke angenommen werden, dann folgt das übrige schon ganz von selbst. Sie sind ja, ebenso wie wir, von Fleisch und Blut, und wir waren ja auch einmal Jungfrauen. Ihnen ist, meine gute Madame Schubert, gewiß der Vers nicht unbekannt, worin es heißt, daß der Geist willig, das Fleisch aber schwach sei, und solchen schönen jungen Herren mit solch appetitlicher Beschaffenheit gegenüber ist Mädchenfleisch erst recht schwach. Ich dächte übrigens, die Mädchen könnten nur froh darüber sein, ihre Jungfernschaft durch die Etzlers zu verlieren – das ist doch etwas anderes als so ein Knieriem von einem Pegauer Schuster, der immer noch in höchstem Grade glücklich sein muß, wenn er sie auch ohne Jungfernschaft kriegt. Meinen Sie nicht auch, Madame Schubert?«

»I ja, i ja – wohl wahr, ganz wahr!« entgegnet diese beistimmend, »allein mit solchen dummen Dingern läßt sich einmal hierin nicht viel anfangen. Die ließen sich, nur um ihre Jungfernschaft zu bewahren, sogar ein Schloß mitten hindurchziehen. Mir kann es ja gleich sein, ob sie mit oder ohne Jungfernschaft nach Pegau zurückkehren – das ist ganz ihre eigene Sache und die der jungen Herren – wenn die aber, wie Sie sagen, so gut beschaffen sind, so werden sie schon ihr möglichstes tun, um zum Ziele zu gelangen.«

»Ich wette einen Taler gegen einen Kupferdreier«, fiel Christelchen hitzig ein, »daß, wenn die Etzlers heute abend bei den Mädchen sind, sie gewiß nicht eher als morgen früh nach Hause kommen, und dann werden unsere kleinen Schwesterlein, während der ganzen langen Nacht, gewiß schon um vieles weiter und nachgiebiger geworden sein – hahaha!«

Und Christelchen lacht bei diesen Worten laut auf, und auch Frau Schubert tut es ihr gleich.

»Ach, diese Sachen kenne ich ganz genau«, fährt sie hierauf, ernster werdend, fort, »und ich liebe sie auch gar zu sehr. Himmel, ich gäbe wunders was darum, wenn ich ein Mäuschen war und könnte mir die Kapriolen mit ansehen. Liebste, beste Madame Schubert, ist denn das nicht möglich? Ich würde Ihnen, wenn Sie mir dieses Vergnügen verschaffen könnten, ewig dankbar sein und Ihnen auch jeden Tag die Gelegenheit bieten, meine jungen Herren nackend zu sehen.«

»I, Christelchen«, versetzt Frau Schubert und schüttelt den Kopf, »wo denken Sie nur hin? Wie soll ich denn das nur anfangen – auch wenn die Mädchen wirklich – dann werden sie gewiß so gescheit sein und die Tür zumachen – wenn es nämlich wirklich soweit kommen sollte – was ich aber nimmermehr glaube. Gern, sehr gern täte ich Ihnen den Gefallen, da Sie nun einmal solche Liebesspäßchen so gern mitansehen, allein das ist schlechterdings unmöglich, da man durch Wände ja nicht hindurchsehen kann.«

»Beste Madame Schubert«, fährt Christelchen drängend fort, »wenn man will, kann man – wenn man will, geht alles in der Welt – und können Sie es denn nicht so machen, wie ich es bei meinen jungen Herren gemacht habe: Sie bohren sich ein kleines Loch in die Decke und verstopfen es einstweilen mit Papier, und wenn die Geschichte losgeht, so zieht man das Papier heraus und hat so den besten Überblick. Ich verstehe mich darauf ganz gut, und wenn Sie nur wollen, so laufe ich sogleich hinüber und hole einen Nagelbohrer – das mache ich so geschickt, daß gewiß niemand das geringste merkt, und selbst wenn es später jemand bemerken würde, so wäre dies auch weiter nicht schlimm, da das Haus ja Ihnen gehört und Sie mit Ihrem Eigentum machen können, was Sie wollen. So habe ich es bei uns drüben auch gemacht, und durch dieses Loch sehe ich mir jeden Morgen unsere jungen Herren nackt, splitterfasernackt an – und diesen Genuß will ich auch Ihnen aus tiefstem Herzensgrunde gönnen.«

Und Christelchen sieht Frau Schubert bittend an, und diese scheint auch ihrem Flehen nachgeben zu wollen – zwar sträubt sie sich zum Schein noch eine Zeitlang, doch endlich, von dem lüsternen Christelchen allzusehr bestürmt, erteilt sie ihre Zustimmung.

»Nun, so kommen Sie meinethalben heute abend, und ich will unterdessen, wie Sie meinen, ein Loch bohren«, spricht sie nickend, »und wenn ich in der Tür stehe und huste, so ist dies das Zeichen, daß die jungen Herren oben sind.«

In demselben Augenblick wird die Hoftür aufgemacht, und die glücklichen Frauen erblikken die Geliebten ihrer Herzen. Frau Schubert setzt sich sogleich in Positur, um sie würdig zu empfangen, und Christelchen will davoneilen, doch Fritz hält sie fest und flüstert ihr zu:

»Beeil' dich, daß du hinüberkommst – Frau Halthaus schreit sich fast die Kehle nach dir aus.«

»Ach, soll sie doch, die alte eifersüchtige Hexe«, ruft die freudetrunkene Christel, indem sie sich aus dem Griff des jungen Herrn losmacht und durch den Hausflur zur Tür eilt.

Indessen gehen die Brüder auf Frau Schubert zu, begrüßen sie mit dem ihnen eigenen feinen Anstande, und auch diese kommt ihnen mit tausend Komplimenten entgegen.

»Verehrte Madame Schubert«, redet Karl sie an und wirft ihr einen feurig-verliebten Blick zu, »wir sind so frei gewesen, Sie mit einem kleinen Auftrag und einer Bitte zu belästigen, von der wir im Vertrauen auf Ihre Herzensgüte hoffen, daß Sie uns beides nicht abschlagen werden.«

›Oh, wie schön und artig ist er doch‹, denkt Frau Schubert schnell, ›und so ganz das Gegenteil von meinem alten, groben August.‹

»Wir haben uns erlaubt«, setzt Fritz hinzu und wirft ebenfalls einen seiner zündenden Blitze auf die geschmeichelte Frau, »den lieben Mädchen die Kleinigkeit, die Christel soeben überbracht hat, zur Messe und als ein kleines Andenken zu verehren, und da wir fürchteten, daß sie sie vielleicht aus allzugroßem Zartgefühl nicht annehmen würden, so wagten wir es, Sie als liebliche Vermittlerin zu wählen – und wir glauben fest, keine bessere und würdigere finden zu können.«

›Ach, der artige, artige Jüngling‹, denkt Frau Schubert weiter, ›er weiß die Worte doch ganz anders zu setzen als der ungehobelte August. Welchen Unterschied gibt es doch unter den Männern.‹

Doch ihre Augen verraten ihre Gedanken nicht, sie sehen bloß die schönen Brüder an, messen sie von Kopf bis zu den Füßen und bleiben zuletzt etwa in der Mitte haften, da, wo die prallen Beinkleider die Objekte ihrer Sehnsucht verbergen.

»Gehorsamste Dienerin, meine Herren, gehorsamste Dienerin«, spricht sie endlich, indem sich ihr Mund zu einem holdseligen Lächeln verzieht, »Sie sind allzu gütig; ich will die Geschenke sogleich hinauf in ihr Zimmer tragen. Ihr Wunsch ist mir Befehl, und wer könnte so schönen, freundlichen Herren wohl eine so geringfügige Bitte abschlagen.«

»Zu gefällig, meine werte Madame«, fährt Fritz mit verbindlichem Lächeln und wiederholter Verbeugung fort, und dann wendet er sich zu seinem Bruder und spricht:

»Siehst du, daß ich recht hatte, als ich sagte, Madame Schubert sei die gefälligste und liebenswürdigste Frau der Welt.«

»Oh, nur keine Schmeicheleien, meine Herren«, erwidert Frau Schubert und gibt sich den Anschein, als sei sie verlegen, oder zimperlich, »oder Sie machen mich wirklich noch schamrot auf meine alten Tage.«

Doch trotzdem setzt sie dann mit einem erneuten Knicks hinzu:

»... und wer könnte wohl überhaupt so gefühllos sein, einen Wunsch zu versagen, dessen Erfüllung die beiden jungen Mädchen innigst erfreuen wird.«

»Sollte sich in unserem Leben jemals die Gelegenheit darbieten«, nimmt Karl wieder das Wort, »Ihnen in irgendeiner Form gefällig sein zu können, so rechnen Sie fest auf unsere Bereitwilligkeit.«

›Ach‹, denkt Frau Schubert weiter und wirft beiden einen verliebten Blick zu, ›wie sehr steht es in eurer Macht, mich glücklich zu machen.‹ – Doch wiederum sagt ihr Mund nichts von dem, was ihr Herz spricht, und sie antwortet nur mit einem tiefen Knicks.

»Nun aber noch eine große Bitte«, fährt Karl fort und sieht Frau Schubert freundlich an, »doch fast getraue ich mich nicht, sie zu äußern.«

»Sprechen Sie, sprechen Sie, mein lieber Herr Etzler!« erwidert Frau Schubert und sieht ihn mit Blicken an, aus denen herauszulesen ist: ›Oh, hätte ich dich jetzt in meinem Alkoven, ich würde deinen Kleinen, so lang und dick er auch sein mag, so gründlich in mir verstecken, daß es gewiß eine Zeitlang dauern würde, bis er sich wieder in deiner Hose befände.‹

Und ermuntert durch diesen vielsagenden Blick spricht Karl weiter:

»Ihrer heute morgen erteilten Erlaubnis zufolge werden wir so frei sein, den Mädchen heute abend unsere Aufwartungen zu machen, um gemeinschaftlich mit ihnen das Abendbrot einzunehmen. Dürften wir Sie nun, als Junggesellen, wie Sie wissen, und auf das nötige Geschirr nicht eingerichtet, bitten, uns das Nötige zu leihen und auch ein wenig die gütige Wirtin zu spielen – wir werden Ihre Mühe gern und reichlich belohnen.«

»Ach belohnen, was belohnen«, fällt die gute Frau Schubert wie unwillig dazwischen, »die kleine Mühe ist nicht der Rede wert. Schicken Sie nur das, was Sie an Eßwaren zu kaufen gedenken, herüber, und ich will alles Übrige schon besorgen.«

»Oh, Sie herrliche Frau!« ruft Fritz, als bräche das Entzücken bei ihm durch, aus und macht Anstalten, die dienstfertige Frau zu umarmen, »Sie sind küssenswert, Sie sind so himmlisch gut wie ein Engel.«

›Oh, du süßer, lieber Junge‹, denkt die entflammte Frau weiter und muß hart an sich halten, um sich nicht, von Wonnegefühlen durchschauert, in seine Arme zu werfen und ihn an ihr heftig klopfendes Herz und an den Riesenbusen zu drücken, ›welch himmelweiter Unterschied zwischen dir und dem müden August.‹ – Und zugleich öffnen sich unwillkürlich ihre Arme, und es scheint, als ob es ihr nicht gelänge, ihrer stürmischen Gefühle Herr zu werden – als plötzlich eine mächtige Baßstimme ertönt:

»Ei, Kreuz Schock Millionen Bomben und Granaten, Kartätschen und Haubitzen – da soll doch gleich der wasweißich –! …«

Hilf Himmel, was ist das? Wer unterfängt sich da, diese beginnende rührende Szene in so frecher Weise zu unterbrechen?

Die Brüder erschrecken, und auch die mutige Frau Schubert fährt bei diesen Worten wie vom Donner gerührt zusammen, und in demselben Augenblick öffnet sich die Tür und Augusts zornrotes Gesicht schaut wütend herein. Bei diesem Anblick ist die Verlegenheit der Brüder groß, doch Marie faßt sich schnell, nimmt eilends das Paket vom Tisch und tritt, wütend über diese so unangenehme Störung, mit funkelnden Augen dem erzürnten Gemahl entgegen – der bei ihrer Annäherung schnell rechtsumkehrt macht und die Tür hinter sich zuwirft. Sogleich dreht sie sich wieder nach den Brüdern um und spricht, halb zornig, halb lächelnd:

»Nehmen Sie sich diesen tölpelhaften Ausbruch nicht allzusehr zu Herzen; er ist ein ungezogener Schlingel, dem ich gleich nachher den Kopf recht tüchtig waschen werde – jetzt kaufen Sie nur brav ein und vergessen Sie nicht, die Mädchen am Stande zu besuchen.«

Und die Brüder werfen der guten Frau die glühendsten Blicke des Dankes zu und verlassen das Haus, während Frau Schubert den Schlüssel vom Haken nimmt und die Geschenke hinaufträgt. Unterwegs murmelt sie vor sich hin:

»Warte, du fauler Tagedieb. Du hast mich um eine schöne Umarmung gebracht und um ein Dutzend Küsse obendrein, aber warte, ich will dir dein unbescheidenes Dazwischentreten für die Folge und für immer verleiden.«

Die Mädchen am Stande

Und die Brüder eilen dem Stande zu, winden sich mit Mühe durch die an diesem Tag so sehr zahlreiche Menge des kauf- und schaulustigen Volkes, greifen im Gedränge manchem hübschen Kind unter das Kinn und unter die Schürze, erhalten zum Lohn dafür teils freundliche, teils böse Gesichter und sehen jetzt schon von fern den Stand, der wiederum von einer großen Anzahl von Leuten umringt ist.

»Was für Gesichter werden sie machen«, hebt Fritz, zu seinem Bruder gewandt, an, »wenn sie uns erblicken. Sie sind, wie es scheint, so emsig mit dem Verkaufen beschäftigt, daß sie uns nicht eher gewahren werden, als bis wir ihnen dicht unter den Augen stehen.«

Und so wird es auch. Je weiter der Tag vorrückte, um so mehr Leute fanden sich ein, und um so mehr hatten die Schwestern zu tun. Ihr Umsatz war heute bereits so ergiebig gewesen, daß er an diesem einzigen Sonntag den der vorhergegangenen Tage übertraf. Durch die damit verbundene geschäftigere Betätigung waren die traurigen Gedanken, denen die Mädchen noch am Vormittag nachgehangen hatten, mehr und mehr in den Hintergrund gedrängt worden, so daß den Umstehenden wieder mehr freundliche Blicke zuteil wurden – von denen denn jeder glaubte, daß sie ihm allein gälten. Doch alle ihre heitere Fröhlichkeit wurde wieder verdrängt, sobald sie die Angst befiel, daß die beiden Brüder am Stand erscheinen könnten.

»Ja, bis jetzt haben sie uns noch nicht gesehen«, antwortet Karl leise, indem er hinter die am entferntesten stehenden Gaffer tritt und die Mädchen eifrig beobachtet, die bald Geld einnehmen, bald wechseln, bald die verkaufte Ware in Papier einschlagen – kurz: alle Hände voll zu tun haben – »allein es wird nicht mehr lange dauern, und ich glaube, daß sich dann ihre allerliebsten Gesichtchen derb röten werden, denn sie sind ja noch so herrlich unschuldig.«

»Wie hübsch ihnen alles steht«, spricht Fritz weiter, dessen Augen ebenfalls mit innigem Entzücken auf den schlanken Gestalten haften bleiben, »welche Anmut und Grazie in allen ihren Bewegungen! Bei Gott! Ihre Gesichtchen sind so wunderschön und bezaubernd, daß es unmöglich ist, von ihrem Liebreiz nicht hingerissen zu sein. Die eine ist so schön wie die andere – schade, ewig schade ist es, daß sie ihre Jugend in so dürftigen Umständen verbringen müssen.«

Und Karl blickt ebenfalls unverwandt auf sie hin, folgt mit ersichtlichem Wohlbehagen allen ihren Bewegungen und fährt dann leise antwortend fort:

»Es werden schwerlich so schöne Mädchen wiederzufinden sein, und glücklich fürwahr sind wir zu nennen, daß sie uns mit ihrer Liebe beglücken.«

Und sie schauen und schauen und sind glücklich dabei. Da, mit einem Male, sehen sie Jettchen erbleichen und erschreckt dem dicht neben ihr stehenden Julchen zuwinken – deren Augen schnell im Kreise herumschweifen und auf die hervorlugenden Gesichter der Brüder treffen. Und in diesem Augenblick verliert auch ihr Gesicht die liebliche Farbe frischer Pfirsichblüten.

»Komm, laß uns etwas kaufen«, spricht Fritz, »dadurch kommen wir näher und können uns mit ihnen unterhalten.«

Und mit diesen Worten drängt er sich durch die Umstehenden hindurch und tritt dicht vor die Mädchen hin. Karl folgt ihm, und beide begrüßen sie die Mädchen mit freundlicher Miene, jedoch so, daß die Gaffer auch nicht im geringsten auch nur hätten ahnen können, daß sie sich zuvor schon einmal gesehen haben.

Und als vollendeter Weltmann fragt Karl mit der größten Unbefangenheit nach dem Preis von diesem oder jenem Artikel, und sein ganzes Streben ist daraufhin gerichtet, die Mädchen von ihrer Verlegenheit zu befreien, und das gelingt ihm auch: sie beruhigen sich, denn Mädchen und Weiber sind bei solchen Gelegenheiten gewöhnlich sehr klug und fast immer klüger als die Männer, wenn diese nicht, wie unsere Brüder, so ausgezeichnet im Liebeswerke bewandert sind – denn es sagen ihnen weiblicher Takt und frauliche Intuition, daß sie sich zusammennehmen müssen, sich keine Blöße geben dürfen, und so von dem gespielten Benehmen der geliebten Brüder unterstützt, beantworten sie deren Fragen bald weniger zitternd und verlegen.

Kaum sind jedoch die Brüder an den Stand getreten und haben zu handeln angefangen, so bildet sich um sie herum ein dichter Kreis von Zuschauern, und vornehmlich ist das weibliche Geschlecht sehr neugierig, zu sehen, was die schönen und vornehm gekleideten jungen Herren wohl kaufen würden.

»Für wen sollen wir das kaufen?« zischelt Karl seinem Bruder zu, und ebenso leise flüstert dieser zurück: »Ich weiß niemand anderes als Christel, kaufen wir demnach etwas für sie.«

Und Karl nickt seinem Bruder zu, während die umstehenden Damen sich leise Worte zuflüstern und sanfte Stöße mit den Ellenbogen versetzen. Seitwärts aber, im tiefen Hintergrund versteckt, doch wiederum so nahe, daß sie alle Bewegungen der Brüder und Mädchen verfolgen können, stehen auch zwei vornehme ältere Damen und eine jüngere und verfolgen mit dem lebhaftesten Interesse die Worte und die Mienen der Käufer und der Verkäuferinnen.

»Dränge dich nicht so weit vor, Mathildchen«, spricht die eine der Damen, »und laß' dich ja nicht sehen – das wäre gegen allen Anstand.«

»Lassen Sie mich doch, liebe Mutter!« antwortet die Jüngere eifrig, »*ma foi*, dieser Handel interessiert mich fürchterlich. Ich möchte gar zu gern wissen, ob sie was für wen kaufen oder ob sie sich bloß einen Witz machen wollen.«

»Vielleicht etwas für dich«, wirft die andere Dame ein, »und ich glaube, daß es dir nicht unangenehm sein würde, ein Präsent aus ihren Händen zu erhalten. Gestehe nur, Mathildchen, daß die jungen Herren dir gefallen; ich möchte aber allzugerne wissen, wem du den Vorzug gibst: dem Studenten oder dem Commis?«

Und Mathildchen wird rot und ist auf einige Augenblicke verlegen, doch sammelt sie sich schnell und antwortet mit einem scheinbaren, aber gut gespielten Anflug von beleidigtem Stolz:

»Was wollen Sie nur, gnädige Tante – wie kann oder soll ich denn nur einem den Vorzug geben – ich weiß gar nicht, was Sie wollen?«

»Nun, warum denn nicht?« spricht Frau von Philipp weiter, denn diese war es, nebst der Frau von Nippert, wie der geneigte Leser gewiß schon erraten haben wird, die beide nur zum Schein vorgegeben hatten, nach Hause gehen zu wollen, um angesagten Besuch zu empfangen, die aber in Wahrheit nur fortgegangen waren, um der ihnen unangenehmen Szene mit dem zukünftigen Minister und seinem Harfenmädchen nicht beiwohnen zu müssen – »warum denn nicht, Mathildchen? Die beiden jungen Herren sind, einer wie der andere, gleich schön und gleich artig, und da ich, gesetzt den Fall, selbst im Zweifel sein würde, wem von beiden ich den Vorzug geben sollte, so wende ich mich an dich, um deine Meinung zu hören – da ich von deinem guten Geschmack überzeugt bin. Wer weiß: heutzutage kann unsereins von den jungen Mädchen viel lernen.«

Doch das verliebte Mathildchen antwortet nicht auf dieses feine Kompliment, sie hat bloß Augen für die Brüder, und außer ihr gibt es noch viele Damen im weiten Rund, die ein gleiches Interesse bekunden und wie gebannt auf den Einkauf starren – sie stehen auf den Fußspitzen, um sich ja keine Miene, kein Wort entgehen zu lassen.

O ihr neugierigen Damen – schämt euch, schämt euch doch! Schämt euch tief in euer verliebtes Herz hinein.

Und ihr, ihr armen Brüder?

– Ihr haltet euch ja recht gut, und wenn ihr so weitermacht, werdet ihr ganz bestimmt keinen Stoff für das Salongespräch der nächsten Saison abgeben. Wahret eure Mienen, wägt eure Worte ab, denn außer der Unzahl Frauen stehen auch noch junge Stutzer in Mengen um euch herum, die euch kennen und beneiden und euch gerade deshalb aufs schärfste beobachten.

Doch um die herumstehenden Damen und Herren kümmern sich die Brüder nicht – ihre Absicht ist es vor allem, den Schwestern Mut einzuflößen, ihnen die Befangenheit zu nehmen, die Jungfrauen gewöhnlich vor jenem Ereignis befällt: selbst wenn sie jungfräulich in die Ehe gehen, zittern sie vor der Hochzeitsnacht – und mögen sie in Wahrheit auch noch so wild aufs Heiraten gewesen sein – und heulen, und die ganze Kirche heult mit ihnen. Kenne sich einer mit den Weibern aus.

Die Brüder wissen das und handeln darum folgerichtig, wenn sie das Verhältnis auf die Ebene einer ganz normalen, geschäftlichen Beziehung bringen – sie flößen ihnen, den Schwestern, Mut ein, um sie ihren Wünschen willfähriger zu stimmen.

»Was kostet dieses Schnürleibchen?« fährt Fritz fort, indem er es vom Tische aufnimmt, es auseinanderfaltet und zugleich einen ermutigenden Blick auf Julchen wirft.

»Einen Taler!« antwortet diese mit unsicherer Stimme.

»Wie teuer ist das halbe Dutzend Unterröckchen?« fragt Karl Jettchen, wobei er näher an sie herantritt und zugleich mit kaum hörbarer Stimme flüstert: »Bestes Julchen, seien Sie doch nicht so verlegen und antworten Sie frisch von der Leber weg.«

Und Jettchen wirft ihm einen dankbaren Blick zu und antwortet, etwas mutiger als ihre Schwester: »Drei Taler, mein Herr!«

»Das ist zu teuer, mein schönes Kind«, spricht Karl weiter, »ich gebe Ihnen zwei Taler und glaube, daß das genug sein wird.« – Und zugleich sieht er sie wieder mit einem Blicke an, der zu sagen scheint: »Brav, nur weiter so, und laß dir durchaus keine Verlegenheit anmerken.«

»Nein, das ist gewiß nicht zu teuer«, antwortet Jettchen belehrend und beherzt, »betrachten Sie nur gefälligst diese Näherei, und Sie werden sie billig genug finden. Wir machen nie Aufschläge, um hinterher nachlassen zu können.«

»Nun, wenn das so ist«, fährt Karl fort und legt die Unterröckchen seitwärts auf den Tisch, wo Fritz soeben die Schnürbrust ebenfalls hingelegt hat, »dann will ich sie nehmen. Drei Taler also.«

Und Jettchen macht eine anmutige Verneigung, während Karl sich die anderen Gegenstände ansieht und fortfährt, auszusuchen. Durch das beherzte Auftreten ihrer Schwester gewinnt auch Julchen wieder größere Sicherheit, und bald geht der Handel munter fort.

Währenddessen haben sich die umstehenden Damen verwundert angeblickt, und hier und da konnte man ein unterdrücktes Lachen hören. Am meisten aber sind die Damen von Philipp und von Nippert nebst dem erglühenden Mathildchen erstaunt.

»Sie kaufen gar Unterröcke und Schnürbrüste«, zischelt man im Kreis herum, »das paßt sich hübsch für Herren.« *»Mon dieu,* hast du gesehen, Mathildchen«, ruft Frau von Philipp nekkend, »sie kaufen eine Schnürbrust und sechs Unterröckchen, gewiß für dich, ich möchte wetten.«

Und Mathildchen, schon glühend zuvor, wird purpurrot vor Ärger. Recht ernstlich erzürnt sieht sie die Spötterin mit großen Augen an und antwortet schnell:

»Ach, werden Sie doch nicht unangenehm, Tante. Ich brauche diese Sachen nicht, und schon gar nicht brauche ich mir die Brust zu schnüren – ich glaube eher, daß sie für Sie bestimmt sind, denn ich sah ja – und – ...«

Und mit diesem abgebrochenen Satz dreht sie ihr den Rücken zu und verfolgt mit Spionenblicken den weiteren Handel, doch setzt sie noch leise und mehr für sich hinzu: »Die muß sich wahrhaft die Brüste einbinden und -schnüren, sonst stolpert sie eines Tages noch darüber. Und auf die Brüder hat sie es auch abgesehen – ich habe ja gesehen, wie merkwürdig ihre Augen leuchten – man muß ja fürchten, daß sie die Herren Etzler verschlingen möchte.«

»Kleine Närrin!« ruft Frau von Philipp leise, schweigt dann aber.

»Herren sind doch gute Kunden«, sagt die Budeninhaberin, deren Verkaufsstand vis-à-vis dem der Schwestern liegt, zu ihrer Nachbarin, einer kleinen buckligen Frau, die Havanna-Cigarren verkauft, das gesegnete Havanna aber nie gesehen hat, sondern dem nahegelegenen Stötteritz entstammt und über die Grenzen dieses Dorfes, und jene von Leipzig, nie hinausgekommen ist, »ja, Herren lob' ich mir, die zahlen, was man verlangt. Die Mädchen können sich gratulieren, die nehmen in einer Viertelstunde soviel ein wie ich während der ganzen Messe, und Sie sehen, Frau Nachbarin, daß in meiner Bude viel steckt.«

Und die kleine Bucklige, die auf den Zehenspitzen steht, antwortet mit vielsagendem Lächeln:

»Ei nun, Frau Nachbarin, so hübsche Mädchen können auch schon etwas verlangen. Man weiß ja nie genau, ob die Pränumerationszahlung für heute nacht nicht schon mit inbegriffen ist, hahaha!«

Und die andere Frau Nachbarin, die in einer großen Bude Galanteriewaren aller Art, Stück für Stück für zwei Neugroschen, ausbietet, lacht bei diesen undelikaten Worten hell auf, und die Zigarrenverkäuferin lacht noch mehr und blinkt und zwinkert mit den Augen.

»Was kosten die Strumpfbänder?« fährt Fritz, zu Julchen gewandt, fort, indem er sie von dem Tische aufhebt und ihre Elastizität mit den Händen prüft.

»Sie sind elastisch genug, aus Gummifäden und Messingdraht«, spricht Julchen, »und halten für die Ewigkeit; der billigste Preis ist zwanzig Neugroschen.«

»Sie sollen sie haben, liebstes Julchen«, zischelt Fritz und berührt mit seinem Knie das ihrige – doch laut spricht er: »Ei ei, mein Kind, zwanzig Neugroschen sind doch wohl zuviel.

Ich werde Ihnen fünfzehn geben und glaube, daß sie damit hinlänglich bezahlt sind.«

Und mit diesen Worten legt er sie auf den Haufen der bereits gekauften Sachen.

»Nein, nein, mein Herr«, erwidert Julchen eifrig und nimmt die Strumpfbänder wieder an sich, »unter diesem Preis kann ich sie nicht lassen, und ich habe Ihnen den billigsten Preis genannt, mit Rücksicht darauf, daß Sie bereits mehreres gekauft haben – jeder andere müßte einen Taler zahlen.«

»Nun gut«, antwortet Fritz und flüstert wieder, »dürfen wir heute abend kommen? Frau Schubert haben wir soeben gesprochen, und sie schickt uns her.«

Und zur gleichen Zeit richtet Karl dieselbe Frage an Jettchen. Beide werden rot, antworten nicht und beschäftigen sich, um ihre Verlegenheit zu verbergen, mit dem Ausfüllen der Lücken, die durch die verschiedenen Verkäufe entstanden sind.

Sie sind reizend in ihrer Unentschlossenheit, in ihrer augenblicklichen Verwirrung. Die schlauen Brüder versäumen es nicht, daraus den ihnen genehmen Nutzen zu ziehen.

»Teures Julchen«, spricht Fritz mit leiser, doch um so leidenschaftlicherer Stimme, wodurch er sich fast den Umstehenden verraten hätte, »oh, bitte bitte, erhören Sie mein Flehen!«

Und Karl drängt sich noch näher an Jettchen heran und bittet gleichfalls in unwiderstehlichem Tone um Erfüllung ihrer Bitte. Dann fährt er laut fort und scheint aufmerksam ein Paket feiner Damenstrümpfe zu besehen: »Und was kosten diese Strümpfe – ohne Handel und Aufschlag?«

»Acht Taler, mein Herr«, antwortet Julchen.

Und Karl legt auch diese Strümpfe auf den immer ansehnlicher werdenden Haufen und flüstert ihr zu:

»Wir werden Sie heute abend abholen und hoffen, daß Sie uns diese Bitte nicht abschlagen werden.«

Und diese Worte begleitet er mit einem so süßen Blick, daß Jettchen fast das ungestüm pochende Herzchen schmilzt und sie nicht mehr imstande ist, nein zu sagen, wie sie sich das fest vorgenommen hatte.

Ach, er war ja gar zu schön! Er war so liebenswürdig und bat so innig, daß kein Mädchen, und wäre es das sprödeste, ihm seine Bitte hätte abschlagen können.

Und gerade ebenso ergeht es dem armen Julchen. Auch sie weiß vor Verwirrung nicht, was sie anfangen soll. Zwar sagt ihr eine innere Stimme, daß sie ihr Ja verweigern, daß sie durchaus nein sagen solle, doch die Stimme der Liebe ist mächtig.

Und beide Mädchen können, wie durch Zauber gebannt, keine verneinende Antwort geben, und die beiden Brüder haben gewonnenes Spiel.

Die klugen und erfahrenen Liebesritter wissen jetzt, woran sie sind, denn wenn Mädchen schweigen, sagen sie damit immer ja.

Und Fritz wirft seinem Bruder einen listigen Blick zu, den dieser sogleich versteht und die Schwestern mit lauter Stimme fragt, wieviel sie denn nun zu zahlen hätten.

Und Jettchen zählt die verschiedenen Stücke zusammen, und rechnet und rechnet, bis sie endlich mit halblauter Stimme antwortet:

»Es macht zusammen zweiunddreißig Taler und achtzehn Neugroschen.«

»Zweiunddreißig Taler und achtzehn Neugroschen!« tönt es leise, dann aber immer lauter im Kreis der Zuschauer umher, »zweiunddreißig Taler und achtzehn Neugroschen, soviel Geld auf einmal – die Leute müssen viel Geld für dieses Zeugs übrig haben.«

Da auch sie das Gemurmel hören, sehen sich die Brüder um und betrachten ruhig die erstaunten Zuschauer, die sofort schweigen und die Augen niederschlagen. Dann zieht Karl seine schöne, rotseidene Börse und legt Jettchen sechs Louis d'or auf die Verkaufstafel.

»Hier sind vierunddreißig Taler«, spricht er leichthin, »und den kleinen Überschuß wollen Sie bitte demjenigen geben, der uns die Sachen in unsere Wohnung bringt. Namen und Hausnummer finden Sie hier verzeichnet.«

Mit diesen Worten zieht er aus seinem eleganten Portemonnaie eine vergoldete Visitenkarte hervor und legt sie neben das Geld.

Als sich die Brüder, auf das oben angeführte Gemurmel hin, herumgedreht hatten, haben sich im gleichen Augenblick die drei adeligen Damen niedergebückt, um nicht bemerkt zu werden, und Mathildchen flüstert ängstlich ihrer Mutter zu:

»Kommen Sie fort, liebe Frau Mama, ich glaube, die Herren haben uns gesehen, und ich wäre des Todes, wenn sie uns hier vor allen Leuten anreden würden – zumal, da wir gesagt haben, wir würden nach Hause gehen, weil wir Besuch erwarten.«

Und die Frau von Nippert ebenso wie die sehr neugierige Frau von Philipp fühlen, daß

Mathildchen *so* unrecht nicht hat, und geben nach. Ungesehen und geräuschlos verlassen sie den Stand und nehmen dann schnellen Schrittes den Weg zu ihrer Wohnung.

»Zweiunddreißig Taler und achtzehn Neugroschen!« spricht wieder die kleine, bucklige Verkäuferin der Havanna-Cigarren zu der Galanteriewarenhändlerin, »meiner sechs, das nenne ich ein Geschäftchen. Ich möchte wissen, wieviel sie daran verdienen – und alles ohne Handeln und ohne allen Abzug, und obendrein noch soviel Trinkgeld reineweg geschenkt – das ist nicht richtig, Frau Nachbarin, denn soviel Geld verschenkt man nicht um mir nichts dir nichts, meinen Sie nicht auch?«

Und die andere, redselige Frau Nachbarin nickt mehrmals bedächtig mit dem Haupte und blinzelt mit den Augen und spricht dann:

»Sie haben recht, gute Nachbarin, vollkommen recht. Ja gewiß: es wird heute abend recht lustig hergehen, und wir brauchen uns dann bei der nächsten Messe nicht zu wundern, wenn die Mädchen etwas korpulenter sein sollten.«

»Kugelrund«, kichert die Bucklige!

Und die hämischen Nachbarinnen lachen erst halblaut, dann aber platzen sie in ein helles Gelächter aus, und kränkende wie auch obszöne Anspielungen, eine ärger als die andere, gehen noch lange hin und her, selbst als die Brüder schon weggegangen sind.

Während sich die Mädchen, über die Generosität der Brüder eher betroffen als erstaunt, ratlos ansehen, ziehen diese die Hüte, grüßen freundlich und gehen fort. Unterwegs aber können sie sich denn doch nicht enthalten, sich noch einmal umzusehen, und dabei gewahren sie, wie eben die gute Frau Schubert an den Stand der Mädchen tritt, sie zu sich heranwinkt und eindringlich auf sie einspricht.

»Die Würfel sind gefallen«, spricht Fritz zu seinem Bruder, wobei er ihn am Arm faßt, »wir haben das Werk begonnen, Frau Schubert wird es krönen. Das ist ein Weib, wie auserlesen … wie unser großer Meister Goethe schreibt.«

»Richtig«, spricht Karl, »sie kuppelt gern, jedoch hat sie es am liebsten, wenn ihre eigene Kupplung nicht ohne Stange bleibt. Mit solchen alten und etwas ausgeleierten Kupplungen fährt sich's manchmal ganz prächtig; sie quietschen nicht so und gehen wie geschmiert.«

»On verra«, beendet Fritz das Gespräch.

Überredung hilft

Unterdessen ist es Mittag geworden. Während die Brüder dem Restaurant zugehen, in dem sie zu speisen pflegen, ist also Frau Schubert zu den Mädchen gekommen und hat ihnen ebenfalls ihr Mittagessen gebracht.

Mit beredten Worten und freudigen Augen erzählt sie ihnen von den prächtigen Geschenken, die ihnen die Herren Etzler haben bringen lassen und die bereits in ihrer Stube ihrer harren. Das Lob ist unerschöpflich, und die Freude, die sich auf den lieblichen Gesichtern widerspiegelt, ermutigt Frau Schubert, in ihren Lobeshymnen fortzufahren. Während sie, immerfort lobend, ihr Körbchen leert, das frugale Essen im Hintergrund des Standes auftischt und die Mädchen zum Essen nötigt, fallen ihre Augen auf den ansehnlichen Stoß Ware, der von den andern etwas abgesondert liegt.

»Und wie sind denn die Geschäfte heute gegangen?« fährt sie fort, »ich sehe es Ihnen an, daß Sie zufrieden sind.«

Und die Mädchen erzählen der guten Wirtin, daß die Brüder soeben dagewesen wären, die ganze Auswahl gekauft und sie nobel bezahlt hätten. Und sie erzählen auch von dem ansehnlichen Trinkgeld, wobei die gute Frau Schubert die Ohren spitzt, und daß sie doch keinem Fremden die Waren anvertrauen dürften und deshalb recht in Verlegenheit wären.

»Nun, nun, meine guten Kinder«, spricht hier Frau Schubert beruhigend, »die Verlegenheit ist so groß nicht, und davon will ich Sie sehr bald befreien. Packen Sie die Sachen nur recht hübsch ein, und ich will sie selbst überbringen; ich weiß ja ohnehin schon, für wen sie bestimmt sind, und das Geld kann ich ja ebensogut verdienen wie ein anderer – obendrein sind Sie auch sicher, daß die Waren nicht an die falsche Adresse kommen und Sie alles ersetzen müßten.«

»Sie wissen, für wen es bestimmt ist?« fragt Jettchen und wird feuerrot, »ich glaube doch nicht, daß die jungen Herren Etzler etwa uns mit der Ware beschenken wollen, die sie erst von uns gekauft haben.«

Und Julchen ist derselben Meinung:

»Beste Madame Schubert«, spricht sie dringend, »bitte sagen Sie uns die Wahrheit!«

»Nun, wenn Sie so in mich dringen«, ruft die gute Wirtin aus, »so kann und darf ich Ihnen wohl nichts verhehlen: für Christel, die Köchin, die ihnen aufwartet, ist das Präsent bestimmt. Ich weiß es deshalb ganz gewiß, weil sie mir heute früh, als ich sie zu Ihrem Nutzen ein wenig ausfragte, noch sagte, daß die Herren Etzlers noch heute etwas für sie einkaufen wollten.«

Arme, ach arme, beweinenswerte Mädchen! Für eine Köchin, für eine einfache Köchin geben die jungen Etzlers eine so ansehnliche Summe aus. Welch eine gefährliche Nebenbuhlerin wird euch in ihr erwachsen!

»Ach«, seufzt Julchen und läßt den Löffel aus der Hand sinken, mit dem sie eben die dünne Suppe zum Munde führen will, »ach, die Ungetreuen!«

»Für die Köchin!« schreit Jettchen laut und tritt vor übergroßem Erstaunen einen Schritt zurück, »für die Köchin! Unmöglich! ...«

Schwestern, liebe Schwestern – und vornehmlich du, Jettchen: schreit doch nicht so laut. Wie bald könntet ihr euch verraten, und ein Glück, ein großes Glück ist es, daß es Mittag und nach dem Abgang der Brüder euer Stand fast völlig leer geworden ist, denn jeder ist doch auch irgendeinmal des Gaffens satt und eilt nach Hause, um den knurrenden Magen zu besänftigen. Seid hübsch ruhig, oder sprecht nur leise, denn wenn auch keine müßigen Zuschauer mehr vorhanden sind, so gibt es doch noch Nachbarinnen, die euch übel wollen.

»Nun, und warum denn nicht für die Köchin?« fragt Frau Schubert eindringlich und sieht die Mädchen an, »eine Köchin ist auch ein Mensch, und eine Köchin, zumal eine so gute und gefällige Köchin, hat bei solchen jungen Herren gar viel zu bedeuten – um so mehr, je hübscher sie ist, und wenn sie obendrein noch gut kochen kann …«

Und bei diesen Worten spitzen die erzürnten Mädchen die Ohren und beben fast vor Eifersucht.

»Sie sind, wie es scheint, erstaunt, meine guten Kinder«, spricht die gute Wirtin weiter, »ein Urteil, oder vielmehr eine Neuigkeit zu hören, die Ihnen bis jetzt noch fremd war. Allein ich kann Ihnen versichern, daß Mädchen, die, oft äußerst unwillig, in Dienst gehen müssen, auch aus reputierlichen Familien stammen und um nichts schlechter sind als die feinen Dämchen, die den ganzen lieben langen Tag nur herumflanieren und nicht wissen, was sie tun sollen. Die Not zwingt manchen zu manchem – ach wie viele könnte ich Ihnen nennen, deren Eltern Hofräte und Bankiers sind oder gewesen sind und die doch dienen müssen – entweder sind der Kinder zu viele und der Einnahmen zu wenig, oder sie sind heruntergekommen und haben Bankrott gemacht, und die armen Mädchen sind dann oft noch froh, eine leidlich angenehme Dienstherrin zu erhalten. Ja, Dienstboten sind auch Menschen! ... Und was macht es schließlich solchen jungen und reichen Herren wie den Etzlers aus, wenn sie es sich ein paar Taler kosten lassen, einem armen Mädchen, das den ganzen Tag geplagt ist, springen muß, wenn sie rufen, und tanzen, wie sie pfeifen, eine Freude zu machen. Sie handeln sich dadurch die beste und pünktlichste Aufwartung ein, und die ist mit den paar Talern wahrhaftig nicht zu teuer bezahlt. Für die ist das ganze Geld nicht mehr wert als für uns ein Sechser. Sie kennen unsere Leipziger Verhältnisse nicht, und darum bitte ich Sie: lassen Sie der guten Christel die Freude, schwer genug hat sie sich die Geschenke wahrhaftig verdient. Denken Sie lieber an sich und handeln Sie heute abend klug und verständig und bedenken Sie auch Ihren Vorteil, denn, wie ich es Ihnen schon heute morgen sagte: Eine solche Gelegenheit kommt bei einem Mädchen so schnell nicht wieder vor, und darum ist es die Pflicht eines jeden Mädchens, diese Gelegenheit gehörig zu nutzen.«

Und bei diesen Worten beobachtet Frau Schubert scharf das Mienenspiel der beiden Mädchen, die unschlüssig waren, was sie auf diesen Sermon antworten sollten, und einander mit unsicheren und ängstlichen Blicken ansahen. Als sie keine Antwort erhält, beginnt Frau Schubert aufs neue:

»Die Herren Etzler waren kurz vorher bei mir und drückten den Wunsch aus, heute abend mit Ihnen zu speisen. Sie haben mich gebeten, dazu das nötige Geschirr zu leihen, weil, wie es sich von selbst versteht, sie als Junggesellen darüber nicht verfügen und ihre Wirtin, die Madame Halthaus, und sonst meine gute Freundin, ein

Geizkragen ist, die sie darum nicht bitten möchten. Ich habe es ihnen versprechen müssen, denn sie sind gar zu unwiderstehlich, wenn sie bitten, und ich werde die Hausfrau machen, in der Hoffnung, daß Sie einwilligen und nichts dagegen haben. Ich frage Sie deswegen extra, ob Sie nicht vielleicht Appetit auf etwas ganz Besonderes haben – denn heute gibt es alles, und wäre es noch so kostspielig.«

Und Frau Schubert sagt alle diese Worte so, daß den Mädchen unmöglich ist, ihr zu widersprechen. Sie erwartet eine Äußerung, doch da diese nicht erfolgt, fährt sie wiederum fort:

»Sie wissen nun, wie die Sachen stehen. Kommen Sie also nicht zu spät nach Hause. Ich hoffe, daß Sie klug genug gewesen sind, die jungen Herren bei ihrer Anwesenheit hier am Stand nicht vor den Kopf zu stoßen. Sie haben den Besuch doch wohl mit Freude und Anstand bewilligt, nicht wahr? ...«

»Wir haben gar nichts gesagt«, fällt Julchen ein, »weder Ja noch Nein.«

»Nein, wir haben uns zu gar nichts verbindlich gemacht!« spricht Jettchen nach.

»Nun, ich glaube recht gern, daß Sie beide kein Wort erwidert haben«, spricht Frau Schubert weiter, »muß doch auch ich allemal sehr lange auf eine Antwort von Ihnen warten, und meine Fragen sind ganz gewiß nicht so beschaffen wie die der Herren Etzler. Doch wenn man nicht spricht, so sagt man nicht nein und gibt daher keine abschlägige, also doch wohl eine bejahende Antwort. So werden die jungen Herren Ihr Schweigen auch deuten, und sie haben recht daran getan, denn all' Ihr Sträuben würde Ihnen nun nichts mehr nutzen, da sie mit Ihnen nun einmal so weit gekommen sind. Die Herren kommen also diesen Abend, darauf richten Sie sich nur ein. Doch schärfe ich Ihnen nochmals ein: ja um keinen Pappenstiel die Jungfernschaft hergeben. Verstehen Sie mich recht: es ist Ihr Vorteil, und nicht der meinige. Fordern Sie nur dreist, und nehmen Sie das Geschenk für Christelchen zum Maßstab Ihrer Forderungen.

Doch essen Sie nur«, spricht sie weiter, da die armen betrübten Mädchen jetzt kein Wort mehr hervorbringen und keinen Bissen mehr zum Munde führen können, »sonst wird das Essen ja ganz kalt und schmeckt nicht mehr.« Und die kluge Frau Schubert läßt ihnen auch keine Zeit, sich lange zu besinnen, da sie wohl weiß, daß die Wirkung ihrer Worte die Gefühle der Mädchen vielleicht abkühlen könnten – daß sie sich aber auf die Allmacht der Gefühle würde verlassen können. Sie bittet noch, die gekauften Gegenstände recht hübsch einzupacken, um, wie sie meint, der guten Christel eine größere Freude zu machen.

Die beiden Mädchen, die die Worte der guten Wirtin für Befehle halten, lassen ihr Essen stehen und packen alles sorgfältig ein. Kaum ist dies geschehen, so nimmt jene das Paket unter den Arm und verschwindet mit schnellen Schritten, nicht jedoch, bevor sie ihnen noch freundlich »Gute Geschäfte« gewünscht hätte.

Jetzt sind die Mädchen allein. Der Stand ist während der Mittagsstunde von eins bis zwei Uhr leer, und die Verkäuferinnen an den anderen Buden sind ebenfalls mit dem Mittagsmahl beschäftigt. Selbst die hämische Cigarrenhändlerin und die neidische Galanteriewarenverkäuferin vergessen ihre Mißgunst und setzen ihre Kinnbacken nur noch zum Kauen in Bewegung.

Oh, seltener und willkommener Augenblick für die armen, armen Schwestern. Sie sehen sich nach dem Weggang der guten Frau Schubert trostlos an, und es gelüstet ihnen mehr zu weinen, als sich zu unterhalten.

»Mein Gott!« seufzt endlich Julchen und drückt die kleinen weißen Hände auf die wunderschöne Brust, »was soll aus uns noch werden. Wir sind seit gestern doch fürwahr recht unglücklich.«

Und Jettchen, die Trost spenden sollte, ist selbst außer sich und spricht nur in abgebrochenen Worten. Sie seufzt und ringt die Hände und fleht um Hilfe von oben.

Doch von dort kommt keine, wie die Mädchen auch jammern mögen – jedenfalls nicht an diesem Mittag. So setzen die reizenden Verkäuferinnen endlich das dürftige Mittagsmahl fort und ergeben sich in ihr trauriges Schicksal, dessen Tücke abzuwenden ihnen jetzt doch nicht mehr möglich erscheint, wo schon, wie offensichtlich dargetan, selbst der Himmel nicht helfen kann.

Dritter Band

Die Vorbereitungen zum Abendessen

Während Angst und Unentschlossenheit sich der Herzen der armen Mädchen bemächtigen, sitzen die Brüder an der reich beschickten Mittagstafel und lassen sich die Weine und Speisen um so mehr schmecken, je größer ihre Vorfreude ist, heute noch andere Triumphe feiern und andere Freuden kosten zu können.

Zu ebenderselben Zeit tritt Frau Schubert in das gegenüberliegende Haus und trifft Christelchen an, wie sie gerade den Flur fegt.

Wie groß die Freude der guten Christel war, läßt sich kaum beschreiben. Frau Schubert übergibt ihr das Paket mit der Bitte, es in das Zimmer der jungen Herren zu tragen, und gibt ihr dabei mit Augenzwinkern, Fingerdeuten und

Nicken zu verstehen, daß das alles für sie und keine andere bestimmt sei.

»Zwar weiß ich es noch nicht ganz gewiß, Christelchen«, hebt sie zu sprechen an, als Christel, die aus ihren Zeichen nicht klug zu werden scheint, nicht weiß, ob Freude oder Bestürzung hier am Platze wären, »doch da Ihnen die jungen Herren, wie Sie selbst sagten, eine Messe versprochen haben, so kann es doch wahrscheinlich keiner anderen als Ihnen gehören.«

Und dem guten Christelchen leuchtet die Wahrscheinlichkeit dieser Worte ein; ihre augenblickliche Sprachlosigkeit ist verschwunden, und sie stattet im Überschwang der Gefühle ihre Danksagungen erst einmal der Frau Schubert ab, fällt ihr um den Hals, küßt sie, hüpft dann, den Besen schwingend, im Hausflur wie toll auf und ab und drückt Frau Schubert hierauf wieder so heftig an die dankerfüllte Brust, daß diese, obwohl sie Umarmungen an sich sehr gerne hat, doch zurückweicht. Es dauert lange, bis das freudetrunkene Christelchen wieder etwas ruhiger wird, und als es endlich soweit ist, teilt ihr Frau Schubert die Absicht der Brüder mit, in Gemeinschaft mit den Schwestern ein Abendessen einzunehmen, empfiehlt ihr schließlich, mit dem

Herüberschaffen der Speisen und Getränke sowohl nicht zu säumen als auch die nötige Sorgfalt obwalten zu lassen, und verläßt sie, um nach Hause zurückzugehen und alles in den Stand zu versetzen, der für einen recht würdigen Empfang des Besuches vonnöten ist.

Nachdem sie dann ihre Sonntagskleider abgeworfen hat, zieht sie ihren Hausrock über, bindet eine weiße Schürze vor und begibt sich zuerst in die Küche, um das erforderliche Geschirr auszusuchen.

August, der kurz nach der Szene im Hofe, allem Anschein nach aus Ingrimm, das Haus verlassen hat, kehrt jetzt wieder zurück und geht in die Küche, um sich eine Pfeife anzubrennen. Hier trifft er seine teure Ehehälfte an, die zwar mit vielerlei Arbeiten beschäftigt ist, die nichtsdestoweniger jedoch, sobald sie seiner ansichtig wird, mit folgenden Donnerworten auf ihn einfährt:

»Nein, das muß ich doch gestehen, so einen Grobian von Mann habe ich mein Lebtag noch nicht gesehen. Solche gemeinen Soldatenflüche auszustoßen, in Gegenwart so schöner und reicher Herren, die die Höflichkeit und Artigkeit selbst sind – so seine Frau zu blamieren – na warte, das werde ich dir eintränken – das werde ich dir nicht vergessen, solange ich noch einen Funken Leben in mir habe. Hätte ich, als ich dich Grobian zum Mann nahm, gewußt, wie du wirklich bist und sein könntest – ich hätte mich nicht so tief herabgelassen und mich für die Plage bedankt. Aber mit dem heutigen Tage ist es aus und vorbei, und ich kündige dir hiermit an, daß ich um Scheidung von dir einkommen werde. Was habe ich an einem solch' ungeschlachten Tölpel von einem Mann: er schläft fast den ganzen Tag, während ich mich von früh bis in die Nacht plage, und ist bestenfalls noch gut, ein Maß Branntwein zu trinken – zu anderem taugt er nicht mehr.«

Während die sonst so gute, friedliche und fleißige Marie diese Worte spricht, tritt sie, die Arme in die Seiten gestemmt und mit zornfunkelnden Augen, dem armen August näher und droht ihm mit geballter Faust.

O gütiger Himmel, bewahre diese beiden Eheleute vor größerem Unheil. Sie, die Gebieterin, ist vollblutig und jähzornig, von hitzigem Temperament und durchaus imstande, die dem Weibe zugewiesene Rolle zu vergessen, und er, der hochgebietende Ehemann, ist ein alter Soldat, der an den blutigen Schlachten in Deutschland, Italien, Spanien und Rußland teilgenommen hat und darum der Tötung und des Mordes längst schon gewohnt sein muß – und gegen ihn ist sie nur eine schwache Frau, die ihn durch ihr liebloses Betragen in die größte Wut versetzen muß.

Und August, einer der Lieblinge des Marschalls Ney, sieht seine Frau zuerst mit kaltem und ruhigem Blick an, er scheint zu lächeln und ihrer Ohnmacht zu spotten. Doch sowie sie ausgesprochen hat und sich tollkühn und in blinder Wut auf ihn stürzen will, wird der Stolz des alten Kaisergrenadiers in ihm wach, und ohne ein Wort zu sprechen, zuckt er mitleidig die Achsel und entfernt sich mit schnellen Schritten, um sich nicht eines gegenwärtigen Angriffes seitens einer Frau erwehren zu müssen.

Der tapfere August läßt sich nicht einmal Zeit, seine Pfeife in Brand zu setzen, und tritt seinen Rückzug ohne die brennende Tabakspfeife an, einen Rückzug allerdings, der so ruhmreich ist, daß er von den besten Marschällen Frankreichs nicht besser hätte durchgeführt werden können, denn so diese retirierten, so war es Furcht vor einer Niederlage; bei ihm aber war es die hochherzige Großmut, über keinen seinen Kräften unebenbürtigen Gegner triumphieren zu wollen.

Doch sein Zorn ist trotzdem groß – sehr groß, und er verrät sich durch das heftige Zuschlagen der Küchentür, von dem nicht nur die Fenster, sondern auch das ganze Geschirr – Schüsseln, Teller und Tassen – klirren, so gefährlich klirren, daß ihm Frau Schubert erstaunt nachsieht.

»Da reißt er aus, der Hase«, spricht sie und läßt die zorngeballte Faust fallen, »sobald er halbwegs merkt, daß ich ihm auf den Leib gehe, rückt er aus. Zu seinem Glück eigentlich, denn sonst hätte ich ihm seine Flüche von heute morgen doppelt und dreifach zurückgegeben. Dieser Tagedieb, sich so unartig zu benehmen, gerade wie mich der junge Mensch umarmen will. Na warte, alter Krippenstößer, das hast du mir einmal angetan, und niemals wieder.«

Und ihr Zorn macht sich noch eine geraume Zeit dergestalt Luft, daß sie ihrem August immer neue Ehrentitel nachruft, wie sie ihr gerade einfallen. Doch derartige Ausbrüche dauern selbst bei den hitzigsten Frauen nicht allzu lange. Sobald sie den ungehobelten August nicht mehr sieht, so schwindet auch der Groll, und sie geht mit frischen Kräften an die Arbeit.

Wie viele Menschen, die ständig alleine und nicht in Gemeinschaft arbeiten, so spricht auch sie dabei stets mit sich selbst und hält in kurzen, abgebrochenen Sätzen folgenden Monolog:

»Die Etzlers müssen eine gute Meinung von mir bekommen. Alles muß aufs feinste geputzt sein, die Leuchter müssen blinken und blitzen, daß man sich darin spiegeln kann!«

Und sie putzt und wischt und reibt und wienert, daß die messingnen Leuchter aussehen, als seien sie aus purem, poliertem Gold.

»Und vier Leuchter müssen es sein, denn zwei sehen gar zu ärmlich aus. So, nun sind sie gut. Nun wollen wir sie aufs Fensterbrett stellen.«

Sie betrachtet sie alle einzeln, mit besorgtem Blick, um vielleicht noch ein kleines Fleckchen zu finden. Dann tritt sie einige Schritte zurück, um ihr Werk in voller Totale auf sich wirken zu lassen.

»Ja, so ist es hübsch, sehr hübsch. Das Putzpulver ist aber auch wirklich gut. Ei, wie werden die schönen Leuchter heute abend glänzen. Die Mädchen werden große Augen machen, wenn es in ihrem Stübchen so hell ist. Nun muß ich aber auch noch Teelöffel haben, für den Fall, daß es ihnen einfällt, Tee trinken zu wollen. Ich will heute mal die silbernen nehmen, und die sollen auch bald funkeln wie Diamanten.«

Sie geht und holt die Löffel aus dem Küchenschrank herbei, wickelt sie aus dem Seidenpapier, in das sie eingeschlagen sind, und putzt sie ebenfalls aufs sorgfältigste, dann geht sie zu den Messern und Gabeln über, und nach Verlauf einer guten Stunde ist alles in Ordnung gebracht.

»Nun mögen sie kommen«, fährt sie, zufrieden lächelnd, fort.

Hierauf besieht sie sich noch einmal alles mit dem prüfenden und stolzen Blick einer ordentlichen Hausfrau und verläßt dann die Küche, um nach vorn in die Stube zu gehen und die besten Servietten und das Feiertagstischtuch hervorzusuchen.

Dort sitzt der arme August und sieht stumm ihrem Treiben zu, immer in der Angst, die Fortsetzung ihres gerechten Tadels vernehmen oder aber einem tätlichen Angriff durch die Flucht begegnen zu müssen. Doch Marie scheint sich nicht um ihn zu kümmern. Sie kramt in dem Kommodenkasten herum und würdigt ihn keines Wortes oder Blickes. Als sie das Gewünschte gefunden hat, ergreift sie das Schlüsselbund, nimmt die Wäsche unter den Arm und begibt sich die Treppe hinauf, in die Stube der Mädchen.

Während hier im Hause der Frau Schubert die sorgsame Marie alles zum glänzenden Empfang bereitmacht, sind im Haus gegenüber die Brüder vom Mittagsmahl zurückgekommen, und ihre erste Sorge geht nun dahin, die Lebensmittel für diesen Abend, der sie auf den Gipfel des Glücks und des Vergnügens bringen soll, in guter und genügender Auswahl anschaffen zu lassen.

Das gute Christelchen, dem die Brüder ihre Geschenke ausgehändigt und das seine glühenden Danksagungen bereits abgestattet hatte, wurde zu der Beratung zugezogen. Alle drei machten sie Vorschläge auf Vorschläge, um das Schönste und Auserwählteste an Speisen und Getränken zu bestimmen. Die Beratung war sehr schwierig, und noch schwieriger war es, ein einstimmiges Resultat zu erzielen, denn was der eine Bruder wollte, das verwarf der andere, und stimmten beide überein, so fand die Wahl wiederum nicht den Beifall des aufgeregten Christelchens.

Nach langem Debattieren wurde endlich beschlossen: Christelchen sollte zwölf Flaschen Burgunder und sechs Flaschen Champagner holen, nächstdem eine extrafeine Flasche Rum und zum Essen marinierten Aal, Frankfurter Würstchen, Austern, Hummer und etwas gekochten sowie auch rohen Schinken.

Die Vorbereitungen und das damit verbundene Kopfzerbrechen hatte sie alle müde und durstig gemacht, und als sie nun soweit glücklich zustande gekommen waren, zog Karl eine hinter dem Divan stehende Flasche Weißwein hervor, setzte sie an den Mund, trank und gab sie dem Christelchen, damit dieses trinken sollte, bevor sich der Bruder des Restes erbarmte.

Christelchen ließ sich nicht lange nötigen, ohne erst nach einem Glase zu suchen, folgte sie dem Beispiel des von ihr so heißgeliebten Karl, nahm einen herzhaften Schluck und reichte die Flasche an Fritz weiter, der sie dann in einem Zuge bis auf den letzten Tropfen leerte.

Oh Jugend, Jugend, Jugend! Oh einzige, oh dreimal glückliche Zeit. Wie leicht fallen da Ranges- und Standesunterschiede, die später, vornehmlich im Herbst des Lebens, oft so drückend empfunden werden. In der Jugend gilt nicht

Rang und Stand, und jeder trinkt ebensogern aus derselben Flasche mit der üppigen Magd, wie er in späteren Jahren ein Vergnügen darin sieht, sich denselben Wein von derselben Magd im Kristallglase und auf silbernem Tablett präsentieren zu lassen, mit der er noch später so liebend gern gemeinsam aus einer Flasche trinken würde, wenn er das alles dann noch könnte, was seine Wunschträume ihm vorgaukeln.

Darum schmeckt den dreien der Wein so gut: sie brauchen das Glas nicht, ohne das andere ihn nicht trinken zu können vermeinen, wo sich Mund auf Mund bereits gefunden haben, wäre es Heuchelei, den Flaschenhals abzuwischen.

Ja ja, das macht Jugend und Alter so voneinander verschieden: der reiche, angesehene und gesetzte Mann, verdrießlich wie er meist zu sein pflegt, würde sich gewiß schwer gekränkt fühlen, wenn er eine Flasche Wein austrinken sollte, ohne daß sie ihm in ein Glas eingeschenkt würde – und wäre es selbst Johannisberger oder Tokayer – er würde ihm nicht schmecken.

Der Jüngling dahingegen ergreift mit Lust die Flasche, und er würde den Wein, wenn es nur sein könnte, Diogenes gleich, mit der hohlen Hand schöpfen und schlürfen, mit jedem jungen

Mädchen, gleich welchen Standes, gerne, nur nicht mit einem alten Griesgram zusammen, und es ist noch lange nicht entschieden, ob der Wein in der Jugend und aus der hohlen Hand getrunken nicht besser schmeckt als aus hellfunkelndem Kristall im fortgeschrittenen Alter.

Ach, welch ein Unterschied ist doch zu setzen zwischen einem verheirateten, älteren, ernsten und mit Geschäften überhäuften Mann und einem reichen, lebensfrohen Jüngling.

»Nun, so geben Sie mir Geld«, spricht Christel, »ich will jetzt einkaufen gehen.«

Und Karl geht an den Sekretär und gibt ihr eine Fünfzigtalernote, die Christel in die Vertiefung ihres Busens steckt und hinabgeht zu Frau Halthaus, um sich einen Flaschenkorb auszubitten.

Frau Halthaus ist seit heute morgen sehr einsilbig. Der fatale Vorfall ist ihr an die Nieren gegangen, und obwohl sie die naseweise, ungestüme Christel aus dem Hause jagen möchte, so getraut sie sich dennoch nicht, diesen Entschluß auch in die Tat umzusetzen.

Vielleicht vermute ich richtig, daß es mit ihrer Tugend auch nicht ganz richtig sei – wie ehrbar sie sich auch stets benimmt.

Oder sollten die Nachbarinnen, Christel und ihre Vorgängerinnen, sich getäuscht oder gar gelogen haben?

Christel macht mit ihrer Prinzipalin wenig Umstände. Sie tritt, das Herz noch voll von übergroßer Freude, in die Stube und ruft:

»Ich soll den Herren Etzler Wein holen, und sie lassen Sie bitten, mir den Flaschenkorb zu geben.«

Und Frau Halthaus sieht das ungezogene Mädchen kaum an, erwidert kein Wort, steht von ihrem Stuhle auf und legt das kleine Mädchen, das sie auf dem Schoße hielt, auf das nahe Sofa. Dann geht sie in die neben der Stube befindliche Kammer, holt den Korb und übergibt ihn Christel, ohne ein Wort dabei zu sprechen.

Doch die dankerfüllte Christel kümmert das Benehmen ihrer Gebieterin nicht. Sie nimmt ihr ebenso stumm den Korb ab und geht in die Weinhandlung, die ihr die Brüder bezeichnet haben.

Arme, arme Frau Halthaus! Du bist fast in derselben Lage wie der schlachtenkundige August, der ehemalige Liebling des tapferen Marschalls Ney. Euch beiden hat die Liebe einen schlimmen Streich gespielt, und die Brüder, die gottlosen Brüder Etzler, sind allein daran schuld. Ihr seid beide still und ernst und grämt euch tief über euer Unglück, das um so größer ist, je weniger ihr der Zungenfertigkeit eurer Gegner gewachsen seid. Und in dieser Eigenschaft sind Frau Schubert und Christelchen gleich stark. Sie müssen immer recht behalten, und ich wette, daß der beste Advokat bei ihnen zuschanden wird, er mag sich anstrengen, soviel er will.

Sowie Christelchen das Haus verläßt, schlägt es vom nahen Nicolaiturm drei Uhr, und die Glocken der anderen Türme fallen ein. Christelchen muß sich durch das Getümmel wühlen, so sehr wimmelt die Promenade von Menschen. Und der Lärm brodelt, mit den Ausbrüchen der Lust und des Schmerzes, des Verdrusses und des Streites.

In diesem Augenblick sitzt August betrübt in seinem Lehnstuhl und zählt die Glockenschläge, und Frau Halthaus tut ein gleiches. Christel aber und Frau Schubert sind fröhlich und guter Dinge, ebenso wie die Brüder, die im eifrigen Gespräch begriffen sind und sich über die Schwestern unterhalten, welche gleichfalls die

Glocke schlagen hören und über die Schnelligkeit der Zeit seufzen, die sie mit jeder Sekunde dem freudig und bang erwarteten Abend näherbringt.

Arme, arme Schwestern! Noch bis zur Stunde seid ihr im Besitz jenes unersetzlichen Pfandes, das, wie schon Frau Schubert erwähnte, einmal verloren, nie wieder einzubringen ist! Und bötet ihr Tonnen Goldes dafür – bis zu dieser Stunde besitzt ihr noch dies Unterpfand der Jungfernschaft, das an dem heutigen Abend in die Binsen gehen soll. Ihr scheint die ganze Größe dieses Verlustes zu fühlen, denn ihr seid still, und trotz der guten Geschäfte, die ihr heute gemacht habt, gelingt es keinem der geschniegelten Stutzer, euch ein Lächeln abzugewinnen.

Oh ihr Brüder, ihr bösen Brüder, welche Last habt ihr auf euer Gewissen geladen! Welch großen Kummer fügt ihr den Herzen dieser Mädchen zu. Bedenkt dies reiflichst und seht ab von eurem Beginnen! Doch andererseits müssen wir euch in Schutz nehmen. Es ist nicht eure Schuld, daß euch die Natur mit so verführerischer Schönheit begabt hat – daß euer Benehmen so herzgewinnend ist und daß ihr unbewußt die Macht habt, die verliebten Frauen und Mädchen zur tollsten Sinneslust aufzustacheln. Was wißt ihr von dem Plane der guten Frau Schubert und dem Kummer des schlachtenkundigen August; was kümmert euch ferner die Eifersucht der Frau Halthaus oder die der Frauen von Nippert und Philipp und des blonden Mathildchens, die aus ihren liebeskundigen Augen so deutlich zu lesen war, als sie euch beim Einkauf beobachteten. Ihr habt es ja nur mit den reizenden Verkäuferinnen zu tun, und daß ihr euch in die verliebt habt, ist kein Wunder, denn ebenso wie euch ergeht es der ganzen jungen und alten Männerwelt, die Gelegenheit hatte, diese Perlen von Mädchen zu sehen.

Nein, nein, und dreimal nein! Ihr seid in meinen Augen entschuldigt, denn nicht euch, sondern eure Schönheit und Liebenswürdigkeit trifft alle Schuld, und wer könnte euch die zum Vorwurf machen?

Ach, ich kenne Menschen – ich kenne sogar viele, sehr viele Menschen, die wunders was darum gäben, wenn sie nur die Hälfte eurer liebenswürdigen Eigenschaften besäßen.

Und während die Brüder noch im eifrigen Gespräch begriffen sind, tritt Christelchen wieder in das Zimmer und bringt die bestellten Flaschen. Sie stellt den Korb auf die Erde und geht zum nahen Sofatischchen hin, um den Überschuß darauf zu zählen, während die Brüder die Flaschen aus dem Korb nehmen.

Kaum sind diese Flaschen in einer Art militärischen Ordnung und gleichsam zur Parade aufgestellt, so nähert sich Karl dem Tischchen, sieht oberflächlich das zurückgebrachte Geld durch und beauftragt nun das müde Christelchen, das sich, um von der schweren Last auszuruhen, auf einen Stuhl hingeworfen hat, die Speisen holen zu gehen.

Während sie aber langsam aufsteht und die Stube verlassen will, ruft Fritz sie nochmals zurück und fragt, ob sie auch wirklich von dem besten Burgunder, *Bourgogne de nuit,* verlangt habe, und obwohl sie es ihm mehrfach versichert, scheint er doch ungläubig zu sein und verlangt, eine Probe zu kosten. Er holt sich deswegen einen Korkenzieher, entkorkt die Flasche und gießt von dem hellauf rotperlenden Inhalt in einen Bierkrug, der ihm gerade zur Seite steht.

Und der Wein duftet so lieblich, so süß und verführerisch, daß man sich nicht enthalten kann, ihn zu kosten.

Ja, der Wein ist echt und unverfälscht, für die Qualität bürgen auch die Form der Flaschen, das Siegel und die Etiketten; ja, er ist echt, denn er stammt aus Aeckerleins Keller, und was aus dem geholt wird, ist allemal lobenswert. Gewiß ist, daß in keiner Stadt Deutschlands, in keinem Weinkeller, in keiner Restauration besserer und reinerer, mit einem Wort echterer, ungetaufter Burgunder getrunken wird als eben nur in Leipzig bei Aeckerlein.

Fritz kostet anfangs nur wenige Tropfen, dann nimmt er einen guten Schluck und reicht seinem Bruder das Gefäß, mit einer Handbewegung, die sagt, daß dieser auch das gute Christelchen davon trinken lassen solle. Karl gibt dem Burgunder den Vorzug vor allen Weinen. Er nimmt den Krug, trinkt ihn zur Hälfte aus und gibt ihn dann dem immer durstigen Christelchen, die ihn wenige Sekunden später wieder leer auf den Tisch setzt.

So wieder gestärkt, tritt sie aufs neue den Weg an, und ehe die Glocke vier geschlagen hat, sind sämtliche Eßwaren herbeigeschafft.

Die Brüder betrachten das Eingekaufte mit prüfenden Blicken, und dann erhält Christelchen den Befehl, das alles zu Frau Schubert hinüberzutragen.

»Sage ihr, wir würden in einigen Minuten drüben sein«, sagt Karl und nimmt gleichzeitig einen Taler und läßt ihn hinter Christels Busentuch gleiten, die sich dankend verneigt, den Korb ergreift und hinübergeht, doch muß sie den Weg dreimal machen, bis alle Vorräte an Ort und Stelle sind.

Und nochmals eine störende Überraschung

Christelchen hatte, nachdem alle Waren hinübergeschafft waren, der guten Frau Schubert mehrmals eingeschärft, ja das Husten, das verabredete Signal, nicht zu vergessen. Als Gegendienst versprach sie hoch und heilig, ihr jeden Morgen genau die Zeit zu bezeichnen, zu der sich die Brüder, ihrer Gewohnheit nach, vom Kopf bis zu den Füßen wuschen, und durch diesen Liebesdienst würde sie gewiß mehr als hundertfach für ihre Mühe belohnt sein.

Und Frau Schubert hatte es nochmals versprochen, hatte zur Stärkung und Bekräftigung ihres Versprechens die Hand auf jenen der mächtigen Busen gelegt, unter dem das Herz schlug, und dieselbe Hand dann dem lauernden Christelchen gegeben, welche sie herzlich drückte und dann sogleich wieder zurück zu ihren jungen Herren eilte.

Und sie lief voller Freude, flink wie ein junges Wieselchen, und flog vor Entzücken so eilig und leichtfüßig dahin, daß ihre Füße kaum das Pflaster berührten.

Doch der guten Frau Schubert war der angekündigte Besuch für jetzt noch nicht recht – wie willkommen er ihr auch zu jeder anderen Zeit gewesen wäre. Obwohl sie Leuchter und Löffel, Teller und Gläser spiegelblank geputzt hatte, so ging ihr Plan doch dahin, die Gesellschaft erst dann zu empfangen, wenn der Tisch völlig gedeckt wäre und die Speisen und Getränke kunstvoll geordnet auf ihm stünden, denn sie hoffte und schmeichelte sich, die Honneurs zu machen – und diese ganze Freude der Überraschung wurde ihr durch den vorzeitigen Besuch der Brüder verdorben.

Doch war es nun einmal angesagt und das Unvermeidliche nicht zu ändern. Deshalb nahm sie soviel Flaschen, wie sie nur fassen konnte, trug sie hinauf in das Stübchen und kehrte so oft zurück, bis sämtliche Speisen und Getränke oben waren.

Schnell deckte sie den Tisch, stellte die blitzenden Leuchter darauf und war noch emsig mit dem Anordnen beschäftigt, als rasche Männerschritte die Treppe heraufeilten und die Brüder eintraten.

»Ihr Herr Gemahl hat uns den Weg herauf gewiesen«, sprach Karl mit freundlicher Verneigung, »sagen Sie mal, hat der was? – Mein Bruder und ich kommen her, um uns Ihnen zur Verfügung zu stellen und Ihnen bei der vielen Mühe und Arbeit, die Sie nur unseretwegen haben, hilfreich beizustehen. Doch vorab bitten wir Sie, meine werteste Madame Schubert, uns einen Weg anzudeuten, wie wir uns Ihnen verbindlich und dankbar erweisen können. Sprechen Sie bitte ganz ohne *Gêne* und seien Sie versichert, daß die leiseste Andeutung eines Wunsches für uns ein Befehl ist.«

»Gewiß, meine gütigste Madame Schubert«, setzte Fritz beistimmend hinzu, »wir verdanken Ihrer Güte bereits sehr viel und werden ihr noch viel mehr verdanken. Darum bitte auch ich Sie, uns zu sagen, wodurch wir unsere große Schuld auch nur in etwa begleichen können.«

Und bei diesen Worten treten die Brüder näher an sie heran und blicken sie lange und aufmerksam an.

Arme Frau Schubert, da stehen sie nun vor dir, die bildschönen jungen Leute, die du heute abend und – nach Christelchens Versicherung – in Zukunft auch alle Morgen ganz nackend in der Fülle ihrer Reize und mit dem von dir so angebeteten Szepter der männlichen Würde und Kraft anschauen wirst, und gerade diese bitten dich nun, ihnen zu sagen, womit sie dir eine Freude machen können.

Ja, liebste, beste Frau Schubert, die Wahl ist gar nicht so schwer, nur: wie sagst du's ihnen? Du wünschst dir keine Reichtümer, nicht Ehren, Rang und Würden, wie andere hoffärtige Damen es vielleicht tun würden, denn Ehrgeiz ist dir fremd, und dein Häuschen nährt dich ganz ohne Sorgen, aber etwas fehlt dir, was du dir mit wütender Leidenschaft ersehnst. Ja, deine Wünsche sind sehr bescheiden. Du willst nur das liebessehnsuchtsstillende Instrument haben, das dir in deinen keuschen Träumen immer wieder vor Augen schwebt. Nur dieses eine willst du haben, um es in deinem glühenden Schoß zu versenken und es so lange wie irgend möglich drin zu lassen.

Und du glückliche Frau Schubert: statt nur eines einzigen hast du nun zwei der wunderschönsten Freudenspender, die stets und zu jeder Tages- und Nachtzeit aufrecht, hochroten und kampfbereiten Antlitzes, die liebe kleine Schwester kühn zum Streite herausfordern.

Ach, die lieben Wollustspender! Wie herrlich und wunderlich und mit welcher bedeutenden Fülle liegen sie vor deinen trunkenen Augen in den engen, prallen Hosen verborgen, und nur ein ganz dünner Stoff hindert dich daran, sie in Besitz zu nehmen, mit den Händen zu pressen, den Schaft leise mit der Wange zu streicheln, und dieser Stoff ist, mit Knöpfen und Heften, so eingerichtet, daß man ihn wegnehmen kann. Ach, wie winken sie doch so verlockend, und du, du gute Frau Schubert, du scheinst noch zu zaudern – aus falschem, weiblichem Schamgefühl.

So sprich ihn aus, deinen Wunsch! Sprich ihn kühn aus, auf auf! Zaud're nicht.

Und ein gewaltiges Beben brandet in deinem Busen, und die gewaltigen Brüste heben und senken sich gleich einem von den Fittichen des Sturmes gepeitschten Schiffe in der Weite des großen Ozeanes.

Die Brüder bemerken recht wohl die Ebbe und Flut des kolossalen Busens und die schimmernde Glut der blitzenden Augen und erwarten lauernd die Antwort, doch, Wunder über Wunder, Frau Schubert spricht immer noch nicht und scheint befangen und bestürzt und noch nicht einig mit sich selbst zu sein.

Und Fritz, der schlaue Frauenkenner, weiß bei dem sonderbaren Betragen der guten Frau Schubert sogleich, woran er ist, und er merkt, daß sie einen Wunsch auf dem Herzen hat, den sie nicht auszusprechen wagt. Er weiß aber ebensogut, daß man in solchen Fällen echten und unverfälschten Wein anwenden muß, und er ist sogleich darauf bedacht, dieses Zungenlösemittel anzuwenden.

»Beste Madame Schubert«, spricht er darum mit einschmeichelndem Ton, »ich vermute, daß Sie einen Wunsch hegen, den sie vor uns beiden ungern aussprechen wollen. Unsere Anwesenheit muß Sie aber nicht stören: wir sind beide ein Herz und eine Seele, und was der eine will, will auch der andere. Ich bitte Sie daher, ganz ohne Scheu zu sprechen, und wiederhole Ihnen, daß jeder ausgesprochene Wunsch für uns Befehl sein wird, doch vorher wollen wir ein Glas Burgunder trinken – es plaudert sich dabei besser.«

Oh ihr süßen, willkommenen, entzückenden Worte. Wir stehen beide zu deinen Diensten – so tönt es immer wieder in den Ohren der Frau Schubert; wir beide zusammen stehen zu deinen Diensten – tönt es nach in dem gewaltigen Busen, und wenig hat gefehlt, so hätte das übervolle Herz seinen heißen, brennenden Wunsch geäußert.

Und während diese Gedanken und Gefühle in blitzschneller Reihenfolge ihr hochaufschlagendes Herz durchzucken, nimmt Fritz sein Messer aus der Tasche, an dem sich ein Korkenzieher befindet. Er klappt ihn auf, entkorkt eine Flasche und schenkt ein großes Wasserglas bis an den Rand voll. Dann nähert er sich mit einer tiefen Verneigung der Frau Schubert, trinkt an und übergibt ihr das Glas, damit sie es austrinke. Frau Schubert ergreift es mechanisch, setzt es an die Lippen und leert es mit einem Zug, gibt es dem artigen Spender zurück und stammelt eine ganze Reihe von Dankesworten.

Ei, gute, mäßige und stets nüchterne Frau Schubert, die du deinen braven August so oft mit den bittersten Scheltworten überhäufst, wenn er je aus übergroßem Durst einen zu tiefen Schluck zu nehmen sich unterfangen hat. Ei, ei, schämst du dich nicht! Mit einem Zuge und ohne nur ein einziges Mal abzusetzen, ein so stattliches Glas voll starkem Burgunder auszutrinken. Ja, da sieht man die Weiber – da lernt man ihre Natur kennen: sie tadeln und schimpfen die Männer und nennen sie Säufer und Trunkenbolde, aber wenn es ihnen gerade paßt, tun sie es ihnen gleich.

Das schnelle Hinunterkippen eines feurigen Weines erregt bei einer liebeskranken Frau, die das Getränk nicht gewöhnt ist, alle Lebensgeister und stachelt sie zu heißer, unbezähmbarer Begierde auf. Seine Wirkung wird schnell ersichtlich: er durchdringt das innerste Mark der Knochen, steigt in den bereits wellenschlagenden Busen und gelangt schnell hinunter zu jener Grotte zwischen den Beinen, die bereits in lichterloher Glut steht. Und nun juckt und sticht und kitzelt es und brennt überall und sucht Milderung der argen Qual, gleich woher sie kommt. Und ein Weib scheut die größten Opfer nicht, zu dieser Milderung zu gelangen – und müßte sie sich diese mit dem höchsten Tadel, dem Hohn der Welt, ja mit dem eigenen Herzblut erkaufen.

Und diese Wirkung tritt bei der guten Frau Schubert noch in weit größerem Ausmaße ein, denn zwischen den Beinen gejuckt und gebrannt hatte es sie auch schon vorher, und hier und heute nicht zum ersten Mal. Erst öffnet sie die Lippen und schließt sie wieder, und das setzt sich einige Zeit so fort, gleichwie, als ob sie stumm das Sprechen üben wollte. Dann hebt sie mit beiden Händen die voluminösen Brüste empor, blickt hierauf die Brüder mit halbgeschlossenen Augen an, seufzt mehrere Male laut und aus innerstem Herzen und haucht jetzt mit lispelnder Stimme:

»Ach, ich danke, ich danke, meine Herren. Wie gütig Sie sind. Ja, dieser Wein ist ein wahres Labsal, eine Erquickung, die einem ordentlich durch Mark und Pfennig geht. Ich danke, danke bestens.«

Inzwischen aber hat Karl das Glas wieder gefüllt, trinkt ihr nochmals einen kurzen Schluck vor und reicht der erquickten Frau das Glas wieder, die sich zwar anfangs sträubt, es aber auf gütliches Zureden hin wiederum austrinkt.

»So sprechen Sie doch, meine beste Madame Schubert!« ruft Fritz dringend, »womit sind wir imstande, Ihnen eine Freude zu machen? ...«

Da endlich faßt sich die sonst nicht wortkarge Frau ein Herz, wozu der Feuerwein nicht wenig beigetragen hat, und indem sie die Brüder bittet, sich dicht neben ihr niederzulassen, hebt sie in wohlgesetzter Rede also an:

»Was ich Ihnen zu sagen habe, meine Herren, wird Sie allerdings anfangs ein wenig überraschen; doch bei genauer Prüfung werden Sie finden, daß ich nicht unrecht habe, wenn ich Ihnen erst einige Eröffnungen mache.«

Jetzt kommt es, denken die Brüder: wohlan, nur heraus damit!

»Der heutige Abend«, spricht Frau Schubert weiter, »kann für meine jungen Mieterinnen von sehr bedenklichen und traurigen Folgen sein, und da sie hier ganz ohne mütterliche Leitung sind, so habe ich mir vorgenommen, Mutterstelle an ihnen zu vertreten, worum sie mich schon früher angelegentlichst gebeten haben. Sie stehen deshalb unter meinem Schutz. Nun habe ich allerdings heute Ihren Bitten und Fragen nachgegeben, und so werden Sie also heute abend mit den Mädchen zusammen essen. Allein es wird beim bloßen Essen und Trinken nicht bleiben, und ich setze mich einer großen Verantwortung aus, wenn ein Unglück daraus entsteht.«

Bei diesen Worten hält Frau Schubert einige Sekunden inne, sieht hierauf die Brüder forschend an, die, betroffen von dem ernsten Blick, die Augen zu Boden senken, und fährt dann langsam und mit Nachdruck fort:

»Bedenken Sie, meine Herren, sie sind jung und feurig, die Mädchen! Wie alle ihres Alters empfänglich für süße Worte und verliebt. Wenn es nun das Unglück will, daß aus Ihrem wechselseitigen Zusammentreffen so etwas entsteht wie ein kleiner Junge oder ein kleines Mädchen, was soll dann werden? Und womit wollen Sie die armen Dinger entschädigen? – Da ich mir wohl denken kann, daß es Ihre Absicht nicht sein dürfte, sie in diesem Falle zu heiraten, wie es wohl sonst gebräuchlich ist. Reden Sie, antworten Sie, entheben Sie mich dieser beunruhigenden Gedanken, sonst darf ich diese Zusammenkunft nicht gestatten.«

Diese Befürchtungen, nämlich um die eventuellen Folgen des Abends, waren natürlich nicht grundlos – doch welcher Liebhaber hat sich schon je von der Aussicht auf den sich vielleicht einstellenden Kindersegen davon abhalten lassen, die höchsten Freuden der Liebe zu kosten? Wenn diese mögliche Folge den Männern den Geschmack an der Sache verleiden würde, es gäbe ein schönes Geschrei unter den Weibern, und sie hätten schon längst eine Methode gefunden, es zu machen, ohne daß man davon Kinder kriegen kann.

Am wenigsten schreckt die Brüder diese Möglichkeit. Sie sind es gewöhnt, alles für die Erreichung eines so süßen Zieles zu wagen, deswegen zaudern sie auch nicht mit der Antwort, und Karl entgegnet schnell und senkt seine ausdrucksvollen Augen in die lauernd und forschend blickenden der Frau Schubert:

»Haben Sie deshalb keine Furcht, meine werteste Madame Schubert. Sollte es wirklich soweit kommen, daß wir so einem kleinen Wesen, Junge oder Mädchen, zum Dasein verhelfen würden, so machen wir uns schriftlich verbindlich, es zu uns auf unser Rittergut zu nehmen und es standesgemäß zu erziehen, und ich bin fest überzeugt, daß Papa selbst, auch wenn er im Anfang etwas böse dreinsehen sollte, doch später diese unsere Bitte erfüllen wird, denn er liebt uns allzusehr, um uns etwas abschlagen zu können.«

»Gewiß, meine liebste Madame«, fügt Fritz hinzu, »er wird sich bestimmt freuen, Großvater zu sein, und sich im stillen gratulieren, solche Söhne gezeugt zu haben, die dafür sorgen, daß sein Geschlecht nicht ausstirbt.«

Zur gleichen Zeit hat er wieder eingeschenkt und bietet Frau Schubert das Glas mit einer freundlichen Verneigung an, und er ist so freundlich und artig, daß sie trotz allen Sträubens austrinken muß.

»Nun gut«, fährt Frau Schubert fort, »ich traue Ihren Versprechungen und mehr noch Ihrem guten Herzen. Wir wollen uns alle wünschen, daß es nicht zu diesem fatalen Zufall kommen möge; doch abgesehen davon sind die armen Mädchen übel dran, denn haben sie schon ein Kind gehabt, so findet sich so leicht kein Freier, und sie müssen ihr ferneres Leben freudenlos und fast verachtet zubringen, wenn sie nicht etwas in die Waagschale legen können, das schwerer wiegt als so ein kleines Wurm vor der Hochzeit und den künftigen Ehemann verlockt, ein Auge zuzudrücken. Und haben sie kein Kind gehabt, so ist es fast ebenso schlimm für sie, denn dann sind sie doch keine Jungfrauen mehr, und die jungen Leute aus den kleinen Städten und vom Lande geben auf dieses Kleinod gar sehr viel.«

Die Brüder hören gespannt der Frau Schubert zu, die sich durch deren Schweigen aber nicht aus der Fassung bringen läßt, sondern mit ruhiger Würde und im Ton einer selbstbewußten Überlegenheit weiterspricht:

»Ja, wahrlich, meine jungen Herren, die armen Mädchen bringen Ihnen ein großes Opfer, und es ist nach meinem Dafürhalten auch recht und billig, daß Sie Ihrerseits ein kleines Opfer ebenfalls nicht scheuen werden.«

»Nun sprechen Sie, beste Madame Schubert«, unterbrechen die Brüder wie aus einem Mund, »sagen Sie uns, was wir tun sollen, und wir geben Ihnen die heilige Versicherung, daß uns kein Opfer zu groß sein wird – doch bitte, sprechen Sie!«

Und neugierig gemacht von den Worten der strengen Frau Schubert drängen sie ihre Schenkel weiter vor, dicht an die ihrigen, so daß sie sich innig berühren und Frau Schubert, durch diese enge Nachbarschaft elektrisiert, fast ihre Rolle vergißt. Doch schnell und eingedenk ihres Versprechens, für die Mädchen zu sorgen, nimmt sie sich zusammen, nimmt ihre Hände zurück, die eben im Begriffe waren, sich den kleinen, liebenswürdigen, durch die Beinkleider verdeckten, rotwangigen Gefangenen zu nähern und ihnen Trost in ihrem engen Verlies zu bringen, und spricht, doch in minder strengem Tone, weiter:

»Nun ja, meine Herren, ich weiß, daß Sie reich sind und daß es Ihnen auf eine für Sie unbedeutende, für die Mädchen aber sehr ansehnliche Summe nicht ankommt. Geben Sie deshalb einer jeden einhundert Taler für die Blüte der Jungfernschaft, und die Sache ist abgemacht – obwohl dieser Preis für so schöne Mädchen sehr gering ist und ältere, bejahrte Herren viel, viel mehr dafür geben würden. Doch gebe ich sie Ihnen für diese Wenigkeit, vorausgesetzt, daß Sie auch mir dann einen Dienst erweisen, der Sie aber auch nicht das geringste kosten wird. Sie sehen, daß ich es gut mit Ihnen meine und daß ich, was mich anbelangt, vollkommen uneigennützig bin.«

Und bei diesen Worten sieht sie die Brüder mit einem schelmischen Lächeln an, die, etwas betroffen über die Wendung der Sache, sich fragende Blicke zuwerfen. Jetzt kneift Fritz ein Auge ein, und Karl antwortet, ohne sich lange zu besinnen:

»Gern, sehr gern, meine teuerste Madame Schubert, bewilligen wir Ihre Forderungen, wenn die Mädchen damit einverstanden sind, und es bleibt uns nur noch übrig, Sie mit einem Geschenk zu erfreuen und dann Ihren Wunsch, möge er lauten wie er wolle, zu erfüllen. Sprechen Sie: worin besteht der Dienst, den wir Ihnen erweisen dürfen?«

›Nun frisch heraus‹, denkt Frau Schubert, ›es muß doch einmal gesagt werden.‹

»Gut, mit den Mädchen wären wir nun im reinen, doch was mich anbelangt«, fährt sie fort und legt ihr Gesicht in zierlichste, jedoch verschämte Falten, »so bin ich eine Freundin der Offenheit und gestehe Ihnen frei, daß Ihre Schönheit und Ihr ganzes liebenswürdiges Wesen mich für Sie eingenommen haben.«

Bei diesen Worten wollen die Brüder in lautes Lachen ausbrechen. Ihre Blicke treffen sich mit Windesschnelle, doch ebenso schnell kämpfen sie die Lachlust nieder, um es mit der gewaltigen und einflußreichen Frau nicht zu verderben, und verbeugen sich bei diesem schmeichelhaften Kompliment tief und mit komischer Anmut.

»Ach, meine Herren«, spricht sie hierauf weiter und heftet die liebedürstenden Augen auf die knappen, enganliegenden Beinkleider, was sie gut bewerkstelligen kann, da sie dabei ja den Blick gesenkt halten kann, »wir Frauen sind nun einmal ganz zur Liebe geschaffen, und deswegen werden Sie leicht begreifen, wie einem armen

Weibe zumute ist, wenn ihr der Gegenstand fehlt, oder wenn er zwar vorhanden ist, aber nicht mehr seine Schuldigkeit tut, wonach wir uns sehnen, und der allein nur imstande ist, dieses Jammerleben wenigstens auf ein Viertelstündchen erträglich zu machen. Ach, dann ist die Ehe eine Hölle, und man bereut es aus tiefstem Herzensgrund, geheiratet zu haben. Ja, wenn die Männer immer so gut beschaffen blieben, wie sie es anfangs sind, so wäre das eine ganz andere Sache. Aber mit zunehmenden Jahren werden sie träge und verdrossen und verspüren so gar keine Lust zum Liebeswerke mehr und erfüllen ihre ehelichen Pflichten meist flüchtig und erbärmlich. In einer solchen Lage befinde auch ich mich, denn mein alter August ist ein Mann, der trotz der besten Verpflegung und trotz aller Schnäpschen, die ich ihm zur Stärkung gebe, fast zu keiner Anstrengung mehr zu bringen ist, und kein Mensch, der die Welt nur etwas kennt, wird es mir verargen, wenn ich bei anderen Leuten das suche, was bei ihm fast nicht mehr vorhanden ist.«

Und bei dem Schluß der Rede wirft sie wiederum den Brüdern einen schelmisch lächelnden Blick zu, der sich dann weiter hinunter verirrt bis zu dem Orte, wo tief versteckt die rotwangigen Gefangenen ihrer Erlösung harren, während die Brüder sich ebenfalls mit den Augen zuzwinkern und den Schluß der Rede abwarten.

Dann fährt Frau Schubert seufzend fort:

»Ach, ein liebender Mann, ein Mann, der so recht aus wahrer, inniger Liebe dem einmal erkorenen Weibe zugetan ist und alles aufbietet, sie zufriedenzustellen, das ist gewiß ein wahrer Schatz, und ich würde alles darum geben, wenn man August in einen solchen verwandeln könnte – aber bei dem ist Hopfen und Malz verloren, der taugt zu nichts mehr, und doch bedarf eine Frau in meinen Jahren noch der Liebesstärkung, und deswegen, meine Herren, habe ich ein Auge auf Sie geworfen, auch bin ich von Ihrer Verschwiegenheit überzeugt und weiß, daß Sie mit diesem offenen Geständnis keinen Mißbrauch treiben werden.

Sie sehen mich lächelnd an«, spricht Frau Schubert nach einer augenblicklichen Pause weiter und spreizt dabei ihre mächtigen Schenkel soweit aus, daß sie fast auf den Beinen der Brüder zu ruhen kommen, die rechts und links neben ihr sitzen, während ihre linke Hand das Busentuch verschiebt und ihre Rechte sich auf Karls Schulter legt, »Sie sehen mich lächelnd an, und ich hege die Hoffnung, daß dieses Lächeln bedeutet, daß Sie meine Bitte günstig aufnehmen. Ja, meine Herren: mein Wunsch ist es, daß Sie beide die Stelle meines alten August einnehmen und mich bisweilen mit Ihrer jugendlichen Kraft erquicken, denn eine Frau muß wohl zu diesem letzten Ausweg greifen, wenn der Mann nichts mehr taugt. Nun, wollen Sie mir diese Bitte erfüllen?«

»Gern, aber gern, meine teure Madame Schubert«, erwidert Fritz mit schmachtender Stimme, »von Herzen gern erfüllen wir Ihren Wunsch, der uns doch nur im höchsten Grade angenehm sein kann. Doch werden wir auch imstande sein, Sie so zufriedenzustellen, wie Sie es wohl wünschen und beanspruchen dürfen?«

Und wie er diese Worte spricht, entfernt er das lästige Busentuch und die obere Hälfte des kolossalen Busens wird jetzt sichtbar – und die beiden Brüder erschrecken doch etwas vor dessen Größe.

»Oh, Sie lieber, junger, charmanter Herr«, erwidert Frau Schubert innigst vergnügt und ergreift wie von ungefähr seine Schenkel, »Ihre

Worte machen mich höchst glücklich, und eine einzige Probe wird hinreichen, mich davon zu überzeugen, daß Ihre Zweifel jedweden Grundes entbehren. Ich glaube fest, daß Sie und Ihr Herr Bruder recht gut bestehen werden.«

Glückliche, oh dreimal glückliche Frau! Jetzt bist du an dem Ziel angelangt, auf das du so lange hingesteuert bist. Jetzt sitzt du den Brüdern schon fast auf dem Schoß, und die sind in ihrem frechen Übermut schon soweit gegangen, dir das Busentuch, die einzige Hülle deiner keuschen Brust, zu entreißen – und wenn man erst einmal soweit gegangen ist, dann ist man von dem Letzten nicht mehr weit entfernt.

Und du, armer, unglückseliger August! Wehe dir! Stirb lieber, als daß du diese Schmach überlebst, denn sieh' nur, wie deine Marie die Schenkel weiter und höher auf die der jungen Leute hinaufschiebt und ihr die Röcke hochrutschen, so daß die ganze Wade vor den neugierigen Blikken schon bloßliegt. Der mächtige Busen fliegt, und ihre Hände suchen eifrig etwas, das, obwohl noch gefangen, von ihr doch wohl sehr bald ans Tageslicht befördert werden wird. Sieh ferner, wie sie sich dem heißersehnten Ziele nähern, die Knöpfe öffnen, in die Schlitze fahren, um sie zu pressen und zu drücken nach Herzenslust.

Und Fritz, der böse Fritz, wirft jetzt wiederum seinem Bruder einen Blick zu, den dieser sogleich versteht. Er faßt Frau Schubert sanft um die Taille und biegt sie nach hinten, öffnet daraufhin das Kleid zur Hälfte und gibt so auch den unteren Teil des prachtvollen Busens ihren gierigen Blicken preis. Und Frau Schubert, bei der der reichlich genossene Wein zu wirken beginnt, wehrt dem frevelhaften Beginnen nicht – es scheint ihr im Gegenteil zu behagen, denn sie liegt ganz still und hat soeben den Hosenlatz des jüngeren der Brüder ganz geöffnet und sucht nun mit zitternder Hand den lieben Freudenspender zu erhaschen, der nach Christelchens Aussage so wunderschön sein soll.

Und während Karl oben mit dem Busen beschäftigt ist, greift Fritz der Marie unter den Rock, um die Stelle zu erfassen, die der armen Frau Schubert so vieles Leid verursacht.

Frau Schubert ist glücklich, ist selig, denkt nicht mehr an August, den ruhmgekrönten Soldaten und Liebling des Marschalls Ney, und spreizt noch mehr die Schenkel auseinander, um der frechen Hand den Eingang in das Heiligtum so leicht wie möglich zu machen.

Oh böse, böse Leidenschaft! Verdammenswerte Trunkenheit der Liebe! Doch was kann all' unser Gezeter, wenn die allgewaltige Natur diesen Trieb so mächtig zwischen die Beine des Weibes gepflanzt hat. Und wie kann auch nur ein Weib imstande sein, zwei so wunderhübschen Jungen zu widerstehen, von denen der eine sie oben am Busen, der andere tief unten am brennenden Grottchen gefaßt hält. Das ist reineweg unmöglich, und von zehntausend Jungfrauen würden, in ihrer Lage, neuntausendneunhundertneunzig gewiß ebenso stillhalten wie sie.

Und Frau Schubert ist wirklich zum Liebeswerk recht hübsch gerüstet. Zwar ist sie vierzig Jahre alt, doch sieht man ihr dieses Alter nicht an. Ihr Busen ist noch straff, und wenn auch mancher Frauenkenner die allzu große Fülle nicht sonderlich liebt, so sagt sie doch wiederum anderen zu, denen ein Busen nicht groß genug sein kann. Ihr Hals und ihre Schultern sind tadellos, überall hat sie noch saftiges, frisches Fleisch, durch das kein Knochen schimmert. Ihre Waden sind rund und voll, wie gedrechselt, und ihre Schenkel sind so prall und üppig, daß man den braven Krieger August nicht begreifen kann, wenn er, wie von Marie behauptet, seiner Ehefrau so gar keine Aufmerksamkeit mehr schenkt.

Im gleichen Augenblick, in dem es der heiß aufgebrachten Frau Schubert gelingt, das Hemd vom Liebesszepter abzustreifen und ihn endlich nackt und bloß in die Hand zu nehmen, hat Fritz die seinige bis an das bebuschte Grottchen hinaufgeschoben, und seine Finger verirren sich in den üppigen, dichtgewachsenen Haaren. Frau Schubert ist über alle Maßen stark behaart. Zwar stehen auch auf manchen Wiesen die Blumen und Gräser so dicht, daß man die einzelnen Halme nicht mehr gewahr wird, jedoch ist keine Wiese der Welt so dicht bewachsen wie jener Teil des stattlichen Bauches von Frau Schubert, der sich vom Nabel an bis tief hinunter zwischen die Beine erstreckt, und die oberen Haare sind reichlich einen Finger lang, so daß es fast Mühe macht, zu der tiefen Verborgenheit hinabzugelangen, in der sich Frau Schuberts Liebesthron befindet.

Zwar hat Fritz, ebenso wie sein Bruder, schon viele verschiedenartig gestaltete Grottchen in den Händen gehabt, allein an so einen üppigen, prachtvollen Haarwuchs kann er sich nicht entsinnen, und da ihm diese Entdeckung neu ist, so beschließt er, sie näher zu besichtigen.

Und während Frau Schubert den Liebling ihres Herzens, das sich durch die Berührung stolz aufbäumende Szepter, in der Hand hält und sich dann an ihm nach unten herabtastet, um seine ganze Länge zu ermessen, streift ihr Fritz die Unterröcke und das Hemd hoch und legt die üppige Frau seinem Bruder in die Arme, der sich an dem riesengroßen Busen nicht sattsehen kann und mehrmals sein Gesicht zwischen beide Hälften kuschelt, um es, im wahrsten Sinne des Wortes, darin einzuhüllen und zu verstecken.

Doch Frau Schubert fühlt von alledem nichts. Sie ist in ihren Messungen fortgefahren und hat jetzt eben das liebe Beutelchen erfaßt, das der unzertrennliche Begleiter des zornroten Freudenspenders ist, und sie betastet und befingert es von allen Seiten und drückt und preßt und schmeichelt ihm wie einem Freund, den sie viele Jahre nicht gesehen hat.

Und Laute der innigsten Zufriedenheit und des höchsten Entzückens entfliehen ihrem

Munde, und sie stammelt in abgebrochenen Sätzen:

»Ach, wie schön, Herrjemine, wie gottvoll – nein, so was – so was Hübsches habe ich lange Zeit nicht mehr in der Hand gehabt – wie straff der liebe kleine Schlingel ist. Oh wäre er nur schon drin und schanzte dort nach Herzenslust!«

Und andererseits ruft Fritz seinem Bruder zu:

»Nein, sieh nur, Karl, diesen prachtvollen Haarwuchs – so was hast du dein Lebtag noch nicht gesehen.«

Und Karl wickelt bei diesem Zuruf sein Gesicht aus des Busens Fülle heraus, und auch er ist erstaunt über diese höchst seltene Erscheinung. Denn vom Nabel herab bis tief hinunter an das Ende des süßen Grottchens ist alles schwarz, kohlrabenschwarz behaart. Und die Haare sind so lang, daß man zur Freudenquelle der Frau Schubert nur gelangen kann, wenn man sie scheitelt – das scheint der einzige sichere Weg. Und die wechselseitigen Ausrufe des brüderlichen Erstaunens durchtönen die Stube, während die gute Frau Schubert ihren rotwangigen Liebling noch fest in der Hand hält und ihn krabbelt und kitzelt, und es ist ihr gelungen, ihn nun völlig ans Tageslicht zu fördern, wo er nun stattlich und keck aufgerichteten Hauptes dasteht, sich freudig-verwundert umschaut und sich dann der Frau Schubert zuwendet, die ihn zärtlich anblickt und ihn dann ihren Lippen nähert.

Und der Blick, den sie jetzt auf ihn wirft, ist merkwürdig. Zwar strotzt er vor Zärtlichkeit, jedoch ist er dem eines Tigers nicht unähnlich, der im Begriff ist, sein Opfer zu verschlingen. In diesem Blick sind Liebe und Wut völlig verschmolzen – die Augen sind das Spiegelbild der Seele.

»Ach«, fährt sie hierauf mit lauter Stimme fort und nähert ihre Lippen mehr und mehr dem rotwangigen vis-à-vis, »ach, so ein Schniebelchen ist doch ganz was andres als der, wie ihn mein alter August hat. Komm her, komm her zu mir, mein süßes Hahnepampelchen, und verbirg dich tief in meinem Schoße.«

Und bei diesen Worten beugt sie sich weit vor, entwindet sich den Griffen der neugierigen Brüder und ist bloß noch darauf bedacht, ihren Wunschtraum so festzuhalten, daß er ihr nicht mehr entrinnen kann. Sie bringt ihre Lippen dicht an seinen Kopf und drückt ihm einen zärtlichen Kuß auf, der ihm jedoch nicht zu behagen scheint, denn er schwankt und biegt sich, bald rechts, bald links zur Seite und scheint diesen Kuß, der ihm doch aus innigster Liebe gegeben wurde, durchaus nicht zu goutieren. Und Frau Schubert stöhnt weiter:

»Wie hübsch, ach wie hübsch ist er doch!«, und wie von einer glücklichen Idee durchzuckt murmelt sie nach einigen Augenblicken: »Na, ich werde den kleinen Schlingel, wie ungebärdig er sich auch zeigt, doch bald zur Ruhe bringen! Ich will ihm ein Bettchen bereiten, wie er es gewiß noch nie gehabt hat.«

Und mit diesen Worten setzt sie sich aufrecht auf den Stuhl, drängt Karl mit der rechten Hand zur Seite und zieht Fritz vom Stuhle hoch, hält dabei aber das kleine Brüderchen fest umschlossen, bringt es bis dicht vor den gewaltigen Busen, schiebt diesen mit der rechten Hand etwas auseinander und legt das kleine Gottfriedchen zwischen die beiden Hälften. Dann drückt sie die Brüste mit beiden Händen fest zusammen, daß er ihr nicht mehr entwischen kann.

Und weg, verschwunden ist der arme Kerl, so daß ihn auch das scharfsichtigste Auge nicht mehr erblicken kann. Er ist begraben in der Fülle, und Fritz ist durch dieses Manöver ganz dicht an sie herangezogen worden. Er fürchtet ein Unglück für seinen kleinen lieben Freund und gibt sich alle Mühe, ihn wieder zu erblicken.

Doch da kommt er schon wieder zum Vorschein. Der vermutlich vor Zorn noch mehr gerötete Purpurkopf hat sich durch die mächtige Fleischesfülle hindurchgewunden und streift um Kinn und Mund der gierigen Frau, die den Kopf tief herabgebeugt hat, um seine Bewegungen beobachten zu können.

Und wie sie das dem Karpfenschnäuzchen ähnliche Gesichtchen erblickt, so ergreift es sie aufs neue, es zu herzen und zu küssen. Sie vergißt im Taumel des Entzückens fast die Anwesenheit der schönen Brüder und beschäftigt sich nur mit dem Liebling ihres Herzens. Ihre Lippen öffnen sich weit, erfassen den aus der innersten Busenfülle hervorlugenden Purpurkopf und bedecken ihn, soweit er sichtbar ist. Und sie hat ihn im Munde, hält ihn fest mit ihren Lippen und spielt und saugt mit der Zunge daran herum, daß dem armen kleinen Schlingel Hören und Sehen vergeht und er in große Furcht gerät, von den scharfen und spitzen Zähnen zermalmt zu werden.

Doch tut ihm das Spielen mit Lippen und Zunge ausnehmend wohl, und seinem Gebieter gefällt das neue, bis jetzt noch nicht gekannte Gefühl offensichtlich.

Fritz steht da und biegt Kopf und Füße zurück, während er den Unterleib weit vorwärts schiebt, um seinen kleinen Burschen möglichst weit in den Mund hineinzuschieben – doch kann er sich bei dieser Stellung der Angst nicht erwehren, es könne ihm zwischen den spitzen Zähnen etwas passieren, er könne zerbissen oder etwa gar verschlungen werden, denn Frau Schubert arbeitet unverdrossen fort und schont weder Lippen noch Zunge, und der kleine Gottfried verschwindet immer mehr, wie in einem Abgrund.

»Liebste, beste Madame«, spricht Fritz deshalb kleinlaut, während sein Bruder dem Vorgang mit großer Aufmerksamkeit zusieht, »bei Amor und Venus, Sie haben es prächtig weg, dem Mann ein Vergnügen zu machen, doch bitte«, setzte er stockend hinzu, »seien Sie recht vorsichtig und beißen Sie ihn nicht zu sehr, denn er ist gar zu empfindlich.«

Frau Schubert läßt noch einige Male ihre Zunge blitzschnell um ihren Liebling kreisen, zieht dann den Mund zurück, so daß das kleine Hahnepampelchen wieder aus seinem Grabe hervorsteigt, und sieht den Sprecher teils mit inniger Zärtlichkeit, teils jedoch auch zürnend an und macht hierauf eine Bewegung, als ob sie etwas hinunterschlucken würde. Dann aber öffnet sie den Mund wieder, um zu antworten:

»Was sagen Sie, liebster Herr Etzler? Ich Ihren Süßen beißen – was in aller Welt denken Sie denn? Ja, reizend genug ist er ja, und er wäre es wert, gefressen zu werden! Doch wenn ich das täte, so wäre ich doch eine recht große Törin – ich will ihn doch lieber ganz und unangebissen haben, da ich ihn heute und in der Zukunft noch zu gebrauchen gedenke. Nein, nein, lieber Herr Etzler, seien Sie unbesorgt, ich tue ihm ganz gewiß nichts zuleide und will bloß noch sehen, wie Ihr Bruder, der uns so lächelnd zusieht, alldorten beschaffen ist.«

Und mit diesen Worten erfaßt das mächtige Weib wiederum Fritzens Hahnepampelchen mit der Linken und drückt es fest und fast zum Zerplatzen, und mit der Rechten knöpft sie ohne Umstände und ungeniert Karls Hosenlatz auf und zieht daraus dessen Purpurkopf hervor, der einerseits von der genossenen Augenweide, andererseits durch die Berührung mit der weiblichen Hand keck, anmutig und aufrecht dasteht.

»Ach«, seufzt sie dann leise und preßt ihn ebenfalls krampfhaft mit der zitternden Hand, »die Christel hat recht! Ja, meine Treu, es sind Staatskerlchen! Ei, ei, wahre Prachtkerlchen sind's, gegen die Augusten seiner nur ein alter, abgerupfter Gänsehals ist, der kaum noch steif wird, und wenn ich noch so sehr daran herumfummele. Doch diese da stehen schon wie ein Ofenrohr, ehe ich nur einmal dran genippt habe.«

Und während sie so in innigstes Entzücken ausbricht, nimmt sie die beiden Rotköpfchen dicht zusammen, nebeneinander, dutzt sie mit den Köpfchen zusammen und treibt tausenderlei ähnliche Possen mit ihnen, bringt sie dann beide an ihre Lippen, küßt sie mit heißer Inbrunst, öffnet dann den Mund und steckt sie alle beide hinein – einen neben den andern – und spielt an ihnen mit der Zunge und saugt solange daran, daß Fritz und Karl ob des unaussprechlich süßen, alle Nerven durchschauernden Gefühls fast soweit gebracht sind, eine volle Lage abschießen zu müssen.

Und die Brüder werden durch dieses listige Manöver der liebestollen Frau gezwungen, dicht nebeneinander zu rücken; ihre kleinen Rotköpfchen müssen der Hand folgen, die sie so fest und unbarmherzig hält, zum Munde führt und sie wechselweise zu verschlingen scheint.

Und so stehen sie da, wie die Soldaten, dicht nebeneinander in Reih und Glied, den Leib vorwärts, Kopf und Füße rückwärts gebeugt, während Frau Schubert ihren Kopf immer weiter nach vorn schiebt, um nächst den Purpurköpfchen auch noch einen Teil der schlanken, weißen Leiber mit dem Munde erfassen zu können.

Und eine Menge von Seufzern und unartikulierten Lauten entringen sich der ebenso entflammten wie gequälten Brust; gequält, weil sie nicht beide zugleich und auf einmal da unten in dem durstigen Grottchen unterbringen kann.

Und diese Sorge durchtobt ihr Innerstes mit Feuergewalt. Ihre Lippen und ihre Zunge sind unablässig tätig, sie schlingen sich um die Purpurköpfchen herum und zwischen ihnen hindurch, wie ein Aal, und auch die Brüder biegen sich, wie von Zaubergewalt gepackt, immer näher und näher und näher den Lippen zu, so daß sie mit ihren Leibern schon fast ihr Gesicht berühren.

»Ach sieh, ach sieh!« krächzt jetzt Frau Schubert mit einem Male und fuhrwerkt mit ihrer Zunge mit Dampfwageneile um die Rotköpfchen herum, »ist es denn schon soweit? Ich fühle, ich fühle es recht gut, sie werden dicker und aufgeblasener mit jedem Augenblick, und dann ist es hohe Zeit.«

Jetzt scheint ihr der rettende Einfall gekommen zu sein. Sie nimmt die beiden Gottfriedchen aus dem Mund, hält sie aber weiter fest in den Händen, um sie ja nicht entfliehen zu lassen. Sie steht vom Stuhl auf, beugt sich mit gespreizten Beinen vornüber und stützt sich mit dem Ellenbogen der Rechten, in der sie Fritzens Hahnepampel hält, auf dem Sitzbrett auf. Für eine kurze Weile muß sie Karl's Rotköpfchen fahren lassen – sie schlägt ihre Röcke hoch, bis fast zur Schulter, so daß ihre festen Hinterbacken sichtbar werden und dicht darunter, an jener Stelle, wo sie in die Oberschenkel übergehen, die dichtbewachsene Spalte, deren Lippen jetzt feucht und rotschimmernd, ob der gespreizten Beine, ein wenig offenstehen und den Blick auf ein fingerkuppengroßes Zäpfchen freigeben, das steif und rot den vorderen Eingang der Höhle zu bewachen scheint.

Sie schiebt Karl hinter sich und will ihn, zwischen den Beinen hindurch, wieder an seinem Zephedäus packen – doch Karl ist etwas zurückgetreten und in die Knie gegangen, um sich das

Terrain etwas genauer besehen zu können – wahrlich: so eine großmächtige Votze hat er bislang noch nicht gesehen, zwei Hände kann man damit füllen. Und er nimmt Maß und streichelt auch den roten Wächter am vorderen Eingang der Höhle, und dieses Streicheln ruft Frau Schubert auf den Plan.

»Los doch, nicht so faul, stecken Sie ihn von hinten schön langsam hinein – haben Sie noch nie gesehen, wie es die Hunde machen? – Und den da will ich in den Mund nehmen.«

Karl läßt die Hosen ganz herunter, beugt sich mit dem Bauch über das umfangreiche Gesäß und überläßt es Frau Schubert, die Steckverbindung selbst herzustellen, was diese in wenigen Sekunden bewerkstelligt hat. Als sie fühlt, daß der Kopf den Eingang durchstoßen hat, stöhnt sie laut:

»Ach, bei meinem Schlingel von August muß ich fast eine Stunde arbeiten, bis ich ihn soweit habe! …« – Und sie schickt sich an, Fritzens Hahnepämpelchen zu verschlingen.

»Wie, was! – Schlingel von August!« brüllt jetzt eine zornbebende Stimme, »Passateremtete! … Passateremtete!« – Und Augusts lange, hagere Gestalt schiebt sich schnell zur Tür herein, die halb angelehnt war und die die Brüder, trotz der gemachten bösen Erfahrungen, haben offenstehen lassen.

»Oh, du neunmal schlechtes Weib! Neunundneunzig Schock Bomben und Granaten, Haubitzen und Kartätschen sollen dir den sündhaften Leib zerfleischen – nicht genug, daß du Ehebruch treibst, du wagst es auch noch, mich zu beschimpfen!«

Und eine Flut der wüstesten Verwünschungen entfliehen den Lippen des so höchstlich gekränkten Ehemannes, der näher und näher schreitet und jetzt im Abstand von zwei Schritten haltmacht.

Ach, oh wehe – wehe dir, du arme Marie – und wehe euch, ihr so schmählich ertappten Brüder.

Und beide Parteien, die Brüder wie auch Frau Schubert, waren in ihrer malerischen Stellung wie Lots Weib fast zur Salzsäule erstarrt und harrten schlimmer Strafen, vielleicht gar des Todes, denn obschon alle drei eine übergroße Portion Dreistigkeit ihr eigen nannten, so war doch diese allzu unvermutete Überraschung gar zu heftig.

Marie erwachte als erste aus ihrer Erstarrung. Sie richtete sich auf und gab so den beiden Gefangenen ihre volle Freiheit wieder – die die Brüder schnell benutzten, die kleinen Purpurmännlein mit schneller Hand und trotz ihres Widerstrebens in die Tiefe der Beinkleider zu versenken und ihren Anzug in Ordnung zu bringen. Da dies geschehen ist, heften beide Brüder ihre Augen auf den störenden Eindringling und suchen, aus seinen Mienen ihr Urteil zu lesen, während der armen Marie Töne entfahren, die man als heißes, um Verzeihung flehendes Schluchzen deuten kann. Und ihre Augen treffen diejenigen Augusts; sie leuchten in wilder, düsterer Glut, während sein Gesicht die Farbe des Todes hat, und da ihr Blick vom Gesicht abwärts zu seinen Füßen streift, so erblickt sie einen Säbel in seiner Hand.

Wehe, wehe euch, ihr armen Brüder – es ist so: er hat seinen Säbel in der Hand, den gefürchteten Säbel, den er zum Schrecken der Kosaken ebensooft und todesmutig in Rußlands eisigen Gefilden wie in den himmelanstrebenden Gebirgen Spaniens schwang, zur Abwehr der blutdürstigen spanischen Briganten. Arme, arme Brüder, oh wahrt euer junges Leben, denn seht sie an, die Klinge: sie ist schartig und mit dunklen Streifen befleckt, und diese Flecken stammen vom Blut der Feinde.

Und wer diesen bluttriefenden schartigen Säbel des Günstlings des tapferen Marschalls Ney hatte kosten dürfen, der lebt nicht mehr – und wenn der brave August diesen Säbel mit inniger Lust gegen die Feinde schwang, die er sein Lebtag vorher nie gesehen und die ihm gewiß auch nichts angetan hatten, mit wieviel größerer Lust wird er ihn schwingen gegenüber jenen, die in sein eheliches Reich eingebrochen sind und versucht haben, ihm Hörner aufzusetzen. Eine solche Kränkung erträgt kein Ehemann, noch viel weniger, wenn er, wie einst August, ein so schreckenverbreitender Soldat gewesen ist.

Ach, diese Gedanken durchzucken die Gehirne der schuldigen Brüder mit Blitzesschnelle. Sie geben ihr Leben für verloren und sind nur noch darauf bedacht, nicht ohne Verteidigung zu sterben. Nur haben sie beide ihre Degen nicht dabei – denn wer geht schon zum Liebeswerke mit umgeschnalltem Rapier – dort braucht es eines andern Säbels.

Fritz ergreift darum in Eile einen Stuhl und Karl eine Burgunderflasche am Hals, und beide machen sie sich bereit, dem ersten scharfen Angriff kräftig zu begegnen.

Und gestärkt und gekräftigt durch den Besitz dieser schützenden Waffen sehen sie jetzt, selbst bleich wie der Tod, ihrem bleichen Feinde etwas kühner ins drohende Antlitz, doch wagen sie es noch nicht, ein Wort zu sprechen, sondern warten ab, was der Feind beginnt.

Und August mustert die Gruppe. Er hat, noch ohne Argwohn, den Brüdern zwar den Weg zu seiner Frau Gemahlin gezeigt, doch ist ihm selbst, da deren Aufenthalt allzulange andauerte, die Zeit zu lang geworden. Und da er nach den Worten seiner Frau Böses vermuten mußte, ihm ansonsten fernerhin kein Schnäpschen mehr zukommen sollte, beschließt er, dieser Ungewißheit ein Ende zu bereiten und sich den Schnaps zu ertrotzen oder zu sterben.

Diese Gemütsbewegungen und Überlegungen waren es, die ihn dazu veranlaßt haben, seinen Sarras umzuschnallen. Was macht es ihm aus, wenn ein oder zwei andere die Reize seines Weibes mit ihm zusammen genießen – es ist ihm im Gegenteil erwünscht, denn dann hat er selbst mehr Ruhe und erhält seine verlorene Manneskraft vielleicht zurück, aber seinen Schnaps soll man ihm darob weiterhin gönnen.

»Gehe hinunter, du sündhaftes Weib!« spricht August hierauf in kurzem und befehlendem Tone, »und Sie, meine Herren«, fährt er fort und zeigt mit dem Säbel auf die beiden Brüder, »Sie sind mir Revanche schuldig, und nur Blut kann die Schmach abwaschen.«

Unterdessen hat sich Marie wieder etwas gefaßt. Sie nimmt die Hände vom Gesicht und nähert sich langsam dem erzürnten Gatten.

»August, lieber August«, bittet sie mit flehender Stimme, »verzeih mir, und den jungen Leuten, nur dies eine Mal, und ich gelobe dir auch, daß sich in der Folge kein ähnlicher Vorfall wieder ereignen soll – und zur Belohnung für dein gutes Herz sollst du auch von heute an jeden Tag zwei gute Groschen für Schnaps haben, und wenn dich je einmal allzusehr dürsten sollte, dann noch einen mehr.«

Oh, welch süße, willkommene Worte für die gespitzten Ohren des immer durstigen August, und du listige Marie, die du so genau die Schwäche deines Mannes kennst und die rechte Medizin zur Dämpfung seines gerechten Zornes.

Und August sieht seine Marie an, die ihm heute fast liebenswürdig erscheint, und dies noch in einem erhöhten Grade, da sie ihm die

Erfüllung seines sehnlichsten Wunsches verheißt. Doch gibt er die Schlacht noch nicht so bald auf, sondern verhandelt noch mit dem Feinde, so wie es sich für einen Krieger geziemt.

Doch Marie weiß, daß sie triumphieren wird; sie wagt es jetzt, ganz nahe an ihn heranzutreten, umarmt ihn sogar und drückt ihn an ihre halbnackte Brust, die sie in der Eile noch nicht hatte vollständig verhüllen können. Und August wird weich und milde gestimmt, windet sich von seiner teuren Ehehälfte los und spricht endlich:

»Was helfen alle Worte, wenn keine Taten folgen.« Er läßt dann den fürchterlichen Sarras zu Boden fallen und setzt, indem er einen wehmütigen Blick auf die vollen Flaschen wirft, hinzu – »Seit heute morgen schon dürste ich wie ein ausgetrockneter Schwamm.«

Und bei diesen minder furchteinflößenden Worten senken auch die Brüder ihre Waffen, und Fritz, ihren Sinn schnell verstehend, gießt das leere Glas bis zum Überlaufen voll, nähert sich dem alten Krieger und bietet es ihm mit freundlichen Worten dar. Zwar sträubt sich August anfangs und zum Scheine, doch endlich, durch die allseitige Nötigung gezwungen, nimmt er es entgegen, stürzt es mit einem Zuge hinunter und gibt es leer zurück, worauf sich Fritz sofort beeilt, mittels Entkorkung zweier weiterer Flaschen die günstige Stimmung zu benutzen und den allgemeinen Frieden wiederherzustellen.

Oh Wein, Wein, Wein! Wie zauberhaft können doch die Wirkungen sein.

Dem biederen August scheint die Sorte zu behagen, denn bald hat er eine ganze Flasche geleert, und die beiden Brüder lassen es sich nicht nehmen, den Freundschaftsbund durch ständiges Nachgießen zu festigen.

Oh ihr irdischen Dinge – ihr seid wandelbar wie Weibermoden.

So sitzen nun unsere vier Leutchen vergnügt beisammen, und der fatale Auftritt hat sich glücklich noch zu einem friedlichen Ende gewendet. August trinkt und trinkt, und er spricht, indem er beiden Brüdern immer wieder die Hände drückt:

»Wenn man jung ist, hat man keine Tugend, ich habe es in Rußland und in Spanien mit den Weibern genauso gemacht – doch darf das nie wieder vorkommen, nur dann bleiben wir stets gute Freunde.«

Die Glocke schlägt sieben Uhr.

Mariechen, die heute die Liebenswürdigkeit selbst ist, erinnert endlich die Brüder daran, daß sie die Schwestern abholen gehen müssen – inzwischen wolle sie denn die Tafel aufs beste instandsetzen.

Und die Brüder springen sofort auf. Diese Erinnerung an ihre Kavalierspflichten kommt ihnen um so gelegener, als sie schon die ganze Zeit wie auf Kohlen gesessen und Augusts amouröse Kriegsabenteuer mit angehört haben. Sie drücken dem Herrn und der Madame Schubert freundlich die Hand, und August kann sich in seiner Seligkeit nicht halten und muß sie beide herzlich küssen.

»So kommt bald wieder, ihr lieben Nachbarn«, stammelt er ihnen nach, »und ich wünsche euch für heute abend noch viel Glück. Ich will bloß noch diese Flasche austrinken, und dann gehe ich zu Bett.«

»Liebster, bester Nachbar«, ruft Karl im Fortgehen, »genieren Sie sich nicht und trinken Sie, soviel Sie wollen – wir haben ja ohnehin zuviel davon.«

Und die Brüder eilen fort, dem Stande der Mädchen zu, während sich August und seine Frau tapfer an den Speisen und Getränken für die Unbill entschädigen, die ihnen an diesem Nachmittag widerfahren ist.

Und wegen der seltenen Auswahl an all den guten Dingen, an denen sie sich *sans gêne* bedienen können und die sie nicht alle Tage haben, schließen sie Frieden miteinander, denn ein gutes Essen und Trinken ist der Friedfertigkeit der Menschen sehr förderlich. Hand in Hand, Arm in Arm wanken Monsieur und Madame Schubert die Treppe hinab, nachdem sie beide vorher die Tafel noch aufs schönste arrangiert haben.

»Komm, August, in den Alkoven«, pischpert Frau Schubert, »da will ich dir alles haarklein erzählen, damit du mich ja nicht in einem falschen Verdacht hast.«

Und der selige August folgt der lieben Gattin ohne Widerrede. Sie legt sich auf das Bett, und August legt sich neben sie. Und da Kleidungsstücke dem Erzählen so subtiler Einzelheiten nur hinderlich sein können, so entkleidet sich Frau Schubert mit wenigen Handgriffen und befreit auch August von den lästigen Hüllen. Dann streichelt sie Augusten seinen, der schon vorher etwas steif war, weil der reichlich genossene Wein gar mächtig auf die Blase drückte. August schien das zu behagen, jedoch machte er keine

Anstalten, aus seiner bequemen Rückenlage aufzustehen. Frau Schubert aber, die der ewigen Vorspeisen müde war, wollte jetzt zur Hauptmahlzeit übergehen, und da August sich nicht erheben wollte, um sie zu besteigen, wie das nicht nur des Ehemannes Recht, sondern viel mehr noch seine Pflicht ist, so drehte sie den Spieß um und setzte sich auf August seinen drauf. Erst kniete sie sich über August hin und bugsierte mit der einen Hand den willenlos dastehenden an oder vielmehr in den rechten Ort, dann streckte sie die Beine aus und ließ sich mit ihrem ganzen Gewicht darauf nieder, und nun begann sie, mit dem Hintern wie wild auf und ab und hin und her zu rutschen, daß es Augusten ganz wunderlich wurde und er ihm tatsächlich mehr und mehr anschwoll. Da er aber des süßen Weines so viel genossen hatte, dauerte es eine Zeitlang, bis es ihm kam, und Mariechen war das nur recht.

Und als der erste Strauß vorüber war, da erzählte Mariechen weiter und haarklein alles, was passiert war, und daß eigentlich ja gar nichts passiert sei, und wie stolz er auf eine so standfeste und treue Frau sein könne, und der Einfachheit halber blieb sie gleich sitzen und wartete, bis Augusts Szepter wieder hart genug war, um ein neues Spielchen beginnen zu können – denn sie hatte bemerkt, daß sie sich nur auf ihren Fleischesmassen leicht zu bewegen brauchte, um zu demselben Ziel zu kommen, dessentwegen sie sonst die Beine bis hoch zur Decke strecken mußte.

Das Abendessen

Lassen wir das versöhnte Ehepaar in Frieden und nach vollbrachtem Tagewerke ruhen und folgen wir den Brüdern zum Stand der hübschen Verkäuferinnen. Denken wir nicht mehr an die Angst, die die Schwestern beim Anblick der Etzlers empfunden hatten, und vergessen wir auch ihre Weigerung, an dem Abendessen teilzunehmen. Stellen wir lediglich und zum Abschluß des Disputs fest, daß die Brüder gewonnenes Spiel haben, daß sich die Mädchen nicht mehr zieren noch wehren und ihnen Arm in Arm folgen, und sie betreten allesamt das Stübchen und finden es ausgeschmückt wie nie zuvor.

Ach, welch ein Reichtum an Speisen und Getränken aller Art, durch die Kunst der guten Frau

Schubert kunstvoll angeordnet. Und ebendiese Frau Schubert macht die dienstfertige Wirtin, sie kredenzt und legt vor, mit einer Sorgfalt und einer Freundlichkeit, wie man sie zuvor nie an ihr erblickt hatte.

Die Mädchen nehmen schüchtern die Plätze ein, die ihnen von den Brüdern angewiesen werden, und wagen es kaum, an diesen herrlichen Speisen und Getränken zu nippen, geschweige denn davon zu essen oder zu trinken, und die gute Frau Schubert nötigt und drängt auf, marinierter Aal und Frankfurter Würstchen, roher und gekochter Schinken sind Leckerbissen, die sie selten genug sehen.

Doch auch hier, wie überall, wirkt Überredung: sie folgen den Einladungen und Nötigungen, sie essen, und der Burgunder fließt in Strömen.

Und die Mädchen werden um so zutraulicher, je länger sie essen und trinken, und gesprächiger auch. Sie sehen den Brüdern schon keck ins Angesicht und wehren die kleinen Liebesbezeigungen wie Händchendrücken, Schenkelanschmiegen, Busenstreicheln etc. nicht mehr so beleidigt ab, wie sie das noch auf dem Wege nach Hause getan haben.

Und die gute Marie sieht sich diese Veränderung an und weiß nun als alte, in den Dingen des Lebens erfahrene Frau, was die Stunde geschlagen hat. Sie hält sich für überflüssig und will sich morgen von den Brüdern den Rest ihres Honorars, Stoß für Stoß, bezahlen lassen. Sie beschließt deswegen, die Liebenden allein zu lassen, da sie aus einer Reihe von Erfahrungen weiß, daß ein unbeteiligter Dritter bei diesen Sachen mehr als überflüssig ist.

So nimmt sie Abschied von den Brüdern und ebenso von den Mädchen und verspricht den letzteren, sie morgen nicht so frühzeitig zu wecken.

Zwar wenden die Brüder, scheinbar betrübt (doch im Herzen innig erfreut), alle erdenkliche Mühe an, sie zum Dableiben zu bewegen, doch Frau Schubert will nicht – sie geht, und die Tür fällt hinter ihr ins Schloß.

Karl hat sie noch zur Tür begleitet, und sowie die Tür verschlossen ist, schreit er seinem Bruder zu:

»Auf Fritz, auf zum Champagner!«

Und Fritz gehorcht der zurufenden Stimme. Er erfaßt eine der Champagnerflaschen, wickelt den Draht los und lockert den Korken. Und der

Pfropfen des ungezügelten Nektars fliegt hochauf an die Decke und fällt wieder auf die Dielen zurück.

»Geschwind her mit den Gläsern, ehe der Göttergeist verfliegt!« schreit Karl und drängt die Mädchen, die Gläser herzuhalten.

Und die Mädchen halten die Gläser hin, und Fritz füllt sie mit der perlenden und schäumenden Flüssigkeit, und die Brüder trinken den Mädchen zu und ermuntern diese schnell auszutrinken, auch wenn sie sich erst sträuben, denn sie haben derlei Getränk noch nie gesehen, geschweige denn getrunken.

So sitzen sie denn an dem mit blendend weißem Linnen gedeckten Tisch, im hellen Glanz der strahlenden Kerzen, und schauen sich mit Blicken an, die die reinste Freude, die seligste Liebe ausdrücken.

Und Fritz nimmt Julchen und Karl das Jettchen in den Arm, und beide schließen sie die glühenden Mädchen fest an ihr Herz.

»Oh, mein Julchen!« seufzt Fritz, drückt die sanft widerstrebende fest an seine Brust und sieht ihr schmachtend in das schimmernde Auge, »ist es möglich, daß Sie mich wirklich lieben?«

Und Julchen, gefangen in den starken Armen, antwortet nicht – sie drückt nur den heißgeliebten Jüngling fester an den hochauf atmenden Busen und birgt dann ihren Lockenkopf an seiner Brust. Und so liegen die Köpfe der Liebenden jeder an der Brust des andern, keiner spricht mehr ein Wort, und alle schwelgen sie lautlos in ihren Gefühlen.

Und auch Karl hat sein Jettchen fest umschlungen, sein Mund sucht den ihren und findet ihre durstigen Lippen.

Draußen auf der Straße wird es stiller und stiller. Die Nacht ist eingebrochen in ihrer ganzen Schönheit. Der Mond geht eben auf in seiner silbernen Pracht und mit ihm zugleich die Tausende diamantner Sterne. Es gibt Nächte in Italien, die über alle Beschreibung schön sind, und Italiens tiefblauer Himmel und seine rabenschwarze Nacht sind allgemein berühmt. Doch der sanfte Frieden dieser Nacht, wo der Geliebte mit der Geliebten seines Herzens kost, wo sie in seinen Armen ruht, wo er die Pulsschläge ihres Herzens hört, wo er das Heben und Senken des schneeweißen Busens spürt, wo die vollen runden Arme seinen Nacken umschließen und der elastische, keusche Leib sich an den seinen zitternd anschmiegt

– diese milde Frühlingsnacht in Deutschland ist doch noch viel schöner, vieltausendmal schöner als das tiefste Blau und Schwarz, das nur je den italienischen Himmel zierte.

Ja gewiß: Italiens schönste Nacht ist nichts gegen diese, da Fritz und Karl die Herzen der Schwestern pochen hören.

Es ist so ruhig da draußen auf der Straße, der Mond lächelt so freundlich durch das Fenster, und ebenso ruhig ist es auch im Zimmer selbst. Das helle Licht stört die jungen Liebenden nicht, und es ist recht traulich im Zimmer. Die Stille wird nur an und ab durch einen Seufzer unterbrochen oder durch kurzes Geflüster und langandauernde Küsse.

»Oh, mein teures Julchen!« flüstert Fritz wiederum und drückt das wonnige, zur Liebe geschaffene Mädchen sanft an sein Herz, »wie unaussprechlich lieb' ich dich!«

»Ach, mein süßer Fritz«, lispelt Julchen entzückt und umarmt ihn mit einem Ausdruck, als fürchte sie, ihn für immer zu verlieren, »Ihre Liebe kann nicht so groß sein wie die meine – es ist die erste meines Herzens.«

Und bei diesen Worten umarmt sie den liebedürstenden Jüngling, selbst liebestrunken im höchsten Grade, und preßt ihn an Herz und Busen, so daß man glauben konnte, sie wolle ihn zerdrücken.

Und auch Karl hat Jettchen im Arm. Der starke Wein ist ihr in den Kopf gestiegen, und ihr Antlitz gleicht einer Purpurrose. Karl liegt zurückgelehnt auf dem Stuhle und Jettchen, sanft über ihn hinweggebeugt, hält ihn fest in ihren Armen.

Ihr Gesicht ruht an dem seinen, ihr klopfender Busen an seinem zerspringenden Herzen, und ihre glatten Schenkel liegen dicht an den seinen. Jettchen ist ganz Liebe, ganz Feuer, und der Burgunder wirkt zusehends, denn sie kost mit Karl, sie scherzt und tändelt mit ihm, und wenn er sie nicht küßt, so küßt sie ihn.

Und da sie sich in der Absicht, Küsse zu naschen, immer mehr zu ihm hinbeugt, kann Karl nicht anders und muß sich ihr entgegendrängen, und um so fester pressen sich ihre Leiber aneinander.

Den elastischen Leib einer Jungfrau an der Brust liegen zu haben, das ist für einen Mann ein Gefühl, das sich nicht beschreiben läßt – wer es nie erlebt hat, der wird nie darum wissen. Und dieses Wonnegefühl durchzittert den Körper des Geliebten von Kopf bis Fuß und bereitet ihn vor und macht ihn begierig auf einen noch vollkommeneren Genuß.

Karls Hände lassen Jettchens Taille fahren und tasten sich nieder zu den Hüften. Dann streicht seine rechte Hand aufwärts, bis zum Nacken, und sucht die Häkchen des Kleides zu lösen, um den gefangenen, hochauffliegenden Busen zu befreien, um ihn in seiner vollen, nackten Schönheit sehen und küssen zu können.

Und Jettchen bemerkt dieses Beginnen nicht eher, als bis ein feuriger Kuß auf das Rosenknöspchen des rechten Busens ihr innerstes Mark durchzittert. Da erst blickt sie sich erschrocken um, und schnell löst sie ihre Hände von Karls Nacken und sucht den Busen zu verdecken und wieder einzuhüllen; doch eitle Mühe, denn Karl faßt die geschäftigen Händchen und hält sie fest, während er die Brüste mit einer Unzahl von Küssen bedeckt.

Oh glücklicher, dreimal glücklicher Karl! Dein Gesicht schwelgt in dem schönsten Busen der Welt – er liegt entfesselt vor deinem trunkenen Auge, und deine Lippen nehmen sich die Freiheit, auf den Rosenhügeln zu lustwandeln, und deine Zunge spielt mit den die Hügel krönenden Spitzen, und die richten sich auf und werden fest und steif.

Und Karl faßt mit den Lippen das rechte Rosenknöspchen und zieht es soweit wie möglich in den Mund hinein, und er saugt an ihm, wie er einst als Säugling an der Mutterbrust gesaugt hat.

Und Jettchen durchdringen Himmelswonnen. Sie will ihm die Brust entziehen, vermag es aber nicht und läßt es leise widerstrebend und doch wieder freudigen Herzens zu, und sie sitzt steif und starr, und nur ein kurzes unterdrücktes Schluchzen bekundet hin und wieder, daß Leben in ihr ist. Und Karl saugt fort an den Knöspchen des wunderliebsamen Busens, und Fritz verfolgt das gleiche Spiel wie sein Bruder.

Ein schneller Blick hat ihn belehrt, wie weit sein Bruder mit Jettchen gekommen ist. Auch er nestelt die Hälfte des Kleides auf, und die milchweißen, elastischen Halbkugeln senken sich bald darauf in seine bebenden Hände.

Und auch er ahmt den Säugling nach und bereitet damit Julchen denselben Genuß, der schon dem liebeglühenden Jettchen die Pforte des Himmels aufgeschlossen hat.

Wieso aufgeschlossen? – Ja, aufgeschlossen, denn das Zungen- und Lippenspiel am Busen der Jungfrau geht dem Verlust der Jungfernschaft voraus, und wird es richtig betrieben, so ist sein Reiz so gewaltig, so nervenerschütternd, daß ihm kein Mädchen mit Erfolg widerstehen kann und kein Mädchen imstande ist, ihn mehr als einige Minuten lang auszuhalten.

Und auch bei unseren Schwestern scheint sich diese Wahrnehmung zu bestätigen: sie beugen sich zurück, stöhnen wohlig, schließen die Augen und überlassen sich willenlos dem üppigen Spiel.

Und die Brüder umschließen eng die schlanke Taille, lassen die lieblichen Gesichter unbeachtet und scheinen sich an den süßen Brüsten festsaugen zu wollen.

Und die Mädchen scheinen anfangs nicht bloß willenlos, sondern auch noch leblos geworden zu sein, bald aber macht sich ein Zucken um den Mund herum bemerkbar, und fast zur gleichen Zeit bitten sie mit leiser Stimme, doch abzulassen, weil sie die Reizung nicht zu ertragen imstande wären. Und die Brüder wissen das recht gut, doch wird es ihnen schwer, sich von den lilienweißen, wundervoll geformten Brüsten zu trennen, denn sie sind so schön, daß sie es verdienen, fort und fort geküßt zu werden.

»Mein teures, teures Jettchen«, lispelt Karl und schaut der Aufblickenden zärtlich in das schimmernde Auge.

Und bei diesen Worten schlägt das liebliche Kind das Auge weit auf, küßt Karl mit seinen Rosenlippen auf die Stirn und sagt:

»Mein lieber Karl, ich liebe Sie wie keinen Menschen auf der Welt, mehr als Vater und Mutter und alles, was mir teuer ist.«

Und sie ergreift den Kopf des Geliebten mit beiden Händen, ihr Auge sieht flammend und durchbohrend in das seinige, und dann spricht sie mit lauter Stimme:

»Ich weiß, daß ich Sie ewig lieben muß, auch wenn Sie mich schon längst vergessen haben.«

Und Jettchens Augen leuchten bei diesen Worten in sonderbarer, wilder Glut. Doch ihr Anblick ist zauberisch und erfüllt sogar den liebesgewohnten Karl mit innigem Entzücken. Sein Auge starrt wie gebannt auf ihre Reize, und er muß sich im stillen gestehen, nie ein schöneres Weib gesehen zu haben.

Jettchen ist entblößt bis unter die Arme, und der herrliche Hals und die süperbe Brust bieten sich den Blicken unverhüllt dar. Und Karl neigt sein Gesicht vorwärts, seine Lippen suchen wieder die frische Lebensfülle und überfluten sie mit tausend glühenden Küssen.

Und während dieses unaufhörlichen Küssens und Kosens, mit welch selbigem sich Karl und Jettchen die Zeit vertreiben, hat Fritz den Kopf und den Busen des feurigen Julchens, bei dem jetzt auch die Kraft des Weines ihre volle Wirkung tut, mit der linken Hand etwas zurückgebogen, und mit der rechten sucht er von unten her an das Purpurmündchen mit seinen schwarzen Seidenlöckchen vorzudringen, und je weiter seine Hand dringt, um so mehr biegt er Julchens Kopf zurück, so daß sie jetzt fast auf seinen Knien zu liegen kommt. Sein Gesicht ruht auf dem ihrigen, seine Lippen bedecken die ihren, und die um die Schulter gelegte Hand greift unter dem Arm durch und erfaßt die linke Brust, um ihr zu schmeicheln und mit ihr zu spielen. Und Fritz nimmt Julchen mit einem Griff seiner starken Arme auf und setzt sie sich auf den Schoß, so daß das untere Purpurmündchen gerade an dem Flecke ruht, wo der wilde kleine Bruder in den Beinkleidern gefangengehalten wird.

Und indem Fritz das hochatmende Julchen küßt, hat sich die rechte Hand glücklich unter

Kleid und Unterröckchen geschlichen und die marmorfeste Wade umfaßt.

Und die Lage, in die er das Mädchen gebracht hat, begünstigt seine Untersuchungen, denn die Beine sind gespreizt.

Und immer höher hinauf wagt sich die unverschämte Hand. Sie betastet und untersucht die Kniekehlen und zwängt sich zum Knie, das ebenso wie die Waden an Rundung und Fülle seinesgleichen sucht.

Und Fritz streichelt oben und streichelt unten, und seine Hand dringt immer weiter vor, immer höher hinauf – an den glatten, jungen Schenkeln entlang, deren Innenseiten so weich und mit zartem Flaum behaart sind. Schon will Fritzens Hand das herrliche Purpurmündchen mit den seidigen Locken erfassen, als Julchen mit aller Kraft die Schenkel zusammenpreßt und ihn somit daran hindert, und die Hand, die kühne freche, ist gefangen und so festgehalten, als wäre sie in einen Schraubstock gespannt.

So sollte es allen frechen Händen ergehen, die unbescheiden genug sind, sich an die Heiligtümer von Mädchen und Jungfrauen heranpirschen oder gar in sie eindringen zu wollen, und das Zusammenpressen der eng schließenden

Marmorschenkel war wirklich auf einige Augenblicke so derb, daß Fritzens zarte Hand starke Schmerzen verspürte. Doch dauerte dieses wohl mehr unwillkürliche, krampfartige Zusammenpressen nur einige wenige Sekunden, und die Schenkel öffneten sich wieder ein wenig, und Fritz verstärkt nun seine Anstrengungen, um trotz allen Widerstandes doch zum Ziele zu kommen.

Und er arbeitet sich durch bis zu dem lieblichen Purpurmündchen, er fühlt das seidige, weiche Haar und die vollen, elastischen Lippen, und er nimmt sie zwischen zwei Finger und drückt sie zart zusammen.

Oh weh, armes, armes Julchen: ist ein Mann erst einmal mit der Hand dort, an jenem Platze, dann ist an kein Entrinnen mehr zu denken. Gib acht, du wirst nicht mehr widerstehen können!

Und so ist es auch, in der Tat.

Sowie die unermüdliche Hand jene Stelle auch nur einige Augenblicke lang gekitzelt hat, so öffnen sich die Schenkel weiter, und Julchen drückt ihr Gesicht näher an das seine, ihre Augen schließen sich, und dafür öffnen sich die Schenkel nun so weit, wie die Röcke das erlauben.

Fritz hat das volle, strotzende Purpurmündchen jetzt in seiner Hand und streichelt sanft auf und ab, denn er hat seine Hand der Länge nach zwischen die Beine gelegt, damit ihm auch nicht der geringste Teil entgeht, und er streichelt, reibt, drückt und preßt nach allen Seiten hin und kann des süßen Spiels nicht satt werden.

Oh glücklicher, dreimal glücklicher Fritz, wie beneide ich dich. Ach, dieses Fühlen, Tasten, Streicheln, Drücken und Pressen ist doch gar zu schön. Nichts, nicht die Reichtümer der Welt noch der Genuß der seltensten Leckerbissen und Weine geht über dieses Gefühl – das liebliche, volle, weiche und elastische Wonnegrottchen in der Hand zu halten und mit den Fingern daran zu spielen, es zu streicheln, drücken und pressen zu können.

Weg, weit weg mit euch, ihr sizilianischen Nächte mit dem Wunderglanz eurer Sterne – fort mit euch, wenn es mir nicht zugleich vergönnt ist, ein junges feuriges sizilianisches Mädchen an ihrem Wunderquell zu halten. Ist mir dieses nicht gestattet, dann kehre ich euch den Rücken und ziehe eine ärmliche Hütte in Lappland vor, wenn ich in ihr ein hübsches lappländisches Mädchen haben kann und mit ihr verfahren darf, wie Karl und Fritz mit den ihren verfahren.

Und was nutzen mir sämtliche blauen Grotten Capris, wenn mir jene Grotte versperrt ist, auf die sich das Sehnen und Trachten aller Jünglinge richtet.

Und Jettchen ist während des süßen Spiels wieder zu sich gekommen. Sie weiß nicht, was da unten an ihrem Liebesgrottchen vorgeht, doch fühlt sie den nervendurchdringenden Kitzel, und der Reiz ist so wonnig, daß sie sich wünscht, er möge nie enden – doch schaudert sie und bebt mit den Lippen, und die Schenkel und Knie beben mit.

Denn auch Karl hat seinem Bruder während dieser Zeit in nichts nachgestanden. Auch er ist kühner geworden, und fast zur gleichen Zeit hat auch seine Hand den Weg in Jettchens Purpurmündchen gefunden, trotz ihrer Gegenwehr.

Julchen ist 17 und Jettchen 19 Jahre alt. Bedenkt, wie wonniglich die Mädchen in diesem Alter sind, und nehmt ihnen ab, daß sie vollblütig, kernig und saftig sind, mit wunderschönen Waden, Schenkeln, Leibern und Brüsten versehen. Erinnert ihr euch noch, wie die Mädchen damals waren, als ihr ebenso alt wart? Und wenn ihr euch nicht mehr erinnert: seht sie euch an, wenn sie auf der Straße, oder gar auf einer Treppe, vor euch hergehen.

Aber weder Schenkel noch Wade noch Leib noch Busen kommen an Schönheit jenem stillen und geheimen Örtchen gleich, an dem jetzt Karls Finger, wie von unsichtbarer Gewalt festgehalten, schwelgen.

Und beider Hände streicheln und drücken sanft die niedlichen, schwarz umlockten Purpurmündchen, und es scheint, als wollten sie nicht ablassen von dem süßen Spiel.

Doch auch sie sind erregt geworden, und die auf ihren Schößen sitzenden Mädchen hätten schon einige ihrer Sinne verloren haben müssen, wenn sie nicht die gewaltige Erhöhung gefühlt hätten, auf der sie, wie auf einem stumpfen Stachel, saßen.

Und Fritz und Karl merken jetzt recht wohl, daß der Zeitpunkt gekommen ist, wo sie ihren sehnlichsten Wunsch erfüllen können. Sie sind mit ihren Fingern tiefer in die Grottdien hinein eingedrungen, und sie fühlen dort eine Erregung, die gestillt werden will.

Ach, wie traulich und wonnig ist es jetzt in den glühendheißen Grottchen. Die angeschwollenen Lippen scheinen die Finger festhalten zu wollen, denn die sitzen fest und lassen sich nur mit Mühe vor- oder zurückbewegen, obwohl die Mädchen doch beide Schenkel weit gespreizt halten.

»Trinken wir noch ein Glas, mein teures Julchen«, ruft Fritz mit einem Male und zieht seine Hand aus der lieblichen Hülle heraus, »noch ein Glas auf unsere ewige Liebe.«

Und dieselbe Hand, die soeben noch tief unten in Julchens Schoß so süß beschäftigt war, greift jetzt nach der Flasche und schenkt vier Gläser voll, von denen er eines Julchen überreicht und das zweite für sich selbst nimmt, mit ihr anstößt, austrinkt und Julchen nötigt, ein gleiches zu tun. Doch Julchen merkt die große Gefahr, die ihr droht, und will nicht trinken, denn schon wirbelt vor ihren Augen alles im Kreise herum, und sie ahnt das Vorhaben des listigen Verführers.

Und Fritz bittet immer und immer wieder und schmeichelt und küßt, doch sie will nicht trinken und scheint, verwöhnten Mädchen gleich, zu trotzen, obwohl sie auf dem Schoß des Geliebten sitzt – sie scheint eigensinnig zu sein.

»So trinken Sie doch nur, Julchen«, ruft Fritz ärgerlich und drängt ihr das Glas auf, »so trinken Sie doch endlich, denn wenn der Schaum verflogen ist, ist die ganze Würze des Champagners dahin – oder lieben Sie mich nicht?«

Und Julchen scheint sich eines Besseren zu besinnen. Bei seinen letzten Worten blickt sie ihn an, setzt dann das Glas an die Lippen und trinkt es in einem Zuge aus. Dann setzt sie es auf den Tisch, fällt dem Geliebten um den Hals und sieht ihn mit freudestrahlendem Blicke an.

Und Fritz ist erregt, schrecklich erregt, denn er sieht das halbnackte Mädchen vor sich, die fast nicht mehr weiß, was sie tut und was sie spricht, und er selbst ist noch völlig angekleidet und beeilt sich jetzt, diesen Fehler zu korrigieren.

»Liebstes, bestes Jettchen«, spricht er hierauf und hebt sie von seinem Schoß herunter, »erlauben Sie, daß ich meinen Überrock ausziehe, denn es ist fürchterlich warm hierinnen.«

Doch der Schalk zieht nicht nur den Überrock aus, sondern auch noch die Weste, und er löst das seidene Halstüchlein und knöpft die Hosenträger ab. Obwohl das nur einen Augenblick dauert, so haben es jedoch auch Karl und

Jettchen bemerkt, und auch er wünscht nun, es sich bequem zu machen, und bittet sie gleichfalls um die Erlaubnis hierzu.

Und auch er hebt sie hinweg von seinem Schoße und legt seine Kleider auf die seines Bruders, und während er das tut, scheint ein Blitz der Ahnung ihres Schicksals das arme Jettchen zu durchschmettern; sie sieht mit bangem Blick zur Zimmerdecke und faltet einen Augenblick die Hände über dem Kopf.

Und Karl bemerkt diese Bewegung, diese letzte Mahnung der Tugend, und eilt, ihr den Garaus zu machen. Er geht auf Jettchen zu, wie Fritz auf Julchen, und schließt sie feurig in seine Arme.

Und Jettchen umfaßt Karl, und Julchen umfaßt Fritz, und beide umfassen die Brüder um so lieber, je weniger sich ihr nackter Oberkörper an dem fatalen, rauhen Überrock reibt.

Und Karl geht noch einen Schritt weiter: er reißt sein Hemd auf, und seine nackte Brust schmiegt sich an den Busen des glühenden Jettchens an.

Und Fritz, ungeduldiger als sein Bruder, reißt sich das Hemd vom Leibe, da die Knöpfe nicht sogleich aufgehen wollen, und drückt und preßt

Julchens Marmorhügel an seine männlichschöne Brust.

Und so liegen die nackten Männerbrüste an den nackten Jungfrauenbusen, durstige Lippe ist auf durstige Lippe geheftet, und die rechte Hand hat sich wieder hinunterbegeben, tief hinunter in den geheimnisvollen Schatten des mit Rabenlöckchen umschatteten Purpurmündchens.

Und die Jünglinge seufzen, und die Mädchen schmachten und schluchzen, und es scheint kein Mittel zu geben, sie von dieser hirnverwirrenden, brennenden Liebespein zu heilen oder zu erlösen.

Und doch gibt es ein Mittel, und wie nahe liegt – oder besser: steht es. Da öffnet Fritz die Knöpfe seines Beinkleides dort, wo es genau die Mitte seines Leibes umspannt, greift hinein in den dadurch entstandenen Schlitz, zieht das davorliegende Hemd zur Seite und befreit den sich dort befindlichen kleinen Gefangenen von der fast erstickenden Umhüllung, ergreift hierauf Julchens kleines weißes Flaumenpatschhändchen und führt es zu ihm hin, damit es ihm schmeichle und ihn ob der erlittenen Unbill tröste.

Und wie der kleine Liebesgott die Annäherung der Sammetfinger gewahrt, so ist er vor Freuden außer sich.

Und Julchen merkt erst in diesem Augenblick an der verzehrenden Hitze in ihrer Hand, wen ihre Fingerchen da umfaßt haben. Sie erschreckt und will die Hand zurückziehen, doch Fritz ist ebenso schnell, packt sie mit beiden Händen am Gelenk und drückt sie fest an den Liebespfeil, daß Julchen nicht mehr imstande ist, ihn loszulassen.

Der kleine, süße Freudenspender ist nun wieder gefangen in Julchens weißen Sammethändchen. Gefangen zu sein ist eigentlich etwas Schreckliches, doch diese Gefangenschaft ist ein beneidenswerter Zustand.

Armes, armes Julchen. Zwar wollen deine Finger nichts von ihm wissen, sie öffnen sich zuweilen sogar, um die gar zu enge Nähe zu vermeiden, aber der grausame Fritz drückt sie immer wieder zusammen, und somit bist du gezwungen, ihn einzuhüllen und zu drücken.

Und das ist eine schwere Sache, denn deine Fingerchen sind so klein, und der erhitzte Freudenspender ist so dick, daß sie alle Mühe haben, ihn zu umspannen.

Und Julchen, das zu so schrecklichem Tun gezwungene Julchen, sieht jetzt ein, daß sie ihre Hand von jenem dicken Ding nicht wegbringen kann. Seufzend ergibt sie sich in das Unvermeidliche, und ihre Finger bleiben dicht geschlossen, doch beben und zittern sie, denn sie fühlen jetzt deutlich, was sie da umfaßt halten und was ihnen eine so glühende Hitze mitteilt.

Kaum hat dieser schreckliche Zwang einige Minuten angedauert, so scheint es, als ob Julchen müde würde, denn sie schließt die Augen und läßt den Kopf allmählich zurückfallen, und sobald Fritz das gewahr wird, zieht er seine Hand zurück, faßt Julchen um die beiden Hinterbäckchen herum und trägt sie dem nahen Bettchen zu, wo er sie in eine halbliegende Stellung bringt.

Da liegt Julchen nun, wie besinnungslos, und weiß nicht, was ihr geschieht, während Fritz sich schnell seiner Stiefel und Beinkleider entledigt. Dann zieht er sein Hemd aus und steht nackt vor dem bestürzten Mädchen, das in diesem Augenblick aufschaut und ihn nun plötzlich, und so bar jeglicher Hüllen, vor sich stehen sieht.

»Oh Himmel!« schreit Julchen außer sich vor Angst, »was wollen Sie mit mir? – Ich beschwöre Sie um alles in der Welt: lassen Sie mich gehen, ich fühle mich dem Tode nahe!«

»Julchen, mein Julchen«, ruft Fritz in leidenschaftlichem Tone, schmiegt sich dicht an sie und beginnt, die Stelle einer Kammerfrau an ihr zu versehen. »Du siehst mich entblößt vor dir stehen, und nun wünsche ich, auch dich in deiner unverhüllten Schönheit vor mir zu haben. Gestatte mir, bitte, diesen Göttergenuß, dich auskleiden zu dürfen – du gibst mir dadurch den wahrsten Beweis deiner aufrichtigsten und innigsten Liebe.«

Und mit diesen Worten richtet er sich wieder auf und macht sich schnell ans Werk.

Zwar sträubt sich Julchen mit der Kraft der Verzweiflung und will es nicht zugeben, doch Fritz ist stärker. Er überwältigt ihren Widerstand, löst schnell die Bänder der Schnürbrust, streift ihr das Kleid über die Arme und Füße, bindet das Unterröckchen los, so daß das beschämte Mädchen im bloßen Hemde vor ihm liegt, rot erglüht und zitternd.

Dieses ganze Auskleiden war das Werk weniger Sekunden, denn der liebeserfahrene und an derlei Dienste gewöhnte Fritz weiß den Ort, an dem sich Bänder und Heften befinden, schnell und genau zu finden, und er hebt den widerstandslosen Körper des Mädchens auf und bringt ihn in eine solche Lage, wie sie ihm beim raschen Auskleiden am vorteilhaftesten erscheint. Jetzt wirft er einen schnellen Blick auf seinen Bruder, den er währenddessen ganz aus den Augen gelassen hatte, und gewahrt zu seiner Freude, daß auch dieser im gleichen Amte ebenso weit fortgeschritten ist und, weniger mitleidig als er selbst, soeben im Begriff ist, Jettchen noch das Hemd über den Kopf zu ziehen, wobei ihm diese heftigen Widerstand entgegensetzt.

Und auch Julchens Augen folgen den Blikken ihres Geliebten, und auch sie erblickt ihre arme Schwester im heftigen Kampf mit dem unerbittlichen Karl, und sie wendet ihre Augen ab und heftet sie auf Fritz, mit einem Ausdruck, der um Mitleid und Schonung fleht.

Doch den mitleidslosen Fritz rührt dieser ängstliche Blick nicht; er wendet sich im Gegenteil wieder dem zitternden Mädchen zu, streift ihr das Hemdchen bis hoch unter die Arme und preßt ihren nackten Körper fest an den seinigen.

Nun liegt nackter Schenkel an nacktem Schenkel, nackter Leib an nacktem Leib, und das königliche Szepter der Mannbarkeit, der liebesdurstige Freudenspender, ragt steif und fest zwischen ihre beiden Schenkel. Und während Fritz sein Julchen fest um Hals und Busen faßt, nähert sich der kleine Freudenbringer den roten Pur-

purlippen, als ob er seinen Weg schon ganz allein zu gehen wüßte, und sucht sich, gleich einem glatten biegsamen Aal, einen Eingang zu schaffen.

Doch eitle Mühe, unnützige Streben: die geheiligte Pforte ist zu eng und die Stellung zu unbequem, als daß ihm das gelingen könnte.

Da faßt nun Fritz mit einem Male das süße, zitternde Mädchen um Leib und Schenkel herum, legt das Kopfkissen mit einer Hand mitten aufs Bett und läßt sie sanft darauf niedergleiten. Hierauf legt er ihren Kopf etwas tiefer, den Hintern aber höher, biegt ihr die Schenkel auswärts und winkelt sie in den Kniegelenken an.

Und Julchen läßt mit sich geschehen, was immer geschehen will. Sie duldet alles, was mit ihr vorgenommen wird, und schließt die Augen, als Fritz sich über sie schwingt, seine beiden Hände um ihre Hinterbacken schließt, sich auf ihren lilienweißen Leib legt und den Kopf des Freudenspenders genau auf die Mündung des Grottchens hinzuführt.

Und dieser Bösewicht nähert sich in stürmischer Hast, er durchdringt die beiden Lefzen, windet und dreht sich, um sich Bahn zu brechen, und kaum fühlt Fritz, daß er die rechte

Stelle getroffen hat, so bewegt er sich vorwärts, und der erste sanfte Stoß erfolgt.

Und Julchen seufzt und will zurückweichen, doch Fritz hält ihren Unterkörper fest, preßt ihn an seinen Leib und erleichtert so die Angriffe seines kleinen Liebesgottes.

Und ein zweiter, längerer, ganz sanfter Stoß, der eher ein Einschieben zu nennen ist, bringt den Kopf schon etwas tiefer hinein, und dann zieht er sich ebenso langsam und sanft wieder zurück.

Julchen seufzt laut bei diesem ihr innerstes Lebensmark durchdringenden Stoße, und als Fritz ihn zum drittenmal wiederholt, da schreit sie laut auf und bittet ihn, abzulassen, denn sie fühle die heftigsten Schmerzen.

Und kaum daß dieser Schrei über Julchens Lippen gekommen war, so antwortet ihr vom andern Bette her ein ähnlicher, noch lauterer Aufschrei.

»Julchen, mein süßes Kind«, lispelt Fritz und beugt sich näher ihrem Munde zu, »es ist nur ein kleiner Schmerz, den du bald überstanden haben wirst, der uns aber den Weg bahnt zu einer Fülle von Freuden. Halten Sie sich tapfer, und alles ist gewonnen.«

»Lieber, oh lieber Fritz«, spricht das zärtliche Mädchen in kindlich-rührendem Tone und schlingt beide Arme um seinen Nacken, »ich bitte Sie, hören Sie auf, denn es brennt mich wie Feuer, und ich glaube, daran sterben zu müssen.«

Und Fritz wirft einen schnellen Blick von dem flehenden Mädchen auf seinen Bruder Karl, der, weit sorgsamer und vorsichtiger als er, seinem Jettchen die herrlichste Lage gegeben und mit zwei Stößen die hindernde Jungfernschaft genommen hat.

Und Jettchen windet sich in großem Schmerz, während Karl alle seine Beredsamkeit aufbietet, sie zu beruhigen.

»Du stirbst nicht, mein göttliches Julchen«, flüstert Fritz weiter, indem er sich aufs neue anschickt, zu ebendem Ziele vorzudringen, an dem sein Bruder schon angelangt ist, »du sollst lange leben, und ewig mir zur Freude.«

Und der vierte Stoß folgt mit erneuter Kraft, erst langsam und sanft, dann stürmischer und wilder, je weiter er eindringt und sich Bahn bricht.

»Ach – ach – mein Gott – mein Gott – oh je –«, schreit Julchen mit durchdringender Stimme und strampelt mit den Beinen, als ob sie dadurch ihren Peiniger abwehren könnte, »ich bitte, hören Sie auf, ich leide gar zu sehr.«

Doch was hilft das Flehen der Unschuld bei den Gewaltigen und Stärkeren. Ihre Worte verhallen ungehört, verstärken eher noch die Lust, den Kampf mit vermehrter Wut fortzusetzen.

Und immer fester preßt er des Mädchens Leib an den seinen, so daß es unmöglich wäre, auch nur ein feines Blättchen Briefpapier dazwischenzuschieben. Jetzt zieht sich Fritz zurück, schiebt dann wieder vorwärts und bohrt, Julchens Hinterbäckchen festhaltend, sein Liebesszepter mit langsamem, aber anhaltendem Stoße tief hinein in des purpurnen Mündchens Liebesgrotte. Und die engen Wände geben nach, sie weichen dem unaufhaltsam vordrängenden Angreifer, dehnen sich zwar, aber umschließen ihn dennoch fest und feucht, so daß er nun siegestrunken vollständig Einzug halten kann. Und wie sich der kühne Streiter den unbestrittenen Besitz errungen hat, verfolgt er dasselbe Manöver in gleich abgemessenen Pausen, gleitet hinein und heraus, doch jetzt in langsamen, gleichmäßig gleitenden Bewegungen und nicht mehr mit so schnellen, hastigen und überstürzten Stößen.

Armes, armes Julchen, und auch du, armes, leidendes Jettchen, die Sache ist also ausgestanden, und ihr habt eure Unschuld, Perle und Zierde des Mädchens und euer einziger Besitz, verloren. Von nun an könnt ihr euch ihrer nicht mehr rühmen, jener Unschuld, auf die selbst das häßlichste Mädchen stolz ist, auch selbst wenn es achtzig Jahre alt geworden ist und selbst im Dunkeln keinen Mann gefunden hat, der sich geneigt gezeigt hätte, sie ihr zu rauben. Wehe euch, ihr seid gefallen; der Engel der Unschuld steht beiseite und trocknet seine die Wangen hinabrollenden Tränen.

Und eure bleichen Gesichter, das Drehen und Winden des Körpers, das Auf- und Zudrücken der Schenkel und das unterdrückte Schluchzen scheinen darauf hinzudeuten, daß ihr euch eurer Lage bewußt geworden seid.

Doch sobald sich die sanften Stöße verdoppeln, sobald das Liebesszepter erst einmal ganz in eurem Heiligtum drin ist, da scheint auch der Schmerz vorüber zu sein, da kehrt auch die verlorene Röte zurück in die erbleichten Wangen, und die tränenfeuchten Augen hellen sich auf. Oh, Natur, oh Wesen des Weibes! Wie unergründlich, wie unglaublich gegensätzlich sind doch die Stoffe, aus denen beide gewebt sind.

Und auch Jettchens leises Wimmern ist vorüber. Gleich ihrer Schwester unterwirft sie, die Schwächere, sich dem Stärkeren, und die ebenfalls leisen, vorsichtigen Stöße, die Karl als gewandter Liebhaber mit Kennerschaft vollführt, tun ihr wohl – wie könnte das wohl auch anders sein.

Der geliebte Jüngling, das Bild ihrer Tag- und Nachtträume, ruht dicht auf ihrem nackten Leib, und sein Liebesszepter ist tief in sie hineingedrungen, und wenn ihr auch die ersten Stöße weh getan haben, so überwiegt doch der nachfolgende unaussprechliche Reiz tausendfach alle die Schmerzen, die er ihr anfangs verursacht hat. Und nicht allein sein Leib, sein Hals und seine Brust liegen dicht bei den ihren – auch seine Schenkel und Waden berühren in unaufhörlicher, sanfter Reibung die ihrigen, und seine Hände halten ihre Hinterbacken so fest umschlossen, als ob sie nimmer von ihnen ablassen wollten.

Ach, und der süße kleine Kopf des tapferen Stürmers, wie weich, wie elastisch ist er doch, und war er ihr vorher auch noch dick und derb erschienen, so breiten sich jetzt doch ihre Schenkel, und ihr Leib wölbt sich ihm entgegen.

Und jede Haaresbreite, die er, sei es beim Eindringen oder beim Zurückziehen, die Pforte durchstreift, ist ein Genuß, ein tausendfacher Genuß. Und sowie sich die Stöße, das sanfte, einbohrende Einschmiegen, vervielfältigen, so vermehrt sich der Reiz im Quadrat, und er wird so stark, daß er den ganzen Körper, von der Fußsohle bis zur Haaresspitze, ergreift und zitternd durchdringt. Die kleinen Nerven und Muskeln, die im Liebesgrottchen angesiedelt sind, sind angespannt und zucken in lebhaftester Bewegung, und diese teilt sich erfrischend und ermunternd dem Liebespfeile mit, erhält ihn stark und geschmeidig, um beider Genuß auf rechte Weise zu erhöhen.

Karl und Fritz, als erfahrene Liebeshelden, spüren, daß die Gefühle der Mädchen stärker sind als der ihnen zugefügte Schmerz. Sie stoßen langsam fort, halten bisweilen ein, wobei sie den kleinen Pampelmann mal drinnen, mal draußen lassen, und verlängern so diesen himmlischen Genuß, den sich nur ein Tor und Neuling in der Liebe durch ungestüme, schnelle Stöße verkürzen kann.

»Oh mein Himmel«, seufzt Jettchen, »lassen Sie ab, ich kann nicht ...«

»Ahhh! Oh – ah – weh!« lispelt Julchen ihr nach, »ich – ich – ich ...«

Da ziehen die beiden Brüder wie auf ein Kommando ihre Gottfriedchen aus den Mädchen heraus, richten sich auf Knien und aufgestützten Händen auf und sehen den Mädchen scharf in die Augen.

Die Pupillen der Mädchen, sonst schwarz wie die Nacht, scheinen zu erbleichen. Sie sehen sich erstaunt um, begreifen die Welt nicht mehr, und sie drängen mit ihren Hüften den Brüdern nach, fassen diese an den Schenkeln, stupsen sie hinein und schlagen die Beine über ihren Schenkeln zusammen, auf daß sie ja nicht mehr herauskönnen. Sie vollführen selbst zwei oder drei Stöße, und da kommt es ihnen, den beiden Schwestern, zur gleichen Zeit und im gleichen Augenblick.

Die Wirkung ist zauberhaft: die Körper bäumen sich auf, und die Männer möchten am liebsten ganz hineinkriechen, die Mädchen möchten sie am liebsten ganz drinhaben und schieben mit den Händen an den Hinterbacken nach, spreizen die Schenkel und werfen die Beine hoch, und die Körper strecken sich. Die schönen schwarzen Augen werden für einige Augenblicke matt und trübe, der herrliche Glanz verschwindet, und die Augenlider sind nicht mehr imstande, in ihrer Stellung zu verharren – sie flattern auf und nieder.

Die Mädchen zittern und beben, sie drehen und winden sich unter den Jünglingen und stöhnen in abgebrochenen Lauten, während die Busen in großen Wellen auf- und abwogen.

Und die Brüder sehen den Mädchen aufmerksam in die flatternden Augen und warten ab, bis die Blicke wieder klarer werden, richten die Oberkörper ein wenig auf, um sich die Mädchen noch einmal in ihrer ganzen Pracht anzusehen. Ihre Blicke gleiten über die wogenden Busen, die weißen Leiber zu jenem Ort hin, in dem jetzt ihr eigenes Liebesszepter so wohlverborgen steckt. Sie ziehen es wenige Zentimeter heraus, als ob sie sich überzeugen wollten, ob es auch noch vorhanden sei, und stecken es dann genüßlich-langsam wieder in das umlockte Futteral hinein, lassen ihre Augen den Weg wieder zurückspazieren zu den kirschroten Mündchen und nachtschwarzen Augen und heften sich an diese Augen, ohne ein Wort zu sagen.

Ach, welch unsägliches Entzücken bereitet es doch dem erfahrenen Liebhaber, dem geliebten Mädchen in diesem Augenblick ins Auge zu sehen und mit den Augen noch einmal vorab zu genießen, was der Körper nun ganz zu genießen sich anschickt.

Und die Brüder beginnen nach einer kurzen Zeit der Ruhe und des ruhigen und entzückten Betrachtens den Kampf wieder aufzunehmen, sie ziehen ganz leise und sanft zurück, so weit jedoch, daß nur noch gerade die Spitze des Köpfchens den Eingang der Liebesgrotte berührt – so weit zurück, wie es möglich ist, ohne daß der stämmige Stürmer Gefahr liefe, aus der Bahn zu geraten oder sich den Eingang neu suchen zu müssen. Dann schieben sie ihn nicht sofort wieder vor, sondern lassen ihn dort verweilen, vollführen nur ganz kurze, millimeterlange, diesmal aber schnelle Stößchen, und sie besehen sich auch das Spiel von ihrem etwas erhöhten Standpunkte aus. Auch die Mädchen scheinen sich für die Sache zu interessieren, denn sie heben die Köpfchen und blicken an ihrem Leib entlang nach unten, um zu sehen, was der kleine Schlingel dort treibe.

Und dann stecken die Jünglinge ihn leise und langsam wieder hinein, als sie bemerken, daß die Blicke der Mädchen wieder glasig zu werden beginnen, und sie lassen sich auch wieder mit ihren Oberkörpern auf den Brüsten der Mädchen nieder und vögeln langsam, Millimeter um Millimeter, und jeder Zug dauert seine fünf bis sechs Sekunden.

Oh, dieses raffinierte Spiel: Linie um Linie vorzudringen in das warme, samtweiche Fleisch, das sich wie Polypenarme um den kühnen Eindringling schlingt, sich an seinem Kopf festsaugt, ihm den Schaft massiert – dieses kluge und echte Wollust spendende langsame Eindringen ist doch die schönste Würze bei jenem Vorgang – und das Zurückziehen auf die gleiche Art ist es nicht minder.

Und nun lassen sie das Szepter tief in der Grotte stecken und beschreiben mit den Hüften kleine Kreise, als ob sie mit ihren Gottfriedchen drin herumrühren wollten, und gleich werden die Mädchen immer unruhiger und lebendiger, sie atmen schneller und heftiger, die Busen fliegen höher empor, und die Schenkel und Waden umklammern krampfhaft die ihrer Bereiter. Ihre Augen nehmen auf Sekunden den früheren Glanz wieder an, wozu sich ein Feuer gesellt, das die Brüder vorher nicht bemerkt haben.

Die Arme der Schwestern haben sich erhoben, und ihre Hände spazieren scheinbar plan- und ziellos auf den Rücken der Jünglinge herum, während sich ihr Leib dichter an den ihrer Liebhaber drückt. Und die Hände versuchen, an den Schenkeln der Jünglinge vorbei zwischen deren Beine zu kommen, um zu sehen, ob dort nicht vielleicht noch ein paar Zentimeter wären, die man nachschieben könne.

Und die Brüder, die diese Berührung an so empfindlicher Stelle aufs höchste aufgebracht hat, girren und schluchzen nun ebenfalls wie die Turteltauben.

Und das Gegirre und Geschluchze wird lauter und die wechselseitigen Bewegungen schneller und hastiger, das Ein- und Anschmiegen der elastischen Leiber inniger, fester.

Und Mund auf Mund, Brust an Brust, Leib auf Leib, Schenkel an Schenkel liegen die Glücklichen, und nur leises, zusammenhangloses Geflüster oder Gestöhne verrät den Wollusttaumel, in dem sie schwelgen.

Dann liegen die beiden Brüder still. Ihre Liebesszepter vermögen offenbar nicht mehr, weiter vorzudringen – einerseits, weil sie schon ganz drin sind, andererseits, weil sie mit ihren

Spitzen an das Ende der Grotte zu stoßen scheinen.

Und sie ziehen sich zurück, um noch einen Sturm zu wagen. Sie fühlen tief in ihrem Innern, von jener Stelle zwischen den Beinen kommend, bis zu der die Mädchen mit ihren Fingerspitzen vorgedrungen waren, eine prickelnde Hitze, die sich schnell fortpflanzt. Und auch die Mädchen durchbebt ein gleiches Gefühl. Eine gleich prickelnde, kaum zu ertragende Hitze steigt in ihre Grottchen auf.

Das Seufzen hört auf und auch das Geflüster. Ein neues, mächtigeres Gefühl scheint sich der Liebenden bemächtigt zu haben.

Nur noch ein Stoß, der Stoß noch, der den Gipfel des Entzückens bildet, der jedoch zugleich auch oft mit unsäglichem, aber zukünftigem Kummer, mit Sorgen und Nöten verbunden ist – jedoch ist die Begierde, diesen Augenblick zu durchleben, ist der rasende Taumel stets größer und stärker ausgeprägt, und kaum jemand läßt sich von der Aussicht auf zu erwartenden unerwünschten Kindersegen vom Vögeln abhalten – wenn anders ja dann die Welt wohl schon ausgestorben wäre. Und so wird landauf landab frisch-fromm-fröhlich drauflos gevögelt, und an die Folgen denkt niemand, der ihn oder einen drin hat.

In diesem oft so verhängnisvollen Augenblick läßt sich von oberhalb der Decke das Geräusch mehrerer gedämpfter Stimmen vernehmen.

Doch was kümmert das die Liebenden? Die glühendheißen Liebesspender, die den inneren, juckenden Brand fernerhin nicht auszuhalten vermögen, ziehen sich zurück und holen weit aus, zum letzten Stoße.

Und mit jeder Strohhalmbreite, die sie zurücklegen, verdoppelt, verdrei- und vervierfacht sich das nervenaufpeitschende Gefühl der äußersten Wollust. Die heißen Ströme drängen sich mit Gewalt nach vorn, und sowie der hochrote Kopf mit weit geöffnetem, lechzendem Mund aufs neue eindringt, so durchzuckt es ihn auch wie ein blitzschneller, nachhaltiger Nadelstich, und in vollem, kräftigem Strahl ergießt sich ruck- und stoßweise der männliche Samen in das lechzende Grottchen und kühlt mit warmem Strahle das heiße Liebesverlangen der erhitzten Mädchen.

Und die kleinen Liebesszepter zittern und beben, das Blut pulst, daß man den Schlag des

Herzens an ihnen erfühlen kann, der keuchende Atem lechzt nach Luft.

Ach, ihr glücklichen, beneidenswerten Brüder! Dieser Wonneschauer, der euch durchzuckt, der euch entflammt, durchsprüht, der sich gleich dem elektrischen Funken fortpflanzt, dieser Wonneschauer ist zu heftig, als daß ihr ihn ertragen könntet.

Ihr fallt zusammen gleich dem vom Sturm zerbrochnen Rohre. Doch die Wirkung, die dieser Erguß bei den Mädchen hervorruft, ist noch viel größer.

Sobald die ersten Tropfen hervorschießen und das Innerste des Grottchens benetzen, schreien die Mädchen hochauf.

»Oh – ach – nein – aufhören – Himmel – ich kann das nicht aushalten«, stöhnen sie, drängen sich aber ungeachtet ihrer Worte immer noch näher zu dem Freudenspender hin, wollen noch mehr von ihm haben und pressen mit ihren Händen die Hinterbacken der Brüder ganz fest.

Und diese, den Speer tief eingebohrt, verharren für kurze Zeit still und sind nicht imstande, ihn weiter hineinzustecken oder ihn etwa gar herauszuziehen.

Die Mädchen drehen und winden sich, sie bewegen ihre Hüften, und endlich strecken sich ihre Körper aus, und eine wohlige Schwäche bemächtigt sich ihrer.

Und ähnlich geht es den Jünglingen, die die Köpfe neben die der Mädchen fallen lassen. Sie lassen das Szepter der Liebe im Schoß der Mädchen stecken, bewegen es nur gelegentlich langsam hin und zurück und schließen die Augen, um fortzuschwelgen in diesem Genuß, um den sie die Götter des alten Griechenlands beneidet hätten.

Jetzt ist es ganz still. Es ist nur das langgezogene Atemholen zu hören und gelegentlich ein leises Stöhnen, wenn die Brüder mit gemächlichen Stößen noch ein wenig hinterher vögeln.

Doch halt! Da ist doch etwas zu hören – erst dumpf und dann deutlicher lassen sich aus dem Raum über dem Stübchen Geräusche vernehmen. Es poltert und knackt und knistert jetzt vernehmlicher als vorhin – als die Liebenden in ihrem Taumel nicht darauf geachtet hatten.

Was mag das sein, was da oben knistert und poltert? Forschen wir nach der Ursache, doch laßt uns leise sein, damit sich der Urheber des Lärms nicht aus dem Staube macht, bevor wir ihn entdeckt haben.

Sind es Diebe, freche Räuber, die die Bodenkammer der Frau Schubert ausplündern wollen?

Nein! Es sind weder Diebe noch Räuber.

Es sind keine Diebe und Räuber, es sind gute alte Bekannte von uns: wir finden hier Herrn und Madame Schubert vor, nebst dem verliebten Christelchen, alle drei in vollkommener Eintracht und höchst zufrieden beieinander. Doch drehen wir die Zeit in unserer Erzählung um ein dreiviertel Stündchen zurück und sehen wir zu, wie das alles so gekommen ist.

Die Überraschung auf dem Boden

Kaum hatte Frau Schubert die Liebesleute verlassen, so eilte sie hinunter zu ihrem Gemahle, den sie infolge des zu hastig und in zu großen Mengen eingenommenen Weines und auch des kräftigen Opfers, das sie sich auf ihm erritten hatte, fest eingeschlafen auf dem Sofa liegend antraf. Zwar war ihr dieser Anblick, wie wir von früher wissen, im höchsten Grade verhaßt, aber jetzt, in der glücklichen Stimmung, in der sie sich befand, übersah sie diesen Umstand, trat leise vor den Spiegel und besah sich lange und mit größter Aufmerksamkeit. Sie ordnete ihr Haar, zupfte ihr Spitzenmützchen und dessen Bänder zurecht, glättete einige verräterische Gesichtsfalten und spitzte die Lippen wie zum zierlichen Kuß.

Die gute, verliebte Frau Schubert! Ihr müssen liebliche, freundliche Gedanken im Kopfe herumgehen, denn ihr Auge strahlt vor Entzücken und ihre Züge zerfließen fast vor Wonne. Und doch strahlt sie auch eine gewisse Würde und eine siegessichere Zufriedenheit aus, die zu sagen scheint: »Ich bin der Liebkosungen auch würdig, ich bin trotz meiner Jahre immer noch liebenswürdig genug, um die feurigste Liebe der schönsten jungen Männer auf mich zu ziehen!«, und sie studiert wie ein Schauspieler vor dem Spiegel Mimik und Gestik ein und ist überhaupt sehr mit sich beschäftigt.

Frau Schubert ist glücklich in ihrem Wahn. Sie glaubt sich noch in der Gesellschaft der beiden Brüder, und zu dieser fröhlichen Gemütsverfassung trägt der reichlich genossene Wein seinen guten Teil bei.

Frau Schubert steht immer noch vor dem Spiegel in ihrer Kammer und liebäugelt in einem fort. Sie scheint sich heute besonders gut zu gefallen, nur schade, jammerschade, daß niemand da ist, der ihren Leibritz, wollte sagen: Liebreiz, hätte bewundern können.

»Doch halt!« spricht Frau Schubert jetzt leise, nachdem sie einige Sekunden in tiefes Nachdenken versunken war, »sie werden wohl bald abgegessen haben, und ich muß Christelchen das verabredete Zeichen geben.«

Noch einmal sieht sie in den Spiegel, noch einen Blick wirft sie auf ihre teure schnarchende Ehehälfte, dann verläßt sie leise die Stube und tritt in die Haustür.

Der herrliche Abend hat die Menschen herausgelockt, und in nicht abreißendem Strom bewegen sich Männer und Frauen an ihrem Häuschen vorbei, lustig und leichtfertigen Herzens.

Frau Schubert hustet, hustet stark und hustet auch noch ein zweites und ein drittes Mal.

Und schließlich so laut, daß es endlich auch da gehört wird, wo es gehört werden soll.

Und am Hause gegenüber öffnet sich die Tür, eine leichte, flinke Gestalt huscht hervor und eilt auf die Husterin zu.

»Meine beste, vortrefflichste Madame Schubert«, pischpert die Anstürmende leise, »Sie sind doch fürwahr ein Engel – Sie sollen auch jeden Morgen meine jungen Herren ganz splitterfasernackt …«

»Pst, pst! …«, zischelt Frau Schubert und zieht die Sprecherin in das Dunkel des Hausflurs,

»nicht so laut, wir könnten gehört werden – und nun kommen Sie mit, aber hübsch leise …«

»Machen Sie sich nur keine Sorgen, meine gütigste Madame«, unterbricht sie Christel, »ich werde so still wie ein Mäuschen sein.«

Und die neugierigen Frauen schleichen leise die Treppe hinauf, halten einen Augenblick vor der Tür der jungen Mädchen still, hören das heiße Liebesgeflüster und drücken sich krampfhaft die Hand. Hierauf geht Frau Schubert voran und zieht Christelchen hinter sich her über die schmalen und engen Stufen. Sie öffnet die nur angelehnt gewesene Tür, und Christelchen klinkt sie hinter sich geräuschlos wieder zu.

»Nun kommen Sie hierher in die Ecke«, hebt Frau Schubert nach kurzem Schweigen an, »hier sind die Löcher.«

»Schön, schön«, pischpert Christel zurück, »ich sehe sie recht gut, denn das Licht dringt ja durch.«

Beide knien sie nun nieder, legen sich dann aber der Länge nach auf den Bauch und halten die Augen dicht an die Öffnungen.

Und es ist gerade jetzt der Augenblick, wo die Brüder mit dem Essen fertig sind und ein jeder sein Mädchen im Arm hält. Die neidischen Kleider sind soeben gefallen, und sie stehen da, wie Mutter Natur sie geschaffen hat.

»Sehen Sie, sehen Sie, beste Madame Schubert«, zischelt Christelchen, »meine jungen Herren sind schon weit gekommen, die verstehen den Comment, eieiei, die allerliebsten kleinen Hähnchen – wie schön sie stehen – gefallen sie Ihnen?«

»Jajaja«, flüstert Frau Schubert zurück, »sie sind einzig, aber sehen Sie sich doch auch einmal die Mädchen an, sie haben so zartes, weißes Fleisch, und so schöne und volle Busen …«

»Ei ja, das ist wahr«, entgegnet Christelchen, »aber meine jungen Herren gefallen mir doch weit besser – es geht doch nichts in der Welt über nackte junge Männer –. Ach sehen Sie, sehen Sie – nein, der Fritz …«

In diesem Augenblick ist Fritz so ins Licht getreten, daß er den Beschauerinnen sein Halbprofil zuwendet und von allen Seiten beleuchtet ist, sein Liebesszepter steht steif und hochaufgerichtet zur Decke, gerade wie die nahe Kerze, und dieser Anblick hat das innige Entzücken des guten Christelchen hervorgerufen.

»Ei, ei«, schluchzt Christelchen, »sehen Sie, so sehen Sie doch nur! …« Doch Frau Schubert bedarf einer Ermunterung nicht, sie hat lange gesehen, was ihr Blut in siedende Wallungen versetzt hat. Sie antwortet nicht, obwohl sie Christelchen in einem fort anstößt und pischpert und lispelt und flüstert. Und auch Karl hat jetzt sein Hemd zur Erde geworfen, steht nackend da und umschlingt das süße Jettchen in brünstiger Umarmung, und sein kleines Brüderchen steht ebenfalls hochaufgerichtet da, begierig, den Streit zu beginnen.

Beide Liebesszepter sind jetzt zu sehen, fest wie die starken deutschen Eichen, und solch ein Anblick ist für so liebestolle Frauen, wie die gute Frau Schubert und Christelchen es sind, zum Rasendwerden.

»Nein, sehen Sie nur«, fährt die mit der Zunge nimmermüde Christel fort, »jetzt steht Karl seiner auch – das ist ein ganz liebenswürdiger Mensch, das kann ich Ihnen auf mein Wort versichern, so bescheiden und ruhig und doch so kräftig, wenn er ihm einmal steht – der kann die Mädchen erquicken, sehen Sie sich seinen Tröster doch nur einmal an, wie er …«

»So seien Sie doch endlich still!« pischpert Frau Schubert unmutig, alldieweil sie damit beschäftigt ist, ihre ganze Sehkraft darauf zu verwenden, die Länge und Dicke des geliebten Gegenstandes zu ermessen, »ich sehe ja selbst sehr gut.«

Doch Christelchen läßt sich durch diese Zurechtweisung nicht beirren; sie ist unaufhaltsam erpicht, ihrer Zunge freien Lauf zu lassen, vornehmlich wenn sie glücklich ist, und sie ist unsäglich glücklich.

Der guten Frau Schubert geht es ebenso, nur hat sie es nicht gern, wenn man sie überflüssigerweise auf Dinge aufmerksam macht, die sie ob ihrer Größe und Dicke ohnehin nicht übersehen kann und, wie in diesem Falle, auch nicht übersehen will. Sie schaut und schaut, und Laute des Entzückens entwinden sich dem tiefatmenden Busen.

Das Beifallsgemurmel beider Frauen wird um so stärker, je weiter die Brüder in ihrem Angriff fortschreiten. Jetzt sehen sie, wie sie die Schwestern auf den Betten zurechtlegen und die Liebesszepter in den Grottchen versenken.

»Auau, eiei, herrje …«, schluchzt Christelchen.

»Kr kr kr pr pr pr …«, gurgelt Frau Schubert, die mit gespannter Aufmerksamkeit jede Bewegung ihrer Lieblinge verfolgt.

»Ach, wäre ich doch nur da drunten an Stelle der Schwestern«, flüstert Christelchen und greift sich vor lauter Sehnsucht tief unter den Rock und steckt ihren Finger durch die zuckende, zitternde Liebespforte, »ach, wäre ich dann froh! ...«

Und Frau Schubert denkt dasselbe, doch spricht sie es nicht aus, sondern girrt nur in einem fort, denn auch ihr brennt's gewaltig zwischen den Beinen, und ihre Finger hat sie schon lange vor Christelchen in ihrer unersättlichen Votze, und sie läßt sie dort munter spielen und achtet streng darauf, daß sie nicht müßiggehen.

Beide vergessen sie alles über dem süßen Spiel, sie sehen hinab und laben sich und hören nicht, wie im selben Augenblick die Tür leise aufgeht und August, der ebenfalls neugierige, aber auch eifersüchtige August, eintritt, leise und geräuschlos wie ein Schatten in die entgegengesetzte Ecke geht, sich gleichfalls auf die Dielen legt und sein Auge an das von ihm gebohrte Loch bringt.

Und August kommt gerade in jenem Augenblick, da die Mädchen sich unter der Last der siegreichen Brüder winden und drehen und da deren kühne Liebesszepter immer unaufhaltsamer vordringen.

Und er beugt das Auge vor, weit vor, um die Stellungen ganz genau zu besichtigen und den hitzigen Kampf ganz genau zu verfolgen, der jetzt seinem Ende nahe zu sein scheint.

Und Wunder über Wunder: so wie die Brüder seufzen und die Mädchen ächzen, so hört er jetzt auch zwei Stimmen aus der anderen Ecke der Bodenkammer her stöhnen. Und er lauscht und lauscht, denn diese Laute in seiner unmittelbaren Nähe befremden ihn, und er hält sich für verraten. Alte Krieger sind vorsichtig, er starrt deshalb mit einem Auge hinab, weil er dieses eine Auge von diesem wunderhübschen Bild nun doch nicht losreißen kann, und mit dem anderen bemüht er sich, das Dunkel zu durchdringen, um die Urheber der Seufzer zu erkennen.

Da August nicht schielt, fällt ihm das sehr schwer. Und wiewohl er das gerne möchte, denkt er nicht mehr daran, die vögelnden Paare zu beobachten, sondern konzentriert seine Aufmerksamkeit und seine Sinne darauf, zu ergründen, wer mit ihm zusammen in der Bodenkammer ist.

Doch soeben strömt der springende Born des süßen Lebenssaftes in die durstigen Grottchen der lieblichen Mädchen, und August wird wiederum davon abgehalten, die Umgebung, so wie es sich für einen alten Krieger geziemt, zu rekognoszieren. Und so sieht er zwar, wie die beiden Liebespaare ebenso ermattet wie beglückt auf die Kissen zurücksinken, doch kann er nicht entdecken, was in seiner Nachbarschaft so laut gluckst und schluckt, und es raschelt wie das Rascheln von Damenunterwäsche, und es folgt ein Flüstern, ein Küssen und Kosen, und gleich darauf lispelt eine unterdrückte Stimme:

»Ach August, August, August – ach wärst du doch nur da! …«

Und beim Klang dieser ihm bekannten, furchtbaren Stimme wird ihm plötzlich schrecklich zumute. Er weiß, wer hier und in seiner nächsten Nachbarschaft ist, und er will entfliehen, dem keuschen Joseph gleich, den Umarmungen seines teuren Eheweibs. Zwei Seelen wohnen ach in seiner Brust, wie schon unser großer Goethe schreibt, denn einerseits möchte er wohl gerne zusehen, was sich in der unteren Kammer so tut, andererseits aber gelüstet's ihn, sich still und heimlich, auf die französische Art, zu empfehlen, damit ihn Mariechen nicht am Ende noch sieht, denn er weiß, was ihm dann blüht. Wiewohl August ganz gern einmal seinen

Platz mit einem der Brüder da drunten getauscht hätte, so wäre es ihm doch bitter angekommen, wenn er seiner aufgebrachten Ehefrau denselben Dienst, vielleicht auch noch sofort, hätte leisten müssen. Andererseits aber möchte er gern wissen, mit wem es sein teures Eheweib hier auf dem Dachboden treibt. Zwar ist es ihm im Grunde genommen egal, ja sogar erwünscht, daß sie es tut, wenn er nur davon verschont bleibt, andererseits aber möchte er doch gern den Herrn einmal kennenlernen, der ihm seine Arbeit abnimmt – vielleicht würde wieder Schnaps dabei herausspringen.

Leise verläßt er sein kleines Guckloch und kriecht auf Händen und Füßen dem Klang der Stimmen nach; als er in der andern Zimmerecke angelangt ist, sieht er dort zwei weibliche Figuren, beide die Röcke bis unter die Arme aufgeschürzt und aufeinanderliegend, als seien sie Weib und Mann und wären munter beim Vögeln; sie reiben ihre haarigen Mösen aneinander, halten sich gegenseitig bei den Hinterbakken und sind sehr miteinander beschäftigt.

Und August macht erstaunt, wie vom Blitz getroffen, auf allen vieren kniend halt, denn beide Personen sind ihm bekannt, es sind Mariechen und Christelchen, die allein vom Zusehen so in Rage gekommen waren, daß sie, ihrer Sinne nicht mehr Herr, versuchten, sich auf diese Weise Linderung zu verschaffen.

Und da August halt macht, bemerken ihn auch die entflammten Liebesheldinnen, erschrecken und lassen voneinander ab. Doch Frau Schubert ist ebenso schnell wieder Herr ihrer Sinne, sie springt auf und wirft sich mit aller Macht auf den bestürzten Ehemann, zieht ihn auf sich, lispelt mit schmachtender Stimme, indem sie ihm schnell die Beinkleider öffnet, um das Instrument herauszuholen, nach dem ihr's so sehr dürstet:

»August, tu' mir den Gefallen und mach mir's noch einmal, ich kann's wirklich nicht mehr aushalten – die da unten haben mir ganz schön eingeheizt.«

Und während sie diese Worte in aller Eile hervorstammelt, umfaßt sie wütend mit der linken Hand Augusts Zebedäus, und mit der Rechten stellt sie alle möglichen Versuche an, ihn, der traurig das Haupt zur Erde senkt, aufzurichten, steif zu machen und fähig, in ihre Liebesgrotte einzudringen. Und sie arbeitet mit Fleiß und großer Geschicklichkeit, streichelt ihn, streift die Haut vor und zurück, und es scheint fast, als ob es ihr gelungen wäre, denn jetzt lenkt sie ihn dem Eingang zu – doch eitle Müh', er knickt wieder ein, mag sie ihn noch so viel streicheln.

Währenddessen hat sich Christelchen von der Überraschung erholt und betrachtet mit gierigen Augen die eheliche Unterhaltung.

»Ach«, seufzt Frau Schubert, »so streng dich doch an, mein Gustelchen, du sollst auch jeden Tag eine ganze Flasche vom besten Schnaps haben, nur ackre frisch drauflos. Ach, Christelchen, gutes Christelchen«, flüstert sie dieser heimlich zu, »so helfen Sie mir doch ein bißchen, ihn zum Stehen zu bringen – vielleicht ist Ihre Hand glücklicher und hat mehr Erfolg, denn nach fremdem Fleisch gelüstet den Männern gewöhnlich mehr als nach dem der eigenen Frau. Fassen Sie nur derb zu, denn bei dem muß man lange bitten, ehe er nur ein bißchen …«

»Gern, gern, meine gute Madame«, flüstert Christelchen zurück, und bald sind ihre weichen, fleischigen Finger an dem bewußten Ort und vereinigen ihre Bemühungen mit denen der Frau Schubert.

Und alle drei Hände sind nun fleißig tätig und erpressen dem gequälten August Angst- und Schmerzensschreie.

»Au, au, au!« stammelt der Liebling des Marschalls Ney, der lieber in den Händen der Kosaken als in denen der beiden Frauenzimmer gewesen wäre.

»Nur nicht so derb! Au! Denkt ihr denn, der sei aus Eisen und Stahl? Au! Reißt ihn mir nicht ganz aus, ich brauch' ihn noch!«

»Ja, zum Pinkeln! ...« sagt seine Frau und arbeitet erbarmungslos weiter. Endlich scheint den Frauen zu gelingen, was sie mit ihrer Arbeit beabsichtigen: Augusts Hahnepampel rührt sich, hebt das blasse Haupt und fängt an zu stehen, und sobald Frau Schubert das bemerkt, kennt sie keine Milde mehr und steckt ihn hinein in das hungrige, behaarte Loch zwischen ihren Beinen. Hierauf schlingt sie die Arme um den Nacken des Ehemannes und die Schenkel um die seinen und befördert mit abgemessenen Rückstößen die langsamen Bewegungen ihres Gemahls.

»Tiefer, August, nur tiefer, mein liebes Gustelchen«, haucht sie vergnügt, »immer tiefer, man spürt ihn ja noch gar nicht – ach helfen Sie doch, Christelchen und geben Sie dem Faulenzer einen tüchtigen Schubs!«

Und Christelchen folgt den erhaltenen Weisungen gerne. Sie öffnet Augusts Beinkleider vollends, zieht sie weit herunter, faßt ihn an beiden Hinterbacken fest an, schiebt ihn vor, zieht ihn wieder zurück, mit soviel Geschick, daß Frau Schubert aufjauchzt und vor Freude der gütigen Helferin nicht genug zu danken weiß.

Doch der Freudenjubel dauert nicht lange: des braven Augusts Nektarquelle entspringt, und ihre Tropfen rieseln in Frau Schuberts Schoß.

Und sie schluchzt und brummt und will August nicht loslassen, der, erschöpft und müde wie er ist, Anstalten machen will, sich zu erheben. Und wieder bittet sie das willfährige Christelchen um Hilfe, und die hebt ihre Röcke hoch und setzt sich rittlings mit dem blanken Hintern auf denjenigen Augusts und beugt sich etwas vor, so daß ihn ihre Mösenhaare an den Hinterbacken kitzeln, sie reibt sich die Möse an Augusts faltigem und hartem Hinterteil, und sie nimmt den Beutel in die Hand, der schlaff und leer zwischen den Beinen hängt, streichelt ihn und schubst August immer und immer mal wieder, und so kommt die gute Madame Schubert doch noch auf ihre Kosten. Sie rumort dabei und vollführt ein Getöse, daß man sich wundern muß, daß die jungen Liebesleute im Zimmer darunter nicht aus den Betten fallen.

Jetzt erhebt sich August, zieht seine Hosen hoch, verwünscht seine Neugier und schleicht der Tür zu, während im gleichen Augenblick die Glocke elf Uhr schlägt.

»Ei, jetzt muß ich fort«, pischpert Christelchen, ebenfalls aufstehend, »denn sonst komm ich nicht mehr ins Haus hinein. Zuerst muß ich aber noch einmal hinuntergucken, ob es da wieder losgegangen ist. Doch dort schlafen alle vier – als hätten sie nichts Besseres zu tun. Da gibt's nicht mehr viel zu sehen. Drum gute Nacht, meine gute Frau Schubert, und morgen früh, wenn ich huste oder winke, Sie verstehen mich schon, dann kommen Sie nur! …«

»Nun, wenn sie da drunten schlafen«, entgegnete ebenso leise Frau Schubert, »so gehe ich auch mit, was soll ich da weiter hier oben.«

Und alle drei verlassen sie die Bodenkammer, schleichen die Treppe hinab, und Frau Schubert läßt Christelchen zur Haustür hinaus und bittet sie, ja reinen Mund zu halten über das, was der heutige Abend gebracht hatte. Christelchen versichert es lachend und springt über die Straße ins Haus, während Frau Schubert in ihre Kammer geht, sich langsam auskleidet und an Augusts Seite Platz nimmt, der ob der unerhörten Anstrengungen schon in tiefen Schlaf gefallen ist.

Schluß
Wechselt die Waffen

Doch Christelchen, du sonst so scharfsinniges, hellsichtiges Christelchen, du hast dich getäuscht, und so auch die gute, neugierige Frau Schubert. Denn sie schlafen nicht, die Glücklichen in ihrem Stübchen – sie waren nur eine Zeitlang untätig, um neue Kräfte zu sammeln zum neuen, schöneren und süßeren Kampf.

Die Brüder waren hinabgesunken auf die schneeweißen Busen und Leiber der lieblichen Mädchen, und sie ruhen aus auf diesem weichen Pfühle, dem kein noch so weich gepolstertes Sofa auf Gottes weitem Erdenrund gleichkommt. Ihre Lippen küssen und kosen, und sie tändeln und flüstern Liebesworte; sie schwelgen im Überschwange des Glücks.

Und dann rüsten sie sich mit neuem Feuer zu neuem Angriff. Die Szepter der Liebe, die sie nach vollbrachtem Werke der Einfachheit halber gleich in den Möschen dringelassen haben, richten sich erneut auf und beginnen langsam und zart ihr reibendes Werk mit wohltuender Gewalt. Kein Wort wird gewechselt, die Stille wird nur hin und wieder von einem Ausruf der Freude oder von Lauten des Entzückens unterbrochen. Die lieben Mädchen begleiten die Bewegungen der Brüder mit entsprechenden Hilfen ihrer Leiber, und sie pressen sich so fest an sie, als ob sie fürchteten, man könne sie ihnen fortnehmen.

Der Augenblick naht wieder, wo sich der Freudenquell erschließt, und wiederum sinken die Brüder auf die entzückten Schwestern nieder, und der Tau der Liebe stürzt in die küssenswerten Grottchen.

Dann steigen sie beide von den Mädchen herunter und reinigen mit feuchten Tüchern Liebesszepter und Liebesgrottchen. Sie legen sich neben die Mädchen und spielen mit den Rosenknospen der Brüste, mit den Haaren an den Möschen oder lassen die Finger über den Bäuchen spazierengehen und beobachten das Spiel der Muskeln und deren Reflexe.

Da unterbricht Karl mit einem Male die feierliche Stille und ruft, den Kopf rückwärts gewendet, seinem Bruder heimlich zu:

»Wechselt die Waffen.«

Und Fritz versteht diesen Zuruf recht gut, denn er erinnert ihn an das im *Café français* gegebene Versprechen. Gleichwohl fällt es ihm schwer, sich von dem lieben Julchen zu trennen. Doch ist es des Mannes Pflicht, sein Wort zu halten – sollte es ihn auch noch so sauer ankommen.

Die Kerzen sind noch nicht geputzt worden und brennen deshalb trübe. Fritz steht daher auf, um diese Arbeit nachzuholen, stellt sich dabei aber dermaßen ungeschickt an, daß er die eine auslöscht.

»Wie dumm«, ruft Karl, »geh, laß mich das machen«, und zugleich springt er von seinem Lager auf, um seine Geschicklichkeit im Lichtputzen darzutun.

Doch merkwürdiger Zufall: auch er hat heute Unglück, und wie vorsichtig er auch ist, so putzt er alle andern auch aus, und tiefe Finsternis herrscht jetzt, nur auf Augenblicke von des Mondes bleichem Strahl erhellt.

Und wie verabredet eilen sie auf die entgegengesetzten Betten zu, Fritz schließt jetzt Jettchen und Karl das sehnsüchtig harrende Julchen in seine Arme, die beide nichts von diesem Tausch wissen.

Ach, wie ergötzlich ist doch die Veränderung – wie wonnig ist das Gefühl, ein anderes schönes Mädchen an seine Brust zu schließen.

Aufs neue entflammt, beginnt der Kampf nun mit gestärkten Kräften wieder, und nochmals fließt der Born der süßesten Lust und durchflutet die Mädchen mit Wonneschauern, während die Brüder ihre Gesichter hinabbeugen in des Busens liebliche Fülle.

Und wiederum, und dann noch einmal erheben sich die kleinen Liebesgötter und beginnen den Angriff, bis endlich eine allgemeine Ermattung eintritt und Fritz vorschlägt, zur Stärkung und Wiederbelebung der erschlafften Kräfte ein Glas Burgunder zu trinken. Die drei andern begrüßen erfreut diesen Vorschlag.

Fritz steht auf, um einzuschenken, und bittet Jettchen, ihm beizustehen, und gehorsam diesem Rufe steht sie auf, während Fritz ein Schwefelhölzchen nimmt und Licht anmacht. Doch sobald die Kerzen brennen, entfährt ihr ein lauter Schrei, denn sie hat in ihrem Bettgenossen den Geliebten ihrer Schwester erkannt, während diese in den Armen ihres Karl liegt. Karl und Fritz erkennen wohl die Ursache dieses Erschreckens, doch lassen sie sich nicht das Geringste anmerken – im Gegenteil: Fritz schenkt die Gläser voll und bringt Julchen und seinem Bruder zwei davon an das Bett, und Karl trinkt das seine begierig, Julchen das ihre aber beschämt und gesenkten Auges aus.

Denn auch sie hat ja den Wechsel bemerkt.

Und hierauf kehrt Fritz zu Jettchen zurück, die still und verschämt am Tische steht, die Augen zu Boden gesenkt und vor Verlegenheit nicht weiß, was sie tun soll.

Da umfaßt sie Fritz mit beiden Armen, setzt sich nieder auf den nahen Stuhl und setzt sie auf seine Knie, läßt sie reiten und fragt, sie fest an sich drückend:

»Ist der Tausch, mein süßes Jettchen, denn so unangenehm gewesen?«

Und Jettchen kann oder will nicht antworten, sie bleibt stumm und spricht nichts, umfaßt bloß den kühnen Jüngling und drückt ihn heftig an ihr hochklopfendes Herz.

Bei dieser Bewegung kann sich der aufs neue entflammte Fritz nicht mehr halten; er drückt mit einem Arme das Mädchen fest an sich, während er mit der andern Hand seinen Jungfrauentröster mitten in das Purpurmündchen lenkt und aufs neue zu stoßen beginnt. Er tut das so geschickt und gewandt – setzt sich auf die vorderste Kante des Stuhles und legt den Oberkörper weit zurück, nimmt beide Beine Jettchens an den Kniekehlen und weist sie an, sich ebenfalls zurückzulehnen und sich mit den Ellenbogen auf dem hinter ihr stehenden Tisch zu stützen. Dann hebt und senkt er die beiden Beinchen wechselseitig, als ob Jettchen marschieren würde, und sie hat noch keine halbe Meile zurückgelegt, da beginnt Jettchen freudestrahlenden Auges zu schluchzen und sie sagt:

»Ach – nur nicht so tief – das tut mir weh! …«

Bei diesen ihren Worten sieht ihr Fritz in das schmachtende Auge, und da er ein schmerzliches Zucken um die Mundwinkel herum bemerkt, nimmt er, ohne seinen Liebespfeil herauszuziehen, das süße Jettchen in seine Arme, erhebt sich mit ihr, legt sie dann auf den Tisch, nimmt ihre Beine über seine Schultern und vögelt im Stehen behutsam weiter, wobei er mit seinen Händen die Innenseiten der Oberschenkel und den weißen Bauch streichelt und die Rabenlöckchen an der Pforte der Liebesgrotte krault. Und als er sieht, daß Jettchens Augen glasig werden, da faßt er sie fest an den Oberschenkeln, zieht seinen Liebespfeil weit zurück und läßt ihn am Eingang des Möschens spielen und tändeln – steckt ihn nur so weit hinein, daß die Rosenlippen über die Kerbe des Kopfes springen, und als Jettchen zu stöhnen und sich zu winden beginnt, da steckt er ihn ganz und fest hinein, und nach zwei oder drei Stößen kommt es ihnen beiden zugleich und mit solcher Macht, daß Fritz erzittert und Jettchen alle viere von sich streckt und mehr tot als lebendig scheint.

Fritz vögelt noch ein paar Stöße im nachhinein, denn die Frauen lieben es nicht, wenn man den Wonnepfropfen gleich, nachdem man abgedrückt hat, herauszieht – sie wollen ihn noch ein wenig drin haben, und Fritz weiß das. Sie gehen nun beide ins Bett, um zu schlafen. Sie legen sich auf die Seite, und Jettchen kehrt Fritz den Rücken zu. Und er schmiegt sich dicht an sie, und da liegen die beiden nun wie die Löffel in der Schublade, und der Schlingel von Fritz hebt das eine Bein Jettchens ein wenig an und steckt sein Gottfriedchen, das dazu noch steif genug ist, in das seidige Futteral, läßt das Bein wieder in seine ursprüngliche Lage zurückfallen und schließt die Augen und schläft.

Und auch Karl und Julchen fallen jetzt die Augen zu, das Liebesgeflüster hört allmählich auf, und man hört nur noch das leise Atmen der vier seligen Schläfer.

So schlafen sie bis zum andern Morgen, und als die Sonne ins Zimmer scheint, da opfern sie noch zweimal der Göttin der Liebe. Dann eilen die Brüder nach Hause, die Mädchen hingegen ihrer Verkaufsbude zu. Alle vier in der angenehmen Hoffnung, diese und die folgenden Nächte in der gleichen Seligkeit verbringen zu können.

Und so geschah es denn auch. Solange die Messe dauerte, waren sie jeden Abend zusammen und setzten ihre Liebesspiele fort, wenn auch mit neuen Varianten, die nicht nur von den erfahrenen Brüdern, sondern auch von den einfallsreichen Mädchen erdacht wurden, und als der Tag des Abschieds kam, da zerdrückten auch die leichtsinnigen Brüder einige Tränen, während die empfindsamen Mädchen wie die Schloßhunde heulten.

»Zur nächsten Messe sehen wir uns wieder!« schluchzten zitternd die Mädchen und rissen sich aus der nicht enden wollenden Umarmung.

Und fort rollte der schwer bepackte Wagen, dem die Brüder noch lange nachsahen und dann stumm und einsilbig ihrer Wohnung zuschritten.

»Ach, mir geht die Trennung schwer zu Herzen«, seufzte endlich Fritz, »denn die Mädchen waren gar zu liebenswürdig.«

»Ja, sie sind Engel«, erwiderte Karl, »und nur die Hoffnung auf ein Wiedersehn zur nächsten Messe vermag mich einigermaßen zu trösten.«

Zu eben derselben Minute stiegen am entgegengesetzten Ende der Stadt zwei Frauen in einen Lohnkutscherwagen, von denen die eine bucklig war und ihrer Nachbarin zuflüsterte:

»Na, dann wollen wir einander trösten. Die Messe war zwar sehr schlecht, und wir haben zusammen nicht soviel eingenommen wie die beiden Mädchen aus Pegau allein, doch wir haben unsere Unschuld noch, und die wiegt viel mehr als so ein paar lumpige Taler – und daß die Mädchen die ihre nicht mehr haben, das ist ganz gewiß: sie sahen mir am Sonntag gar zu blaß aus. Nächste Messe wollen wir sie uns mal genau ansehen, nicht wahr, Frau Nachbarin.«

»Ach was!« entgegnete die Angeredete mürrisch, indem sie in den Wagen einstieg und in einer Ecke Platz nahm, »was heißt hier Unschuld. Hätte ich nur genügend eingenommen, so würde sich mein Karl in Magdeburg gewiß nicht darüber grämen, daß ich etwas weniger Unschuld mit nach Hause brächte.«

Das Rattern des Wagens auf dem holprigen Steinpflaster machte eine weitere Unterhaltung unmöglich – die beiden mißvergnügten Verkäuferinnen drückten sich in ihre Ecken und schwiegen.

»Nein, sie sind doch gar zu nobel, die Herren Etzler!« sagte gleichfalls in diesem Augenblick die gute Frau Schubert zu ihrem lieben Gemahl August, der eben im Begriff war, einer der ihnen übersandten Flaschen mit Rotwein den Hals zu brechen. »Mit dieser Messe bin ich sehr zufrieden. Wenn nur meine Befürchtung nicht eintrifft, daß sich die Mädchen ein dickes Bäuchlein geholt haben.«

Die Befürchtung traf glücklicherweise nicht ein; ich sah die beiden Schwestern letzte Messe wieder an ihrem Stand, auf dem eine ungleich größere Menge von Waren gestapelt war als früher. Sie wohnen bei der Frau Schubert, doch die Brüder haben Leipzig verlassen. Ob Julchen und Jettchen sich andere Liebhaber angeschafft haben, weiß ich nicht zu berichten, doch fehlte ihren immer noch sehr schönen Gesichtern der früher so bezaubernde Glanz der Augen und der Rosenhauch der Wangen – sie waren blaß geworden, und ein Hauch von Schwermut war nicht zu verkennen.

Ach ja! Ist die Unschuld erst einmal futsch, dann fehlt den Mädchen die kostbarste Perle ihres Schmuckes. Merkt euch das, ihr Mädchen alle, und seid auf der Hut!